ALEXANDRA LEHNERT

Die letzte Kiya

Nachtkrone

IMPRESS

© privat

Alexandra Lehnert, geboren im April 1995 im wunderschönen Franken, entdeckte ihre Leidenschaft fürs Lesen und Schreiben bereits in ihrer Kindheit. Nach dem Abitur hat sie eine Ausbildung zur Steuerfachangestellten abgeschlossen, merkte jedoch schnell, dass sie in dem Bürojob nicht glücklich werden würde. Die heute 24-Jährige macht nun eine Ausbildung zur Erzieherin und taucht in ihrer Freizeit am liebsten in fremde Welten ein.

Für den Mann, der mich jeden Tag zum Lachen bringt.

1. KAPITEL

Lilya

»Du musst die Beine weiter öffnen, damit du einen besseren Stand hast.«

Brav hörte ich auf Anas Rat und änderte meine Position. Prompt folgte die nächste Belehrung.

»Vergiss dadurch aber nicht die Haltung deines Oberkörpers. Du bist viel zu unkonzentriert!«

»Ich gebe ja mein Bestes«, gab ich stöhnend zurück. Ich war fix und fertig. Seit gefühlten Stunden trainierte ich mit Ana den Schwertkampf. Wir hatten es zumindest vor. Die richtige Haltung brachte mich bereits an meine Grenzen. Ana hatte mir zu Beginn der Nachhilfestunden vor ein paar Tagen ein Schwert in die Hand gedrückt und mir befohlen, sie einfach mal so anzugreifen, wie ich das aus dem Instinkt heraus machen würde. Das Ergebnis war absolut lächerlich und beschämend gewesen. Offenbar war ich in vielen Bereichen sehr talentiert, doch das Führen eines Schwertes zählte nicht dazu. Ich war deshalb wahnsinnig froh, dass ich nun doch mit Ana und nicht mit Dimitri trainierte. Vor ihm wollte ich nicht so schwach wirken.

Als ich es ablehnte, mit Dimitri zu üben, und mir stattdessen Ana aussuchte, hatte ich aber nicht damit gerechnet, dass meine Freundin so eine strenge Lehrerin sein würde.

»Wir müssen dringend an deiner Fitness arbeiten. Ich dachte, das Cheerleading hätte dich etwas fitter gemacht.«

Ungläubig sah ich sie an. »Ist das dein Ernst? Ich bin in einem kleinen Kerker eingesperrt gewesen und habe mich während der Zeit in Sibirien nicht viel um meine Fitness kümmern können. Seit wir hier in Kanada sind, ist mein Quartier zwar etwas größer, doch ich habe anderes im Kopf als Sport«, versuchte ich mich zu rechtfertigen.

Auch wenn Ana mich ganz schön triezte, war ich dankbar, dass ich dadurch etwas Abwechslung von meinem derzeitigen langweiligen Alltag bekam, der sich nach wie vor hauptsächlich in meinem Zimmer abspielte. Dimitris Vorschlag, dass ich wenigstens regelmäßig in die Turnhalle könnte, hatte ich deshalb nur zu gerne angenommen.

»Ein Monat ohne Sport versetzt dich also in einen solchen Zustand?« Die Ironie in ihrer Stimme war nicht zu überhören.

Ich konnte kaum fassen, wie sehr sich diese Ana von der Frau unterschied, mit der ich mich in New York angefreundet hatte.

Normalerweise wäre mir ihre Stichelei gleichgültig, doch mein Vampyrblut geriet trotzdem in Wallung. In manchen Situationen fing es plötzlich an, in mir zu brodeln, als wäre ich eine Schwangere, die unter ihren Hormonen litt.

»Welchen Zustand meinst du?«, fragte ich, stieß die freie Hand nach vorn und katapultierte Ana so von mir weg. Sie landete unsanft am anderen Ende der Halle, kam aber schnell wieder auf die Beine.

»Sieh an, jetzt schummelst du«, stellte sie kopfschüttelnd fest. »Ich meine die Tatsache, dass du ohne deine besonderen Fähigkeiten hoffnungslos verloren wärst.«

Ich zuckte mit den Schultern. »Ich habe nun mal diese Kräfte, wieso sollte ich sie nicht nutzen?«

Ana kam mit verschränkten Armen auf mich zu. »Erstens, weil du noch nicht geübt mit ihnen bist, und zweitens, weil sie dich auslaugen und du irgendwann in Ohnmacht fällst, wenn du dich überanstrengst. Wenn das der Fall ist, wirst du dir hinterher wohl wünschen, dich auch so ordentlich verteidigen zu können.«

»Schon gut, ich hab's verstanden«, meinte ich in versöhnlichem Ton. Ich wollte nicht zugeben, dass die kurze Machtdemonstration ausgereicht hatte, um mich deutlich zu schwächen. Obwohl ich im Gegensatz zum Schwertkampf bei meinen besonderen Kräften mehr Fortschritte machte, war ich auch dort noch lange kein Profi. Mehrere Stunden hatte ich bereits mit Soley trainiert, mich auf die Energie in mir zu konzentrieren und sie kontrolliert einzusetzen, ohne mich dabei zu überanstrengen. Obwohl sie keine kognitiven Fähigkeiten hatte, war sie eine besonders gute Lehrerin.

»Gut, dann lass uns weitermachen.«

»Können wir erst eine Pause machen?«, bat ich und setzte mich, ohne eine Antwort abzuwarten, auf den Boden. Das schwere Schwert legte ich neben mir ab. Ein normales Menschenmädchen könnte es keine fünf Minuten führen.

»Schon wieder?«

»Ich dachte, ich sei freiwillig hier«, erwiderte ich trotzig und sah zu Ana hoch, die die Hände in die Hüften gestemmt hatte. Sie trug ähnlich wenig wie bei unserem ersten gemeinsamen Cheerleadertraining. Nur dass die hautenge Sporthose, die sie abgesehen von einem Sport-BH anhatte, dieses Mal bis über die Knie reichte.

»Du hast mich gebeten, eine Kriegerin aus dir zu machen, also beschwer dich nicht, wenn ich dich hart rannehme.«

»Wer hat dich denn so hart rangenommen, als du das Kämpfen gelernt hast?«, fragte ich, um von mir abzulenken.

Für einen Moment verfinsterte sich ihr Blick, ehe sie seufzte und sich neben mir niederließ. »Mein Vater.«

»Er muss ein guter Lehrer gewesen sein, wenn du jetzt so überragend mit dem Schwert umgehen kannst«, mutmaßte ich.

Sie nickte und ihre Mundwinkel hoben sich leicht. »Normalerweise wird eine Djiya nicht im Kämpfen trainiert, doch ihm war es egal, ob ich eine Frau bin oder nicht. Mein Vater hat vor seinem Tod die Sondereinsatztruppe zum Schutz der Krone geleitet und galt als der beste Schwertkämpfer der Welt.«

Während sie sprach, sah sie zu Boden und wickelte eine Haarsträhne aus ihrem Zopf um den Finger. Eine für sie völlig untypische Geste. Ich ging davon aus, dass ihr Vater getötet wurde, und das tat mir sehr leid für sie. Irgendwie hatten alle meine neuen Freunde bereits große Verluste in ihrem Leben erlitten.

»Mein Vater war nur daran interessiert, sein Wissen weiterzugeben, und behandelte mich oft wie ein Junge. Meine Kindheit verbrachte ich fast ausschließlich mit Jungs und ich war nie der Typ Mädchen, der sich von Kerlen nur anhimmeln lässt. Stattdessen kämpfte ich lieber mit ihnen.« Sie schaute auf und zwinkerte mir zu.

Dass ausgerechnet sie, die meiner Meinung nach der Inbegriff von Weiblichkeit war, wie ein Junge großgezogen worden war, konnte ich mir nur schwer vorstellen. Doch ihre kriegerischen Leistungen sprachen definitiv dafür.

»Wieso ist es eigentlich so ungewöhnlich, einer Frau das Kämpfen beizubringen? Ist das nicht irgendwie Diskriminierung, wenn eine Djiya so behandelt wird?«

Ana starrte mich einen Moment stumm an, bevor sie lauthals zu lachen anfing. »Diskriminierung ...«, wiederholte sie lachend. »Frag das mal einen Siyo.«

»Wieso?«

»Es ist dir vielleicht schon aufgefallen, aber die Kiye und Siye werden von Frauen regiert, die Djiye dagegen von Männern. Das ist unsere Tradition. Und das spiegelt sich auch in unseren Völkern wider. Wäre ich eine Siya, hätte ich laut Gesetz mehr zu sagen als mein Mann.«

»Mit Gleichberechtigung habt ihr es nicht so, was?«, bemerkte ich und setzte im Geiste das Thema auf die Liste der Dinge, die ich als Königin ändern wollte.

Ana zuckte mit den Schultern. »Nun, man muss bedenken, wann ich geboren wurde. In den Sechzigerjahren hatten Frauen bei den Menschen auch nicht so viel zu sagen wie heute. Nur sind Djiye bis jetzt sehr rückschrittlich, was die Gleichberechtigung angeht. Und weil unsere wichtigsten Jobs mit den Muskeln ausgeführt werden, heißt das noch lange nicht, dass sie ausschließlich Männersache sind. Ich bin das beste Beispiel dafür.«

Plötzlich sprang sie auf, schnellte herum und warf ihr Schwert durch die Halle. Noch ehe ich den Kopf drehen konnte, um zu schauen, worauf sie gezielt hatte, erklang Gelächter hinter mir und jemand klatschte.

»Korrekt, Ana macht ihren Job vermutlich besser als jeder Djiyo«, meinte Dimitri mit einem Seitenblick auf das Schwert, das neben seinem Kopf in der Wand steckte. »Langsam machst du Soley im Zielen Konkurrenz, dabei nimmt sie Pfeil und Bogen und kein klobiges Schwert.«

»Gibt es einen Grund, wieso du unsere Trainingseinheit unterbrichst?«, fragte Ana, ohne auf sein Kompliment einzugehen. Dimitri zog das Schwert aus der Wand und kam auf uns zu. Er reichte es Ana, doch sein Blick ruhte auf mir.

Sofort stieg eine angenehme Wärme in mir auf.

»Ich komme, um meine Freundin zum Essen abzuholen.«

Seine Worte lösten ein leichtes Kribbeln in meinem Magen aus. Er hatte mich schon häufiger als seine Freundin bezeichnet, doch seit meiner Entführung war es das erste Mal, dass er mich so nannte. In den vergangenen Tagen hatten wir nicht ganz so viel Zeit zusammen verbracht, da er anscheinend einige Dinge im Schloss regeln musste, doch das Abendessen und die Nacht, beziehungsweise der frühe Morgen, gehörten stets uns.

Meinen gewohnten Tagesrhythmus hatte ich größtenteils abgelegt. Auch wenn jeder hier zu einer unterschiedlichen Zeit ins Bett ging, bevorzugten es viele Vampyre, die Nacht zum Tag zu machen. Dimitri und ich schliefen meistens erst ein, wenn am Horizont längst die Sonne aufgegangen war.

Er streckte die Hand nach mir aus und ich griff dankbar danach. Mit Schwung zog er mich hoch, sodass ich gegen seine Brust prallte. Starke Arme umschlangen mich und seine Lippen trafen meine.

»Ich hab dich vermisst, meine Schöne.«

»Ich dich auch, mein Hübscher«, gab ich schmunzelnd zurück. »Glücklicherweise hat Ana eben nicht deinen Kopf getroffen. Das wäre ein bedauernswerter Verlust.«

Er schnaubte. »Damit hätte sie die Hand gegen den erhoben, den sie eigentlich beschützen sollte. Das würde sie niemals wagen. Ihre Beinahetreffer machen mir keine Angst.« Grinsend drehte er den Kopf in Anas Richtung, die mit verschränkten Armen neben uns stand. Mit hochgezogenen Augenbrauen musterte sie Dimitri.

»Ist das so? Wäre dir das Schwert noch nähergekommen, hätte deine Prinzessin nun möglicherweise einen Herzinfarkt erlitten. Das wollte ich nicht riskieren.«

»Gute Entscheidung.« Dimitris Blick wanderte wieder zu mir. »Also lass uns was essen gehen. Du musst hungrig sein, nachdem dich dieses Mannweib fertiggemacht hat.«

Ich öffnete den Mund, um ihn zu bitten, die Sticheleien sein zu lassen, als er mich plötzlich von sich stieß und Anas Schwerthieb auswich. Bei der Bewegung schnappte er sich mein Schwert vom Boden und ging geradewegs in den Gegenangriff. Nachdem ich auf dem Hintern gelandet war, wurde ich wieder einmal Zeuge, wie Dimitri und Ana versuchten, sich gegenseitig die Köpfe abzutrennen.

»Verdammt, hört endlich auf mit dem Kindergarten!«, schimpfte ich gespielt und stand wieder auf. Ich musste mir eingestehen, dass ich ihre Bewegungen mit großen Augen verfolgte. In keinem Film hatte ich jemals jemanden so kämpfen sehen. Es wirkte, als wären sie mit ihren Waffen verbunden. Ich würde wohl nie verstehen, welche Leidenschaft Djiye für das Kämpfen hegten. Rangeleien und Machtkämpfe lagen ihnen offenbar im Blut und waren für sie unter Freunden so normal wie für andere Brettspiele.

Ich überlegte, erneut meine Kräfte einzusetzen, um die beiden voneinander zu trennen, als Dimitri mit erhobenen Händen vor Ana zurückwich.

»Das Oberhaupt der Vampyre hat gesprochen!«, rief er und Ana verdrehte lachend die Augen. »Gute Ausrede, um keine Niederlage wegstecken zu müssen.«

»Ach komm, ich kann doch keine Frau vernichtend schlagen.« Er zog Ana zu sich heran und drückte ihr einen Kuss auf die Wange.

»Ihhhh, Hilfe!«, rief sie und riss sich los. Mit einem vor Ekel verzogenen Gesicht wischte sie sich über die Wange, was sowohl Dimitri als auch mich zum Lachen brachte. »Jetzt rettet dich auch keine königliche Immunität mehr.«

Schnell flüchtete Dimitri vor ihr und rannte auf mich zu. Mein Lachen erstarb und ich unterdrückte einen Schrei, als er kurz abbremste, um mich zu packen und über seine Schulter zu werfen, ehe er mit mir aus der Halle eilte. Ich sah nur noch, wie Ana dastand, ihr Schwert kreisen ließ und mir lächelnd hinterherwinkte.

2. KAPITEL

Lilya

Nach unserem gemeinsamen Abendessen wollte Dimitri, dass ich ihn zu einer Besprechung mit Ana und Soley begleite. Ich war bisher noch nicht dabei gewesen, obwohl es bei diesen Treffen vermutlich hauptsächlich um mich ging. Hätte Dimitri nicht vorgeschlagen, dass ich heute mitkommen sollte, hätte ich bald darauf bestanden.

Er führte mich aus meinem Zimmer und einen langen Flur entlang, den ich bereits kannte, da man von hier auch zur Turnhalle gelangte. Dass es überall deutlich gemütlicher aussah als im Schloss in Sibirien, war mir sofort aufgefallen. Die Wände waren voll mit Gemälden und Tuchbehängen. Auf dem Steinboden lag ein Teppich, der unsere Schritte dämpfte.

»Und hier hat meine Mutter gelebt?«, fragte ich und betrachtete wie immer beim Vorbeilaufen die Personen auf den Bildern. Offensichtlich handelte es sich um Vampyre aller Rassen.

»Ja. Ich vermute, dass auch du hier geboren wurdest. Soley hat mir erzählt, dass deine Eltern dein wahres Alter verheimlicht haben, sodass niemand wissen konnte, dass du reinblütig bist. Du wurdest geboren, während ich bei euch im Schloss gelebt habe.«

»Du hast damals hier gelebt?«, fragte ich verblüfft. Das überraschte mich wirklich.

»Ja, ist eine lange Geschichte. Hat mit dem komplizierten Verhältnis zu meinem Bruder zu tun«, meinte er knapp.

»Verstehe … Aber es ergibt doch keinen Sinn, dass ich in der Zeit geboren worden sein soll? Oder hast du nicht mitbekommen, wie sie schwanger war? In der Regel sieht man so was.«

Dimitri legte die Stirn in Falten. »Du hast recht. Aber inzwischen glaube ich, dass ich es gesehen habe, mich aber nicht mehr daran erinnern kann.«

Fragend sah ich ihn an. »Wie meinst du das?«

»Deine Mutter muss ihre Fähigkeit genutzt haben, Erinnerungen zu verändern. Dadurch hat jeder ihren Babybauch und dich vergessen.«

Ich blieb stehen und dachte über seine Worte nach. »Sie hat jeden vergessen lassen, dass sie schwanger war? Achtundvierzig Wochen lang? Auch mit so einer Fähigkeit stelle ich mir das ziemlich kompliziert vor.«

Dimitri war ebenfalls stehen geblieben und grinste mich an. »Ach Lya, es gibt einen Grund, warum alle Vampyre die Kiye fürchten. Deine Mutter war so viel stärker, als sie in der Öffentlichkeit gezeigt hat.«

Das hatte ich bisher nicht gewusst. Tatsächlich hatte ich mich aber schon gefragt, wieso meine Familie systematisch ausgelöscht worden war. Ja, wir hatten besondere Fähigkeiten, doch empfand ich sie als nicht sonderlich Angst einflößend. Meine Telekinese machte mich nicht unbesiegbar. Meine Kräfte hatten Grenzen und ich war nach wie vor angreifbar.

»Aber wie kann es sein, dass ich mich wieder an alles erinnere? Die Erinnerungen, die sie mir genommen hat, sind seit meiner Erweckung wieder da«, warf ich ein.

Irritiert sah er mich an. Dieses Detail schien Soley ihm bisher nicht erzählt zu haben. Zugegeben, ich war mir nicht sicher, ob ich mich tatsächlich an alles erinnerte, aber ich vermutete, es war ein Großteil.

»Was für Erinnerungen?«, fragte er und ich erklärte ihm kurz, dass Anisya mich als Kind besucht und mir einen Teil ihrer Erinnerungen übertragen hatte.

»Was? Wenn sie dich alles vergessen ließ, dann …« Er stockte. »Natürlich. Das hat Soley dir vermutlich überhaupt nicht erzählt, da es für sie logisch ist.«

»Was meinst du?«

»Du bist eine Kiya. Eure mentale Stärke ist eure größte Waffe. Als sie deine

Erinnerungen nahm, warst du ein schwaches Kind. Doch je näher du der Erweckung kamst, desto stärker wurden deine psychischen Kräfte. Du hast es geschafft, die Barriere zu durchbrechen, hinter der die Erinnerungen verschlossen waren.«

»Das heißt, unsere Kräfte wirken bei der eigenen Art nicht?«

Er zuckte die Schultern. »Offensichtlich nicht. Über die Fähigkeiten deiner Familie ist im Detail wenig bekannt. Sie haben immer ein Mysterium daraus gemacht, wozu sie alles in der Lage sind.«

Dimitris Antwort befriedigte mich nicht. Wie sollte ich mehr über mich und meine Rasse erfahren, wenn niemand Genaueres wusste? Möglicherweise würden die Fähigkeiten der Kiye für immer ein großes Mysterium bleiben. Es gab niemanden mehr aus meiner Familie, den ich hätte fragen können. Es bestand nur die Möglichkeit, dass meine Mutter mir in ihren Erinnerungen hilfreiche Antworten hinterlassen würde. Doch auch sie hätte nicht vorhersagen können, welche Fähigkeiten ich entwickeln würde. Wie gerne hätte ich mit jemandem aus meiner eigenen Rasse über meine Kräfte geredet. Jemandem, der es nachvollziehen konnte, wie es war, über geheime Fähigkeiten zu verfügen. Sowohl die Siye als auch die Djiye wussten bereits vor ihrer Erweckung, was auf sie zukam. Ich hatte es nicht gewusst, unabhängig davon, ob ich als Vampyr oder Mensch aufgewachsen war.

***

Das Zimmer, das ich kurz darauf hinter Dimitri betrat, wirkte auf mich wie ein Konferenzraum. Soley saß mit Ana an einem großen Tisch, doch es war noch jemand bei ihnen. Ein Djiyo saß neben Ana und mir klappte der Mund auf, als ich ihn erkannte.

Ich war ihm bereits einmal begegnet. Es war damals im Mineral Wells State Park gewesen, als Dimitri und ich uns geküsst hatten.

»Ist überhaupt noch jemand in meinem Umfeld kein Vamypr?«, fragte ich ein wenig genervt. Ich wusste nicht, wie ich mit dieser Erkenntnis umgehen sollte.

Ana lachte leise und sprang auf, um mich zu umarmen. »Nun, es lässt sich wohl nicht bestreiten, dass du in letzter Zeit mehr Bekanntschaft mit Vampyren als mit Menschen machst.«

»Offensichtlich.«

»Das ist übrigens Sascha, Dimitris bester Freund und mein Ehemann«, stellte sie lächelnd den gut aussehenden Mann vor, der sich nun ebenfalls von seinem Platz erhoben hatte und mir eine Hand entgegenstreckte. Zaghaft griff ich danach und schüttelte sie.

»Es freut mich, nun offiziell Eure Bekanntschaft zu machen, Prinzessin«, meinte er höflich.

»Ähm, ebenso.«

Ana stieß ihrem Mann in die Seite. »Sie ist meine Freundin und Dimitris Partnerin, also Schluss mit der extremen Höflichkeit.«

Mit zusammengekniffenen Augen sah Sascha seine Frau an. »Das hat immer noch sie zu entscheiden.«

»Ich gebe Ana recht. Bitte, ich halte von diesem ganzen Prinzessinnenkram sowieso nichts«, erklärte ich, um die Diskussion über Formelles und die Anrede zu beenden. Anschließend wandte ich mich an Dimitri. »Hast du heimlich deine Freunde in mein Leben geschleust?« Es war für mich schon schwer genug gewesen zu akzeptieren, dass er mir mit Ana etwas vorgemacht hatte. Abgesehen von all den anderen Geheimnissen.

Er schüttelte den Kopf. »Nur Ana. Ich wollte sichergehen, dass du in der Uni in Sicherheit bist. Alles andere war nicht geplant.«

»Ach?« Ich runzelte die Stirn. »Wie lange wäre das ganze Theater noch gegangen, wenn Valentin mich nicht gefunden hätte?«

Dimitris Blick huschte zu seinen Freunden. »Nicht mehr lange. Ich hatte beschlossen, dir die Wahrheit zu sagen. Wir waren uns nur noch nicht einig, auf welche Art und Weise das am besten geschehen sollte.«

»Nun, dass ich von deinem Bruder entführt wurde, hat dir das unangenehme Gespräch auf jeden Fall erspart, was?«, erwiderte ich leicht bissig. Eigentlich hatte ich ihm verziehen, dass er mir so viel verheimlicht hatte, doch noch hatte ich nicht komplett mit dem Thema abgeschlossen.

Dimitri fuhr sich nervös durch die Haare. Gequält verzog er das Gesicht.

»Lya, ich hätte dieses Gespräch nur zu gerne in Kauf genommen, wenn ich dir damit die Wochen in Valentins Gewalt hätte ersparen können. Es tut mir so leid, mein Handeln war einfach nur egoistisch.«

Mein Blick fiel auf Soley, die still am Tisch saß. »Mir tut es auch leid. Doch nicht für mich. Ich wünschte, du hättest eher versucht sie zu retten«, meinte ich mit einem Nicken in ihre Richtung. Im Gegensatz zu mir hatte sie in Sibirien viel mehr gelitten.

Dimitri folgte meinem Blick und nickte ernst. »Ich weiß.«

Soley drehte den Kopf in unsere Richtung. Der Ausdruck in ihren grünen Augen war nicht anklagend, sondern schlicht traurig. »Hört auf mit dem Thema. Niemand von euch kann die Zeit zurückdrehen, also lasst uns über die Zukunft und nicht mehr über die Vergangenheit reden.«

Da konnten wir ihr nicht widersprechen.

»Wie sieht meine Zukunft denn aus? Will Valentin mich noch zu seiner Königin machen?«, fragte ich in die Runde und setzte mich neben Soley.

Dimitri ballte die Hände zu Fäusten und nahm neben mir an der Stirnseite des Tisches Platz. »Das kann er gerne versuchen.«

»Ein Teil der Pläne ändert sich nicht. Wir werden gekrönt werden. Allerdings nicht zu Valentins Bedingungen«, beantwortete Soley meine erste Frage. »Der Ältestenrat ist informiert und die Krönung wird voraussichtlich in einem Monat erfolgen. Dann wirst du auch offiziell der Welt präsentiert. Zumindest der Welt der Vampyre.«

Ich runzelte die Stirn. Ich verstand nach wie vor das ganze System nicht.

»Wer wird gekrönt? Wir drei?«, fragte ich und machte eine Bewegung, die Dimitri, Soley und mich einschloss. Alle Anwesenden nickten. »Was sagt der Rat dazu, dass nun Dimitri anstatt Valentin gekrönt wird?« Es konnte doch nicht so egal sein, ich war der Meinung gewesen, dass es strenge Regeln gab.

Soley beantwortete nach einem Moment der Stille meine Frage. »Dimitri ist von seinen Eltern als rechtmäßiger Thronerbe eingesetzt worden. Dementsprechend ist das kein Problem. Wie genau Valentin König werden wollte, weiß ich nicht. Ich habe nie persönlich mit den Vertretern des Rates gesprochen.« Sie sah Hilfe suchend zu Dimitri. »Du hast sie informiert, dass Lilya und ich nun hier sind. Wie haben sie reagiert?«

Dimitri zuckte die Schultern. »Du kennst doch den Rat, er ist nicht besonders gesprächig. Sie haben nur verlauten lassen, dass sie alle Ältesten informieren und sich demnächst hier einfinden. Und so wie es klang, ginge mit der Krönung alles in Ordnung. Alles Weitere erfahren wir wohl noch.«

Seine Antwort befriedigte mich nur bedingt. »Und bis dahin? Werde ich wie bei Valentin solange versteckt – nur mit dem Unterschied, dass mein Gefängnis etwas nobler ist?«

Dimitri verzog das Gesicht. »Nenn es nicht so. Wir können nicht jedem vertrauen und selbst Valentin hat darauf geachtet, dass kein Wort über dich seine Schlossmauern verlässt. Du musst dich jetzt erst einmal an deine neuen Kräfte gewöhnen, ehe wir die Bevölkerung auf dich loslassen können.«

»Ich dachte, ich wäre hier in Sicherheit.« Fragend sah ich in die Gesichter der anderen. Offenbar waren sie sich diesbezüglich nicht so sicher. »Oder etwa nicht?«

Dimitri legte eine Hand auf meine Schulter und lächelte mich aufmunternd an. »Doch, das bist du auch. Aber ich werde kein Risiko mehr eingehen.«

***

Nach einer Stunde verabschiedeten wir uns schließlich von den anderen. Wir waren bei dem Gespräch nicht zu neuen Erkenntnissen gelangt und häufig hatte ich keine Ahnung gehabt, wovon sie eigentlich sprachen. Ich sollte das Oberhaupt der Vampyre werden und dabei fühlte ich mich wie ein kleines unwissendes Kind. Ich wusste nicht, wie lange es wohl dauern würde, bis ich endgültig im Bilde war.

Dimitri machte sich mit mir auf den Weg zurück in mein Zimmer, damit wir uns noch ein wenig in Ruhe unterhalten konnten. Eigentlich wollte ich aber nur allein sein. Es war einfach zu viel auf einmal. Meine Laune hatte ihren Tiefpunkt erreicht und auch Dimitri wirkte irgendwie von Minute zu Minute abweisender.

»Ich habe keine Ahnung, wie es weitergehen soll. Meine Mutter und mein leiblicher Vater sind tot. Meine gesamte Rasse ist ausgelöscht, es gibt niemanden, der mir irgendwas über meine Kräfte sagen kann.« Traurig ließ ich den Blick über die Bilder schweifen, die ich vorhin noch neugierig betrachtet hatte. Das alles waren Personen, die vermutlich zu einer Zeit gelebt hatten, als es noch mehr von meiner Art gegeben hatte.

»Du wirst sie selbst erforschen. Ihr und eure Kräfte seid so individuell, dass dir ohnehin keiner mehr dazu sagen könnte.«

»Trotzdem wäre es in so einem Moment hilfreich, eine Mutter um Rat fragen zu können – und nicht nur jemanden zu haben, der dir in deinen Träumen sinnlose Erinnerungen hinwirft.«

Wir betraten meine Gemächer und ich steuerte direkt die graue Couch an. Ich fühlte mich seelisch total ausgelaugt und das wirkte sich irgendwie auch auf meinen Körper aus. Matt ließ ich mich auf die Polster fallen. Dimitri blieb vor der Couch stehen.

»Deine Mutter hat dir die Erinnerungen bestimmt nicht nur zum Spaß geschenkt. Irgendeinen Nutzen wirst du aus ihnen noch ziehen.«

»Hoffen wir es. Ich weiß nicht, was von mir erwartet wird. Wie soll ich ein Volk führen, das sich im Krieg befindet? Die ganze Situation ist so schon schwer genug«, jammerte ich.

Dimitri lachte trocken. »Du denkst, du hast es schwer? Was soll ich denn dazu sagen? Ich muss Pläne schmieden, wie ich meinen eigenen Bruder umbringen kann. Der Bruder, der unsere Eltern, unsere kleine Schwester und meine Verlobte getötet hat«, meinte er bitter.

Ich biss mir auf die Lippe. Es war das erste Mal, dass ich von einer Schwester hörte. Ein schlechtes Gewissen machte sich in mir breit. Ich heulte hier herum und dabei hatte er es offenbar deutlich schwerer als ich. Ich hatte meine Familie immerhin noch. Zumindest die Familie, bei der ich aufgewachsen war. Ich weinte einer hinterher, die ich niemals kennengelernt hatte. Dimitri griff nach der Kette um seinen Hals und umklammerte den Ring seiner Mutter. Ein trauriger Ausdruck trat in sein Gesicht.

»Dimitri, es tut mir so leid.« Ich stand auf und ging vorsichtig auf ihn zu. Er schaute auf und lächelte mich zaghaft an.

»Ist schon in Ordnung.« Er griff nach meiner Hand und zog mich an sich. Ich schlang die Arme um ihn und schmiegte mich an seine Brust. Er strich mir zärtlich mit der rechten Hand über den Rücken.

Nach einer Weile löste ich mich von ihm und sah zu ihm auf. Ich nahm sein Gesicht in beide Hände und streckte mich, um ihn sanft auf die Lippen zu küssen. Der Kummer in seinen Augen verschwand, als er sich mit mir auf die Couch fallen ließ und mich stürmisch küsste.

3. KAPITEL

Lilya

»Ich wusste gar nicht, dass du eine Schwester hattest.«

Dimitris Worte von vorhin beschäftigten mich noch immer. Ich lag mit dem Kopf auf seiner Brust und hörte, wie sein Herz bei der Erwähnung seiner Schwester schneller schlug.

Er seufzte. »Ihr Name war Valeria und sie war gerade einmal sieben Jahre alt und noch sterblich, als er sie tötete. Das ist selbst für Menschen ein viel zu frühes Alter zum Sterben, aber für unsereins ist das gar nichts. Sie war doch noch ein Kind.«

Er schluckte und bei den Worten wurde mir das Herz schwer.

»Ich habe sie sehr geliebt, auch wenn ich kaum Zeit mit ihr verbringen konnte, da sie geboren wurde, als ich durch die Welt gereist bin. Sie war für ihr junges Alter äußerst schlagfertig und sehr lebhaft. Sie war der kleine Sonnenschein der Familie und wurde von unseren Eltern richtig verwöhnt. Da sie weiblich war, kam sie allerdings nicht für die Thronfolge infrage. Valentin muss in ihr trotzdem eine Bedrohung gesehen haben. Er hat sie im Stillen gehasst. Und als er unsere Eltern tötete, hat er sie einfach mit abgeschlachtet.«

»O Dimitri, das tut mir so unendlich leid.«

Er zwang sich zu einem Lächeln. »Es ist okay. Ich kann nichts mehr tun, um sie zurückzuholen. Ich kann nur dafür kämpfen, dass nicht noch mehr sterben werden. Ich hätte ihn töten können, doch ich habe gezögert. Diesen Fehler werde ich nie wieder begehen. Wenn ich das nächste Mal meinem Bruder in einem Kampf gegenüberstehe, werde ich ihn zur Strecke bringen und alle rächen, die er auf dem Gewissen hat. Meine Eltern, Wladimir und Wasilisa, meine geliebte Schwester Valeria, meine Verlobte Natascha, Soleys Eltern und deine Familie«, meinte er ernst. Ich wusste, er würde alles daransetzen, um seine Worte wahr zu machen.

»Ihr habt miteinander gekämpft?«

»Ja, einmal ging es wirklich um Leben und Tod. Damals griffen er und seine Männer dieses Schloss an und deine Mutter starb bei dem Angriff. Im anschließenden Kampf mit Valentin habe ich gewonnen und es wäre nicht unehrenhaft gewesen, meinen Bruder in der Situation zu töten. Doch ich habe es nicht über mich gebracht.« Sein Blick begegnete meinem und ich erkannte die Schuldgefühle darin.

Ich griff nach seiner Hand und drückte sie. »Im Gegensatz zu Valentin bist du eben kein Monster. Dir bedeutet Familie etwas, weshalb du dein letztes Familienmitglied nicht einfach umbringen konntest.«

Dimitri seufzte. »Trotzdem, ich hätte nicht zögern dürfen, dann wären viele andere nicht gestorben. Valentin meidet seitdem direkte Kämpfe mit mir und hat nie wieder einen Fuß nach Kanada gesetzt. Er weiß, dass ich ihn in einem fairen Kampf immer schlagen würde.«

»Ich bin sicher, du bekommst noch die Gelegenheit, ihn aufzuhalten.« Ich blickte ihn aufmunternd an und tatsächlich hoben sich seine Mundwinkel leicht.

»Das hoffe ich.«

»Wie viele Djiye stehen eigentlich hinter dir?« Soley hatte mir erzählt, dass die meisten von ihnen Valentin folgten, da sie seine Weltanschauung teilten.

»Genug. Einige von ihnen leben hier im Schloss, ein anderer Teil ist auf der ganzen Welt verstreut. Doch die Einzigen, denen ich immer zu einhundert Prozent vertraut habe, waren Sascha, Ana und ihr Bruder Boris.«

Überrascht sah ich ihn an, als mich die Erinnerungen von dem Mann im Hotel einholten. »Boris ist Anas Bruder? Er ist im Gegensatz zu ihr irgendwie kein sehr geselliger Zeitgenosse, kann das sein? Du kannst ihm sagen, dass er mich ruhig netter hätte behandeln können. Ich bin vor Angst fast gestorben.«

Dimitri verkrampfte sich und sah mich traurig an.

»Würde ich gerne machen, aber er ist tot.«

»Oh« war meine erste Reaktion auf diese Neuigkeit. Ich biss mir auf die Lippe und fügte noch hinzu. »Tut mir leid, das wusste ich nicht.«

Er schüttelte den Kopf und fuhr sich nervös mit den Fingern durch die Haare. »Ist schon in Ordnung. Du konntest es nicht wissen. Er starb im Misala bei Valentins Angriff. Ein paar Angestellte des Hotels auch.«

Bedrückt schaute ich zur Seite und spielte mit einer Haarsträhne. Die Nachricht über Boris' Tod betrübte mich. Ich hatte ihn nicht sonderlich gemocht, was auf Gegenseitigkeit beruht haben musste, aber er hatte immerhin alles getan, um mich zu beschützen. Meinetwegen hatte Dimitri nun einen guten Freund und Ana ihren Bruder verloren. Hatte sie deshalb in den letzten Tagen eine verbissenere und ernstere Seite gezeigt, als ich in New York kennengelernt hatte?

»Das ist meine Schuld«, flüsterte ich.

Dimitri schlang die Arme um mich und zog mich an die Brust. »Sag so etwas nicht. Niemand kann etwas dafür.«

»Doch. Er konnte mich noch nicht einmal leiden und trotzdem hat er meinetwegen Elenas und sein eigenes Leben aufs Spiel gesetzt. Sie und Ana haben seinen Tod sicher nicht gut verkraftet.«

»Du hast es sofort gemerkt, oder? Die Verbindung zwischen ihm und Elena, meine ich.«

Ich nickte und Dimitri seufzte.

»Sie haben sich vor ein paar Jahrzehnten kennengelernt, als wir im Misala abgestiegen waren. Jeder hat bemerkt, dass sie zueinanderpassen, nur die beiden nicht. Ich denke, Elena hatte sich gewünscht, dass er bei ihr bleiben oder zurückkommen würde, aber er tat es nicht. Ich wusste, dass er sie sehr mochte, aber er war so schrecklich pflichtbewusst, dass er mich niemals einer Frau wegen verlassen hätte. Unabhängig davon, ob ich es ihm erlaubt hätte oder nicht. Jetzt ist es zu spät und er ist gestorben, weil er sich mal wieder mehr um meine Angelegenheiten als um sein eigenes Leben gekümmert hat. Wenn also jemand schuld ist, dann bin ich es. Ich war so egoistisch und habe die Wochen unbeschwert mit dir verbracht, obwohl es so gefährlich und nur eine Frage der Zeit war, bis wir entdeckt wurden.«

Ich lehnte mich zurück und sah ihn an. Sein Blick war voller Selbstzweifel und Schuldgefühle. Ich wollte nicht, dass er sich die Schuld gab. Auf seinen Schultern lastete genug Verantwortung. Sanft strich ich ihm über die Wange und streckte mich dann, um ihn zu küssen. Zuerst sanft und dann immer stärker. Ich klammerte mich an ihn und gab mich dem Kuss hin. Ungestüm presste er die Lippen auf meine, als brauchte er es wie die Luft zum Atmen.

Nach einigen Augenblicken löste er sich von mir. »O Lya, was würde ich nur ohne dich machen?«

Ich fühlte schon das breite Lächeln auf meinem Gesicht. »Mehr Zeit außerhalb des Bettes verbringen ...«

***

Der fast wolkenlose Nachthimmel ließ auch heute freie Sicht auf den Mond und die Sterne. Wir machten es uns jeden Tag oder, besser gesagt, jede Nacht auf dem Balkon bequem, ehe wir uns ins Bett zurückzogen, wenn die Sonne aufging. Dimitri hatte Polster besorgt, die wir auf dem Balkon ausgelegt hatten, um ein gemütliches Nest unter freiem Himmel zu erhalten. Ich liebte diese Momente der Zweisamkeit. Meistens lagen wir nur still beieinander und genossen die Nähe des anderen.

Ich sah sehnsüchtig zum Himmel, als ich Dimitris Blick auf mir spürte. »Warum starrst du immer mich an?«, fragte ich schmunzelnd und löste den Blick vom Nachthimmel.

Er stützte den Kopf auf seine Hände. »Du bist schöner als der Mond.«

»Wieso vergleichst du mich immer mit dem Mond?«

»Weil er für deine Rasse steht«, erklärte er.

Überrascht musterte ich ihn. »Wirklich?«

»Die Siye stehen für die Sonne und die Kiye für den Mond. Ihr erleuchtet jede Dunkelheit und so wie der Mond die Gezeiten der Meere bestimmt, leitet ihr alle Vampyre.«

Mir klappte der Mund auf. »Wow. Und wofür steht ihr?«

Er grinste und ich überlegte einen Moment. »Mars?«, tippte ich und er nickte.

»Der Planet des Feuers.«

Ich verzog die Lippen zu einem breiten Lächeln. »Ja, das passt zu dir«, überlegte ich laut.

Ich kuschelte mich an ihn und blickte wieder hoch zum Mond.

»Glaubst du, dass du hier glücklich werden kannst?«

Dimitris Frage brachte mich dazu, ihn wieder anzuschauen.

»Woher soll ich das wissen, wenn ich mein Zimmer erst ein paar Mal verlassen habe?« Ich kuschelte mich näher an ihn und legte den Kopf auf seiner Brust ab. Gedankenverloren malte ich kleine Kreise auf seine Haut. »Aber falls du auf etwas anderes hinauswillst, kann ich es bejahen. Ich fühle mich in deiner Nähe geborgen. Du bist mein sicherer Hafen und mein Zuhause, wo auch immer wir sein mögen. Du machst mich glücklich, nicht irgendein Ort.«

Einige Zeit verging, ohne dass Dimitri antwortete. Er hatte den Kopf in die Kissen sinken lassen und starrte in den Nachthimmel.

»Gibt es einen Grund für diese Frage?«, hakte ich nach.

Er seufzte und lenkte den Blick aus dunkelbraunen Augen auf mich. »Nein, ich habe nur gerade daran gedacht, dass ich Angst davor habe, was passiert, wenn du dich hier nicht einlebst.«

Ich runzelte die Stirn. »Denkst du, ich finde die Leute in diesem Schloss total unsympathisch und möchte sofort wieder nach Hause? Ich müsste mich wohl damit abfinden, mein Zuhause existiert nicht mehr – und selbst wenn, könnte ich nicht mehr zurück.« Als mir die Bedeutung meiner Worte bewusst wurde, spürte ich einen Kloß im Hals. Es war nach wie vor sehr unwirklich, was mir widerfahren war, und ich hatte keine Ahnung, wie lange es dauern würde zu realisieren, dass das alles echt war.

»Es tut mir leid«, flüsterte Dimitri, der bemerkt haben musste, was in mir vorging. Mit einer Hand strich er mir zärtlich über die Wange.

Ich versuchte mich an einem Lächeln. Seine Miene verriet nicht, ob es mir besonders gut gelang. »Das muss es nicht. Du hast mich nur ein paar Wochen angelogen. Meine Familie dagegen mein ganzes Leben lang.«

»Vermutlich wussten sie nicht, wie sie es dir schonend beibringen sollen. Genauso wie ich.«

Ich sah ihm an, dass er nach wie vor Schuldgefühle hatte, und das wollte ich nicht. Wie könnte ich ihn für etwas verurteilen, was er nur tat, weil er mich liebte? Dass er dadurch das Wesentliche aus den Augen verlor und Valentins Männern ermöglichte, an mich heranzukommen, war inzwischen unwichtig. Ich hatte lange Gespräche mit Ana zu dem Thema geführt und war zu dem Schluss gekommen, dass ich damit abschließen sollte.

»Ich weiß.«

Auch wenn ich Dimitri verziehen hatte, blieb die Ungewissheit mit meiner Familie. In mir brannte der Wunsch nach Antworten. Ich wollte unbedingt mit ihnen reden und erfahren, was sie über mich wussten. Ich war ihnen nicht böse, dass sie mir verheimlicht hatten, dass ich nicht ihre leibliche Tochter war. Dimitri hatte recht. Sie würden ihre Gründe gehabt haben und vermutlich keine Ahnung, wie sie es mir erklären sollten. Doch ich wollte einfach mit ihnen reden.

»Würdest du mir dabei helfen, meine Familie aufzuspüren?«, fragte ich deshalb nach einer Weile.

Dimitri seufzte und der Ausdruck in seinen braunen Augen wurde ernst. »Natürlich, aber erst wenn es sicher genug ist.«

4. KAPITEL

Dimitri

»Können wir jetzt erst mal mit solchen Themen aufhören?«, bat ich und war erleichtert, als sie nickte.

Die Stimmung zwischen uns war schon wieder viel zu angespannt, wie ich fand. Man sollte meinen, dass die innere Unruhe in mir nachlassen müsste, jetzt, wo wir im sicheren Kanada waren. Doch der Schein trog. Wir waren nirgendwo wirklich in Sicherheit. Hier waren nur die Mittel einfacher, uns zu verteidigen.

»Was hast du den ganzen Tag getrieben?«, fragte sie mich und ich kämpfte gegen den Drang, aufzustöhnen. Ich wollte auch nicht über mich und meinen Alltag reden.

»Nichts Spannendes. Hauptsächlich Gespräche geführt, die die Zukunft des Schlosses betreffen. Wie lief dein Training mit Ana?« Ich kannte Ana lange genug, um mir die regelmäßigen Trainingsstunden bildlich vorzustellen. Lilyas Wangen färbten sich bei der Erinnerung daran leicht rötlich.

»Ich glaube, sie wartet darauf, dass ich mal Fortschritte mache«, gestand sie kleinlaut.

Ich lachte leise und zog Lya enger an mich. »Keine Angst, das dauert seine Zeit. Aber irgendwann wirst du sie um Längen schlagen, da bin ich mir sicher.«

Sie entwand sich meinem Griff und sah mich mit großen Augen an. »Ich dachte, dass Djiye die besten Schwertkämpfer der Welt sind? Wie könnte eine Kiya dann besser sein?«

»Nun, wenn du die nötige Erfahrung hast, werden deine Schnelligkeit und Ausdauer zum Sieg führen. Djiye gelten als die besten Schwertkämpfer, da sie von klein auf trainieren. Den Kiye drückt man normalerweise kein Schwert in die Hand. Sie werden im Gegensatz zu uns nicht für einen Krieg gerüstet. Der Ehrgeiz einer Kiya ist allerdings nicht zu übertreffen, deshalb wirst du alles schaffen, was du dir vornimmst.«

»Du und deine übertriebenen Komplimente.« Lya kicherte und bei dem Klang wurde mir sofort warm ums Herz.

»Das meine ich ernst. Und selbst wenn du im Kampf mal nicht weiterkommst, wird dich deine Telekinese retten.« Ich konnte mir ein breites Grinsen bei der Vorstellung, wie sie meinen Bruder wohl aus dem Fenster befördert hatte, nicht verkneifen. Nach wie vor wusste ich nicht alles über die Geschehnisse in Sibirien, doch das hatte sie mir erzählt. Was hätte ich dafür gegeben, es mit anzusehen!

»Wenn mich der Einsatz nur nicht so sehr schwächen würde«, meinte sie missmutig.

»Keine Sorge, auch das wird besser werden. Verlange nicht zu viel von dir selbst.« Ich griff über sie hinweg nach der Flasche voller Blut, die ich ihr mitgebracht hatte. Bisher hatte sie sie nicht angerührt, weshalb ich sie ihr in die Hand drückte. »Das hilft gegen die Schwäche, also warum zögerst du es andauernd hinaus, Blut zu trinken?«

Sie schürzte die Lippen und drehte die Glasflasche in der Hand. »Du trinkst doch auch nicht so viel.«

»Ich bin auch nicht frisch erwacht.«

»Hm.« Als sie keine Anstalten machte zu trinken, schraubte ich den Deckel für sie ab.

»Du hast bisher nicht erzählt, woher das Blut eigentlich kommt.« Ihre blauen Augen musterten mich fragend.

»Wenn du darauf bestehst, stelle ich dir jeden Spender persönlich vor, sobald wir alle Formalitäten hinter uns haben und du dich frei im Schloss bewegen kannst.« Ich sagte das so nebenbei, in der Hoffnung, sie würde es in nächster Zeit dabei belassen, doch das bezweifelte ich. Wenn es nach mir ginge, würde ich Lilya nicht in die Nähe der Menschen dieses Schlosses lassen, doch wie lange würde es dauern, bis sie genau das verlangte?

In der vergangenen Woche konnte ich sie größtenteils in ihrem Zimmer halten, doch das würde nicht mehr ewig so weitergehen. Sie würde bald Antworten verlangen. Es wäre töricht, zu glauben, dass sie ihre Sympathie für Menschen schnell verlieren würde, nur weil sie jetzt als Vampyr lebte. Ich hatte vor, ihretwegen einige Umstrukturierungen durchzuführen, doch ehrlich gesagt wusste ich nicht, wo ich anfangen sollte.

***

Nachdem Lilya doch noch das Blut getrunken hatte, verließen wir unser Quartier auf dem Balkon und machten uns auf den Weg ins Bett. Die letzten Tage waren wir länger wach geblieben, doch ich sah Lilya an, dass sie sehr erschöpft war. Ihr Körper wollte immer noch an ihrem alten Rhythmus festhalten.

In einem meiner T-Shirts krabbelte sie schließlich ins Bett und klopfte auf die freie Seite neben sich. Ich setzte mich zu ihr und küsste sie. Ehe der Kuss zu leidenschaftlich wurde, löste ich mich jedoch wieder von ihr.

»Warum hast du noch deine Sachen an?«, fragte sie und schob mein T-Shirt nach oben.

»Ich muss leider zu einer wichtigen Besprechung.«

Sanft schob ich ihre Hand wieder weg, woraufhin sie einen Schmollmund zog. »Ich dachte, das wäre arbeitsfreie Zeit.«

»Tut mir leid. Ich komme so schnell zurück, wie ich kann«, versprach ich und hauchte einen Kuss auf ihre Stirn.

***

Jedes Mal, wenn ich Lilya allein ließ, hatte ich ein schlechtes Gewissen. Am liebsten würde ich sie keine Sekunde mehr aus den Augen lassen, doch das war lächerlich. Ich ließ sie rund um die Uhr von meinen besten Leuten bewachen, das musste als Schutz reichen. Immerhin konnte ich sie schlecht für den Rest ihres Lebens in einen goldenen Käfig sperren.

Erst jetzt fiel mir der starke Kontrast zu meinem Verhalten in den USA auf. Damals hatte ich weniger Probleme, sie allein zu lassen, obwohl sie dort lange nicht so sicher war. Vermutlich war es die vorherrschende Anonymität, die ein Gefühl von Sicherheit vermittelt hatte. Wir waren gemeinsam durch eine Stadt gelaufen, die so viele Einwohner hatte, dass wir einfach irgendwie untergegangen waren. Trotzdem wurde sie letztendlich aufgespürt.

Doch auch wenn meine Sorge um Lilya übermächtig war, seit ich sie einmal verloren hatte, spürte ich hier die großen Unterschiede zwischen uns. In Texas und New York waren wir ein scheinbar ganz normales frisch verliebtes Pärchen gewesen, aber hier im Schloss würden wir eine andere Rolle einnehmen. Ich war wieder der Kronprinz mit dem verrückten Bruder und Lilya das verlorene Kind von Anisya. Keine Ahnung, wie mein Bruder es geschafft hatte, dass kein Sterbenswörtchen über Lilyas Auftauchen in der Vampyrwelt die Runde gemacht hatte, doch sobald sie gekrönt wurde, würden die Medien sich auf sie stürzen. *Die letzte Kiya.* Ich konnte die Schlagzeilen bereits vor mir sehen.

Im Geiste war ich immer noch bei Lilya, als ich erneut den Besprechungsraum betrat. Soley, Ana und Sascha waren bereits dort, so wie Michail, Alexander, Felix, Vladimir und Iwan – fünf Wächter, die ebenfalls mein Vertrauen genossen. Stanislaw, ein weiterer Vertrauter, hielt währenddessen bei Lilya Wache. Die letzten Tage war ich damit beschäftigt gewesen, interne Angelegenheiten im Schloss zu regeln. Ich war einige Jahre nicht hier gewesen und musste mir erst einmal einen Überblick verschaffen.

»Unser Prinz beehrt uns ja doch mit seiner Anwesenheit«, kommentierte Ana schmunzelnd mein Zuspätkommen. Ich setzte mich auf den Stuhl am Tischende und ließ den Blick über die Anwesenden schweifen. »Also wollen wir direkt anfangen?«

***

Zwei Stunden später waren wir nicht näher an der Lösung unserer Probleme. Ganz oben auf der Tagesordnung stand Lilyas Sicherheit. Es gab einige neue

Überwachungsmöglichkeiten, in die mich die Jungs bereits eingewiesen hatten, doch meine größte Sorge konnten sie nicht beheben. Die Angst, dass sich einer meiner Männer gegen mich verschwor und für Valentin arbeitete. Für alle Anwesenden würde ich meine Hand ins Feuer legen, doch das hatte ich auch mal über Andrej gesagt. Und letztendlich war er derjenige, der Lilya meinem Bruder auslieferte.

Das Problem eines möglichen Verrats konnten wir nur lösen, indem Lilya es schaffte, sich selbst zu verteidigen. Dann wäre sie zumindest keine leichte Beute mehr. Zudem galt es, so viel wie möglich über ihre Fähigkeiten geheim zu halten. Valentin und seine Männer wussten darüber Bescheid, doch es wäre trotzdem besser, es nicht an die große Glocke zu hängen.

In nächster Zeit stand noch ein Treffen mit dem Ältestenrat bezüglich der Krönung aus. Bisher wusste ich nicht, ob ich Lilya dazu mitnehmen sollte. Eigentlich war sie das Oberhaupt der Vampyre, es wäre nur logisch, sie überall teilhaben zu lassen. Doch inwieweit verstand sie unsere Welt überhaupt? Bei der vorherigen Besprechung hatte ich ihr angesehen, dass sie sich völlig fehl am Platz fühlte. Ich konnte ihr alles über uns erzählen, aber all das blieb vorerst fremd für sie.

Da die Ältesten vermutlich an ihrer Teilnahme an diesem Gespräch interessiert waren, stellte sich die Frage aber eigentlich nicht. Ich sollte vorher eine Geschichtsstunde mit Lilya abhalten. Eine Führung durch das Schloss war ebenfalls überfällig.

Nachdem ich noch ein paar andere Dinge erledigt hatte, machte ich mich auf den Weg zu Sascha. Ana war wieder zu Lilyas Wache eingeteilt und ich wollte heute durchmachen, weshalb ich meinen besten Freund besuchte, der im Gegensatz zu vielen anderen um diese Uhrzeit auch noch wach sein müsste. Die Sonne war längst aufgegangen und es war bereits neun Uhr. Zwischen sechs und zehn Uhr war die Zeit, in der die meisten Vampyre schliefen.

***

Ich klopfte an die Tür von Saschas und Anas Gemächern und prompt wurde aufgemacht. Wie erwartet war Sascha noch nicht im Bett. Er trug genauso wie ich ein schwarzes T-Shirt und schwarze Jeans.

»Ist etwas passiert?«, fragte er stirnrunzelnd.

»Darf ich dich nicht ohne Grund besuchen?« Schmunzelnd schob ich mich an ihm vorbei und steuerte geradewegs die Couch an.

Leicht irritiert schloss Sascha die Tür und kam mir hinterher. »Natürlich.«

»Ich dachte, wir nutzen die frauenfreie Zeit, um über ein paar Dinge zu sprechen«, erklärte ich, nachdem wir es uns gemütlich gemacht hatten.

»Ich nehme an, du sprichst jetzt nicht von meinem Job, sondern deiner Beziehung.« Nach all den Jahren kannte mich Sascha einfach besser als irgendjemand sonst. Ich nickte.

»O Mann. Für solche Gespräche brauchen wir wohl einen Drink.« Er stand auf und holte zwei Gläser aus dem Schrank, die er mit etwas Whiskey füllte. Sascha war eigentlich nicht der Typ, der Alkohol für irgendetwas brauchte. Die letzten Wochen hatten wohl auch bei ihm Spuren hinterlassen. Er setzte sich wieder mir gegenüber und reichte mir ein Glas. Ich trank einen Schluck und genoss das kurze Brennen in der Kehle, ehe ich das Glas auf dem Couchtisch abstellte.

»Ich habe schreckliche Angst, was passiert, wenn sie ihre Rolle als Kronprinzessin offiziell einnimmt.« Noch nie habe ich meine Sorgen Sascha gegenüber so offengelegt. Er schien ebenfalls nicht zu wissen, was er davon halten sollte, und brauchte einige Zeit, um zu antworten.

»Nun, du kannst nicht verhindern, dass sie bald im Mittelpunkt stehen wird und eure Beziehung sehr kritisch beäugt wird. Es bringt nichts, sich jetzt schon verrückt zu machen. Lass es doch einfach auf dich zukommen«, riet er.

Ich setzte zu einer Antwort an, als es klopfte und daraufhin direkt die Tür aufgerissen wurde. Stanislaw stand im Türrahmen. Sein besorgter Gesichtsausdruck ließ mich reflexartig aufspringen.

»Anastasija hat mich gebeten, euch sofort zu informieren, dass Prinzessin Lilya nicht mehr in ihrem Zimmer ist.«

»Sie ist was?!« Die Panik brachte mein Herz zum Rasen. Ich ließ den Wächter seine Neuigkeiten nicht mehr wiederholen, sondern rannte los.

5. KAPITEL

Lilya

Eine Stunde zuvor …

Ohne Dimitri neben mir fand ich einfach keine Ruhe. Einige Zeit hatte ich mich im Bett hin und her gewälzt, doch der Schlaf wollte nicht eintreten. Irgendwann gab ich es auf und kletterte aus dem Bett. Ich schlüpfte in meine Jogginghose, zog Dimitris Oberteil aus und wechselte es gegen eins von meinen. Lächelnd vergrub ich die Nase im Stoff von Dimitris T-Shirt und atmete seinen Geruch ein, ehe ich es aufs Bett warf und wieder auf den Balkon ging. Anstatt mich in unsere Kuschelecke zu legen, trat ich ans Geländer. Kühler Nachtwind strich über meine erhitzte Haut.

Ich hätte das Blut nicht kurz vorm Schlafen trinken sollen. Es setzte eine Energiewelle in mir frei und vertrieb jegliche Müdigkeit. Wie eine Droge rauschte die Flüssigkeit durch die Adern. Obwohl ich mich nach dem Trinken von Blut so lebendig fühlte, wurde mein schlechtes Gewissen den Spendern gegenüber immer größer. Angeblich starb niemand für das Blut, doch bedeutete dies auch, dass es den Menschen besser ging als in Sibirien?

Ich verabscheute es, in meinem Zimmer eingesperrt zu sein, und dachte häufiger darüber nach, einfach durch die Tür nach draußen zu stürmen. Wer auch immer dort draußen Wache schob, würde sich mit Sicherheit so leicht überrumpeln lassen wie die Wächter Valentins. Warum also sollte ich es nicht wagen? Was würde Dimitri dann tun? Mir weiterhin Zimmerarrest erteilen wie einem kleinen Kind? Ich hatte die Gefangenschaft in Sibirien überstanden, dann würde ich auch verkraften, was mich hier in Kanada erwarte. Wieso also hielt Dimitri mich von allem fern? Hatte er nicht das Feuer gesehen, das in meinem Inneren loderte?

Zaghaft beugte ich mich über das Geländer und versuchte abzuschätzen, wie weit oben ich mich befand. Obwohl die Dämmerung noch auf sich warten ließ, erkannte ich in der Tiefe eine kleine freie Fläche direkt unter mir, ehe Büsche und Bäume in den Wald mündeten.

Ich vermutete, dass der Balkon in circa zehn Metern Höhe lag. Ob ich einen Sturz aus dieser Höhe überleben würde? Valentin hatte ich aus einem ähnlich hohen Stockwerk befördert und er hatte es vermutlich überstanden.

Als hätte das Blut mich waghalsiger gemacht, kletterte ich todesmutig auf die breite Mauer und streckte die Arme aus. Es war ein berauschendes Gefühl. Ich fühlte mich frei wie ein Vogel, während der Wind um mich wehte. Bei einem weiteren Blick nach unten verspürte ich keinerlei Angst, sondern entwickelte eine verrückte Idee. Wer sagte, dass ich den Weg durch die Tür wählen musste, wenn ich die Gegend erkunden wollte? Ich starrte in die Tiefe und beschloss, es zu riskieren. Zaghaft setzte ich einen Fuß vor in die Luft und stand nun einbeinig in luftiger Höhe. Dann schloss ich die Augen und sprang.

***

Begeistert rannte ich durch den Wald und ließ alle Eindrücke auf mich wirken. Der Morgen graute und immer mehr Licht drang durch das dichte Blätterdach.

Meine Geschwindigkeit war unglaublich. Mit einer ungewohnten Leichtigkeit lief ich durchs dichte Gestrüpp und fing an zu lachen. Es war überwältigend.

Der Sprung vom Balkon war lebensmüde gewesen, aber ich hatte ihn mir zugetraut und war mir sicher gewesen, dass mein Gefühl mich nicht täuschen und in den Tod springen lassen würde. Und dieses Gefühl hatte recht behalten. Wie eine Katze war ich sanft auf den Füßen gelandet.

Kurze Zeit später lichtete sich der Wald etwas und ich konnte Wasser rauschen hören. Ich folgte dem Geräusch und gelangte schließlich an einen Fluss, der links und rechts nur von kahlem Felsgestein gesäumt war. Das Wasser rauschte sprudelnd flussabwärts. Neugierig folgte ich der Strömung, um zu erkunden, wo sie mündete. Es dauerte nicht lange, bis das Rauschen lauter wurde, und schließlich konnte ich erkennen, wohin das ganze Wasser floss.

Sprachlos bewunderte ich das Bild, das sich mir bot. Ich stand auf einer Klippe und nur wenige Meter neben mir stürzten die reißenden Fluten in die Tiefe. Dort, wo sie aufprallten, sammelten sie sich in einem großen Becken und mündeten dann erneut in einen Fluss. Deutlich langsamer strömte das überschüssige Wasser durch die Bäume, bis ich den Flussverlauf nicht mehr sehen konnte.

Ein atemberaubendes Naturschauspiel, das vermutlich versteckt vor den Augen sich hierher verirrender Touristen lag. Ich war aber immer noch nah am Schloss, was mir ein Blick über die Schulter verriet. Ich konnte es gut erkennen, auch wenn ich bereits deutlich weiter weg war als angenommen. Nie hatte ich mich so frei gefühlt wie in diesem Moment. Ich war allein. Ganz allein in der Wildnis Kanadas und es war ein unbeschreibliches Gefühl.

Niemals hätte ich gedacht, so etwas einmal zu erleben.

Vorsichtig stellte ich mich ganz an den Rand der hohen Klippe und blickte über die Baumwipfel hinweg. Endlose Weiten erstreckten sich vor mir. Ich schloss die Augen, um die Umgebung mit allen Sinnen zu entdecken. Der Wind wehte durch meine Haare und ich atmete die frische Luft ein.

Plötzlich vernahm ich einen schrillen Schrei neben dem Tosen des Wasserfalls. Ich öffnete die Augen und versuchte auszumachen, woher er gekommen war. In dem Moment hörte ich eine Jungenstimme etwas Unverständliches rufen.

Mein Blick wanderte die Klippe entlang und schließlich konnte ich eine Gestalt auf der anderen Seite des Wasserfalls ausmachen, die am Abgrund kniete. Ich wandte mich nach links und rannte einige Schritte in ihre Richtung. Der Fluss trennte mich jedoch von der Person, weshalb ich wieder etwas flussaufwärts lief, um eine Stelle zu finden, an der ich ihn überqueren konnte. Würde ich direkt an der Klippe versuchen, auf die andere Seite zu gelangen, würden mich die Wassermassen sofort in den Abgrund reißen.

Aufgeregt lief ich am Ufer entlang und fand schließlich eine Stelle, an der sich große Felsen durch die gesamte Breite des Flusses zogen. Die Strömung war durch die Hindernisse an dieser Stelle besonders stark, doch ich wollte nicht noch mehr Zeit verlieren.

Vorsichtig kletterte und sprang ich von Stein zu Stein. Die Oberfläche war feucht und rutschig, weshalb ich besonders aufpassen musste, nicht in den Fluss zu fallen. Auf dem letzten Stein rutschte ich mit einem Fuß weg und landete auf dem Hintern. Und dann bis zu den Knien im eiskalten Wasser, aber ich konnte verhindern komplett abzurutschen.

Fluchend rappelte ich mich wieder auf und überwand mit einem Sprung den Abstand zum anderen Ufer. Trotz meiner inzwischen geringeren Temperaturempfindlichkeit waren die nassen Füße mehr als unangenehm. Ich achtete jedoch nicht weiter darauf, sondern rannte geradewegs zurück zum Wasserfall, wo ich die fremde Gestalt erspähte.

Als ich näherkam, konnte ich auch erkennen, dass es sich um einen jungen Mann handelte, der die Klippe hinab rief: »Halte dich weiterhin gut fest, Emma. Ich komme dich holen!«

»Bitte hilf mir, Liam. Ich kann mich nicht mehr länger ... festhalten!«, hörte ich eine junge Mädchenstimme panisch aufschreien.

»Was ist passiert?«, fragte ich atemlos, als ich hinter dem Jungen zum Stehen kam. Überrascht, weil er mich anscheinend nicht kommen gehört hatte, drehte er sich um und starrte mich dann mit offenem Mund an.

»Was ...?«, fing er an, brachte aber keinen vollständigen Satz zustande.

Ich stellte mich neben ihn und warf einen Blick den Abgrund hinunter, wo sich ein kleines Mädchen einige Meter unter uns an einen Felsvorsprung klammerte.

Ohne nachzudenken drehte ich mich um und fing an, zu ihr hinabzuklettern.

Als ich sie fast erreicht hatte und nach ihrer Hand griff, schaute sie hoch und blickte mir direkt in die Augen. Blankes Entsetzen erschien auf ihrem

Gesicht und sie fing wieder an zu schreien. Dieses Mal jedoch offenbar meinetwegen und nicht wegen ihrer misslichen Lage.

»Nimm meine Hand«, sagte ich so beruhigend wie möglich und griff erneut nach ihr. Sie versuchte, vor mir zurückzuweichen, und verlor vor Schreck den Halt.

Instinktiv stieß ich mich von der Felswand ab, bekam ihr Handgelenk zu fassen und zog sie im Fallen in die Arme.

»Emma, *neinnnn!*«, hörte ich noch den Jungen schreien, als ich mit dem Rücken auf der Wasseroberfläche aufschlug.

Die Luft wurde aus meinen Lungen gepresst, als wir von eiskaltem Wasser umfangen wurden. Ich klammerte Emma an mich und das Adrenalin setzte meine Vampyrkräfte frei.

Plötzlich war das Wasser … verschwunden und ich schlug hart mit dem Rücken auf felsigem Boden auf. Emma keuchte in meinen Armen und spuckte Wasser. Kraftlos und orientierungslos blieb ich liegen, als sie sich von mir losriss und schwankend auf Liam zulief. Dieser starrte verblüfft in meine Richtung und schloss das Mädchen dann in die Arme.

Was zur Hölle ist hier los?!

»Gott sei Dank, dir geht es gut«, flüsterte er und drückte ihr einen Kuss aufs blonde Haar, das triefnass ganz dunkel wirkte.

»O Bruderherz, ich dachte, ich sterbe.« Schluchzend presste sie sich an ihn.

»Du musst aus den nassen Sachen raus. Ich bring dich nach Hause.«

Er warf mir einen skeptischen Blick zu. Ich lag nach wie vor erschöpft am Boden und kämpfte mit der Ohnmacht. Unfähig, mich zu bewegen, versuchte ich zu realisieren, was passiert war.

Hatte ich uns gerade teleportiert? Das war eigentlich völlig unmöglich, doch wie sollte ich sonst erklären, wie wir eben aus dem Fluss zurück an den Abgrund gekommen waren? Offensichtlich war ich wirklich zu unglaublichen Dingen fähig.

Stöhnend rollte ich mich auf die Seite und versuchte mich aufzusetzen. Ich zitterte unaufhörlich am ganzen Körper, wofür nicht nur das eiskalte Wasser verantwortlich sein konnte.

»Was ist mit …?«, fragte Emma und deutete zaghaft auf mich.

»Es kommt schon klar«, meinte er abfällig.

Es? Die Tatsache, dass sie hier mitten in der Einöde waren und über mich Bescheid wussten, bedeutete wohl, dass sie aus dem Schloss kamen.

Liam warf seine Jacke zu Boden, zog seinen Pullover aus und stülpte ihn Emma über, nachdem er ihr aus den nassen Sachen geholfen hatte. Der Pulli war ihr natürlich viel zu groß und reichte bis zu den Knien.

Dann nahm er seine Schwester an die Hand, bückte sich, um seine Jacke wieder aufzuheben, und drehte sich zur Seite, woraufhin ich ein Tattoo auf seinem rechten Handgelenk bemerkte. Es handelte sich um eine Lilie, die anstelle von einem Band von einer Krone umschlossen wurde. Verblüfft starrte ich auf die Tätowierung und etwas in meinem Kopf machte Klick. Ich hatte es nie live gesehen und doch kannte ich dieses Symbol – beziehungsweise seine Bedeutung. Es war das Wappen der Kiye. Meiner Familie.

»Woher hast du es?«

Er erstarrte, als ich ihn direkt ansprach. Verstand aber offensichtlich nicht, was ich meinte.

»Das Tattoo«, erklärte ich. »Woher hast du es?«

Er ließ Emmas Hand los und starrte mich finster an.

»Ich verstehe die Frage nicht. Das habt *ihr* mir doch verpasst.«

»Wir?« Verwirrt setzte ich mich auf. Sichtlich verärgert ballte er die Hände zu Fäusten und machte einen Schritt auf mich zu.

»Ja, verdammt. *Ihr!* Ihr verfluchten Vampyre!«

Ich schluckte schwer. Der Hass in den blauen Augen des Jungen war nicht zu übersehen. Was hatten die Vampyre ihm nur angetan?

Es machte mich traurig, wie schlecht er offenbar von mir dachte. Bis vor ein paar Wochen war ich doch selbst noch ein Mensch gewesen. Das hatte ich zumindest gedacht.

Während Emma schreckliche Angst vor mir zu haben schien, wirkte Liam völlig unbeeindruckt. Interessiert musterte ich ihn. Er war noch recht jung. Ich schätzte ihn auf mein Alter. Die Entschlossenheit in seinem Blick ließ ihn jedoch älter wirken. Mein Blick fiel auf seinen nackten Oberkörper. Liam war ein Mensch und natürlich nicht so muskulös wie Dimitri, doch man erkannte trotzdem, dass er sehr sportlich war. Er musste meinen Blick bemerkt haben, denn er schlüpfte schnell wieder in seine Jacke und zog den Reißverschluss zu.

»*Ich* habe weder *dir* noch einem anderen Menschen je etwas getan. Also hör auf von irgendwelchen Vampyren auf mich zu schließen.« Wütend rappelte ich mich auf und warf ihm einen eiskalten Blick zu. »Vor ein paar Wochen hat mich eine Gruppe Jugendlicher angegriffen und versucht mich zu vergewaltigen. Ein Vampyr hat mich vor ihnen gerettet. Doch deshalb sind auch nicht alle Menschen für mich gestorben.« Ich deutete auf Emma, die sich hinter Liam versteckte. »Falls du es noch nicht bemerkt hast, ich habe soeben deiner kleinen Schwester das Leben gerettet! Ich finde, ein Danke wäre eher angebracht als irgendwelche Vorwürfe.«

Meine Worte schienen Liam verunsichert zu haben. Irritiert blickte er von mir zu seiner Schwester und fuhr sich nervös mit einer Hand durchs dunkelblonde Haar. Dann trat jedoch wieder ein gefühlloser Ausdruck in sein Gesicht. Er holte tief Luft und schien sich auf eine weitere verbale Attacke vorzubereiten, als er plötzlich erstarrte und einen Punkt hinter mir fixierte.

Neugierig, was seine Aufmerksamkeit erlangt hatte, warf ich einen Blick über die Schulter. Ein Mann war aus dem Schatten der Bäume getreten und kam langsam auf uns zu. Auf den ersten Blick sah er genauso aus wie alle anderen aus Dimitris Familie. Groß, muskulös, braune Haare und Augen. Ich hatte aufgehört, zu versuchen, sie auseinanderzuhalten. Dafür hatte ich einfach zu wenig mit den meisten von ihnen zu tun.

Die Anwesenheit des Vampyrs beunruhigte mich eigentlich nicht, er würde sicher nur gekommen sein, um nach mir zu sehen, aber in Valentins Gefangenschaft hatte ich einfach zu viele schlechte Erfahrungen mit diesen Typen gesammelt, um mich in ihrer Gegenwart entspannen zu können.

Liam und Emma schien es nicht besser zu gehen. Nachdem ich ihm offenbar keine Angst einjagen konnte – möglicherweise, weil ich ein Mädchen war? –, sah es bei diesem Mann ganz anders aus. Liams ausdruckslose Miene wich einem panischen Ausdruck und Emma zitterte unkontrollierbar und fing an zu weinen. Ihre Reaktionen lösten meinen Beschützerinstinkt aus, weshalb ich mich automatisch vor die beiden stellte.

Als der Typ nur noch wenige Meter entfernt war, blieb er stehen und deutete eine Verbeugung an.

»Eure Hoheit, ich bin gekommen, um Euch zurück ins Schloss zu bringen. Ihr wurdet bereits überall gesucht. Ihr solltet nicht allein umherirren.«

Ich hatte also recht gehabt. Man wollte nur sicherstellen, dass ich unversehrt zum Schloss zurückkehrte. Dimitri hätte allerdings ruhig jemand Freundlicheres schicken können. Noch besser hätte ich es gefunden, wenn er mir selbst gefolgt wäre. Aber vielleicht gab es ja einen Grund, warum er gerade keine Zeit hatte. Höchstwahrscheinlich lag es daran, weil er sich woanders auf die Suche nach mir gemacht hatte.

Erleichtert nickte ich dem Djiyo zu. »In Ordnung.«

Er verzog weiterhin keine Miene, als er seine Aufmerksamkeit hinter mich lenkte.

»Hey, ihr beiden, was zur Hölle habt ihr hier zu suchen?« Sein Tonfall unterschied sich deutlich von der Art und Weise, wie er mich angesprochen hatte.

Erschrocken zuckte ich zusammen. Ein Blick über die Schulter verriet mir, dass die zwei sich am liebsten in Luft auflösen würden.

Emma wimmerte leise und klammerte sich an ihren Bruder. Der hielt trotz seiner Angst dem Blick des Fremden stand.

»Hast du mich nicht gehört? Antworte! Was fällt euch ein, die Prinzessin zu belästigen?« Er lief an mir vorbei und machte bedrohlich einen Schritt auf sie zu.

Wäre ich nun an der Stelle des Jungen, hätte ich mich längst hinter dem nächsten Busch verkrochen. Es war mir ein Rätsel, wie er noch so ruhig bleiben konnte. Ich wusste nicht, ob ich eingreifen sollte. Meine Unentschlossenheit löste sich allerdings augenblicklich in Luft auf, als ich sah, wie der Vampyr das kleine Mädchen zur Seite stieß und den Jungen am Kragen packte. Emma schrie entsetzt auf.

»Aufhören!«, platzte ich heraus.

Nur widerwillig ließ der Angreifer von seinem Opfer ab und warf einen kurzen Blick zu mir herüber.

»Was zur Hölle soll das werden?«, fragte ich aufgebracht. »Wie ist dein Name?«

»Vladimir.«

»Lass den Jungen und das Mädchen in Ruhe. Du bist hier, um mich zurückzubringen.«

Vladimir hob fragend eine Augenbraue. »Entschuldigt Eure Hoheit, aber diese Menschen haben gegen das Gesetz verstoßen. Es ist nicht erlaubt, sich so weit vom Dorf zu entfernen. Ich vergaß, dass Ihr noch nicht lange genug hier seid, um über die Regeln aufgeklärt worden zu sein.«

Ich starrte ihn verwirrt an. Das klang ja fast so, als wären die beiden unsere Gefangenen. Es war wohl naiv zu glauben, dass die Menschen in Kanada freiwillig bei den Vampyren wohnten.

»Was soll das heißen? Ich bin auch weggelaufen. Werde ich jetzt bestraft?«

»Das ist etwas völlig anderes«, meinte er genervt. Sich mit mir herumzuschlagen schien nicht seine Lieblingsbeschäftigung zu werden.

»Nein, ist es nicht.« Ich wollte auf Vladimir zugehen und ihn von Liam wegziehen, als meine Beine nachgaben und ich kraftlos zusammenbrach. Bevor ich auf dem Boden aufschlagen konnte, umschlangen mich Vladimirs starke Arme.

»Alles in Ordnung mit Euch?«, fragte er nun überraschend sanft.

»Es geht schon. Bitte bring mich zurück. Ich werde mich später persönlich um diese beiden Menschen kümmern.«

Er warf Liam und Emma noch einen kurzen Blick zu, lud mich dann aber auf die Arme und trug mich zurück in den Wald.

6. KAPITEL

Dimitri

Ich hatte so sehr gehofft, dass Stanislaw und Ana sich geirrt hatten und Lilya in ihrem Zimmer war, aber natürlich behielten sie recht. Ich schaute in jeden Winkel, doch von Lya war nichts zu sehen.

»Wie kann sie aus dem Zimmer entkommen sein?!« Wütend stieß ich Stanislaw gegen die Wand und baute mich bedrohlich vor ihm auf. Hatte sich meine größte Sorge bereits bewahrheitet und ich war verraten worden? Hatte Stanislaw Valentin dabei geholfen, Lilya zu entführen? Sollte ihr etwas passiert sein, würde ich ihn umbringen.

Stanislaw hob die Hände. »Ich weiß es nicht. Ich stand die ganze Zeit vor der Tür, bis Anastasija mich abgelöst hat. Sie wollte nach der Prinzessin schauen und hat mir dann mitgeteilt, dass sie nicht mehr da ist.«

»Du solltest doch auf sie aufpassen! Das war dein Job!«, fauchte ich und griff nach seiner Kehle.

»Dimitri, lass es gut sein.« Ana hatte mich am Arm gepackt und versuchte, mich von Stanislaw wegzuziehen. Knurrend befreite ich mich aus ihrem Griff.

»Wieso? Steckst du mit ihm unter einer Decke? Was habt ihr mit Lilya gemacht?«, brüllte ich.

Ana blinzelte überrascht, fing sich aber gleich wieder. Ihre glühend roten Augen funkelten mich wütend an. »Spinnst du? Lilya und du, ihr seid meine Freunde! Ich meine nur, dass es nichts bringt, sich jetzt gegenseitig an die Gurgel zu gehen. Wir müssen sie suchen!«

***

Alle halfen mir bei der Suche. Keiner wagte es, irgendetwas zu sagen. Still nahmen sie meine Befehle an, als ich sie in alle Richtungen schickte.

Völlig verzweifelt rannte ich durch das Schloss und schrie Lyas Namen. *Sie muss einfach irgendwo sein.*

Ich lief schließlich nach draußen, um dort weiter nach ihr zu suchen. Am Waldrand blieb ich abrupt stehen, als ich sah, wie Vladimir zwischen den Bäumen auftauchte. Mein Herz setzte für einen Schlag aus bei dem Anblick, wie Lya leblos in seinen Armen hing.

»Vladimir, was ist passiert?«, fragte ich panisch und nahm sie ihm ab. Eine Welle der Erleichterung überrollte mich, als ich ihr Herz schlagen hörte. Sie war nur bewusstlos.

»Ich habe sie beim Wasserfall mit zwei Menschen aufgegabelt. Sie ist plötzlich ohnmächtig geworden.«

Sie muss ihre Kräfte eingesetzt haben.

»Ich kümmere mich um sie. Kannst du die Menschen einfangen? Ich will noch mit ihnen reden.«

Vladimir nickte. »Natürlich. Die Prinzessin meinte auch, dass sie sich später persönlich um die beiden kümmern möchte.«

Irritiert runzelte ich die Stirn und blickte auf meine bewusstlose Freundin hinab. Was war im Wald vorgefallen?

Ich wandte mich bereits zum Gehen, als Vladimir noch etwas sagte. »Es waren übrigens Liam und eine seiner Schwestern.«

Ich blieb stehen und drehte mich zu dem Wächter um, doch er lief bereits zurück in den Wald.

***

Nachdem ich Lilya zurück in ihr Zimmer gebracht und in Soleys Obhut übergeben hatte, machte ich mich auf den Weg, um Liam und seine Schwester von Vladimir in Empfang zu nehmen.

Er wartete bereits mit den beiden Menschen in dem kahlen Zimmer, in das wir unsere Sklaven brachten.

»Sie reden nicht mit mir«, meinte Vladimir mit einem Kopfnicken auf das Geschwisterpaar.

Das kleine Mädchen saß bei ihrem Bruder auf dem Schoß und klammerte sich an ihn. Als sie mich bemerkten, vergrub das Kind ängstlich das Gesicht an Liams Brust und er schlang die Arme beschützend um sie. Wenn ich mich recht erinnerte, lautete ihr Name Emma. Liams Miene blieb ruhig, doch ich erkannte in seinen Augen, dass in ihm ein Feuer loderte.

»Ist schon gut, Vladimir. Ich übernehme.« Ich klopfte dem Wächter auf die Schulter, ehe ich einen Schritt auf die beiden zu machte.

»Sieh an, du bist also zurück.« Liam starrte mich hasserfüllt an.

»Offensichtlich«, erwiderte ich und verschränkte die Arme vor der Brust. »Wir müssen reden.«

Er hielt meinem Blick stand und zeigte keinerlei Anzeichen von Angst. Ganz im Gegenteil. Er war wütend. Auf diesen Moment hatte er gewartet, seitdem ich seine Schwester vermeintlich getötet hatte.

Behutsam schob er Emma vom Schoß. »Ich bin gleich wieder da«, versprach er und strich über ihr Haar.

»Geh nicht weg«, jammerte sie und griff nach seiner Hand.

»Ich bin gleich wieder da, Emma«, wiederholte er.

Sie fing an zu weinen und klammerte sich verzweifelt an die Hand. Vladimir stöhnte genervt und lief an mir vorbei auf die beiden zu.

»Fass sie nicht an!«, fauchte Liam, doch Vladimir zerrte die Geschwister ohne Umschweife auseinander und schubste Liam in meine Richtung.

Sichtlich hin- und hergerissen, ob er seine Schwester tatsächlich in der Obhut dieses Vampyrs lassen wollte oder nicht, folgte er mir schließlich.

»Was ist beim Wasserfall passiert?«, fragte ich und lehnte mich gegen die Wand. Ich wollte mich nicht länger als nötig mit ihm befassen.

»Warum willst du das wissen?«

Ich biss die Zähne fest aufeinander. Ein tiefes Knurren entwich meiner Kehle. »Ich habe gerade keine Geduld für dieses Theater. Sag mir gefälligst, was ich von dir wissen will!«

»Sonst was? Tötest du eine weitere Schwester von mir?« Wie immer war Liam selbstmörderisch vorlaut.

Das Bild von der leblosen Sarah auf dem Fußboden erschien vor meinem inneren Auge. Ich erinnerte mich an das schlechte Gewissen, das ich hinterher gehabt hatte, doch das durfte Liam nicht erfahren. Ebenso wenig, dass sie überhaupt nicht tot war. Es würde ihm nur signalisieren, dass ich meine Drohungen nicht wahr machte.

»Wenn du nicht lernst, dein loses Mundwerk zu zügeln, könnte das durchaus passieren.« Ich verengte die Augen zu Schlitzen. »Wir gehen gerne zu Vladimir und deiner Schwester zurück. Auf eine Tote mehr oder weniger kommt es mir nicht an.«

Liams Gesicht verfinsterte sich und er antwortete nicht. Stattdessen ballte er die Hände zu Fäusten und sah mich im Geiste vermutlich im Fegefeuer brennen.

»Diese Kiya hat Emma gerettet«, rückte er schließlich mit der Sprache raus. Ich zog die Augenbrauen nach oben. Es überraschte mich, dass ein Mensch Lya sofort als Kiya erkannt hatte. Vor allem jemand, der noch ein Baby war, als die letzten Kiye verschwanden.

Allerdings analysierte jemand wie er genau seine Feinde. Und das waren wir für ihn. Jeder von uns. Er wusste vermutlich besser Bescheid über uns als andere Menschen.

»Hat diese Kiya ihre Fähigkeiten eingesetzt?« Ich vermutete, dass das der Grund war, wieso sie das Bewusstsein verloren hatte.

Liam nickte lediglich.

»Und wieso musste Emma überhaupt gerettet werden? Was hattet ihr außerhalb des Dorfes zu suchen?«

Liam schwieg.

»Ich würde meine Frage nur ungern wiederholen«, stellte ich klar.

»Emma hatte sich verirrt. Ich habe sie nur gesucht.«

Ich bezweifelte, dass das alles war. »Du hättest einem Vampyr Bescheid geben müssen. Wir hätten sie leicht über ihren Sender aufspüren können.«

Liam lachte. »Natürlich hättet ihr das. Sie ist meine kleine Schwester und ich hetze ihr sicher keine Vampyre auf den Hals.«

Gut, das reichte mir vorerst an Informationen. Wie sie aus ihrem Zimmer gekommen war, würde Lya mir später erzählen.

»Da ist noch etwas. Prinzessin Lilya möchte euch beide nach diesem Vorfall noch mal treffen. Ich will, dass du ihr gegenüber Sarah mit keinem Wort erwähnst.«

Liam zog die Augenbrauen nach oben. »Ach, und wieso nicht? Soll sie nicht wissen, dass du ein eiskalter Mörder bist?«

Die Worte hatten Liams Mund noch nicht ganz verlassen, da hatte ich den Abstand zwischen uns bereits überwunden, ihn gepackt und an die Wand gedrückt.

»Pass auf, was du sagst!«, knurrte ich zornig.

»Das heißt dann wohl Ja«, schlussfolgerte er gelassen und in seinen Augen blitzte so etwas wie Triumph auf. »Wenn du mich jetzt umbringst, wird sie sich wundern, wo ich abgeblieben bin.«

»Für diese Tatsache würde ich sicher eine Erklärung finden.«

»Du elendes Monster hast meine Schwester misshandelt und getötet. Ich wüsste nicht, wieso das nicht jeder wissen sollte.«

Wütend griff ich um Liams Hals und drückte leicht zu. Ich beugte mich nach vorn, um ihm meine nächsten Worte ins Ohr zu zischen. »Du hörst mir jetzt besser gut zu, Menschlein. Solltest du Lilya gegenüber auch nur ein Wort über mich verlieren, mache ich dich fertig. Dann werden du und deine Familie nie wieder das Tageslicht sehen, das verspreche ich dir. Und dann erwartet euch viel Schlimmeres als deiner Schwester. Hast du kapiert?«

Zähneknirschend stimmte er zu. »Wie Ihr wünscht, Hoheit.« Er spukte mir die Worte förmlich entgegen.

»Gut. Und damit du schon mal erfährst, wie das aussehen könnte, wirst du nach dem Gespräch mit ihr die nächsten Wochen in deiner Zelle verbringen. Die hast du schon viel zu lange nicht mehr von innen gesehen.«

»Wie großzügig, mich von meiner alltäglichen Arbeit zu befreien«, bemerkte er trocken.

Ein kaltes Grinsen stieg in mir hoch. »Dafür solltest du mir wirklich gebührend danken. Auf die Knie!«, befahl ich und ließ ihn los.

Als Liams Blick meinen traf, konnte ich wohl froh sein, dass Menschen uns mit ihren nicht töten konnten. Hätte er die nötigen Mittel, würde er keine Sekunde zögern und mich in Fetzen reißen.

Egal was ich tat, den Willen dieses Jungen konnte ich so nicht brechen. Dafür müsste ich Valentins Methoden anwenden und auf dieses Niveau wollte ich mich nicht herablassen. Er hatte unglaubliche Freude daran, Schwächeren den Willen zu zu nehmen. Auch ich konnte diese Seite an mir nicht gänzlich ablegen. In der Regel waren mir die Menschen gleichgültig, doch an Liam hatte ich wirklich einen Narren gefressen. Seit er vor ein paar Jahren aus London zurückgekehrt war, ließ ich keine Gelegenheit aus, ihm das Leben zur Hölle zu machen. Das war die Strafe für das, was er getan hatte. Der Tod wäre zu gnädig gewesen.

Auch wenn sich alles in ihm offensichtlich dagegen sträubte, gab er nach und sank langsam vor mir auf die Knie, ohne mich dabei aus den Augen zu lassen. Sein eigenes Leben hatte für ihn keine Bedeutung, weshalb er lieber bei dem Versuch, mich zu töten, sterben würde, anstatt weiter ein Leben als Sklave zu führen. Doch ich musste ihm zugestehen, dass er aus Liebe zu seiner Familie noch ein Fünkchen Vernunft übrig hatte. Niemals würde er seine Mutter und seine Schwestern allein zurücklassen.

Zufrieden nickte ich ihm zu und wandte mich ab, um nach Lilya zu sehen. Ich spürte Liams triumphierenden Blick im Rücken und wusste, dass er lächelte.

Dieses Machtgehabe war kein Sieg für mich, sondern für ihn.

7. KAPITEL

Lilya

»Lya, geht es dir gut?« Dimitris besorgte Stimme drang an mein Ohr und eine warme Hand strich mir über die Wange.

Noch immer müde und geschwächt öffnete ich die Augen und blickte in Dimitris sorgenvolles Gesicht.

»Hallo, mein Hübscher«, flüsterte ich und lächelte.

Sichtlich erleichtert erschien nun auch ein kleines Lächeln auf seinem Gesicht. »Gott sei Dank, dir geht es gut. Als Vladimir dich bewusstlos aus dem Wald getragen hat, habe ich mir solche Sorgen gemacht.«

Ich warf einen Blick auf die Umgebung und stellte fest, dass ich in meinem Bett lag. »Mhhh. Keine Angst, es ist alles in Ordnung. Ich bin nur ziemlich erschöpft. Wie es aussieht, kann ich mit den neuen Kräften noch nicht so gut umgehen.«

Kurz überlegte ich, ihm zu erzählen, was ich getan hatte, entschied mich aber dagegen. Ich wollte erst mal selbst mehr über meine Kräfte erfahren und herausfinden, was genau am Wasserfall passiert war.

»Das ist ganz normal. Du bist schließlich noch nicht sehr lange ein vollwertiger Vampyr. Aber was ist überhaupt passiert? Wie bist du in den Wald gekommen? Vladimir hat erzählt, dass er dich mit zwei Menschen zusammen gesehen hat. Haben sie dir etwas angetan? Und warum warst du klatschnass?« Die Fragen sprudelten aus ihm heraus, ohne dass ich die Gelegenheit bekam, zu antworten. Erst jetzt drangen mir alle Erinnerungen an den Ausflug in mein Bewusstsein.

»Nein. Sie haben mir nichts getan. Ein kleines Mädchen ist die Klippe hinabgestürzt und ich habe sie gerettet. Das war alles.«

Dimitris Augen wurden groß. »Unfassbar. Da bist du das erste Mal allein unterwegs und begibst dich schon in Gefahr. Die Sklaven dürfen das Dorf ohne Erlaubnis eigentlich nicht verlassen. Vladimir hat sie bereits wieder eingefangen, nachdem er dich hierher gebracht hat. Er meinte, du wolltest dich selbst um sie kümmern.«

Ich nickte und bemerkte, wie sich Dimitris Gesichtsausdruck veränderte und er die Zähne fest aufeinanderpresste. In dem Moment wurde wohl uns beiden bewusst, was er gesagt hatte. Er hatte zum ersten Mal eine Aussage über die Menschen hier getroffen und schien das bereits zu bereuen. Die Art, wie er über sie sprach, machte deutlich, welchen Stellenwert sie für ihn hatten, und versetzte mir einen Stich ins Herz. Mir wurde klar, dass wir noch viele Gespräche zu dem Thema führen würden.

Er räusperte sich, sagte aber nichts mehr zu Liam und Emma.

»Und wie bist du aus deinem Zimmer gekommen?«

Ich zupfte an der Bettdecke herum. »Bin vom Balkon gesprungen«, gab ich schließlich zu und machte mich auf keine begeisterte Reaktion gefasst.

»Das ist nicht dein Ernst!« Dimitri packte mich an den Schultern und schüttelte mich leicht. »Lya, bist du verrückt geworden? Wolltest du dich etwa umbringen? Wie kannst du so einfach abhauen?«

Trotzig reckte ich das Kinn in die Höhe. »Du hast mich doch wie Rapunzel eingesperrt. Dachtest du, ich würde nicht gerne die Gegend erkunden?«

Er ließ mich los und starrte mich fassungslos an. »Das war zu deinem Schutz! Glaubst du, ich mache das zum Spaß?« Seine Wut verpuffte und ich erkannte, wie geknickt er war.

Schuldbewusst biss ich mir auf die Unterlippe. Selbstverständlich hatte ich gewusst, dass das der Grund war, dennoch fühlte sich der Umstand, eingesperrt und isoliert zu sein, dadurch nicht besser an. Ich legte eine Hand auf seine und strich mit dem Daumen über den Handrücken.

»Natürlich weiß ich das. Aber du kannst mich eben nicht vor allem beschützen.«

»Ich weiß.« Er seufzte leise. »Also gut, dein Hausarrest wird hiermit aufgehoben, doch ich möchte dabei sein, wenn du dein Zimmer verlässt. Und ich werde darauf achten, dass du nicht einfach jedem über den Weg läufst.«

Dankbar lächelte ich. Das war ein Kompromiss, mit dem ich an dieser Stelle leben konnte.

***

Eine Stunde später bestand ich darauf, Emma und Liam zu sehen. Dimitri versuchte mich zu überreden, mich noch ein wenig auszuruhen, doch ich lehnte ab. Ich wollte sofort nach ihnen sehen, weshalb Dimitri mich schließlich aus meinem Zimmer führte.

Wir gelangten ins Erdgeschoss und durch eine massive Holztür in einen Gang, den ich bisher nicht betreten hatte. Dahinter war das Schloss alles andere als prunkvoll. Es gab keine Bilder oder Farben mehr an den Wänden und alles wirkte unheimlich. Das schwache Licht, das durch die kleinen Fenster drang, verbesserte den Eindruck nicht. Der Weg erinnerte mich an die dunklen Tunnel in Sibirien. Beinahe hätte ich vermutet, dass er mich in einen Kerker führen könnte, und betete, dass dies nicht der Fall wäre. Das würde ich jetzt nicht verkraften.

Die Erinnerungen an die vergangenen Wochen in Valentins Verlies strömten auf mich ein. Krampfhaft versuchte ich, sie zu verdrängen. Ich wollte mir vor Dimitri nichts anmerken lassen. Er sollte nicht wissen, wie sehr ich wirklich gelitten hatte. Es ging ihm ohnehin schon schlecht genug. Ich wusste, dass seine Schuldgefühle ihn auffraßen. Dabei konnte er mit Sicherheit nichts dafür, dass sein Bruder zu so einem Monster geworden war.

Am Ende des Ganges befand sich eine Tür. Ohne stehen zu bleiben, führte mich Dimitri in den dahinterliegenden Raum. Wir betraten ein größeres Zimmer, bei dem es sich um einen Empfangsbereich zu handeln schien, der zu weiteren Räumen führte.

Ich bemerkte einen Djiyo, der offenbar die Tür bewachte, durch die wir eben gekommen waren. Respektvoll nickte er uns zu. Erst jetzt fiel mir auf, dass es sich um Vladimir handelte. Der Vampyr, der mich im Wald aufgegabelt hatte.

Im Gegensatz zu dem dunklen Gang wirkte der Raum schon ein wenig freundlicher. Die Theke und ein paar Stühle, die an der Wand standen, schienen ihre besten Jahre jedoch schon hinter sich zu haben. Es gab keine Fenster und das Zimmer wurde nur vom künstlichen Licht der Deckenlampen erleuchtet.

Offensichtlich waren wir durch einen Nebeneingang gekommen, denn der Haupteingang befand sich auf der gegenüberliegenden Seite. Eine große dunkle Eingangstür.

»Wo sind wir hier?«, fragte ich Dimitri, nachdem ich die kahlen Wände gemustert hatte.

»Das ist der Teil des Schlosses, in dem wir die Menschen empfangen.«

Erneut fiel mir die herablassende Behandlung der Menschen auf. Ich hatte gedacht, dass nur Valentin so grausam mit ihnen umging. Aber wie es aussah, nahmen die Sterblichen bei keinem Vampyr einen besonders hohen Stellenwert ein.

Mein Bruder ist ebenfalls kein Heiliger. Das hatte Valentin zu mir gesagt, als ich seine Gefangene war. Bisher hatte ich gehofft, dass er das nur erzählt hatte, um Dimitri bei mir schlecht zu machen. Mittlerweile beschlich mich aber das Gefühl, dass er nicht ganz unrecht hatte.

Für Dimitri und die anderen Vampyre waren und blieben die Menschen wohl nur eine Nahrungsquelle, die man zwar nicht unbedingt ganz so stark unterdrückte wie Valentin es tat, aber trotzdem keineswegs als gleichberechtigt ansah.

Diese Erkenntnis betrübte mich zutiefst. Wenn man mir vor wenigen Wochen nicht offenbart hätte, dass ich ebenfalls eine Vampyrin war, und zugleich eine königlichen Geblüts, wäre ich nicht besser behandelt worden.

Auch wenn die Wahrscheinlichkeit, dass ich als normaler Mensch jemals auf einen Vampyr getroffen wäre, vermutlich ziemlich gering war. Es sei denn, Valentin wäre mit seinem Plan, die ganze Welt zu unterwerfen, erfolgreich.

»Ist es ihnen denn verboten, den Rest des Schlosses zu betreten?«

Dimitri warf mir einen skeptischen Blick zu. »Natürlich.« Er seufzte und der Ausdruck in seinen Augen wurde weicher. »Ich weiß, dass diese Art der Rassentrennung dir zuwider ist, aber das ist unsere Kultur.«

»Die Hexenverbrennung war vor einiger Zeit auch mal ein Teil verschiedener Kulturen. Das bedeutet aber nicht, dass es deshalb etwas Gutes ist«, gab ich bissig zurück.

Statt einer Antwort verdrehte Dimitri nur die Augen und zog mich zu einer weiteren Tür.

Keine Ahnung, was ich dahinter erwartet hatte, doch es war nicht unbedingt das, was ich vorfand. Obwohl hier Menschen empfangen wurden und Dimitri mir versprochen hatte, mich zu ihnen zu bringen, überraschte es mich ein wenig, Liam und Emma zu sehen.

Die Geschwister unterbrachen ihr Gespräch, als wir den Raum betraten. Emma saß auf einem Stuhl und Liam stand neben ihr und hielt ihre Hand.

Doch es war nicht allein die Anwesenheit der Menschen, die mich überraschte, sondern der Ort.

Ich selbst war zwar nicht tätowiert, allerdings war ich dabei gewesen, wenn meine Freundinnen ihre Tattoos erhielten, außerdem hatte ich mein Bauchnabelpiercing in einem Tattoostudio stechen lassen, weshalb ich die Räumlichkeit sofort als solches erkannte.

Der Stuhl, auf dem das verheulte Mädchen saß, ließ sich zu einer Liege umklappen und an den Armlehnen waren Schnallen zur Fixierung der Arme angebracht, was man in einem normalen Studio niemals vorfinden würde.

Üblicherweise waren Tattoostudios bunt und stilvoll eingerichtet, doch das Zimmer war bereits wie der Empfangsbereich kalt und steril. Lediglich ein großes Bild hing an der Wand. Es zeigte die Lilie, die von einer Krone umschlossen wurde.

Es gab einen rollbaren Hocker, der vermutlich für den Tätowierer vorgesehen war, und an der Wand stand eine weiße Kommode, auf der alle möglichen Utensilien zum Tätowieren lagen.

Ich riss den Blick von der Umgebung los und betrachtete stirnrunzelnd das Geschwisterpaar. Liam sah nicht mich an, sondern fixierte Dimitri. Mir entging nicht, dass er ihn noch abschätziger musterte als mich bei unserer ersten Begegnung.

Emma drehte den Kopf von uns weg und lehnte sich an ihren großen Bruder. Ich fragte mich, wie alt sie wohl sein mochte. Generell war ich sehr schlecht darin, das Alter anderer einzuschätzen, und bei Kindern fiel es mir nicht leichter. Sie konnte für meine Begriffe alles zwischen vier und zehn Jahren sein.

»Was ist hier los?«, fragte ich Dimitri, der nur die Schultern hob.

»Du wolltest dich um die beiden kümmern. Was auch immer das bedeuten soll.«

»Was machen sie hier?« Ich nickte in die Richtung der Menschen. Meine Frage schien Dimitri nicht zu gefallen. Er wusste wohl, dass mir die Antwort nicht passen würde.

»Emma hat noch keine Tätowierung.«

Ich ahnte bereits, was er damit meinte. Entgeistert starrte ich ihn an. »Das ist nicht dein Ernst. Sie ist noch ein Kind!«

Unruhig glitt sein Blick zwischen den Menschen und mir hin und her. »Lya, lass uns deshalb bitte nicht streiten. Über unsere Traditionen können wir wann anders sprechen.«

Ich stemmte die Hände in die Hüften. »Ich wüsste keinen besseren Zeitpunkt. Da soll gerade ein kleines Mädchen tätowiert werden!« Hatten alle den Verstand verloren? In jedem Land gab es Gesetze bezüglich des Tätowierens und hier machte man es selbstverständlich auch bei Kindern. Und als ob das nicht schon schlimm genug war, war es zudem ein Motiv, das sie als Sklaven kennzeichnete.

»Sie ist heute sechs Jahre alt geworden und das ist nun mal das Alter, in dem sie unsere Wappen tätowiert bekommen.«

»Na, großartig.« Ich warf die Arme in die Luft. »Von Menschenrechten hat auch noch kein Vampyr etwas gehört, oder?«

Dimitri setzte zu einer Antwort an, aber ich unterbrach ihn. »Das war Ironie!«

»Lya …« Verunsichert beäugte Dimitri mich und kratzte sich am Hinterkopf.

Ich schüttelte den Kopf und deutete auf die Tür. »Raus!«

Er blinzelte überrascht. »Wie bitte?«

»Ich sagte: Raus!« Ich konnte mich nicht erinnern, Dimitri jemals angeschrien zu haben, doch gerade fiel mir nichts anderes ein.

Glücklicherweise probierte er es nicht länger, mich zu besänftigen, sondern marschierte aus dem Zimmer. Für jemandem wie Dimitri war es sicherlich ungewöhnlich, aus dem Raum verbannt zu werden.

Als er verschwunden war, atmete ich auf und wandte mich an die Menschen.

»So, den wären wir erst mal los.«

Liam starrte mich entgeistert an. Dass ich Dimitri so einfach die Stirn bot, schien ihn zu beeindrucken. Der bewundernde Ausdruck in den Augen gefror aber schnell wieder.

»Und nun?« Fragend hob er die Augenbrauen und verschränkte die Arme vor der Brust. Seine überhebliche Art ging mir irgendwie auf die Nerven.

Ich wollte zu einer patzigen Antwort ansetzen, als sich eine weitere Tür öffnete und eine Siya den Raum betrat. Ihr Blick fiel auf mich und sie blieb stocksteif im Türrahmen stehen.

»Ähm, was ist denn hier los?«, fragte sie sichtlich irritiert und schaute von einem zum anderen.

»Das wüsste ich auch gern«, erwiderte ich schulterzuckend.

Sie wurde knallrot im Gesicht. »Verzeiht, Eure Hoheit.« Hastig machte sie einen Knicks. »Ich wurde nicht darüber aufgeklärt, dass Ihr hier sein würdet.«

»Kein Grund, nervös zu werden, ich bin auch nur ein …« *Mensch* – hatte ich beinahe sagen wollen. Ich biss mir auf die Unterlippe.

Die Siya winkte ab. »Schon gut, ich weiß, was Ihr meint. Ich bin übrigens Runa.« Ihr Lächeln war genauso offen und ehrlich wie das von Soley. Ich erwiderte es nur zu gern. Das Wesen der Siye war mir bisher durchweg positiv aufgefallen.

»Freut mich. Nenn mich bitte einfach Lilya.«

Ihre grünen Augen erstrahlten. »Sehr gern. Was führt Euch, ähm, dich, hierher?«

Ich deutete auf Emma. »Ich habe gehört, dass sie tätowiert werden soll. Bist du etwa die Tätowiererin?«

Runa nickte. »Ja, das wird so gehandhabt, wenn die Menschen ein gewisses Alter erreicht haben.«

»Ich möchte nicht, dass du das machst.«

»Tut mir leid, ich verstehe nicht ...«

»Sie ist erstens zu jung für ein Tattoo und zweitens sollte sie nicht gegen ihren Willen tätowiert werden. Niemand sollte das.«

Runa wurde blass bei meinen Worten. »Ähm ... ich glaube nicht, dass ich das einfach so unterlassen kann. Das ist ein Gesetz, das alle Königreiche betrifft.«

»Ich bin die Prinzessin der Kiye, ich kann so was doch sicher entscheiden«, beharrte ich.

Zu meiner Überraschung schüttelte sie den Kopf. »Nein, das kannst du erst entscheiden, wenn du Königin bist. Und dann kommt es darauf an, ob die anderen Könige und der Ältestenrat zustimmen«

Es schien ihr sehr unangenehm zu sein, mich über die politischen Grundsätze aufzuklären. Mir war das auch peinlich. Wieso hatte mir bisher niemand das System genau erläutert?

»Und was soll das jetzt heißen?«

Nervös fuhr sich die Siya durch das schulterlange Haar. »Dass ich das Mädchen tätowieren muss.«

»Warum die Lilie? Das ist das Wappen der Kiye.«

Sie musterte mich mit großen Augen. »Das weißt du nicht? Jedes Königreich hat sein eigenes Wappen und tätowiert dieses seinen Sklaven, damit man weiß, zu wem sie gehören. Auch wenn die letzten Jahre die Kiye als ausgestorben galten, ist das dennoch ihr Schloss, weshalb man bei der Lilie geblieben ist.«

»Als letzte Überlebende der Kiye kann ich doch selbst entscheiden, ob und wie meine Sklaven gekennzeichnet werden.« Vermutlich war es nicht fair, Runa so zu bedrängen. Sie war niemand, der Entscheidungen traf, und hatte sicher nur Angst, Ärger zu bekommen. War nur die Frage, wer sie bestrafen sollte, wenn sie die alten Regeln nicht einhielt. Dimitri? Das konnte ich mir nicht vorstellen. Er würde doch nicht gegen mich arbeiten, oder?

8. KAPITEL

Lilya

Runa saß auf dem Hocker und knetete ratlos ihre Finger. Es tat mir leid, sie so durcheinandergebracht zu haben. Aber in meinen Augen war es nicht richtig, Kinder zu tätowieren und so als Sklaven zu kennzeichnen. Sie wollte ihre Vorgaben einhalten, hatte allerdings auch ein Problem damit, gegen mich zu arbeiten. Immerhin war ich die rechtmäßige Thronerbin der Kiye und hatte mehr zu sagen als alle anderen. Sie kannte mich nicht und wusste vermutlich nicht, was meine Anwesenheit für das Leben im Schloss bedeuten würde. Ich wusste es ja selbst nicht.

Da sie das Auftauchen einer Kiya in ihrem Tattoostudio relativ gelassen aufgenommen hatte, hatte ich sie gefragt, ob sie bereits von meinem Auftauchen in Kanada erfahren hatte. Tatsächlich gehörte sie wohl zu dem kleinen Kreis der Personen, die über meine Existenz bereits Bescheid wussten.

»Und was machen wir jetzt?«, fragte ich sie.

Sie seufzte leise. »Kannst du mich nicht einfach meinen Job machen lassen und wir klären später mal in Ruhe die zukünftige Regelung?«

»Nein«, meinte ich entschieden. Mein Blick begegnete dem von Liam. Er hatte unsere Unterhaltung schweigend verfolgt.

Ich sah von ihm zu Emma, die immer noch verängstigt auf dem Stuhl kauerte. Die Angst in ihren grünen Augen brach mir das Herz. Ich konnte unmöglich zulassen, dass ihr wehgetan wurde.

Nachdenklich schaute ich weg und fokussierte stattdessen das Bild mit der Lilie, das über der Kommode hing. Der Hintergrund war lila und die Lilie sah aus, als wäre sie mit schwarzer Farbe darauf gezeichnet worden. Bei dem Anblick des Wappens kam ich plötzlich auf eine Idee.

»Tätowiere mich.«

»Was?« Runa sah überrascht zu mir auf.

Ich strich über das Glas des Bilderrahmens. »Das ist das Wappen *meiner* Familie. Wer sonst sollte es auf der Haut tragen, wenn nicht ich?«

»Das ... das geht nicht«, stotterte Runa. »Vampyre lassen sich nicht tätowieren. Außerdem bedeuten die Tätowierungen, Eigentum des Königshauses zu sein.«

Ich lachte leise. »Ich gehöre nur mir selbst. Und das soll bei den Menschen zukünftig genauso sein. Ich bin keine Sklaventreiberin und werde auch niemals eine sein«, stellte ich klar. Ich brauchte nicht die Erlaubnis von Dimitri, Soley oder irgendeinem Rat, um Menschlichkeit zu zeigen.

Verzweifelt sah Runa mich an. Offenbar überlegte sie, ob sie einen Wächter zu Hilfe rufen sollte. Die ganze Situation überforderte sie.

Ich stellte mich vor die Tür und ließ meinem Vampyrblut freien Lauf. Wenn ich zu nett war, nahm man mich offenbar nicht ernst genug, weshalb ich jetzt einen anderen Weg einschlug und verdeutlichte, *wer* ich war.

Mit violett leuchtenden Augen starrte ich Runa an. Ich konzentrierte mich auf die Geräte und Flaschen auf der Kommode hinter ihr und ließ sie alle gleichzeitig durch den Raum schweben. Runa klappte der Mund auf und auch Liam und Emma wirkten beeindruckt. Einen Moment hielt ich alles in der Luft, bevor ich das Zeug wieder zu seinem Platz gleiten ließ. Ich unterdrückte den Drang, vor Anstrengung aufzukeuchen, und setzte bewusst ein breites Lächeln auf, um die Erschöpfung zu überspielen.

Ich hasste mich für die Worte, die ich als Nächstes aussprach. »Ich, Kronprinzessin der Kiye und höchste Thronerbin der Vampyre, befehle dir, mich jetzt zu tätowieren.«

Runa starrte mich einen Augenblick sprachlos an, ehe sie nickte und aufsprang, um alles zusammenzusuchen, was sie brauchte.

Liam zog Emma vom Stuhl und stellte sich mit ihr an die Wand. Das Mädchen beobachtete mit großen Augen, wie ich mich auf den Stuhl setzte.

Ich strich mir nervös über die Stelle am Handgelenk, an der die Tattoos gestochen wurden. Bisher hatte ich nie den Wunsch verspürt, mich jemals tätowieren zu lassen, doch ich fühlte, dass es die richtige Entscheidung war.

»An welcher Stelle möchtest du das Wappen haben?«, fragte Runa nervös und rollte auf dem Hocker dicht an mich heran. »Unterhalb des Nackens könntest du es zumindest mit den Haaren verdecken.«

»Ich will es nicht verstecken. Ich möchte es an derselben Stelle haben, wie es die Menschen bekommen.«

»Das kann ich doch nicht machen. Du bist erst seit Kurzem hier und vielleicht bereust du es bald. Dann bin ich schuld dran.«

Ich schüttelte amüsiert den Kopf. »Keine Angst, du wirst keinen Ärger dafür bekommen, das verspreche ich dir.« Ich griff nach der Tattoomaschine auf dem Beistelltisch und hielt sie ihr hin. »Wenn du es mir nicht stichst, mache ich es selbst und dann sieht es nur hässlich aus. Also übernimm du das bitte.« Das war geblufft. Ich hätte niemals den Mut, mir selbst mit der Nadel zu nahe zu kommen. Runa glaubte aber offenbar, dass ich das tatsächlich in Erwägung ziehen könnte, und entriss mir die Maschine.

»Also schön.« Sie wandte sich an Liam. »Komm mal her.« Er sah sie skeptisch an, näherte sich ihr dann aber langsam. Runa griff nach seinem rechten Arm und schob seine Jacke ein Stück hoch, um das Tattoo freizulegen. Sie drehte sein Handgelenk so, dass ich es sehen konnte. »Bist du dir wirklich sicher, dass du das möchtest?«

Ich blickte zu Liam hoch, als könne ich die Antwort in den blauen Augen finden. Seine Miene war jedoch unergründlich.

»Ich bin ganz sicher.«

Seufzend ließ Runa Liam wieder los. Ich könnte schwören, dass er mir anerkennend zunickte und leicht lächelte, bevor er sich abwandte und zu Emma ging. Als sein Blick erneut meinem begegnete, war da allerdings wieder diese gefühllose Maske.

Runa legte mir eine Schablone aufs Handgelenk und pauste das Motiv ab.

Im Magen kribbelte es vor Aufregung. Ich musste mir eingestehen, ein wenig Angst zu haben. Vor den Schmerzen und der Tatsache, mich spontan entschieden zu haben, meine Haut für immer zu zeichnen.

Es dauerte nicht lang, bis Runa so weit war, um die Tattoomaschine anzuschalten. Ich nickte ihr tapfer zu und biss die Zähne fest aufeinander, als die Nadel meine Haut erreichte.

***

Eineinhalb Stunden später war alles vorbei.

Ich starrte auf das Tattoo, das nun für immer mein Handgelenk zieren sollte. Soweit ich es beurteilen konnte, hatte Runa sehr gute Arbeit geleistet. »Es ist wunderschön, danke.«

Lächelnd räumte sie alle Utensilien wieder auf. »Freut mich, dass es dir gefällt. Ich habe mir auch noch nie so viel Mühe gegeben.«

»Darf ich mal sehen?« Überrascht drehte ich den Kopf. Emma stand mitten im Raum und streckte den Hals, um etwas zu erkennen. Liam hielt sie fest, damit sie mir nicht zu nahekommen konnte.

»Natürlich.« Ich stand auf und schob den Arm in ihre Richtung. Mit großen Augen betrachtete sie das Tattoo.

»Liam, ich möchte das auch haben!«

Ihre Worte überrumpelten nicht nur mich, sondern auch Liam und Runa. Wir alle starrten sprachlos das Mädchen an. Liam war der Erste, der seine Stimme wiederfand. »Nein! Du bist weggelaufen, weil du kein Tattoo haben wolltest. Sei froh, dass du jetzt eventuell keins mehr bekommen musst.« *Ach, deshalb sind die beiden im Wald unterwegs gewesen.* Liam hatte seine kleine Schwester gesucht, die aus Angst vor dem Tattoostechen abgehauen war.

»Aber jetzt will ich eins! Du hast es doch gehört, es steht nicht mehr für die Sklaverei. Außerdem haben du, Mama und die anderen auch alle eins. Ich will nicht ausgeschlossen werden.« Trotzig verschränkte sie die Arme vor der Brust.

»Ich bleibe dabei, du bekommst keins.«

»Das hast du nicht zu entscheiden.« Emma streckte ihrem Bruder die Zunge raus.

Ich war fassungslos, wie dieses Mädchen, das anscheinend eine so große Angst vor Vampyren gehabt hatte, nun wie ausgewechselt sein konnte. Als hätte sie nie Berührungsängste gehabt, griff sie nach meiner Hand.

»Bitte, ich möchte auch ein Tattoo.«

Ich sah zu Runa, die nur mit den Schultern zuckte. Würde sie Emma tätowieren, hätte sie genau genommen ihre Pflicht erfüllt. Auch wenn ich das Mädchen nach wie vor für zu jung hielt.

»Du kannst doch noch ein paar Jahre warten und es dir dann stechen lassen, wann immer du möchtest«, schlug ich vor. »So ein Tattoo zu erhalten ist sehr schmerzhaft.«

»Ich will es aber jetzt haben! Ich bin heute sechs Jahre alt geworden, in dem Alter haben all meine Freunde eins bekommen und die waren tapfer genug, das auszuhalten.«

Ich wusste nicht, wie ich noch dagegen argumentieren sollte. Alle Menschen hier waren tätowiert, wie könnte ich es ihr dann verwehren, wenn sie es jetzt aus freien Stücken wollte? Ich nahm mir jedoch vor, dass meine erste Amtshandlung als Königin wäre, diese Tattoos abzuschaffen.

»Wenn du möchtest, tätowiert Runa dich bestimmt auch sehr gerne«, erwiderte ich schließlich.

Emmas grüne Augen strahlten vor Freude, als sie auf den Stuhl kletterte und Runa ihr Handgelenk unter die Nase hielt. Diese lachte und begann, das Motiv mit einer kleineren Schablone auf das Handgelenk zu malen.

Während ich die Szene beobachte, merkte ich, wie Liam sich neben mich stellte. »Ich dachte, du wolltest das nicht zulassen, und nun ist es offenbar doch in Ordnung. Wie heuchlerisch«, zischte er.

»Du bist ihr Bruder, du hättest es ihr ausreden können.«

Sein Gesicht verfinsterte sich. »War das der Plan? Mit einem eigenen Tattoo dafür zu sorgen, dass die Menschen sich freiwillig zu euch bekennen? Und das dann als Akt der Menschlichkeit darstellen?«

Empört öffnete ich den Mund, als die Tattoomaschine zu surren begann und wir unsere Aufmerksamkeit auf Emma lenkten. Sie hatte das Gesicht verzogen, gab aber keinen Mucks von sich, während die Nadel Farbe unter ihrer Haut verteilte. So tapfer waren die meisten Erwachsenen nicht.

»Du kannst mein Tattoo so interpretieren, wie du möchtest. Ich habe keine Tricks nötig«, flüsterte ich Liam zu. »Aber wenn du herausfinden möchtest, was meine Absichten sind, schlage ich vor, dass du mich erst mal besser kennenlernst, ehe du urteilst.«

9. KAPITEL

Dimitri

»Ist sie immer noch nicht herausgekommen?«

Vladimir schüttelte den Kopf.

»Auch nicht durch die zweite Tür?«

Wieder ein Kopfschütteln. »Nein, Eure Hoheit. Runa hat jedoch den Raum betreten, um das Mädchen zu tätowieren.«

Ich bezweifelte, dass Lilya nach ihrem Ausbruch zulassen würde, dass jemand Emma anrührte, doch wieso verließ niemand mehr den Raum? Eine gefühlte Ewigkeit war ich vor dem Gebäude auf und ab marschiert. Ich hielt diese Warterei nicht länger aus. Was, wenn Lya etwas passiert war? Liam traute ich alles zu.

»Okay, dann werde ich nachsehen.« Es war mir egal, dass Lilya vermutlich noch immer sauer war und mich gleich wieder rausschmeißen könnte. Ich machte mir Sorgen um sie.

Ich klopfte kräftig gegen die Tür und trat sofort ein. »Lya?«

Meine geliebte Kiya stand mitten im Raum und starrte mich mit großen Augen an. Offenbar hatte ich sie erschreckt.

»Was ist los?«

»Ich habe mir Sorgen gemacht, weil du noch immer hier bist. Was dauert denn so lange?« Ich ließ den Blick durch den Raum schweifen. Überrascht registrierte ich, dass Emma tatsächlich tätowiert wurde. Das Mädchen beäugte mich misstrauisch.

»Wir unterhalten uns nur«, meinte Lya und ich sah kurz zu Liam, der für meinen Geschmack viel zu nah neben ihr stand.

»Die Prinzessin war gegen die Tätowierung, hat meine Schwester aber nun doch davon überzeugen können«, erklärte er und Lilya nickte.

»Das Thema ist aber noch lange nicht vom Tisch«, ergänzte sie und warf mir einen warnenden Blick zu.

Ich konnte mir ein Schmunzeln nicht verkneifen. Nichts anderes hatte ich von ihr erwartet. »Also können wir gehen?«

Lya warf den anderen unsichere Blicke zu, ehe sie auf mich zukam. Glücklicherweise ersparte sie uns einen weiteren Streit.

»Bis bald!«, rief sie von der Tür aus und winkte zum Abschied. Runa und auch Emma winkten zurück, während Liam uns mit unergründlichem Blick hinterhersah.

***

Ich brachte Lilya zurück in ihre Gemächer. Dort angekommen verschwand sie ohne ein Wort im Badezimmer und ließ mich im Wohnzimmer stehen.

Seufzend setzte ich mich auf die Couch und wartete darauf, dass sie wieder herauskam. Auf dem Weg hierher hatten wir uns auch nur angeschwiegen. Mir war klar, dass wir uns sofort wieder streiten würden, wenn es um das Thema »Sklaven« ging. Ich nahm mir jedoch vor, es vorerst ruhen zu lassen. Lilya war in Bezug darauf sehr sensibel und ich wollte es ihr nicht unnötig schwer machen.

Ich hatte nur Angst, dass sie versuchen würde, sich mit den Menschen anzufreunden. Sie nicht unterdrücken zu wollen war eine Sache, Freundschaft mit ihnen zu schließen war eine ganz andere. Mir blieb nur zu hoffen, dass Liam dichthielt. Er durfte Lilya am besten nicht mehr über den Weg laufen.

Ich zog mein Handy aus der Tasche und schrieb Vladimir eine Nachricht. Vorhin hatte ich nicht daran gedacht, ihn zu bitten, Liam für eine Weile wegzusperren. Er sollte nicht das Gefühl haben, ich würde meine Drohungen nicht wahr machen.

Gerade, als ich das Handy wieder weggesteckt hatte, kam Lilya aus dem Bad. Sie setzte sich neben mich auf die Couch und zog die Beine an. Nachdenklich trommelte sie mit den Fingern auf ihre Knie.

Ich wollte sie fragen, was los war, als etwas meine Aufmerksamkeit erregte.

»Was ist das?!« Fassungslos griff ich nach Lilyas rechtem Handgelenk und starrte auf die frische Tätowierung.

»Wonach sieht es denn aus?«, antwortete sie patzig.

»Sag mir nicht, dass du das wirklich getan hast! Wie konnte Runa dich nur tätowieren?«

»Sie kann nichts dafür, ich habe es ihr befohlen.«

Ich sprang von der Couch auf und starrte ungläubig zu ihr hinab. »Warum? Weißt du nicht, was das bedeutet?« Da verließ sie einmal ihr Zimmer und stellte gleich Dummheiten an. Wie kam sie so einfach auf die Idee, sich spontan ein Tattoo stechen zu lassen? Und dann ausgerechnet ein Sklaventattoo!

»Das ist das Wappen *meiner* Familie. Ich finde es nicht in Ordnung, dass es als Symbol für die Sklaverei dient!«

Ich atmete tief ein und aus und erinnerte mich an den Vorsatz, den ich gefasst hatte. Es war jetzt ohnehin zu spät. Die Tätowierung konnte ich nicht mehr rückgängig machen. »Lya, fang bitte nicht schon wieder damit an ... Ich möchte mich nicht mit dir streiten.«

»Wir brauchen auch nicht zu streiten. Das Thema hat sich erledigt. Ich trage die Tätowierung und werde diesen dämlichen Brauch abschaffen!«

»Schon gut. Aber lass uns das in einer offiziellen Ratssitzung diskutieren.« Ich hob die Hände und gab mich geschlagen. Vorerst. Lilya sollte Zeit haben, sich in Ruhe hier einzuleben. Auch wenn das bedeutete, all ihre Umstrukturierungen tolerieren zu müssen, damit sie sich hier wohlfühlte. Allerdings konnte ich ihr nicht in allen Bereichen freie Hand lassen. Die anderen Vampyre würden keine Königin akzeptieren, die sich nicht mit ihnen und ihren Werten identifizieren konnte. Sowohl Valentin als auch ich hatten Feinde im Volk, aber wir beide waren als Vampyre aufgewachsen und stellten unsere Rasse über alles andere.

Wenn Lilya in der Öffentlichkeit in erster Linie als Menschenfreund auftrat, würden sich sicher ein paar Unterstützer finden, doch die Mehrheit würde es als Verrat auffassen. Ihr Geburtsrecht auf den Thron machte sie nicht zu einer Alleinherrscherin. Soley und ich sowie der Rat hatten bei den meisten Entscheidungen mitzureden.

Ich nahm mir vor, endlich mit Lilyas politischer Ausbildung zu beginnen. Sie musste lernen, wie sie mit dem Rat und der Presse umgehen sollte. Und vor allem, wie sie sich ihrem Volk gegenüber präsentierte.

***

Nachdem Lilya und ich das Thema fallen gelassen und unseren Streit vorerst beigelegt hatten, machten wir einen Abstecher in die Küche, um uns etwas zu essen zu holen.

Während des Mittagsmahls überlegte ich, wie ich ihre politische Ausbildung angehen sollte. Ich war von ausgewählten Lehrern in allen möglichen Fächern unterrichtet worden. Es gab auch sicher hier im Schloss eine Siya, die Lilya alle nötigen Fakten beibringen konnte. Es wäre vermutlich sinnvoller, wenn sie von einem unbeteiligten Dritten unterrichtet wurde. Soley und ich hätten ihr auch alles erklären können, doch wir waren persönlich viel zu befangen, um objektiv über alles reden zu können.

»Wie gut kanntest du eigentlich meine Mutter?«, fragte Lilya, nachdem wir eine Weile schweigend gegessen hatten. Ihr Blick war auf ihren Teller mit Nudeln gerichtet.

Ich überlegte kurz. »Ich fürchte, nicht besonders gut. Aber ich habe auch nie mitbekommen, dass sie irgendjemandem gegenüber viel von sich preisgab. Sie war unheimlich verschlossen, was allerdings nicht unüblich für deine Rasse ist. Ihr seid die oberste Königsfamilie und haltet eine gewisse Distanz zum ›Pöbel‹.« Sie hob den Blick und bei dem letzten Wort zwinkerte ich ihr zu.

»Wie war sie als Königin?« Offensichtlich war sie zu dem Schluss gekommen, mehr über ihre Mutter erfahren zu wollen. Es musste seltsam sein, plötzlich eine Frau als Mutter zu haben, die man nur aus Erzählungen und ein paar Erinnerungen kannte.

»Sie war nicht lange an der Macht …«, fing ich an und überlegte, ob ich meine nächsten Worte angesichts unseres Streits wirklich aussprechen sollte, entschied mich dann aber dafür. »Weißt du, deine Mutter wollte durchsetzen, dass wir uns mehr in die Angelegenheiten der Menschen einmischen. Sie hatte das Ziel, ohne unsere Existenz zu verraten, die Menschen durch unsere Erfahrung und Technologien zu unterstützen. Sie wollte nicht mehr mit ansehen, wie die Menschen sich gegenseitig zerstörten. Valentin betrachtete das als Gefahr für seine Pläne. Er wollte die Menschen nicht stärken, sondern versklaven.« Ernst sah ich sie an und versuchte in ihrem Gesicht zu lesen, was sie dachte.

»Meine Mutter stand ihm also im Weg«, bemerkte sie nüchtern. »Darum musste sie sterben?«

Seufzend nickte ich. »Unter anderem. Deine ganze Familie ist eine Bedrohung gewesen. Ihr Kiye seid stark und nur schwer zu kontrollieren. Man kann nie vorhersagen, welche besonderen Kräfte ihr haben werdet. Du selbst kannst zu diesem Zeitpunkt noch nicht einschätzen, welche Fähigkeiten du entwickelst. Eine Siya ist dagegen keine große Konkurrenz. Sie sind weder stark noch besonders schnell. Sie sind klug, aber zu friedvoll, um in den Krieg zu ziehen. Und wir Djiye sind zwar sehr stark, aber vorhersehbar. Die meisten von uns denken zu viel mit den Muskeln. Eure größte Schwäche ist die Loyalität. Ihr denkt viel an andere und versucht, jegliches Unheil von euren Untertanen abzuwenden.«

Während ich sprach, bildeten sich auf ihrer Stirn Sorgenfalten und sie stocherte im Essen herum.

»Meinst du, ich werde der Aufgabe gerecht? Ich wurde wie ein normales Mädchen erzogen und habe keinerlei Ahnung, wie man eine ganze Spezies regiert.«

»Lya …« Ich griff über den Tisch hinweg nach ihrer Hand. »Du bist hierfür geboren worden. Du hast auch in deiner Rolle als normales Menschenmädchen Politik studiert und wolltest später etwas bewirken. Es liegt dir im Blut, eine Anführerin zu sein.«

Sie schien nicht überzeugt, widersprach aber nicht, sondern widmete sich wieder ihrem Essen.

»Ich werde jemanden organisieren, der dich unterrichtet«, fügte ich hinzu, um ihr einen Teil der Angst zu nehmen.

Neugierig hob sie den Kopf. »Unterrichtet worin?«

»In unserer Politik. Du wirst sehen, nach kurzer Zeit wirst du dich viel sicherer fühlen.« Ich versuchte ein aufmunterndes Lächeln aufzusetzen, woraufhin sich ihre Lippen ebenfalls zu einem Lächeln verzogen.

10. KAPITEL

Liam

Wer ist diese Kiya? Woher kommt sie auf einmal? Und was bezweckt sie mit ihrem Handeln?

Diese Fragen beschäftigten mich auf dem Weg zu unserer Hütte. Emma hüpfte vergnügt neben mir her. Immer wieder starrte sie ihre frische Tätowierung an, über die eine Folie gewickelt war.

In meinem ganzen Leben hatte ich niemanden gesehen, der stolz war, ein Sklaventattoo zu tragen. Es beunruhigte mich, dass es jetzt ausgerechnet meine kleine Schwester war.

Es war sicherer, sich in das System zu integrieren, und ich war froh, dass meine Familie sich im Gegensatz zu mir fast immer fügte. Jedoch hatten sie die Vampyre stets genauso verabscheut wie ich. Sie hatten lediglich akzeptiert, dass sie gegen sie nichts ausrichten konnten, und lebten ihr Leben ohne Rebellionen.

Diese seltsame Verbindung, die Emma heute zu dieser Kiya aufgebaut hatte, war mir ein Dorn im Auge, auch wenn ich meiner kleinen Schwester ihre Meinungsänderung über das Tattoo nicht verübeln konnte. Heute Nacht war sie weggelaufen, aus Angst vor der Tätowierung und nun trug sie das Wappen voller Stolz. Nach ihrer Rettung hatte Emma weiterhin schreckliche Angst vor dieser Vampyrin gehabt, doch deren Entscheidung, sich ebenfalls tätowieren zu lassen, hatte meine kleine Schwester schwer beeindruckt. Und auch wenn ich es mir nur ungern eingestehen wollte, mich ebenso.

Ich dachte an ihr Lächeln und den Blick, den sie mir zugeworfen hatte, als sie meinte, dass ich sie besser kennenlernen sollte, ehe ich sie verurteilte. Sie hatte dabei irgendetwas in mir bewegt, was mir nicht geheuer war.

Ich hatte die junge Frau am Wasserfall sofort als eine Kiya erkannt, als ich ihr tiefschwarzes Haar und die eisblauen Augen gesehen hatte. Da ich aus dem Unterricht ein Bild der letzten Königin der Kiye kannte, vermutete ich, dass Anisya ihre Mutter sein müsste. Diese starb, als ich noch ein kleines Kind war, weshalb ich vorher nie einer Kiya begegnet war. Wie ihr Wesen war, hatte man mir im Unterricht beigebracht, doch sie war völlig anders, als ich gedacht hätte. Waren alle Kiye so?

Und warum existierte sie überhaupt? Alle hier wussten, dass die Kiye ausgestorben waren. Das war ihr Königreich, und meine Eltern hatten mir erzählt, wie damals unter den Vampyren lange diskutiert wurde, was nun aus dem Schloss werden würde.

Letztendlich wurde es eine Zuflucht für alle Vampyre, die nicht diesem Valentin folgen wollten.

Ich wusste um die Gefahr, die in Sibirien lauerte und die gesamte Welt bedrohte. Doch kümmerte sie mich nicht sonderlich. Seit meiner Geburt wurde mir eingetrichtert, nichts wert zu sein. Die Bedingungen konnten möglicherweise noch schlimmer werden, doch ich sah keinen Sinn darin, mir deswegen Sorgen zu machen.

Ich kümmerte mich lieber um das Hier und Jetzt. Zum Beispiel um die Tatsache, dass Dimitri mich wieder einsperren lassen wollte. Es hatte mich überrascht, dass ich schlussendlich mit Emma nach Hause gehen durfte.

Offenbar hatte diese Kiya nicht nur einen großen Einfluss auf meine Schwester. Oder Dimitri hatte vergessen, den Befehl weiterzugeben. In dem Fall würde ich noch mit dem Besuch eines Wächters rechnen müssen.

»Meinst du, wir treffen Lilya bald wieder?«, fragte Emma und riss mich damit aus den Gedanken. Ich blieb stehen und sah schockiert zu ihr hinab. Sie hatte den Namen der Vampyrin so ausgesprochen, als wäre sie eine alte Freundin.

»Die Kiya? Wieso sollten wir?«

Emma runzelte die Stirn. »Ich dachte …« Sie verstummte und biss sich auf die Unterlippe.

»Was dachtest du?«

Statt einer Antwort lief sie einfach weiter.

»Emma, bleib gefälligst stehen!« Ich holte sie ein und packte sie am Arm.

Sie wich meinem Blick aus und ich wusste nicht, wie ich reagieren sollte.

»Du weißt, du kannst über alles mit mir reden.« Meine Stimme war nun deutlich sanfter.

»Kann ich nicht.«

»Warum nicht?«

»Du hasst sie.« Ich war mir nicht sicher, ob sie damit diese Kiya oder alle Vampyre meinte. Prinzipiell war es egal, denn wir verabscheuten jede dieser Kreaturen. Zumindest war das bisher der Fall gewesen. Nachdenklich betrachtete ich meine kleine Schwester. Ich erkannte sie kaum wieder. »Was ist heute mit dir passiert?«

»Kapierst du es nicht? Sie hat sich für mich eingesetzt!« Mir klappte der Mund auf. Das war es also. Diese Kiya war nicht einfach nur nett zu ihr gewesen. Sie hatte es geschafft, das Weltbild meiner Schwester an nur einem Tag ins Wanken zu bringen.

»Du kennst sie nicht! Du weißt nicht, weshalb sie es getan hat. Bilde dir deshalb bitte nicht ein, dass sie deine Freundin wäre. Sie ist immer noch eine Vampyrin!«

»Das ist mir egal!« Emma entriss mir ihren Arm und rannte davon. Perplex sah ich ihr nach. Was war nur in sie gefahren?

Der heutige Tag hatte Spuren hinterlassen. Nicht nur bei Emma. Und ich wurde das Gefühl nicht los, dass er noch viel mehr verändert hatte.

***

Als ich mein Zuhause betrat, erwartete meine Mutter mich bereits. Mit in die Hüften gestemmten Händen stand sie mitten in unserer Wohnküche. Ihr Blick verhieß nichts Gutes.

»Wo wart ihr beide so lange? Ich habe mir schreckliche Sorgen gemacht!«

»Wo ist Emma?«, fragte ich, anstatt ihr eine Antwort zu geben. Ich war mir sicher gewesen, dass Emma nach Hause laufen würde.

»Hat sich in ihrem Bett verkrochen. Kein Wunder, ihr Geburtstag wird schlimm genug für sie gewesen sein.« Seufzend sah sie zu der Tür, hinter der sich unser gemeinsamer Schlafraum befand.

»Sie hat dir nichts erzählt?«, hakte ich nach. Mutter sah wieder zu mir und runzelte irritiert die Stirn.

»Wovon sprichst du?« Also hieß das Nein. Dies überraschte mich. Ich hätte vermutet, dass sie sofort von den heutigen Erlebnissen berichten würde.

»Na ja, es war ein ereignisreicher Tag ...« Ein energisches Klopfen an der Haustür unterbrach mich. Noch ehe die Tür aufgerissen wurde, überkam mich ein ungutes Gefühl.

Dieses täuschte mich leider nicht, denn Vladimir stand grinsend im Türrahmen. »Gut, du hast es dir noch nicht allzu bequem gemacht.«

»Was wollt Ihr von meinem Sohn?«, fragte meine Mutter mit bebender Stimme und wich einen Schritt zurück.

»Ich begleite ihn in seine zweite Unterkunft. Dann habt ihr ein wenig mehr Platz.«

Meine Befürchtung hatte sich also bewahrheitet. Dimitri hatte es erst jetzt seinen Wächtern aufgetragen. »Wie schön. Ich dachte schon fast, ihr hättet mich vergessen«, meinte ich lässig.

Vladimirs Grinsen erstarb. Meinen Humor mochte er genauso wenig wie alle anderen Vampyre. Den Gefallen, vor ihnen aus Angst zu erzittern, würde ich ihnen niemals tun.

»Keine Sorge, wir vergessen dich schon nicht. Also los, beweg dich.« Er drehte sich zur Seite und bedeutete mir, die Hütte zu verlassen.

Bevor ich mich bewegen konnte, hatte meine Mutter meine Hand ergriffen und musterte mich sorgenvoll. »Liam, was hast du getan?«

Ich zog sie an mich und drückte sie kurz. »Es ist alles in Ordnung. Pass gut auf die Mädchen auf, während ich weg bin.«

11. KAPITEL

Lilya

Nach dem Essen ließ Dimitri mich wieder allein. Dass er unter anderem eine Lehrerin für mich suchte, hatte meine Stimmung etwas gehoben. Ich wollte nicht länger nur häppchenweise erfahren, wie das Leben der Vampyre aussah.

Es frustrierte mich jedoch, wieder hier festzusitzen. Ich war einmal draußen gewesen und alles in mir schrie danach, ein zweites Mal abzuhauen. Das wollte ich Dimitri jedoch nur ungern antun. Immerhin hatte ich versprochen, hierzubleiben.

Unentschlossen stand ich vor der Tür, die aus meinen Gemächern führte. Ich könnte zumindest nachschauen, wer gerade die Wache übernommen hatte.

Langsam drückte ich die Türklinke hinunter und öffnete die Tür einen Spalt.

»Kann ich Ihnen helfen, Prinzessin?«, ertönte sofort eine Männerstimme. Ich schob die Tür ganz auf und musterte den Djiyo, der mich freundlich anlächelte.

»Ähm, nein ... Ich meine, vielleicht doch. Ich würde mir gerne ein wenig die Beine vertreten.«

»Oh. Tut mir leid, Eure Hoheit, aber ich habe strikte Anweisung, niemanden rein oder raus zu lassen.«

»Bitte!« Ich machte ein Mitleid erweckendes Gesicht. »Es wäre doch auch nicht richtig, mich gegen meinen Willen hier festzuhalten. Ich bin keine Gefangene, sondern die rechtmäßige Herrscherin dieses Schlosses.«

»Ich weiß, aber ...« Verzweifelt sah er den Flur entlang.

»Wenn ich in Begleitung unterwegs bin, hat Dimitri sicher nichts dagegen.« Plötzlich wusste ich, wohin ich wollte. »Könntest du mich zu Soley bringen?« Dann würde ich zumindest ein bekanntes Gesicht sehen und kurz mit einer Freundin zu quatschen würde mich auch auf andere Gedanken bringen.

Der Wächter überlegte einen Moment. »Die Prinzessin müsste sich zurzeit in ihrem Labor befinden. Na schön, dorthin kann ich Euch begleiten.«

***

Der Djiyo, der sich mir als Alexander vorstellte, führte mich durch die verwinkelten Gänge, sehr darauf bedacht, dass wir niemandem begegneten.

Ich konnte mir kaum noch vorstellen, wie es war, als ich mich frei bewegen durfte. Nach der Gefangenschaft in Sibirien und angesichts der Abschottung in Kanada sehnte ich mich nach nichts mehr als Freiheit.

Es war ein relativ weiter Weg zu Soleys Labor. Mir schien es, als durchquerten wir einmal das gesamte Schloss, um schließlich ins Untergeschoss zu gelangen.

Alexander brachte mich zu einem Fahrstuhl, der sich nur nach einer Identifizierung mit einem Handabdruck öffnete. Mir klappte der Mund vor Staunen auf. Das Schloss war viel moderner, als ich gedacht hätte.

»Es gibt zehn Untergeschosse?«, stellte ich mit einem Blick auf die Etagenauswahl fest. Leider war nicht beschriftet, was sich in welchem Geschoss befand.

Alexander grinste angesichts meiner Verblüffung und drückte auf das Symbol für das dritte Untergeschoss. »Nun, da fast alle Siye aus Norwegen hierher geflohen sind, wurde die hiesige Forschungseinrichtung immer größer. Außerdem muss man immer darauf gefasst sein, dass das Schloss evakuiert werden muss. In dem Fall würden alle in die unterirdischen Bunker flüchten.«

Ich hatte zwar nicht die leiseste Ahnung, wie man offenbar nachträglich noch so viele Etagen unter dieses Schloss hatte bauen können, doch ich fragte auch nicht nach.

Ein *Pling* verkündete, dass wir an unserem Ziel waren; die Tür glitt zur Seite und offenbarte einen Empfangsbereich.

Im Gegensatz zu den Gängen im oberen Teil des Schlosses bestand hier unten augenscheinlich alles aus Metall.

Eine Siya saß hinter einem Tresen und erhob sich, als wir aus dem Fahrstuhl traten. Mein Erscheinen schien sie nicht zu überraschen, weshalb ich davon ausging, dass vielleicht im Fahrstuhl eine Überwachungskamera angebracht war, die sie auf einem der Monitore vor sich verfolgte.

»Guten Tag, Prinzessin. Wie kann ich Euch behilflich sein?«

»Guten Tag. Ich möchte zu Soley.«

»Natürlich. Sie befindet sich gerade im Labor U308. Soll ich Euch dorthin begleiten?«

»Ich führe sie hin«, kam die Antwort von Alexander. Er legte vorsichtig eine Hand an meinen Rücken und dirigierte mich in die Richtung, in der das Labor liegen musste.

An einer Metalltür mit einem runden Sichtfenster, unter dem U308 eingraviert war, blieb er stehen.

Die Tür hatte keinen Griff, sondern lediglich ein kleines schwarzes Feld, das ein Fingerabdruckscanner sein könnte. Neben der Tür befand sich ein kleiner Knopf, auf den Alexander drückte, woraufhin von innen ein Klingeln ertönte.

Einen Augenblick später erkannte ich Soley hinter dem Fenster und die Tür glitt zur Seite.

Sofort schloss sie mich in die Arme. »Wie schön, dass du mich mal besuchen kommst. Tritt ein.«

Sie zog mich ins Labor und augenblicklich schloss sich die Tür wieder. Ich warf einen Blick über die Schulter und bemerkte irritiert, dass Alexander uns nicht gefolgt war.

»Hier dürfen keine Unbefugten rein. Ist eine Sicherheitsvorkehrung«, erklärte Soley, die meine Verwirrung bemerkt haben musste.

»Und ich bin befugt?«

Meine Frage schien sie zu amüsieren. »Du bist eine Kronprinzessin und darüber hinaus ist das theoretisch dein Schloss. Du darfst über alles Bescheid wissen, was hier vor sich geht.«

Soleys Worte waren logisch, auch wenn ich die meiste Zeit das Gefühl hatte, über nichts aufgeklärt zu werden. Dimitri ging zu den meisten Besprechungen ohne mich. Einerseits war ich froh, nicht von einem Termin zum nächsten geschleift zu werden, andererseits nervte es mich, dass nicht mit mir gesprochen wurde. Ich durfte über alles Bescheid wissen, also sollte ich dieses Recht auch einfordern.

Soley führte mich durch ihr Labor und erklärte mir begeistert die Gerätschaften, mit denen sie arbeitete. Zu meiner Schulzeit hatten wir einmal einen Ausflug in ein großes Labor gemacht und ich wusste, wie es dort üblicherweise aussah. Den Geräten sah man nicht an, dass sie so unglaublich teuer waren und was man mit ihnen herausfinden konnte.

Obwohl sie sich sichtlich bemühte, alles verständlich zu formulieren, schaltete mein Auffassungsvermögen nach wenigen Minuten ab, da ich mit den Fachbegriffen nichts anfangen konnte. Naturwissenschaften waren nie meine Stärke gewesen, aber es war schön zu sehen, wie Soley in dieser Umgebung aufblühte. Hier war sie in ihrem Element und zum ersten Mal zeigte sich für mich deutlich, wieso die Siye als leidenschaftliche Wissenschaftler galten.

»Und bei welcher Arbeit wurdest du unterbrochen, als wir geklingelt haben?«, fragte ich – wohl wissend, dass daraufhin ein dreistündiger Vortrag folgen könnte.

»Ich habe verschiedene Blutuntersuchungen vorgenommen. Dank dir habe ich nun wieder das Blut einer reinblütigen Kiya zur Verfügung.« Lächelnd deutete sie auf einige Reagenzgläser, die hinter einer Scheibe gekühlt standen und offenbar mein Blut enthielten. Mir war nicht bewusst, dass sie mir für Forschungszwecke welches abgenommen hatte. Das musste direkt bei unserer Ankunft hier gewesen sein.

»Und was genau untersuchst du?«, hakte ich nach, da mich das Thema tatsächlich interessierte.

»Ich vergleiche unsere Rassen und erforsche die Gemeinsamkeiten und Unterschiede zu den Menschen.«

»Aber du bist doch sicher nicht die Erste, die das macht, oder?«

»Nein, natürlich nicht. Doch auch wenn wir schon immer mehr Möglichkeiten als die Menschen hatten, haben sich unsere Forschungsergebnisse in den letzten Jahren stetig verbessert. Außerdem hat bisher niemand genau die Wirkung unseres Blutes auf Menschen erforscht.«

»Was meinst du damit? Dass Menschen auch zu Vampyren werden, wenn sie mit unserem Blut im Organismus sterben?« Zumindest funktionierte es so oft in Filmen.

»Nein. Kein Mensch kann je zu einem Vampyr werden.«

Das überraschte mich tatsächlich. Bisher hatte ich mir jedoch nie Gedanken gemacht, wie die Evolution der Vampyre vonstattengegangen war, oder mich gefragt, ob Menschen zu Vampyren werden konnten. Ich wusste nur, dass wir geboren wurden und unsere Kräfte erwachten, sobald wir ausgewachsen waren.

»Welche Auswirkungen hat unser Blut dann auf Menschen?«

Soley seufzte und ließ sich auf einen Drehstuhl nieder, der an dem Arbeitsplatz stand. »Na ja, es gibt einen Grund, wieso es bei den Menschen diese Geschichten über Vampire gibt. Und wieso ein Großteil davon nicht mit uns übereinstimmt.«

Ich ahnte bereits, was sie mir damit sagen wollte. »Du meinst, es gibt noch eine andere Art von Vampiren? Eine, die denen in Büchern mehr ähnelt?«

Zu meinem Entsetzen nickte sie.

»Was? Wieso hat mir das niemand gesagt?«

»Weil es nicht von Bedeutung ist. Die Vampire, auf denen die Legenden der Menschen beruhen, sind Monster, die ausgerottet wurden.«

»Wie sind sie entstanden?«

»So, wie du es gesagt hast. Es waren Menschen, die mit unserem Blut im Organismus starben.«

»Und wieso waren sie Monster? Haben sie sich so deutlich von uns unterschieden?«

»Frag das mal Dimitri. Er nennt sie Vombies, da sie uns eher an Zombies erinnern. Unser Blut hat genauso heilende Kräfte wie unser Speichel, jedoch ist unser Blut zu stark für die Menschen. Es kann sie vor dem Tod bewahren, jedoch vermag es nicht, sie zu retten. Ihr Organismus zerfällt dadurch. Sie mutieren zu lebenden Toten, die sich nur noch von Blut ernähren können. Sie verlieren ihren Verstand und die Menschlichkeit.«

»Das klingt ja furchtbar.«

»Ist es auch. Deshalb ist es verboten, den Menschen unser Blut zu verabreichen. Es gibt vereinzelt sowohl Vampyre als auch Menschen, die so bescheuert sind und das trotzdem ausprobieren.«

Das konnte ich mir sehr gut vorstellen. Solche Idioten gab es immer wieder.

»Warum sollten die Vampyre ein Interesse daran haben, die Menschen zu verwandeln?«

»Das hat unterschiedliche Gründe. Manche wollen dadurch einfach nur Chaos stiften oder nutzen die Vampire als Waffe in Kriegen. Es gibt Gerüchte, dass auch Valentin mit ihnen Versuche anstellt.«

»Könnte er sie kontrollieren?«

»Nein. Vampire kennen weder Freund noch Feind. Sie lassen sich von niemandem leiten. Sie würden geopfert werden, um die Feinde zu dezimieren. Doch es gibt auch Vampyre, die Menschen verwandeln, weil sie sie nicht verlieren wollen.«

»Was meinst du damit?«

In Soleys Augen trat ein sehnsüchtiger Ausdruck. »Liebe«, antwortete sie knapp.

»Soll das heißen, dass es Vampyre gab, die sich in Menschen verliebten und diese verwandelten?«

»Ganz genau.«

Schockiert sah ich sie an. »Aber damit haben sie das Todesurteil der Menschen unterschrieben. Wie konnte irgendjemand so wahnsinnig sein und das noch mal probieren, nachdem die Auswirkungen feststanden? Wie kann man seine große Liebe als Versuchskaninchen missbrauchen?«

Sie zuckte mit den Schultern. »Verzweiflung, Hoffnung, Ignoranz. Nicht jeder glaubt an die Existenz von seelenlosen Vampiren. Manch einer denkt, dass das eine Lüge sei, um Verbindungen zwischen Mensch und Vampyr eher verbieten zu können. Besser man schließt keinen Menschen in sein Herz, immerhin verstirbt er viel zu schnell. Früher gab es auch nicht dieses Netzwerk wie heute. Nicht jeder hat weitererzählt, was passiert.«

»Hast du jemals einen Vampir gesehen?«, fragte ich, woraufhin sie den Kopf schüttelte. »Nein, und ich bin auch nicht scharf darauf.«

12. KAPITEL

Lilya

Da ich Soley nicht ewig von der Arbeit abhalten wollte, verabschiedete ich mich kurz darauf. Sie begleitete mich zur Tür, hinter der Alexander noch immer auf mich wartete.

In Gedanken versunken folgte ich ihm auf dem Weg zurück in mein Zimmer. Ein leichter Luftzug wehte mir entgegen, als wir eine Balkontür passierten, die etwas offen stand. Mit ihm drangen laute Rufe an mein Ohr, die mich innehalten ließen.

»Was ist da draußen los?«, fragte ich und war bereits durch die Tür hinausgetreten.

»Prinzessin, nicht!« Alexander folgte mir auf den Balkon. »Lasst uns bitte wieder reingehen.«

Ich hörte nicht auf ihn und beugte mich über das Geländer, um sehen zu können, was für ein Tumult dort unten war. Eine Menschentraube hatte sich auf dem Platz vor dem Schloss gebildet und beobachtete offensichtlich einen Streit zwischen zwei Gestalten. Als ich eine davon erkannte, schnappte ich entsetzt nach Luft.

Liam!

Die andere Gestalt war Vladimir. Der Djiyo packte Liam und holte zu einem Schlag aus.

»Lasst den Jungen los!«, rief ich und schwang mich – ohne nachzudenken –

über das Geländer. Erschrocken über mein plötzliches Auftauchen wichen einige Umherstehende zurück.

Vladimir starrte mich ungläubig an und ließ von Liam ab, der daraufhin in die Knie ging.

»Eure Hoheit, dieser Junge ist ein Diener des Königshauses und hat es gewagt, seine Herrscher zu verspotten. Auf diese Respektlosigkeit steht die Todesstrafe.«

»So wie ich das sehe, gilt in diesem Land die Meinungsfreiheit und sie bezieht sich auch auf mein Königreich«, sagte ich ruhig, aber bestimmt.

»Aber ... er hat die Regeln Eurer Vorfahren missachtet. Ihr könnt ihn nicht ungestraft davonkommen lassen«, gab der Wächter zu bedenken. »Ich habe Anweisung, ihn einzusperren.«

»Nun, es ist mir egal, welche Anweisungen du hast, und meine Vorfahren sind nicht hier, also mache ich die Regeln. Und diese müssen befolgt werden. Und die erste neue Regel lautet, dass den Menschen ohne meine Zustimmung kein Leid zugefügt werden darf. Ihr werdet dem Jungen nicht mehr zu nahekommen, verstanden?« Ich drängte mich an dem Wächter vorbei und ging neben Liam auf die Knie. Er wich kaum merklich vor mir zurück. Behutsam ergriff ich seinen Arm – und verschwand beim nächsten Wimpernschlag mit Liam.

***

Erschrocken über die Teleportation schnappte Liam nach Luft, als wir auf den kalten Fliesen in Soleys Labor landeten. Ich lachte angesichts seiner Verwirrung. Er hatte meine Fähigkeiten bereits bei Emmas Rettung miterlebt. Doch selbst direkt betroffen zu sein, war immer noch etwas anderes, als bloß zuzuschauen.

Er fasste sich allerdings schnell wieder und funkelte mich wütend an. »Ich hätte deine Hilfe nicht gebraucht.«

Überrascht hob ich die Augenbrauen.

»Er hätte dich getötet, wenn ich nicht dazwischengegangen wäre. Ein Dankeschön wäre angebracht.«

Er zuckte mit den Achseln. »Und wenn schon. Ich kann gut auf mich selbst aufpassen. Ich will einem Vampyr nichts schuldig sein.«

Fassungslos schüttelte ich den Kopf. Was für ein Sturkopf! »Wie du meinst. Auch wenn deine Familie das sicherlich anders sehen würde. Sie sind bestimmt froh, dass du noch am Leben bist. Und selbst wenn du keine Hilfe willst, deine Wunden sollte sich jemand Erfahrenes anschauen.«

Ich streckte die Hand aus, um seine leicht zerrissene Jacke zur Seite zu ziehen, damit ich einen besseren Blick auf seine Kratzer haben konnte, aber er wehrte sie ab. »Ich habe dir bereits gesagt, dass ich deine Hilfe nicht will. Wenn Eure Hoheit es mir erlaubt, würde ich jetzt gerne gehen.« Er rappelte sich auf und humpelte auf die nächste Tür zu. Als er bemerkte, dass er sie ohne Griff nicht so einfach aufbekommen würde, fluchte er.

Seufzend sprang ich auf. So schnell würde ich nicht aufgeben. »Entschuldigung, aber was habe ich dir getan, dass du so abweisend zu mir bist?«

Er drehte sich zu mir um und lachte ohne jegliches Gefühl. »Das fragst du noch? Meine Familie wird seit Hunderten von Jahren als eure Sklaven gehalten und du willst wissen, warum ich dich nicht respektiere?«

Bestürzt dachte ich über seine Worte nach. Hatte meine Familie die Menschen tatsächlich so schlecht behandelt? Das konnte ich mir kaum vorstellen. Dimitri hatte erzählt, dass meine Mutter sich auch für Menschenrechte eingesetzt hatte. Und selbst wenn nicht, war es nicht meine Schuld. »Du musst mir glauben, dass es mir sehr leidtut, wenn meine Familie dir und deinen Vorfahren übel mitgespielt hat, allerdings musst du auch zugeben, dass ich für nichts von dem verantwortlich bin. Alles, was womöglich vorgefallen sein soll, betrifft nicht mich.«

Er beäugte mich skeptisch und überdachte seinen Standpunkt. Schließlich kam er wohl zu dem Schluss, dass er sich nicht von seiner Meinung abbringen lassen wollte.

»Das mag sein, aber es spielt keine Rolle, wer was getan hat. Ihr Vampyre seid in meinen Augen alle gleich. So nett du im Moment auch zu sein scheinst, bald wird der Fluch auch dein Herz erreichen.«

Verblüfft starrte ich ihn an. Was meinte er damit? Der Vampyrismus war doch kein Fluch. Ich hatte aber keine Zeit für weitere Diskussionen, denn in diesem Augenblick betrat Soley den Raum von der gegenüberliegenden Seite.

Mit offenem Mund starrte Liam sie an. Ich schien nur noch Luft für ihn zu sein.

»Soley, du kommst gerade richtig. Deine Medizinkenntnisse sind gefragt«, sagte ich, ohne sie anzuschauen. Ich hörte, wie sie scharf die Luft einsog, als sie seine Wunden bemerkte.

»Oh, mein Gott, was ist passiert?«, fragte sie schockiert und eilte auf ihn zu. Wie erstarrt stand Liam da und sah sie einfach nur an, als sie ihm die Jacke von den Schultern streifte. Er schien seine Verletzungen kaum noch wahrzunehmen. Mir konnte das recht sein. Er war bei Soley in den besten Händen.

»Ich überlasse ihn dir, Soley. Übergib ihn nachher bitte nicht den Wachen«, meinte ich noch, war mir jedoch sicher, dass sie das ohnehin nicht getan hätte. Ich verabschiedete mich, wandte mich ab und überlegte, wie ich zurück in meine Räume kommen sollte. Den normalen Weg kannte ich zwar, doch ich favorisierte die schnellere Methode. Obwohl ich körperlich geschwächt war, entschied ich, mich zu teleportieren.

***

»Lya!« Ich öffnete die Augen und begegnete Dimitris schockiertem Blick. »Wo ... wo kommst du auf einmal her?«

Wir standen in meinem Wohnzimmer. »Was machst du hier?«, stellte ich eine Gegenfrage.

»Dich suchen, verdammt noch mal. Schon wieder! Wo warst du und wie konntest du gerade wie aus dem Nichts auftauchen?«

Ich öffnete den Mund, um ihn zu fragen, was sein Problem war, als mir einfiel, dass er bisher nichts von der Teleportation wusste. Anscheinend wurde es Zeit, mit ihm zu reden.

Einen Moment überlegte ich, wo ich anfangen sollte, und entschied dann, dass es doch einfacher wäre, es ihm direkt zu zeigen. »Pass auf.«

Ich griff nach seinen Händen und schloss die Augen. Ich spürte einen leichten Luftzug und wie wir den Boden unter den Füßen verloren.

***

Ich ließ Dimitris Hände los und taumelte ein paar Schritte nach hinten. Auch er schien sein Gleichgewicht erst wieder suchen zu müssen. Ungläubig riss er die Augen auf und sah sich um. »Das kann nicht wahr sein.« Wir standen in der Turnhalle.

»Nun, ich fürchte, Telekinese ist nicht meine einzige Fähigkeit …«, erklärte ich schulterzuckend und begann schließlich, von der Rettungsaktion am Wasserfall zu erzählen, als ich diese Kraft das erste Mal eingesetzt hatte.

Dimitri hörte mit offenem Mund zu. Ich berichtete außerdem, dass ich eben Soley besucht hatte und auf dem Rückweg den Streit zwischen Liam und Vladimir mitbekommen und daraufhin Liam in Sicherheit gebracht hatte.

»Nun, da ich nicht allein durch das Schloss irren wollte, habe ich mich ebenfalls zurück in meine Räume teleportiert – und den Rest weißt du ja«, schloss ich.

Es dauerte einen Moment, ehe Dimitri seine Stimme wiederfand. »Ich weiß nicht, was ich dazu sagen soll.«

»Was glaubst du, wie es mir geht?«

»O Lya …« Dimitri überwand mit einem Schritt den Abstand zwischen uns und zog mich in die Arme. »Ich habe immer gewusst, dass du etwas Besonderes bist. Ich kann verstehen, wenn dir das alles Angst einjagt. Das alles hier ist dir völlig fremd. Aber du weißt, dass ich jederzeit für dich da bin, oder?«

Ich nickte und klammerte mich an ihn. Nicht nur, weil ich jetzt seine Nähe brauchte, sondern auch, weil ich mich kaum noch auf den Beinen halten konnte. Der enorme Kraftaufwand machte sich mit kurzer Verzögerung nun doch bemerkbar. Dimitri bemerkte sofort, wie schwach ich war, und lud mich auf die Arme.

Ich protestierte nicht, als er mich zurück in meine Gemächer trug.

***

Er legte mich auf dem Bett ab und kuschelte sich zu mir. Mit dem Kopf auf seiner Brust schloss ich die Augen. Ich war plötzlich todmüde.

»Ich weiß, dass dir das Thema sehr wichtig ist, aber bitte halte dich in Zukunft ein wenig von den Menschen fern«, hörte ich Dimitri nach einer Weile sagen, als ich bereits im Halbschlaf war. »Du bist eine Vampyrin, ob es dir gefällt oder nicht. Du kannst nicht erwarten, dass sie dich mit offenen Armen empfangen. Kümmern wir uns erst mal um die wichtigeren Probleme als um die Tatsache, dass die Menschen dich nicht leiden können.«

Ich öffnete die Augen und sah ihn verständnislos an. »Aber warum können sie mich nicht leiden? Du hast doch gesagt, dass meine Mutter gut zu den Menschen war.«

Dimitri seufzte und streichelte mir sanft über den Rücken. »Sie ist mit ihnen besser umgegangen als die meisten von uns, trotzdem hat sie sie nicht als ihre Freunde angesehen.«

Traurig dachte ich über seine Worte nach. Ich wollte, dass sich das Verhältnis von Vampyr und Mensch änderte, auch wenn das ein Haufen Arbeit sein würde. Selbst wenn die Vampyre bereit wären, in den Menschen mehr als nur einen Snack und eine Arbeitskraft zu sehen, hieß das nicht, dass die Menschen sie weniger hassen würden. Ich würde es auch nicht so toll finden, von einer anderen Spezies beherrscht zu werden, die sich auch noch von mir ernährt. Wenn bisher kein Vertrauen da war, brauchte es viel Zeit, um es aufzubauen.

13. KAPITEL

Liam

Soley untersuchte mich übertrieben gründlich und behandelte all meine Verletzungen. Nachdem Lilya sich in Luft aufgelöst hatte, hatte keiner mehr einen Ton gesagt.

Ich fühlte mich unbehaglich in der Nähe dieser Siya, dabei war es nicht das erste Mal, dass sie mich versorgte. So oft, wie ich in Streitereien mit den Djiye geriet, blieben Verletzungen nicht aus. Ungewöhnlich war lediglich, dass Soley sich dafür interessierte und immer darauf bestand, meine Wunden zu behandeln. Lilya war demnach nicht der erste Vampyr, der sich für meine Begriffe seltsam verhielt.

Ich hatte stets alles darangesetzt, dieser Siya aus dem Weg zu gehen, da ihr Verhalten mich beunruhigte. Vampyre waren meine Feinde und ich kam eher damit klar, wenn sie versuchten, mich zu töten als sich um mich zu kümmern. Und nun gab es tatsächlich zwei Vampyrprinzessinnen, die mir Kopfzerbrechen bereiteten.

»Ich möchte, dass du dich bei Lilya entschuldigst.«

Soleys glockenklare Stimme riss mich aus den Gedanken.

»Warum sollte ich das tun?«, fragte ich ungläubig. Ich wusste nicht einmal, wofür genau ich mich entschuldigen sollte. Hatte sie eventuell unser Gespräch mitbekommen?

»Sie hat es nicht verdient, so behandelt zu werden. Vor allem nicht, nachdem sie dir das Leben gerettet hat.« Sie lächelte matt, konnte mich damit aber nicht besänftigen.

»Ich habe sie nicht darum gebeten«, meinte ich patzig und verschränkte die Arme vor der Brust.

Soley gab mir einen leichten Stoß gegen die Schulter und ich zuckte vor Schmerz zusammen – obwohl ich doch schon oft ein paar härtere Schläge abbekommen hatte.

»Hör auf so etwas zu sagen und sei einfach dankbar, dass sie es getan hat. Sie ist nicht wie die anderen Vampyre, die hier gelebt haben. Sie ist nicht einmal so wie ich. Sie ist in dem Glauben aufgewachsen, ein ganz normaler Mensch zu sein. Sie kann am besten verstehen, wie ungerecht du dich behandelt fühlst. Es ist schon schwer genug für sie, das alles zu verkraften, da ist es nicht sonderlich hilfreich, wenn die Menschen sie mit Verachtung strafen.«

Stumm starrte ich Soley an. Was sie über Lilya erzählte, überraschte mich wirklich und beantwortete einen Teil meiner Fragen. Sie war als Mensch aufgewachsen, deshalb verhielt sie sich also so merkwürdig. Das änderte zwar nichts an der Tatsache, dass sie ein Vampyr und mein Feind war, erklärte jedoch einiges.

»Na schön, ich werde darüber nachdenken, okay?«

Soley nickte und verzog die Lippen zu einem Lächeln. »Danke, das ist mehr, als ich erwarten kann.«

***

Mit frisch verbundenen Wunden entließ Soley mich schließlich wieder. Ich war froh, aus dem Schloss herauszukommen. Soleys Gesellschaft war mir unangenehm. Sie war nett, doch schüchterte mich ihre Art auch unheimlich ein. Ich konnte in ihrer Gegenwart nicht meinen trockenen bissigen Humor ausleben. Tatsächlich brachte ich kaum ein Wort heraus, wenn sie da war.

Ich vergrub die Hände in den Hosentaschen und stapfte auf geradem Weg nach Hause. Vielleicht hatte ich Glück und Vladimir hatte nach der Ansage der Prinzessin keine Lust mehr, mich einzusperren. Falls aber doch, wollte ich vorher noch mal mit meiner Familie reden.

Vladimir hatte mich zu den Zellen bringen wollen, jedoch nicht, ohne vorher in aller Öffentlichkeit ein Exempel an mir zu statuieren. Soley hatte recht. Ich hatte Glück gehabt, dass Lilya gekommen war und eingegriffen hatte. Sonst wären ein paar Schläge meine geringste Sorge gewesen. Zur Bestrafung setzten Djiye nämlich auch allzu gerne Peitschen bei mir ein.

Ich erreichte die ersten Häuser, in denen die menschliche Bevölkerung des Schlosses wohnte, schätzungsweise nach fünf Minuten.

»Was war das denn vorhin, Liam?«, ertönte hinter mir eine vertraute Stimme.

O nein. Der hatte mir gerade noch gefehlt. Stöhnend blieb ich stehen und drehte mich zu Daniel um. Der dunkelhaarige Junge in meinem Alter kam grinsend auf mich zu.

»Nerv mich nicht, ich hab's eilig«, antwortete ich gereizt und setzte meinen Weg fort. Daniel und ich waren nie gut miteinander ausgekommen. Seine Gesellschaft war das Letzte, was ich gerade gebrauchen konnte.

»Hey, nicht so schnell.« Er lief mir einfach hinterher. »Ich wollte mich nur vergewissern, dass es dir gut geht. Wir haben uns alle ziemliche Sorgen gemacht, als der Wächter dich in die Mangel genommen hat. Aber glücklicherweise kam wie aus dem Nichts diese Kiya, um dich zu retten.« Der Spott in seiner Stimme war nicht zu überhören. Ihn würde es nicht kümmern, wenn ich draufgehen würde. Seine einzige Sorge wäre vermutlich, bei meinem Ableben nicht zuschauen zu können.

Ich ging nicht auf seine Worte ein. Wenn ich mich über ihn aufregte, würde ihn das nur noch mehr anspornen. Ich atmete erleichtert auf, als ich unsere Hütte erkannte. Sobald ich drinnen war, würde ich Daniel los sein.

Meine Freude verpuffte aber augenblicklich, als jemand aus dem Schatten der Bäume trat und sich mir in den Weg stellte.

Vladimir. Entweder verfolgte er mich wie ein Schatten oder er hatte ebenfalls die Kunst des Teleportierens erlernt. Dieser Vampyr war echt überall.

»Du dachtest wohl, du könntest deinem Schicksal entkommen, was?«

Ich blieb wie angewurzelt stehen. Wie viel Pech konnte ich eigentlich haben? Ich sah zu Daniel, der genauso überheblich grinste wie Vladimir und sich langsam zurückzog. Er würde sich hinter der nächsten Ecke verstecken und beobachten, was nun mit mir passierte.

»Aller guten Dinge sind drei, nicht wahr? Ich habe gehofft, Euch heute noch ein weiteres Mal zu sehen.«

»Davon bin ich überzeugt. Also lass uns gehen, bevor wir erneut gestört werden.« Er packte mich grob am Arm und zerrte mich abseits des Weges in Richtung Berg, wo die Höhlen zu den Kerkern führten.

»Hat die Prinzessin nicht erwirkt, dass uns Menschen kein Haar gekrümmt werden darf?« Ich war mir sicher, dass ihn das nicht kümmerte und mein Kommentar ihn eher wütend machen würde, trotzdem konnte ich ihn mir nicht verkneifen.

»Was die Prinzessin nicht weiß, macht sie nicht heiß. Außerdem handle ich auf ausdrücklichen Befehl meines Prinzen. Also, wer sollte es ihr erzählen? Du? Oder dein Menschenfreund?« Nein, Daniel war der letzte Mensch auf der Welt, der mir helfen würde.

Diese Kiya schien sich wirklich um mich und andere Menschen zu sorgen, aber das würde mir nicht weiterhelfen. Sollte ich Lilya zu nahekommen, würde Dimitri meine Familie umbringen. Und dabei spielte es für ihn bestimmt keine Rolle, ob sie den Kontakt zu mir suchte oder ich.

***

Wir hatten den Höhleneingang erreicht und passierten nun einen Wächter, der mich kalt angrinste. Vampyre waren Monster und Djiye waren mit Abstand die schlimmste Sorte unter ihnen.

Vladimir schleppte mich tief durch die verwinkelten Wege in den Berg hinein. Er hatte eine Fackel entzündet, die ihm den Weg wies, auch wenn er sich vermutlich ebenso ohne Licht zurechtgefunden hätte.

Die Gefangenen, die sich in den Zellen befanden, hörten unsere Schritte schon von Weitem und drückten die eingefallenen Gesichter an die Gitterstäbe, als würden sie wie die Motten vom Licht angezogen werden. Wenn kein Wächter hier vorbeikam, war es immer stockdunkel, sodass die meisten schnell den Verstand verloren. Ihre Klagelaute begleiteten uns auf dem Weg durch die Höhle.

Die Temperaturen wurden immer kälter und ich begann zu frieren. Ich trug nichts unter meiner Jacke, seitdem ich Emma den Pullover gegeben hatte. Und diese hatte beim Kampf mit Vladimir auch einige Risse davongetragen.

Am schlimmsten war jedoch der Geruch nach Fäkalien und verwesendem Fleisch, der aus den Zellen strömte. Ein wenig Genugtuung verspürte ich zumindest bei dem Gedanken, dass Vladimir durch seine viel feinere Nase noch mehr leiden musste als ich.

Nach einem langen Fußmarsch blieb er schließlich stehen und schloss eine freie Zelle auf. So tief im Berg war niemand sonst eingesperrt. Zumindest niemand Lebendiges.

Kommentarlos wurde ich in die freie Zelle gestoßen und prompt fiel das schwere Gitter hinter mir ins Schloss. Ich starrte auf die Gitterstäbe, während Vladimirs Schritte langsam verhallten und jegliches Licht der sich entfernenden Fackel von der Dunkelheit verschluckt wurde.

14. KAPITEL

Lilya

Die Königshäuser der Vampyre und ihre Geschichte.

Vorsichtig strich ich über den samtigen Einband des dicken Buches, das mir Soley gebracht hatte. Ich hatte die letzten Tage viel Zeit damit verbracht, darin zu lesen, um mehr über meine Herkunft zu erfahren. Die Einträge in dem Buch gingen zurück bis zu den ersten drei Königen der Vampyre. Königin Lilyana, Königin Freya und König Afanasy. Angeblich waren sie Geschwister und jeder von ihnen galt als der Erste seiner Art.

Wie genau sie entstanden sind, wusste jedoch niemand. Soley war der Meinung, dass die Evolution die ersten Vampyre vor Tausenden von Jahren hervorgebracht hatte und die drei nur die Ersten waren, die sich selbst als Vampyre bezeichneten und auf die Idee kamen, die Monarchie zu gründen.

Ich fand es spannend, dass das Versteckspiel bis heute durchgehalten wurde und die Vampyre sich nicht den Menschen offenbart hatten. Dabei war ich mir sicher, dass Valentin nicht der Einzige war, der dieses Ziel verfolgte. Anscheinend war es bisher aber niemandem mit diesem Vorhaben gelungen, es auch in die Tat umzusetzen.

Welche Geheimnisse existierten noch auf dieser Welt, von denen niemand etwas ahnte? Meine Neugier war ein weiterer Grund gewesen, weshalb ich immer Präsidentin werden wollte. Auf so einem wichtigen Posten hatte man Zugriff auf Informationen, die den meisten verwehrt blieben. Unwissenheit hatte durchaus seine Vorteile, denn mit Wissen kam nicht nur Macht, sondern auch viel Verantwortung.

Nun war ich nicht Präsidentin, sondern die wohl mächtigste Person des Planeten. Und damit kam das größte Geheimnis der Welt und die Verantwortung, dass es auch geheim blieb.

Ich legte das schwere Buch auf dem Couchtisch ab und ging auf meinen Balkon. Das war der einzige Ort, an dem ich mich zumindest ein bisschen frei fühlte. Ich schwang die Beine über das Geländer und ließ sie über dem Abgrund baumeln.

Seit einer Woche hatte ich neben den täglichen Nachhilfestunden im Kämpfen und dem Einsatz meiner Fähigkeiten auch Unterricht bei Magla. Die Siya war bereits über vierhundert Jahre alt und hatte unter anderem meine Mutter in Politik unterrichtet. Ihr Wissen war einfach gewaltig. Bisher hatte ich mich jedoch nicht getraut, sie wegen meiner Mutter mit Fragen zu löchern. Das konnte ich später auch noch tun.

Ich sah den Abhang hinunter und haderte wie jeden Tag mit mir. Nachdem ich nach dem Ausflug mit Alexander keinen großen Ärger von Dimitri bekommen hatte, war ich mutiger geworden, und riskierte quasi täglich einen Abstecher in den Wald. Bisher hatte er das Verbot, draußen allein herumzustreunen, zwar nicht aufgehoben, doch das war mir egal. Ich ließ mich nicht in einen goldenen Käfig sperren. Auch nicht von Dimitri. Außerdem ... was sollte mir schon passieren? Ich achtete darauf, niemandem über den Weg zu laufen. Sollte trotzdem irgendetwas sein, könnte ich mich innerhalb einer Sekunde in Sicherheit teleportieren.

Die Teleportation gelang mir inzwischen genauso wie die Telekinese immer besser. Soley hatte nicht schlecht gestaunt, als ich ihr beim Training meine neue Fähigkeit präsentiert hatte. Eigentlich hätte sie schon vorher im Labor mitbekommen müssen, dass ich mich einfach in Luft aufgelöst hatte, doch anscheinend war sie damals zu sehr mit Liams Wunden beschäftigt gewesen.

Der Einsatz meiner Kräfte schwächte mich nach wie vor, doch inzwischen hatte ich nicht direkt das Gefühl, in Ohnmacht zu fallen.

Ana trieb ich unterdessen beim Kampftraining in den Wahnsinn, da ich häufiger schummelte und beide Kräfte kombiniert einsetzte. Auch wenn ich niemals den perfekten Schwertkampf erlernen sollte, war ich so zumindest nicht gänzlich hilflos.

Jetzt rutschte ich auf dem untermauerten Geländer ganz an den Rand und stieß mich schließlich ab. Für einen kurzen Moment genoss ich den freien Fall, ehe ich mit den Füßen auf dem Boden landete.

***

Ich fühlte das breite Grinsen im Gesicht, als ich durch den Wald joggte, um neue Pfade zu entdecken. Dabei kam ich heute wieder sehr nah an die Behausungen der Menschen, wo meine gute Laune erlosch.

Ich hatte sie schon vor ein paar Tagen entdeckt und war schockiert darüber, in was für Hütten die Menschen leben mussten, während wir im Schloss jeden Luxus genossen. Die kleinen Holzhütten hatten von außen durchaus ihren Charme, doch man sah ihnen an, dass sie sehr alt und innen vermutlich nicht sehr komfortabel waren.

Von Weitem erkannte ich ein paar Menschen zwischen den Hütten hin und her laufen. Ich versteckte mich hinter einem Baum und beobachtete ihr Treiben. Es war, als wäre ich in einer anderen Zeit gelandet. Wäre ihre Kleidung nicht relativ modern, hätte ich mich im Mittelalter befinden können. Eine alte Frau schleppte zwei Wassereimer in ihre Hütte.

Hatten sie etwa kein fließendes Wasser?

Am liebsten wäre ich aus meinem Versteck getreten und zu den Menschen gegangen. Ich wollte mit ihnen reden. Ihnen sagen, dass ich nicht ihr Feind war und mich dafür einsetzen würde, dass sie ein besseres Leben haben würden.

Stattdessen stand ich hier und beobachtete sie heimlich aus der Ferne. Zwei Männer kamen auf ihrem Weg nah bei mir vorbei. Ich wurde hellhörig, als ich mitbekam, dass sie über Liam und mich redeten.

»Keiner hat ihn mehr gesehen, seit diese Kiya sich mit ihm in Luft aufgelöst hat.«

»Tatsächlich? Vielleicht haben sie ihn nun doch getötet. Arme Marianne, so einen Sohn hat sie nicht verdient.«

»Das hat er von seinem Vater. Zum Glück sind ihre Töchter nicht auch so dumm.«

»Möglicherweise wurde Liam zum Schweigen gebracht, weil er etwas über diese Kiya weiß. Immerhin ist es ein großes Geheimnis und kein Mensch hat sie vor oder nach dieser Aktion gesehen.«

Ich hörte nicht länger zu, sondern starrte den Männern fassungslos hinterher. Liam war verschwunden? Ich war mir sicher gewesen, dass er bei Soley in besten Händen war und sie ihn nach der Wundversorgung zu seiner Familie schicken würde.

Ich musste dringend mit Soley reden und herausfinden, was anschließend passiert war. Könnte es sein, dass Vladimir sich nicht an meinen Befehl gehalten und ihm etwas angetan hatte? Ich wusste nicht, was genau zwischen ihnen vorgefallen war und weshalb er Liam verprügelt hatte.

Ich vergewisserte mich, dass niemand in der Nähe war, und huschte anschließend im Schatten der Bäume weiter. Als eine vertraute Stimme von Weitem an mein Ohr drang, blieb ich abrupt stehen.

»Ich will endlich wissen, wo er ist!«

»Dir wird aber niemand etwas erzählen, ich habe es auch schon versucht. Sei vernünftig und komm wieder rein.«

Ohne Rücksicht darauf zu nehmen, dass mich vielleicht jemand sehen könnte, rannte ich in die Richtung, aus der die Stimmen kamen.

»Emma?«, rief ich, als ich sie nicht sofort fand.

»Lilya?«

Ich lief gerade um eine Hütte herum, als ich sie entdeckte. Eine Frau stand neben ihr und beide starrten mich mit großen Augen an.

»Was ist hier los?«, fragte ich und ging ruhig auf sie zu.

Emma verzog traurig das Gesicht. »Liam ist weg.«

»Was meinst du mit ›weg‹?«

»Er wurde von einem Wächter mitgenommen und dann zuletzt mit dir gesehen. Wo ist er?« Tränen sammelten sich in den Augen des Mädchens und in mir brannte das Bedürfnis, sie in den Arm zu nehmen und zu beruhigen. Die Frau, die ich für ihre Mutter Marianne hielt, stellte sich aber vor Emma und signalisierte deutlich, dass ich mich von ihr fernhalten sollte.

»Wer seid Ihr?«, fragte sie mit misstrauischem Blick.

»Mein Name ist Lilya, ich bin die Tochter von Königin Anisya und Thronerbin der Kiye.« Keine Ahnung, was mich dazu bewog, nicht einfach nur meinen Vornamen zu sagen. Mein Name fühlte sich allerdings ohne Nachnamen so schrecklich kurz an. Meinen alten Nachnamen Bradon zu verwenden wäre seltsam, da Vampyre, soweit ich mitbekommen hatte, keine Nachnamen verwendeten. Sie hatten alle einen, da sie den für einen Ausweis brauchten, doch hier im Schloss erwähnte niemand seinen. Von Dimitri wusste ich nur, dass er Krylow hieß, da er sich bei unserem ersten Treffen so vorgestellt hatte. Laut Magla hatte meine richtige Familie den Nachnamen Mynar verwendet.

Lilya Mynar. Der Name war nur für die Welt da draußen bestimmt.

»Ich bin Marianne«, erwiderte sie knapp.

»Ich habe Liam in die Obhut von Prinzessin Soley gegeben. Sie wollte seine Wunden versorgen und ich bin sicher, dass sie ihn anschließend wieder nach Hause geschickt hat«, versicherte ich ihr.

»Er kam nie hier an und mittlerweile ist über eine Woche vergangen.«

»Wohin wollte Vladimir Liam bringen, als er ihn abgeholt hatte?«

Sie zuckte mit den Achseln. »Ich schätze, in den Kerker. Ich weiß aber nicht, was er verbrochen haben soll. Sie sperren ihn so oft ein, ohne uns einen Grund zu verraten.«

Mir blieb fast der Mund offen stehen angesichts dieser Ungerechtigkeit.

»Wie komme ich in die Kerker?«

***

Marianne hatte mir den Weg beschrieben, da sie mich nicht begleiten wollte und Emma niemals mit mir hätte mitgehen lassen. Es war jedoch nicht schwer, den Eingang zu den Höhlen zu finden. Man kam angeblich sowohl von außen als auch vom Schloss zu den Kerkern, allerdings kannten die Menschen nur den einen Weg.

Ich versteckte mich erneut hinter einem Baum und beobachtete einen Wächter, der vor einem schmalen Höhleneingang an die Felsen gelehnt stand und sich offensichtlich zu Tode langweilte. Er gähnte und hatte sichtlich Mühe, nicht im Stehen einzunicken.

Mutig trat ich aus dem Schatten und ging auf ihn zu.

»Ist es Euer Job, aufzupassen oder zu schlafen?«

Erschrocken zuckte er zusammen und riss die Augen auf. »Eure Hoheit, verzeiht meine Unkonzentriertheit.« Schnell sank er auf die Knie. »Was macht Ihr denn außerhalb des Schlosses?«

»Ist schon gut, erhebt Euch. Ich bin hier, um einen Gefangenen zu sehen.«

»Selbstverständlich. Um wen handelt es sich?«

»Einen Menschen namens Liam.« Ich wusste nicht, ob er tatsächlich hier war, aber für den Fall war es besser zu tun, als wäre ich eingeweiht.

»Liam?«

Ich nickte und hoffte, dass ich hier richtig war.

Unsicher warf er einen Blick über die Schulter. »Seid Ihr sicher, dass Ihr dort hineinwollt? Die Kerker sind kein schöner Ort für eine Prinzessin.«

»Macht Euch um mich keine Sorgen. Erhalte ich nun Einlass, oder nicht?«

»Natürlich. Wenn Ihr dem Tunnel ein Stückchen geradeaus folgt, gelangt Ihr an eine Tür, die ebenfalls bewacht wird. Fragt den dortigen Wächter nach Liam. Er sagt Euch dann, in welcher Zelle er ist.«

Ich bedankte mich und lief an ihm vorbei in die Höhle. Wie der Wächter gesagt hatte, kam ich kurz darauf an eine schwere Holztür.

Im Licht der Fackeln musterte der Djiyo mich überrascht. Auch ihn hatte ich nie zuvor gesehen. Zumindest aber schien er bereits zu wissen, dass ich existierte.

Ich erklärte ihm, weshalb ich hier war, und schließlich öffnete er ein wenig widerwillig die Tür. Er machte Anstalten, dem Tunnel zu folgen, doch ich schüttelte den Kopf und streckte die Hand nach der Fackel aus, die er aus einer Halterung genommen hatte.

»Ihr bleibt hier.«

»Aber Prinzessin, ich ...«

Ich nahm ihm die Fackel aus der Hand und ließ ihn einfach stehen.

***

Diese dunklen Gänge raubten mir die Luft zum Atmen. Ich wollte nichts sehen, hören oder riechen. Ich spürte die Panik in mir hochkommen und kämpfte sie mit allen Mitteln zurück. Ich war nicht in Sibirien, ich war in Sicherheit.

Beinahe hatte ich das Gefühl, dass diese Kerker noch schlimmer als die in Sibirien waren. Ich hatte schreckliches Mitleid mit den Gefangenen. Es war mir egal, was alles angeblich Priorität hatte. Diese unwürdige Behandlung musste ich dringend ändern.

Ich musste dem Gang immer weiter in den Berg folgen, bis ich endlich an einer Zelle die Nummer erkannte, die mir der Wächter genannt hatte.

Mit klopfendem Herzen trat ich an die Gitterstäbe und leuchtete in die Zelle. »Liam?«

Er saß, ein Bein angewinkelt, an die Wand gelehnt da und blinzelte gegen das Licht an. Ein schiefes Grinsen erschien auf seinem Gesicht, als er mich erkannte. »Sieh an, die ehrenwerte Prinzessin kommt mich besuchen. Womit habe ich das verdient? Hätte mir jemand Euren Besuch angekündigt, hätte ich aufgeräumt.« Seine spöttische Aussage verlor ihre Wirkung bei seinem miserablen Erscheinungsbild und der trockenen Stimme. Viel Wasser schienen die Gefangenen nicht zu erhalten. Geschweige denn Nahrung.

Die Verbände, mit denen vermutlich Soley ihn verbunden hatte und die durch die Risse der Jacke sichtbar waren, waren dreckig, genauso wie es seine Kleidung war. Aus seiner Zelle drang ein ähnlich ekliger Gestank wie aus den anderen, an denen ich vorbeigekommen war.

»Deine Familie macht sich Sorgen um dich. Sie wussten nicht, wo du steckst.«

»Na, wo wohl? Dort, wo Abschaum wie ich offenbar hingehört.«

»Du bist kein Abschaum und so was hat niemand verdient.«

Er lachte trocken. »Soley hatte definitiv recht. Du bist wirklich nicht unter

Vampyren aufgewachsen, sonst würden solche Aussagen nicht von dir kommen.«

»Sie hat dir von mir erzählt?«, fragte ich überrascht.

»Ein wenig. Sie hat offenbar versucht, mir zu erklären, dass du nicht meine Feindin bist.«

»Das bin ich auch nicht. Ich werde mich für die Rechte der Menschen einsetzen. Das verspreche ich dir.«

»Versprecht nichts, was Ihr nicht halten könnt, Prinzessin. Auch wenn Ihr nicht an Versprechen gegenüber Menschen gebunden seid.«

»Ich halte immer meine Versprechen. Du kannst mir vertrauen.«

Seine blauen Augen musterten mich unergründlich. »Vertrauen verdient man sich.«

»Genau das versuche ich doch die ganze Zeit. Gib mir eine Chance, dein Vertrauen zu gewinnen.«

Er starrte mich einen Moment stumm an, ehe er seufzend nickte. »Wenn es dir so viel bedeutet, kannst du es ja mal versuchen.«

Ich nickte zufrieden und legte eine Hand an das Schloss.

»Als Erstes hole ich dich hier raus.«

15. KAPITEL

Lilya

Die warmen Sonnenstrahlen empfingen uns. Als Ziel der Teleportation aus dem Kerker hatte ich eine Stelle etwas abseits der Hütten im Wald gewählt, an der uns vermutlich keiner stören würde.

Liam taumelte ein paar Schritte von mir weg. Es war bereits das zweite Mal, dass ich mich mit ihm teleportierte und er vertrug das überraschend gut. Auch wenn ich da natürlich keinen Vergleich hatte und nicht wusste, wie andere Menschen so etwas wegstecken würden.

Er schaute sich kurz um, ehe er den Blick aus blauen Augen auf mich richtete. »Danke fürs Rausholen.«

»Gern geschehen.« Anscheinend war ich bei ihm einen Schritt weitergekommen.

Angeekelt schaute er an sich hinunter. »Ich muss mich dringend umziehen und dann mit meiner Familie reden.«

Ich schmunzelte. »Gut, dass du selbst bemerkt hast, dass du stinkst.«

Er warf mir einen Blick zu, als hätte ich den Verstand verloren. Nun, vielleicht stimmte das ja. Ich zuckte entschuldigend mit den Achseln, da lief er bereits in Richtung seines Zuhauses.

***

Keine fünf Minuten später betraten Liam und ich die kleine Hütte. Die Tür war noch nicht hinter uns zugefallen, da kreischte Emma auf.

»Liam, du bist wieder da!« Sie stürmte auf ihren großen Bruder zu und sprang ihm in die Arme.

»Du weißt doch, ich komme immer wieder zurück«, meinte er grinsend und verwuschelte ihr Haar.

Sie wandte sich an mich. »Danke, dass du ihn zurückgebracht hast.« Bei dem herzlichen Lächeln des Mädchens wurde mir ganz warm ums Herz.

»Das habe ich sehr gerne gemacht.« Mein Blick glitt zu ihrer Mutter, die mit etwas Abstand zu uns stand. »Es gibt eben auch gute Vampyre.«

»Ich habe dir doch gesagt, dass sie anders ist!«, meinte Emma zu ihrem Bruder und brachte mich dadurch zum Lachen. Stolz hielt sie mir ihr schmales Handgelenk mit dem Tattoo hin. »Schau mal, es ist schon gut verheilt.«

»Es ist wunderschön«, kommentierte ich.

Ohne Scheu griff Emma anschließend nach meiner Hand und präsentierte ihrer Mutter mein rechtes Handgelenk. »Schau, sie ist eine von uns!«

Die Augen ihrer Mutter weiteten sich ungläubig. »Wieso tragt Ihr das Tattoo?«

Ehe ich antworten konnte, kam mir Emma zuvor. »Um zu zeigen, dass sie keine Sklaventreiberin ist und wir alle gleich sind.«

Ich nickte zustimmend. »Ich werde dafür sorgen, dass die Ungerechtigkeiten aufhören. Menschen sind nicht die Sklaven der Vampyre.«

Marianne schaute von ihren Kindern zu mir und machte dann einen tiefen Knicks. »Dann bin ich Euch wohl zu Dank verpflichtet. Ihr habt meine Tochter und meinen Sohn gerettet. Das werde ich Euch niemals vergessen, Hoheit.«

»Lilya reicht. Was auch immer ich von Geburt aus sein soll, ich bin auch nur eine junge Frau«, meinte ich in der Hoffnung, die Stimmung etwas aufzulockern. Mariannes Miene blieb jedoch ernst.

»Ich glaube nicht, dass es irgendjemand gerne sehen würde, wenn wir uns nicht an die Höflichkeitsformen halten. Liam, Emma, denkt ihr bitte auch daran!«

Es überraschte mich, wie streng ihre Mutter war, worauf mir keine passende Antwort einfiel. Nach einem Moment der Stille räusperte sich Liam.

»Ähm, ich gehe mich dann mal gründlich waschen.«

»Ich habe vorhin erst ein paar Eimer Wasser geholt. Jetzt ist es aber kalt«, erwiderte seine Mutter.

»Macht nichts.« Er nickte mir noch einmal zu, dann drehte er sich um und verschwand hinter einer Tür.

Nachdem er weg war, ließ ich den Blick durch die Hütte schweifen. Ich hatte mir bereits überlegt, wie es hier drinnen wohl aussehen würde, doch die Realität war ein Schock. Der Raum, in dem ich mit Emma und ihrer Mutter stand, war eine Art Wohnküche. Jedoch nicht so eine, wie sie Leute aus reicheren Ländern kannten. Die Möbel sahen selbst zusammengezimmert aus und es gab keinerlei elektronische Geräte. Und laut der Aussage der Mutter auch kein fließendes Wasser. Aus dem Fernsehen kannte ich Baracken, wie man sie in Dritte-Welt-Ländern fand. Im Schloss dagegen waren jeglicher Luxus und hochmoderne Technologie vorhanden; dadurch wurde der Kontrast nur noch deutlicher spürbar. Die Menschen hier hatten nichts außer Familie und Freunden.

Ein dicker Kloß bildete sich im Hals. Ich war die Thronerbin dieses Schlosses. Das waren meine Untertanen und es war meine Aufgabe, ihre Lebensbedingungen zu verbessern.

***

»Hätte ich gewusst, dass ihr kein fließendes Wasser besitzt, hätte ich dich in meine Gemächer mitgenommen.«

Liam war relativ schnell im Badezimmer fertig gewesen. An seiner Stelle hätte ich jetzt stundenlang gebadet, aber mit eiskaltem Wasser würde ich mich auch nicht lange aufhalten wollen.

»Nein danke. Ich habe nichts gegen diese Methode. Und lieber lebe ich wie im Mittelalter, als das Bad einer Vampyrin zu benutzen.« Er zwinkerte mir zu.

»Wie du meinst.« Es hatte ihn gewundert, dass ich nach wie vor nicht gegangen war, doch ich hatte es nicht eilig. Da die Wächter inzwischen wissen sollten, dass Liam und ich verschwunden waren, war es ungünstig, in seiner Hütte zu bleiben. Stattdessen konnte ich ihn zu einem Spaziergang überreden.

***

»Es tut mir übrigens leid, wie ich am Anfang zu dir war. Ich habe überreagiert. Ich sollte dir wohl eine Chance geben, anstatt dich von vornherein zu verurteilen.«

Seine Worte ließen mich innerlich jubeln.

»Dankeschön, das bedeutet mir viel. Du scheinst so ein schlauer Junge zu sein, es ist tragisch, dass du hier deine Zeit absitzen musst. Du könntest stattdessen durch die Welt reisen und studieren.«

Verblüfft schaute er mich an. »Und wer sollte dann auf meine Familie aufpassen? Außerdem muss ich mir darüber keine Gedanken machen. Die Vampyre entscheiden, ob und wann ich das Königreich verlasse.«

»Wenn ich die Regeln ändere, wirst du dir vielleicht doch Gedanken machen können.« Ich warf einen kurzen Blick über die Schulter zu den Häusern, die man zwischen den Bäumen noch erkennen konnte.

Liam wirkte wenig überzeugt von meinem Vorhaben. »Dafür müsste sich erst mal einiges ändern. Die Regel macht doch Sinn, oder findest du nicht? Glaubst du, dass auch nur einer eurer sogenannten Sklaven freiwillig zurückkommen würde, wenn er die Möglichkeit hätte, woanders zu leben? Wer sollte dann das ganze Blut für euch spenden?«

Fassungslos starrte ich ihn an. »Das ist furchtbar. Es muss irgendeinen anderen Weg geben.«

Liam zuckte nur mit den Achseln. »Ich kenne es nicht anders. Wir sind so aufgewachsen. Von meinem Vater weiß ich, wie es ist, dort draußen aufzuwachsen.«

»Dein Vater war außerhalb dieses Schlosses und des Dorfes?«

»Das sind wir alle mal im Laufe unseres Lebens. Aber mein Dad ist in Freiheit geboren und aufgezogen worden, ohne von der Existenz der Vampyre auch nur das Geringste zu ahnen.«

»Wie kam er dann hierher?«, fragte ich neugierig.

Liam blieb stehen und legte den Kopf in den Nacken. »Er lernte meine Mutter am College kennen. Sie wurde dorthin geschickt, um zu studieren. Du musst wissen, die Vampyre achten durchaus darauf, dass nicht alle von uns dumm bleiben. Meine Eltern verliebten sich dort ineinander. Mein Vater durfte natürlich nicht wissen, warum meine Mutter versuchte, die Beziehung zu verhindern. Sie wollte ihm nicht das Herz brechen, indem sie irgendwann einfach verschwand. Zumal die Vampyre, bei denen sie zu dieser Zeit gelebt hatte, die Beziehung untersagt hätten.«

»Aber sie kamen dennoch zusammen?«

Liam drehte seinen Kopf in meine Richtung und nickte. »Ja. Meine Mutter wurde schwanger und die Vampyre entschlossen sich, sie sofort zurück nach Kanada zu schicken. Mein Vater ließ jedoch nicht locker und setzte Himmel und Hölle in Bewegung, um sie zu finden. Die Vampyre mussten sich also entscheiden, ob sie ihn töteten oder ebenfalls nach Kanada schickten.«

»Sie entschieden sich, sein Leben zu verschonen?«

»Ja, aber nicht aus Nächstenliebe. Mein Vater wurde zu einem weiteren Sklaven, dem sie das Blut abzapfen konnten«, erwiderte er bissig.

»Hat er es bereut?«

»Nein.« Er machte eine kurze Pause und sah in die Ferne. »Und ich hätte genauso gehandelt. Meine Familie geht mir über alles; ich verbringe mein Leben lieber in Gefangenschaft, als sie zu verlieren.«

Ich fand Liams Einstellung bewundernswert und teilte sie auch. Obwohl ich wusste, dass die Menschen, bei denen ich aufgewachsen war, nicht mit mir verwandt waren, würden sie für immer meine Familie bleiben. Ich hatte stets darunter gelitten, dass ich sie kaum noch sehen konnte, umso schwerer war es nun, sie vorerst komplett verloren zu haben. Das konnte ich nicht ertragen. Sobald ich die Möglichkeit bekommen würde, würde mich mein erster Weg nach Europa führen, um sie zu suchen.

»Dein Vater ist den Vampyren gegenüber dann wohl alles andere als zugeneigt, oder? Das Leben hier ist immerhin nicht mit der Welt da draußen zu vergleichen.«

»Er hat gegen sie rebelliert, so wie ich es heute auch tue. Doch um seiner

Kinder willen hat er es nie übertrieben. Genutzt hat ihm das am Ende aber nicht. Er starb, wenn auch nicht direkt durch ihre Hand.«

»Er ist tot?«

»Ja, er starb bei der Arbeit in den Höhlen, als ein Teil einstürzte. Emma war damals erst ein Jahr alt. Seitdem bin ich der Mann im Haus.«

»O Gott, das tut mir leid. Du musst ihn sicher sehr vermissen.«

Er zuckte die Achseln, sein Blick verriet aber, dass er litt. »Manchmal. Verluste gehören zum Leben dazu.«

Ich sah ihm an, dass er nicht länger über dieses Thema reden wollte, und überlegte mir eine andere Frage. »Und was arbeitest du? Auch in den Höhlen?«

Wir setzten unseren Spaziergang fort. »Ab und zu. Wir machen alles Mögliche, was eben anfällt. Natürlich hauptsächlich körperlich, obwohl die Djiye das zehnmal schneller und einfacher erledigen könnten. Meine Schwestern sind mit etwas einfacheren Dingen betraut. Kochen, Nähen, Tiere versorgen. Aber ins Schloss dürfen sie nicht. Dein Bett wird wohl eher von Siye gemacht.«

»Wie viele Schwestern hast du denn?« Bisher hatte ich nur Emma gesehen.

»Fünf«, antworte er reflexartig. Nach einem Augenblick verfinsterte sich jedoch sein Blick und er korrigierte die Zahl nach unten. »Vier. Eine ist tot.«

»Oh, das tut mir leid.« Ich war unbeabsichtigt auf einen weiteren Verlust in seinem Leben gestoßen. Dieses Mal wollte ich jedoch nicht nachfragen und Liam sagte auch nichts dazu.

***

Ich begleitete Liam schließlich wieder nach Hause und versprach, dafür zu sorgen, dass er keinen Ärger mehr bekommen würde. Am liebsten wäre ich noch eine Weile durch den Wald gelaufen, um in Ruhe nachzudenken, aber dafür hatte ich momentan keine Zeit. Ich musste sofort zu Dimitri und ihn zur Rede stellen, wieso seine Wächter entgegen meiner Befehle handelten.

Also teleportierte ich mich zurück in meine Gemächer, rannte sofort zur Tür und riss sie auf.

Der mir unbekannte Wächter, der davorstand, machte einen erschrockenen Satz zur Seite.

»Bring mich zu Dimitri! Sofort!«

16. KAPITEL

Dimitri

Nachdem Vladimir mich unterrichtet hatte, dass Liam zusammen mit Lilya verschwunden war, wollte ich mich sofort auf die Suche machen. Als ich hörte, dass sie Liams Standort bisher nicht abgefragt hatten, wurde ich sauer.

»Wofür haben wir den Menschen diese Sender überhaupt eingepflanzt, wenn ihr sie nicht benutzt?«

Vladimir und die anderen Wächter warfen sich unsichere Blicke zu. »Tut uns leid. Wir sind davon ausgegangen, dass sie sich noch in den Höhlen befinden und dort ist das Signal zu schwach. Wir konnten nicht ahnen, dass die Prinzessin sich mit dem Gefangenen nach draußen beamen kann. Ihr habt uns nicht über ihre Fähigkeiten aufgeklärt.«

»Ist eure Unfähigkeit jetzt etwa meine Schuld?«

»Natürlich nicht, aber ...«

»Nichts aber. Bewegt jetzt euren Arsch und scannt die Gegend ab.«

Endlich kam Bewegung in die Männer. Alexander eilte zum Computer und checkte das Ortungssystem.

»Oh«, machte er, woraufhin ich hinter ihn trat.

»Was hast du gefunden?«

»Offensichtlich müsste er zu Hause sein.«

»Ich dachte, dort hättet ihr nachgesehen. Mit was für Vollidioten arbeite ich eigentlich zusammen?«

Genervt wollte ich meinen Männern befehlen, erneut zu Liams Haus zu gehen, als die Tür aufging und Felix mit Lilya hereinkam. Augenblicklich wurde es mucksmäuschenstill im Raum.

Lilya hatte die Arme vor der Brust verschränkt und sah ziemlich wütend aus. Sie ließ den Blick über die Gruppe Männer schweifen. »Gut, dass die wichtigsten Leute hier direkt versammelt sind. Ich habe etwas zu sagen.«

Ihr Blick blieb kurz an Vladimir hängen, ehe sie zu mir sah. Gespannt wartete ich darauf, dass sie weiterredete, und wagte es nicht, einen Ton zu sagen.

»Ich habe den Menschenjungen Liam vor Kurzem aus einer Auseinandersetzung mit Vladimir gerettet. Ich habe diesem daraufhin gesagt, dass keinem Menschen mehr ein Haar gekrümmt werden darf und Liam in Ruhe gelassen werden soll.« Sie machte eine Pause und ihr Blick verfinsterte sich. Ich ahnte, was nun kommen würde. »Wie kann es dann sein, dass ich Liam heute in einer Zelle wiederfinde, in der er offenbar seit unserer letzten Begegnung steckte? Ich dachte, ich hätte mich klar genug ausgedrückt, aber offensichtlich werden meine Befehle missachtet.«

Die Köpfe der anderen drehten sich in meine Richtung. Ich wusste, was sie dachten. Es war meine Schuld. Ich hatte ihnen den Befehl gegeben, Liam wegzusperren. Doch das würde keiner von ihnen zugeben. Sie würden mir niemals in den Rücken fallen und ihren Prinzen an eine rassenfremde Prinzessin verraten.

Betretenes Schweigen folgte.

»Lilya, können wir unter vier Augen reden?«, fragte ich sie sanft. An die Djiye gerichtet erklärte ich: »Ihr habt's gehört. Liam und die anderen Menschen sind tabu. Lasst sie in Ruhe, bis wir neue Regeln aufgestellt haben.«

Ich wusste, welche Folgen diese Aussage haben könnte. Dadurch hatte ich Lilya recht gegeben und stellte die Menschen über unsere Traditionen – stellte Lilya über unsere Traditionen. Kiye waren uns übergeordnet, doch niemals beugte sich ein Djiyo einfach so. Durch meine Beziehung zu ihr war ich zu weich geworden. Das würde sogar Sascha so sehen.

Doch momentan zählte für mich eben nur Lilya. Ich wollte nicht mit ihr streiten. Sie war die Frau meines Lebens und für sie würde ich alles tun, auch wenn ich meine Prinzipien verraten müsste.

***

Lilya folgte mir in ihre Gemächer, wo wir zunächst schweigend zu Abend aßen. Ich hatte gehofft, die Ansprache an meine Männer hätte sie milde gestimmt, doch offenbar hatte ich mich da getäuscht. Sie sah nicht sehr glücklich aus. Sie war die einzige Person, die mir so viel bedeutete. Es betrübte mich, sie nicht glücklich machen zu können. Seit sie hier war, litt unsere Beziehung. Es schien mir, als würde es von Tag zu Tag schlimmer anstatt besser werden. Wir mussten uns unterhalten.

»Bitte sprich mit mir, Lya. Was ist los?«, versuchte ich mich schließlich an einem Gespräch.

Nachdenklich stocherte sie in ihren Spaghetti, bis sie schließlich sagte: »Ich weiß nicht, ob ich das kann.«

»Ob du was kannst? Mit mir reden?«

»Nein. Das alles hier. Ich bin keine Königin. Und ich bin im Herzen keine Vampyrin.«

»Ich weiß, wie du dich gerade fühlst, aber das wird besser werden, wenn du dich erst einmal eingelebt hast.«

Nein, ich wusste es nicht. Ich konnte mich nicht in sie hineinversetzen und das ärgerte mich. Wieso hatte ich so ein schlechtes Einfühlungsvermögen? Ich schob es immer darauf, dass ich ein Djiyo war und wir so eine Fähigkeit im Kampf nicht brauchten – es eher hinderlich wäre. Allerdings waren Ana und Sascha Beispiele in meiner Rasse, die sowohl für all unsere besten Eigenschaften als auch für solche wie Empathie, für die wir nicht bekannt waren, standen.

Lilya sah auf und lächelte milde. Im Gegensatz zu mir war sie sehr gut darin, in anderen zu lesen. »Nein, du verstehst mich nicht, aber das ist okay. Du warst nie in dieser Situation. Du bist zu gerne ein Vampyr und ein Prinz.«

Ich antwortete nicht darauf, auch wenn es nur teilweise stimmte. Es gab durchaus Momente in meinem Leben, in denen ich mir wünschte, ein einfaches menschliches Leben zu führen. Doch vor allem vor dem Ausbruch des Krieges war ich tatsächlich sehr gerne der Prinz der Djiye gewesen. Ich genoss es, der Stärkste zu sein und Macht über andere auszuüben. Das unterschied mich von Lilya und Soley. Ihnen wurde eine Macht geschenkt, die sie überhaupt nicht wollten, und das machte sie zu großartigen Herrschern.

»Danke trotzdem, dass du zumindest versuchst, mich zu verstehen«, fuhr sie fort. »Du weißt, wie ich zu der Menschengeschichte stehe. Umso mehr habe ich mich gefreut, dass du die Wächter in ihre Schranken gewiesen hast.«

»Und du weißt, wie wichtig du mir bist. Ich wünsche mir wirklich, dass du bei mir glücklich werden kannst. Dass du das auch als die Person kannst, die du von Geburt an hättest sein sollen.«

»Meine Kindheit war wunderschön. Ich hätte sie nicht gegen ein Leben als Flüchtig eintauschen wollen. Ich bin gerne die, die ich durch das Leben als Mensch geworden bin.«

Ich griff über den Tisch hinweg nach ihrer Hand. »Ich liebe dich, weil du so bist. Deine Sicht auf die Welt lässt mich vieles anders sehen.«

Hoffnungsvoll schaute sie mich an. »Das heißt, du willst die Lebensbedingungen der Menschen auch verbessern und siehst sie nicht mehr als Sklaven?«

Ich konnte ihren prüfenden Blick nicht halten und starrte auf meinen Teller. Was sollte ich darauf antworten? Wie stand ich zu den Menschen? Ehrlich gesagt waren sie mir gleichgültig. Wir brauchten sie, um zu überleben, das war alles. Ich war nicht daran interessiert, mit ihnen Freundschaften zu schließen und sie als gleichberechtigt zu sehen. Ein Mensch verhandelte mit seinem Vieh auch nicht über dessen Lebensbedingungen.

»Nun, ich denke, dass es ein langwieriger Prozess ist, bis du deine Ziele in dem Bereich umsetzen kannst. Die Menschen und Vampyre sind nicht die besten Freunde. Es wird schwierig, sie an einen Tisch zu bekommen.«

»Das ist mir egal. Irgendwo muss man anfangen, wenn man Veränderung schaffen möchte.«

Ich wollte mich wieder meinem Essen widmen, als sie ein Thema ansprach, das mir den Appetit verdarb.

»Valentin hat mir übrigens viel über dich und deine Vergangenheit berichtet.«

Ich erstarrte. »Was hat er dir erzählt?« Ich wollte teilnahmslos klingen, doch stattdessen presste ich die Worte angestrengt hervor. Bilder schossen mir in den Kopf. Bilder von vor achtundzwanzig Jahren. Schreie. Meine Klinge blutverschmiert.

Ich ballte die Hände unter dem Tisch zu Fäusten und schüttelte den Kopf, um die Erinnerung loszuwerden. Lilya würde nicht hier mit mir am Tisch sitzen, wenn sie es wirklich wissen sollte. Ihr Blick war weich, obwohl es kein für sie angenehmes Thema sein konnte.

»Dimitri, er hat mir erzählt, dass ihr eine sehr exzessive Partyphase hattet. Außerdem, dass du ...« Sie schluckte und ihr Gesicht verzog sich. »... dass du genauso wie er gerne Menschenfleisch gegessen hast.« Das letzte Wort klang eher nach einer Frage, denn sie hob die Stimme. Sie war sich unsicher, ob ich es heute noch gerne tat.

Ich seufzte vor Erleichterung. Anscheinend war das das Einzige, was mein Bruder ausgeplaudert hatte. Warum er andere Themen nicht angesprochen hatte, wusste ich nicht. Sicher nicht aus Nächstenliebe. Lilya fasste meine Reaktion vermutlich nicht als Erleichterung, sondern Bedauern auf.

»Das stimmt. Aber um die Frage zu beantworten, die dir auf der Seele liegt ... Nein, ich esse es heute nicht mehr und ich würde nicht mehr in dem Ausmaß von damals töten.« Lüge. Jetzt, da ich mit ihr liiert war, würde ich das in Zukunft aber definitiv unterlassen. Unterlassen müssen.

»Das freut mich zu hören«, meinte sie lächelnd und widmete sich wieder ihrem Essen, als wäre nichts. Es war ihr jedoch anzusehen, dass sie das Thema sehr beschäftigte.d

Ich hatte Glück, dass sie nicht mehr über meine Vergangenheit wusste, aber es überraschte mich auch, dass sie so ruhig blieb. Diese Reaktion hätte ich definitiv nicht von ihr erwartet. Entweder waren ihre Moralvorstellungen doch nicht so hoch, wie ich geglaubt hatte, oder sie hatte sich inzwischen damit abgefunden, dass wir Vampyre keine Engel waren. Vielleicht hatte sie das Verhalten meines Bruders so sehr schockiert, dass mein Fehlverhalten nicht mehr derart stark ins Gewicht fiel. Allerdings bestand auch die Möglichkeit, dass das Thema noch nicht beendet war, was ich aufgrund ihrer nachdenklichen Miene eher vermutete.

Wie auch immer, das schlechte Gewissen nagte an mir. Ich brauchte Lilya nur anzuschauen und fühlte mich unwohl. Auch wenn ich nicht so schlimm war wie Valentin, war ich dennoch ein Monster. Sie war unschuldig und ihr Herz rein. Ihr Lächeln war ehrlich und entwaffnend. Sie war eine wunderschöne Blume, die noch blühte, obwohl der Winter um sie herum tobte und sie zerstören wollte.

Wäre ich ehrlich zu mir selbst, würde ich mir eingestehen, dass ich der Falsche für sie war. Die Wahrscheinlichkeit war hoch, dass ich mich nicht ändern konnte. Nicht einmal für sie.

Neben jemandem wie mir würde sie irgendwann nur ihren Glanz verlieren. Wie lange könnte sie den negativen Einflüssen trotzen ...?

17. KAPITEL

Lilya

Dimitri wirkte während des Essens abwesend und verschlossen. Unser Gespräch über die Vergangenheit mit seinem Bruder hatte ihn nachdenklich werden lassen.

»Du brauchst dir keinen Kopf zu machen wegen deiner Vergangenheit. Du solltest sie hinter dir lassen. Jeder von uns macht mal Fehler«, meinte ich aufmunternd und strich ihm mit einer Hand über den Unterarm.

Die Bestätigung in Bezug auf seine Vergangenheit hatte mich verletzt, aber ich konnte es nicht ändern. Umso mehr hoffte ich, dass ich seine Zukunft positiv beeinflussen würde, wenn ich ihm nicht unnötige Vorwürfe machte, sondern behutsam an die Sache heranging.

»Das bezweifle ich«, antwortete er zähneknirschend und zog seinen Arm weg.

»Wie meinst du das?«, fragte ich verwirrt. »Dimitri, hör auf so von dir zu denken, du bist im Herzen kein schlechter …«

»… Mensch?«, fiel er mir ins Wort. Er lachte auf und schüttelte den Kopf. »Ich bin keiner von ihnen.«

»Eigentlich wollte ich sagen, dass du kein schlechter Kerl bist«, erklärte ich. »Du hast ein gutes Herz, ansonsten würdest du tun und lassen, was du willst, ohne Rücksicht auf Verluste. Genauso wie Valentin.«

»Mache ich das etwa nicht?«, spottete er und stand auf. Er lief zum Fenster und blickte in die Ferne. Ich hatte nicht gewollt, dass unser Gespräch derart eskalierte.

Ich erhob mich ebenfalls und lief ihm hinterher. Vorsichtig legte ich eine Hand auf seine Schulter. »Nein, du ...«

Blitzschnell drehte er sich um und unterbrach mich erneut. »Verdammt Lya, ich bin nicht so perfekt wie du!«, zischte er.

»Was soll das denn heißen?« Ich verstand nicht, was ihn auf einmal so wütend machte.

»Ich bin kein Kiyo. Ich bin ein Djiyo! Wir sind so, wie wir sind, und manche machen nun mal Fehler!«, brüllte Dimitri.

Entsetzt trat ich einen Schritt zurück. Ich hatte ihn noch nie dermaßen wütend gesehen. Seine Vampyrseite war erwacht und mit geballten Fäusten starrte er mich aus glühend roten Augen an.

»Ich habe nie behauptet, dass du perfekt sein sollst! Und ich bin es im Übrigen auch nicht.« Ich schrie jetzt ebenfalls und spürte, wie die Situation auch mein Vampyrblut in Wallung brachte. Unbändige Kraft strömte durch meinen Körper.

»Natürlich bist du es!«, entgegnete Dimitri zornig. »Das ist genetisch so veranlagt. Ihr Kiye seid nun mal die absolut vollkommene Schöpfung. Da werde ich niemals mithalten. Wir Djiye sind den Menschen am ähnlichsten. Wir sind egoistisch, brutal und machtgierig. Ich bin weder so aufopferungsvoll wie die Siye noch so gerecht wie die Kiye. In der Vergangenheit habe ich viele Fehler gemacht und in Zukunft werde ich noch viele weitere machen. So ist das Leben. Entschuldige, dass du das als ein Wesen, das niemals auch nur einen einzigen Fehler begehen würde, nicht verstehst!«

»Hör auf, so was zu sagen! Ich mache genauso Fehler. Und ich liebe dich so, wie du bist! Mitsamt deiner Macken.«

Er lachte und warf die Arme in die Luft. »Wie großzügig von dir. Du verstehst überhaupt nicht, worum es mir geht. Glaubst du nicht, es ist hart für mich, mit jemandem wie dir zusammen zu sein? Einer Frau, die eher einem Engel gleicht und dich immer wieder daran erinnert, was für ein Monster du bist?«

»Du spinnst doch! Wenn jemand engelsgleich ist, dann ja wohl Soley! So gütig wie sie bin ich noch lange nicht. Und ich habe dich niemals für ein Monster gehalten.« Wie konnte er nur eine Sekunde glauben, dass es anders wäre?

»Liebe macht ja bekanntlich blind. Eines Tages wirst du aufwachen und sehen, was ich dir alles nicht bieten kann.«

Klatsch!

Dimitris Hand glitt zu seiner Wange. Ich hatte ihm gerade eine Ohrfeige verpasst. Perplex starrte er mich an. Wütend erwiderte ich den Blick.

»Du hast recht. Ich hätte lieber einen Kerl, der nicht in Selbstmitleid versinkt. Wo ist der starke, selbstbewusste und warmherzige Mann, der mich mit seinem Charme erobert hat? Wenn er nicht bald wiederkommt, bin ich weg!« Und mit diesen Worten drehte ich mich um und ging.

***

Nach dem Streit mit Dimitri wäre ich am liebsten aus meinen Gemächern abgehauen, doch er stand vor der Balkontür und ich wollte nicht durch die Vordertür verschwinden. Mich zu teleportieren war ebenfalls keine Option. Ich hatte durch die Teleportation mit Liam schon zu viel Kraft verbraucht und anschließend kein Blut mehr getrunken.

Durch den offenen Schnitt der Räume blieb mir nur das Badezimmer als Rückzugsort. Dort setzte ich mich auf den kuscheligen Teppich und wartete, bis ich hörte, wie Dimitri das Zimmer verließ.

Nachdem die Tür zugefallen war, blieb ich noch ein wenig sitzen. Ich schlang die Arme um die angewinkelten Beine und legte das Kinn auf den Knien ab. Mein Herz – tonnenschwer in der Brust, und ich fühlte mich mutterseelenallein.

Gedankenverloren musterte ich die marmorierte Wand. Die grauen Linien verliefen ohne ein bestimmtes Muster auf dem weißen Stein. Ein Durcheinander wie in meinem Inneren.

Es war mir ein Rätsel, wie Dimitri auf einmal so hatte ausrasten können. Wieso glaubte er, ich würde ihm irgendwelche Vorwürfe machen? Ich hatte mich extra mit Kommentaren zu seiner Vergangenheit zurückgehalten, damit er nicht das Gefühl hatte, ich würde ihn dafür verurteilen.

Ein Klopfen an der Badezimmertür ließ mich vor Schreck zusammenfahren. Ich hatte nicht gehört, dass jemand meine Räume betreten hatte.

»Lya? Alles in Ordnung?«, ertönte Soleys glockenklare Stimme hinter der Tür.

»Ja.« Ich rappelte mich auf und trat zu ihr nach draußen. Sie nahm mich sofort in die Arme.

»O je, du siehst ja furchtbar aus. Was ist zwischen dir und Dimitri vorgefallen?«

»Woher weißt du, dass was vorgefallen ist?«, fragte ich irritiert. Ich hatte nicht geweint, sah ich wirklich so fertig aus?

»Dimitri hat mich eben fast über den Haufen gerannt. Er wirkte völlig durch den Wind.«

»Oh.« Wir setzten uns auf die Couch und ich berichtete ihr in knappen Sätzen von der Diskussion mit Dimitri. Als ich fertig war, seufzte sie leise.

»Ach Lya, weißt du, ich kann dich ja verstehen, aber wir sehen das alles halt aus einer anderen Sicht. Deshalb verstehe ich auch Dimitri sehr gut.«

»Was soll das denn heißen? Ich weiß, dass ich anders aufgewachsen bin und erzogen wurde ... Aber wieso behauptet Dimitri ständig, dass ich so perfekt sei? Wenn ich es wäre, dann wärst du es doch auch.«

Lachend schüttelte sie den Kopf. »O nein, das bin ich nicht. Lya, ich bin auch nicht so unschuldig, wie du vielleicht glauben magst. Dimitri ist nicht der Einzige, der getötet hat.«

Überrascht sah ich sie an. »Was willst du damit sagen?«

Ihr Gesichtsausdruck wurde ernst. »Dass ich auch eine Vergangenheit habe. Ich habe getötet, und das nicht nur einmal. Auch wenn ich keine Djiya und für den Kampf eigentlich ungeeignet bin, so bin ich doch nicht komplett hilflos. Wir befinden uns im Krieg. Wenn es möglich war, tötete ich Valentins Anhänger, wenn sie Jagd auf mich gemacht haben. Auch wenn die Flucht für mich ungefährlicher ist als der Kampf.«

Was sie sagte, schockierte mich nicht, sondern überraschte mich lediglich.

Ich konnte mir Soley nicht als Kämpferin vorstellen. Eigentlich wirkte sie eher so, als könne sie keiner Fliege etwas zuleide tun.

»Aber das ist ja verständlich. Was Valentin dir angetan hat, ist unverzeihlich. Es ist nur logisch, dass du dich wehrst, wenn du angegriffen wirst.«

Sie zuckte mit den Schultern. »Trotzdem wäre es vielleicht anders gegangen. Zudem habe ich viele Menschen getötet. Du weißt, dass ich Jahre lang studiert und bei den Menschen gelebt habe. Es gibt unter ihnen sehr viele Verbrecher, die nie geschnappt werden. Wenn mir einer von ihnen in die Quere gekommen ist, habe ich jeden von ihnen umgebracht. Und ich habe es nie bereut. Das war Abschaum, den niemand vermissen würde. Die Welt ist ohne solche Leute besser dran, genauso wie sie es ohne Valentin und sein Gefolge wäre.«

Ich nickte nur. Insgeheim stimmte ich Soley zu. Wie oft war ich an Typen geraten, bei denen ich so gedacht hatte. Als Boris mich vor der Gruppe Jugendlicher gerettet und sie getötet hatte, war ich kurz schockiert gewesen, aber in Wahrheit doch froh, dass sie tot waren. Lag diese Sichtweise an meinem erwachten Vampyrblut oder hatte ich schon immer so gedacht? Früher war ich eine Gegnerin der Todesstrafe gewesen. Heute hatte ich das Gefühl, dass die Thematik viel komplexer war, als sie mir damals erschien.

»Wir können nicht ändern, was wir sind. Die Menschen bringen sich auch oft genug gegenseitig um. Aber wir sind Raubtiere. Wir folgen unserem Instinkt und der lautet zu töten.«

»Aber wieso? Wir haben doch genauso Moralvorstellungen wie die Menschen.«

Soley grinste. »Korrekt. Wir alle haben eine mehr oder weniger gute Erziehung genossen und gelernt, was richtig und falsch ist. Außerdem sagt uns der Verstand, welches Verhalten angemessen ist. Doch nur weil wir das wissen, heißt dies nicht, dass wir auch so handeln, richtig? Wie viele Menschen sitzen im Gefängnis, obwohl sie wissen, dass es verboten ist, zu stehlen oder zu morden? Gesetzesbrecher gibt es immer wieder.«

»Hm. Aber sind wir den Menschen dann nicht trotzdem ähnlicher als Tieren?«

Sie überlegte kurz. »Ich finde, man kann uns mit beiden nicht vergleichen. Unser Organismus funktioniert ganz anders als der der Menschen. Wir brauchen weniger Schlaf. Wir brauchen weniger Nahrung. Wir ziehen aus weniger Lebensmitteln viel mehr Energie. Wir sind deutlich leistungsfähiger. Wir fühlen einander ganz anders. Menschen sind niemals in der Lage, so starke Gefühle zu empfinden wie wir.«

Ich runzelte die Stirn. »Also ich habe nicht das Gefühl anders zu empfinden seit meiner Erweckung.«

Soley lachte leise. »Natürlich nicht. Du weißt nicht, wie Menschen fühlen, du warst nie einer, auch wenn du das gedacht hast.«

Ich öffnete den Mund, um zu protestieren, schloss ihn aber sofort wieder. Sie hatte recht. Ich vergaß immer wieder, dass ich als Vampyr geboren und nicht erst verwandelt worden war.

Soley stand auf und sah zu mir herunter. »Weißt du, wir sind Diener der Welt; wir tun das, was wir für richtig halten, um unseren Lebensraum zu erhalten. Unsere Empathie hat uns immer davon abgehalten, die Menschheit zu versklaven, doch wie du an Valentin und seinen Anhängern siehst, wurde die Moral nicht gerecht verteilt.«

Sie machte eine kurze Pause und knirschte mit den Zähnen. Jeder Gedanke an Valentin musste schmerzhaft für sie sein.

»Trotzdem würde sich selbst so ein Monster wie Valentin niemals den Gesetzen der Natur widersetzen. Obwohl er Menschen aufs Übelste misshandelt und sogar seine eigenen Familienmitglieder unterwirft, würde er zum Beispiel niemals die Umwelt oder Tiere gefährden. Wir sind genetisch bedingt eigentlich alle so gut wie nicht in der Lage, tierische Eiweiße zu uns zu nehmen. Von der Natur wurde vorausgesetzt, dass wir das Blut der Menschen trinken und ihr Fleisch essen. Doch wir sind in der Lage, dies einzugrenzen. Bis zur Erweckung können wir vollständig vegan leben, anschließend brauchen wir nur regelmäßig ein wenig Menschenblut. Wir können überleben, ohne weder Mensch noch Tier wirklich zu schaden«, erklärte sie. »Natürlich nur unter der Voraussetzung, dass wir das auch wollen.«

Dass ich tierische Eiweiße nicht gut vertrug, hatte ich bereits früh bemerkt.

Ich wurde von klein auf vegetarisch ernährt, doch auch Milch und Eier waren für Vampyre schwer verdauliche Lebensmittel. Wenn ich es damit übertrieb, plagten mich Bauchschmerzen und ich musste mich meistens übergeben. Es war vor allem als Kind ziemlich hart, auf vieles zu verzichten, was für meine Freunde selbstverständlich war. Wäre ich unter Vampyren aufgewachsen, wäre meine Ernährung nie ungewöhnlich gewesen.

»Toll, Valentin unterdrückt zwar seine Mitvampyre und misshandelt die Menschen, aber er ist zumindest ein Tierfreund«, spottete ich.

Soley ging nicht auf meine Bemerkung ein. »Du weißt, ich hasse Valentin mehr als irgendjemanden sonst auf dieser Welt, doch mit einer Tatsache hat er recht. Die Überbevölkerung der Welt wird ein ernst zu nehmendes Problem. Der Mensch braucht einen natürlichen Feind. Er hat mittels Waffen Kontrolle über Tiere und dank dem medizinischen Fortschritt das Leben bereits deutlich verlängert. Es wäre unsere Aufgabe, dieser Feind zu sein. Doch wir haben uns aus der Rolle zurückgezogen und leben versteckt im Hintergrund. Ein Aufdecken unserer Existenz würde vieles ändern. Ich bin zwiegespalten, was der richtige Weg wäre.«

»Aber würde ein Aufdecken unserer Existenz nicht vor allem für mehr Kriege sorgen, die Opfer auf beiden Seiten fordern werden?«, warf ich ein. »Die Menschen würden versuchen uns auszulöschen, während wir sie versklaven wollen.« Es erschien mir unmöglich, eine friedliche Lösung für alle zu finden.

Soley zuckte erneut mit den Schultern. »Manche von uns glauben ja an die Theorie, dass die Evolution uns hervorgebracht hat, um das Gleichgewicht wiederherzustellen. Die Menschen fühlen sich wie die Spitze der Nahrungskette, dabei sind sie es nicht, sondern wir. Doch wir zerstören nicht, wir retten, bewahren.«

Sie machte eine kurze Pause. Ich verschränkte die Finger ineinander und wartete, dass sie weitersprach.

Unruhig trat sie von einem auf das andere Bein. »Wenn wir unseren Instinkten freien Lauf ließen, würden wir die Welt von den Menschen reinigen. Wir sind stark verbunden mit der Natur, unserer Umwelt. Unsere deutlich längere Lebenserwartung lässt uns auch an langfristige Konsequenzen für unser Handeln denken. Manche Menschen denken an die Zukunft ihrer Kinder, vielleicht noch an die ihrer Enkel. Doch während bereits die Urenkel ihre letzten Atemzüge machen, sind wir vielleicht gerade mal selbst dabei, an Kinder zu denken. Die Lebensdauer einer menschlichen Generation ist ein Witz im Gegensatz zu unserer.«

Ich verstand diese Sichtweise und musste gestehen, dass ich sie in mancher Beziehung auch teilte. Die Ressourcen der Welt waren nicht unendlich. In der Schule hatten wir oft darüber gesprochen, dass Überpopulation ein Problem war und die Menschheit sich zu stark vermehrte. Doch war die Konsequenz daraus, dass Vampyre die Bevölkerung dezimieren sollten? Das erschien mir auch nicht richtig. Meiner Meinung nach hatte jedes Lebewesen ein Recht auf Leben, dieses Recht wäre mit so einer Entscheidung allerdings nichtig.

»Wird es meine Aufgabe als Königin sein, zu entscheiden, wie wir mit diesem Problem verfahren?«, fragte ich zaghaft. Soley setzte sich noch einmal neben mich und legte eine Hand auf meine Schulter.

»Ja, das wird eine deiner Aufgaben sein. Doch das hat Zeit. Du wirst in die Rolle hineinwachsen. Es wird nicht so schlimm sein, wie du es dir jetzt vielleicht vorstellst. Es liegt dir im Blut, zu herrschen, du musst diesen Teil von dir nur noch entdecken. Valentin ist jetzt ohnehin das Problem, das oberste Priorität hat.«

»Und was mache ich mit Dimitri?« Die Frage beschäftigte mich momentan mehr als der Krieg mit Valentin.

Soley lächelte wissend. »Warte erst mal ab, bis er sich wieder beruhigt hat. Du musst wissen, dass er sich schwertut, mit der Vergangenheit abzuschließen. Seine Gefühle für dich lassen ihn über frühere Taten nachdenken. Er hat sich nie Gedanken darüber gemacht, ob es richtig oder falsch ist, was er tut. Er hat Angst, dich zu verlieren, weil du seine Vergangenheit eventuell missbilligst. Zeige ihm, dass du trotzdem hinter ihm stehst.«

»Das versuche ich ja. Ich habe ihm gesagt, dass mir seine Vergangenheit egal ist, aber er ist völlig ausgerastet.«

»Gib ihm etwas Zeit. Ich bin sicher, ihr werdet euch schon wieder zusammenraufen.« Sie nahm mich noch kurz in den Arm, ehe sie aufstand. »Ich denke, du musst über vieles nachdenken. Ich komme später wieder.«

18. KAPITEL

Lilya

Das Gespräch mit Soley hatte mich aufgemuntert und gleichzeitig runtergezogen. Auf meinen Schultern lastete plötzlich eine riesige Verantwortung für eine Rasse, die ich noch immer nicht verstand.

Vor ein paar Stunden hatte ich mir nur Sorgen darum gemacht, dass die Menschen hier herablassend behandelt wurden. Nun ging es um weit mehr.

Ich wollte in mein altes Zuhause zurück. In mein Kinderzimmer auf der Ranch. Zurück zu meinen Tieren. Scampino war nicht hier, um mich zu trösten. Er war ein Freigeist und ich wollte ihn nicht andauernd bei mir einsperren, weshalb ich Dimitri gebeten hatte, ihn rauszulassen. Obwohl ich meine Räume nun häufiger verlassen hatte, konnte beziehungsweise wollte ich Coco und Rocco bisher nicht besuchen. Ich wusste nicht, ob ich momentan damit zurechtkommen würde, sie wiederzusehen. Ich befürchtete nämlich, dass mein Heimweh dann nur noch schlimmer wäre. Dabei sehnte ich mich gerade nach nichts mehr als einem Ausritt mit meiner geliebten Stute.

Ich rappelte mich auf, fest entschlossen, ihren Stall zu suchen, als es klopfte. Bevor ich antworten konnte, ging die Tür auch schon auf und Ana steckte den Kopf durch den Spalt.

»Wachablösung«, verkündete sie lächelnd. »Störe ich?«

»Nein, komm ruhig rein.« Dann würde ich Coco eben später aufsuchen.

Ich hatte mich schon länger nicht mehr ausführlich mit Ana unterhalten, dabei verbrachte ich gerne Zeit mit ihr.

Ich ließ mich zurück auf die Couch fallen und klopfte auf die freie Stelle neben mir. Sie setzte sich und musterte mich von oben bis unten. »Und, was gibt's Neues?«

»Nichts – und bei dir?«, meinte ich ausweichend.

»Viel Arbeit, seit die Hoheiten wieder im Lande sind.« Sie zwinkerte mir zu. »Aber ich bin froh, meinen Mann wieder bei mir zu haben.«

Ich konnte mir kaum vorstellen, wie sie es so lange geschafft hatte, auf Sascha zu verzichten. Dimitri fehlte mir jetzt bereits wieder, dabei könnte ich ihn jederzeit sehen, auch wenn ich nach unserem Streit momentan zu stolz dafür war.

»Hast du ihn nicht schrecklich vermisst, während er mit Dimitri auf Weltreise war?«

»Natürlich, jeden Tag. Doch wenn man so lange lebt wie wir Vampyre, lernt man, mit Zeitspannen entsprechend umzugehen. Jede andere Frau hätte ihren Partner täglich angerufen oder geschrieben, ob alles okay ist. Ich konnte das nicht, da immer die Gefahr bestanden hätte, jemanden auf ihre Spur zu führen. Pflichtgefühl, Liebe und Leidenschaft machen uns Djiye aus. Man muss nur ein gutes Gleichgewicht finden.«

Noch konnte ich mir nicht vorstellen, tatsächlich mehr als hundert Jahre zu leben. Da wir uns im Krieg befanden und ich einer bedrohten Spezies angehörte, bestand allerdings auch die hohe Wahrscheinlichkeit, dass ich nicht mal eine menschliche Lebensspanne überleben würde.

Mir fiel wieder ein, was Dimitri über Boris gesagt hatte, und meine Laune sank in den Keller. Die letzten Tage beim Training hatte ich es nie über das Herz gebracht, Ana zu sagen, dass ich darüber Bescheid wusste. Bedrückt knetete ich die Finger und rang mit mir, ob ich das Thema nun endlich ansprechen sollte.

»Tut mir übrigens leid, was mit deinem Bruder passiert ist. Er hat mich gerettet und ist deshalb gestorben.«

Ana versteifte sich und wich meinem Blick aus. »Wer in den Krieg zieht, muss auch bereit sein, getötet zu werden«, flüsterte sie. »Wir kennen alle das Risiko.«

»Ich weiß, aber er war trotzdem dein Bruder und es ist ein schrecklicher Verlust.«

Ana schloss mich in die Arme. »Lass uns nicht mehr darüber sprechen. Dich trifft auf jeden Fall keine Schuld, okay?«

Ich schluckte schwer, nickte aber. Er war ihr Bruder, sie sollte selbst bestimmen, wie sie um ihn trauerte. Wir lösten uns voneinander und ich rutschte ein wenig zur Seite.

Für einen kurzen Moment vergaß ich den Streit mit Dimitri und die Gefahr durch Valentin. Ich wollte einfach ein normales Mädchen sein, das mit einer Freundin über belangloses Zeug redete. Doch das war ich nicht mehr, und sosehr ich es auch verdrängte, das ungute Gefühl in der Magengegend blieb. Mein Leben hatte eine Hundertachtzig-Grad-Wendung gemacht, ich musste mich dem stellen, was auf mich zukam.

Seufzend stand ich auf und trat auf den Balkon. Der Ausblick auf die wunderschöne Landschaft Kanadas beruhigte mein Gemüt ein wenig. Doch zeitgleich signalisierte es die Veränderung für meine Zukunft. »Weißt du, ich habe keine Ahnung, was ich jetzt machen soll …«, murmelte ich, doch Ana hörte es trotzdem.

»Verständlich bei dem, was du in den letzten Wochen durchgemacht hast, doch du musst auf dein Herz hören.« Ana folgte mir und lehnte sich neben mir an das Geländer. »Dimitri liebt dich sehr, du solltest ihm keine Vorwürfe wegen seines Verhaltens machen.«

»Du hast von unserem Streit gehört?« Ihr Blick war Antwort genug und ich seufzte leise. Bestimmt hatte Soley mit ihr geredet. »Ich weiß, dass es unfair ist, aber ich habe keinen blassen Schimmer, wie ich mich ihm gegenüber verhalten soll. Er hat mich angelogen und seine Vergangenheit …«

»Ist genau das. Seine Vergangenheit. Lya, mach ihn nicht für etwas verantwortlich, was in seiner Natur liegt.« Sie hielt einen Moment inne und sah in die Ferne. »Er hat sich sehr verändert … ich schätze, das ist normal, wenn man verliebt ist.« Ana drehte den Kopf wieder zu mir und zwinkerte mir zu.

Mein Herz klopfte schneller bei ihren letzten Worten.

»Kennst du ihn eigentlich schon lange?« Ich wusste bisher nicht viel über Dimitri und seine Freunde.

Sie nickte lächelnd. »O ja. Unsere Familien waren befreundet. Mein Blutsstatus ist aber zu unbedeutend, als dass man mich als Verlobte für Valentin oder Dimitri ausgewählt hätte. Trotzdem kannten wir uns bereits als Kinder. Auch wenn Natascha schlussendlich Dimitris Verlobte war, hat er sie nie wirklich geliebt. Nicht so, wie er dich heute liebt. Er ist ganz anders, wenn du in der Nähe bist.«

»Wie denn?«

Sie grinste. »Er ist so moralisch korrekt geworden. Stets bemüht, dich zu beeindrucken und nichts falsch zu machen. Und ich sehe, dass er Angst davor hat, dass du ihn irgendwann verlässt, wenn du zu viel über ihn weißt.«

Ihre Worte erinnerten mich an mein Gespräch mit Dimitri. Ich hatte herausgehört, dass er Angst hatte, nicht gut genug für mich zu sein. Dabei verstand ich nach wie vor nicht, wie er an meinen Gefühlen zweifeln konnte. »Ich könnte ihn nie verlassen. Und ich weiß schon viel über ihn. Valentin hat es sich nicht nehmen lassen, die schmutzigen Details auszuplaudern.«

»Schmutzige Details ...« Anas Lachen hallte über den Balkon. »Valentin hatte recht, für dich mag es das sein.«

»Und für alle anderen nicht, oder wie?«

»Ach Lya ...« Amüsiert schüttelte sie den Kopf. »Du vergisst immer, dass wir keine Menschen sind. Alles, was Dimitri je getan hat, ist für keinen Vampyr eine Überraschung. Fast jeder von uns hat das auch schon alles durch. Die königliche Familie lässt es in der Jugend natürlich noch mal ordentlich krachen ... Sie haben absolute Narrenfreiheit, bis sie den Thron besteigen.«

»Das heißt, du hast auch ...«

»... getötet?«, vollendete sie meinen Satz. »Ja, natürlich. Und ich fühle mich nicht schlecht deswegen. Ich habe es aus verschiedenen Gründen getan. Aus Hunger und Instinkt, zur Verteidigung oder weil mich jemand in den Wahnsinn getrieben hat. Man sollte es nicht übertreiben, doch für uns Vampyre ist nichts Schlimmes daran«, meinte sie schulterzuckend.

»Nichts Schlimmes?« Entrüstet starrte ich sie an. »Wieso ist das für euch so normal? Wir reden hier von Mord! Wir sind zwar keine Menschen, dennoch sind wir keine Tiere. Wir haben immerhin Moralvorstellungen wie die Menschen ...«

»Halt!«, rief Ana und hob die Hände. »Hör endlich auf, uns mit diesen Menschen zu vergleichen. Mir scheint, sie sind für dich Heilige und wir sind wilde Tiere.«

Ich biss mir auf die Lippe. »Na ja ...«

»Du begreifst es einfach nicht. Dann sag mir doch mal, welche Spezies zum Vergnügen und auf grausamste Art und Weise häufiger andere Lebewesen quält und tötet?«

Ich öffnete den Mund, wusste jedoch nicht, was ich antworten sollte.

»Du hast Valentin kennengelernt. Er ist das grausame Beispiel dafür, dass auch unsere Rasse nicht perfekt ist und von Größenwahn und Grausamkeit durchzogen sein kann. Dennoch leben die meisten Vampyre mit jedem anderen Lebewesen in Harmonie. Du findest es unfassbar, dass Valentin Menschen schlachtet und ihr Fleisch isst, aber ist das wirklich verwerflich, dass wir uns von ihnen ernähren, weil wir auf den ersten Blick zur selben Art gehören könnten? Weil sie dieselbe Sprache wie wir sprechen? Sind sie deshalb mehr wert als Tiere? Diese fühlen doch auch. Du redest von Mord, doch wieso ist es im Gesetz der Menschen kein Mord, ein Tier zu töten?«

»Aber wir haben doch die Wahl«, warf ich ein. Ich wusste erst seit Kurzem, dass ich ein Vampyr war, und vermutlich war es dumm, direkt die Ernährungsform der anderen zu kritisieren. Doch die Situation, in der Valentin mir Menschenfleisch vorgesetzt und das kleine Mädchen dazugeholt hatte, hatte mich bis ins Mark erschüttert. Ich würde nie den Blick des Kindes vergessen, als Valentin aussprach, dass das Fleisch ihre tote Schwester war. Es war einfach barbarisch. Und diese Geburtstagsparty ...

Ana verdrehte die Augen. »Natürlich haben wir die. Wir haben die Wahl, genauso wie die Menschen.«

Ich wollte erwidern, dass viele Menschen grausam von Vampyren versklavt worden waren, doch Ana war gerade erst dabei, sich in Rage zu reden, und ließ mich nicht zu Wort kommen. Sie tigerte auf dem Balkon auf und ab und gestikulierte wild mit den Armen.

»Ich hätte nie gedacht, dass du so engstirnig bist. Prozentual gibt es so wenig Menschen, die Rücksicht auf die Umwelt nehmen, wie es Vampyre gibt, die keine nehmen. Und dennoch sind wir die Bösen für dich. Wir leben länger als die Menschen. Wir sind uns der Folgen für die Zukunft bewusst. Und in einer Sache muss ich Valentin recht geben, auch wenn ich seine Mittel nicht gutheiße. Eine Versklavung der Menschen würde auch bedeuten, dass man ihren barbarischen Taten ein Ende setzen und unsere Umwelt besser beschützen könnte, die sie so hartnäckig zerstören. Du bist unsere Königin und das mächtigste Wesen dieser Welt. Es liegt in deiner Hand, in welche Richtung sich unsere Zukunft entwickelt. Denk mal darüber nach.«

Mit diesen Worten ließ sie mich allein. Perplex starrte ich ihr hinterher. Ich stand auf dem Balkon und wusste nicht, was ich nun tun sollte.

Anas Ansage war ziemlich deutlich gewesen. Die Message war aber eigentlich die gleiche wie im Gespräch mit Soley. Beide Frauen waren der Meinung, dass ich meine Einstellung ändern musste und ein falsches Bild von Vampyren hatte. Doch wie sollte man von heute auf morgen seine ganze Weltanschauung ändern? Die Unterschiede in moralischen Fragen waren gravierend. Sie hatten recht, ich musste mich an den Gedanken gewöhnen, kein Mensch zu sein, und dass Vampyre nicht die Monster aus Horrorfilmen waren.

Doch ich war nicht irgendein Vampyr, sondern die Thronerbin der obersten Rasse. Das machte die gesamte Umstellung nur noch schwerer.

Nur wenn man Macht hat, kann man Veränderungen schaffen. Doch mit Macht kommt auch Verantwortung.

Ich hatte immer eine Anführerin sein wollen und nun war es so weit. Doch was bedeutete dies für mich? Was sollte ich jetzt tun?

Valentin zu stoppen hatte oberste Priorität, doch wie sollte es weitergehen? Falls es für mich überhaupt weiterging. Die Möglichkeit zu sterben war jederzeit gegeben. Ich wollte mir über ein Danach noch keine Sorgen machen, doch die Gedanken ließen sich nicht verdrängen. Wenn wir überleben sollten … es gäbe keinen Widersacher mehr. Ich hätte die Macht über alle Vampyre und damit theoretisch auch die gesamte Menschheit – die ganze Welt.

Das war zu viel für mich. Im Kopf überschlugen sich die Gedanken. Ich ging wieder nach drinnen und legte mich aufs Bett, um mich zu beruhigen.

Was sollte ich nur tun?

19. KAPITEL

Lilya

Ich weiß nicht, wie lange ich auf dem Bett gelegen und nachgedacht hatte, doch als es draußen dämmerte, kam ich langsam zurück in die Realität. Mir war momentan die Lust vergangen, einen Ausritt mit Coco zu machen.

Die Gespräche mit Soley und Ana hatten mich ziemlich aufgewühlt und ich wusste nicht, wie die Zukunft aussehen würde. Doch zumindest in einem Punkt war ich mir sicher. Ich konnte Dimitri wegen seiner Vergangenheit keinen Vorwurf machen – und das würde ich ihm klarmachen. Ich liebte ihn bedingungslos und wollte nicht mehr streiten. Auf keinen Fall sollte er denken, dass er nicht gut genug für mich war und ich ihn wegen seiner Vergangenheit verlassen würde. Ich war nicht perfekt, auch wenn er davon überzeugt war.

Entschlossen, ihn zu suchen, sprang ich vom Bett und lief zur Zimmertür, an der mir aber wieder einfiel, dass ich meine vier Wände immer noch nicht verlassen durfte. Doch was blieb mir übrig? Ich könnte den Wächter, der im Flur aufpasste, bitten, Dimitri zu holen, aber aus irgendeinem Grund gefiel mir dieser Gedanke nicht. Möglicherweise, weil die Wahrscheinlichkeit hoch war, dass es sich dabei noch um Ana handelte.

Nervös lief ich im Schlafzimmer auf und ab und ging die Optionen durch. Es hatte allerdings den Anschein, dass ich wirklich nur drei hatte: Dimitri holen zu lassen, mich aus meinen Räumen zu teleportieren und ihn selbst zu suchen oder zu warten, bis er von sich aus wiederkam. Doch das konnte wer weiß wie lange dauern – und so lange wollte ich mich nicht gedulden.

Ich lief zum Kühlschrank und nahm eine Flasche mit Blut heraus. Ich schraubte den Deckel ab und betrachtete nachdenklich die rote Flüssigkeit, die der Auslöser für so viele Probleme war. Soley hatte mir erzählt, dass das Blut vor dem Verzehr immer untersucht und anschließend mit Nährstoffen angereichert wurde.

Ich leerte die kleine Flasche mit einem Zug und stellte sie daraufhin auf dem Kühlschrank ab.

Frustriert dachte ich an das letzte Gespräch mit Dimitri.

O Dimitri, es tut mir leid. Wir haben beide Fehler gemacht.

Er hatte sich wie ein Idiot benommen, doch ich verstand, wieso er so reagiert hatte. So reagieren musste. Ana und Soley hatten mir klargemacht, wie die Djiye tickten, und ich war sicher, dass ich damit zurechtkommen würde. Weil ich ihn liebte.

Bei dem Gedanken an Dimitri schlug mein Herz erneut schneller. Nachdenklich begann ich, im Zimmer im Kreis herumzulaufen. Ich schloss die Augen, sah Dimitri deutlich vor mir und spürte noch das Kribbeln auf der Haut, das seine Hände dort hinterlassen hatten. Ich kannte ihn erst seit ein paar Monaten und hatte dennoch den Eindruck, bereits eine Ewigkeit mit ihm verbracht zu haben. Dabei hatten wir diese erst noch vor uns.

Laut Ana hatte sich Dimitri durch mich deutlich verändert, doch auch ich war nicht mehr dieselbe Person wie noch zu Beginn dieses Jahres.

Die Liebe lässt uns über uns selbst hinauswachsen. Wir verändern uns und lernen uns besser kennen denn je. Das hatte mich die letzte Zeit gelehrt.

Die Erkenntnisse über meine wahre Herkunft waren ein Schock und doch die Erklärung für alles gewesen. Endlich wusste ich, wer und was ich war. Endlich hatte ich das Gefühl, ich selbst sein zu können. Auch wenn es eine Umstellung bedeutete, an die ich mich erst gewöhnen musste.

Ohne es zu wissen, hatte Dimitri mir bei meinem Weg geholfen. Er war nicht in Sibirien gewesen, um mir in all den Schrecken beistehen zu können, die ich dort erlebt hatte. Trotzdem hatte ich die ganze Zeit das Gefühl gehabt, dass er bei mir war.

Und in diesem Moment wünschte ich mir nichts sehnlicher, als bei ihm zu sein. Mich in seine Arme zu werfen und ihn nie wieder loszulassen. In einem Kuss zu versinken, die Gefangenschaft in Sibirien und all unsere Probleme zu vergessen.

Dass ich mich nicht nur im Inneren verändert hatte, wurde mir wieder schlagartig bewusst, als meine Zunge gegen die Fangzähne stieß. Die aufgewühlten Emotionen hatten die Vampyrin in mir geweckt. Doch es erschreckte mich nicht mehr ganz so sehr. Ich würde mich mit der Zeit wohl besser an die Kraft gewöhnen, die in mir besonders dann pulsierte, wenn ich Blut getrunken hatte.

Nach wie vor lief ich langsam mit geschlossenen Augen durch das Zimmer. Ich versuchte nicht, mein neues Ich zurückzudrängen und mich zu beruhigen. Im Gegenteil, ich heizte das Raubtier in mir nur noch mehr auf, indem die Gedanken wieder zu Dimitri drifteten. Automatisch beschleunigte sich mein Puls und in den Ohren begann es zu rauschen. Ich überlegte bereits, wohin ich mich teleportieren könnte. Ich hatte keinen blassen Schimmer, wo Dimitri sich den ganzen Tag herumtrieb. Inzwischen war mir egal, ob mich jeder sah, wenn ich durchs Schloss irrte.

Jede Faser meines Körpers sehnte sich nach ihm. Ich fühlte mich wie ein Raubtier im Käfig, das am Gitter auf und ab marschierte. Mit aller Kraft konzentrierte ich mich auf meine große Liebe und spürte, wie sich die ungewohnte Energie in mir sammelte.

Ohne zu wissen, wie mir geschah, entlud sie sich plötzlich mit einem Schlag. Alles drehte sich, ich taumelte, verlor den Boden unter den Füßen.

***

Ich stieß gegen jemanden. Mir entfuhr ein heller Schrei und ich klammerte mich im Fallen an einen starken Arm, den ich mit mir zog.

»Was zur Hölle?! Lya?«

Vorsichtig öffnete ich die Augen und begegnete Dimitris verwirrtem Blick.

Ich lag halb auf seiner Brust am Boden. Unsicher sah ich mich um. Wir befanden uns auf dem weichen, mit Blättern bedeckten Waldboden, rings um uns herum konnte ich nur Bäume ausmachen, die von der untergehenden Sonne in ein mystisches Licht getaucht wurden. Offensichtlich war ich auf einer kleinen Lichtung im Wald gelandet, aber wie? Hier war ich noch nie gewesen, wie konnte ich mich hierher teleportiert haben?

Irritiert rollte ich mich von ihm herunter und versuchte, mich aufzurappeln, als eine Welle der Erschöpfung mich erfasste. Mir wurde schwarz vor Augen und ich sank erneut über Dimitri zusammen.

»Hey, ganz langsam. Alles in Ordnung mit dir?«, fragte er besorgt.

»Ich denke schon«, murmelte ich – noch immer nicht imstande, einen klaren Gedanken zu fassen.

»Wieso hast du dich teleportiert? Du solltest doch dein Zimmer nicht verlassen.« Für eine Maßregelung war sein Tonfall viel zu sanft.

»Ich weiß, aber ich wollte unbedingt zu dir«, nuschelte ich und erst da wurde mir mit allen Sinnen bewusst, wo – oder vielmehr bei wem – ich gelandet war. Ich war bei Dimitri! Die Überraschung und die Freude darüber trieben mir die Tränen in die Augen und ich vergrub das Gesicht an seiner Brust.

»O Dimitri«, schluchzte ich. Vergessen war die Frage, wie ich das geschafft hatte, darüber konnte ich mir später Gedanken machen.

»Schhht, ist ja gut. Ich bin da.« Er drückte mich an sich und fuhr sanft mit einer Hand durch mein Haar.

»Es tut mir so leid, ich wollte nicht …«

»Nein, mir tut es leid. Ich hätte dir nicht solche Sachen an den Kopf werfen sollen. Bitte verzeih mir.«

Ich blickte entschlossen in seine Augen. »Da gibt es nichts zu verzeihen. Ich liebe dich! Ich liebe dich so, wie du bist. Du sollst dich nicht für mich verändern – und erst recht sollst du nicht versuchen, perfekt zu sein.«

»Ach Lya, ich liebe dich doch auch.« Auf seinem schönen Gesicht erschien ein fast schon schüchternes Lächeln und behutsam strich er über meine Wange. »Ich habe nur so schreckliche Angst, nicht gut genug für dich zu sein und dass du mich nicht mehr willst, sobald du alles über mich erfahren hast. Ich befürchte einfach, dass ich dich nicht glücklich machen kann.«

»Und weil du das glaubst, weiß ich, dass du mich sogar sehr glücklich machen wirst! Ich werde dich immer wollen, egal was passiert«, meinte ich bestimmt. Ich war mir noch nie so sicher bei etwas gewesen. Wir liebten uns und deshalb würden wir alles zusammen durchstehen können. Das war mir nun klar geworden.

Er legte den Kopf schief und sein Lächeln wich einem verschmitzten Grinsen. »Versprich so was nicht, sonst wirst du mich nie mehr los. Was sagen die Menschen immer? Es ist wie Herpes, den Scheiß wird man auch nicht mehr los.«

»Blödmann«, rief ich entrüstet und boxte ihm spielerisch in die Seite. Er lachte leise und zog mich wieder in die Arme.

Wir blieben noch einige Minuten still liegen und ich lauschte seinem Herzschlag, der sich, genauso wie meiner, langsam normalisierte.

***

Als die Sonne vollends untergegangen war, standen wir auf und Dimitri führte mich fort, vermutlich zurück zum Schloss. Zumindest erkannte ich im Gehen die Lichter in der Richtung, die er ansteuerte.

»Nachdem ich schon mal hier bin, kannst du mich dann nicht gleich herumführen? Ich würde gerne mehr vom Schloss und der Umgebung sehen.« Hoffnungsvoll sah ich zu ihm hoch, doch zu meiner Enttäuschung schüttelte er den Kopf.

»Nein, dein kleiner Ausflug in den Wald reicht als Erkundungstour für heute.«

Beleidigt zog ich einen Schmollmund. »Du kannst mich nicht ewig wie Rapunzel in einen Turm sperren.« Er hatte ja keine Ahnung, dass ich bereits viel mehr von der Umgebung gesehen hatte, als ihm lieb war. Dabei wusste er, dass ich bei Liam im Kerker und vermutlich auch bei ihm zu Hause gewesen war.

»Erstens bist du in keinem Turm untergebracht, zweitens sperre ich dich nicht ein, sondern versuche dich zu beschützen – und drittens fehlt dir noch einiges an Haarlänge, um Rapunzel sein zu können.«

»Sehr witzig.« Ich gab mich fürs Erste geschlagen und wechselte das Thema. »Was hast du hier eigentlich gemacht?«

»Nachgedacht. Das kann ich am besten im Wald.«

Das konnte ich gut nachvollziehen. Wenn ich in Ruhe nachdenken wollte, hatte ich mich auch schon immer in die Natur verzogen. In Texas hatte ich dafür das riesige Gelände unserer Ranch, in New York zumindest den Central Park. Auch wenn man das bei Weitem nicht mit der Schönheit Kanadas vergleichen konnte.

»Und zu welchem Schluss bist du gekommen?«

Er blieb stehen und sah zu mir herunter. Trotz der Dunkelheit konnte ich sein Gesicht sehr gut erkennen. Seine feinen und doch markant männlichen Gesichtszüge und die warmen braunen Teddybäraugen. Seine Mundwinkel verzogen sich erneut zu einem Grinsen, sodass die weißen Zähne aufblitzten. Er schlang die Arme um meine Taille, zog mich näher an sich und ich verschränkte die Hände hinter seinem Hals.

»Dass ich ein Idiot bin und mich glücklich schätzen sollte, dass du es ernsthaft in Erwägung ziehst, eine Beziehung mit mir zu führen.«

»Dimitri Krylow, hör endlich auf, so negativ von dir zu denken! Du bist nicht wie dein Bruder.«

»Schon gut, schon gut. Wenn du das sagst, wird es wohl stimmen.« Er lehnte die Stirn an meine und wurde wieder ernsthafter. »Aber wenn wir schon beim Thema sind … Er wird wohl nicht einfach aufgeben. Jetzt, wo du erweckt bist, wird er noch stärker nach einem Weg suchen, um seine Ziele zu erreichen.«

»Ich weiß. Habt ihr schon einen Plan, wie ihr ihn zur Strecke bringen wollt?«

Dimitri knirschte mit den Zähnen. Der Gedanke, seinen Bruder zu ermorden, schien ihm immer noch nicht zu gefallen.

»Nein. Ich sehe Valentin momentan aber nicht als akute Bedrohung. Er wird sich hüten, uns hier anzugreifen. Wenn er eins schon immer hatte, dann Geduld. Er wird abwarten und im Stillen seine Rache planen.«

»Klingt nicht sehr beruhigend«, murmelte ich an seine Brust.

Er drückte mich fester an sich. »Keine Angst. Wir beschützen dich.«

Ich lehnte mich zurück und sah zu ihm auf. »Und wer beschützt dich?«, fragte ich bedrückt. Ich wollte keine kleine Prinzessin sein, die von allen beschützt und gerettet werden musste. Immerhin war ich diejenige, die Soley und mich aus dem Kerker befreit hatte.

Dimitri schien auch daran zu denken, denn seine Mundwinkel hoben sich. »Na, du natürlich. Was glaubst du, warum Ana und Soley dich trainieren? Ich brauche eine gute Beschützerin.«

»Du kriegst mit mir die beste«, verkündete ich selbstbewusst.

»Dann bin ich ja beruhigt.« Er drückte mir einen Kuss aufs Haar. »Wann demonstriert mir meine beste Beschützerin eigentlich ihre Fähigkeiten?«

»Eine Demonstration wäre Zeitverschwendung. Du wirst mein Können sehen, wenn es mal darauf ankommt.«

20. KAPITEL

Lilya

Obwohl Dimitri und ich uns wieder verstanden, war nicht alles zwischen uns geklärt. Nach unserem Gespräch im Wald hatten wir noch lange über andere Themen diskutiert.

Ich wollte, dass er mich erneut zu einer seiner Sitzungen mitnahm, damit ich dort über die menschlichen Bewohner dieser Gegend reden konnte. Außerdem bestand ich darauf, mich endlich frei im Schloss bewegen zu dürfen. Immerhin hielt ich mich sowieso nicht an meinen Hausarrest. Nach langem Hin und Her hatte er mir schließlich zugesichert, mich offiziell allen vorzustellen.

***

Am nächsten Abend war es so weit. Eine Siya namens Iluna kam, um mich hübsch zu machen.

Ich war schrecklich nervös, da ich nicht damit gerechnet hatte, dass Dimitri so schnell sein Versprechen einlösen würde.

»Wenn du nicht stillhältst, kann ich nicht arbeiten«, meinte Iluna lachend.

»Entschuldige.« Ich verschränkte die Hände auf dem Schoß und versuchte mich nicht mehr zu bewegen.

Iluna machte ihre Arbeit sehr gut. Sie steckte einen Teil meiner Locken hoch und schminkte mich besser, als ich es je selbst gekonnt hätte. Sie verwendete bewusst einen neutralen Lidschatten, da sich meine Augenfarbe von blau zu lila verändern konnte.

Als sie mit den Haaren und dem Make-up fertig war, durfte ich in das Kleid schlüpfen, das sie mir mitgebracht hatte.

Kurz darauf stand ich staunend vor dem Spiegel und betrachtete mich. Das hautenge Abendkleid war wunderschön. Es schimmerte in einem silbernen Ton.

Dazu bekam ich passenden Schmuck. Silberne Ohrringe sowie eine Kette und ein Armband. Alles war mit violetten Edelsteinen besetzt. Iluna hatte mir erklärt, dass jede Rasse ihre eigenen Besonderheiten hat. So wie die Lilien für die Kiye standen, gehörten Rosen zu den Djiye und Sonnenblumen zu den Siye. Bei Edelsteinen war es offenbar genauso. Amethyste für meine Rasse, Rubine für die Djiye und Goldberyll war der Edelstein der Siye.

»Wow, du siehst umwerfend aus.«

Erschrocken zuckte ich zusammen und drehte mich zu Dimitri um, der im Türrahmen stand.

Ich war wirklich eine miserable Vampyrin, wenn ich nie mitbekam, dass jemand das Zimmer betrat.

»Danke. Du aber auch.«

Er trug einen schwarzen Anzug und ein rotes Hemd. Bei der Abendgarderobe hielten Vampyre sich anscheinend an den Modegeschmack der Menschen aus der westlichen Welt.

Nur eine Sache irritierte mich an seinem Anblick. Es war etwas, was er auf dem Kopf hatte.

»Ist das eine Krone?«

Er schmunzelte und griff automatisch mit einer Hand an seinen Haarschmuck. »Möglich.«

Neugierig ging ich auf ihn zu, um mir die Krone aus der Nähe anzuschauen. Sie war aus Gold und Rubine funkelten zwischen kleinen goldenen Rosenblättern. Sie war jedoch nicht so groß und wuchtig, wie ich mir seine Krone vorgestellt hätte.

»Aber du bist offiziell noch kein König. Also wieso die Krone?«

»Tragen Prinzen und Prinzessinnen etwa keine? Zu unserer Krönung bekommen wir andere.«

»Bekomme ich etwa auch eine?«, fragte ich begeistert. Zum ersten Mal kam dieser Prinzessinen-Mädchentraum bei mir zum Vorschein.

Dimitri nickte und bedeutete mir mich umzudrehen.

Iluna kam mir mit einer großen Schatulle entgegen und stellte sie auf dem Tisch ab.

»Darf ich?«, fragte ich aufgeregt und stellte mich neben sie. Sie nickte lächelnd, woraufhin ich die Schachtel aufklappte.

Ein wunderschönes silbernes Diadem lag darin. Vorsichtig nahm ich es heraus. Im Gegensatz zu Dimitris Krone war sie nicht komplett geschlossen, ansonsten aber ähnlich aufgebaut, jedoch mit Amethysten statt Rubinen. Die kleinen Lilien in den Ranken waren detailliert ausgearbeitet.

Dimitri nahm mir das Diadem ab und ich senkte leicht den Kopf, als er es in mein Haar steckte.

Wenn ich eben noch nicht aufgeregt gewesen war, war ich es spätestens jetzt. Im Magen kribbelte es vor Vorfreude.

***

Wir hatten uns von Iluna verabschiedet und Dimitri führte mich nun die Gänge entlang, die mir langsam immer vertrauter wurden. Schließlich blieb er vor einer großen Tür stehen und mir rutschte das Herz in die Hose.

»Bereit?«, fragte er.

»Ich habe Angst«, gestand ich kleinlaut.

»Wovor genau?«

»Da drinnen sind so viele Leute, die auf mich warten. Ich weiß nicht, was ich sagen oder tun soll. Was erwarten sie von mir? Ich habe Angst, dass sie enttäuscht sind.«

Dimitri lächelte und drückte mich an sich. Zärtlich streichelte er mir über den Rücken.

»Lilya, niemand erwartet etwas von dir. Sie freuen sich nur darauf, dich zu sehen, das ist alles. Für sie ist es ein Wunder, dass Anisyas Tochter zu uns gefunden hat.«

»Vielleicht bin ich aber kein Wunder«, brumme ich. »Jeder spricht davon, dass ich Anisyas Tochter bin, dabei habe ich sie selbst nie kennengelernt. Ich kann dieses ›Prinzessin hier, Prinzessin da‹ langsam nicht mehr hören.«

Lachend schüttelte er den Kopf. »Ach Lya, daran wirst du dich wohl nie gewöhnen, was? Ich dachte, alle Mädchen träumen davon, Prinzessin zu sein?«

»Das ist lange her, dass ich diesen Traum hatte. Damals habe ich es mir auch noch romantischer vorgestellt.«

»Romantischer? Etwa in einem schönen Schloss zu wohnen und dir einen wundervollen Prinzen zu angeln? Ich weiß nicht, welcher Teil davon nicht erfüllt ist, doch ich hoffe, es ist nicht letzterer.«

»Ich denke, nein.« Ich löste mich von ihm und drehte mich zur Tür. Dimitri ergriff meine Hand.

»Vertraue mir, wenn ich dir sage, dass du sie alle umhauen wirst. Du bist atemberaubend. Hör auf, dir so einen Kopf zu machen.«

Ich atmete noch einmal tief durch und nickte ihm dann zu, damit er die Tür öffnete.

***

Der Anblick verschlug mir fast den Atem. Wir betraten eine Art Galerie und blickten auf einen großen Saal hinab, der voller Vampyre war. Ich schaute suchend durch die Menge, entdeckte jedoch keine Menschen, was bedeutete, dass die menschliche Bevölkerung offensichtlich auch für solche Anlässe nicht ins Schloss durfte.

Die Halle hatte Ähnlichkeit mit dem Saal in Sibirien, in dem ich Valentin zum ersten Mal begegnet war. Auch hier handelte es sich um einen Thronsaal. Auf der anderen Seite erspähte ich drei Throne, die für die drei Rassen bestimmt sein mussten.

Doch dort würden wir erst bei der offiziellen Krönung Platz nehmen. Die konnte aber erst stattfinden, wenn nicht nur alle Thronerben, sondern auch die Mitglieder des Ältestenrats hier waren.

Ich hakte mich bei Dimitri unter und ließ mich die Treppe ein Stück hinunterführen. Am Fuße der Treppe warteten bereits Ana und Sascha. Soley stand einige Stufen weiter oben. Sie trug wie ich ein Diadem, das genauso golden war wie ihr Kleid. Ihre langen blonden Haare umrahmten das Gesicht und ließen sie wirken wie ein Engel.

Dimitri blieb stehen, als wir sie erreichten. Damit wir die gesamte Menge noch überblicken oder vielmehr alle mich besser anstarren konnten, standen wir leicht erhöht mitten auf der Treppe, als Dimitri das Wort ergriff.

»Meine lieben Freunde, Djiye und Siye, schön, dass ihr euch alle hier kurzfristig einfinden konntet. Wie ihr sehen könnt, komme ich heute in Begleitung einer jungen Frau, die zu keiner unserer beiden Rassen zählt.«

Vereinzelt wurde getuschelt und mit dem Finger auf mich gedeutet. Tapfer behielt ich mein freundliches Lächeln bei.

»Vor einigen Jahren ist Königin Anisya, die Herrscherin über dieses Schloss und oberste Königin der Vampyre, von uns gegangen. Obwohl sie verheiratet war, hatte sie keine Kinder zur Welt gebracht. Zumindest dachten wir alle das sehr lange. Vor Kurzem durfte ich jedoch erfahren, dass dies nicht der Wahrheit entsprach. In den USA stieß ich auf Lilya. Anisyas Tochter und die letzte Kiya. Sie ist die rechtmäßige Thronerbin der Kiye und damit wird sie wie ihre Mutter nicht nur über dieses Schloss, sondern auch über alle Vampyre der Welt herrschen.«

Dimitri warf mir ein aufmunterndes Lächeln zu.

»Ich weiß, dass sich viele fragen werden, wie ihre Existenz überhaupt möglich ist und wie ich sie fand. Dies alles ist zu diesem Zeitpunkt nicht relevant. Wie sich jeder denken kann, ist mein Bruder hinter Lilya her, weshalb die Sicherheitsmaßnahmen im Schloss deutlich verschärft wurden. Ich weise euch auch darauf hin, dass kein Wort über sie diese Mauern verlassen darf. In Kürze wird der Ältestenrat das Schloss aufsuchen und dann wird die Krönungszeremonie für Prinzessin Lilya, Prinzessin Soley und mich stattfinden. Mir war es aber wichtig, dass sie sich ab sofort frei im Schloss bewegen kann, weshalb wir sie hier vor den Feierlichkeiten offiziell bekannt machen wollten. Ich hoffe, ihr alle heißt sie herzlich willkommen.«

Die Menge nickte zustimmend und applaudierte.

Ich räusperte mich verlegen. Es wurde Zeit, dass ich etwas sagte. Normalerweise hatte ich keine Probleme damit, eine Rede zu halten, doch nun fühlte sich mein Hals staubtrocken an.

»Meine lieben Mitvampyre, ich bin froh, heute bei euch zu sein. Bis vor Kurzem ahnte ich weder etwas von eurer noch von der Existenz des Schlosses. Die meisten von euch werden meine Mutter besser gekannt haben als ich selbst. Verzeiht mir, wenn ich die Sitten und Gebräuche der Vampyre nicht sofort verstehe. All das ist neu für mich.«

Die Vampyre starrten mich stumm an. Ich versuchte, in den Gesichtern zu lesen, was sie über mich dachten, aber ich konnte es nicht. Meine innere Unruhe wurde schlimmer, doch dann entdeckte ich Runa, die Siya, die mich tätowiert hatte, ziemlich weit vorn in der Menge. Sie lächelte und automatisch tat ich es ihr nach.

Sie hob die rechte Hand, streckte die drei mittleren Finger aus, versteckte Daumen und kleinen Finger in ihrer Handfläche und drückte die Hand auf ihr Herz. Ehrfürchtig beugte sie den Kopf und machte einen tiefen Knicks.

Nach und nach ahmten die anderen Vampyre ihre Geste nach.

»Die drei Finger stehen für unsere drei Rassen, die im Herzen alle miteinander verbunden sind«, flüsterte Dimitri mir überflüssigerweise zu. Die Bedeutung hatte ich auf Anhieb verstanden.

Langsam hob ich ebenfalls die rechte Hand, berührte mit dem Daumen meinen kleinen Finger und streckte die übrigen drei Finger aus. Ehe ich die Hand auf meine Brust legte, streckte ich für einen Moment den Arm aus und entblößte damit mein tätowiertes Handgelenk. Die Reaktionen folgten augenblicklich. Einige Vampyre stießen sich gegenseitig an und tuschelten aufgeregt. Ein fassungsloses Raunen ging durch die Menge.

Es war nur eine Frage der Zeit gewesen, bis es alle sehen würden. Deshalb hatte ich auch nicht auf Dimitris Vorschlag gehört und es unter einem Armband versteckt. Sollten sie ruhig wissen, dass ich keine reine Vampyrprinzessin war. Ich war die Prinzessin des Volkes – des gesamten Volkes.

***

Nachdem Dimitri die Menge mit dem Versprechen beruhigt hatte, dass es bald Zeit für Fragen und nähere Erklärungen geben würde, führte er mich schnell die Treppe hoch und zurück in den Flur. Nervös fuhr er sich durchs Haar, als die Tür hinter uns ins Schloss gefallen war.

»Wieso waren keine Menschen anwesend? Sollen sie nichts über mich erfahren?«, konfrontierte ich ihn direkt mit meiner Vermutung. Ich rechnete damit, dass er genervt reagieren würde, da ich wieder mit dem Thema anfing, doch das war nicht der Fall.

»Ich dachte mir schon, dass dich diese Frage interessiert.« Er griff nach meiner Hand und zog mich in die andere Richtung. »Komm mit. Die Vorstellungsrunde ist noch nicht beendet.«

Irritiert folgte ich ihm durch die verwinkelten Gänge immer weiter, ehe er an einer Balkontür stehen blieb.

»Bereit, um dich erneut der Meute zu stellen?«

Obwohl ich darauf nicht gefasst war, nickte ich. »Ich habe es das erste Mal doch auch geschafft.«

Mutig riss ich die Balkontür auf und trat direkt nach draußen ans Geländer. Unter uns befand sich der riesige Platz, auf dem ich Liam das letzte Mal vor Vladimir gerettet hatte. Jetzt war er voller Menschen. Vereinzelt erkannte ich jedoch noch ein paar Wächter in der Menge.

Es waren deutlich mehr Menschen zu sehen als Vampyre eben in der Halle. Es mussten mehrere Hundert sein. Sie alle verstummten, nachdem sie mich bemerkten.

»Liebe Menschen«, begann Dimitri mit erhobener Stimme, »einige von euch haben sie bereits gesehen und der Rest hat bestimmt Gerüchte über ihr Auftauchen gehört … Heute möchte ich sie euch offiziell vorstellen.« Aus dem Augenwinkel bemerkte ich, wie Dimitri auf mich deutete. »Dies hier ist Prinzessin Lilya, die Tochter der verstorbenen Königin Anisya. Sie ist eine Kiya und damit das Oberhaupt aller Vampyre. Dieses Schloss wurde von den Kiye erbaut und ist ihre Heimat. Prinzessin Lilya ist als vermeintlich ganz normales Menschenmädchen aufgewachsen und fühlt sich dadurch sehr mit euch

Menschen verbunden. Sie möchte einige Neuerungen einführen, die euch alle betreffen. Doch darüber setzen wir euch in Kenntnis, wenn es so weit ist. Ich hoffe, ihr heißt sie im Schloss willkommen.«

Verhaltener Applaus folgte auf Dimitris Ansprache, wodurch ich mich wieder sehr unwohl fühlte. Die Blicke der Menschen schienen mich zu durchbohren. Im Gegensatz zu den Vampyren erkannte ich bei ihnen sehr gut, was sie über mich dachten. Keiner sah aus, als würde er mich hier willkommen heißen wollen. Bis auf ein paar Ausnahmen.

Ich erspähte Liam und Emma. Sie standen ganz am Rand der Menge und grinsten, wodurch ich mich gleich viel besser fühlte. In der kurzen Zeit waren sie mir bereits ans Herz gewachsen.

Ich schlüpfte aus den High Heels, hob den Saum meines Kleides und kletterte auf die Brüstung, damit sie mich besser sehen konnten.

»Ihr Lieben, ich weiß, dass ihr die Vampyre nicht leiden könnt. Verständlich, wenn man bedenkt, dass ihr wie Sklaven gehalten werdet. Doch ich verspreche euch, dass damit nun Schluss ist. Sobald wie möglich werde ich mich darum kümmern, eure Lebensbedingungen zu verbessern.« Ich streckte den rechten Arm in die Höhe und präsentierte mein Tattoo. »Dies ist das Symbol meiner Familie. Die Lilie ist die Königin unter den Blumen und steht für Würde, Liebe, Einheit und Hoffnung. Ich bin erschüttert, dass sie als Zeichen der Sklaverei missbraucht wurde. Ab heute sollt ihr daran denken, dass ihr nicht allein seid, wenn ihr sie anseht. Wie man euch behandelt, hat nichts mit Respekt zu tun.«

Ich machte einen Schritt nach vorn ... in die Luft und ließ mich nach unten fallen. Leichtfüßig landete ich am Boden. Die Menschen wichen erschrocken zurück und bildeten einen Halbkreis um mich. Aus den Augenwinkeln bemerkte ich, wie ein nicht sehr begeistert dreinblickender Dimitri neben mir landete. Was war nur sein Problem? Die Menschen würden mir schon nichts tun. Möglicherweise war er auch nur sauer, weil ich so stark Partei für sie alle ergriff.

Ich erhob wieder die Stimme und lief einfach los. Die Menge bildete eine Schneise, durch die ich laufen konnte.

»Ich weiß, ihr kennt mich nicht, aber ich bitte euch um euer Vertrauen. Ihr seid ein wichtiger Bestandteil dieses Königreiches. Ohne euch bricht hier alles zusammen und wir könnten nicht überleben. Ihr verdient dafür, genauso wie ein Vampyr behandelt zu werden. Ihr seid nicht weniger wert als ich.« Während ich sprach, versuchte ich jedem Einzelnen, an dem ich vorbeikam, kurz in die Augen zu schauen. In ihnen las ich unterschiedliche Emotionen. Hauptsächlich Verwirrung stand darin. Ich wusste nicht, ob ich sie mit meinen Worten erreichte, doch eine andere Möglichkeit fiel mir nicht ein.

Ich durchquerte den gesamten Platz und war zufrieden, vorläufig alles gesagt zu haben, was mir auf der Seele gelegen hatte.

Ich hatte eigentlich gehofft, dass irgendjemand der Menschen sich zu meiner Ansprache äußern würde, egal ob positiv oder negativ, stattdessen schauten sie mich noch immer stumm an. Aber das war okay. Nun sollten alle Zeit bekommen, über meine Worte nachzudenken.

Ich verabschiedete mich, hakte mich bei Dimitri unter und teleportierte mich mit ihm in meine Gemächer.

***

Etwas erschöpft ließ ich mich auf die Couch fallen. Dimitri blieb davor stehen und blickte nachdenklich zu mir herunter.

»Was ist? Hat dir irgendetwas nicht gepasst bei meinen Ansprachen?«

Er seufzte leise, schüttelte dann aber den Kopf. »Nein. Es war nur auffällig, wie du mit den Vampyren geredet hast. Als wären sie eine andere Spezies ...«

»Ich weiß, dass ich sie eher als Familie ansehen sollte als die Menschen, aber ich kann es nicht. Wie soll ich mich mit einer Rasse identifizieren, die ich bis vor Kurzem für einen Mythos hielt?«

»Du gibst ihnen ja keine Chance. Lerne dich selbst neu kennen. Lerne die anderen Vampyre dieses Schlosses kennen. Du musst ab sofort nicht mehr versteckt werden. Geh raus, sprich mit ihnen. Erfahre mehr über die Vampyre und ihre Geschichten.«

Genau das hatte ich mir vorgenommen. Ich wollte die nächste Gelegenheit nutzen, um die Bewohner des Schlosses kennenzulernen. Am besten jeden einzelnen von ihnen. Allerdings nicht nur die Vampyre, sondern auch die Menschen, die im Dorf im Wald lebten.

Dimitri streckte die Hand nach mir aus. »Komm, lass uns wieder in die Halle gehen. Es sind so viele Vampyre zusammengekommen und du wurdest so schön hergerichtet. Wir mischen uns unter das Volk und feiern ein wenig.«

Dimitri hatte recht. Heute war eigentlich die perfekte Gelegenheit, um Kontakte zu knüpfen. Ich spürte, wie sich ein Lächeln auf mein Gesicht stahl, und ergriff seine Hand.

21. KAPITEL

Lilya

Am nächsten Tag wollte ich nach dem Frühstück die erste Gelegenheit nutzen, um das Schloss und seine Bewohner kennenzulernen. Es war tatsächlich noch eine schöne Feier zustande gekommen, nachdem Dimitri und ich zurück in die Halle gegangen waren. Ein paar Siye hatten für Musik gesorgt und schließlich wurde ausgelassen getanzt und gelacht. Am liebsten hätte ich auch alle Menschen dazugeholt, doch ich wollte die Vampyre nicht sofort vor den Kopf stoßen. Alles zu seiner Zeit.

»Bevor du allein losziehst, möchte ich dir noch etwas zeigen«, sagte Dimitri, als ich aufsprang.

»Muss das jetzt sein?«

Grinsend stand er ebenfalls auf und ergriff meine Hand. »Ich verspreche, es wird dir gefallen.«

Wir verließen meine Gemächer und ich überlegte, was er mir wohl zeigen wollte.

***

Der Weg, den er einschlug, führte auch zur Turnhalle.

»In den letzten Jahren war es hauptsächlich Soleys Bereich, aber das Schloss gehört eigentlich dir und viele der Schätze stammen aus dem Besitz deiner Familie. Deshalb ist sie sehr gerne bereit, ihn mit dir zu teilen.« Verschwörerisch zwinkerte er mir zu.

Verwirrt sah ich ihn an. »Wovon sprichst du?«

»Sieh selbst.« Er führte mich um eine Ecke, öffnete eine große schwere Holztür und ließ mich vorbeigehen.

Neugierig spähte ich in den Raum und erstarrte. Mit offenem Mund nahm ich das Bild in mir auf, das sich mir bot. Dimitri hatte mich in eine Bibliothek geführt.

Sprachlos drehte ich mich um mich selbst. Der Raum war riesig. Die Wände waren bestimmt zehn Meter hoch und es gab mehrere Ebenen, die mit Wendeltreppen verbunden waren. In der Mitte des Raumes standen mehrere Raumteiler. Jede Fläche wurde von Regalen eingenommen, die bis oben hin mit Büchern gefüllt waren. In den Ecken befanden sich kleine Sitzgelegenheiten, die zum stundenlangen Lesen einluden. Daneben standen kleine Holztische.

»Das ist unglaublich«, brachte ich heraus, als ich meine Stimme wiedergefunden hatte.

»Habe mir schon gedacht, dass du es lieben wirst. Fast alle Siye sind absolute Bücherwürmer, doch auch in deiner Familie war das Lesen immer sehr beliebt. Deine Mutter hat damals den größten Teil hier eingerichtet. Soley ergänzt nur jährlich das Angebot.«

»Wie viele Bücher sind das denn?«

»Keine Ahnung. Ich habe sie nicht gezählt«, erwiderte Dimitri lachend. »Vielleicht führt Soley Buch darüber. Ich glaube, sie versucht, alle Bücher dieser Welt zu lesen. Zumindest kommt es mir so vor, bei den Tausenden Büchern, die sie jährlich anschleppt. Einige davon sind viele Hundert Jahre alt.«

Wir liefen durch den Raum, der eigentlich ein riesiger Saal war, und ich konnte mich gar nicht sattsehen an der unglaublichen Büchermenge.

»Hat Soley die alle gelesen?«, fragte ich ehrfürchtig.

»Nein. Aber sehr viele. Das ist der Vorteil, wenn man lange lebt«, meinte er schmunzelnd. »Außerdem gab es früher das Fernsehen und Internet ja noch nicht. Aber es kommt jeden Monat so viel Nachschub, dass man nie fertig wird.«

»Natürlich.« Mein Herz schlug schneller, als mir einfiel, dass ich womöglich auch sehr viel Zeit zum Lesen haben würde. Tausend Jahre alt zu werden ... Wie viele Bücher man in dieser Zeit nur lesen konnte! Vorausgesetzt, dass ich bei der Bedrohung durch Valentin überhaupt die nächsten Monate überlebte. Trotzdem wollte ich mir die Freude in diesem Moment nicht trüben lassen.

Wir liefen um einen Raumteiler herum und plötzlich sah ich Soley, wie sie auf einer in einer Schiene verlaufenden bewegbaren Leiter in etwa acht Metern Höhe stand und offenbar die Buchtitel studierte.

»Oh, hey Soley«, rief ich ihr zu.

Sie sah zu uns herunter. »Oh, hey. Dimitri führt dich also ein wenig herum.«

Sie kletterte ein paar Stufen herunter und sprang dann von der Leiter. Leichtfüßig landete sie neben uns.

»Was sagst du zu unserer Bibliothek?«, fragte sie vergnügt.

»Sie ist absolut unbeschreiblich«, schwärmte ich.

»Es ist immer wieder schön, wenn jemand den Wert von Büchern kennt«, meinte sie mit einem abfälligen Seitenblick auf Dimitri.

Der verstand den Wink natürlich sofort und zuckte entschuldigend mit den Achseln. »Schon gut. Ich kann mit Büchern halt nicht so viel anfangen wie ihr. Das heißt nicht, dass ich überhaupt nicht lesen würde.«

»Jaja, schon klar. So, ich muss jetzt weitermachen.« Sie drehte sich um und sah die Wand hoch. »Ich suche ein Buch, das ich vor ein paar Jahren mal gekauft habe. Jetzt hat mich die Lust gepackt, es zu lesen, und dann finde ich es einfach nicht. Das ist zum Verrücktwerden.« Sie schob die Leiter an das nächste Regal und kletterte wieder hinauf.

»Wie will man denn hier jemals ein Buch finden?«, murmelte ich.

»Ach, Soley hat dafür ihr System.« Dimitri deutete auf ein Schild, das an dem Regal angebracht war. »Zweitausendfünfzehn«, stand darauf.

»Sie sortiert sie nach dem Erscheinungsjahr. Und Fortsetzungen stellt sie immer zum ersten Band.«

»Keine schlechte Idee ... wenn man den Titel kennt, kann man ja immerhin das Jahr googeln. Aber wenn man was sucht und den Titel nicht weiß, müsste man erst mal das Erscheinungsjahr herausfinden …«

»Wohl wahr. Sie weiß ohnehin nicht, welche Bücher sie noch nicht gelesen hat. Bei weit über zehntausend ungelesenen Büchern im Regal verliert man irgendwann den Überblick.«

»Oh. Und ich dachte immer, mein SuB von einhundert wäre schon zu viel.«

»SuB?«, fragte Dimitri irritiert.

»Stapel ungelesener Bücher«, erklärte ich lachend. »In dem Fall wohl eher RuB – Regal ungelesener Bücher.«

Dimitri lachte. »In Soleys Fall wäre das dann wohl HuB. Eine Halle ungelesener Bücher.«

Ich kicherte. »Ganz genau.«

Ich lief die Regale entlang auf der Suche nach einer Reihe, bei der ich das Jahr genau kannte. Schließlich fand ich, wonach ich gesucht hatte. Die Bücher standen sogar genau auf Augenhöhe. Liebevoll strich ich über die Buchrücken meiner Lieblingsreihe.

»Harry Potter?«, fragte Dimitri lächelnd. »Die habe sogar ich gelesen.«

»Valentin offenbar nicht, sonst wüsste er, wie es für Bösewichte ausgeht, die andere Lebewesen herablassend behandeln.«

»Im wahren Leben gibt es nicht immer ein Happy End«, meinte Dimitri leise.

Wir schlenderten zurück Richtung Ausgang, als mein Blick an einem Buch hängen blieb, das im Regal zweitausendzwölf stand. »*Twilight*, wirklich?«, fragte ich schmunzelnd.

Dimitri lachte und zuckte mit den Schultern. »Was dachtest du, dass wir keine Vampirbücher lesen? Ist doch unterhaltsam, was sich die Menschen alles einfallen lassen. Im Übrigen gibt es auch in unseren Reihen viele Autoren, sogar welche, die Vampirgeschichten geschrieben haben. Keine von ihnen enthält natürlich die Wahrheit über uns.«

Ich dachte an das Buch von unserer Vergangenheit, das ich zum Lernen erhalten hatte. Was würde ein Mensch außerhalb dieses Schlosses wohl darüber denken, wenn er es in die Finger bekommen sollte? Wäre es auch nur eine fiktive Geschichte? Ein Begleitband zu einer Vampyrreihe?

»Und die Wahrheit über die echten Vampire enthalten sie auch nicht? Ein Roman über Vombies vielleicht?«

Dimitri versteifte sich bei meinen Worten und sah mich schockiert an. »Woher weißt du von ihnen?«

»Soley hat mich aufgeklärt. Wieso? Ist das ein Geheimnis, von dem ich nichts wissen dürfte?«

»Nein, aber auch kein Thema, das dich momentan beschäftigen sollte. Du wirst nie einem von ihnen begegnen.«

Da war ich mir nicht so sicher. »Sag niemals nie.« Ich hatte Soleys Worte im Ohr, dass Valentin sie möglicherweise für den Krieg einsetzen würde.

»Möchtest du eigentlich ein Buch zum Lesen mitnehmen?«, fragte Dimitri, als wir die Tür erreicht hatten, und wechselte damit das Thema.

Ich ließ den Blick durch den Raum schweifen und überlegte kurz. Plötzlich kam mir eine Idee.

»Gibt es hier auch Kinderbücher?«

22. KAPITEL

Lilya

Ich hatte Dimitri erzählt, weshalb ich ein Kinderbuch brauchte, und er war von der Idee alles andere als begeistert gewesen. Trotzdem hatte er sich offenbar nicht getraut, sie mir auszureden, und sein Okay gegeben.

Mit dem Buch bewaffnet machte ich mich auf den Weg ins Dorf der Menschen. Auf Anhieb fand ich Liams Zuhause. Ich klopfte zweimal an der Tür, woraufhin Marianne öffnete. Als sie mich erkannte, weiteten sich ihre Augen vor Überraschung. Sie hatte sich jedoch schnell wieder unter Kontrolle und machte einen tiefen Knicks.

»Oh, Eure Hoheit. Entschuldigt, mit Eurem Besuch hatte ich nicht gerechnet.«

»Lilya, bitte«, meinte ich in der Hoffnung, dass sie diese albernen Höflichkeitsregeln irgendwann unterlassen würde. »Ist Emma da?«, fragte ich und sie nickte.

»Darf ich reinkommen? Ich habe ein Geschenk für sie.«

»Oh, natürlich. Emma ist noch im Bett. Sie hatte heute Nacht Fieber. Aber sie freut sich sicher über Euren Besuch.« Sie ließ mich rein und deutete auf eine Tür.

Ich bedankte mich, klopfte an, öffnete die Tür ein wenig und steckte den Kopf durch den Spalt.

»Emma?«, fragte ich leise.

»Lilya!«, rief Emma vergnügt und setzte sich in ihrem Bett auf. »Ich habe so gehofft, dass du mal wieder vorbeikommst.« Sie bedeutete mir, mich zu ihr zu setzen, was ich gerne tat.

Vorsichtig sah ich mich im Raum um. Drei große Betten sowie ein alter Kleiderschrank standen hier. Bei dem Gedanken, dass ihre gesamte Familie in diesem Raum schlafen musste, wurde mir wieder das Herz schwer. Emmas Anblick machte es nicht besser. Sie strahlte übers ganze Gesicht, aber man sah ihr an, dass sie nicht fit war. Ihre Wangen glühten und sie hatte tiefe Schatten unter den Augen. Außerdem hatte ich das Gefühl, dass sie noch dünner geworden war im Vergleich zu unseren letzten Begegnungen. Ich würde Soley bitten, mal nach ihr zu sehen. Sie würde ihr bestimmt helfen können.

»Schau mal, Emma, was ich hier habe.«

Ich drückte ihr das Buch in die Hand, woraufhin sie noch mehr strahlte.

»Kannst du denn lesen?«, fragte ich. Sie war zwar erst sechs Jahre alt geworden, doch vielleicht lernten Kinder hier früher das Lesen. Oder erst viel später?

»Ein kleines bisschen. Unsere Lehrerin ist nicht sehr gut, aber Liam hat es mir beigebracht.« Sie strich ehrfürchtig über die schimmernde Schwanzflosse der Meerjungfrau, die auf dem Cover abgebildet war. »Es ist wunderschön«, flüsterte sie und ich konnte sehen, wie Tränen in ihren Augen standen.

»Sollen wir gemeinsam ein paar Kapitel lesen?«, schlug ich vor. »Danach kannst du noch etwas schlafen und ich schicke später eine Ärztin zu dir.«

Sie verzog das Gesicht. »Ich mag aber keine Ärzte. Die wollen mir immer Spritzen geben.«

Beruhigend strich ich durch ihr nass geschwitztes Haar. »Ich versichere dir, diese Ärztin wirst du mögen. Sie ist eine sehr gute Freundin von mir.«

Sie legte die Stirn in Falten und überlegte einen Moment. »Na schön.« Schnell gab sie mir das Buch zurück. »Aber du musst erst vorlesen«, sagte sie und kuschelte sich unter ihre Bettdecke.

***

Eine Stunde später verließ ich die Hütte, um einen Wächter zu suchen, den ich bitten konnte, Soley zu holen. Anschließend kehrte ich zu Emma zurück.

Ich legte mich zu ihr ins Bett und las noch ein Kapitel vor, als es bereits draußen an der Tür klopfte. Ich stand auf und ging ins Wohnzimmer, um kurz mit Soley zu reden.

Marianne hatte sie bereits in die Hütte gelassen.

»Weshalb sollte ich so schnell kommen?«, fragte Soley, als sie mich bemerkte.

»Du musst dir ein kleines Mädchen anschauen, das Fieber hat.«

Sie schüttelte lächelnd den Kopf. »Ach Lya, für die Menschen haben wir hier doch extra Ärzte.«

»Mag sein, aber Emma vertraut diesen Ärzten nicht. Doch sie vertraut mir und ich vertraue dir. Und du hast Medizin studiert, oder nicht? Außerdem hast du Liam auch versorgt.«

Soley seufzte leise, ehe sie nickte. »Also gut, zeig mir mal die Patientin.«

***

Soley schaute sich Emma kurz an, ehe sie zurück zum Schloss ging, um Medikamente zu holen. Ich blieb in der Zeit bei Emma, weil ihre Mutter zur Arbeit musste. Ich sah Marianne an, dass sie ihre Tochter trotz allem nur ungern in meiner Obhut ließ. Doch ein wenig Vertrauen schien sie bereits zu mir gefasst zu haben.

Soley kam schließlich mit einem Koffer zurück und versorgte Emma. Damit die Kleine wieder zu Kräften kommen konnte, gab sie ihr noch eine Infusion.

»Ich lasse ihr ein paar Medikamente da. Gib sie am besten ihrer Mutter, okay?« Soley packte ihre Sachen zusammen und reichte mir zwei Tablettenpackungen.

»Alles klar. Danke, Soley. Ich bleibe noch bei ihr, bis ihre Familie wieder da ist.«

»Okay.« Sie wandte sich zum Gehen, warf dann aber noch einen Blick über die Schulter und nickte in Richtung Emma, die inzwischen eingeschlafen war. »Sie mag dich wirklich gern. Ich schätze, du hast einen kleinen Fan.«

Ihre Worte ließen ein Lächeln in mir aufsteigen. »Offenbar. Ich habe sie auch direkt ins Herz geschlossen.«

»Behalte deine Art bei, egal was andere sagen«, meinte Soley plötzlich. Irritiert sah ich auf und begegnete ihrem Blick.

Ich kam nicht dazu, zu fragen, was sie damit meinte, denn in dem Moment betrat jemand die Hütte und kurz danach wurde die Tür zum Schlafzimmer geöffnet. Liam stand im Türrahmen und musterte uns sichtlich verwirrt. Er schien gerade von der Arbeit zurück zu sein. Seine Sachen waren dreckig und er hatte Ruß im Gesicht. »Was macht ihr hier?«

Ich legte den Zeigefinger auf die Lippen und deutete mit der freien Hand auf Emma.

Er verstand und ging rückwärts aus dem Zimmer. Soley und ich folgten ihm. Leise schloss ich die Tür hinter mir.

»Also, was macht ihr hier?«, wiederholte Liam seine Frage.

»Soley hat deine Schwester versorgt«, erklärte ich und drückte ihm die Medikamente in die Hand. Er warf einen kurzen Blick drauf und legte sie dann auf den Küchentisch.

Er wandte sich an Soley. »Wie geht es ihr jetzt?«

»Besser. Sie soll erst mal ein wenig schlafen. Achte darauf, dass sie viel trinkt, und wenn sie wieder fit ist, soll sie genug essen.«

»Alles klar. Danke.«

Soley legte den Kopf schief und musterte Liam ein wenig besorgt. »Soll ich deine Wunden auch noch mal untersuchen, wo ich schon mal hier bin?«, fragte sie ihn, doch er winkte ab.

»Nicht nötig.«

Sie biss sich auf die Unterlippe und ich hatte den Eindruck, dass sie enttäuscht war. »Deine Entscheidung. Dann bis bald.« Sie hob die Hand zum Abschied und verließ die Hütte.

Liam und ich blieben allein zurück.

»Was ist da zwischen dir und Soley?«

»Was soll da sein?«, fragte er leicht genervt.

»Ich bin nicht blind. Die Blicke, die ihr euch zuwerft, sind zwar schwer zu deuten, aber irgendetwas ist da. Ist etwas zwischen euch vorgefallen?«

»Sie ist ein Vampyr, das dürfte alles sagen, oder?«

»Das bin ich auch«, erinnerte ich ihn und verschränkte die Arme vor der Brust.

»Richtig, und deshalb solltest du jetzt auch gehen. Ich möchte mich waschen und umziehen.«

Ich verdrehte die Augen. »Ich dachte, das hätten wir hinter uns.«

Liam stöhnte, drehte sich ohne ein weiteres Wort um und marschierte ins Schlafzimmer.

»Danke fürs Gespräch«, murmelte ich und verließ die Hütte.

23. KAPITEL

Lilya

Nachdem ich die Hütte verlassen hatte, nutzte ich die Gelegenheit, um endlich Coco zu besuchen. Ein netter Wächter zeigte mir nicht nur den Weg, sondern bestand auch darauf, mich selbst dorthin zu begleiten. Schon von Weitem konnte ich den typischen Stallgeruch nach Heu und Pferden riechen. Wie sehr ich das doch vermisst hatte.

Im Stall angekommen fand ich schnell die Box, in der meine Stute untergebracht war. Doch Coco war nicht allein. Ein Mädchen in meinem Alter stand bei ihr, streichelte sie am Hals und redete leise auf sie ein.

Im Gegensatz zu dem Mädchen bemerkte mich Coco sofort, wieherte fröhlich und streckte den Kopf über die Boxentür.

»Hallo, meine Schöne«, begrüßte ich die Stute.

Das Mädchen fuhr erschrocken herum und wich ein paar Schritte zurück. »Oh, tut mir leid.« Ihre blauen Augen weiteten sich vor Entsetzen, als sie mich erkannte. »Ich, ich wollte bloß ...«

»Es ist alles gut«, beruhigte ich sie lächelnd. »Hast du Coco ein wenig Gesellschaft geleistet?«

Sie nickte. »Ja, sie war so unruhig, da wollte ich mal nach ihr sehen. Ich habe all meine Arbeit erledigt und wollte sie beruhigen, bevor ich gehe.«

»Das ist lieb von dir. Danke, dass du dich um meine Stute gekümmert hast.«

»Das ist Eure Stute?«, fragte sie überrascht.

»Ja, ich habe sie großgezogen. Ich bin in Texas auf einer Ranch aufgewachsen«, erzählte ich und strich durch Cocos warmes Fell. »Leider habe ich Coco bereits seit Monaten nicht mehr gesehen.«

»Sie scheint Euch sehr vermisst zu haben.«

»Ja, das habe ich auch. Kannst du mir zeigen, wo ich hier Sattelzeug finde?«

Bei meiner Frage kam Bewegung in das Mädchen. Eilig verließ sie die Box. »Natürlich, aber ich übernehme das Satteln selbstverständlich für Euch, Hoheit.«

»Lass diese Anrede bitte weg. Ich bin Lilya und du heißt?« Ich streckte ihr die Hand entgegen, die sie nach kurzem Zögern schüttelte. »Susan.«

»Du darfst mir gerne helfen, wenn du möchtest, aber du kannst auch nach Hause gehen.«

»Nein, nein, ich helfe gerne.«

Susan zeigte mir, wo alles in dem Stall untergebracht war, und half mir, Coco zu satteln.

»Such dir ein Pferd aus, dann kannst du mich begleiten«, schlug ich ihr vor. Sie konnte mir die Gegend bestimmt gut zeigen.

Susan erstarrte. Meine Worte schienen sie zu verunsichern. »Aber wir Menschen dürfen doch nicht reiten ...?«

»Wie bitte?« Ich war es leid, dass mich andauernd Menschen daran erinnerten, was sie alles nicht durften.

»Es ist mir egal, ob ihr das normalerweise nicht dürft. Du kannst mich begleiten, wenn du möchtest.«

Nervös knetete sie die Finger. Die Situation war ihr genauso unangenehm wie mir. »Aber ... ich saß noch nie auf einem Pferd. Ich kann nicht reiten.«

»Das ist irrelevant. Möchtest du es lernen?«

»Natürlich, aber ...«

»Nichts aber.« Ich schob sie neben Coco. »Rauf mit dir.«

»Was? Aber das ist Euer Pferd!«

»*Dein* Pferd«, verbesserte ich sie. »Coco ist sehr sanftmütig zu Anfängern. Sie wird sich benehmen, solange ich in der Nähe bin.«

»Aber Ihr, ähm, du hast sie seit Monaten nicht geritten. Dann kann ich das jetzt doch nicht übernehmen.«

»Klar. Ich saß seit Monaten nicht mehr auf ihrem Rücken, auf ein paar Stunden mehr oder weniger kommt es nun auch nicht an.«

Susan knabberte an ihrer Unterlippe und schien nach einer weiteren Ausrede zu suchen.

»Steig jetzt endlich auf. Wir bringen dich nach Hause und ich reite dann zurück. Einverstanden?«

»Okay.«

Ich half ihr aufzusteigen und führte Coco vom Hof.

»Wie ist es da oben?«, fragte ich nach einer Weile.

»Unglaublich.« Susan strahlte, dabei lief Coco erst im Schritt.

»Gut, dann halte dich mal fest«, wies ich sie an und begann, schneller zu laufen. Coco trabte brav neben mir her, ehe ich noch einen Gang zulegte und sie in den Galopp wechselte.

»Oh, Hilfe«, schrie Susan und krallte sich am Sattel fest. Ihr Gesicht strahlte immer noch vor Glück, weshalb ich bloß lachte und weiter durch den Wald rannte.

***

Wir kamen im Dorf an, wo ich Coco wieder in den Schritt wechseln ließ. Leichtfüßig neben meiner Stute herzurennen war fast genauso schön gewesen, wie auf ihr zu sitzen.

Ein paar Menschen begegneten uns auf dem Weg durchs Dorf. Mit offenen Mündern starrten sie uns an. Gut gelaunt grüßte ich alle, was sie offenbar noch mehr irritierte.

»Halt, da vorn wohne ich«, rief Susan irgendwann. Sie deutete auf eine Hütte und ich blieb vor Überraschung abrupt stehen. Coco reagierte sofort und hielt ebenfalls. Susan stieß wegen des schnellen Stopps einen erstickten Schrei aus.

»Du bist Liams und Emmas Schwester?«, schlussfolgerte ich und sah fragend zu ihr auf. »Warum hast du das nicht gesagt? Sie müssen dir doch von mir erzählt haben.«

»Ähm, ja.« Susan wurde rot. »Na ja, nur weil du schon Kontakt zu meinen Geschwistern hattest, hatte ich ja nicht automatisch eine Verbindung zu dir. Und ich wusste auch nicht, ob das alles stimmte, was sie über dich erzählten.«

»Was haben sie denn über mich erzählt?«, hakte ich nach.

»Äh, Em deutlich mehr als Liam. Er hat sich nie an den Gesprächen über dich beteiligt. Emma schwärmt dafür jeden Tag davon, wie toll du bist.«

Das konnte ich mir nur zu gut vorstellen. Emma wirkte auf mich wie ein Mädchen, das lange Zeit von einem Thema besessen sein konnte und dann über nichts anderes mehr redete. Anscheinend war ich tatsächlich ein Idol für sie geworden, dabei hatte ich nie vor, das Mädchen zu beeindrucken.

»Ich mag deine Schwester sehr. Sie hat es mir aber zu Beginn nicht leicht gemacht, ihr Vertrauen zu gewinnen, obwohl ich ihr bereits bei unserer ersten Begegnung das Leben gerettet habe.«

»Ja, das hat sie erzählt. Weißt du, wir alle hier hegen Misstrauen gegenüber Vampyren. Obwohl Em mir erzählt hat, wie toll du bist, hatte ich Angst vor dir, als du im Stall aufgetaucht bist«, gestand sie kleinlaut und brachte mich dadurch zum Lachen.

»An deiner Stelle würde es mir nicht anders gehen, also mach dir keine Sorgen.«

Ein scheues Lächeln erschien auf Susans Gesicht. Sie war mir auf Anhieb so sympathisch gewesen wie der Rest ihrer Familie. Die anderen beiden Schwestern waren bestimmt genauso nett.

»Sind deine anderen Schwestern eigentlich älter oder jünger als du?«

»Charlotte ist sechsundzwanzig und Isabell ist fünfundzwanzig. Ich bin dreiundzwanzig.«

»Und wie alt ist Liam?« Das hatte ich ihn bis heute nicht gefragt.

»Zweiundzwanzig.« Dann war er also genauso alt wie ich. Zumindest vermutete ich das. Mein genaues Geburtsdatum kannte ich ja nicht wirklich.

Susan schielte in Richtung Boden. »Okay, wie komme ich hier eigentlich wieder runter?«, fragte sie vorsichtig.

»So, wie du hochgekommen bist. Einfach ein Bein rüberschwingen«, erklärte ich amüsiert.

Sie schaffte es abzusteigen und tätschelte Coco glücklich den Hals. »Dankeschön, an euch beide«, meinte sie mit einem Seitenblick zu mir.

»Gern geschehen. Deine Schwestern dürfen Coco auch gerne mal reiten. Ich kenne bisher zwar nur Emma, aber sie wäre sicher Feuer und Flamme, so wie ich sie einschätze.«

»Garantiert. Ich werde es ihr vorschlagen, wenn sie wieder gesund ist.«

»Sag ihr noch mal gute Besserung von mir.« Mit den Worten schwang ich mich in den Sattel und ritt davon.

***

»Jetzt hast du also ein weiteres Mitglied meiner Familie um den Finger gewickelt.«

»Verfolgst du mich?«, fragte ich leise lachend und drehte mich zu Liam um. Er hatte die Arme vor der Brust verschränkt und lehnte an der Stalltür.

Ich war noch damit beschäftigt, Coco zu striegeln, nachdem ich eine Stunde mit ihr ausgeritten war. Vorerst hatte ich in der näheren Umgebung bleiben wollen. Es war unbeschreiblich, endlich wieder auf einem Pferd zu sitzen.

Mein Heimweh war dadurch zwar nicht schwächer geworden, allerdings trug es auch etwas dazu bei, dass ich mich hier ein wenig wohler fühlte.

»Quatsch. Ich habe mitbekommen, dass du von deinem Ausritt zurück bist, und dachte, ich besuche dich mal.«

»Wie nett von dir. Dabei siehst du nicht aus wie jemand, der gerne Zeit in einem Stall verbringt.«

»Allerdings. Also, bist du hier bald fertig?«

Ich runzelte die Stirn. Sein Verhalten war ungewöhnlich.

»Ja, gleich.«

Ich packte alles zusammen, brachte Coco zurück in ihre Box und nahm mir vor, in nächster Zeit häufiger mit ihr auszureiten.

»Was möchtest du denn von mir?«, fragte ich, sobald ich aufgeräumt hatte.

»Nichts. Ich wollte nur fragen, ob du kurz Zeit hast.«

»Eigentlich wollte ich jetzt mit meinem Hund Gassi gehen. Möchtest du mit?« Wenn ich schon Coco besucht hatte, konnte ich bei Rocco gleich weitermachen. Heute hatte ich extreme Sehnsucht nach meinen Tieren. Scampino würde ich später auch noch suchen.

»Klar.«

***

Ich holte Rocco bei der Siya ab, die momentan auf ihn aufpasste. Mein kleiner Racker kriegte sich gar nicht mehr ein vor Freude, mich zu sehen.

Er sprang an mir hoch und leckte mir glücklich übers Gesicht.

»Ist ja schon gut, Rocco. Ich habe dich auch vermisst.« Ich kraulte ihm liebevoll durchs Fell. »Wollen wir Gassi gehen?«

Er beantwortete meine Frage mit einem lauten Bellen. Ich verzichtete auf eine Leine und ging mit ihm nach draußen.

Liam wartete im Schatten der Bäume auf mich. Er beäugte den großen Hund ein wenig misstrauisch.

»Du hast vor Tieren mehr Respekt als vor Vampyren, kann das sein?«, bemerkte ich lachend.

»Tiere sind nicht so vorhersehbar.« Er hielt still, während Rocco ihn neugierig beschnupperte. Dieser verlor aber schnell das Interesse an Liam und drängte sich wieder an mich.

»Findest du? Dafür aber auch nicht so gefährlich.« Liebevoll strich ich meinem Rüden durch das schwarze Fell, ehe wir in den Wald liefen.

Normalerweise genoss Rocco es, über Wiesen oder durch den Wald zu jagen, doch heute blieb er ganz dicht bei mir. Anscheinend hatte er Angst, dass ich wieder verschwinden könnte, wenn er von meiner Seite wich, und das schlechte Gewissen überfiel mich.

Das Heimweh, das ich verspürte, war gewaltig, dabei wusste ich, wieso ich nun in Kanada war. Meinen Tieren konnte ich es nicht erklären. Sie hatten die vergangenen Wochen kein bekanntes Gesicht sehen können.

»Du musst mich nicht begleiten, wenn du keine Hunde magst.«

»Ich habe nie behauptet, sie nicht leiden zu können. Außerdem kann ich doch keine junge Frau allein durch die Wildnis stapfen lassen, auch wenn sie ein Vampyr ist.«

Überrascht hob ich die Augenbrauen. »Klingt so, als hättest du nichts mehr gegen mich.«

Auf seinem Gesicht erschien ein schiefes Lächeln. »Nun, ich bin zu dem Schluss gekommen, dass ich dir gegenüber keine Vorurteile haben sollte. Du hast Emma gerettet und dich mehrfach für uns eingesetzt, was noch nie jemand getan hat. Ich denke, es kann nicht schaden, eine Vampyrprinzessin als Freundin zu haben, vor allem wenn sie die wichtigste Person ihrer Art ist.«

Ich blieb stehen und starrte ihn einen Moment sprachlos an. Aus seinen blauen Augen war die Kälte verschwunden, mit der er sonst die Welt betrachtete. Er meinte es ernst. Ich hatte es geschafft, zu ihm durchzudringen.

»Danke. Dass du das sagst, bedeutet mir viel.« Ich senkte den Blick und seufzte tief. »Ich fühle mich den Menschen wohl noch verbundener als den Vampyren. Da ist es frustrierend, wenn die Menschen dich nicht mögen.«

»Du würdest dir an ihrer Stelle auch misstrauen.«

O ja.

»Muss schwer sein, eine Vampyrprinzessin zu sein, die im Herzen ein Mensch ist.«

»Wem sagst du das!« Liams Worte trafen genau ins Schwarze. Ich führte eine Rasse an, mit deren Werten und Traditionen ich mich nicht identifizieren konnte. Ob ich es jemals ablegen würde, wie ein Mensch zu denken?

»Seid ihr eigentlich ein Paar? Du und Dimitri?«

Überrascht über den schnellen Themawechsel runzelte ich die Stirn. »Ja, wieso?«

Er überlegte einen Moment. »Ich kenne mich mit euren Gesetzen nicht so gut aus, aber ist das überhaupt erlaubt? Ihr gehört nicht derselben Art an.«

»Wir sind beide Vampyre, das ist doch mehr als genug. Außerdem vertrete ich die Meinung, dass es egal ist, wen man liebt. Liebe ist ein Geschenk, das keine Art, Geschlecht, Religion oder sonst was kennt.«

»Oh, wow, die Welt da draußen ist tatsächlich so extrem tolerant, was?« Die Ironie in seiner Stimme trieb mich wieder mal fast in den Wahnsinn.

»Was soll das denn heißen? Bei dir klingt es so, als wäre es etwas Schlechtes. Viele Menschen haben ewig dafür gekämpft, endlich ihre Beziehungen nicht mehr verheimlichen zu müssen. Solange beide Parteien alt genug sind und es einvernehmlich geschieht, ist alles andere nebensächlich.«

»Eine schöne Vorstellung. Aber so funktioniert das Leben nicht.«

Ich verstand die Verbitterung in seiner Stimme nicht.

»Dein Vater hat seine Freiheit für deine Mutter aufgegeben. Du hast selbst gesagt, dass du genauso gehandelt hättest. Wieso ist das dann eine andere Art der Liebe?«

Statt einer Antwort wandte er sich ab und stapfte weiter durch den Wald. Ich lief ihm nach und packte ihn am Arm, damit er stehen blieb.

»Was regt dich an diesem Thema so auf? Hat deine schlechte Laune etwas mit Soley zu tun?«

Er erstarrte. »Wieso sollte es?«

»Denkst du, ich bin blind? Ich habe mitbekommen, wie du sie ansiehst.«

»Ach, und das wäre wie?«

»Als wärst du innerlich zerrissen wegen deiner Gefühle für sie und der Verzweiflung, weil du sie nicht haben kannst.«

Liam biss fest die Zähne aufeinander und wich meinem Blick aus. Ich hatte also recht.

»Warum verurteilst du dich für deine Gefühle? Ich habe dir doch gesagt, dass jede Liebe ein Geschenk ist.«

»Tolles Geschenk. Herzschmerz, weil ich in eine andere Spezies verliebt bin.«

»Ich vermute mal, dass Soley nichts davon weiß. Du musst also nicht zwingend davon ausgehen, dass deine Gefühle unerwidert bleiben.«

»Und was hätte ich davon, selbst wenn sie erwidert werden? Du hast selbst gesagt, dass ich sie nicht haben kann.«

»So war das nicht gemeint. Ich wollte damit ausdrücken, dass du sie für unerreichbar hältst, nicht, dass sie es tatsächlich ist.«

»Dann erkläre mir doch mal, wie die Beziehung zwischen einem Menschen und einem Vampyr funktionieren sollte. Ungeachtet der Tatsache, dass es nicht mal erlaubt wäre, wenn sie keine Kronprinzessin wäre. Ich altere und sterbe, ehe sie überhaupt wie dreißig aussieht.«

Ich stöhnte genervt. »Suchst du eigentlich immer Ausreden? Du hast dich in sie verliebt, mach dir doch nicht gleich Gedanken darüber, warum es scheitern könnte.«

»Du weißt, was mit Menschen passiert, die man in Vampyre verwandeln möchte? Allein diese Tatsache genügt, um zu zeigen, dass man nicht zueinanderpasst.«

Ich dachte daran, was Soley mir über Vampire erzählt hatte. Viele von ihnen waren entstanden, weil sich Vampyre in Menschen verliebt hatten und diese nicht verlieren wollten. Es war tragisch, dass die Verliebten so erst recht auseinandergerissen wurden.

»Tut mir leid. Ich denke, wir sollten das Thema erst mal fallen lassen.«

Wir liefen eine Weile schweigend nebeneinanderher. Rocco traute sich inzwischen, den Platz an meiner Seite aufzugeben, und schnüffelte zwischen den Bäumen herum.

»Du solltest dir gut überlegen, ob deine Beziehung mit Dimitri den Stress wert ist, den ihr bekommen könntet.«

Überrascht von seinen Worten wandte ich den Blick von Rocco ab. »Warum? Weil Rassenvermischungen angeblich tabu sind? Deswegen mache ich mir keine Sorgen. Und selbst wenn ich mir einfach aussuchen könnte, in wen ich mich verliebe, wen sollte ich wählen? Es gibt keinen Kiyo mehr«, meinte ich schulterzuckend. Nach wie vor betrübte mich der Gedanke, dass ich die Letzte meiner Art war. Ich war ein Vampyr wie Dimitri, Soley oder Ana, aber ich würde nie so wie sie sein. Unabhängig davon, dass ich völlig anders aufgewachsen war. Sie alle sahen ihr Volk als ihre Familie an. Ich würde das niemals nachvollziehen können.

»Mag sein. Aber es gibt bestimmt jemand anderen, der besser zu dir passt. Ich meine, was findest du nur an ihm?«

Ich lachte auf. »Ich dachte, das Herz kennt Gründe, die der Verstand niemals verstehen wird?« Nachdenklich sah ich in die Ferne. »Ich fühlte mich durch ihn lebendiger. Als wäre er ein fehlendes Puzzleteil in meinem Leben.«

»O Mann. Du liebst diesen Djiye wirklich, was?« Die Verbitterung in Liams Stimme ließ mich aufhorchen.

»Okay, raus mit der Sprache. Was ist zwischen euch vorgefallen?«

»Was meinst du?«, fragte er ausweichend, woraufhin ich die Augen verdrehte.

»Ich bin nicht doof. Ihr hasst euch. Doch wieso? Ich glaube nicht, dass es nur daran liegt, dass ihr Mensch und Vampyr seid.«

»Ist doch egal. Du wirst ihn selbst genauer kennenlernen müssen. Ich könnte dir einige Geschichten über ihn erzählen, wonach du anders von ihm denken würdest.«

Geschichten über Dimitri. Sofort fühlte ich mich nach Sibirien zurückversetzt, als Valentin anfing, aus dem Nähkästchen zu plaudern. Eigentlich wollte ich wirklich nicht noch mehr wissen, doch ich musste. »Erzähl es mir.«

Liam lachte trocken auf. »Vergiss es. Ich darf nicht darüber reden, sonst droht mir viel Schlimmeres als der Tod.«

»Hat er das gesagt?« Schockiert musterte ich Liam.

»Kann man so sagen.«

Was um alles in der Welt weiß Liam über Dimitri, dass dieser ihm mit dem Tod droht? »Sag mir alles, was du weißt«, verlangte ich. »Ich verspreche, dass dir und deiner Familie nichts passieren wird, aber ich muss es erfahren.«

Liam schwieg eine Weile, ehe er seufzend den Blick abwandte.

»Meinetwegen. Schwörst du es?«

»Natürlich.«

»Okay ... Es gibt etwas, wovon er nicht möchte, dass du es erfährst.«

Mein Herz schlug schneller in Anbetracht der Wahrheiten, die jetzt herauskommen würden. Ich blieb sogar stehen, weil meine Beine nicht mehr in der Lage waren, zu laufen.

»Während dieser Suche nach dir waren Dimitri und Sascha natürlich nicht allein. Vampyre reisen nie ohne Sklaven, die immer eine sichere Nahrungsquelle darstellen. Sie haben also meine jüngere Schwester Sarah mitgenommen.« Er stoppte und sah mich an.

Sarah ... Susan hatte von keiner Sarah gesprochen, als sie von ihren Geschwistern erzählte. Sarah musste demnach die tote Schwester sein.

»Im März hat Dimitri mich zu meinem Geburtstag angerufen. Er hat Bilder geschickt, so konnte ich auch Sarah sehen, die er deshalb vorführen wollte, um mich zu quälen. Sie war halb nackt und saß auf seinem Schoß. Ihr ganzer Körper war mit blauen Flecken übersät ...« Er schluckte. »Mir wurde richtig schlecht, als ich sie in diesem Zustand gesehen habe. Doch das Schlimmste war, dass Dimitri sie schließlich leer gesaugt hat ...«

Ich zog scharf die Luft ein und starrte Liam entgeistert an. »Das ist nicht dein Ernst.«

Unmöglich. Dimitri konnte so etwas Entsetzliches nicht getan haben.

Liam zuckte die Achseln, als hätte er eine harmlose Geschichte erzählt. Ich dachte bisher, Valentins Erzählungen wären furchtbar gewesen, aber Liams Worte trafen mich hart. Seine Schilderung ging nicht auf ein Ereignis der Vergangenheit zurück, die bereits Jahrzehnte her war. März ... Im März hatte ich Dimitri kennengelernt.

»Wann im März?«

»Am neunten März. Glaub mir, diesen Geburtstag werde ich nie wieder vergessen«, meinte er bitter.

Mein Herz raste. Am neunten März war ich von New York nach Dallas geflogen und am zehnten war Dimitri auf der Ranch aufgetaucht. Ich lernte ihn kennen, einen Tag nachdem er ein junges Mädchen eiskalt getötet hatte ...!

»Warum?«, fragte ich tonlos. »Warum hat er das getan?« In meinem Kopf drehte sich alles.

Liam lehnte sich zurück und starrte in den Himmel. »Ich habe eine Djiya getötet. Das ist der Grund, warum er mich so behandelt.«

»Du hast was? Wie, wann?«

Liam richtete den Blick wieder auf mich. »Ich sollte ein paar Jahre in London verbringen und dort studieren. Mein technisches Verständnis sollte ausgebaut werden, damit ich hier nützlich sein kann. In der Zeit lebte ich in einer großen Villa am Stadtrand. Das Anwesen gehörte einer Djiye-Familie. Die jüngste Tochter war gerade achtzehn und mehr oder weniger für mich verantwortlich. Sie war ein richtiges Miststück. Noch nicht mal erwacht, doch schon ein Monster. Abgesehen von mir und den anderen Sklaven sah natürlich niemand diese Seite. Sie war schön, reich und beliebt. Doch in Gegenwart der Sklaven zeigte sie ihr wahres Gesicht. Sie nutzte jede Gelegenheit, um mich zu quälen und eines Tages ist es passiert … Ich hatte die Gelegenheit – und ich habe sie genutzt, ohne darüber nachzudenken.«

»Du hast das Mädchen umgebracht?«

»Ja. Ich rammte ihr ein Messer ins Herz. Damit endete natürlich mein Martyrium nicht, sondern begann erst. Ich bereue die Entscheidung, doch leid tut es mir nicht. Dieses Monster hatte nichts anderes verdient.«

»Für den Mord an ihr hat man dich nicht getötet? Oder wurdest du … verurteilt?« Ich hatte keine Ahnung, ob es so etwas wie Gerichtsverhandlungen bei den Vampyren gab. Und wenn, galten die Gesetze auch für die Sklaven? Ich dachte an die vielen Gefangenen im Berg.

»Nun, die Familie forderte natürlich meinen Tod. Glaub mir, den habe ich mir auch gewünscht, nachdem sie mit mir fertig waren. Schlussendlich entschied man allerdings, mich demjenigen zu überlassen, der über die Djiye herrscht. Sie schickten mich zurück nach Kanada und mein Leben lag fortan in Dimitris Händen. Wegen des Mords an einem Mitglied seiner Rasse musste ich mich vor ihm verantworten.« Er verzog das Gesicht und ich konnte nur erahnen, wie seine Ankunft hier verlaufen sein musste.

»Und das ist der Grund, warum Dimitri dich so schlecht behandelt? Ja, sogar deine Schwester gefoltert und … getötet hat?«

»Zumindest einer der Faktoren. Dimitri war nie gut zu uns Menschen und er hasste mich schon vor meinem Aufenthalt in Europa. Er braucht keinen Grund, um uns zu quälen. Er ist ein Prinz und ein Vampyr, wer sollte ihn schon maßregeln? Wir Sklaven haben niemanden, der für unsere Menschenrechte kämpft.«

»Jetzt schon«, platzte es aus mir heraus.

»Wen meinst du?«, fragte er irritiert, obwohl er sich die Antwort sicher denken konnte.

»Mich.«

Er sah mich an, als hätte ich den Verstand verloren. »Du spinnst. Du bist selbst ein Vampyr und Dimitris Freundin. Die werden dich für verrückt erklären, wenn du jetzt für uns einstehen willst.«

»Tue ich das nicht, seit ich in Kanada bin? Ich habe Emma gerettet. Ich habe mich aus Solidarität zu den Menschen tätowieren lassen. Ich habe dich aus dem Gefängnis geholt.«

»Du bist noch nicht einmal Königin und willst die gesamte Welt der Vampyre auf den Kopf stellen? Hast du dir da nicht ein bisschen viel vorgenommen?«

Ein breites Grinsen zog an meinen Mundwinkeln. »Ich setze mir stets hohe Ziele. Doch bisher habe ich immer alles erreicht, was ich mir vorgenommen habe.«

»Auch wenn ich dein Engagement löblich finde, solltest du aufpassen, was du tust. Ich will nicht wissen, was die anderen Vampyre mittlerweile von dir denken. Du kannst nicht dein eigenes Volk verraten, indem du dich für ein anderes einsetzt.«

»Wieso nicht? Ich habe gelernt, man sollte immer die Schwächsten beschützen. Mein ganzes Leben habe ich mich für Tiere eingesetzt, da diese in der Welt keine eigene Stimme haben. Nun setze ich mich für euch ein, denn durch die Sklaverei wurdet ihr eurer Stimme beraubt. Ich werde sie euch zurückgeben.«

***

Nach dem Gespräch mit Liam hatte ich es eilig, ins Schloss zurückzukommen. Ich gab Rocco zunächst wieder ab, ehe ich zum ersten Mal durch den Haupteingang das Schloss betrat.

Für einen Moment blieb ich in der großen Eingangshalle stehen und starrte auf die Bilder gegenüber. Es waren große Porträts von den vergangenen Königspaaren der drei Rassen. In der Mitte hing das Bild meiner Eltern, die ich bisher nur aus fremden Erinnerungen kannte. Wie gerne ich sie kennengelernt hätte!

Mein Blick glitt zu dem rechten Bild, auf dem ich Dimitris Eltern vermutete. Wladimir und Wasilisa. Ein dicker Kloß bildete sich im Hals, als ich das letzte Bild betrachtete. Soleys Eltern.

All diese Könige und Königinnen waren tot. Gefallen in einem Krieg, den ich beenden musste. Es waren bereits genug gestorben. Menschen und Vampyre.

»Kann ich Euch weiterhelfen, Prinzessin?« Eine Siya näherte sich mir. Ich ballte die Hände zu Fäusten. Mir konnte niemand mehr helfen.

»Wo finde ich Dimitri?«

24. KAPITEL

Dimitri

»Stimmt es? Hast du Sarah misshandelt und getötet?«

Lilyas Worte ließen mich vor Schreck herumfahren. Ich hatte mit Ana und Sascha bei einem Glas Wein zusammengesessen, als Lilya ins Zimmer platzte und mich mit diesen Anschuldigungen konfrontierte.

»Was?«

»Stimmt es, was Liam über Sarah erzählt hat, oder nicht?«

Was sollte ich darauf antworten? Im Kopf ratterte es. Wieso hatte Liam nicht seine verdammte Klappe gehalten?

»Nein ... Ich kann es erklären«, versuchte ich das Thema vorsichtig anzusprechen. »Sie ist nicht tot.«

»Ach? Liam hat sich also ausgedacht, dass du sie leer getrunken hast?«, fauchte sie.

»Nein ... oder nicht wirklich, sie war nur bewusstlos und nicht tot. Sie lebt noch in Dallas bei einer Siya.«

»Was?« Lilya blinzelte überrascht, ehe ihre Miene sich wieder verfinsterte. »Aber wieso hast du Liam das nicht gesagt, sondern ihn in dem Glauben gelassen, den Mord seiner Schwester miterlebt zu haben?« Sie verschränkte die Arme vor der Brust und warf mir einen bösen Blick zu, der mich aufstöhnen ließ.

»Lya, ich hatte in letzter Zeit genug um die Ohren, da habe ich mir nicht auch noch Gedanken wegen Sarah gemacht. Ihr geht es gut, also was soll das Theater?«

»Du kapierst es nicht. Merkst du denn nicht, wie krank deine Machtdemonstrationen gegenüber Liam sind?«

Ich seufzte und hob entwaffnend die Hände. »Okay, es tut mir leid. Es war dumm von mir, es zu verheimlichen.«

»Das solltest du nicht mir sagen, sondern Liam. Und wenn er und Sarah das wollen, sorgst du sofort dafür, dass sie hierher zurückkommt. Ist das klar?«

War das ihr Ernst? Ungläubig sah ich sie an.

»Verlangst du gerade wirklich von mir, mich bei einem Sklaven zu entschuldigen? Und dann ausgerechnet bei einem, der eine Djiya auf dem Gewissen hat? Oder hat er diesen Teil in seiner Geschichte ausgelassen?«

»Tu nicht so, als ob der Tod des Mädchens dich persönlich getroffen hätte. Ich bin sicher, du kanntest sie nicht einmal.« Das bedeutete also, Liam hatte ihr tatsächlich von dem Mord erzählt.

»Das muss ich auch nicht. Falls du es vergessen hast, ich bin der König der Djiye, und wer sich mit meinem Volk anlegt, kriegt es mit mir zu tun.« Verstand sie nicht, in welcher Position ich war? Ich musste so handeln.

»Aber er hat sich doch nur verteidigt!«

»In unseren ersten zwei Jahrzehnten sind wir fast so hilflos wie Menschen. Liam hat das ausgenutzt, nichts weiter. Er hätte sie nicht töten müssen, um sich gegen sie zu verteidigen«, erklärte ich und verschränkte die Arme.

»Du weißt doch nicht, wie es gewesen ist. Sei ehrlich, was hättest du an seiner Stelle getan? Als Sklave, der immer von Vampyren unterdrückt wurde?«

Lilyas Worte trafen mich hart, denn sie entsprachen der Wahrheit. Sie kannte mich gut genug, um zu wissen, dass ich nicht anders gehandelt hätte. Wäre ich als Mensch in diesem Schloss geboren worden, wäre aus mir mit Sicherheit ein ähnlicher Typ wie Liam geworden.

Ich biss die Zähne aufeinander.

»Woher soll ich das wissen? Ich breche Regeln, weil ich ein Djiyo bin. Keine Ahnung, wie ich als Mensch wäre.«

»Hör endlich auf mit diesem Rassendenken! Die Art, der du angehörst, bestimmt nicht allein deinen Charakter. Ihr macht euch zu etwas, was ihr vielleicht nicht sein müsst. Du bist so anders als dein Bruder, genauso wie Ana und Sascha.« Sie deutete auf meine Freunde, die stumm unsere Diskussion verfolgten. »Ebenso ist jeder Mensch wie kein anderer. Wir sind alle einzigartig. Egal ob Mensch oder Vampyr. Unsere Erfahrungen machen uns zu der Person, die wir am Ende sind. Wachsen wir unter kaltherzigen Monstern auf, werden wir selbst es auch schwer haben, uns auf den rechten Pfad zu begeben. Du bist der Prinz der Djiye, doch das heißt nicht, dass du all diese Eigenschaften verkörpern musst. Du bist nicht egoistisch, nur weil das deiner Rasse nachgesagt wird.«

Ich dachte lange über ihre Worte nach. Verzweiflung überrollte mich und ließ mein Herz verkrampfen. Würde ich jemals in der Lage sein, ihr meine Sichtweise näherzubringen? Lilya sah die Welt mit ganz anderen Augen. Ihr Herz war unschuldig und rein. Doch meiner Meinung nach auch naiv. Sie hatte nicht das gesehen, was ich gesehen hatte. Sie hatte eine Vorstellung von der Welt, die sie erreichen wollte, doch das war unmöglich. Es gab viel zu viel Schrecken auf dieser Erde.

Ihr Blick wurde weich und ich erkannte, dass die neuesten Erkenntnisse sie bis ins Mark erschüttert hatten und ihr Herz dennoch nicht daran zerbrochen war. Sie ging immer noch davon aus, meine Seele retten zu können. Doch das würde niemals passieren. Egal wie viel sie mir auch einredete, ihre Worte allein würden keinen anderen Vampyr aus mir machen können.

»Denkst du, ich wüsste nicht, dass ein Djiyo auch anders sein kann? Du hast gesagt, wir seien alle verschieden und damit hast du auch völlig recht. Ich bin nicht der, der ich bin, nur weil ich als Djiyo auf die Welt kam. Sondern weil dies mein Charakter ist, der sich in den letzten dreiundfünfzig Jahren entwickelt hat.«

»Das mag sein. Doch jeder von uns hat die Möglichkeit, sich zu ändern. Wir können uns weiterentwickeln, unser Handeln überdenken. Wichtig ist nur, dass wir uns unsere Fehler eingestehen und sie auch angehen wollen.«

Es war nicht so, als würde ich mich nicht ändern wollen. Das wollte ich! Seit ich Lilya das erste Mal begegnet war, wünschte ich, der Mann zu sein, der sie verdiente. Doch hier war ich zurück in meinem alten Leben, in meiner Rolle als Kronprinz. Ich spielte nicht länger den weltreisenden Menschenjungen. Damals hatte ich Lilya etwas vorgemacht und es war mir leichtgefallen. Doch hier konnte ich meine wahre Natur nicht verbergen. Hier war ich unter meinesgleichen und zu viele kannten meine Vergangenheit. Ich war nicht der nette Junge von nebenan. Auch ich war ein Bösewicht, wie mein Bruder. Es wurde Zeit, dass sie sich mit dem Gedanken abfand!

»Vielleicht will ich das ja nicht«, zischte ich und wandte den Blick ab. »Du wirst dich daran gewöhnen müssen, dass dir nicht gefällt, wer ich in Wahrheit bin. Wir haben unsere kleine rosa Blase verlassen. Dies ist die Wirklichkeit, Lya.«

Ich sah nicht auf, weshalb ich ihre Reaktion auf meine Worte nicht sehen konnte, doch ich spürte deutlich die Kälte zwischen uns.

»Danke, das ist gut zu wissen«, hörte ich sie leise sagen. Ihre Stimme klang schrecklich distanziert und war wie ein Stich ins Herz. Augenblicklich bereute ich meine Schroffheit.

»Halt, Lya!«, rief ich und sprang auf, doch es war bereits zu spät. Sie war nicht mehr da. Sie hatte sich bereits teleportiert.

»Verdammt!«, fluchte ich.

Ana und Sascha sahen mich mit betretenen Gesichtern an. Sie hatten unsere Unterhaltung schweigend verfolgt. »Wieso dachte sie, dass Sarah tot ist?«, fragte Ana.

»Weil Liam das denkt«, erklärte ich genervt und eilte aus dem Raum, um Lya zu suchen.

***

Mein Weg führte mich zunächst in ihre Gemächer, dabei hatte ich bereits damit gerechnet, sie dort nicht aufzufinden. Sascha und Ana waren mir gefolgt. Sie schienen sich unsicher zu sein, ob sie sich in Lilyas und meine Angelegenheiten einmischen sollten.

»Sie wird sich schon wieder beruhigen, Dimitri«, meinte Sascha, als wir Lilyas Räume verließen.

»Das sehe ich auch so«, stimmte Ana ihrem Mann zu. »Lass ihr Zeit. Sie will bestimmt allein sein und du solltest darüber nachdenken, wieso du eure Beziehung immer gefährdest.«

»Und wenn sie sich nicht beruhigt?«, fuhr ich meine Freunde lautstark an, sodass sie zusammenzuckten. Nervös raufte ich mir die Haare, während sich im Kopf haufenweise Horrorszenarien abspielten. »Was, wenn sie weggelaufen ist? Nie wieder zurückkommt? Oder einem von Valentins Männern in die Hände fällt? Wir wissen nicht, auf welche Entfernung ihre Teleportationen funktionieren. Sie könnte endgültig das Vertrauen in mich verloren haben und versuchen, ihre Eltern aufzuspüren.«

Ana legte eine Hand auf meine Schulter. »Dimitri, ich weiß, was in dir vorgeht, aber hör auf, dir solche Sorgen zu machen. Ihr passiert schon nichts. Und ich weiß, dass sie zurückkommen wird. Sie liebt dich! Sie hat bei Weitem schon Schlimmeres über dich erfahren, da werden diese Neuigkeiten auch nichts an ihren Gefühlen ändern.«

So gerne ich Anas Worten Glauben schenken würde, ich konnte es nicht. Es stimmte, dass Lilya schon sehr viel über mich erfahren hatte, doch was wäre, wenn diese Neuigkeit das Fass zum Überlaufen gebracht hatte? Wenn sie endgültig kapiert hatte, was für ein Monster ich war?

Ich konnte mir nur allzu gut vorstellen, was Liam über mich berichtet hatte. Als Rache für seine große Klappe wollte ich diesen Wicht am liebsten in Fetzen reißen, doch das durfte ich nicht. Genauso wenig wie ich seiner Familie jetzt Schaden zufügen sollte. Wenn Lya es nicht bereits getan hatte, würde sie spätestens dann garantiert jegliches Vertrauen in mich verlieren. Fast all meine Taten lagen in der Vergangenheit, was zumindest ein Fünkchen Hoffnung in mir aufkeimen ließ. Ich kannte Lilya damals noch nicht und hatte mich erst danach gebessert. Doch die Tatsache, dass ich Liam hatte einsperren lassen und ihm und seiner Familie gedroht hatte, wenn er etwas über mich verraten sollte … ich wusste nicht, was Lilya davon hielt.

Dabei war Sarah überhaupt nicht tot. Hätte ich das Liam gestanden, hätte er vermutlich keinen Grund gehabt, mich bei Lilya zu verpetzen. Nun war es zu spät. Mein Stolz hatte alles zerstört.

Ich ließ Ana und Sascha ohne ein weiteres Wort stehen und rannte den Gang entlang. Ich konnte einfach nicht anders, als mich weiter auf die Suche nach Lilya zu machen. Ich musste mit ihr reden. Sie hatte mir bereits quasi verziehen und ich Depp hatte sie so angefahren und alles kaputt gemacht.

Ana rief mir noch hinterher, dass ich warten solle, doch ich ignorierte sie und bog um die nächste Ecke. Sie und Sascha blieben zum Glück zurück. Nun lag es an mir, alles wieder in Ordnung zu bringen.

***

»Es tut mir leid, aber er ist nicht hier und die Prinzessin habe ich heute auch nicht gesehen.« Liams Mutter musterte mich skeptisch. Dass ich vor ihrer Hütte stand, konnte in ihren Augen nichts Gutes bedeuten.

»Wo ist er?«

»Weiß ich nicht.«

»Gibt es einen Ort, an dem er sich normalerweise herumtreibt?«

»Nicht, dass ich wüsste.«

»Und deine Töchter? Wo sind die? Wo ist Emma?«

Ihre Augen verengten sich zu Schlitzen. Dass jemand etwas von ihrem Sohn wollte, war normal, doch das letzte Mal, als ein Vampyr nach einer ihrer Töchter verlangte, kam diese nie wieder.

»Bei der Arbeit. Und Emma liegt im Bett. Sie muss sich noch auskurieren.«

»Verstehe. Melde dich sofort bei mir, falls Lilya auftauchen sollte. Und Liam soll auch Bescheid geben, ob er sie gesehen hat, wenn er zurück ist.«

»Natürlich, Hoheit.« Sie verbeugte sich.

Ich wandte mich ab und entfernte mich ein paar Schritte, als ich hörte, wie die Tür hinter mir ins Schloss fiel. Ich blieb stehen und drehte mich wieder um. Nachdenklich betrachtete ich die kleine Hütte, in der Liam mit seiner Familie wohnte.

Was findet Lilya nur an diesen Menschen?

Ich wusste, dass Lilya und Liam sich besser verstanden, als mir lieb war, und hegte den Verdacht, dass sie nun bei ihm sein könnte. Die Vorstellung gefiel mir ganz und gar nicht.

Ich lief zurück zum Schloss, um Liam orten zu lassen. Mal schauen, wo er sich herumtrieb, wenn er weder bei der Arbeit noch zu Hause war.

25. KAPITEL

Lilya

»Du bist direkt zu ihm gerannt und hast verkündet, dass du Bescheid weißt? Bist du irre?« Liam starrte mich ungläubig an.

Ich wich seinem Blick aus und trat unruhig von einem Bein auf das andere. »Ich musste von ihm selbst hören, ob es wahr ist.«

Nachdem ich mich aus dem Schloss teleportiert hatte, wollte ich das Ergebnis der Auseinandersetzung als Erstes mit Liam besprechen.

»Dimitri hat erzählt, dass Sarah noch lebt.«

Liams Augen weiteten sich vor Überraschung. »Ach, und das glaubst du ihm? Er wird alles erzählen, damit du nicht sauer auf ihn bist.«

»Das bin ich auch so. Aber was würde es ihm bringen, jetzt noch zu lügen? Es lässt sich leicht herausfinden, ob deine Schwester tatsächlich lebt. Wieso sollte er das Risiko eingehen, es mit einer Lüge schlimmer zu machen?«

»Keine Ahnung. Vielleicht erfindet er eine haarsträubende Geschichte, wie meine Schwester in seiner Abwesenheit zu Tode gekommen ist.«

»Das glaube ich nicht. Ich denke, er hat die Wahrheit gesagt. Du kannst dich also freuen, deine Schwester lebt.«

Ich sah Liam an, wie die Gefühle in ihm kämpften. Die Freude über diese Neuigkeit wollte raus, doch er unterdrückte sie aus Angst. »Das glaube ich trotzdem erst, wenn ich sie gesehen habe. Außerdem ist es egal, ob sie lebt oder nicht. Hast du eine Ahnung, was er jetzt mit mir oder, noch schlimmer, meiner Familie machen wird? Er weiß nun, dass ich gepetzt habe. Du hast versprochen, dass uns nichts passiert.«

»Das habe ich und ich halte mich an meine Versprechen. Dimitri wird es nicht wagen, deiner Mutter oder deinen Schwestern ein Haar zu krümmen.«

»Wenn er denkt, dass du ihn meinetwegen abservierst, wird er das sehr wohl tun.«

Konnte Dimitri das denken? Dass mein Besuch im Schloss eben eine Abfuhr war? Ich wusste nicht, wie er es auffassen würde, ich wusste nicht einmal, was es mit mir machte. Ich hatte ihm die Chance gegeben, seine Fehler einzugestehen und sich bei Liam zu entschuldigen, doch offensichtlich weigerte er sich. Seine letzten Worte an mich hatten mich völlig vor den Kopf gestoßen und mich verletzt. Als wäre ich ein kleines naives Mädchen, das die Realität nicht sehen wollte.

»Vertrau mir, niemandem passiert etwas.«

Liam seufzte tief und warf einen Blick über die Schulter. Zwischen den Bäumen konnte man seine Hütte erkennen.

»Ich hoffe, du irrst dich dieses Mal nicht in ihm.«

Liams Worte versetzten mir einen Stich ins Herz. Ich hatte mich in Dimitri getäuscht. Niemals hätte ich ihm zugetraut, was mir Liam über ihn erzählt hatte. Oder hatte ich es, wollte es mir aber nicht eingestehen? Egal was ich über Dimitri erfahren hatte, immer hatte ich an das Gute in ihm geglaubt. Doch was, wenn es in seinem Inneren nicht so aussah, wie ich es mir erhoffte? Der Mord hatte angeblich nie stattgefunden, doch das Vortäuschen war nicht besser. Zumal Dimitri die Misshandlung nicht geleugnet hatte.

»Lass uns verschwinden.« Ich griff nach Liams Hand und zog ihn hinter mir her tiefer in den Wald.

»Was, wohin?« Er blieb stehen und entriss mir die Hand.

»Keine Ahnung. Ich will einfach nur so viel Abstand zwischen mich und Schloss bringen wie möglich. Es wird Zeit, dass ich Kanada erkunde.« Ich wollte erneut nach seiner Hand greifen, aber er wich zurück.

»Vergiss es. Die spüren uns sofort auf und das war's dann mit der Ruhe. Ich habe keine Lust auf Ärger.«

»Wie sollten sie uns aufspüren? Der Wald ist riesig – und wenn wir schnell genug sind …« Ich hatte kaum ausgesprochen, da brach Liam in lautes Gelächter aus. Irritiert starrte ich ihn an.

»Du weißt es nicht?«, fragte er ungläubig, als er sich wieder beruhigt hatte.

»Was denn?«

Er drehte sich zur Seite und tippte vielsagend mit dem Zeigefinger auf seinen Nacken. »Glaubst du, die Vampyre sichern sich nicht ab, dass auch keins ihrer Schäfchen heimlich abhaut?«

Mir klappte der Mund auf, als ich verstand, was er meinte. Tatsächlich hatte ich überhaupt nicht daran gedacht.

»Wir tragen Peilsender und einen Chip, auf dem all unsere Daten gespeichert sind. Wie bei Tieren, bei denen man den Halter ausfindig machen kann«, erklärte er schulterzuckend.

»Seid ihr dann auch irgendwo registriert? Bei Vampyrsklavenverzeichnis.com oder so?« Ich biss mir auf die Lippe. Die Situation war so seltsam, dass mir keine bessere Antwort einfiel.

Liam schmunzelte. »Vermutlich. Das musst du deine Kumpel aus der IT-Abteilung wohl fragen. Ihr braucht dringend ein Handbuch für neue Vampyre. *Die korrekte herablassende Behandlung eines Menschen in zehn Schritten* oder so.«

»Ich werde nachfragen, ob es da etwas gibt, sobald ich zurück im Schloss bin. Also kommst du jetzt mit?«

Er verdrehte die Augen. »Hast du gerade eigentlich nicht zugehört, was ich dir erzählt habe?«

»Doch. Du hast einen blöden Peilsender, den wir loswerden müssen.«

»Vergiss es, so einfach ist das nicht.«

»Für mich vielleicht schon.« Ein Grinsen machte sich auf meinem Gesicht breit, das Liam eher zu ängstigen schien.

Er setzte zwei Schritte rückwärts und beäugte mich skeptisch.

»Los, vertrau mir. Du willst das Ding doch auch raushaben.«

Abwehrend hob er die Hände. »Natürlich, aber erstens nicht zu jedem Preis und zweitens würden sie mir sofort ein neues Teil verpassen, wenn sie das rauskriegen.«

»Werden sie nicht, dafür sorge ich.«

Ich ließ Liam keine Zeit, weiter darüber nachzudenken, sondern legte die rechte Hand auf seinen Nacken. Ich atmete tief durch und schloss die Augen. Mein Vampyrblut erwachte und ich konzentrierte mich auf meine Kräfte. Es war ein verrückter Versuch, aber ich vertraute in meine Fähigkeiten.

Tatsächlich fanden meine feinen Sinne den Chip unter Liams Haut. Kurz entschlossen ließ ich das kleine Stückchen Metall aus seinem Nacken verschwinden und teleportierte es in meine freie Hand.

Triumphierend ließ ich Liam los und öffnete die linke Hand. Tatsächlich befand sich der blutverschmierte Chip darin. Liam drehte sich zu mir um und machte große Augen, als er das Ergebnis sah.

Ungläubig strich er sich selbst über den Nacken.

»Unfassbar, ich habe überhaupt nichts gemerkt. Wie hast du das gemacht? Du hast das Teil doch gar nicht direkt berührt. Und dich selbst schließlich auch nicht mitbewegt.«

»Meine Fähigkeiten gehen offenbar weit über das hinaus, was man für möglich hält.« Es verblüffte mich selbst, dass mir so etwas gelungen war. Ich verschloss die Hand wieder und signalisierte Liam, mir zu folgen. Nach ein paar Schritten blieb ich erneut stehen.

»Solange wir den Chip bei uns haben, dürfen wir uns nicht so langsam bewegen.« Ich schob den Chip in meine Hosentasche, ging leicht in die Knie und streckte die Arme nach hinten. »Los, spring auf.«

»Vergiss es. Ich lasse mich doch nicht von dir tragen.«

»Wieso? Weil ich ein Mädchen oder ein Vampyr bin?«

»Beides. Außerdem bist du keine Djiya und nicht so stark.«

Ich verdrehte die Augen. »Trotzdem bin ich ein Vampyr und stark genug, um so einen Kerl wie dich zu tragen.«

Liam weigerte sich jedoch. Stattdessen zog er es vor, selbst zu rennen. Kurze Zeit später sah er ein, dass mein Vorschlag besser war, und kletterte mir schmollend auf den Rücken.

»Was willst du beim Wasserfall?«, fragte er, als er die Richtung erkannte, die ich eingeschlagen hatte. Ich konnte bereits das Rauschen des Flusses hören, das seinen Ohren bestimmt noch verborgen blieb.

»Das siehst du gleich.« Mit Liam auf dem Rücken flitzte ich durch den Wald. Als wir den Wasserfall erreicht hatten, sprang er schnell von meinem Rücken. Sich von einer Frau wie ein kleines Kind tragen zu lassen, kratzte mit Sicherheit an seinem Ego.

Ich trat an den Abgrund und zog den Chip aus der Tasche.

»Möchtest du es tun?« Ich streckte die Handfläche zu ihm aus, auf der sein Chip lag. Er verstand sofort und nickte.

Grinsend nahm er ihn mir ab und schleuderte ihn den Abhang hinunter. Er verschwand in den tosenden Wassermassen.

»Muss ein sehr befreiendes Gefühl sein«, mutmaßte ich.

»Und wie!« Er blickte noch einen Moment den Abhang hinunter, ehe er mich ansah. »Danke.«

»Gern, aber das war nicht ganz uneigennützig. Ich brauche schließlich einen Reiseführer.«

»Und dann suchst du dir einen Menschen, der an das Schloss gekettet ist?«, fragte er lachend.

»Hast du dich nie weiter vom Schloss entfernt?« Ich war mir sicher, dass jemand wie Liam es sich nicht nehmen ließ, die Umgebung zu erkunden. Und wenn er sich nicht auskennen würde, hätte er nicht direkt den Weg zum Wasserfall erkannt.

»Doch natürlich. Ich bin eben ein kleiner Gesetzesbrecher. Und früher gab es diese Chips noch nicht. Einmal bin ich tagelang durch die Wildnis geirrt. Ich denke, ich kenne einige schöne Ecken. Der Wasserfall ist nicht die einzige.«

Genau das hatte ich hören wollen. Ich ging zum Flussufer und wusch mir schnell das Blut von der Hand. Anschließend trocknete ich sie an der Jeans ab.

»Dann zeig mir mal meine neue Heimat.«

***

Schätzungsweise vier Stunden liefen wir durch die wunderschöne Natur Kanadas. Liam kannte sich erstaunlich gut aus dafür, dass er kaum Gelegenheiten hatte, die Umgebung zu erkunden.

Die Sonne stand hoch am Himmel und ich war froh, mich um Getränke gekümmert zu haben, ehe wir aufgebrochen waren. Es war riskant gewesen, Liam und mich vorher in meine Gemächer zu teleportieren, auch wenn wir dort nur kurz geblieben waren. Auf keinen Fall hatte ich irgendjemandem begegnen wollen. Dimitri hatte vor Kurzem angefangen, den Kühlschrank auch mit Blut zu füllen, wofür ich nun dankbar gewesen war. Ich hatte direkt eine ganze Flasche leer getrunken und schließlich Wasser in einen Rucksack gepackt, während Liam staunend die Zimmer erkundet hatte. Er wusste, dass die Vampyre im Luxus lebten, während ihre sogenannten Sklaven ein Leben in Armut führten, doch es erneut vor Augen geführt zu bekommen, tat bestimmt weh. Der Anblick von Liam in meinen vier Wänden hatte daher erneut das schlechte Gewissen in mir geweckt.

»Wenn man hier steht, könnte man meinen, die Welt würde stillstehen.«

Ich hielt in der Bewegung inne und schaute zu Liam hinab. Wir waren dabei, einige Felsen zu erklimmen, um auf eine Anhöhe zu gelangen. Er stand auf einem unter mir und sah in die Ferne.

Ich folgte seinem Blick. »O ja.« In der Ferne konnte ich das Schloss erkennen. Mein neues Zuhause, das mir so fremd war.

Wir kletterten noch das restliche Stückchen nach oben, wo wir uns ein wenig ausruhen wollten.

Ich nahm einen Schluck aus einer der Wasserflaschen, während Liam ein paar Kekse auspackte. Auf dem Weg hierher hatten wir uns sehr viel miteinander unterhalten. Er kannte nun meine gesamte Geschichte.

»Man kann schon sagen, dass du ein perfektes Leben gehabt hast, oder?«

Ich legte die Stirn in Falten und dachte einen Moment über seine Worte nach. Auch wenn ich das Wort »perfekt« nicht mochte, war mir klar, wieso andere mein altes Leben so bezeichnen würden. Jedoch könnte jemand wie Liam mit Sicherheit auch mein neues Leben als perfekt ansehen.

»Vielleicht. Ich hatte alles, was sich viele Menschen erträumten. Ich hatte Ziele und Träume. Und wo bin ich heute gelandet? Ich weiß nicht, wer ich bin und was ich tun soll. Angeblich gehöre ich hierher, doch ich fühle mich so fehl am Platz und oft so allein«, gestand ich seufzend.

»Es tut mir sehr leid, dass dein Leben diese Wendung genommen hat und dass ich am Anfang so unfair dir gegenüber war.«

Ich lächelte milde. »Ist schon okay.«

»Keine Ahnung, wie du es schaffst, trotz allem derart ruhig zu bleiben.«

Ich lachte leise. »Das weiß ich auch nicht. Eigentlich ist mir nach laut schreien zumute.«

»Dann tu's doch.«

Verwirrt sah ich ihn an, als er aufsprang und sich direkt an den Abgrund stellte. Er breitete die Arme aus und ließ dann einen lauten Schrei los, der über den Wald hallte.

»Pssst«, machte ich und stand ebenfalls auf. »Was, wenn dich jemand hört?«

»Ist doch egal.« Er lachte, griff nach meiner Hand und zog mich neben sich. »Es tut gut. Los, probier es mal.«

Skeptisch warf ich einen Blick auf unsere Umgebung, ehe ich seine Haltung nachahmte und begann, aus vollem Halse zu schreien. Ich schrie all meine aufgestauten Gefühle aus mir heraus, bis ich nicht mehr konnte.

Nach Atem ringend ließ ich mich ins Gras fallen. Ich schloss die Augen und genoss das Gefühl der plötzlichen Stille und des warmen Windes, der über meine Haut strich.

»Du hattest recht, das tat gut«, murmelte ich und hörte, wie Liam sich neben mich setzte.

»Hast du dir schon überlegt, wie es nach unserem kleinen Ausflug weitergehen soll? Ich meine, wir können wohl nicht für immer in der Wildnis leben, so verlockend der Gedanke gerade auch sein mag.«

»Ich weiß es nicht.« Ich öffnete die Augen wieder und sah zu Liam auf. »Was würdest du an meiner Stelle tun?«

»Frag mich so was nicht, das ist gemein. Du weißt, was ich von Dimitri halte, aber ich habe auch das Gefühl, dass du ein guter Einfluss für ihn bist. Und ehrlich gesagt ist mir wohler bei dem Gedanken, dass du ihn ein wenig zügelst.«

»Ich soll ihm verzeihen, dass er beinahe deine Schwester umgebracht hat?«, fragte ich überrascht.

Liam knirschte mit den Zähnen und sah zu Boden. »Er tat es, ehe er dir begegnete. Dass er mich hinterher erpresste, war nicht in Ordnung, aber ich verstehe seine Vorgehensweise. Sarah ist meine Schwester und ich werde ihm niemals verzeihen, was er getan hat, doch das gilt nicht für dich.«

»Ich habe dich sehr gern, Liam. Genauso wie deine Schwestern. Wie könnte ich es mit meinem Gewissen vereinbaren, in dieser Situation mit Dimitri zusammen zu sein? Ich will für die Rechte der Menschen kämpfen und ich habe keine Ahnung, ob er in der Sache jemals hinter mir stehen könnte.« Ich wusste nicht, was ich von Liam hören wollte. Die Bestätigung, dass ich Dimitri für immer vergessen sollte, oder die Einwilligung in die Beziehung?

»Gute Frage. Du musst wissen, was für dich tragbar ist. Und nur du kennst deine Gefühle. Vermutlich solltest du mit ihm reden.«

»Das habe ich in letzter Zeit sehr häufig getan. Ich glaube nicht, dass ich noch so viele Rückschläge und Offenbarungen ertragen kann.«

»Das Leben ist voller Rückschläge. Ich habe mich daran gewöhnt. Der eine muss mehr Schicksalsschläge verkraften als der andere. Du hattest eine wohlbehütete Kindheit, doch jetzt wird es Zeit, erwachsen zu werden und dich den Schrecken dieser Welt zu stellen. Du hast die Macht, etwas zu ändern. Nutze sie.«

26. KAPITEL

Lilya

Liam und ich blieben noch eine Weile am Abgrund sitzen. Schweigend hingen wir unseren Gedanken nach. Bevor Dimitri in mein Leben getreten war, hatte ich nie Schwierigkeiten gehabt, Entscheidungen zu treffen. Nicht so wie heute.

Das Hin und Her zwischen uns richtete mich fast zugrunde. Doch die Liebe zu ihm war stärker als alles, was ich jemals gefühlt hatte. Aber die gravierenden Unterschiede zwischen uns brachten mich an meine emotionalen Grenzen und stürzten mich in eine Gefühlskrise.

Ich war immer eine starke Persönlichkeit, die anderen den Weg wies. Nun war ich diejenige, die sich nach einem Wegweiser sehnte. Soley, Ana und Liam waren in Kanada zu denjenigen geworden, die versuchten, mich aufzufangen, wenn ich das Gefühl hatte, zu fallen. Doch auch sie waren nicht in der Lage, den Aufprall zu verhindern, sie konnten ihn nur abschwächen.

Ein vertrautes Brummen in der Ferne riss mich schließlich aus den Gedanken. Schnell sprang ich auf und zeigte auf den schwarzen Fleck am Himmel. »Liam, schau mal.«

Ein Helikopter kreiste über dem Wald. Er flog ungewöhnlich tief.

»Wir werden gesucht«, stellte ich fest.

Ob Dimitri wohl dort drinnen sitzt und nach mir Ausschau hält?

Ich wusste nicht, ob er neben Flugzeugen auch Helikopter steuern konnte. Ich selbst hatte einige Flugstunden genommen, jedoch nie einen Schein dafür gemacht.

Der Helikopter löste in mir eine Sehnsucht aus und erinnerte mich an mein altes Leben. All die wundervollen Stunden im Cockpit. Mit meinem Vater, Freunden oder allein. Und vor allem der Flug mit Dimitri.

»Wir sollten hier weg, wir sitzen wie auf dem Präsentierteller«, meinte Liam und zog mich in den Schatten der Bäume.

Das monotone Brummen verfolgte uns auf dem weiteren Weg durch den Wald. Aus den Augenwinkeln bemerkte ich, dass Liam mir ständig nachdenkliche Blicke zuwarf. Vermutlich fragte er sich, was in mir vorging, bei dem Gedanken daran, dass Dimitri auf der Suche nach mir war. Wie schon so oft war ich zwiegespalten. Mein Herz wollte sich am liebsten in diesen Helikopter teleportieren und mit Dimitri weit wegfliegen. Einfach abhauen, so wie Liam und ich es heute getan hatten.

»Denkst du wir ...?«

»Pscht«, machte ich, um Liam zu unterbrechen. Ich fuhr herum und starrte in die Richtung, aus der ich ein Geräusch gehört hatte. Meine feinen Sinne warnten mich, dass wir nicht mehr allein waren.

Als ich zwischen den Bäumen einen fremden Djiyo erkannte, handelte ich instinktiv. Er rannte los, doch ich hatte bereits Liams Hand gegriffen und verschwand mit ihm.

***

In einem anderen Teil des Waldes tauchten wir wieder auf.

»Eine Vorwarnung wäre nett beim nächsten Mal.« Er ließ meine Hand los, griff aber sofort wieder danach, als er bemerkte, dass es stockdunkel um uns herum war.

»Verdammt, wo sind wir?« Sein Griff wurde fester. »Sind wir in der Höhle?«

»Ja«, beantwortete ich seine Frage und führte ihn den Gang entlang, bis es etwas heller wurde. Als wir einen großen Raum erreichten, stellte ich erst fest, dass ich nicht zum Ausgang gelaufen war, sondern Liam weiter in den

Berg geführt hatte. Schwaches Licht drang von oben durch die Felswände in die Höhle. Nun konnte auch Liam mehr von unserer Umgebung sehen.

Wir waren heute bereits hier gewesen. Liam hatte mir den Höhleneingang gezeigt, bevor wir auf den Berg geklettert waren, und wir waren ein Stück hineingelaufen. Weil wir aber keine Taschenlampe dabeihatten und Liam so kaum etwas sah, waren wir dem Gang nicht weiter gefolgt.

In der großen Höhle, in der wir uns nun aufhielten und von der mehrnere Gänge abzweigten, befand sich ein kleiner See. Ruhig lag er vor uns. Schwaches Sonnenlicht fiel auf seine Oberfläche und ließ ihn glitzern. Nur leise vernahm man das Plätschern des Wassers, das an irgendeiner Stelle zwischen den Felsen verschwand.

»Wow, ein Höhlensee.« Sprachlos kniete ich mich ans Ufer und hielt eine Hand ins Wasser. Es war überraschend warm. »Eine heiße Quelle«, stellte ich verblüfft fest. Liam kam neben mich und testete ebenfalls die Wassertemperatur.

»Tatsächlich.«

»Gibt es hier in der Nähe Vulkane?« Das wäre zumindest eine Erklärung für heiße Quellen.

»Ich glaube schon. Aber Genaueres weiß ich auch nicht.«

Ich erhob mich wieder und betrachtete nachdenklich das glasklare Wasser, ehe ich Liam zuzwinkerte.

»Lust, schwimmen zu gehen?«

»Ist das dein Ernst?«

Ich zuckte mit den Schultern. »Wieso nicht?«

Ohne eine Antwort abzuwarten, zog ich die Schuhe aus. Hose und Oberteil folgten sofort. Nur mit Unterwäsche bekleidet watete ich in den See. Als mir das Wasser bis zum Bauchnabel ging, drehte ich mich zu Liam um, der etwas irritiert am Ufer stand. Ich wusste, dass es für ihn schon schwierig war, den lockeren Kontakt zu einem Vampyr zu verdauen, da musste es sein Weltbild erst recht erschüttern, dass ich so einfach die Hüllen fallen ließ. Ich hatte genauso wenig ein Problem damit, mit Liam in Unterwäsche zu schwimmen wie damals mit Dimitri in Texas.

»Jetzt zier dich nicht. Es ist herrlich.«

Liam sah sich einen Moment um, als befürchte er, es könne ihn jemand dabei erwischen, wie er mit einer Vampyrin schwimmen ging. Anschließend schlüpfte er ebenfalls aus seinen Sachen und kam mir hinterher.

Wir schwammen bis zur Mitte des Sees und ließen uns dort treiben.

»Das ist das erste Mal, dass ich in warmem Wasser schwimme«, murmelte Liam.

Ich warf einen Blick zur Seite. Er trieb auf dem Rücken und hatte die Augen geschlossen. Für jemanden, der Wasser zum Waschen extra erhitzen musste, fühlte es sich bestimmt wie purer Luxus an. Es überraschte mich aber, dass er überhaupt schwimmen konnte. Ich bezweifelte, dass die Menschen hier eine Gelegenheit hatten, das zu lernen.

»Es tut mir leid.«

Er öffnete die Augen und lächelte mich an. »Du kannst nichts dafür.«

»Das hast du früher anders gesehen.« Als wir uns kennenlernten, war es ihm noch egal gewesen. Da war ich für ihn ein Teil der bösen Vampyre, unabhängig davon, ob er mit mir persönlich je schlechte Erfahrungen gesammelt hatte.

»Auch ich kann mich mal irren.«

***

Nach einem langen Bad kehrten wir ans Ufer zurück. Die Temperaturen waren in der Höhle sehr angenehm, weshalb ich mir keine Sorgen machen musste, dass Liam frieren könnte.

Wir setzten uns auf einen Felsen und hielten die Füße in das warme Wasser, während wir darauf warteten, dass unsere Haut trocknete, damit wir unsere Sachen wieder anziehen konnten.

»Ich muss mich übrigens bei dir bedanken.«

Liam warf mir einen fragenden Blick zu. »Bei mir? Wieso?«

»Dass du mich auf diesem Ausflug begleitet hast. Und dass du mir gezeigt hast, dass Hoffnung darauf besteht, den Frieden in dieses Schloss zu bringen.« Ich umarmte ihn. »Danke.«

Liam versteifte sich kurz in meinen Armen. Von einer halb nackten nassen Vampyrin umarmt zu werden, schien ihm nicht zu gefallen, doch nach einem Moment entspannte er sich und drückte mich ebenfalls.

»Was treibt ihr denn hier?«

Erschrocken wichen wir auseinander und drehten uns um. Soley stand in einem der Gänge und starrte uns an.

»Soley? Wie hast du uns gefunden?«, fragte ich überrascht. Ich hatte sie weder kommen hören noch ihre Anwesenheit gespürt.

»Ist die Frage ernst gemeint? Ich glaube, es gibt keinen besseren Spürhund als mich.« Sie legte die Stirn in Falten und verschränkte die Arme vor der Brust. »Und was genau veranstaltet ihr beide hier für eine Party?«, fragte sie leicht genervt. Ihr Tonfall und der prüfende Blick, den sie uns beiden zuwarf, ließ mich vermuten, dass sie eifersüchtig war. Dachte sie etwa, ich würde Dimitri betrügen?

Ich sah zu Liam, dem die Situation sichtlich unangenehm war. Er sprang auf und suchte seine Sachen zusammen, um sich wieder anzuziehen.

Ich blieb auf dem Felsen sitzen. »Wir haben uns vor einem Djiyo versteckt und sind in die Höhle geflüchtet. Dabei haben wir die heiße Quelle entdeckt und sind schwimmen gegangen«, erklärte ich gelassen.

»Aha, und weil euch nun kalt ist, habt ihr euch aneinandergekuschelt?«

Okay, jetzt wurde es lächerlich. Ich wusste, dass Liam Gefühle für Soley hatte, und auch die Blicke, die sie ihm zuwarf, hatte ich bemerkt, doch dass diese Szene sie so aufwühlen konnte, überraschte mich dennoch.

»Ich habe nicht mit ihm gekuschelt, sondern ihn lediglich umarmt und mich bei ihm bedankt, dass er sich meine Sorgen angehört hat. Also kein Grund zur Eifersucht.«

Ich legte den Kopf schief und musterte Soley, die bei meinen Worten rot anlief. Anscheinend war ihr nicht bewusst gewesen, wie sie sich eben benommen hatte. Liam sah etwas überfordert von einem zum anderen.

»Ähm … na ja, ist ja auch egal.« Sie winkte ab und sah verlegen zu Boden.

Ich sprang vom Felsen und zog mich nun ebenfalls an.

Anschließend setzten wir uns alle zusammen in einen Kreis.

»Werden eigentlich noch mehr Leute hier auftauchen oder bist du ganz allein losgezogen?«, fragte ich Soley, um das Thema zu wechseln.

»Nein, ich bin allein. Dimitri ist mit dem Helikopter unterwegs und hat einige seiner Wächter losgeschickt, um dich zu suchen. Er macht sich extreme Sorgen. Wie lange hattest du denn vor, wegzubleiben?«

Ich zuckte die Schultern. »Keine Ahnung. Ich brauchte einfach mal einen Tag Pause von allem. Eine Tour durch die Umgebung hat mir da sehr geholfen.«

»Was ist denn überhaupt vorgefallen, dass du so plötzlich aufgebrochen bist?«

Anscheinend hatte Soley nicht mitbekommen, was ich über Liams Schwester erfahren hatte. Oder das von Liams Kerkeraufenthalt. Nach dem Streit mit Dimitri hatte ich zwar mit ihr gesprochen, jedoch nicht über Liam.

In knappen Sätzen berichtete ich ihr nun, wie Liam eingesperrt worden war, nachdem sie ihn versorgt hatte, und ich ihn später aus dem Kerker befreit hatte. Dann erzählte Liam, was an seinem Geburtstag vorgefallen war. Zum Schluss ergänzte ich Dimitris Aussage, dass Sarah angeblich nicht tot war, Liam und ich nach dem ganzen Drama jedoch diesen Ausflug unternommen hatten, um wieder runterzukommen.

Soley hörte uns aufmerksam zu und warf Liam immer wieder sorgenvolle Blicke zu, als sie hörte, was er alles durchmachen musste. Soley war als Vampyrin aufgewachsen, sie wusste, wie die Menschen behandelt wurden. Möglicherweise war sie nie aktiv an der Unterdrückung beteiligt gewesen, aber sie hatte sie immer geduldet. Ich sah ihr an, dass sie nun Schuldgefühle plagten. Liam bedeutete ihr etwas. Dass nun ich diejenige war, die ihn bei seinem Leiden unterstützt hatte, musste wehtun.

Als wir zum Ende gekommen waren, knetete Soley ihre Finger und sah bedrückt auf den Boden.

Nach einem Moment der Stille seufzte sie tief und schaute erst zu mir und dann zu Liam hinüber.

»Es tut mir leid, dass du so viel durchmachen musstest. Und es tut mir leid, dass ich dir nie geholfen habe.«

Liam wollte offenbar nicht, dass Soley seinetwegen ein schlechtes Gewissen hatte, und winkte ab.

»Ach Quatsch. Du hast mich so oft verarztet, damit hast du mir schon genug geholfen.«

»Nein, habe ich nicht. Ich habe mitbekommen, wie du behandelt worden bist, ich habe deine Verletzungen versorgt. Aber ich habe mich nie darum gekümmert, dass du ein besseres Leben führen kannst. Ich habe nie die Ursachen beseitigt, nur die Folgen gelindert.«

Soleys Worte katapultierten mich augenblicklich zurück nach New York und ließen mein Herz schwer werden. Unsere Spendenaktion hatten Dimitri und ich begonnen, nachdem er genau das gesagt hatte.

»Lass uns das einfach vergessen. Das alles ist Vergangenheit«, meinte Liam und warf mir einen kurzen Blick zu. Seine Worte waren auch an mich gerichtet. Dankbar lächelte ich. Ich sollte die Vergangenheit ruhen lassen.

***

Nachdem wir die ernsten Gespräche hinter uns gebracht hatten, packte Soley eine Flasche Wein aus, die sie den ganzen Weg hierhergeschleppt hatte. Ich wusste nicht, was sie dazu bewogen hatte, Alkohol mitzubringen, doch es stellte sich heraus, dass es eine gute Idee war. Gläser hatte sie keine dabei, weshalb wir die Flasche durchreichten.

»Hattest du vor, darauf anzustoßen, dass du uns gefunden hast, oder wieso der Wein?«, fragte schließlich Liam, der sich offenbar genauso wunderte wie ich.

»Nicht ganz. Ich hatte eigentlich vor, die Gelegenheit zu nutzen, um uns mal in Ruhe zu unterhalten. Und Alkohol lockert ja auch die Zunge«, erwiderte sie augenzwinkernd. Damit hatte sie nicht unrecht. Die Stimmung war gut, was jedoch nicht nur am Wein lag.

In Gedanken versunken nahm ich einen Schluck, als Soley sich vor Lachen kringelte. Ich hatte nicht mitbekommen, was Liam zu ihr gesagt hatte, doch offenbar war es lustig gewesen. Meine Mundwinkel hoben sich automatisch und schließlich stimmten Liam und ich in Soleys Lachen ein.

Soley lachte, bis sie außer Atem war und zur Seite fiel. Liam schlang einen Arm um sie, damit sie nicht komplett auf seinem Schoß landete.

»Wann wollen wir eigentlich wieder nach Hause zurück?«, fragte ich, als der Wein leer war und es ruhiger wurde. Soley hatte sich an Liam gelehnt, welcher sie liebevoll ansah.

»Na ja, du teleportierst dich zurück und ich bringe Liam nach Hause. In Ordnung?«, schlug Soley vor.

»Ich kann uns doch alle …«, fing ich an und hielt inne, als ich Soleys bittenden Blick bemerkte. Natürlich, sie wollte mit Liam allein sein!

»Nein, nein, du hast genug Energie verbraucht. Sieh zu, dass du zurückkehrst, wir kommen dann nach.«

27. KAPITEL

Liam

»Sind du und Lya jetzt Freunde?«, fragte Soley, sobald Lilya sich verabschiedet und ins Schloss teleportiert hatte.

Ich zuckte mit den Achseln. »Ich schätze schon.«

»Das freut mich wirklich. Für sie ist es wichtig, auch noch menschliche Kontakte zu pflegen.«

»Ich möchte jetzt nicht über Lilya sprechen.«

»Okay.«

Nachdenklich sah ich zu ihr hinab. Ihr Kopf lag in meinem Schoss. Die Augen waren geschlossen, die Lippen leicht geöffnet. Ihr goldenes Haar leuchtete im Schein der letzten Sonnenstrahlen, die noch in die Höhle fielen. Bald würden wir die Höhle verlassen müssen, in der Dunkelheit konnte ich nichts mehr sehen.

Sie war so schön, dass es schon fast wehtat, sie anzuschauen. Wie konnte jemand nur so vollkommen sein?

Als ich sie das erste Mal gesehen hatte, dachte ich, ich sei im Himmel oder ein Engel wäre zu meiner Rettung gekommen. Nach einem Streit mit einem Djiyo war ich ohnmächtig geworden und das Erste, was ich beim Aufwachen sah, war Soleys wunderschönes Gesicht. Seitdem verfolgte sie mich in meinen Träumen.

Ich gestattete mir jedoch nicht, sie zu lieben. Es gab zu viele Gründe, die gegen meine Gefühle sprachen.

Der wichtigste war unsere Artenverschiedenheit. Sie war ein Vampyr, ich ein Mensch.

Ich hatte nie eine Liebe zwischen einem Menschen und einem Vampyr mitbekommen, doch mein Verstand wusste auch so, dass es nicht funktionieren würde. Bevor ich Soley begegnet war, ging ich ohnehin davon aus, dass kein Mensch jemals so dumm wäre, sich in einen Vampyr zu verlieben, da sie alle bösartige Monster waren. Seitdem ich jedoch sie und auch Lilya kennengelernt hatte, begriff ich, dass manche von ihnen uns Menschen deutlich ähnlicher waren als angenommen.

»Ich habe das vorhin wirklich ernst gemeint. Es tut mir leid.«

Soley hatte die Augen geöffnet und blickte traurig zu mir hoch. »Und ich, dass du dir keine Sorgen machen musst. Das alles ist Vergangenheit. Außerdem bin ich der Meinung, dass du dich immer gut um mich gekümmert hast.«

»Ich habe es zumindest versucht, immerhin habe ich dich sehr gern. Du bedeutest mir wirklich viel und in Zukunft werde ich noch mehr ein Auge auf dich haben als bisher.«

Ich blinzelte überrascht. Hatte sie das wirklich gesagt?

Sie lächelte scheu und ihre Wangen färbten sich rötlich.

»Ich habe dich auch sehr gern. Es ist nur seltsam, dass sich jeder um mich kümmern will. Lilya, du …« Ich hielt kurz inne und schüttelte schmunzelnd den Kopf. »Das ist nicht gerade förderlich für mein Ego als Mann.«

Soley lachte herzlich. Ich liebte dieses Geräusch. »Entschuldige, so sollte das nicht rüberkommen. Aber freu dich doch, wenn die Damenwelt besorgt um dich ist.«

»Du meinst, ich sollte froh sein, wenn hübsche Frauen ein Auge auf mich geworfen haben oder so?« Ich zwinkerte ihr zu.

»Vielleicht. Willst du damit sagen, dass ich hübsch bin?« Sie legte den Kopf schief und musterte mich aus grünen Augen. »Ich denke, dass du das weißt und es dir schon genug andere gesagt haben. Da brauchst du nicht die Einschätzung eines Menschen.«

Soleys Miene wurde ernst. »Deine Meinung ist mir wichtiger als die eines Vampyrs.«

Ich schluckte schwer und wusste nicht, was ich sagen sollte. Wir hatten noch nie so viel miteinander geredet wie heute. Inzwischen hatte ich das Gefühl, dass es zwischen uns eine Verbindung gab, die ich mir nicht erklären konnte. Da war mehr als ihre Fürsorge und eine kleine Schwärmerei meinerseits.

Wieso suchte sie nun so offensichtlich meine Gesellschaft? Ich war nicht dumm, ich hatte mir denken können, dass sie Lilya aus dem Grund weggeschickt hatte, um mit mir allein zu sein. Aber warum? Nur, um ihr Gewissen zu erleichtern? Obwohl ich versuchte, es zu verhindern, keimte in mir der Gedanke auf, dass ich nicht der Einzige hier war, bei dem Gefühle im Spiel waren. Doch das war unmöglich. Sie war die Kronprinzessin der Siye, wieso sollte sie auch nur einen Funken Interesse an mir haben? Ich wäre für sie höchstens eine nette Abwechslung, ein Zeitvertreib in ihrem langen Leben.

Lilya hatte bemerkt, was ich für Soley empfand. Sie war der Meinung, dass man der Liebe immer eine Chance geben sollte. Ich glaube allerdings an keine Happy Ends. Mein Leben war kein Märchen. Selbst wenn Soley ähnlich fühlte, warum sollte sie eine Beziehung mit mir in Betracht ziehen? Sie wusste genauso wie ich, dass es zu nichts führen würde. Sie brauchte ein Mitglied ihrer Rasse an ihrer Seite. Es wäre für alle Beteiligten das Beste, auf Abstand zu gehen und die Verbindung auf eine lockere Freundschaft zu beschränken.

Alles in mir sträubte sich jedoch dagegen. Sie im Arm zu halten war das schönste Gefühl auf der Welt. Was würde ich nur dafür geben, jetzt ein Siyo zu sein!

Erschrocken über diese Gedanken seufzte ich. Ich hasste die Vampyre und nun wollte ich selbst einer sein …?

Soley musterte mich fragend. Ich wusste nicht, ob sie ahnte, was mich bedrückte.

»Alles okay mit dir?«, fragte sie sanft.

Nein. Mit mir war ganz und gar nichts in Ordnung. Ich war bekannt dafür, immer das Falsche zu tun und Entscheidungen zu treffen, die mich nur in Schwierigkeiten bringen würden. Doch nun wollte ich alles richtig machen. Ich mochte es mir mit Soley nicht verscherzen. Ich wollte nicht die Freundschaft ruinieren, die ich gerade zu ihr aufbaute. Und das tat ich garantiert, wenn ich jetzt das täte, worum mein Herz flehte.

»Ja, alles gut«, log ich schließlich.

Soley ließ sich jedoch nicht täuschen. »Ich bin immer für dich da, okay?« Sie lächelte und hob eine Hand, die sie mir an die Wange legte. Diese Geste riss alle Mauern in meinem Inneren nieder.

»Danke.« Ich nahm ihre Hand in meine und beugte mich langsam zu ihr hinunter. Ich sah in ihre Augen und versuchte vergeblich ihre Gedanken zu lesen, als ich ihrem Gesicht immer näherkam.

Noch konnte ich einen Rückzieher machen, doch ich wollte nicht. Und so besiegelte ich mein Schicksal, als ich die Lippen auf ihre legte.

28. KAPITEL

Lilya

Nachdem ich mich zurück in mein Zimmer teleportiert hatte, ging ich duschen und wickelte mich anschließend in den weichen Bademantel.

Erschöpft legte ich mich aufs Bett, um mich einen Moment auszuruhen, ehe ich mich anziehen und Dimitri suchen wollte.

Sobald ich aber auf dem weichen Bett lag und die Augen schloss, schlief ich auch schon ein.

***

Als ich wieder erwachte, bemerkte ich sofort, dass sich zwei Dinge verändert hatten. Es war dunkel im Zimmer und ich war nicht mehr allein.

Eine Hand strich mir sanft über den Arm.

Ich rollte mich zur Seite und begegnete Dimitris nachdenklichem Blick. Er lag neben mir auf dem Bett.

»Hey«, murmelte ich verschlafen.

Dimitri antwortete nicht, sondern schloss für einen Moment die Augen und seufzte tief.

»Lya ...«, presste er irgendwann hervor. Er sprach meinen Namen so aus, als wäre er das Kostbarste auf der Welt. »Hast du eine Ahnung, welche Sorgen ich mir in den letzten Stunden gemacht habe?«

Überrascht hob ich die Augenbrauen. Ich verstand sein Problem nicht. Ich hatte auch nicht begriffen, warum überhaupt nach uns gesucht worden war. Das war absolut übertrieben. Ich war erwachsen und nach einem Streit stand mir definitiv etwas Ruhe zu.

»Ich hatte Angst, dass du überhaupt nicht mehr wiederkommst.«

Ich runzelte die Stirn. »Was? Wieso?«

»Du warst so sauer auf mich. Ich war mir nicht sicher, ob die Neuigkeiten das Fass zum Überlaufen gebracht haben und du mich nie mehr wiedersehen möchtest.«

»Ach Dimitri.« Ich kuschelte mich eng an ihn. »Du solltest langsam wissen, dass ich mit deinen Dämonen zurechtkomme. Zumindest versuche ich es.«

»Den Eindruck hatte ich nicht, als du dich in Luft aufgelöst hast.«

»Ich war sauer und enttäuscht. Du weißt doch, wie das ist. Man sagt Sachen, die man vielleicht später wieder bereut. Ich brauchte einfach Zeit für mich.«

»Und wie geht es dir nun, wo du diese Zeit hattest? Ich meine, wegen Sarah ...«

»Es ist Vergangenheit. Ich hoffe nur, dass du irgendwann lernst, dass du ehrlich zu mir sein kannst. Du musst keine Lügenkonstrukte aufbauen, die irgendwann eh zusammenbrechen. Du kannst über alles mit mir sprechen.«

Dimitri schwieg eine Weile und dachte vermutlich über meine Worte nach. In seinen Augen konnte ich lesen, dass er hin- und hergerissen war. Ich wusste, dass er ständig von Schuldgefühlen geplagt wurde und mich zu gut für sich fand.

»Ich versuche in Zukunft, dir alles zu erzählen, okay?«

Obwohl ich den Eindruck hatte, dass ihm noch etwas auf der Seele lag, nickte ich lediglich. Ich konnte nicht mehr tun. Er musste von sich aus mit mir reden wollen.

»Übrigens habe ich dafür gesorgt, dass Sarah wieder hierherkommt«, verkündete er nach einem Moment der Stille.

»Oh, das ist schön. Da werden sich Liam und seine Familie sicher riesig freuen.« Es überraschte mich, dass er bei der Suche nach mir dafür auch noch Zeit gehabt hatte, doch ich war sehr glücklich darüber. Es zeigte, dass er zumindest versuchte, seine Fehler wiedergutzumachen.

»Hm«, machte Dimitri. »Und ich werde mich bei ihr für alles entschuldigen, wenn sie zurück ist. Genauso wie bei Liam.«

»Danke«, sagte ich gerührt.

»Gern geschehen. Ich habe den Fehler begangen, ich muss ihn auch wiedergutmachen.« Er strich mit einer Hand über meinen Arm und sah mir nachdenklich in die Augen. »Wo waren du und Liam eigentlich die letzten Stunden?«

Ich hauchte ihm einen flüchtigen Kuss auf die Lippen und schmunzelte. »Sag ich nicht. Aber vielleicht zeige ich es dir irgendwann.«

Er legte den Kopf schief und um seine Mundwinkel zuckte es. »Das will ich hoffen. Verrätst du mir zumindest, wie ihr es geschafft habt, seinen Chip außer Kraft zu setzen?«

»Ich habe ihn aus ihm herausteleportiert und anschließend haben wir ihn im Wasserfall versenkt.«

Dimitri musterte mich ungläubig. »Du hast etwas aus ihm ›herausteleportiert‹?« Meine Kräfte überraschten ihn genauso wie mich immer aufs Neue.

»Ja. Cool nicht?« Zufrieden ließ ich mich zurück in die Kissen fallen.

Dimitri schüttelte nur den Kopf. »Du bist echt unglaublich.«

»Ich weiß«, erwiderte ich leise lachend. »Deshalb hättest du auch kein ganzes Einsatzkommando auf die Suche nach mir schicken müssen. Ich bin schon groß und kann auf mich selbst aufpassen.«

»Tut mir leid, das war wohl etwas übertrieben. Dass ich dich nicht suchen soll und du von allein wiederkommst, hat Ana auch gesagt.«

Ich schmunzelte. »Du solltest wirklich häufiger auf deine beste Freundin hören.«

»Ich weiß. Frauen haben immer recht«, meinte er zwinkernd.

»Natürlich, das ist ein ungeschriebenes Gesetz.«

»Das heißt, ich liege richtig mit der Annahme, dass du mich niemals verlassen wirst, wenn das eine Frau gesagt hat?« Er versuchte die Frage ironisch klingen zu lassen, doch ich spürte den Ernst hinter den Worten.

Ich sah ihm lange in die Augen, ehe ich antwortete. »Ja.«

***

Dimitri und ich schliefen noch ein wenig, ehe ich aufstehen musste, um pünktlich zum Training mit Ana zu kommen. Kurz überlegte ich, nach Soley zu sehen, verschob das aber auf nach dem Training.

Beim gemeinsamen Aufwärmen quetschte mich Ana über den Trip mit Liam aus. Als ich damit endete, dass ich Soley und Liam allein in der Höhle zurückgelassen hatte und vermutete, dass die beiden Gefühle füreinander hegten, beendete Ana die Übung und runzelte die Stirn.

»Ich denke, ich weiß, wie sich zwischen den beiden etwas entwickeln konnte.«

Fragend sah ich sie an. »Was meinst du?«

»Na ja, nach den traumatischen Erlebnissen, die Soley durchmachen musste, könnte ich es verstehen, wenn sie von Männern nichts mehr wissen wollte. Liam ist ein Mensch, er kann ihr nicht wirklich gefährlich werden. Ich kann verstehen, warum ihr Herz sich ausgerechnet bei ihm öffnet. Sie teilen ähnlich schwere Schicksale.«

»Du glaubst, dass das der Auslöser war?«

»Möglich wäre es«, meinte sie schulterzuckend. »Du warst mit ihr in Sibirien, du hast am eigenen Leib erfahren, wozu wir fähig sind. Hast gehört, was Dimitri alles getan hat. Dabei hast du dir doch sicher oft genug gewünscht, wieder ein sterbliches Leben zu führen.«

Das stimmte, doch das wollte ich nicht zugeben. »Menschen sind zu genau denselben Sachen fähig.«

»Allerdings, doch Menschen können dir nun quasi nicht mehr gefährlich werden. Im Gegenteil. Jemand wie Liam erweckt dein Mitleid und du möchtest dich lieber dafür einsetzen, dass es ihm gut geht.«

»Das mag alles sein, Ana, aber ich bezweifle, dass Soley Liam aus diesen Gründen interessant findet. Liebe ist komplizierter zu erklären.«

Ana schmunzelte. »Da hast du wohl recht. Von Liebe würde ich in dem Fall aber nicht sprechen, eher einer kleinen Schwärmerei. Das legt sich wieder.«

»Wieso kann es keine Liebe sein? Weil er ein Mensch ist?«, fragte ich gereizt.

Ana bemerkte meinen patzigen Unterton und hob eine Augenbraue. »Lya, ich weiß, dass du als Mensch in einer sehr toleranten Welt aufgewachsen bist, aber das trifft auf Soley nicht zu.«

Sie ließ mich nicht mehr darauf antworten, sondern bückte sich nach den Schwertern und reichte mir eins. Schmollend nahm ich es ihr ab. Ich hatte ganz klar andere Vorstellungen von Liebe, doch das würde ich jetzt nicht ausdiskutieren.

***

Nach dem Training machte ich mich auf die Suche nach Soley. Inzwischen wusste ich, wo sie wohnte. Doch ich fand sie weder dort noch in ihrem Labor, weshalb ich mich auf den Weg zu Liams Hütte machte. Konnte es sein, dass sie immer noch nicht zurück waren? Ein ungutes Gefühl beschlich mich. Ihnen würde doch nichts zugestoßen sein?

Horrorszenarien von einer eingestürzten Höhle oder einem Angriff durch Valentins Männer machten sich im Kopf breit. Nein, ihnen war bestimmt nichts passiert.

Als ich an die Tür der Hütte klopfte, öffnete mir eine gut gelaunte Emma. Offensichtlich war sie wieder gesund.

»Lya!«, kreischte sie begeistert und sprang mir in die Arme. »Ihr seid wieder da!«

»Hey Emma. Hat Liam noch nicht bei euch vorbeigeschaut?«

Das kleine Mädchen löste sich von mir und sah mit großen Augen zu mir auf. »Wieso? Liam war doch bei dir.«

Ich wuschelte ihr liebevoll durchs Haar. »Das war er auch. Aber ich bin etwas früher zurück und er wollte noch mit Soley einen Spaziergang machen.«

»Soley …« Sie runzelte die Stirn. »Als sie sich das letzte Mal um meinen Bruder gekümmert hat, saß er anschließend im Kerker.«

»Das lag aber nicht an Soley, oder warst du im Verlies, nachdem sie sich um dein Fieber gekümmert hat?«, fragte ich scherzhaft. Emma schüttelte stumm den Kopf.

»Na, siehst du. Sie unterhalten sich nur ein bisschen. Liam erkundet doch so gerne die Umgebung, da ist er eben ein bisschen länger weg.«

Emma zog einen Schmollmund. »Ich weiß, aber mich nimmt er nie mit. Ich will auch mal dorthin.« Sie deutete auf den Wald.

»Das macht er bestimmt bald mal. Ansonsten nehme ich dich mit, okay? Aber keine Alleingänge mehr. Dein Bruder hat sich große Sorgen gemacht, als du zum Wasserfall gelaufen und fast hinabgestürzt bist«, meinte ich streng.

»Ja ... aber dann kannst du ja wieder kommen und mich retten«, meinte sie vergnügt und ich schmunzelte angesichts ihrer kindlichen Unbekümmertheit. Emma nahm meine Hand und wollte mich in die Hütte ziehen, als sie einen Punkt hinter mir fixierte und ihre Augen erneut strahlten.

»Liam!«, rief sie und rannte an mir vorbei, um sich dieses Mal ihrem Bruder in die Arme zu werfen.

»Hey Em.« Mit seiner Schwester auf dem Arm kam er auf mich zu und begegnete meinem fragenden Blick. Wo war er so lange gewesen?

»Können Lilya und ich uns noch einen Moment unterhalten, ehe wir mit reinkommen?«, bat er. Worüber wollte er denn mit mir reden? Unruhe machte sich in mir breit. War etwas vorgefallen? Liams Gesichtsausdruck machte mir Sorgen. Er sah aus, als bedrückte ihn irgendwas.

»Wieso darf ich nicht bei dem Gespräch dabei sein?«, fragte Emma und klammerte sich an ihrem Bruder fest.

»Weil es Dinge gibt, die nur Erwachsene etwas angehen, Em.« Sein Tonfall wurde ernst und er setzte Emma ab. Diese Aussage würde ihr bestimmt nicht gefallen. Ich konnte mich gut daran erinnern, wie mein Vater das häufiger zu mir gesagt hatte, als ich klein war.

»Das ist gemein«, meinte das Mädchen leicht beleidigt und stapfte in die Hütte. Liam seufzte tief, als sie verschwunden war.

»Also worüber willst du mit mir reden?«

29. KAPITEL

Liam

Lya hatte uns in ihre Räume teleportiert, damit wir in Ruhe reden konnten. Im Schloss zu sein besserte nicht meine innere Unruhe. Ganz im Gegenteil. Ich gehörte nicht hierher und fühlte mich völlig fehl am Platz.

Nervös lief ich in ihrem Wohnzimmer auf und ab, bis sie mich auf die Couch zog.

»Hör jetzt mal auf durch die Gegend zu tigern und verrate mir endlich, was dir auf dem Herzen liegt.«

Was sollte ich sagen? Ich wusste nicht mal, warum ich überhaupt mit ihr reden wollte. Ich könnte genießen und schweigen, doch in mir brannte das Verlangen, über das Geschehene zu reden. Und aus irgendeinem Grund traute ich mich nicht, das mit Soley zu tun.

»Wir haben uns geküsst«, sagte ich und lehnte mich zurück.

Lilya schien einen Moment sprachlos zu sein, ehe sie in die Hände klatschte und aufsprang. »Oh, das ist ja toll!«

Verwirrt von ihrer Reaktion sah ich zu ihr auf. »Was ist daran bitte toll?«

»Na, ich freue mich eben für euch.«

Ich runzelte die Stirn. »Sehe ich etwa aus, als würde ich mich freuen?«

Ihre Euphorie verpuffte und sie setzte sich mit ernstem Gesichtsausdruck neben mich.

»Okay, erzähl von Anfang an. Was ist passiert?«

»Wir waren in der Höhle und haben uns unterhalten ...«, begann ich. »Sie hatte den Kopf auf meinem Schoß und irgendwann hab ich mich zu ihr gebeugt und sie geküsst.«

»Und dann?« Lilya hatte den Kopf auf ihre Hände abgestützt und hing wie gebannt an meinen Lippen.

»Na ja, ich habe damit gerechnet, dass ich dafür mindestens eine Ohrfeige kassieren würde ...«

»Aber das hast du nicht?«

Ich schüttelte den Kopf. »Nein. Nein, das habe ich nicht. Ganz im Gegenteil. Sie hat den Kuss erwidert.«

Ein sehnsüchtiges »Mmh« entwich Lilya bei meinen Worten. »Und wo ist jetzt das Problem?«

»Ich dachte, sie zu küssen würde mir vielleicht mein altes Leben wiederbringen.«

Irritiert sah Lilya mich an. »Was meinst du damit?«

»Na ja, ich habe nicht wirklich daran geglaubt, dass sie sich von jemandem wie mir küssen lässt. Ich dachte, sie würde mich dafür bestrafen, dass ich es wage, so eine Grenze zu überschreiten. Und dass sie hinterher dir davon erzählt und ihr beide nichts mehr mit mir zu tun haben wollt.«

Lilya starrte mich einen Moment stumm an, ehe sie laut anfing zu lachen. »Ich glaube es nicht. O Liam, wie kommst du nur auf solche Ideen?«, fragte sie noch immer lachend.

Verwirrt beobachtete ich, wie sie sich erst nach einiger Zeit wieder beruhigte, nachdem ihr vor Lachen bereits eine Träne die Wange hinabgerollt war.

»Okay, und was ist daran nun so lustig?« Es nervte mich, dass ich das Gefühl hatte, nicht ernst genommen zu werden.

»Entschuldige.« Sie wischte sich die Träne von der Wange. »Es ist nur komisch, dass du so über uns denkst. Hast du uns in letzter Zeit nicht besser kennengelernt?«

»Was sollte ich denn sonst denken? Dass Soley Gefühle für mich hat und du uns deinen Segen gibst?«

Lächelnd klopfte sie mir auf die Schulter. »Nun, ein bisschen Selbstvertrauen würde dir in dem Bereich auf jeden Fall nicht schaden.«

»Wie? Soll das heißen, dass diese Überlegung richtig wäre?«

Lilya zuckte mit den Schultern. »Da ich mit Soley nie über dich gesprochen habe, kann ich nicht sagen, was in ihrem Kopf vorgeht. Doch ich bin mir sicher, dass die letzte Option viel wahrscheinlicher ist als die erste Theorie.«

»Aber das kannst du nicht wissen. Dass sie den Kuss erwidert hat, kann bedeuten, dass sie Gefühle für mich hat. Allerdings besteht auch die Möglichkeit, dass sie nur mit mir spielen möchte und mich als kleine Affäre sieht. Oder sie wollte mal ausprobieren, wie so ein Mensch küssen kann.«

Als ich die Worte aussprach, wurde mir erst bewusst, wie sehr ich befürchtete, dass sie wahr waren. Mein Herz krampfte sich schmerzhaft zusammen bei dem Gedanken. Der Kuss war so wunderschön gewesen. Soley war nicht die erste Frau, die ich bisher geküsst hatte, doch die erste, für die ich ernsthafte Gefühle hegte. Und sie konnte unbeschreiblich gut küssen. Bei der Erinnerung daran glaubte ich noch, ihre weichen Lippen auf meinen zu spüren.

Lilya riss mich aus den Gedanken, indem sie die Hand auf meine legte. Sie war sehr warm. Genauso wie Soleys, als sie sie vor dem Kuss an meine Wange gelegt hatte.

Ich sah auf und begegnete Lilyas mitfühlendem Blick. *O nein.* Wurden meine Befürchtungen etwa wahr?

»Liam, hör zu.« Sie machte eine kurze Pause und suchte offenbar nach den richtigen Worten. »Ich kenne Soley seit zwei Monaten und wenn ich eins gelernt habe, dann, dass sie das liebste Geschöpf der Welt ist. Sie ist herzensgut und würde niemals, ich betone *niemals*, mit den Gefühlen eines anderen spielen. Du bist für sie genauso wichtig wie sie dir.«

»Ich würde dir das so gerne glauben, aber du hast selbst gesagt, dass du nie mit ihr über mich gesprochen hast.«

»Was ist denn nach dem Kuss passiert, Liam?«

»Ähm …« Nervös fuhr ich mir durchs Haar. »Ich habe den Kuss unterbrochen und gemeint, dass wir besser nach Hause gehen sollten. Auf dem Weg haben wir kaum noch miteinander geredet.«

»O Liam.« Lilya seufzte tief. »Wieso sprichst du nicht offen mit ihr? Du bist doch sonst nicht auf den Mund gefallen.«

»Stell dir vor, es gibt auch für mich manchmal Situationen, in denen ich nicht weiterweiß.«

Lilya lächelte. Sie schien zu verstehen, wie es in mir aussah.

»Möchtest du, dass ich bei Soley nachhake, wie es in ihrem Herzen aussieht, oder würdest du lieber allein mit ihr reden?«

Gute Frage. Was wollte ich von Lilya? Die Vampyrprinzessin war in der kurzen Zeit, in der ich sie kannte, irgendwie zu meiner besten Freundin geworden. Ich hatte das Gefühl, mit ihr über alles reden zu können, nachdem sie sich mir gegenüber auch immer geöffnet hatte. Sie hatte meinen Rat in der Beziehung mit Dimitri gesucht, nun war ich an der Reihe, ihre Hilfe zu brauchen.

»Mir wäre es ganz recht, wenn du zuerst mit ihr redest.«

***

Die nächsten Stunden waren die Hölle für mich. Ich saß wie auf heißen Kohlen. Ich wusste, dass Lilya nicht sofort zu Soley gehen würde. Es sollte nicht so rüberkommen, als wäre sie neugierig. Ein aufsteigendes warmes Lächeln legte sich auf meine Lippen bei dem Gedanken. Lilya *war* neugierig. Sie interessierte sich wirklich dafür, wie die Sache mit Soley und mir ausging. Egal wie ich mich entschieden hätte, sie hätte auf jeden Fall noch das Gespräch mit ihr gesucht.

Bei der Arbeit war ich nicht bei der Sache und der Djiyo, der uns beaufsichtigte, warf mir strenge Blicke zu. Ich wurde heute in den Höhlen eingesetzt. Mit Spitzhacke bewaffnet schlug ich auf die Felswände ein, um tiefer in den Berg zu graben. Es gab Maschinen für solche Arbeiten. Dass ich hier zusammen mit ein paar anderen Menschen schuftete, fühlte sich eher an wie eine Strafarbeit. Doch heute beschwerte ich mich nicht darüber. Ich war froh, etwas zu tun zu haben, und körperliche Arbeit lenkte mich gut ab.

Ich schlug einen großen Brocken aus dem Fels, der daraufhin zu Boden fiel. Einen Moment hielt ich inne und betrachtete ihn nachdenklich. Groß und schwer fühlte sich auch der Stein an, der mir auf dem Herzen lag. Wenn ich ihn doch auch so einfach abschlagen könnte!

»Keine Pause!«, brüllte augenblicklich der Wächter. Ich verdrehte die Augen und arbeitete still weiter.

***

Als ich später nach Hause kam, bemerkte meine Familie sofort, dass etwas mit mir nicht stimmte. Ich stocherte im Essen herum, obwohl ich sonst alles herunterschlang, da wir nie genug hatten.

»Warum bist du so still, Liam?«, fragte Charlotte. Sie und Isabell hatten nichts von den Erlebnissen mit Lilya mitbekommen, weshalb Emma sie gerade auf den neuesten Stand gebracht hatte. Zumindest über alles, was sie wusste.

Charlotte und Isabell lebten bereits mit ihren Männern zusammen, daher waren sie nicht mehr täglich hier. Sie bezeichneten sie immer als ihre Ehemänner, dabei waren sie nicht offiziell verheiratet. Es gab eine kleine Zeremonie im Kreise der Familie, größere Feiern waren von den Vampyren verboten worden. Da war auch niemand, der offizielle Eheversprechungen abnahm. Den Vampyren war es egal, ob wir heiraten konnten oder nicht. Für die Zeugung neuer Sklaven war keine Ehe notwendig.

Mein Blick glitt zu Charlottes dickem Bauch, der meine Gedanken bestätigte. Schon lange hatte sie nicht mehr verheimlichen können, dass sie schwanger war. Kein Wunder, immerhin erhielten wir von den Vampyren keinerlei Möglichkeiten zur Verhütung. Das würde den Zuchtgedanken zunichtemachen. Eine Schwangerschaft war deshalb hier nicht unbedingt ein Grund zur Freude. Die Familie war das Wichtigste, doch ein Baby in der Sklaverei zu bekommen bedeutete, dem Kind keine Aussicht auf ein Leben in Freiheit bieten zu können. Charlottes Baby würde genauso wie wir alle irgendwann nur noch als Blutspender dienen.

Es war etwas Besonderes, dass wir heute mal wieder alle zusammen aßen. Nur Sarah fehlte natürlich. Ich hatte bisher keine Gelegenheit gehabt, meine Familie darüber aufzuklären, dass sie noch am Leben war.

»Ich denke halt nach«, antwortete ich ausweichend und stopfte mir den Mund schnell mit ein paar Nudeln voll, um nicht reden zu müssen. Sollte ich abwarten, bis ich mit Sarah gesprochen hatte oder bis sie wieder in Kanada war, oder sollte ich meiner Familie sofort von ihr berichten? Vermutlich war es nur fair, sie jetzt zu informieren.

»Wie ist es so, mit einem Vampyr befreundet zu sein?«, fragte Isabell neugierig.

»Großartig«, antwortete Emma mit vollem Mund. »Lya ist so nett. Und Soley mag ich auch. Sie ist eine tolle Ärztin, nicht wahr, Liam?«

»Was?«, fragte ich zwischen zwei Bissen. Die Erwähnung von Soleys Namen riss mich aus den Gedanken.

»Du magst Lya und Soley auch.«

»Ähm, ja.« Es war sogar viel mehr als *mögen*. Ich räusperte mich. »Ich muss euch übrigens etwas erzählen. Es geht um Sarah.«

Fünf Augenpaare richteten sich augenblicklich auf mich. Meine Mutter wurde blass. Wir mieden das Thema, seitdem ich ihnen von ihrem angeblichen Tod erzählt hatte.

Ich atmete noch mal tief ein, bevor ich die Neuigkeit verkündete. »Sie ist nicht tot.« Meine Familie starrte mich an, als hätte ich den Verstand verloren.

Charlotte war die Erste, die ihre Stimme wiederfand. »Wie bitte? Woher willst du das auf einmal wissen?«

»Dimitri hat gestanden, dass er mir ihren Tod nur vorgespielt hat. Sie lebt in Texas, ihre Rückkehr wird aber bereits in die Wege geleitet.«

»Und das glaubst du ihm?«, fragte meine Mutter skeptisch. Sie vertraute den Vampyren nach wie vor am wenigsten.

Ich nickte. »Wäre es eine Lüge, würde sie sehr schnell auffliegen, wenn Sarah nie hier ankommt. Und dann würde Dimitri schnell Lilyas Zuneigung verlieren. Sie steht nämlich auf unserer Seite.«

»Denkst du wirklich, dass er sich nur wegen dieser Kiya komplett ändert?« Ich verstand Isabells Bedenken. Sie kannte Lilya nicht und hatte Dimitri nie in ihrer Gegenwart erlebt. Bevor ich etwas erwidern konnte, kam mir jedoch jemand zuvor.

»Ja. Er liebt sie.« Alle wandten sich an die Jüngste am Tisch. Emma war inzwischen überzeugt davon, dass Vampyre nicht schlecht sein mussten. Und für sie war Liebe noch etwas Magisches, was Berge versetzen konnte. Wieso also nicht auch aus einem Monster ein zahmes Lamm zaubern?

Meine Mutter seufzte. Ihr passte es nur bedingt, dass ihre Kinder nun so engen Kontakt zu den Vampyren pflegten. »Dann hoffen wir mal, dass ihr recht behaltet. Weißt du, wann Sarah wiederkommen soll?«, fragte sie an mich gewandt.

»Nein. Aber das werde ich noch erfahren. Allzu lang wird es bestimmt nicht mehr dauern.«

30. KAPITEL

Soley

Zurück in meinen Gemächern ging ich erst mal ausgiebig duschen und ließ die vergangenen Stunden Revue passieren. Liams Abfuhr nach dem Kuss hatte mich schwer getroffen. Mein Herz hatte Luftsprünge gemacht, als er sich in der Höhle getraut hatte, mich zu küssen. Nur um kurz darauf in tausend Teile zu zerspringen, als er den Kuss plötzlich unterbrach und auf Distanz zu mir ging. Wieso hatte er das getan?

Auf dem Rückweg zum Schloss hatten wir kaum miteinander geredet und ich hatte mich auch nicht getraut, ihn auf die Situation anzusprechen.

War ich für ihn lediglich ein Mittel zum Zweck? Die Beziehung zu einer Vampyrprinzessin hätte für einen Sklaven viele Vorteile. Ich dachte, ich würde Liam kennen. Sein ganzes Leben war geprägt von dem Hass auf die Vampyre. Es hatte sehr lange gedauert, bis ich das Gefühl hatte, dass er mir vertrauen würde.

Er war für mich immer etwas Besonderes gewesen. Seit dem Tag, an dem ich ihn das erste Mal gesehen und seine Wunden versorgt hatte, ging er mir nicht mehr aus dem Kopf. Er wäre damals seinen Verletzungen erlegen, wenn ich mich nicht um ihn gekümmert hätte. Trotzdem hat er es nie geschafft, sich wirklich bei mir zu bedanken. Doch das hatte ich auch nicht von ihm verlangt. Wir Vampyre zerstörten sein Leben, er musste keine Dankbarkeit zeigen, wenn einer von uns mal netter war.

Sein starker Wille und die Überzeugung, sich niemals gänzlich unterdrücken zu lassen, beeindruckten mich.

Ich hatte mich in diesem Land nie zu Hause gefühlt. Meine Heimat war Norwegen. Doch mein Zuhause existierte nicht mehr und meine Familie war tot.

Wenn ich mich nicht in meinem Labor verkroch oder quer durch die Bücherregale las, verbrachte ich viel Zeit damit, das Leben dieses Jungen zu verfolgen. Er wusste nicht, dass ich ihn ständig heimlich beobachtet hatte.

Wie oft hatte ich in Valentins Kerker an ihn gedacht! Wenn ein Mensch, der als Sklave aufgewachsen war, nie die Hoffnung verlor, wie konnte ich es mir dann erlauben?

Ich war zu einer Prinzessin erzogen worden, die stark genug sein musste, ihre Rasse zu führen. Doch innerlich fühlte ich mich oft schwach und nicht dem gewachsen, was vor mir stand.

In der vergangenen Nacht in der Höhle hatte ich all meine Sorgen für einen Moment vergessen können, als ich mit Lilya und Liam herumgealbert hatte. Anschließend in seinen Armen zu liegen, war ein unbeschreibliches Gefühl. Es war das erste Mal, dass wir uns nähergekommen waren.

Niemals hätte ich mich getraut, ihn zu küssen, und ich war so froh, dass er die Initiative ergriffen hatte. Ich hätte zu viel Angst gehabt, dass er sich zu etwas genötigt fühlen könnte. Immerhin könnte ich meine Macht ausnutzen, um ihn zu allem zu zwingen. Er sollte sich aber nicht wie mein Spielzeug fühlen, denn das war er nicht für mich. Durch Lilya fühlte sich die Nähe zu ihm nicht mehr falsch an und ich hatte vermutet, dass es ihm genauso erging. Was empfand er für mich?

Hatte er den Kuss unterbrochen, weil er das Gefühl hatte, zu weit gegangen zu sein? Weil er realisiert hatte, dass eine Beziehung Irrsinn wäre? Dass die Verbindung zwischen Mensch und Vampyr niemals gut ausging? Ich wusste es nicht.

Ich hielt das Gesicht in den warmen Wasserstrahl und dachte an den liebevollen Ausdruck in Liams blauen Augen, bevor er mich geküsst hatte. Das konnte ich mir doch nicht eingebildet haben. Er hatte ein gutes Herz, er würde nicht mit mir spielen, oder?

***

Nachdem ich mich genug in Selbstmitleid gesuhlt hatte, machte ich mich auf den Weg in mein Labor. Das war der einzige Ort, wo ich mich wirklich wohlfühlte. *Abgesehen von Liams Armen,* ergänzte eine leise Stimme in mir und mir war augenblicklich wieder elend zumute.

Zum Glück hatte ich für heute keine Termine, weshalb ich in Ruhe arbeiten konnte. Dass ich nach kurzer Zeit jedoch plötzlich nicht mehr allein im Labor stand, merkte ich auf der Stelle. Der Herzschlag, die Atmung, der Geruch. Ein Lächeln bildete sich auf meinem Gesicht und zog an den Mundwinkeln.

»Na, was führt dich zu mir?«, fragte ich, ohne mich umzudrehen.

Lilya trat neben mich und betrachtete neugierig die Petrischalen, in denen sich verschiedene Bakterien gebildet hatten.

»Du bist rund um die Uhr im Labor und verbringst deine Zeit lieber mit Mikroorganismen als mit anderen«, meinte sie, ohne auf meine Frage einzugehen.

»Ich versuche halt mit meinen Forschungen etwas zu erreichen«, erwiderte ich schulterzuckend. Lilya hatte aber recht. Ich versteckte mich lieber hinter all diesen Geräten und Experimenten, anstatt mich der Realität da draußen zu stellen. Hier kannte ich mich zumindest aus.

»Ich verstehe schon. Hat Einstein trotzdem ein bisschen Zeit für einen Kaffee?«

»Hat Ana denn keine Zeit, dir Gesellschaft zu leisten?«, fragte ich ausweichend. Mir war nicht nach einem Mädelsgespräch zumute.

»Keine Ahnung, ich möchte etwas mit dir machen. Jetzt sind wir schon frei und können tun, was wir wollen, und haben dafür überhaupt keine Zeit mehr uns zu unterhalten. In Sibirien haben wir den ganzen Tag über alles reden können.«

Lilya biss sich auf die Lippe und schien ihre letzte Aussage zu bereuen. In Sibirien waren wir den ganzen Tag zu zweit eingesperrt gewesen. Was hätten wir auch tun sollen, außer uns zu unterhalten? Wir waren froh gewesen, dass wir in der Dunkelheit eine andere Stimme als unsere eigene gehört hatten, um nicht den Verstand zu verlieren.

»Ich weiß, was du meinst«, sagte ich, ehe Lilya sich womöglich noch entschuldigen konnte. Ich schlüpfte aus dem Kittel und hängte ihn an die Tür. »Also meinetwegen, dann lass uns eben Kaffee trinken gehen.«

***

Da weder Lilya noch ich große Kaffeetrinker waren, machten wir uns schließlich nur Tee. Lilya besorgte Schokokuchen und mich beschlich das Gefühl, dass sie entweder Liebeskummer hatte oder spürte, dass ich welchen hatte.

Wir machten es uns in meinen Räumen bequem und fielen über den Kuchen her, als Lilya das Thema ansprach, das ich die ganze Zeit schon befürchtet hatte.

»Wie war es eigentlich noch mit Liam in der Höhle?« Sie war sichtlich bemüht, die Frage beiläufig zu stellen, doch ich verstand sofort, dass mehr dahintersteckte.

»Was willst du denn wissen?«, fragte ich eine Spur zu schroff.

Lilya runzelte die Stirn. »Ist etwas zwischen euch vorgefallen? Liam meinte ...«

»Du hast mit ihm gesprochen?«, fuhr ich dazwischen.

»Ähm, ja, ist das ein Problem?«

Ich versuchte, meine Gefühle zu zähmen bei dem Gedanken daran, was er Lilya womöglich erzählt hatte. »Und? Was ist laut ihm zwischen uns vorgefallen?«

»Ihr habt euch geküsst?«

Ich wusste nicht, ob das als Frage oder Feststellung gemeint war, und zuckte die Achseln. »Ja, und?«

»Ja ... und?«, wiederholte Lilya und hob die Augenbrauen. »Man küsst sich nicht so einfach. Also raus mit der Sprache, hast du Gefühle für ihn?«

»Wenn du es genau wissen willst, hat er mich geküsst, nicht andersrum.«

Okay, ich hatte ihn zurückgeküsst, das Detail behielt ich an der Stelle jedoch für mich.

»Warum bist du denn so genervt? Wenn du es nicht wolltest, hättest du es ihm einfach sagen können.«

»Und wenn ich es auch wollte?« Unwirsch verschränkte ich die Arme vor der Brust.

»Ach, so ist das. Du wolltest von ihm geküsst werden und bist nun sauer, weil er den Kuss unterbrochen hat. Richtig?«, schlussfolgerte Lilya. Dass Liam den Kuss unterbrochen hatte, wusste sie vermutlich von ihm.

»Und wenn's so wäre?«

Statt einer Antwort fing Lilya überraschend an zu lachen. Irritiert sah ich sie an, bis sie sich wieder beruhigt hatte.

»Was ist so lustig?«

Lilya wurde wieder ernst. »Du hast also Gefühle für Liam?«

»Das kannst du dir jetzt doch denken, oder nicht?«

Lilya nickte, öffnete den Mund, vermutlich um etwas zu sagen, schloss ihn aber wieder. Stattdessen vergrub sie das Gesicht in den Händen und seufzte laut. »O Mann, ist Liebe kompliziert«, hörte ich sie jammern.

Ich schmunzelte. »Das sagt die Richtige.« Sie hatte genug Probleme in ihrer Beziehung mit Dimitri.

Lilya sah auf. »Heute geht es mal nicht um mich, okay? Du hast Gefühle für Liam, er hat Gefühle für dich. Wieso um alles in der Welt kriegt ihr das dann nicht auf die Reihe?«

Ich glaubte, mich verhört zu haben. »Er hat Gefühle für mich?«

Lilya sah mich an, als hätte ich den Verstand verloren. »Natürlich hat er das! Der Typ ist verrückt nach dir, das habe ich gemerkt, als ich euch zum ersten Mal zusammen gesehen habe. Jetzt sitzt er zu Hause und ist völlig fertig, weil er Angst hat, dass du nichts von ihm willst!«

Mir klappte der Mund auf. »Er denkt, ich will nichts von ihm? Ich habe ihn zurückgeküsst! Er hat den Kuss unterbrochen und mich von sich gestoßen!«

Lilya verdrehte die Augen. »Ja, und hast du dich mal gefragt, warum er das getan hat? Er denkt, dass eine Vampyrprinzessin sich niemals in einen Menschen verlieben könnte und du ihn höchstens als kleine Ablenkung siehst.«

Lilyas Worte schockierten mich. Hatte ich Liam jemals das Gefühl gegeben, so von mir zu denken?

»So was denkt er von mir?«

»Kannst du es ihm verübeln? Sein ganzes Leben gab man ihm das Gefühl, nichts wert zu sein. Außerdem ist er der Meinung, eine Beziehung zwischen Mensch und Vampyr ist zum Scheitern verurteilt und du würdest dich niemals ernsthaft darauf einlassen.«

»Das stimmt nicht. Er bedeutet mir alles und der Rest ist mir egal.«

Lilya grinste breit. »Das dachte ich mir. Gut, dann beweg deinen süßen Hintern zu ihm und sag ihm das. Kommunikation ist das Wichtigste in einer Beziehung.«

***

Eine Stunde später stand ich vor Liams Hütte und rang mit der Entscheidung, ob ich an die Tür klopfen sollte oder nicht. Von drinnen ertönte Gelächter. Seine ganze Familie schien da zu sein, weshalb ich eigentlich nicht stören wollte. Ich hatte jedoch Lilyas Stimme im Ohr, dass ich auf keinen Fall einen Rückzieher machen durfte.

Also nahm ich all meinen Mut zusammen und klopfte zweimal an die Haustür. Kurz darauf wurde sie von einer von Liams älteren Schwestern geöffnet. Misstrauisch beäugte sie mich. »Ja, bitte?« Hinter ihr erkannte ich Liam, der mit dem Rest der Familie am Tisch saß. Als er mich bemerkte, sprang er auf und ging zu seiner Schwester. »Ich mach das schon, Isi.«

Er trat zu mir nach draußen und zog die Tür hinter sich zu, ohne seine Familie noch eines Blickes zu würdigen.

»Was möchtest du?«, fragte er leise und steuerte den Waldrand an.

»Mit dir sprechen. Ich glaube, wir haben ein Talent dafür, Dinge zu verkomplizieren, weil wir das bisher nicht getan haben.«

Liam hob eine Augenbraue. »Hat Lilya mit dir geredet?« Ich nickte, woraufhin er laut seufzte. »Und, zu welchem Ergebnis seid ihr gekommen?«

»Liam …« Ich blieb stehen und griff nach seiner Hand, damit er ebenfalls anhielt. »Du bedeutest mir mehr, als du dir vorstellen kannst. Ich bin erschüttert, dass du denkst, ich könnte mit deinen Gefühlen spielen. Tatsächlich habe ich eher Angst, dass du mir das Herz brichst.«

Er sah einen Moment auf unsere Hände, ehe sein Blick zu meinem Gesicht wanderte. »Als könne jemand wie ich das Herz einer Vampyrprinzessin erobern. Es besteht also keine Gefahr, dir das Herz zu brechen.«

Ich stöhnte frustriert. Hatte er mir überhaupt zugehört?

Ich ließ seine Hand los und legte sie stattdessen in seinen Nacken. Schnell zog ich seinen Kopf zu mir herunter und presste die Lippen auf seine. Einen Moment schien er wie versteinert, dann umschlang er meine Taille und zog mich näher an sich. Voller Leidenschaft trafen sich unsere Lippen. Alle unausgesprochenen Gefühle lagen in dem Kuss.

Atemlos unterbrach ich diesen besonderen Moment und lehnte mich leicht zurück. »Du brauchst es nicht zu erobern. Es gehört bereits dir«, flüsterte ich.

Sprachlos starrte Liam mich an. In seinen Augen erkannte ich das Gefühlschaos. »Aber …«, begann er, als ich ihm einen Finger auf die Lippen legte.

»Nichts aber.« Ich ließ die Hand wieder sinken. »Das Leben ist zu kurz für ein Aber«, erklärte ich und küsste ihn erneut.

31. KAPITEL

Liam

Die Stunden nach unserem zweiten Kuss waren die schönsten in meinem Leben. Ich hatte keine Ahnung, was passiert war, doch ich schwebte auf Wolke sieben und Soley schien es genauso zu ergehen. Sie hatte mich mit in ihre Wohnung genommen und wir konnten uns endlich aussprechen. Sie hatte mir gestanden, dass sie bereits bei unserer ersten Begegnung ein Auge auf mich geworfen hatte, und mich damit völlig aus dem Konzept gebracht. Niemals hätte ich damit gerechnet, dass sie genauso fühlte wie ich. Was fand eine Frau wie sie nur an einem Typen wie mir? Ich konnte ihr nichts bieten. Ich war ein einfacher Mensch, ein Sklave, der normalerweise niemals Beachtung von ihr zu erwarten hätte. Trotzdem hatte ich es irgendwie geschafft.

Wir teilten dieselben Sorgen in Bezug auf unsere Beziehung, doch für den Moment waren sie uns gleichgültig. Wenn es um mein eigenes Leben ging, war ich schon immer egoistisch gewesen und hatte mir keine Gedanken um die Konsequenzen gemacht. Wieso sollte es jetzt anders sein? Es war Irrsinn, mit Soley etwas anzufangen, doch es fühlte sich richtig an. Zumindest in diesem Augenblick, und nur das zählte.

Ich schaute zu Soley, die friedlich neben mir schlief. Sie sah aus wie ein Engel. Die ersten Sonnenstrahlen des Tages fielen auf das Bett und schienen sie förmlich zum Leuchten zu bringen.

Zum ersten Mal in meinem Leben hatte ich eine Nacht im Schloss verbracht. Im Bett einer Vampyrin! Das war immer einer meiner Albträume gewesen und nun hatte ich freiwillig hier übernachtet. Es war kurios, dass dies ausgerechet auch noch die schönste Nacht meines Lebens war.

Wenn das bekannt wurde, würden wir von allen Seiten zerfleischt werden. Weder Mensch noch Vampyr würden diese Beziehung akzeptieren. Lilya war vermutlich die Einzige, die sich für uns freuen würde. Kein Wunder. Sie war eine unverbesserliche Romantikerin und hatte uns überhaupt erst zusammengebracht.

Soley seufzte neben mir und schlug die smaragdgrünen Augen auf. Sofort richtete sie den Blick auf mich. Eine Millisekunde keimte Panik in mir auf, dass sie über Nacht ihre Meinung über mich geändert haben könnte, doch da erschien bereits ein strahlendes Lächeln auf ihrem Gesicht und ich atmete erleichtert aus.

»Guten Morgen, meine Sonne«, murmelte ich und küsste sie. Sie zog mich an sich und erwiderte den Kuss stürmisch.

»Guten Morgen. Und ich habe schon gedacht, ich hätte alles bloß geträumt.«

»Diese Sorge hatte ich beim Aufwachen auch«, gestand ich. »Zum Glück haben sich unsere Befürchtungen nicht bewahrheitet.«

»Ja, ein Glück.«

Sie kuschelte sich an mich und schloss noch mal die Augen. Wie konnte eine Frau nach dem Aufwachen nur so wunderschön sein? Ich teilte mir mit meiner gesamten Familie ein Schlafzimmer, ich wusste also, wie andere Frauen am frühen Morgen aussahen. Und ganz gewiss ließ sich das nicht mit Soley vergleichen. Sie war wie die Sonne, die alles um sie herum erleuchtete.

»Was machen wir jetzt eigentlich?«, fragte ich nach einer Weile.

Soley schlug wieder die Augen auf und grinste. »Wie wäre es mit Frühstück?«

***

Nach dieser wunderschönen Nacht durfte ich also auch das beste Frühstück meines Lebens genießen. Ich starrte auf den reich gedeckten Tisch und wurde mir wieder der Unterschiede bewusst, die zwischen uns standen. Sie war eine Prinzessin, ich ein Sklave. Womit hatte ich es verdient, hier sitzen zu dürfen, während meine Familie nie genug zu essen hatte, geschweige denn solche Köstlichkeiten?

»Bedien dich«, meinte Soley lächelnd. Ich versuchte, ihr Lächeln zu erwidern, um ihr nicht verraten zu müssen, was mich bedrückte. Ich wollte die Stimmung nicht kaputt machen, also probierte ich mich einmal quer durch das Angebot.

Nach dem gemeinsamen Frühstück machte ich mich schnell wieder auf den Heimweg. Das schlechte Gewissen nagte an mir, weil ich meiner Familie nicht gesagt hatte, dass ich länger wegbleiben würde. Immerhin hatte ich damit selbst nicht gerechnet. Aber so hatten sie sich bestimmt wieder Sorgen um mich gemacht.

***

Ich betrat unsere Hütte, in der Mutter mit Emma am Tisch saß. Meine anderen Schwestern waren bestimmt bei der Arbeit.

»Guten Morgen«, begrüßte ich sie kleinlaut.

Meine Mutter warf mir einen bösen Blick zu, während Emma mir fröhlich in die Arme sprang.

»Wo warst du schon wieder, Liam?«, fragte Mutter streng.

Im Schloss, konnte ich wohl schlecht antworten. Sie würde nur noch mehr Fragen stellen. Da mir keine gute Antwort einfiel, zuckte ich nur mit den Schultern. »Ein paar Dinge erledigen, kein Grund zur Sorge.«

»Kein Grund zur Sorge?«, echote sie. »Ich muss mir ständig Sorgen um dich machen.«

»Nein, musst du nicht. Ich bin erwachsen«, meinte ich und wollte an ihr vorbei ins Schlafzimmer gehen, um mich umzuziehen. Mutter griff jedoch nach meinem Arm und ließ mich nicht vorbei.

»Das denkst du vielleicht. Du bist mein Sohn, ich werde mir immer Sorgen um dich machen. Vor allem, weil du dich andauernd in Schwierigkeiten bringst.«

Ich verdrehte die Augen. »Das hat Dad auch immer getan.«

»Lass deinen Vater aus dem Spiel. Sieh, was es ihm gebracht hat. Er ist tot!«

»Ja, aber nicht wegen der Vampyre«, erwiderte ich genervt und riss mich los.

Meine Mutter starrte mich entsetzt an. »Was ist nur mit dir passiert? Du hast ihnen immer die Schuld gegeben und heute verehrst du sie, als wären sie Götter.«

Mein Blick fiel auf Emma, die unseren Streit irritiert beobachtete.

»Das tue ich nicht!«, zischte ich, wandte mich ab und verschwand im Schlafzimmer.

***

Ich fühlte mich wie ein Verräter. Ich hatte meine Familie verraten, ich hatte alle Menschen verraten, die je unter den Vampyren gelitten hatten. Wieso musste ich mich ausgerechnet in eine Vampyrin verlieben? Meine Familie würde vermutlich nie verstehen, was ich für Soley empfand. Dass sie nicht so böse war wie andere Vampyre, wussten sie, aber sich deshalb gleich in sie zu verlieben? Das konnte wohl kaum einer nachvollziehen.

***

Nachdem ich mich umgezogen hatte, machte ich einen Spaziergang durch das Dorf. Ich wurde mir wieder des Elends bewusst, in dem wir lebten. Das war die Schuld der Vampyre!

Doch sosehr ich es auch versuchte, der immense Hass, den ich all die Jahre gespürt hatte, kam nicht wieder. Es war einfach gewesen, ihnen für alles die Schuld zu geben. Immerhin waren sie der Grund, warum wir so leben mussten und ausgebeutet wurden. Ohne die Vampyre würde ich vielleicht ein normales Leben führen. In Freiheit und selbstbestimmt. Dort draußen im Rest der Welt.

Doch wenn ich ehrlich war, wollte ich das auch gar nicht. Ich liebte meine Familie und ich liebte dieses Land. Das war mir wieder bewusst geworden, als ich mit Lilya unterwegs war. Trotz des Chips hatte ich immer einen Weg gefunden, durch den Wald zu streifen. Egal wie viele Verletzungen ich bisher davongetragen hatte, ich war gerne ein Rebell. Ich kannte die Vampyre, sie waren ein Feind, den ich einschätzen konnte. Was dort draußen wartete, machte mir mehr Angst. Die Jahre in London hatten mir gezeigt, wie andere Menschen lebten. Sie dachten, sie wären frei, doch in Wahrheit waren sie das nicht. Keiner war es. Wir alle mussten uns irgendwo einfügen. Wie wir unser Leben lebten, war immer beschränkt durch irgendwelche Begebenheiten. Sei es durch unsere Herkunft, die Bildung, die Politik oder die Finanzen.

Man redete den Menschen ein, dass sie frei waren. Hier tat das niemand. Wir wussten, dass wir Sklaven waren, und hatten uns damit arrangiert. Lilyas Ankunft hatte mein Leben verändert und sie würde noch viel mehr Veränderungen schaffen. Ohne sie wären Soley und ich uns wohl niemals nähergekommen. Zumal Soley ohne Lilya vielleicht nie wieder nach Kanada hätte zurückkehren können.

Sie hatte sich mir heute Nacht anvertraut und über ihre Erlebnisse in Sibirien gesprochen. Ich hatte sie im Arm gehalten, während sie sich ausweinte.

Früher dachte ich immer, Vampyre wären stark und niemand könne sie verletzen. Dass auch sie Gefühle haben, hatte ich lange Zeit verdrängt. Soley am Boden zerstört zu sehen, hatte mir im Herzen wehgetan. Sie hatte es nicht verdient, so behandelt zu werden. Während ich sie tröstete, hatte ich mir geschworen, ihr niemals wehzutun. Auch wenn sie mir vielleicht das Herz brechen würde.

»Sieh an, wer sich mal wieder im Dorf blicken lässt.«

Ich stöhnte und sah zu Daniel, der zwischen den Hütten auftauchte.

»Was willst du?«, fragte ich genervt.

»Lucas hat gesehen, wie du diese Vampyrprinzessin geküsst hast. Das ganze Dorf spricht bereits darüber.«

Na, großartig. Es war also bereits so weit. Ich hatte gehofft, die Verbindung zu Soley möglichst geheim halten zu können. Anscheinend war das bereits am ersten Tag gescheitert.

»Ich weiß nicht, wovon du sprichst«, meinte ich und lief einfach weiter.

»Weglaufen wird dir auch nicht helfen, Verräter«, rief er mir hinterher, als ich im Wald verschwand.

***

Ich lief durch den Wald, bis Hunger und Durst mich wieder nach Hause trieben. Keine Angst mehr haben zu müssen, bei den Spaziergängen erwischt zu werden, war unglaublich. Die Vorsicht hatte ich mir antrainiert, es war ungewohnt, nun nicht mehr auf Schritt und Tritt überwacht werden zu können. Kein Mensch wusste, dass ich den Sender losgeworden war. Würde diese Information auch noch die Runde machen, könnte es einige Aufstände geben. Wie die Dorfbewohner wohl darauf reagierten, dass jetzt das Gerücht die Runde machte, ich hätte etwas mit Soley? Wenn Daniel es wusste, würde bald jeder Bescheid wissen und dann müsste ich auch mit meiner Familie darüber reden.

Keine schöne Vorstellung, wenn ich daran dachte, wie das letzte Gespräch mit meiner Mutter verlaufen war.

Emma wäre vermutlich die Einzige, die sich über die Beziehung freuen würde. Sie hatte Soley und Lilya sehr gern.

Fast befürchtete ich, dass sich vor unserem Haus eine Meute Schaulustiger herumtrieb, das war aber zum Glück nicht der Fall. Keine Menschenseele war zu sehen, als ich in die Hütte huschte.

***

Drinnen im Haus war alles ruhig. Vermutlich war meine Mutter nun auch bei der Arbeit und Emma in der Schule.

Ich selbst ließ meine Pflichten momentan sehr schleifen. Ich hatte es wohl Lilyas Ansage bei Dimitri zu verdanken, dass bisher kein Djiyo gekommen war, um mich an meine Aufgaben zu erinnern. Eigentlich gefiel mir die Sonderstellung nicht, ich hatte nie darum gebeten. Doch jetzt sollte ich mich wohl einfach darüber freuen. Würde ich nun zur Arbeit gehen, müsste ich mich direkt auf dumme Kommentare gefasst machen.

Wieso wusste auch bereits jeder Bescheid, während ich selbst noch nicht begriff, was zwischen Soley und mir passiert war? Es war alles so schnell gegangen. Eben noch hatte ich sie aus der Ferne angehimmelt und plötzlich waren wir derart vertraut miteinander. Es schien alles so einfach. Dabei konnten die Bedingungen unserer Beziehung nicht komplizierter sein. Doch wann war mein Leben je einfach gewesen?

32. KAPITEL

Liam

Meine Mutter kam am Nachmittag zusammen mit Emma nach Hause. Da ich viel Zeit zur Verfügung hatte, wollte ich Mutter eine Freude machen und hatte mich bereits um das Essen gekümmert. Ihr Blick signalisierte mir jedoch sofort, dass das allein nicht reichen würde, um sie milde zu stimmen.

»Emma, würdest du bitte ins Schlafzimmer gehen?«, fragte sie meine kleine Schwester und ich wusste genau, was das hieß.

Emma widersprach nicht einmal, was bedeutete, dass auch sie spürte, wie geladen unsere Mutter war.

Sobald wir allein waren, verschränkte sie die Arme und musterte mich ernst. »Sind die Gerüchte wahr?«

Den ganzen Tag hatte ich versucht, mich auf dieses Gespräch vorzubereiten, doch ich wusste nach wie vor nicht, was ich sagen sollte. Lügen wäre wohl sinnlos.

»Kommt darauf an, was du gehört hast. Gerüchte sind wie stille Post. Am Ende haben sie kaum noch was mit der Realität zu tun«, erwiderte ich ruhig.

»Gut, dann will ich mal deutlicher werden. Stimmt es, dass du eine Affäre mit Prinzessin Soley hast?«

Ich runzelte die Stirn. »Eine Affäre? Bezeichnet man so nicht eher lockere Beziehungen, bei denen einer meist vergeben ist? Soley und ich sind beide Singles. Und eine einfache Liebelei ist es auch nicht.«

»O nein, es stimmt also.« Meine Mutter wurde blass und setzte sich an den Esstisch. »Wieso? Wie konntest du dich nur auf eine Vampyrin einlassen?«

»Wieso? Ich habe es mir nicht ausgesucht, Gefühle für sie zu entwickeln. Es ist einfach passiert.«

Verständnislos sah sie mich an. »Was ist aus deinem Hass auf die Vampyre geworden? Erst taucht diese Lilya hier auf und schließt Freundschaft mit dir und nun so eine Verbindung zu Soley? Denkst du auch mal an die Konsequenzen? Oder an deine Familie? Was sollen die Leute von uns denken?«

Wut kochte in mir hoch. Dass sie es nicht verstand war eine Sache, aber mir zu unterstellen, ich würde nicht an meine Familie denken … Ich dachte immer zuerst an sie. Ohne sie hätte mein Lebensstil noch ganz anders ausgesehen.

»Ich hatte nicht vor, das an die große Glocke zu hängen. Aber was interessiert mich die Meinung der anderen Dorfbewohner? Wir waren für sie doch schon immer Außenseiter.« Mein Vater war der Einzige im Dorf gewesen, der in Freiheit aufgewachsen war. Das hatte dafür gesorgt, dass unsere Familie kritischer beäugt wurde, was ich nie verstanden hatte.

»Und dann muss man es noch verschlimmern? Wir können nicht einfach umziehen und diese Leute hinter uns lassen, falls du es vergessen hast.«

Wie sollte ich das vergessen? Ich ging zu meiner Mutter und legte ihr eine Hand auf die Schulter. »Es tut mir leid, dass ich dir immer Kummer bereite. Aber siehst du nicht, was momentan passiert? Das Leben hier befindet sich im Umbruch. Ich weiß nicht, wohin mein Weg mich führen wird, aber ich werde es herausfinden. Und ich würde mir wünschen, dass zumindest meine Familie hinter mir steht. Soley ist mir wirklich wichtig.«

Meine Mutter seufzte leise. »Emma schwärmt in den höchsten Tönen von ihr und ich bin dankbar, dass sie euch beide versorgt hat. Sie scheint netter zu sein als andere Vampyre und sie ist ein echt hübsches Ding … Ich kann verstehen, dass du sie anziehend findest. Aber du weißt doch, dass solch eine Beziehung keine Zukunft hat. Wieso riskierst du dafür so viel?«

»In der Liebe muss man etwas riskieren. Nicht jedes Opfer, das man erbringt, bereut man«, sagte ich und der Blick meiner Mutter wurde traurig.

Ich hatte eben meinen Vater zitiert. Er hatte diesen Spruch immer gebracht, wenn er davon sprach, wie er sein altes Leben für meine Mutter aufgab.

»Das war damals eine völlig andere Situation.«

»Findest du? Ihr kamt aus zwei verschiedenen Welten, trotzdem war die Liebe stärker.«

Entschieden schüttelte sie den Kopf. »Wir sind unterschiedlich aufgewachsen, aber wir waren zumindest beide menschlich. Soley ist ein Vampyr. Selbst wenn so eine Beziehung erlaubt wäre und sie nicht einen Mann ihrer Rasse ehelichen müsste, wird sie dich irgendwann satthaben. Du alterst viel schneller als sie.« Ich verdrehte die Augen. Glaubte sie, das wüsste ich nicht?

»Können wir das Thema jetzt bitte fallen lassen? Soley und ich haben uns gestern zum ersten Mal geküsst. Wohin das führt, wird sich noch zeigen.«

Meine Mutter sah mich noch einen Moment nachdenklich an, ehe sie sich geschlagen gab und die Hände hob.

»Na schön, es ist dein Leben. Lass uns jetzt erst mal essen.« Sie stand auf und ging zum Schlafzimmer, um Emma zu holen. Ich atmete erleichtert aus. Zumindest vorerst hatte ich die Standpauke hinter mich gebracht. Dass noch viel mehr folgen würde, war mir jedoch bewusst.

***

In den nächsten Tagen kamen weniger Fragen zu meiner Beziehung, als ich vermutet hätte. Der Rest meiner Familie sprach mich natürlich darauf an, jedoch hielten sich die anderen Dorfbewohner überraschend zurück. Ich hatte fast den Eindruck, dass sie mich ab sofort mieden. Auch vor dieser Sache war ich nie sehr beliebt gewesen, jedoch war ich mit den meisten gut ausgekommen. Wegen meiner Rebellionen gegen die Vampyre hielten mich die einen für sehr mutig, die anderen lediglich für dumm. Was davon ich war, konnte ich nicht beurteilen.

Es gab jedoch auch Leute wie Daniel, die ich überhaupt nicht ausstehen konnte. Wenn ich mal keine Probleme mit den Vampyren hatte, führte ich Diskussionen mit Daniel und seinen Freunden. Durch meine Zeit außerhalb des Schlosses wusste ich, dass es solche Kerle wie ihn überall gab. In den

Schulen waren das diejenigen, die kleine Kinder verprügelten und ihnen das Geld wegnahmen. Es gab einige solcher Gruppen, die sich auch mich als Opfer aussuchen wollten, da ich mich überall ausgrenzte. Sie mussten jedoch schnell lernen, dass sie sich mit dem Falschen angelegt hatten. Ich war die Konfrontation mit Vampyren gewohnt, da waren diese Wichte ein Kinderspiel. Daniel und seine Kumpel waren jedoch genauso wie ich aufgewachsen, weshalb sie sich gut mit mir anlegen konnten.

Seit Daniels Verkündung, dass er über meine Beziehung Bescheid wisse, hatte er sich allerdings nicht mehr in meiner Nähe blicken lassen. Es war fast so, als würden die anderen Menschen mich nicht länger als Teil dieser Bevölkerung ansehen, sondern als Verräter und Verbündeten der Vampyre.

Meine Familie bekam das auch zu spüren, obwohl sie das Thema nicht direkt ansprachen. Ich spürte, dass sie sauer auf mich waren. Alle – bis auf Emma. Sie hatte einmal mitbekommen, wie Soley und ich uns küssten, und war völlig aus dem Häuschen gewesen. Am Tag danach hatte sie mich angesprochen, wann wir nun heiraten würden. Dass das niemals passieren würde, hatte ich ihr nicht verraten. Ich wollte ihr noch nicht alle Fakten aufzählen, die gegen eine Beziehung sprachen. Momentan lebte sie nach Lilyas Devise: Liebe kennt keine Grenzen. Dass die Realität oft hart war, würde sie irgendwann von allein feststellen.

***

An sich vergingen die Tage recht ereignislos. Ich marschierte brav zur Arbeit und lebte mein altes Leben. Zumindest teilweise, denn meine Freizeitgestaltung hatte sich geändert. Ich traf mich täglich mit Soley. Wir waren meist im Wald spazieren oder verbrachten die gemeinsamen Stunden in ihrer Wohnung. Händchenhaltend durch das Dorf zu laufen erschien uns nicht richtig. Dafür war die Situation zu angespannt. Auch vor meiner Familie versuchten wir uns nicht gemeinsam zu zeigen, damit sie sich langsam mit unserer Beziehung anfreunden konnten.

Es gab jedoch bald eine Neuigkeit, die meine Familie auf andere Gedanken bringen würde.

***

Eine Woche nachdem ich ihnen erzählt hatte, dass Sarah noch lebte, war es bereits so weit: Meine Schwester sollte in Kanada ankommen. Lilya holte mich zu Hause ab und nahm mich mit ins Schloss. Meiner Mutter und meinen Schwestern verriet ich vorerst nichts davon. Ich wollte sie damit überraschen, dass Sarah plötzlich vor unserer Hütte stand.

Lilya führte mich zu einem Ort, den wir Menschen nur sehr selten zu Gesicht bekamen. Die Flugzeughalle, die an die Start- und Landebahn des Schlosses grenzte. Im Gegensatz zu anderen Flugplätzen und Flughäfen befand sich dieser hier im Berg. Die Hälfte der Bahn war im Freien, während der Rest in einer riesigen Höhle im Berg verlief. Ich konnte mir vorstellen, welche fliegerische Meisterleistung es sein musste, in eine Höhle hineinzulanden.

Lilya führte mich durch die Halle, vorbei an teuren Flugzeugen, deren Bezeichnungen ich nicht kannte und die mich auch nicht interessierten. Mir entgingen jedoch Lyas leuchtende Augen nicht. Während unseres Ausflugs in die Wildnis hatte sie mir erzählt, dass sie leidenschaftliche Pilotin war. Bisher war sie selbst hier noch nicht geflogen, nervte Dimitri aber vermutlich bereits mit dem Wunsch, wieder in die Luft zu kommen.

Sie hatte mir auch angeboten, irgendwann mit mir einen Rundflug über das Schloss zu machen, ich hatte jedoch abgelehnt.

Ich hatte mit dem Fliegen nichts am Hut. Für Sklaven war es nicht erstrebenswert zu fliegen. Als ich das erste Mal in so eine Maschine steigen musste, wusste ich, dass ich für eine lange Zeit von meiner Familie getrennt wurde.

Doch heute war ich froh, hier zu sein. Denn ich würde meine tot geglaubte Schwester wieder in den Armen halten können. Zumindest wenn alles gut ging.

Wir kamen am Ende der Landebahn an und in dem Moment öffnete sich das große Tor, das die Bahn trennte. Nervös trat ich von einem Bein auf das andere, ehe eine warme Hand nach meiner griff und sie fest drückte. Irritiert sah ich zur Seite und erwartete Lilya, jedoch stand dort Soley und lächelte. Ich hatte sie nicht kommen gehört. Ich schaute mich kurz um und bemerkte, dass Lilya inzwischen etwas abseits stand und sich mit Dimitri unterhielt. Dass er ebenfalls hier war, passte mir eigentlich nicht. Ich hatte keine Ahnung, wie Sarah auf seine Anwesenheit reagieren würde.

»Alles wird gut«, flüsterte Soley mir zu, weshalb ich meine Aufmerksamkeit wieder auf sie lenkte.

»Danke, dass du hier bist.«

»Ist doch selbstverständlich«, meinte sie und hauchte mir einen Kuss auf die Wange. Ich unterdrückte den Drang, sie im Gegenzug auf den Mund zu küssen.

Es war der falsche Ort für so etwas. Schweren Herzen ließ ich Soleys Hand los. Sarah wusste nicht, was zwischen uns war, und die Beziehung war nichts, was sie im ersten Moment erfahren musste.

Das monotone Brummen eines Flugzeugs kam näher und verstärkte die Unruhe in mir. Am liebsten hätte ich wieder nach Soleys Hand gegriffen, doch da kam eine Maschine in mein Sichtfeld, die sich im Landeanflug befand. Geschickt setzte der Pilot auf der Bahn auf und rollte mit noch hoher Geschwindigkeit in die Höhle, ehe er abbremste und langsam auf uns zufuhr. Schließlich blieb das Kleinflugzeug vor uns stehen und der Propeller verstummte.

Mein Herz raste bei dem Anblick der Blondine, die in dem Moment die Kopfhörer von den Ohren nahm. Kurz darauf wurde eine Tür geöffnet und meine Schwester sprang lächelnd aus der Maschine.

»Liam!«, rief sie und warf sich in meine Arme.

Glücklich drückte ich sie an mich. »Ich bin so froh, dich wieder hier zu haben.« *Ich bin so froh, dass du lebst,* dachte ich, sprach es jedoch nicht aus. Ich wusste nicht, ob Sarah bewusst war, dass wir sie für tot hielten. Falls nicht, wäre es besser, wenn sie nichts davon erfuhr. »Wir alle haben dich schrecklich vermisst, Sarah.«

»Ich habe euch auch vermisst.«

Wir lösten uns voneinander und Sarah musterte misstrauisch die Umherstehenden. Im Gegensatz zu mir war sie mit Sicherheit noch immer auf der Hut vor Vampyren. Und ihre Erfahrungen mit Dimitri waren vermutlich noch schlimmer als meine. Ihr klarzumachen, dass er sich dank Lilya geändert hatte, würde eine Weile dauern.

Lilya trat schließlich einen Schritt vor und hielt Sarah eine Hand hin. Irritiert starrte Sarah erst auf die Hand und dann auf die Vampyrin. Sie hatte genauso wie fast alle nie eine lebende Kiya gesehen und wusste bis dato vermutlich nichts von Lyas Existenz.

Ich stieß Sarah leicht in die Seite und nach einem verständnislosen Blick zu mir herüber begriff sie, was ich von ihr wollte. Zaghaft ergriff sie Lilyas Hand, was diese mit einem Lächeln quittierte.

»Willkommen zurück, Sarah. Ich bin Lilya.« Dass sie jegliche Titel wegließ, sollte wohl eine beruhigende Wirkung auf Sarah haben.

»Ähm, danke.« Sarahs Blick glitt zu Dimitri und wurde ernst.

Dieses Mal war es Lilya, die Dimitri in die Seite stieß, was Sarah stirnrunzelnd beobachtete.

»Sarah …« Dimitri räusperte sich. »Ich möchte, dass du weißt, dass es mir schrecklich leidtut, was ich dir dein gesamtes Leben über, aber vor allem in den letzten zwei Jahren, angetan habe.«

Sarah klappte der Mund auf und sie sah Hilfe suchend zu mir. Die Situation überforderte sie offenbar. Ich zuckte die Achseln. Sie musste Dimitri verzeihen, das konnte ich ihr nicht abnehmen. Ich hatte mit der Vergangenheit abgeschlossen, das bedeutete aber nicht, dass Dimitri und ich beste Freunde werden würden.

Statt einer Antwort nickte Sarah nur und ergriff stumm Dimitris Hand. Damit schien das Thema fürs Erste erledigt zu sein.

Ich schlang einen Arm um Sarah. »Also wenn keiner was dagegen hat, würde ich Sarah jetzt zu meiner Familie bringen«, sagte ich an die Vampyre gewandt.

»Natürlich. Ich begleite euch hinaus«, verkündete Soley und führte uns aus der Halle.

33. KAPITEL

Liam

Soley brachte uns aus der an das Schloss angrenzenden Flugzeughalle und ließ mich und Sarah anschließend allein. Nachdem nun alle Vampyre weg waren, entspannte sich Sarah sichtlich. Sie hakte sich bei mir unter und wir machten uns auf den Weg zu unserer Hütte.

Ich wusste, dass die gesamte Familie heute wieder zusammen beim Abendessen sein würde. Mit Sarah aufzutauchen wäre nach der vergangenen Woche etwas, worüber sie sich bestimmt freuen würden.

»Hat sich etwas verändert in den vergangenen zwei Jahren?«, fragte Sarah und sah sich neugierig um. Auf den ersten Blick gab es keine Veränderungen im Dorf. Die größten waren jedoch die nicht sichtbaren.

»Es hat sich einiges verändert, vor allem in den vergangenen Wochen. Das wirst du bald merken. Aber wie ist es dir denn in der Zeit ergangen?« Ich hatte sie von oben bis unten gemustert, um festzustellen, ob die Jahre Spuren hinterlassen hatten. Sie trug lange Sachen, weshalb ich nicht sagen konnte, ob es versteckte Verletzungen oder Narben gab. Sie machte allerdings den Eindruck, zumindest körperlich fit zu sein.

Sarah blieb stehen und schien einen Moment über meine Frage nachzudenken. »Schwer zu sagen«, antwortete sie schließlich und wickelte sich eine Haarsträhne um den Finger. »Ich vermute, dass es mir nicht schlechter erging als euch hier. Von euch getrennt zu sein war aber hart. Sich mit niemandem austauschen zu können, ganz auf sich allein gestellt zu sein. Liam, ich hatte oft solche Angst und ich war mir sicher, nie wieder nach Hause zu kommen.«

Ich schlang die Arme um sie und drückte sie an mich. »Ich weiß, aber es ist alles gut. Du bist jetzt hier.«

Anstatt sich bei meinen Worten zu entspannen, wurde ihre Haltung nur noch verkrampfter.

»Was ist los, Sarah?«, fragte ich und sah ihr prüfend ins Gesicht.

Sarah und ich hatten immer eine besondere Verbindung gehabt, weshalb ich sofort merkte, wenn sie etwas bedrückte. Sie war meine kleine Schwester und ich hatte sie immer beschützen wollen. Genauso wie ich mich inzwischen um Emma kümmerte.

Sie rang offenbar mit der Antwort, denn sie wich meinem Blick aus. »Ich hatte eigentlich nicht wiederkommen wollen.«

»Was?« Ihre Aussage überrumpelte mich völlig. »Warum?« Sie hatte doch eben gesagt, dass sie Angst davor hatte, nie wieder nach Hause zu kommen?

»Nimm's mir nicht übel, Liam, ich wollte euch alle wiedersehen, aber ...« Sie machte eine kurze Pause und warf mir einen traurigen Blick zu. »Ich konnte dort zur Schule gehen, verstehst du? Die Vampyre haben mich gut behandelt und ich hatte ein schönes Leben.«

Ich blinzelte überrascht und brauchte einen Augenblick, bis ich verstand, was sie meinte. Offensichtlich sprach sie von der Zeit nach meinem Geburtstag. Ich wusste nicht, wo Dimitri sie nach dem Beinahemord untergebracht hatte – lediglich, dass sie in Texas gelebt hatte.

»Du warst doch nur drei Monate dort. Wer weiß, wie es dir auf lange Sicht dort gefallen hätte. Und ist dir die Schule wirklich wichtiger als deine Familie?«

»Natürlich nicht, aber Mason ist es«, meinte sie leise und sah betrübt zu Boden.

Mir klappte der Mund auf. Das konnte doch nicht wahr sein! Meine Schwester hatte sich offensichtlich verliebt. »Irgendein Typ, den du erst seit Kurzem kennst, bedeutet dir also mehr als wir?«

»Das verstehst du nicht, du warst noch nie verliebt!«, antwortete sie in patzigem Ton und ich hätte beinahe laut losgelacht.

Wenn du wüsstest!, dachte ich.

»Ich weiß, dass er der Richtige gewesen wäre, und nun werde ich ihn nie wiedersehen«, jammerte sie und es tat mir leid, sie so zu sehen. Ich hatte gedacht, dass sie sich freuen würde, wieder zu Hause zu sein, und nun war sie unglücklich.

»Hast du ihn in der Schule kennengelernt?« Ich konnte nicht glauben, dass sich die Geschichte meiner Eltern womöglich wiederholte.

Zu meiner Verblüffung schüttelte Sarah den Kopf. »Nein, nicht in der Schule. Mason lebt seit seiner Geburt als Sklave in der Familie, die mich gesund gepflegt hat.«

»Verstehe.« Immerhin war er keiner dieser Menschen, die nichts von der Welt ahnten, in der wir lebten. Das machte es einfacher. Jedoch wechselten Sklaven nicht einfach die Orte, an denen sie wohnten. Man konnte bei den Vampyren nicht einen Antrag stellen, dass man versetzt werden wollte. Unsere Interessen waren ihnen einerlei. Jedoch betraf das nicht alle Vampyre, wie ich heute wusste. In mir wuchs eine Idee heran, wie Sarah ihren geliebten Mason vielleicht wiedersehen konnte, jedoch sagte ich ihr vorerst nichts davon.

***

Nach ihrem Geständnis gingen Sarah und ich den Rest des Weges schweigend. An der Hütte angekommen, stand sie einen Moment unschlüssig vor der Tür und warf mir einen fragenden Blick zu. Ich sah ihr an, wie nervös sie war. Jetzt, wo ich wusste, was sie bedrückte, konnte ich umso mehr nachvollziehen, wie aufgeregt sie sein musste. Sie freute sich darauf, ihre Familie zu sehen.

Dieses Wiedersehen wurde allerdings durch ihren Liebeskummer getrübt. Sie hatte bestimmt Angst, dass unsere Mutter das bemerken könnte. Zu mir hatte sie das beste Verhältnis und ich wusste, dass sie nicht mit den anderen über ihre Gefühle sprechen würde.

Ich lächelte ihr aufmunternd zu und nickte. Sie seufzte leise und klopfte anschließend zaghaft gegen die Tür.

Sofort hörten wir Schritte von drinnen, die sich der Tür näherten, woraufhin unsere Mutter öffnete. Der misstrauische Blick, mit dem sie immer zur Tür kam, wich sofort einem überraschten Ausdruck. Für einen Moment stand sie reglos im Türrahmen und starrte Sarah sprachlos an. Dann drang ein erstickter freudiger Laut aus ihrer Kehle und sie sprang vor, um ihre Tochter in die Arme zu schließen. »O Sarah. Du bist wieder zu Hause.«

Ich schlich mich an den beiden vorbei ins Innere der Hütte. Der Rest unserer Familie saß am Tisch und blickte neugierig zur Tür. Als sie realisierten, wer da war, sprangen sie alle von ihren Stühlen und umringten die verloren geglaubte Schwester.

Ich deckte in der Zeit einen Platz für sie am Tisch und wartete darauf, dass sich alle beruhigten.

Nachdem jeder Sarah umarmt hatte, kamen wir mit ihr am Esstisch zusammen.

»Erzähl, Sarah, wie ist es dir ergangen?«, fragte Isabell. »Liam hat berichtet, dass du tot seist, deshalb sind wir davon ausgegangen, dich niemals wiederzusehen.«

Sarah versteifte sich und starrte ihre Schwester an. Am liebsten hätte ich Isi dafür einen Tritt unter dem Tisch verpasst. Wieso musste sie ausgerechnet darüber reden?

»Du dachtest, ich wäre tot?« Sarahs Blick fixierte mich.

Ich nickte seufzend. »Nachdem Dimitri so viel Blut von dir getrunken hatte und solche Andeutungen kamen, konnte ich nur zu dem Schluss kommen.«

Sarah biss sich nachdenklich auf die Unterlippe. »Das stimmt wohl. Ich war so froh, ihn los zu sein. Die Siye, bei denen ich später lebte, waren viel umgänglicher als dieser Blutprinz.«

Ich musste ein Schmunzeln unterdrücken, bei der Erwähnung von Dimitris Spitznamen, den Sarah und ich ihm vor Jahren gegeben hatten. Wir hatten Dimitri gehasst, in gewisser Weise tat ich das auch heute noch. Doch meine Freundschaft zu Lilya sorgte dafür, dass ich zumindest versuchte, ihn zu tolerieren.

»Der Blutprinz ist viel umgänglicher, seit er wieder hier ist«, meldete sich Charlotte zu Wort.

Sarah runzelte die Stirn. »Wie meinst du das?«

Charlotte zuckte mit den Schultern und warf mir einen Seitenblick zu. »Frag das Liam. Er kennt die Vampyre besser als wir alle.«

Ihr herablassender Tonfall schien Sarah aufzufallen, denn sie sah stirnrunzelnd von Charlotte zu mir.

»Ist irgendetwas vorgefallen, während ich weg war?«, fragte sie verunsichert. Die Stimmung in unserer Familie war nie so angespannt wie jetzt gerade. Dabei hätte ich gedacht, dass sie sich zumindest zu Sarahs Ankunft zusammenreißen würden.

»Liam hat eine Freundin«, sagte meine Mutter spitz und kam damit auf das Thema zu sprechen, um das alle seit Tagen herumschlichen.

»Und das passt euch nicht, weil …?«, hakte Sarah nach.

»Weil sie eine Vampyrin ist. Und nicht irgendeine, nein … Es handelt sich um Prinzessin Soley«, verkündete unsere Mutter und Sarah klappte der Mund auf.

»Wie bitte?« Entgeistert starrte sie mich an.

»Hattet ihr für heute wirklich kein anderes Thema?«, fragte ich gereizt und stand auf.

»Was habt ihr denn alle gegen Soley? Sie ist doch so nett.« Emma blickte verständnislos in die Runde. Sie verstand die Diskussionen zu meiner Beziehung immer noch nicht.

»Dass sie nett ist, tut dabei nichts zur Sache«, meinte Mutter streng.

»Nein, für euch zählt nur, dass sie eine Vampyrin ist.« Verärgert verschränkte ich die Arme vor der Brust. Es nervte mich, dass sie die Beziehung nicht akzeptierten, dabei verstand ich zu gut, warum sie so reagierten. Das hätte ich noch vor wenigen Wochen genauso getan. Wie sehr hatte ich mich all die Zeit für die Gefühle zu Soley geschämt, ja sogar versucht, sie zu verdrängen! Es war mir unerklärlich gewesen, wie man als Mensch Gefühle für einen Vampyr oder eine Vampyrin aufbauen konnte. Seit Lilya nach Kanada gekommen war, hatte sich mein gesamtes Weltbild verändert. Soley war nicht mehr eine Ausnahme unter den Vampyren. Ich musste mein komplettes Bild von ihnen überdenken.

»Habe ich das wirklich richtig verstanden? Liam ist mit Soley zusammen?«, fragte Sarah vorsichtig in die Runde, als wäre ich nicht da.

»Ja, bin ich«, antwortete ich anstelle der anderen. »Und hast du ein Problem damit?«

Sie schluckte. »Ähm … ich verstehe die Umstände nicht. Der Liam, den ich kannte, hätte zumindest nie eine Beziehung mit einer Vampyrin gewollt. Es muss ja einen Grund geben, wieso du nun anders über sie denkst.«

»Gründe gibt es genug. Vielleicht erkläre ich sie dir mal in Ruhe. Bei den anderen hatte ich keinen Erfolg.«

Ich drehte mich um und ging in Richtung Haustür.

»Liam, warte«, rief Emma, doch ich schaute mich nicht um und verließ wortlos die Hütte.

***

Ich machte mich auf den Weg zum Schloss, um Lilya zu sehen. Seitdem die Neuigkeit über meine Beziehung mit Soley auch bei den Vampyren die Runde gemacht hatte, hatte Lilya dafür gesorgt, dass ich im Schloss aus- und eingehen durfte. Dass das den anderen Vampyren nicht passte, las ich immer in ihren Gesichtern, wenn ich ihnen dort begegnete. Mir waren die feindseligen Blicke jedoch gleichgültig. Ich wurde bereits mein gesamtes Leben so angesehen.

Bei Lilyas Gemächern angekommen öffnete sie mir nach mehrmaligem Klopfen die Tür.

»Was machst du hier, Liam?«, fragte sie überrascht und ließ mich hinein. »Hast du nichts Besseres zu tun, jetzt, wo Sarah wieder da ist?«

»Nicht unbedingt, aber ich hätte ein Anliegen wegen Sarah«, erklärte ich und machte es mir auf der Couch bequem. Lilya setzte sich im Schneidersitz neben mich. »Dann lass mal hören.«

»Nun ja, ich weiß, dass du gerne Amor spielst … Deshalb wollte ich fragen, ob du Dimitri für mich um etwas bitten könntest.«

Sie legte den Kopf schief und musterte mich fragend. »Ähm, klar. Worum genau geht es?«

»Sarah hat mir erzählt, dass sie nicht wieder herkommen wollte«, erklärte ich, woraufhin Lya überrascht blinzelte. »Was? Aber sie ist deine Schwester, mochte sie nicht zu ihrer Familie zurück?«

»Doch, aber sie hatte in Texas ein schönes Leben. Sie konnte zur Schule gehen und sie hat sich verliebt ...«

»Oh.« Lyas Augen wurden groß, als sie verstand. »Es ist also so wie bei deinen Eltern?«

Ich schüttelte den Kopf. »Nein, sie lernte ihn nicht in der Schule kennen. Er ist wohl ein Sklave in der Familie, die sie gesund pflegte.«

»Verstehe. Du möchtest, dass ich Dimitri darum bitte, dafür zu sorgen, dass der Junge ebenfalls herkommt?«

»Genau. Meinst du, dass du das schaffst?«

Ein breites Lächeln bildete sich auf ihrem Gesicht und ich triumphierte innerlich für meine gute Idee.

»Würde ich bestimmt, doch ich möchte, dass du das selbst machst.«

Bei ihren Worten verpuffte meine Freude augenblicklich.

»Ist das dein Ernst? Ich soll mit Dimitri reden?«, fragte ich ungläubig. Das konnte sie mir doch nicht antun.

Lya zuckte nur mit den Schultern. »Natürlich. Er hat dir deine Schwester genommen und ihren Tod vorgetäuscht. Es ist dein Recht, nun so etwas von ihm zu verlangen.«

»Bist du sicher, dass er mich nicht auffrisst, wenn ich solche Forderungen stelle?«

Lilya verdrehte lachend die Augen und schob mich weiter zur Tür, hinter der wohl Dimitris Gemächer lagen. Wieso er seine Zeit in den eigenen Räumlichkeiten und nicht bei Lilya verbrachte, wusste ich nicht.

Ich seufzte leise und ergab mich meinem Schicksal. »Schon gut, ich gehe ja.«

***

Ich klopfte fest gegen die Tür. Man sollte mir nicht bereits durch ein zaghaftes Klopfen anmerken, wie nervös ich war. Mit Dimitri hatte ich mich häufig angelegt, nie hatte ich ihn um etwas gebeten. Bis auf den Tag, an dem er Sarah auswählte, um ihn auf seine seltsame Weltreise zu begleiten. Dass er damals die ganze Zeit auf der Suche nach Lilya beziehungsweise dem Kind von Anisya war, hatte mir Lya erst vor Kurzem erzählt.

»Ja«, ertönte Dimitris raue Stimme von drinnen. Ich sah noch mal zu Lilya, die beide Daumen nach oben streckte und sich anschließend umdrehte und im Flur verschwand. *Na, großartig.*

Mutig drückte ich die Türklinke nach unten und trat ein.

Dimitri sah auf, als ich den Raum betrat. Sein Gesicht spiegelte einen Moment die Überraschung über mein Auftauchen wider. Er hatte sich jedoch schnell wieder unter Kontrolle und versteckte die Gefühle unter einer Maske. Das beherrschte er genauso gut wie ich.

»Liam, was führt dich hierher?«, fragte er ruhig und bedeutete mir, Platz zu nehmen.

Ich setzte mich ihm gegenüber auf die Couch und atmete tief durch. »Ich muss mit dir etwas besprechen. Genauer gesagt, dich um etwas bitten.«

Dimitri hob eine Augenbraue. »Ich bin ganz Ohr. Deine Schwester habe ich zurückgebracht, was möchtest du nun von mir?«

»Nun, es geht um Sarah. Ich bin dir dankbar, dass du dafür gesorgt hast, dass sie nach Hause kommt. Allerdings war das auch das Mindeste, was ich erwarten konnte, nicht?« Den spitzen Kommentar konnte ich mir nicht verkneifen. Dimitri verzog keine Miene, doch ich war mir sicher, dass er am liebsten die Augen verdreht hätte.

»Sag einfach, was du willst. Dass das, was ich getan habe, falsch war, hat mir Lilya bereits lang und breit erklärt.«

Dies konnte ich mir gut vorstellen. »Okay. Meine Schwester hat mir erzählt, dass es in der Familie, in der sie aufgenommen wurde, einen Jungen namens Mason gab. Ich möchte, dass er ebenfalls nach Kanada kommt.«

Dimitri legte den Kopf schräg. »Deine kleine Schwester hat sich also verliebt und ich soll ihren Lover herbringen?«

Sein spöttischer Tonfall gefiel mir nicht, doch ich versuchte, ruhig zu bleiben. »So kann man es wohl sagen.«

»Und wenn er das überhaupt nicht möchte? Oder was ist, wenn die Beziehung nach zwei Monaten vorbei ist? Soll ich ihn dann wieder zurückschicken, wenn sie ihn nicht mehr sehen will?«

Ich setzte zu einer Antwort an, aber Dimitri hob eine Hand.

»Im Übrigen ist der Junge das Eigentum einer Familie von Siye. Ich habe überhaupt kein Recht, ihn ihnen wegzunehmen.«

»Was soll das heißen?«

»Dass du Soley um das Leben des Jungen bitten musst. Ich kann dir lediglich die Kontaktdaten der Familie geben, alles andere muss unsere Sonnenprinzessin arrangieren.«

Hätte Lilya das nicht auch wissen können? Dann hätte ich mir den Weg zu Dimitri erspart, dachte ich genervt. Aber ich konnte ihr wohl keinen Vorwurf machen. Sie verstand die Regeln der Vampyre sogar noch weniger als ich.

»Na schön. Dann werde ich mit Soley sprechen.« Ich erhob mich.

Um Dimitris Mundwinkel zuckte es. »Tu das. Damit dürftest du ja keine Probleme haben. Sie erfüllt dir deinen Wunsch bestimmt gerne.«

Ich ging zur Tür und wollte seine Aussage unkommentiert lassen, konnte mich jedoch nicht beherrschen. »Weiß Lilya, dass du nach wie vor einen Groll gegen mich hegst und meine Beziehung zu Soley verspottest?«

Ich sah über die Schulter und begegnete Dimitris hasserfülltem Blick. »Du kannst froh sein, dass die beiden dich in Schutz nehmen«, sagte er ruhig. Die Drohung in seinen Worten war nicht zu überhören. Ich hatte nichts anderes von ihm erwartet. Auch Lilya konnte aus Dimitri über Nacht kein Lämmchen machen.

Ich verzog die Lippen zu einem betont breiten Lächeln. »Ich brauche ihren Schutz zwar nicht, aber ich mag die beiden Frauen genauso, wie sie mich mögen.« Und mit diesen Worten verließ ich den Raum.

34. KAPITEL

Soley

»Was ist los?«

An Liams nachdenklichem Blick erkannte ich sofort, dass ihm etwas auf dem Herzen lag. Dass er mich besuchte, nachdem erst vor zwei Stunden seine Schwester gelandet war, war auch kein gutes Zeichen.

»Kann ich erst mal reinkommen?«, fragte er schmunzelnd.

Wir setzten uns auf die Couch und ich kuschelte mich eng an ihn. »Also?«, hakte ich nach.

»Ich war eben bei Dimitri und er meinte, ich müsse mit meinem Anliegen zu dir gehen, weil es die Siye betrifft.«

Ich lehnte mich etwas zurück und runzelte die Stirn. »Und was ist dein Anliegen?«

»Na ja, ich weiß nicht, ob du wusstest, dass meine Schwester in Kanada bei einer Familie von Siye gelebt hat …«

Ich schüttelte den Kopf. »Wo Sascha sie untergebracht hat, weiß ich nicht. Nur dass sie von einer Siya versorgt worden sein muss.«

»Na ja, ist auch egal. Auf jeden Fall hat sich Sarah in einen Jungen verliebt, der dort als Sklave lebt. Ich wollte wissen, ob du dich dafür einsetzen kannst, dass er ebenfalls hierherkommt.«

Ein Lächeln stieg in mir hoch. »Ich soll also ein Pärchen wiedervereinen? Das klingt ja romantisch.«

Liam erwiderte es. »Habe ich mir schon gedacht, dass es dir gefallen würde. Dimitri hat die Kontaktdaten der Siye, bei denen Mason lebt. Wäre also super, wenn du dich darum kümmern könntest.«

»Alles klar. Wäre doch gelacht, wenn wir den beiden kein Happy End bereiten könnten.« Mein Lächeln erstarb und ich wurde ernst, denn mir wurde wieder bewusst, dass es für andere ein Happy End geben konnte, jedoch nicht für uns.

Er ergriff meine Hand und strich mir mit der freien sanft über die Wange. Seine nächsten Worte verrieten, dass er meine Gedanken erraten hatte.

»Ich weiß, dass du dir für uns auch ein glückliches Ende wünschst. Das tue ich auch, aber ich glaube einfach nicht daran«, flüsterte er deprimiert. Seine Aussage war ein Stich ins Herz. Nach unserem letzten Gespräch hatte ich die vergangenen Tage den Eindruck gehabt, dass er hinter der Beziehung stand. Auch als die Gerüchte die Runde machten und überall über uns geredet wurde.

»Warum bist du nur so pessimistisch? Zwischen unseren Gefühlen sollte nichts stehen.« Ich fragte mich, ob sein Stimmungsumschwung mit Sarah zu tun hatte. Sie musste uns Vampyre hassen. Es wäre nur logisch, wenn sie die Verbindung ablehnte.

»Tut es aber. Ich bin ein Mensch, ich werde altern und früh sterben.«

»Das ist mir egal«, beharrte ich. »Es fühlt sich jetzt richtig an, wieso also sollte ich mir Sorgen um die Zukunft machen?«

»Und dass es verboten ist, eine Beziehung mit einem Menschen einzugehen, kümmert dich auch nicht? Zumal du eine Prinzessin bist, die unbedingt einen Siyo heiraten muss.«

Ich verdrehte die Augen. »Wer weiß, wie lange dieses Gesetz noch existiert. Glaubst du wirklich, Lilya lässt sich ihre Beziehung zu Dimitri verbieten?«

»Dimitri ist aber zumindest ein Vampyr«, gab er zu bedenken.

»Hör auf damit, dich ständig als minderwertig anzusehen. Es ist mir egal, ob du ein Mensch bist oder nicht«, beteuerte ich.

Er zog seine Hand weg. »Wie soll man sich nicht so sehen, wenn das Menschsein die Sklaverei mit sich bringt?«, fragte er bitter.

Schuldgefühle überrollten mich und nervös knabberte ich an der Unterlippe. Ich hatte in meinem Leben viel zu wenig für die Menschenrechte getan. Meistens schob ich Valentin als Grund für die Tatenlosigkeit vor. Ich war früh in Gefangenschaft geraten und hatte danach anderes im Kopf, als mich noch um die Lebensbedingungen der Menschen zu kümmern. Dass es nur eine Ausrede, aber keine Entschuldigung war, wusste ich.

Lilya war neu in diese Welt geraten und sofort Valentin in die Hände gefallen. Trotzdem hatte sie zu jeder Zeit für die Rechte anderer gekämpft. Das bewunderte ich an ihr. Sie war im Gegensatz zu uns nicht tatenlos.

»Ich hätte viel früher etwas tun sollen. Zu lange habe ich tatenlos zugesehen«, sagte ich leise.

Liam seufzte und griff wieder nach meiner Hand. »Nein, ist schon okay. Es tut mir leid, ich wollte nicht so schroff sein. Du kannst am wenigsten dafür, wie ich aufgewachsen bin.«

»Natürlich kann ich das. Ich habe mich vielleicht nie aktiv an der Unterdrückung beteiligt, doch es einfach hinzunehmen ist genauso schlimm.«

»Ich gebe dir trotzdem keine Schuld. Du hast genug durchgemacht, ich verstehe, wieso du nicht noch mehr Streit wolltest.«

Ich setzte zu einer Antwort an, doch Liam unterbrach mich, indem er mich zu sich zog und die Lippen auf meine presste.

Automatisch schloss ich die Augen und erwiderte den Kuss, der meinen Herzschlag flattern ließ und die Schuldgefühle vertrieb. Das war es, was Liam erreichen wollte. Seine Küsse waren wie Balsam für meine Seele. Während der Zeit in Sibirien war ich mir sicher gewesen, nie wieder einem Mann so nahekommen zu können, obwohl ich auch da schon oft an Liam denken musste. Valentin hatte mich traumatisiert, doch Liam schaffte es langsam, mich zu heilen.

Er war behutsam und tastete sich nur vorsichtig voran. Bei unserer ersten gemeinsamen Nacht hatte mich oft die Panik überrollt, doch Liam hatte mich keine Sekunde losgelassen. Er war bei mir gewesen und hatte mir leise zugeredet, während die Tränen ihren Weg nach draußen gesucht hatten. Ich war eine Prinzessin und musste eigentlich funktionieren, doch Liam verlangte das nicht von mir. Für ihn war ich ein ganz normales Mädchen, in das er sich verliebt hatte. Und seine Liebe war echt. Er verstand mich besser, als es wohl jeder Vampyr könnte. Seine Nähe gab mir ein Gefühl von Sicherheit und Geborgenheit. Er war zu meinem Ruhepol geworden.

Seine Küsse und Berührungen waren so zart, als fürchtete er, mich zu zerbrechen.

»Ich liebe dich«, presste er zwischen zwei Küssen hervor. Diese drei Worte schossen jedes Mal wie Blitze durch meinen Körper und ließen mich in seinen Armen erzittern. Die Fähigkeit, aufrichtig zu lieben und seine Gefühle so klar zu kommunizieren, war der größte Unterschied zu Valentin. Nicht nur Liams sanfte Berührungen, sondern vor allem das, was hinter seinen Worten steckte.

Die Gewissheit, dass er mich liebte und mir niemals wehtun würde.

***

Liam blieb über Nacht bei mir. Irgendwann erzählte er mir auch von der Auseinandersetzung mit seiner Familie. Ich wünschte, ihm in der Hinsicht helfen zu können, doch mir waren die Hände gebunden. Ich konnte seine Mutter und seine Schwestern nicht zwingen, mich zu akzeptieren. Das Vertrauen musste von allein kommen.

»Was kann ich tun, um deine Familie zu beruhigen?«, fragte ich Liam beim gemeinsamen Frühstück. Ich würde das Problem nicht von heut auf morgen aus der Welt schaffen können, doch vielleicht konnte ich die Situation zumindest etwas entschärfen.

»Ich glaube nicht, dass du etwas tun kannst. Mit Sarah werde ich noch mal reden, falls Emma ihr nicht bereits von unseren Abenteuern berichtet hat.«

»Emma ist die Einzige aus deiner Familie mit Sinn für Romantik, was?«, fragte ich schmunzelnd. »Wenn ich Mason hierhergeschafft habe, werde ich bei deiner Schwester aber vielleicht auch den ein oder anderen Pluspunkt sammeln«, überlegte ich laut.

»Das mit Sicherheit. Aber es wird wohl noch eine Weile dauern.«

Ich nickte. »Vermutlich. Ich werde gleich mit Dimitri reden und dann die

Familie kontaktieren, bei der er lebt. Danach wird schon alles seinen Gang gehen.«

»Hoffentlich. Es würde nicht schaden, noch einen Verbündeten in der Familie zu haben«, meinte er grinsend. Emma auf seiner Seite zu haben bedeutete ihm mit Sicherheit sehr viel, jedoch war sie die Jüngste aus der Familie und wurde vom Rest leider nicht ernst genommen.

»Ich dachte, Susan hätte auch kein Problem mit uns? Sie hatte sich doch ein wenig mit Lya angefreundet.«

Liam zuckte die Achseln. »Keine Ahnung. Susan traut sich nicht wirklich, für irgendwen Partei zu ergreifen.«

»Hm, das ist natürlich schade.«

Wir ließen das Thema fallen und frühstückten zu Ende. Anschließend begleitete ich Liam nach Hause.

***

Vereinzelt begegneten uns Vampyre und Menschen auf dem Weg. Sie alle warfen uns verstohlene Blicke zu. Wir versuchten zwar, uns von der Öffentlichkeit fernzuhalten, um vor der neugierigen Meute sicher zu sein, manchmal aber hatten wir keine Lust, uns zu verstecken. Geredet wurde so oder so.

Unter den Menschen noch mehr als unter Vampyren. Kaum einer hatte etwas dagegen, dass ich ein wenig Spaß mit Liam hatte. Dass unsere Beziehung ernster war, glaubte ohnehin niemand.

Dies sah bei den Menschen vermutlich auch jeder so. Trotzdem verurteilten uns alle. Es tat mir leid für Liam, dass seine Familie nicht hinter ihm stand, was sie eigentlich hätte tun sollen. Aus meiner Familie lebte niemand mehr und ich würde nie erfahren, wie sie auf Liam reagiert hätten. Wären sie nicht gestorben, würde ich allerdings noch in Norwegen leben und hätte Liam nie kennengelernt. Ich wusste nicht, was mir lieber sein sollte. Es brachte ohnehin nichts, über ein Was-wäre-wenn nachzugrübeln.

***

Mit gemischten Gefühlen war ich Liam in die Hütte gefolgt.

Seine Mutter saß mit Emma, Susan und Sarah beim Mittagessen, während Liam und ich erst sehr spät aufgestanden waren.

»Guten Tag«, begrüßte ich sie freundlich.

»Hallo Soley.« Emma sprang vom Stuhl und kam angelaufen, um uns zu umarmen. Das kleine Mädchen hatte ich unglaublich ins Herz geschlossen.

»Hey Emmi. Wie geht es dir?«, fragte ich.

Sie verzog das Gesicht und ihre grünen Augen blicken traurig zu mir auf. »Mama und die anderen streiten sich andauernd wegen eurer Beziehung.«

Ich ging in die Hocke und strich dem Mädchen über die Wange. »Ich weiß. Beachte es einfach nicht, okay? Erwachsene sind manchmal unterschiedlicher Meinung und dann kann es einige Diskussionen geben. Wichtig ist nur zu wissen, dass man sich trotz aller Differenzen liebt und immer füreinander da ist.«

Wohl wissend, dass sie meine Worte gehört hatte, warf ich Marianne einen kurzen Blick zu, den sie mit verschlossener Miene erwiderte. Vor einiger Zeit erst hatte sie langsam angefangen, Vertrauen zu mir aufzubauen, doch dann hatte sie von unserer Beziehung erfahren und jeglicher Fortschritt war nichtig.

Als Mutter war es nur natürlich, dass sie Angst um ihre Kinder hatte, deshalb verstand ich ihre Ablehnung vollkommen. Das Problem, dass die Eltern den Partner nicht mochten, gab es überall auf der Welt und war nicht nur ein Phänomen bei Mensch-Vampyr-Beziehungen. Nur waren hier die Rahmenbedingungen alles andere als optimal.

Ich stand wieder auf, um mich von Liam zu verabschieden.

»Bis später. Ich habe noch etwas zu erledigen.« Ich zwinkerte ihm zu und er nickte wissend. Wir umarmten uns und aus Rücksicht auf seine Familie wollte ich auf einen Kuss verzichten, doch Liam schien das nicht zu stören. Er zog mich an sich und gab mir einen leidenschaftlichen Abschiedskuss.

»Ja, bis später«, sagte er und ließ mich los. Mein Blick fiel auf seine Mutter und Susan, die so taten, als würden sie sich nicht für uns interessieren. Die verstohlenen Blicke konnten sie jedoch nicht verbergen. Ich wandte mich an Sarah, die uns die ganze Zeit unverhohlen angestarrt hatte.

»Schön, dass du wieder zu Hause bist, Sarah. Lass es mich wissen, wenn du etwas brauchst.«

Offenbar überrascht, dass ich sie direkt ansprach, versteifte sie sich auf ihrem Stuhl und blieb stumm.

»Also bis bald. Ich wünsche euch noch einen schönen Tag«, rief ich und verließ die Hütte.

35. KAPITEL

Lilya

Die Sonne stand hoch am Himmel und verbreitete sommerliche Temperaturen, als ich das Schloss verließ. Langsam begann ich mich im Gebäude und in der Umgebung so frei zu bewegen, als würde ich schon immer hier leben. Die Gesichter der Leute, denen ich begegnete, konnte ich inzwischen besser zuordnen. Ich war nicht mehr ständig auf der Hut und hatte Angst, dass plötzlich einer von Valentins Männern aus dem Gebüsch hüpfen würde. Das hing auch mit meinem Training zusammen.

Mit jedem Tag wurde ich sicherer im Umgang mit meinen Kräften und fürchtete deshalb keine Angriffe. Ganz im Gegenteil. Manchmal wünschte ich, meine Fähigkeiten endlich unter Beweis stellen zu können. Ich wollte Valentin büßen lassen für das, was er getan hatte. Dimitri ging es ähnlich, doch er würde mich niemals wieder in die Nähe seines Bruders lassen. Zumindest nicht, wenn er es nicht zu verhindern wüsste. Mit jedem Tag, den ich hier verbrachte, begann mein altes Leben zu verblassen. Ich lernte die anderen Vampyre besser kennen und freundete mich mit vielen von ihnen an.

Welchen Sinn hätte es auch, sich gegen das Leben hier zu wehren? Es blieb mir nichts anderes übrig, als das Beste aus der Situation zu machen. In meine alte Heimat konnte ich nicht zurück, also richtete ich den Blick nach vorn.

Ich lief über den Weg, der ins Menschendorf führte, und kickte ein Steinchen vor mir her. Auf meinem Lebensweg würden noch viele Steine liegen, die ich aus dem Weg räumen musste. Wenn nicht eher Felsbrocken! Dafür würde ich alle Energie brauchen.

Meine Gedanken wurden unterbrochen, als ich im Wald plötzlich laute Stimmen hörte. Ich hob den Blick vom Boden und lauschte.

Es schien sich um eine Auseinandersetzung zu handeln. Als ich Liams Stimme ausmachen konnte, verließ ich den Pfad und lief in den Wald hinein. Auf einer kleinen Lichtung erspähte ich eine Gruppe Jungs, die Liam eingekesselt hatte. Um sie nicht auf mich aufmerksam zu machen, versteckte ich mich hinter einem Baum und beobachtete sie.

»Lasst mich endlich in Ruhe«, rief Liam sichtlich genervt und versuchte sich an ihnen vorbeizudrängeln. Die anderen lachten jedoch nur. Ein großer dunkelhaariger Junge packte ihn und stieß ihn wieder unsanft von sich.

»Was ist denn los mit dir?«, fragte er amüsiert. »Wo ist deine Prinzessin, wenn du sie brauchst? Willst du dich nicht von ihr retten lassen?«

Darum ging es also. Liam wurde offensichtlich von den anderen Jugendlichen ausgegrenzt, weil er mit Soley zusammen war. So etwas Kindisches!

»Haltet sie da raus. Es geht euch nichts an, mit wem ich zusammen bin.«

»Uns geht das sehr wohl was an. Du hast Kontakte zum Königshaus, die uns sehr nützlich sein können«, sagte ein etwa Anfang Zwanzigjähriger zu Liam und schubste ihn. Dieser taumelte und stützte sich an einem Baum ab.

»Das könnt ihr vergessen. Wenn ihr etwas wollt, müsst ihr selbst mit ihnen reden. Das ist eure Sache. Ich mische mich da nicht ein.«

»Ich glaube, du hast es immer noch nicht verstanden«, meldete sich nun auch ein Dritter zu Wort. »Das war keine Bitte.« Der junge Mann ballte die Hände zu Fäusten und baute sich bedrohlich vor Liam auf, woraufhin die anderen Kerle ebenfalls einen Schritt auf meinen Freund zu machten.

Jetzt reichte es mir. Die Situation drohte jede Sekunde zu eskalieren und ich wollte nicht, dass Liam verletzt wurde. Ich trat aus dem Schatten der Bäume und lehnte mich lässig gegen einen Baumstamm.

»Worum geht es denn? Was soll Liam mit uns besprechen?«, rief ich ihnen zu.

Die Gruppe erstarrte und alle drehten sich zu mir um. In den Gesichtern der Jungen konnte ich Überraschung und auch ein wenig Angst lesen. Als niemand Anstalten machte, mir zu antworten, ging ich ein paar Schritte auf sie zu. Sie beobachteten mich sichtlich angespannt. Etwa fünf Meter vor ihnen blieb ich stehen und verschränkte die Arme vor der Brust.

»Also? Ich bin sicher, wir können das unter uns regeln.«

»Ähm, nichts. Hat sich erledigt«, stammelte der dunkelhaarige Junge und wich meinem Blick aus. Auch die anderen senkten beschämt den Blick. Niemand wagte es, mich anzusehen. Anscheinend hatte ich mir bereits Respekt verschafft. Gut so.

»Ich möchte es trotzdem wissen, also raus mit der Sprache. Warum belagert ihr Liam? Er ist ein Freund von mir und ich möchte nicht, dass ihr so mit ihm umgeht. Ansonsten muss ich euch genauso behandeln wie ihr ihn.«

Ein höchstens sechzehn Jahre alter blonder Junge schaute auf und schluckte ängstlich. »Tut uns leid. Kommt nie wieder vor.«

»Das will ich hoffen«, meinte ich streng. »Und jetzt verschwindet.« Das ließen sich die Jungs nicht zweimal sagen.

Liam und ich sahen ihnen nach, wie sie zwischen den Bäumen verschwanden.

»Alles okay bei dir?«, fragte ich besorgt und wollte nachsehen, ob er verletzt war.

Er trat einen Schritt zurück und winkte ab. »Geht schon. Das sind wahrlich nicht meine schlimmsten Gegner.«

»Du weißt, dass du auch im Schloss wohnen kannst? Dann musst du den Kerlen nicht mehr über den Weg laufen.« Es würde sich mit Sicherheit ein Zimmer für ihn finden, wobei ich davon ausging, dass Soley ihn auch sofort aufnehmen würde.

Liam schüttelte lachend den Kopf. »Danke für das Angebot, aber ich glaube, das würde es nur noch schlimmer machen. Ich komme schon mit ihnen zurecht.«

Daran zweifelte ich nicht. Liam war niemand, der sich einschüchtern ließ. Von keinem Vampyr und erst recht nicht von ein paar Jungs. Trotzdem würde ich niemals dabei zusehen, wie eine Gruppe auf einen Einzelnen losging. Ich dachte an die Situation in New York, in der wir von Ben und seinen Freunden eingekreist worden waren. Meine Angst um Dimitri war riesig gewesen. Dass sie unbegründet war, erfuhr ich erst hinterher.

Das Ereignis schien Jahre her zu sein, dabei waren es erst zwei Monate.

»Wie du meinst. Ich hoffe, nach der Ansage halten sie sich zurück.«

Liam zuckte mit den Achseln. »Vermutlich sind sie jetzt richtig angefressen, aber was soll's! Zu sehen, wie sie den Schwanz eingezogen haben, als du dich bemerkbar gemacht hast, war es wert.«

Ich schmunzelte. »Durchaus. Hattest du schon früher Probleme mit diesen Typen?«

»Immer wieder. Man versteht sich halt nicht mit jedem.«

»Das stimmt wohl.«

Wir verließen die Lichtung und liefen in Richtung Dorf.

»Wolltest du eigentlich zu mir?«, fragte Liam.

»Nicht unbedingt, ich wollte nur spazieren gehen.«

»Ach?« Liam musterte mich skeptisch.

»Jaja, schon gut. Vielleicht wollte ich auch kurz nach dir sehen.«

Ein Grinsen erschien auf seinem Gesicht. »Dass die Frauenwelt sich auch immer solche Sorgen um mich machen muss!«

Ich verdrehte die Augen und gab ihm einen sanften Schubs. »Übertreib halt. Du bist mein bester Freund, ich habe das Recht, um dein Wohlergehen besorgt zu sein.«

»Soso, bester Freund also? Na, darüber wird Dimitri sich aber freuen«, meinte er ironisch.

»Lass ihn in Ruhe. Ich bin ja schon froh, wenn ihr beide euch einfach ignoriert, anstatt immer wieder zu versuchen, euch mit Blicken zu erdolchen.«

Liam hob unschuldig die Arme. »Ich habe dazu doch wohl allen Grund. Er dagegen nicht. Ich habe ihm nichts getan.«

»Du weißt, darüber diskutiere ich nicht mit dir. Eure Streitereien gehen mich nichts an.«

»Ich weiß. So ein Gewissenskonflikt ist wirklich eine blöde Sache ...«

Ich blieb stehen und warf ihm einen warnenden Blick zu. »Schluss jetzt, mein Freund. Sonst mache ich da weiter, wo die anderen Jungs aufgehört haben.«

Liam musterte mich kurz, ehe er anfing, lauthals zu lachen. Ich streckte ihm die Zunge raus, woraufhin sein Lachen nur noch lauter wurde. Ein Grinsen unterdrückend stapfte ich an ihm vorbei.

Es dauerte einen Augenblick, ehe er sich wieder beruhigte und mir hinterherlief.

»Hat die Prinzessin eigentlich nichts Wichtigeres zu tun, als immer nur durch den Wald zu laufen?«, fragte er neckend.

»Doch. Sehr viel sogar.« Ich blieb stehen und seufzte laut. »Heute findet ein großes Treffen statt. Der Ältestenrat ist angekommen und wir haben eine Besprechung bezüglich der Krönung und anderer politischer Themen.«

»Oh, das klingt doch spannend.«

»Hm«, machte ich. »Mal sehen, was sie von mir halten. Ich habe in den letzten Tagen viel gebüffelt, um die ganzen Strukturen zu verstehen. Die Vampyre haben wirklich das komplizierteste politische System, das ich jemals lernen musste.«

»Ich dachte, es wäre total simpel? Du hast das Sagen und fertig.«

Ich lachte trocken. »Schön wär's. Außerdem verstehe ich die Hälfte der Gesetze nicht.«

»Na super. Da kann ich ja froh sein, dass sie das nicht in meinen Unterricht mit reingenommen haben.«

»Definitiv.«

***

Kurz nachdem ich wieder im Schloss war, kam Iluna vorbei, um mich für das Treffen herzurichten. Ich war froh, durch ihre Arbeit etwas herrschaftlicher in meinem Erscheinungsbild auszusehen. Es war irgendwie ein einschüchternder Gedanke, die Ratsmitglieder kennenzulernen, die bei der Regierung mitreden durften.

Iluna stecke mir die Haare hoch und empfahl ein kurzes schwarzes Kleid mit langen spitzenbesetzten Ärmeln. Gerade als wir fertig waren und ich in die High Heels stieg, kam Dimitri herein. Er war wieder ganz in Schwarz gekleidet. Man könnte meinen, wir gingen auf eine Trauerveranstaltung.

»Wow, du siehst wieder hinreißend aus.« Er hauchte mir einen kurzen Kuss auf die Stirn, um nicht meinen Lippenstift zu verwischen. »Und, bist du fertig?«

»Ja, wir können gehen.«

Er hielt mir den Arm hin, damit ich mich bei ihm unterhaken konnte. Ich verabschiedete mich von Iluna und Dimitri führte mich hinaus.

***

Vor dem Ratssaal trafen wir auf Soley. Im Gegensatz zu uns trug sie ein rosa Kleid. Ich konnte mich nicht erinnern, sie je in schwarzen Sachen gesehen zu haben. Das war einfach nicht ihr Stil.

»Hey Soley«, begrüßte ich sie.

»Hallo ihr zwei.« Sie nickte in Richtung Tür. »Schon aufgeregt, Lya?«

»Aufgeregt wäre untertrieben.«

Ich wollte fragen, ob wir hineingehen sollten, als ein Mann mit leicht ergrauten Haaren, einer schwarzen Robe und einer langen Schärpe über der Schulter meine Aufmerksamkeit erlangte. Er kam durch den Gang auf uns zu. Dass er einer der Ältesten und Ratsmitglied war, wusste ich, weil ich ihm bereits begegnet war.

Dimitri machte einen Schritt auf ihn zu und reichte ihm die Hand. »Seid herzlich willkommen.« An mich gerichtet sagte er: »Lilya, darf ich vorstellen, das ist Zakhar. Das oberste Mitglied des Ältestenrates.«

Zakhar hielt mir die Hand hin, doch ich ergriff sie nicht.

»Wir kennen uns«, presste ich hervor. »Wir sind uns bereits bei Valentins Geburtstagsparty begegnet«, ergänzte ich für Dimitri, der überrascht zu Zakhar sah.

»Stimmt das? Ihr wart bei der Party meines Bruders?«

Zakhars Mundwinkel hoben sich zu einem Lächeln, das die Augen jedoch nicht erreichte.

Zakhar antwortete nicht, indem er die Worte an Dimitri, sondern an mich richtete. »In der Tat, Prinzessin. Es freut mich außerordentlich, dass wir uns nun hier und nicht in Sibirien wiedersehen.«

»Ihr seid also kein Fan von Valentin?«, fragte ich direkt.

Seine dunklen Augen musterten mich. »Nein, Prinzessin. Dimitri ist der rechtmäßige Herrscher der Djiye.«

»Und wieso habt Ihr mir damals nicht geholfen, sondern Euch auf der Party blendend amüsiert?«, hakte ich nach. Mir war dieser Mann von der ersten Sekunde an unsympathisch gewesen.

»Oh, ich habe mich mitnichten amüsiert. Ich bin der Einladung lediglich gefolgt, um Euch kennenlernen zu können. In der Situation hatte ich keine Möglichkeit, Euch da rauszuholen. Wir Ältesten besitzen keine Armee – und wie der Name schon sagt, sind wir nicht die Jüngsten und Stärksten.«

Ich hob die Augenbrauen. »Ihr sagt also, Ihr hättet Valentin nicht gekrönt? Und der Ehe nicht zugestimmt, die er mit mir und Prinzessin Soley eingehen wollte?«

Er schüttelte den Kopf. »O nein, natürlich nicht. Die Rassenvermischung ist verboten, da hätte auch für Valentin keiner eine Ausnahme gemacht. Außerdem wärt Ihr diejenige, die ihn hätte krönen müssen, nachdem Ihr selbst gekrönt worden wärt. Dies wäre jedoch nie passiert.«

Ich runzelte die Stirn. »Wie meint Ihr das?«

»Lasst uns das in der Sitzung besprechen.« Er öffnete die Tür zum Ratssaal und hielt sie auf. »Wollen wir?«

***

»Meine Damen und Herren, herzlich willkommen zu der heutigen einberufenen Ratssitzung der Ältesten und der drei Thronerben.« Zakhars Stimme hallte durch den kleinen Saal. Er stand uns gegenüber und ließ den Blick schweifen.

Wir saßen an einem großen runden Tisch. Soley links und Dimitri rechts von mir. Es gab jeweils fünf Ratsmitglieder aus Soleys und Dimitris Rasse. Sie alle trugen die schwarze Robe und rote beziehungsweise gelbe Schärpen. Fünf Plätze waren frei. Ich konnte mir denken, dass sie vermutlich für Kiye gedacht waren. Doch von ihnen gab es abgesehen von mir keine mehr.

»Da es Eure erste Ratssitzung ist, Prinzessin Lilya … wollt Ihr trotzdem direkt das Wort ergreifen?«, fragte er und setzte sich. Unsicher sah ich zu Dimitri, der meinen Blick wohl richtig deutete, und sich erhob.

»Wenn Ihr gestattet, übernehme ich. Ich heiße Euch auch alle herzlich willkommen. Danke, dass Ihr Euch heute hier eingefunden habt. Ihr denke, Ihr wisst, warum wir diese Sitzung einberufen haben.« Er deutete auf mich und ein Lächeln erschien auf seinem Gesicht. »Prinzessin Lilya, die Tochter von Königin Anisya, hat den Weg zu uns gefunden und ist endlich in Sicherheit. Ihr wart von meinem Bruder bereits über ihre Existenz informiert worden.« Er warf Zakhar einen kurzen Blick zu. »Er hatte Pläne mit ihr, die er glücklicherweise nicht in die Tat umsetzen konnte. Nun ist die Frage, wie wir die Regierung am besten regeln. Die drei rechtmäßigen Thronerben befinden sich in diesem Raum und ich bitte Euch, eine Krönungszeremonie in die Wege zu leiten, damit wir nach zwanzig Jahren wieder herrschende Könige haben.«

Dimitri setzte sich und nach einem Moment des Schweigens erhob sich Zakhar. Ich fragte mich, ob die anderen Ratsmitglieder auch etwas zu sagen hatten. Die Mitglieder von Soleys Rasse waren alle weiblich, die von Dimitris männlich. Das ließ mich an Anas Worte zu den verschiedenen Rollenbildern in den Rassen denken.

»Ihr habt natürlich recht, Dimitri. Eine sichere Regierung ist das, was wir erreichen müssen. Das Volk erwartet von uns, dass wir es leiten. Seit zwanzig Jahren herrscht Chaos in unserer Welt und das muss dringend behoben werden. Euer Bruder hat diese Zeit genutzt, um viele Anhänger um sich zu scharen. Die Vampyre sind gespalten. Wir müssen sie wieder vereinen. Eine Krönung bleibt Euch jedoch genauso verwehrt wie Eurem Bruder. Keiner von Euch kann den Königstitel tragen.«

Soley und ich warfen uns irritierte Blicke zu. Dimitri schien ebenfalls nicht zu verstehen, worauf Zakhar hinauswollte.

»Das habt Ihr bereits angedeutet. Möchtet Ihr nun erklären, wieso Ihr der Meinung seid?«, fragte er.

»Ganz einfach. Das Gesetz verlangt, dass Prinzessin Soley und Ihr von

Prinzessin Lilya gekrönt werden müsst, nachdem diese von uns zur Königin ernannt wurde. Zu einer Königin gehört allerdings eine Krone, ohne die sie ihr Amt nicht antreten kann. Die Krone ihrer Familie ist jedoch seit zwanzig Jahren verschwunden.«

»Warum macht man dann keine neue Krone?« Die Frage hatte meinen Mund verlassen, ehe ich daran denken konnte, mich zu erheben oder förmlicher zu reden.

Zakhar sah mich missbilligend an. »Prinzessin Lilya, Ihr mögt das Aussehen Eurer Mutter geerbt haben, jedoch fehlt Euch bisher jegliches Verständnis für unsere Tradition.«

Ich glaubte, mich verhört zu haben. War das so etwas wie eine Zurechtweisung oder Beleidigung?

»Das Gesetz schreibt vor, dass es *diese* Krone sein muss. Man kann sie nicht einfach ersetzen«, erklärte er, als wäre das selbstverständlich.

Ich musste mich zusammenreißen, nicht loszulachen. »Ich bitte Euch, das kann nicht Euer Ernst sein. Wegen einer verschwundenen Krone kann die Regierung nicht zustande kommen?« Es war nicht so, als wäre ich scharf auf den Titel, ich verstand nur nicht, wieso man sich das Leben so kompliziert machen musste. Eine Eigenschaft, die ich von vielen Politikern kannte.

»Keine Sorge, Prinzessin, wir werden eine andere Lösung finden. Der Königstitel starb jedoch mit Eurer Mutter aus.«

***

»Ich kann nicht Königin werden wegen einer Krone?« Am liebsten hätte ich laut losgelacht, so skurril war die Situation. Ich verschränkte die Arme vor der Brust und starrte Dimitri ungläubig an. Wir waren in meine Gemächer zurückgekehrt. Die Ratssitzung hatte zu keinem genauen Ergebnis geführt und Zakhar hatte das Thema vertagt. Ich verstand diesen Aufschub nicht. Wir hatten nichts Hilfreiches erfahren. Mir war es egal, ob ich Königin wurde, aber wenn ich darüber nachdachte, wie untätig der Rat war, fragte ich mich, wie man so eine ganze Spezies leiten wollte. Und ich war diejenige, die dann alles ändern sollte. Kein Wunder, dass Valentin sich alles unter den Nagel riss. Er vergeudete seine Zeit nicht mit Gerede.

Ich konnte nicht fassen, was Zakhar verkündet hatte. Und ich glaubte diesem Typen nicht, dass er Valentin nicht gedient hätte.

»Nun, das Gesetz ...«, setzte Dimitri an, doch ich unterbrach ihn harsch.

»Ich gebe nichts auf dieses Gesetz, Dimitri. Das kann doch nicht euer Ernst sein. Ich werde niemals regieren, weil die Krone meiner Mutter verschwunden ist?«

Er fuhr sich nervös durchs Haar. Ich wusste, dass er es auch hasste, untätig zu sein. »Ich hatte keine Ahnung, dass sie verschwunden ist. In den letzten zwanzig Jahren hat sie niemand gebraucht. Normalerweise verwahren die Ältesten die Kronen, bevor ein neues Mitglied gekrönt wird.«

»Wie kommt es dann, dass nach Anisyas Tod keiner der Ältesten die Krone in Sicherheit brachte? Sie lag doch bestimmt bei meiner Mutter im Zimmer oder in irgendeinem Safe.«

»Ich habe keine Ahnung, aber es findet sich bestimmt eine Lösung.« Er zuckte die Achseln und ich stöhnte genervt.

»Kann es sein, dass die Ältesten gerne Ausreden suchen, keine neuen Könige mehr zu erschaffen? Die Regelung, dass man alle drei Oberhäupter braucht, kann ich ja irgendwo noch nachvollziehen, zumal man so Valentin bestrafte. Doch das? Wer sagt uns, dass Zakhar die Wahrheit sagt und die Krone nicht deinem Bruder gegeben hat?«

Dimitri musterte mich ungläubig. »Warum sollte er das tun?«

»Wer weiß, was Valentin ihm dafür gegeben hat? Vertraust du darauf, dass Zahkars Treue dir gehört?« Ich tat es nicht.

»Die Ältesten sind nicht bestechlich und sie ergreifen auch keine Partei. Sie dienen allen Vampyren und kämpfen für das, was für alle das Beste ist. Sie sorgen dafür, dass unsere Regeln eingehalten werden«, erklärte er und klang dabei, als hätte er ein Fachbuch zitiert.

Ich lachte trocken. »Und an dieses Märchen glaubst du? Jeder ist beeinflussbar und hat eine eigene Meinung.«

Dimitri griff nach meinen Händen und sah mich eindringlich an »Ich kann verstehen, dass du ihnen nicht traust, doch wegen der Ältesten brauchst du dir wirklich keine Sorgen zu machen.«

Ich konnte nur hoffen, dass er sich damit nicht täuschte.

36. KAPITEL

Lilya

Am nächsten Tag versuchte ich, mir nicht zu viele Gedanken wegen des Rats zu machen, doch es gelang mir nicht. Glücklicherweise verstand zumindest Liam meine Bedenken, als ich ihm alles erzählte. Soley und Dimitri waren mit dem Nichtstun des Rats nicht einverstanden, jedoch kannten sie es offenbar nicht anders.

»Diese Typen sind alt, die interessiert nicht mehr, was in der Welt passiert«, meinte Liam und brachte mich damit zum Schmunzeln.

»Da könnte etwas dran sein.«

»Nicht wahr? Politiker sind doch oft alt und denken nicht mehr an morgen, da sie das mit großer Wahrscheinlichkeit nicht mehr erleben.« Er zuckte mit den Schultern. »So machte es zumindest auch auf mich den Anschein, während ich in der Welt da draußen gelebt habe.«

Er richtete den Blick auf den Horizont. Wir hatten uns heute zur Abwechslung mal wieder entschieden, den Ort unserer ersten Begegnung aufzusuchen. Den Wasserfall, an dem ich Emma gerettet hatte. Wenn ich darüber nachdachte, was Liam damals noch von mir gehalten hatte, konnte ich zumindest behaupten, in einer Sache Erfolg gehabt zu haben.

»Das ist das Problem. Die Leute reden gerne darüber, was getan werden muss. Aber sie tun es nie.«

Er stieß mich leicht in die Seite und zwinkerte mir zu. »Dann tu doch was.«

»Das würde ich ja gerne. Die ganze Zeit wurde mir erzählt, dass ich so wichtig und mächtig sei, und nun sitze ich hier rum und darf Däumchen drehen, während irgendwelche Herrschaften über eine Krone diskutieren.« Seufzend verdrehte ich die Augen.

»Das sind eben die wirklich wichtigen Probleme. Stell dir vor, du müsstest bei einem Empfang deine Prinzessinnenkrone tragen und die Presse kommt. Das wäre ein ungeheurer Skandal.«

Lachend rutschte ich von dem Felsen, auf dem wir gesessen hatten. »Ich sollte dich zur nächsten Sitzung mitnehmen. Du würdest den Laden bestimmt ordentlich aufmischen.«

»Weil die sich auch dazu herablassen würden, mit einem Menschen zu sprechen …! Apropos, wann verbesserst du die Lebensbedingungen des Fußvolkes?« Erwartungsvoll sah er mich an und ich musste ein Stöhnen unterdrücken. »Das mache ich, wenn die Regierungsfrage geklärt ist.«

Das Thema lag mir sehr am Herzen, aber momentan schien niemand an Verhandlungen bezüglich unserer Gesetze interessiert zu sein. Zakhar hatte deutlich gemacht, dass ihm meine Einstellung nicht passte. Ich dachte zu wenig daran, die Tradition der Vampyre zu bewahren. Aber was um alles in der Welt hatte man von festgefahrenen Gebräuchen und Regeln?

Ich lehnte mich an den nächsten Baum und starrte auf das tosende Wasser des Flusses. Aus dem Augenwinkel sah ich, wie Liam vom Felsen sprang und sich neben mich stellte. Den Blick ebenfalls auf den Fluss gerichtet, verschränkte er die Hände hinter dem Kopf.

»Es ist egal, was diese Leute sagen. Du bist die Herrscherin über dieses Schloss. Königin hin oder her. Zeige ihnen, dass sie dir zuhören müssen.«

Ich drehte den Kopf ihm zu und musterte nachdenklich Liams Profil. Seine Denkweise beeindruckte mich immer wieder. Er war in meinen Augen sehr schlau und wurde von vielen unterschätzt. »Ich möchte, dass du der Sprecher der Menschen wirst.«

Liam schaute mich aus blauen Augen an. Verständnislos. »Ich soll was?«

»Du hast mich schon verstanden.«

Lachend schüttelte er den Kopf. »So etwas wie einen Sprecher der Menschen gibt es nicht.«

»Noch nicht.«

***

»Du hast definitiv den Verstand verloren.«

Unruhig trat Liam von einem Fuß auf den anderen und zupfte an dem schwarzen Hemd herum, das ich ihm gegeben hatte.

»Quatsch. Du hast gesagt, ich soll etwas tun, und das mache ich hiermit.«

Er lachte trocken und sah sich misstrauisch in dem Raum um, als könnten irgendwo Fallen versteckt sein. Ich hatte ihn mit in den Ratssaal geschleppt und eine Sitzung für heute einberufen. Nicht einmal Dimitri oder Soley wussten, was ich vorhatte.

Ich warf einen Blick auf meine Armbanduhr. Die ersten Ältesten müssten jeden Moment eintreffen. Tatsächlich vergingen keine zehn Sekunden, ehe die Tür geöffnet wurde und zwei Siye hereinspazierten. Sie blieben einen Moment irritiert stehen, als sie uns sahen.

»Setzt Euch ruhig«, meinte ich lächelnd. Sie musterten Liam mit gerunzelter Stirn, sagten jedoch nichts und nahmen ihre Plätze ein.

Der Saal füllte sich langsam. Alle reagierten mit überraschten Gesichtern auf Liams Anwesenheit. Schließlich kamen auch Dimitri und Soley. Soley ließ Liam nicht aus den Augen, als sie ihren Platz ansteuerte. Sie sah besorgt aus.

Dimitri ging mit unergründlichem Blick auf mich zu und stellte sich neben mich. »Was soll das werden?«, zischte er mir leise ins Ohr.

Statt einer Antwort schenkte ich ihm nur ein zuckersüßes Lächeln und zuckte mit den Schultern. Er stöhnte und sah an mir vorbei zu Liam. Sein Gesichtsausdruck ließ darauf schließen, dass er ganz und gar nicht glücklich über dessen Anwesenheit war.

»Setz dich bitte«, wies ich Dimitri ruhig an. Er hob die Augenbrauen und schien nicht meiner Bitte nachkommen zu wollen. Nach einem Augenblick des Schweigens gab er aber nach. In dem Moment betrat Zakhar als Letzter den Saal. Die Tür fiel hinter ihm ins Schloss und alle Köpfe wandten sich in seine Richtung. Er hatte einen Stapel Unterlagen unter dem Arm. Waren die zur Deko oder wollte er mir heute alle Gesetze vorlesen?

Im Gegensatz zu den anderen ging er zu seinem Platz, offenbar ohne Liam und mich zu beachten, die wir als Einzige noch standen. Der Anschein der Gelassenheit wurde jedoch zunichtegemacht, als er hinter seinem Stuhl ankam und mit einem lauten Knall die Unterlagen auf den Tisch fallen ließ. Die restlichen Vampyre zuckten erschrocken zusammen.

Zakhar stützte die Handflächen auf dem Tisch ab und sah von Liam zu mir. »Prinzessin Lilya, ich weiß nicht, was Ihr mit der heutigen Sitzung beabsichtigt, doch ich bitte Euch, diesen Menschen unverzüglich aus dem Ratssaal zu entfernen.«

Gelassen verschränkte ich die Arme vor der Brust. Beim letzten Mal wollte ich erfahren, wie so eine Sitzung aussehen konnte, doch heute würde ich das Reden übernehmen.

»Nein«, erwiderte ich schlicht und meinte zu erkennen, wie sich daraufhin das Braun in Zakhars Augen leicht rötlich färbte.

»Nein?«, echote er ungläubig.

»Nein«, wiederholte ich. »Ich habe den Menschenjungen namens Liam nicht ohne Grund mitgebracht. Er ist ein wichtiger Bestandteil der heutigen Sitzung.«

»Das mag sein, dennoch dürfen Menschen diesen Saal nicht betreten!«, erklärte Zakhar aufgebracht.

»Zakhar, ich bitte Euch Platz zu nehmen, damit ich mit der Sitzung beginnen kann. Die anderen Mitglieder warten sonst noch länger.«

Eine erdrückende Stille legte sich über den Saal. Alle schienen die Luft angehalten zu haben und unser Blickduell zu beobachten. Ich setzte einen Teil meiner Kräfte frei, sodass sich jetzt meine Augenfarbe veränderte.

Zakhars Gesicht verfinsterte sich und er ballte die Hände zu Fäusten. Nach einem kurzen Moment hatte er sich jedoch wieder unter Kontrolle. Er zog langsam den Stuhl zurück, ohne den Blick von mir abzuwenden. Das Geräusch der über den Boden quietschenden Stuhlbeine erschien ohrenbetäubend laut in diesem Augenblick.

»Wie Ihr wünscht, Prinzessin. Dann gebe ich Euch die Gelegenheit, Euer Anliegen vorzutragen.« Er setzte sich und lehnte sich mit verschränkten Armen zurück. Erwartungsvoll musterte er mich, ich ließ mich von ihm aber nicht aus der Ruhe bringen.

»Gut, dann können wir ja anfangen.« Ich atmete tief durch, um mein Vampyrblut zu beruhigen. »Ich habe Liam zu der heutigen Sitzung mitgebracht, weil er ab sofort ein wichtiges Bindeglied zu den anderen Menschen in meinem Königreich werden wird.«

»Ach, und was genau soll das bedeuten?«, fragte Zakhar, kaum dass ich den Satz beendet hatte. Dieser Typ ging mir gehörig auf die Nerven. Ich unterdrückte ein Stöhnen und versuchte professionell zu bleiben.

»Ich habe Liam zum Sprecher der Menschen ernannt. Er wird an Sitzungen teilnehmen und dort die Interessen der Menschen vertreten. Außerdem wird er alles Wichtige direkt mit den anderen Dorfbewohnern besprechen«, erklärte ich. Mein Blick klebte an Zakhar und verfolgte jede Reaktion an ihm. Er sah jetzt fast gelangweilt zu Liam und mir und lehnte sich in seinem Stuhl zurück.

»So, und was für Themen gibt es überhaupt, für die wir einen Menschensprecher gebrauchen könnten?«

Dieses Mal antwortete Liam an meiner Stelle. Es überraschte mich, dass er tatsächlich den Mut hatte, das Wort zu ergreifen, aber genau darauf hatte ich gehofft.

»Zum Beispiel alles, was mit unseren Lebensbedingungen zu tun hat. Man könnte das Dorf und die Häuser ausbauen, damit wir beispielsweise zu fließendem Wasser kommen. Bessere Arbeitsbedingungen wären auch vonnöten. Ihr seid viel stärker als wir und lasst uns trotzdem bis zum Umfallen schuften. Ihr braucht uns Menschen zum Überleben und behandelt uns schlimmer als Tiere.«

Ich nickte zu Liams Worten und ließ Zakhar noch immer keine Sekunde aus den Augen, auch wenn ich gerne Soleys und vor allem Dimitris Reaktion gesehen hätte. Doch vielleicht musste ich das auch nicht. Ich spürte, dass Dimitri neben mir extrem angespannt war. Mit Sicherheit war er der Meinung, dass wir uns hier um Kopf und Kragen redeten.

Anders als ich es von Zakhar erwartet hätte, brach er nach einem Moment der Stille in lautes Gelächter aus, und zu meiner Frustration stimmten die anderen Ratsmitglieder ein. Verärgert ballte ich die Hände zu Fäusten. »Dürfte ich erfahren, was so witzig ist?«, fragte ich barsch und brachte die anderen zum Verstummen.

Natürlich war es Zakhar, der antworte. »Entschuldigt Prinzessin, aber ist das Euer Ernst? Es ist die erste Sitzung, bei der Ihr etwas beitragen wollt, und Euer erstes Anliegen betrifft die Haltungsbedingungen unserer Menschen? Wie nett von Euch, gleich Partei für sie zu ergreifen. Nachdem Ihr unter ihnen aufgewachsen seid, darf man sich wohl nicht wundern über die Sympathie, die Ihr ihnen entgegenbringt.« Seine Stimme triefte nur so vor Hohn und Spott.

»Es ist mein erstes Anliegen, weil es ungeheuer wichtig ist!«, betonte ich ruhig. »Ich sehe es als meine Aufgabe an, mich um dieses Schloss zu kümmern. Und um all seine Bewohner.«

»Die Menschen leben nicht im Schloss, also kein Grund sich zu sorgen.«

Mir klappte beinahe die Kinnlade runter. Wollte dieser Mann mich veräppeln?

Ich suchte zu lange nach einer schlagfertigen Antwort und Zakhar nutzte die Pause, um weiterzureden.

»Wie dem auch sei, es ist irrelevant, an diesem Punkt über solche Dinge zu diskutieren. Solange die Regierungsfrage nicht geklärt ist, werden auch keine anderen Entscheidungen getroffen. Vor allem nicht solche«, erklärte er.

»Und wann gedenkt Ihr, die Regierungsfrage zu klären? Dimitri, Soley und ich sind hier, es gibt keinen Grund für einen Aufschub, abgesehen von einer dämlichen Krone.«

Zakhar erhob sich. Seine Augen funkelten zornig. »Hört mir gut zu, Prinzessin, sagt uns nicht, was wir tun sollen. Ich war schon Mitglied des Ältestenrates, da war noch nicht einmal Eure Mutter geboren. Wir werfen unsere Tradition gewiss nicht über den Haufen nur für Euch. Lernt endlich, was es heißt, eine Vampyrprinzessin zu sein.«

Stille folgte. Zakhar sah mich abwartend an, doch ich war zu sprachlos, um zu antworten. Mein Blick glitt über die anderen Ratsmitglieder, die sich bisher nicht einmal geäußert hatten. In diesem Moment fühlte ich mich so fehl am Platz wie noch nie in meinem Leben. Ich war hier unerwünscht, das bekam ich soeben zu spüren.

Dem Rat wäre es mit Sicherheit lieber gewesen, wenn ich nicht existierte – oder nur in einer Version, die sie kontrollieren konnten. Und ich wurde das Gefühl nicht los, dass Zakhar Angst hatte. Angst davor, dass ich das Leben der Vampyre verändern konnte, das so extrem durch Tradition bestimmt war. Ganz offensichtlich wollte hier niemand Veränderungen akzeptieren.

Ich traute mich immer noch nicht, zu Soley oder Dimitri zu sehen. Zu viel Angst hatte ich vor dem, was ich in ihren Gesichtern lesen könnte. Dass sie sich nicht äußerten oder Dimitri nicht einmal unterstützend die Hand auf meine legte, schmerzte. Ich spürte eine gähnende Leere in mir und hörte kaum, wie Zakhar die Sitzung beendete.

»Gut, nachdem das geklärt ist, können wir die heutige Sitzung wohl beenden. Ich werde eine interne Besprechung der Ältesten zur Regierungsbildung einberufen. Wir werden Euch dann über das Ergebnis informieren, Prinzessin.« Zakhar stapelte seine Unterlagen, die er tatsächlich nicht gebraucht hatte, schob sie sich wieder unter den Arm und nickte mit einem abschätzigen Blick in Liams Richtung. »Und lasst bei dem nächsten Treffen gefälligst diesen Menschen zu Hause!«

37. KAPITEL

Dimitri

Nachdem Zakhar die Sitzung beendet hatte, wollte ich darauf warten, dass er und die anderen Ratsmitglieder sich aus dem Staub machten, um anschließend mit Lilya reden zu können. Doch meine Freundin machte mir einen Strich durch die Rechnung. Ohne mich auch nur einmal anzusehen, schnappte sie sich Liams Hand und teleportierte sich mit ihm davon.

»Verflucht, Lya!«, zischte ich genervt. Wieso lief sie immer davon?

»Kannst du es ihr wirklich übel nehmen, dass sie das probiert hat?«, fragte Soley und lehnte sich in ihrem Stuhl zurück. Offenbar dachte sie, ich hätte wegen des Sitzungsthemas geflucht. Nun, das würde auch passen. Ich hatte bereits mit dem Schlimmsten gerechnet, als ich Liam gesehen hatte. Wieso war Lya nur so ungeduldig? Konnte sie sich mit solchen Themen nicht zurückhalten, bis die Krönung und alles andere geklärt waren?

Ehe ich Soley antwortete, sah ich mich um, ob wir jetzt endlich allein waren. Tatsächlich hatten alle anderen den Saal verlassen.

»Findest du es denn gut, dass sie deinen Freund hierhergeschleppt hat? In die Höhle der Löwen?« Fragend hob ich eine Augenbraue, woraufhin sie das Gesicht verzog.

»Sie hat versucht, sein Leben, das seiner Familie und aller anderen Menschen zu verbessern. Etwas, was wir schon längst hätten tun sollen.« In ihrer Stimme klang so etwas wie Bedauern mit. War ja klar, dass Soley Schuldgefühle hatte, seit sie mit Liam zusammen war!

»Ach? Und wieso hast du sie bei ihrem Wortgefecht mit Zakhar dann nicht unterstützt? Immerhin ist er *dein* Freund«, erinnerte ich sie.

»Und Lilya ist *deine* Freundin«, meinte sie spitz. »Doch du hast dich genauso rausgehalten.«

»Hast du etwas anderes erwartet? Wir brauchen die Ältesten, ich habe nicht vor, es mir mit ihnen zu verscherzen. Hätte mir Lya vorher erzählt, was sie vorhat, hätte ich ihr diese dumme Idee ausgeredet.« Zumindest hätte ich es versucht.

Lilya war genauso dickköpfig wie ich und nur schwer von etwas abzubringen. Ich hätte ihr aber vorher klargemacht, wieso ich sie bei der Sache nicht unterstützen konnte. Zumindest noch nicht. Solange es keine Könige gab, regierten die Ältesten die breite Masse. Und auch nach der Krönung würden sie das Bindeglied zwischen uns und allen anderen Vampyren darstellen.

So eine Situation wie jetzt gab es noch nie. Zwischen dem Wegfall eines Königs oder einer Königin bis zur Krönung eines Nachfolgers hatten in unserer gesamten Geschichte früher höchstens ein paar Monate gelegen. Nun waren es zwanzig Jahre und der Rat hatte in all diesen Jahren keine Alternative gefunden.

Jetzt war Lilya da. Der Rat könnte sie zur Königin ernennen und sie daraufhin mich und Soley krönen. Theoretisch. Praktisch scheiterte das an der vermissten Krone und ich konnte sehr gut nachvollziehen, wie sehr das Lilya nervte. Diese Tatsache hinderte schließlich auch mich daran, endlich rechtmäßig zu regieren. Mein Bruder herrschte in Sibirien ohne Königstitel und war damit weitaus erfolgreicher als wir hier.

Allerdings ließ sich mein Bruder auch von niemandem etwas sagen und agierte wie ein Diktator. Gerne hätte er die absolute Monarchie erreicht. Ein König zu sein, der tun und lassen könnte, was er wollte, und allein das Sagen hat, das war immer sein Traum gewesen.

Die Monarchie, die wir hier anstrebten, gab uns als Monarchen jedoch nicht so viel Macht, da unsere Regierung mithilfe der Ältesten gebildet wurde. Die Mitglieder wurden allerdings nicht, wie zum Beispiel Parlamente bei den Menschen, vom Volk gewählt, sondern waren einfach die ältesten Vampyre unserer Rassen. Und leider waren diese nicht immer nur weise, sondern oft geprägt von Altersstarrsinn.

Wo Anisyas Krone geblieben war, wusste ich nicht. Ich traute es dem Rat aber zu, dass sie uns nur erzählten, dass sie verschwunden war, um die Krönung zu verhindern.

»Sie wird jetzt ganz schön sauer auf uns sein …«, meinte Soley missmutig und riss mich aus den Gedanken.

»Was soll's!« Ich zuckte mit den Schultern. »Dass sie sauer auf mich ist, bin ich langsam gewöhnt.«

Soley sah mich verständnislos an. »Ist es denn nicht erstrebenswert, dafür zu sorgen, dass sie dazu keinen Grund mehr hat?«

Ich biss die Zähne fest aufeinander und antwortete nicht. Sie kannte die Antwort. Ohne ein weiteres Wort erhob ich mich und sah zu, den Ratssaal endlich zu verlassen.

***

Ich machte mich nicht auf die Suche nach Lilya. Ich hatte aus den Erfahrungen der letzten Male gelernt. Wenn sie ihre Ruhe wollte, durfte ich sie nicht bedrängen.

Stattdessen lud ich Sascha auf eine Trainingsrunde ein. Ein bisschen mein Schwert zu schwingen würde mich auf andere Gedanken bringen. Zumindest dachte ich das. Ich hatte allerdings nicht mit Saschas neugieriger Ader gerechnet, die zwar nicht so schlimm war wie die seiner Frau, aber trotzdem vorhanden.

»Wie war die Sitzung?«, fragte er, noch ehe wir mit dem Kampf begonnen hatten.

Stöhnend strich ich mit dem Finger über die Klinge meines Schwertes. »Lilya wollte Liam zum Sprecher der Menschen ernennen und dass er zukünftig bei den Treffen im Rat dabei ist.«

»Oh, das hat den Ältesten bestimmt nicht gefallen. Und dir mit Sicherheit auch nicht.« Um Saschas Mundwinkel zuckte es verräterisch, als er vermutlich versuchte, ein Lachen zu unterdrücken.

»Natürlich nicht! Der Rat diskutiert gerade über die Regierungsbildung und sie hat nichts Besseres zu tun, als an die Menschen zu denken. Wir sind keine Menschen, sie sollte sich in erster Linie um ihre eigene Spezies sorgen.«

»Bist du sicher, dass das alles ist?«, fragte Sascha und hob eine Augenbraue. Ich wusste, worauf er hinauswollte.

»Nein. Und ich kann diesen Typen nicht leiden«, erwiderte ich gereizt.

Sascha nickte und legte die Stirn in Falten. »Dir ist aber schon bewusst, dass du das ihr gegenüber nicht zeigen darfst? Sie hat Liam ins Herz geschlossen, sie wird nie verstehen, was du gegen ihn hast. Und dass Soley jetzt mit ihm liiert ist, macht es auch nicht besser. Damit bist du der Einzige, der ein Problem mit ihm hat.«

»Ach was! Soll ich mich jetzt mit dem Kerl anfreunden, der momentan mehr Zeit mit meiner Freundin verbringt als ich? Als würde ihm *eine* Prinzessin nicht reichen.«

Sascha lachte leise. »Tja, dieser Typ ist wirklich ein Glückspilz. An deiner Stelle würde ich ihn aber einfach ignorieren. Lilya liebt dich und das wird sich auch nicht ändern, solange du ihm nicht an die Gurgel gehst.«

»Seinetwegen hätte ich ihre Liebe schon fast verloren, erinnerst du dich? Hätte er nicht wegen Sarah gepetzt ...« Zornig packte ich den Griff meines Schwerts fester.

Sascha ließ seines locker kreisen. »Und wenn schon. Sie hat dir verziehen, so besteht auch nicht die Gefahr, dass es irgendwer sonst ausplaudert. Also kein Grund mehr zur Sorge.«

Kein Grund mehr zur Sorge? Beinahe hätte ich laut losgelacht. »Sehr witzig. Hast du vergessen, dass es weitaus schlimmere Dinge gibt, die man über mich ausplaudern könnte?«

Saschas Blick wurde ernst. »Es gibt wohl nur einen, der Lilya das erzählen könnte. Aber ich glaube nicht, dass du zulassen wirst, dass sie jemals wieder in seine Nähe kommt.«

Ich nickte ernst. Damit hatte Sascha definitiv recht. Meinen Bruder würde ich in Stücke reißen, wenn er es wagen sollte, Lilya noch mal zu nahe zu kommen. Wieso er ihr während der Zeit in Sibirien nicht mehr über mich erzählt hatte, verstand ich bis heute nicht. Ging er davon aus, dass diese Berichte gereicht hatten, um uns zu entzweien, oder wollte er sich die Enthüllung für später aufheben?

Ich könnte mir ewig darüber den Kopf zerbrechen und doch würde ich es nicht herausfinden. Valentin war nie leicht zu durchschauen gewesen. Er plante seine Aktionen lange im Voraus und wenn er sie in die Tat umsetzte, rechnete niemand damit. Den Mord an unserer Familie hatte ich auch nicht kommen sehen, ansonsten hätte ich sie gerettet.

»Genug gequatscht, ich dachte, wir wären zum Kämpfen hier.« Ich ging in Angriffsstellung und ließ Sascha kaum Zeit zu reagieren, als ich zum ersten Schlag ausholte.

***

Das Training hatte mich schlussendlich von meinen Gedanken ablenken können, doch sobald ich auf dem Weg zu Lilyas Gemächern war, kamen die Sorgen zurück. Ich dachte über Soleys Worte nach. Sie war der Meinung, dass ich mein Verhalten ändern musste, um Lilya glücklich zu machen. Doch war das möglich? Konnte ich ändern, wer ich war?

Ich hatte für sie bereits mein ganzes Leben umgekrempelt. Ich aß kein Menschenfleisch mehr, auch wenn ich nicht verstand, wo das Problem war. Das Blut trinken durfte ich schließlich auch. Zumindest so lange, bis Lilya mit Soley vielleicht eine Alternative fand, die das nicht mehr notwendig machte. Dies traute ich den beiden definitiv zu.

Wir ließen die Dorfbewohner sich schnell vermehren, um immer genug Blutspender zu haben. Einige von ihnen schickten wir vorübergehend oder dauerhaft zu Vampyren, die außerhalb der Königreiche wohnten.

Ich wusste nicht, ob Lilya mitbekommen hatte, was mit den alten und kranken Menschen geschah. Konnte es mir aber nicht vorstellen, da sie ansonsten bestimmt Theater gemacht hätte. Es war für sie schon schlimm genug, dass wir Kinder tätowierten. Dem natürlichen Tod zuvorzukommen war da eine andere Hausnummer. Doch solange sie selbst nicht nachfragte, wieso es hier keine alten Menschen gab, würde ich mich hüten, das Thema anzusprechen.

Hoffentlich dachte Liam nicht daran, mit ihr darüber zu reden. *Liam.* Ich seufzte innerlich bei dem Gedanken an diesen Jungen. Hätte sich Lya nicht mit einem Menschen anfreunden können, der mir irgendwie sympathisch oder zumindest egal war?

Liam trieb mich in den Wahnsinn, dabei wusste ich nicht einmal, warum. Dass ich ihm keine Schuld für die Probleme mit Lilya geben konnte, war mir bewusst. Ich war selbst für mein Handeln verantwortlich. Doch einen Sündenbock zu haben war immer einfacher.

Die verpatzte Ratssitzung hätte ich vielleicht verhindern können. Ich hätte nur mit Lilya reden müssen. Darüber, dass wir den Rat nicht ärgern durften. Wir brauchten ihn für die Krönung, ich wollte ungern das ganze System stürzen, um an die Macht zu kommen.

Zakhar war ein Problem, das ich am liebsten aus der Welt schaffen würde. Ich wusste, dass er insgeheim hoffe, dass es keine Könige mehr gab. Das würde seine Macht erhalten. Lilya gegenüber hatte ich das Problem heruntergespielt, was sich nun als Fehler herausgestellt hatte. Hätte ich sie eingeweiht, wäre die Sitzung nicht so eskaliert.

Ich betrat Lilyas Gemächer und hielt überrascht inne, als ich sie auf der Couch sitzen sah. Sie hatte ein Buch über unsere Politik in der Hand und blickte auf, als sie mich hörte.

»Oh, du bist hier.«

Sie runzelte die Stirn. »Ja, das sind auch meine Räume.«

Ich schloss die Tür hinter mir und setzte mich zu ihr. »Hör zu, Lya, es tut mir leid, dass ich bei der Sitzung nichts gesagt habe.«

»Ach?« Sie klappte das Buch zu und sah mich erwartungsvoll an.

»Hättest du mir von deinem Plan erzählt, hätte ich dir erklärt, dass es eine dumme Idee ist.«

Sie öffnete den Mund, doch ich hob eine Hand, um ihr zu signalisieren, dass sie mich ausreden lassen sollte.

»Ich weiß, wie sehr dir das Thema am Herzen liegt, doch du kannst nicht mit dem Kopf durch die Wand. In der Politik muss man gewisse Schritte einhalten. Wir müssen warten, bis die Regierungsbildung abgeschlossen ist, dann kannst du anfangen, das System umzukrempeln.«

Sie verschränkte die Arme vor der Brust und verzog das Gesicht. »So wie die das hinauszögern, dauert es noch Jahre.«

»Keine Sorge, so lange werde auch ich nicht auf eine Entscheidung warten. Wenn es keine Einigung gibt, werden wir den Rat stürzen müssen, aber das ist wirklich das allerletzte Mittel. Ich möchte nicht noch einen Krieg in unseren Reihen.«

Lilyas Augen wurden groß. »Du überlegst, den Rat zu stürzen?«

»Ja, wenn es keine andere Möglichkeit gibt. Ich habe gelogen, ich sehe den Rat tatsächlich als Bedrohung an und vertraue den Ältesten nicht.«

Lilya presste die Lippen aufeinander und schien nachzudenken.

»Das hättest du mir sagen müssen«, meinte sie irgendwann und ich nickte seufzend. »Ich weiß. Ich wollte aber, dass du dem Rat unvoreingenommen gegenübertrittst. Konnte ja nicht ahnen, dass du dich gleich mit Zakhar anlegst.«

Sie zuckte die Schultern. »Ich kann ihn eben nicht leiden.«

Ich schmunzelte. »Ich auch nicht. Schaffst du es trotzdem, dich in nächster Zeit zusammenzureißen und dich ruhig zu verhalten?«

»Na schön.« Sie verzog die Lippen zu einem Grinsen. »Aber sobald alles geklärt ist, werde ich Zakhar gehörig die Meinung sagen.«

38. KAPITEL

Lilya

Am nächsten Morgen traf ich mich mit Soley, um mit ihr über den Rat zu sprechen. Wir entschieden uns jedoch, uns erst einmal auf den Weg zu Liam zu machen, um ihn zu einem gemeinsamen Frühstück abzuholen. Nachdem er bei der letzten Ratssitzung ebenfalls dabei gewesen war, wollte er vermutlich auch mit uns reden.

Soley und ich folgten dem Weg zum Dorf der Menschen, als sie plötzlich innehielt. »Warte.«

Ich blieb ebenfalls stehen und sah fragend zu ihr. Es wirkte, als würde sie lauschen. Schließlich erschien ein Grinsen auf ihrem Gesicht. »Das musst du sehen, Lya.«

Bevor ich fragen konnte, was sie meinte, zog sie mich in den Wald hinein, bis sie am Rande einer Lichtung stehen blieb.

In dem Moment kam Dimitri am anderen Ende aus dem Wald und joggte über die Wiese. Ich verstand nicht, was an meinem Freund so besonders war, bis ich sah, was ihm dicht auf den Fersen war. Mir blieb fast das Herz stehen, als ich den Bären bemerkte, der hinter ihm herrannte.

Mir klappte der Mund auf. Ich wollte auf Dimitri zurennen und ihn warnen, doch Soley hielt mich am Arm fest. »Alles ist gut, schau zu.«

Dimitri warf einen Blick zurück über die Schulter und sein Lachen hallte über die Lichtung. Er verlangsamte die Schritte und der riesige Bär holte auf. Sprachlos stand ich am Waldrand und beobachtete das Szenario auf der Lichtung.

Gemeinsam rannten sie, bis schließlich Dimitri ein Brüllen ausstieß und die Zähne fletschte. Der Bär antwortete darauf ebenfalls mit einem Brüllen und zeitgleich stürzten sie sich aufeinander und rollten übers Gras.

Soley stupste mich an. »Na, wie findest du sein Morgenritual?«

»Sein Morgenritual?«, wiederholte ich irritiert.

»Ja. Immer wenn er hier in Kanada war, ist er morgens mit Jacky joggen gewesen und das endete stets in einem Kampf der beiden.« Sie schüttelte den Kopf. »Wir Vampyre benehmen uns halt manchmal wie Tierkinder.«

Ich richtete den Blick wieder auf Dimitri und den Bären, die tatsächlich wie Kinder herumtollten.

»Ist das nicht gefährlich?«, fragte ich sorgenvoll.

»Ach Quatsch. Das sieht brutaler aus, als es ist. Keiner von beiden wird verletzt.«

Sie hatte recht. Es sah wirklich brutal aus. Doch man bemerkte auch, wie viel Spaß die beiden dabei hatten.

»Das ist unglaublich«, stieß ich aus. Ich hatte so etwas noch nie gesehen.

»Komm, lass uns weitergehen.« Soley zog mich sanft am Arm. Nur widerwillig löste ich den Blick von meinem Freund und dem Bären und folgte Soley zurück auf den Weg.

»Wie kommt man auf die Idee, so mit einem Bären herumzutollen?« Das, was ich eben gesehen hatte, ließ mich nicht mehr los.

Soley zuckte mit den Schultern. »Wir wachsen in der Natur auf und haben eine ganz besondere Verbindung zu Tieren. Bären sind das Familientier der Djiye, jeder in der Königfamilie bekommt symbolisch einen Bären zur Geburt geschenkt.«

»Wie bitte? Dimitri hat einen Bären bekommen?«

Soley schmunzelte. »Wie gesagt, nur symbolisch. Jackys Vater wurde ebenfalls in dem April geboren, in dem auch Dimitri und Valentin auf die Welt kamen. Man kennzeichnet diese Tiere und sieht sie als Beschützer der Königsfamilie. Natürlich leben sie in Freiheit, doch irgendwie wachsen sie trotzdem gemeinsam auf. Zumindest ist das bei den Siye so.«

»Welches Tier steht für euch?«, fragte ich neugierig.

»Der Wolf«, erklärte sie lächelnd. »Ich weiß noch, wie meine Wölfin Zera mich immer bei Spaziergängen begleitete, wenn ich als kleines Kind im Wald unterwegs war. Leider wurde sie nicht sehr alt, doch ich habe ihre Linie verfolgt, bis ich aus Norwegen entführt wurde.«

»Aber Dimitri wurde doch in Sibirien geboren. Wie kommt es, dass Jacky hier ist?«

»Er hat sie mit hergebracht, soweit ich weiß. Aber das kannst du ihn selbst fragen.«

Liams Hütte kam in Sicht, als mir noch eine Frage einfiel. »Und welches Tier steht für meine Familie?«

»Der Panther.«

Ich blieb erneut stehen. »Der Panther? Aber das ist doch keine eigene Art.«

Soley verdrehte die Augen. »Schlaumeier. Nein, der Panther ist keine Rasse, sondern so bezeichnet man die schwarzen Exemplare von Leoparden und Jaguaren. Trotzdem hat man explizit den Panther gewählt. Gemeint ist dabei übrigens der schwarze Jaguar, denn dieser stammt aus Amerika.«

***

»Na, hat dir die Vorstellung heute Morgen gefallen?«, fragte Dimitri, als wir uns später vor dem Schloss über den Weg liefen. Er hatte also mitbekommen, dass Soley und ich ihn beobachtet hatten.

Ich blieb stehen und runzelte die Stirn. »Keine Ahnung. Ich denke, du bist verrückt geworden.«

Lachend schüttelte er den Kopf. »Damit hast du vermutlich recht.« Er griff nach meiner Hand. »Komm mit, ich will dir was zeigen.«

»Ich glaube, mein Tagesbedarf an Überraschungen ist gedeckt«, murmelte ich, als er mich durch den Wald führte, bis wir vor einer kleinen Höhle stehen blieben. Dimitri stieß einen lauten Pfiff aus und ich wartete gespannt.

»Und was ist hier?«, fragte ich neugierig, doch in dem Moment sah ich es.

Ein Bär streckte den Kopf aus der Höhle und erschrocken wollte ich zurückweichen, doch Dimitri ließ meine Hand nicht los.

»Keine Angst. Das ist Jacky.« Das war also der Bär, mit dem Dimitri immer herumtobte.

»Oh, mein Gott«, entfuhr es mir, als der Bär auf uns zutapste.

Ich rührte mich nicht und beobachtete fasziniert das Raubtier. Nur knapp einen Meter von uns entfernt blieb er stehen. Er schien mich mit seinen braunen Augen zu mustern. Ohne zu zögern, ging Dimitri zu ihm und strich ihm durch das dichte Fell.

»Na, meine Große. Wie geht es dir?«

Verblüfft beobachtete ich, wie der Bär sich auf die Hinterbeine stellte und Dimitri ihn umarmte. Was für ein seltsam verkehrtes Bild! Ich wusste, wie stark Dimitri war und dass ein Bär in seinen Augen nicht stärker als ein kleiner Welpe war, doch trotzdem schlug mein Herz schneller.

»Wie machst du das?«, fragte ich beeindruckt.

Dimitri ließ den Bären los, der sich daraufhin wieder auf seine vier Pfoten stellte und sich gegen ihn drückte.

»Sie ist mein Freund«, antwortete er schulterzuckend.

»Das sehe ich. Es ist unglaublich. Sie ist kein bisschen aggressiv. Hast du sie trainiert?«

Dimitri lachte. »Nein, das ist nicht nötig. Das hat nichts mit Zirkuskunststückchen zu tun. Sie mag mich und respektiert uns. Wir sind für sie weder eine Bedrohung noch ihre Beute. Du hast doch selbst eine besondere Verbindung zu Tieren. Hast du dich nie gefragt, woher das kommt?«

Ich runzelte die Stirn. »Was meinst du damit? Hat das eine besondere Bedeutung? Wir sind Vampyre und keine Tierflüsterer.«

»Das mag sein. Doch wir leben im Einklang mit der Natur. Wir haben eine besondere Verbindung zu unserer Umwelt und anderen Lebewesen. Während der Evolution haben wir nicht unsere Fähigkeit verloren, uns mit anderen Tieren verbunden zu fühlen. Wir können mit ihnen kommunizieren, wenn auch auf andere Art und Weise. Wir sind für die Tiere keine Bedrohung und gleichzeitig stehen wir nicht auf ihrem Speiseplan. Tatsächlich ernähren wir uns von den Menschen, der einzigen Gefahr für diesen Planeten. Man könnte uns also auch als Beschützer und Bewahrer unserer Welt ansehen.«

»Wow, das ist unglaublich.« Dass wir Vampyre für ein Gleichgewicht in der Welt sorgen konnten, hatte ich oft genug gehört, doch zu sehen, wie ein Raubtier auf uns reagierte, machte mich sprachlos. »Ich habe mich häufig von unseren Tieren mehr verstanden gefühlt als von anderen Menschen. Meinst du, sie haben schon immer gespürt, dass ich kein Mensch bin?«

Dimitri strich durch das dichte Fell der Bärin. »Aber mit Sicherheit. Tiere spüren das von Anfang an, auch wenn wir noch nicht erweckt sind.«

Mit offenem Mund sah ich dabei zu, wie die beiden miteinander schmusten. Ein Geräusch ließ mich aber wieder zur Höhle schauen, aus der in dem Moment zwei kleine junge Bären tapsten.

Ein entzückter Seufzer entfuhr mir, als die Kuschelknäule sich uns ebenfalls näherten.

Die Bärin und Dimitri hatten mittlerweile wieder Abstand zueinander gewonnen.

»Dimitri, sie hat Junge!« Meine Stimme war eine Mischung aus Verzückung und Schrecken, denn immerhin hatte ich oft gehört, dass man sich auf keinen Fall Bärenjungen nähern sollte, da es nichts Schlimmeres gab als eine wütende Bärenmama, doch Dimitri blieb ganz ruhig.

»Du kannst sie ruhig anfassen.«

»Bist du wahnsinnig? Die Mutter wird uns zerfetzen.« Egal, was Dimitri mir gerade zu unserer Verbundenheit mit Tieren erzählt hatte, ich wollte nicht riskieren, dass die Bärin sauer wurde.

Dimitri lachte laut los. »Keine Panik. Jacky frisst niemanden. Pass auf.« Er lief auf die Kleinen zu und ging vor ihnen in die Hocke. Neugierig beschnupperten sie ihn und ließen sich auch von ihm streicheln.

Jacky näherte sich Dimitri nun ebenfalls wieder und stupste ihn mit der Schnauze gegen den Rücken. »Ja, du hast wundervolle Babys«, versicherte er ihr und kraulte sie am Hals. Er ließ von ihr ab und nahm ein Bärenjunges auf den Arm. Lächelnd erhob er sich und kam auf mich zu. »Möchtest du es mal halten?«

»Ähm.« Mein Blick glitt zu Jacky, die mit ihrem anderen Jungen beschäftigt war. »Na schön.«

Dimitri übergab mir den kleinen Bären, der überraschend schwer war. Ich schätzte, dass das Tier bereits um die zwanzig Kilogramm wog. Was in Anbetracht der großen und bestimmt sehr schweren Mama auch kein Wunder war.

»Weißt du, wie alt die Babys sind?«, fragte ich Dimitri neugierig.

»Um die drei oder vier Monate, würde ich sagen.«

»Sie sind so unglaublich süß.« Am liebsten knuddelte ich das Bärenjunge so fest, wie ich konnte, doch ich wollte die Mutter nicht verärgern. Deshalb setzte ich das Kleine wieder ab, das daraufhin zu seiner Mutter tapste.

»Möchtest du ihnen einen Namen geben? Es sind zwei Männchen.«

»Teddy und Balu«, verkündete ich, ohne groß zu überlegen. Dimitri schmunzelte. »Alles klar.«

Die Bärenfamilie verlor das Interesse an uns und zog sich wieder in ihre Höhle zurück. Ich strahlte vermutlich über das ganze Gesicht. Diesen Tieren so nahe zu sein war ein unbeschreibliches Gefühl.

»Wie kommt Jacky eigentlich hierher?«, fragte ich, als wir uns auf den Rückweg zum Schloss machten. »Soley meinte, Jackys Vater wurde im selben Monat wie du geboren. Aber ich vermute, dass das in Sibirien war, oder nicht?«

»Das stimmt. Bosko war Jackys Vater. Leider wurde Jackys Mutter kurz nach ihrer Geburt von Wilderern getötet. Ihre beiden Brüder auch. Ich konnte sie leider nicht retten.«

Ich bemerkte, wie er die Hände zu Fäusten ballte.

»Du hast die Typen erwischt, oder?«, vermutete ich und er nickte. »O ja.«

Ich hakte nicht weiter nach, da ich mir vorstellen konnte, was er mit ihnen angestellt hatte.

»Jacky habe ich anschließend von Hand großgezogen und mit nach Kanada genommen. Deshalb haben wir ein besonders enges Verhältnis«, erklärte er.

»Ja, das sieht man.«

Den Rest des Weges sprachen wir nur noch über Tiere und unsere Erfahrungen mit ihnen. Am liebsten hätte ich jetzt einen Panther, der mit mir geboren worden wäre. Doch Jaguare lebten, soweit ich wusste, nur noch in Südamerika, weshalb ich hier keinem begegnen würde. Möglicherweise hatte das früher anders ausgesehen, als das Schloss gebaut worden war.

»Machst du heute mit mir einen Ausritt?«, fragte ich Dimitri, als wir am Schloss ankamen. Ich hatte keine Großkatze als tierischen Begleiter, doch Coco, Rocco und Scampino waren seit Jahren an meiner Seite und ich wollte sie nicht mehr vernachlässigen.

»Klar. Ein bisschen in Erinnerungen schwelgen?« Er zwinkerte mir zu. Bei unserem ersten und einzigen gemeinsamen Ausritt hatten wir uns zum allerersten Mal geküsst. Die Zeit auf der Ranch war wundervoll gewesen. Seitdem war so viel passiert. Und das meiste war alles andere als positiv gewesen. Es konnte also nicht schaden, neue schöne Erinnerungen zu schaffen.

39. KAPITEL

Lilya

Die Sonne ging gerade am Horizont auf, als ich aufgeregt aus einem Traum erwachte. Dimitri schlief noch tief und fest neben mir, doch weiterschlafen kam für mich nicht infrage. Ich warf einen Blick aus dem Fenster, durch das die ersten Sonnenstrahlen ins Zimmer fielen. Wir hatten vor dem Einschlafen vergessen, das Rollo herunterzulassen.

Gestern Abend waren wir mit den Pferden quasi in den Sonnenuntergang geritten. Mitten im Wald hatten wir dann ein kleines Picknick gemacht und unsere Zweisamkeit genossen, was wir in letzter Zeit viel zu wenig getan hatten.

Ich betrachtete meinen schlafenden Freund und dachte an die Erinnerung meiner Mutter, die sich mir in den Traum geschlichen hatte. Ich musste sofort nachsehen, was es damit auf sich hatte. Seit der Erweckung fluteten mich häufiger Bruchstücke aus ihrem Leben. Ich träumte davon oder die Erinnerungen kamen einfach so über mich. Die meisten hatten jedoch keine große Bedeutung. Meine Mutter hatte vermutlich einfach einen Großteil ihrer Erinnerungen an mich weitergegeben, ohne nur die wichtigsten herauszufiltern. Ich freute mich darüber, da ein Teil von ihr so in mir weiterlebte und sie nicht in Vergessenheit geriet.

Leise kletterte ich aus dem Bett, schnappte mir meine Sachen und zog zumindest die dunklen Vorhänge zu, damit Dimitri noch etwas länger schlafen konnte.

Dann schlich ich mich aus dem Zimmer.

***

So früh am Morgen war in den Gängen des Schlosses kaum etwas los. Die meisten Vampyre waren eben erst zu Bett gegangen. Ich versuchte, mich an die Details aus dem Traum zu entsinnen, und suchte den Ort, an dem die Erinnerung begonnen hatte.

Es dauerte eine ganze Weile, bis ich endlich den Gang fand, der zu dem Raum führen müsste, den ich im Traum erkannt hatte. Ich öffnete ein paar Türen, bis ich schließlich die richtige fand und in den Raum schlüpfte.

Es handelte sich um eine Art Arbeitszimmer. Ein großer Schreibtisch und drei Regale befanden sich darin. Ich hatte bei meiner Erkundung des Schlosses zwar nur einen kurzen Blick hineingeworfen, doch ich war mir beim Aufwachen sicher gewesen, dass ich hier richtig sein würde.

Ich sah mich prüfend um. Alles hier drinnen war mit einer dicken Staubschicht überzogen, weshalb ich vermutete, dass schon ewig keiner mehr hier gewesen war. Was auch immer in den Regalen und auf dem Schreibtisch gestanden hatte, war fast vollständig entfernt worden. Nur noch ein paar Bücher und andere kleine Gegenstände lagen herum. Vielleicht war dies das Arbeitszimmer meiner Mutter gewesen und ihre Sachen hatte man nach ihrem Tod woandershin gebracht. Doch wozu, wenn der Raum ohnehin nicht anderweitig verwendet wurde?

Mein Blick glitt zu der freien Wand, auf die das Wappen meiner Familie gemalt worden war. Nur deswegen hatte ich mich überhaupt an diesen Raum erinnern können.

Zielstrebig ging ich zu einem der Regale und untersuchte es. Es schien aus massivem Holz gefertigt zu sein. Nicht so wie die Bücherregale, die ich zu Hause gehabt hatte.

Kurzerhand stellte ich mich auf die Seite und versuchte, es wegzuschieben. Tatsächlich gelang mir das ohne größere Schwierigkeiten. Langsam bewegte ich es, bis ich die dahinterliegende Tür freigelegt hatte.

Sie hatte keinen Griff, doch ich wusste, wie ich sie öffnen konnte. Ich lief zum Schreibtisch und legte mich darunter, um den Knopf zu suchen, der den Mechanismus der Tür auslösen würde. Ohne Probleme fand ich den kleinen schwarzen Knopf an der Wand und drückte ihn.

Etwas klickte und aufgeregt krabbelte ich unter dem Tisch hervor. Die Tür, die ich freigelegt hatte, stand einen Spalt offen. Triumphierend drückte ich sie auf und spitzte in den dahinterliegenden Gang. Ich schaltete die Taschenlampe an, die ich extra geholt hatte, da ich wusste, dass ich sie an dieser Stelle brauchen würde.

Was mich in der Dunkelheit erwartete, wusste ich jedoch nicht. Die Erinnerung meiner Mutter hatte hier abgebrochen. Ich atmete tief ein und lief los.

Nach der ersten Kurve wurde mein Weg jedoch wieder durch eine Tür versperrt, die überhaupt nicht hierher zu passen schien. Die schwere Metalltür erinnerte an die aus den Laboren. Ratlos stand ich davor. Ich wusste nicht, wie sie sich öffnen ließ. Vermutlich gab es irgendeinen Mechanismus, wie bei der letzten Tür. Den musste ich nur finden.

Ich leuchtete die umliegenden Wände genau ab und tatsächlich fand ich etwas, was mir weiterhelfen könnte. Eine kleine Metallplatte befand sich rechts neben der Tür in der unebenen Wand versteckt. Ich drückte darauf herum, da klappte sie auf und zum Vorschein kam eine spitze Nadel in einem kleinen Metallkasten.

Irritiert überlegte ich, was es damit auf sich haben könnte, bis mich schließlich eine Ahnung beschlich. Ich blickte auf meine Hände und rieb den rechten Daumen und Zeigefinger aneinander. Was hatte ich schon zu verlieren?

Langsam hob ich die Hand und drückte mit dem Zeigefinger gegen die spitze Nadel, die sofort meine Haut durchstieß. Ich zog die Hand zurück und der Deckel klappte wieder zu. Aus dem Finger quoll ein Tropfen Blut und ich nahm ihn in den Mund, um die Blutung zu stillen. In dem Moment glitt die schwere Metalltür zur Seite und gab den Weg dahinter frei.

Schnell huschte ich hindurch und die Tür schloss sich wieder. Anscheinend wurde wirklich anhand des Blutes bestimmt, wer hier Zutritt hatte. Das machte das Ganze noch mysteriöser. Meine Mutter war vor zwanzig Jahren gestorben und ich wusste nicht, ob es zu der Zeit schon solche Türmechanismen gegeben hatte. Allerdings hatte Dimitri mal gesagt, dass die Vampyre den Menschen in technischen Dingen weit voraus waren. Vielleicht war das ein gutes Beispiel dafür.

Einen Moment starrte ich noch auf das dunkle Metall und fragte mich, was ich hier eigentlich tat, ehe ich mich abwandte und meinen Weg fortsetzte. Ich folgte dem dunklen Gang schätzungsweise zehn Minuten. Der Zerfall und die Spinnenweben, die meinen Weg halb versperrten, ließen vermuten, dass seit Jahren niemand mehr hier gewesen war.

Nach einer Weile erreichte ich wieder eine Tür. Dieses Mal schien sie jedoch nicht nachträglich eingebaut worden zu sein. Das dunkle Holz wirkte morsch und hatte, wie ich fand, seine besten Zeiten auch schon hinter sich. Hoffentlich brauchte ich für die Tür nicht auch noch einen Schlüssel.

Ich hielt den Atem an und lauschte, doch ich konnte trotz meines guten Gehörs keine Geräusche vernehmen. Anscheinend war ich immer tiefer in den Berg gelaufen und befand mich nicht irgendwo im Schloss. Ich war allein hier unten.

Langsam drehte ich den Knauf der Tür und atmete auf, weil sie nicht verschlossen war. Ich öffnete sie langsam, um einen Blick durch den Spalt zu werfen. Mit der Taschenlampe leuchtete ich den dahinterliegenden Raum aus und betrat ihn schließlich. Hier drinnen befand sich auf den ersten Blick nichts Spektakuläres.

Ein mit Staub bedeckter Tisch mit einem Stuhl stand an der Wand. Daneben war ein Schrank, in dessen Holz jemand das Wappen meiner Familie eingraviert hatte. Die untere Hälfte des Schrankes bestand aus drei Schubfächern und die obere aus zwei Türen.

Neugierig griff ich nach den zwei Schranktüren und öffnete sie. Ich rechnete damit, dass das, was auch immer sich mal darin befunden hatte, längst weg war, doch ich täuschte mich.

Was sich dahinter verbarg, verschlug mir den Atem.

Auf dem Regalbrett in Augenhöhe war eine große Glashaube zu sehen.

Und darunter lag auf einem Samtkissen eine wunderschöne Krone, die ich sofort erkannte. Ich hatte sie oft genug in den Erinnerungen meiner Mutter gesehen.

Die Krone der Königin der Kiye.

Das silberne Schmuckstück war verziert mit weißen und lila Edelsteinen, die im Licht der Taschenlampe schimmerten.

Ich legte die Taschenlampe zur Seite, um den Glaskasten zu entfernen, der die Krone vor dem Staub der Zeit beschützt hatte.

Anschließend hob ich die Krone behutsam vom Kissen, um sie näher betrachten zu können. Das Verlangen, sie aufzusetzen, brannte in mir, doch ich beherrschte mich. Ich wollte sie am Tag der Krönung zum ersten Mal aufsetzen.

Ich strich über das kühle Silber und eine kurze Erinnerung flimmerte vor meinem inneren Auge. *Meine Mutter bei ihrer Krönung.* Sie war aufgeregt gewesen und hatte sich gefreut. Doch diese Gefühle waren überschattet von einem anderen. Als mir klar wurde, was es war, war die Szene schon wieder aus dem Kopf verschwunden.

Traurigkeit.

Wieso war meine Mutter bei ihrer Krönung traurig gewesen?

Ich legte die Krone zurück, als mir die Ecke eines Briefumschlages auffiel, der unter dem Kissen hervorlugte. Vorsichtig zog ich ihn darunter weg und erstarrte. Mein Name stand darauf in geschwungenen Buchstaben. Mit klopfendem Herzen öffnete ich den Umschlag und entfaltete den Brief, den jemand handschriftlich abgefasst hatte. Schon nach der ersten Zeile wurde mir bewusst, dass er von meiner Mutter sein musste.

Mit klopfendem Herzen setzte ich mich auf den Stuhl und begann zu lesen.

22. Juni 1997

Meine liebste Tochter,

wenn Du diese Zeilen liest, bist Du bereits erwachsen. Es tut mir sehr leid, dass ich jetzt nicht bei Dir sein kann. Das konnte ich noch nie.

Heute ist Dein erster Geburtstag. Doch Du wirst ihn nicht feiern, da Du offiziell erst Anfang dieses Jahres geboren worden bist. Ich habe mich entschieden, den Tag Deiner Geburt zu verheimlichen, damit keiner weiß, dass Du eine reinblütige Kiya bist. Genau genommen die letzte. Dein Vater war nämlich der letzte lebende Kiyo. Unsere Art droht nun völlig auszusterben. Das darf niemals passieren. Ansonsten wären alle Kämpfe vergebens gewesen. All meine Hoffnungen liegen jetzt auf Dir.

Ich weiß nicht, welche Umstände Dich wieder hierher brachten, doch ich hoffe, Dir geht es gut. Bitte verzeih mir, dass ich Dich weggeben musste, doch ich konnte nicht mehr für Deine Sicherheit garantieren.

Nun ist der Tag gekommen, an dem Du Dich Deinem Schicksal stellen musst. Du hast meine Krone gefunden. Dieses Schmuckstück birgt sehr viel Verantwortung, doch ich bin sicher, dass Du der Aufgabe gewachsen bist.

Denk immer daran, Du bist eine Kiya und wir können niemandem vertrauen.

Ich liebe Dich,

Deine Mutter Anisya

Ich wischte die Tränen weg, die mir beim Lesen des Briefes gekommen waren. Mein Blick glitt zum Schrank und zu der Krone darin. Mutter hatte gewusst, dass ich eines Tages hierher zurückkehren würde. In die Heimat.

Und sie war sich offenbar sicher gewesen, dass ich diesen Raum, die Krone und den Brief finden würde.

Über zwanzig Jahre hatte er nun hier gelegen. Und wäre irgendetwas schiefgegangen, hätte ich ihn niemals gefunden. Doch wie durch ein Wunder ist der Plan meiner Mutter aufgegangen. Das Verschwinden der Krone hatte also tatsächlich nichts mit dem Rat zu tun, auch wenn es ihm in die Karten gespielt hatte. Meine Mutter hatte sie für mich versteckt.

Ich überflog den kurzen Brief noch einmal und mein Blick blieb an dem Datum hängen. Sie hatte ihn an meinem ersten Geburtstag geschrieben, was bedeutete, dass ich am 22. Juni 1996 geboren worden war. Ich hatte mein Zeitgefühl in Kanada schon lange verloren, doch ich glaubte, dass das in den nächsten Tagen sein müsste. Dadurch, dass die Erweckung nicht exakt am Tag des zweiundzwanzigsten Geburtstages stattfand, hätte ich ohne diesen Brief vielleicht nie mein genaues Geburtsdatum erfahren. Ich wünschte, meine Mutter hätte noch mehr geschrieben. Wenn sie davon ausging, dass nur ich den Weg hierher finden würde, hätte sie mir doch tausend Briefe hinterlassen können.

Ich drückte das Papier an die Brust, als wäre es mein wertvollster Besitz, und stand auf, um den Rest des Zimmers nach Nachrichten meiner Mutter zu durchforsten. Enttäuscht stellte ich kurz darauf fest, dass sich abgesehen von der Krone und dem Brief nichts Interessantes in diesem Raum befand, und gab die Nachforschungen auf.

Ich steckte den Brief ein und hob die Krone mitsamt Kissen aus dem Schrank. Kurz ließ ich den Blick noch einmal durch den Raum schweifen, den zuletzt nur meine Mutter betreten hatte. Ein warmes Lächeln stahl sich mir auf die Lippen, als alles um mich herum verschwamm und ich innerhalb eines Wimpernschlages wieder in meinem Schlafzimmer stand.

***

»Verflucht, Lilya, erschreck mich doch nicht so!«

Ich hatte mich genau ans Fußende meines Bettes teleportiert und schaute Dimitri an, der noch darin lag und mit großen Augen zu mir aufsah. Anscheinend war er gerade erst aufgewacht.

Ich antwortete nicht – und da fiel sein Blick auf die Krone in meinen Händen. »Das glaube ich jetzt nicht«, stieß er aus und sprang aus dem Bett. Langsam kam er auf mich zu, als würde er noch träumen. Direkt vor mir blieb er stehen und sah ungläubig zwischen mir und der Krone hin und her.

»Woher hast du die?«, fragte er tonlos.

»Mutter hatte sie versteckt«, erklärte ich, während schon ein Lächeln an meinen Mundwinkeln zog.

»Und dir durch ihre Erinnerungen mitgeteilt, wo du sie finden würdest?«, schlussfolgerte er.

Ich nickte.

»Unglaublich. Und wo war sie?«

»Verrate ich nicht.« Der Raum würde das Geheimnis meiner Familie bleiben, auch wenn sich dort jetzt nichts Wertvolles mehr befand.

Dimitri zog die Mundwinkel nach unten, fragte jedoch nicht weiter nach.

»Und was hast du jetzt vor?«, wollte er mit einem ehrfürchtigen Blick auf das Schmuckstück wissen.

Ich lachte leise.

»Königin werden!«

40. KAPITEL

Soley

»Es war ein Fehler.«

Diese vier Worte ließen mich die Stirn runzeln. »Was war ein Fehler?«, fragte ich, als könnte ich mir die Antwort nicht selbst denken. In Wahrheit ahnte ich, was sie bedeuteten, doch ich wollte es nicht wahrhaben. Ein Teil von mir bereute es bereits, nachgefragt zu haben, was Liam bedrückte. Der Tag war genauso schön wie die letzten gewesen. Wir hatten einen Spaziergang gemacht, bevor wir uns in meine Gemächer zurückgezogen hatten. Doch ich hatte gespürt, dass etwas anders war. Ich spürte es mit all meinen Sinnen. Seine Atmung, sein Herzschlag, sein Geruch ... Alles schien heute anders zu sein.

Liam seufzte und strich mir sacht mit den Fingern über den Handrücken. Eine Geste, die beruhigen solle. Wieso tat er das? Wieso wollte er mich beruhigen?

»Das mit uns«, antworte er und mein Herz verkrampfte sich. Wir hatten oft darüber gesprochen, dass unsere Beziehung leichtsinnig war und keine Zukunft hatte, doch heute ... Ich konnte es in seinen blauen Augen lesen, die mich traurig musterten.

»Warum sagst du das? Ich dachte, wir hätten geklärt, dass es uns egal ist, ob diese Beziehung richtig ist oder nicht.« Hatte er das etwa vergessen?

»Sunny ...« Der Tonfall, mit dem er meinen Spitznamen aussprach, brach mir das Herz. »Wir können so nicht weitermachen. Es geht einfach nicht. Alle Vampyre sind gegen uns, genauso wie die Menschen. Meine Familie hasst mich für das, was zwischen uns ist. Du bist eine Prinzessin, du wirst Königin und kannst dich nicht mit solchem Ballast befassen. Du brauchst einen Partner, der dir helfen kann, dein Volk zu führen.«

Was war nur passiert? Es war alles gut zwischen uns gewesen, obwohl fast jeder gegen uns war. Dann kam jedoch der Streit mit dem Rat, zwei Tage später hatte Lilya die Krone gefunden und die Ältesten hatten einlenken müssen. Morgen war es nun so weit. Nach einer Woche voller Vorbereitungen würden Dimitri, Lilya und ich gekrönt werden. Alle drehten durch seit der Verkündung und ich hatte zu spät gemerkt, dass Liam irgendetwas bedrückte. Anfangs hatte ich damit gerechnet, dass es vielleicht an dem Dilemma mit dem Rat lag oder er sauer auf mich war, weil ich Lya und ihn nicht unterstützt hatte, doch dass er an unserer Beziehung zweifelte, schockierte mich nun.

»Ich kann mein Volk auch gut allein führen, dafür brauche ich keinen Siyo an meiner Seite. Und es stimmt nicht, dass alle gegen uns sind ...«

»Fang jetzt nicht von Lilya oder Emma an«, unterbrach er mich. »Emma ist noch ein Kind, das von Lilya verblendet wurde, und Lilya selbst hat sowieso ganz andere Vorstellungen als der Rest hier.«

»Im Gegensatz zu dem Rest hier sind ihre Ansichten aber richtig.«

Er hob die Augenbrauen. »Sind sie das? Ich werde irgendwann sterben und dann wirst du viel mehr leiden, als wenn wir es direkt beenden.«

»Du vergisst, dass wir Vampyre auch nicht unsterblich sind. Meine Eltern und mein Verlobter sind tot. Dimitris und Lilyas Familien sind tot. Sie waren Vampyre, die noch viele Jahrhunderte vor sich gehabt hätten. Es kann genauso sein, dass ich vor dir sterbe!«

»Es ist egal, wer zuerst stirbt. Das mit uns ist vorbei!« Er stand auf, schnappte sich seine Jacke und verschwand, ohne sich noch einmal umzudrehen.

Fassungslos starrte ich ihm hinterher, vermochte nicht zu begreifen, was eben passiert war. Wie konnte er einfach gehen?

Das Loch in meinem Herzen, das seit unserer Beziehung langsam angefangen hatte zu heilen, riss, noch während er die Tür hinter sich schloss, wieder auf und wurde größer denn je.

***

Den Rest des Tages verkroch ich mich mit meiner Bettdecke auf der Couch und weinte mir die Seele aus dem Leib. Die Trennung war plötzlich gekommen und hatte mein Herz entzweigerissen. Die ganze Zeit spukte nur ein Wort in meinem Kopf herum: *Warum?* Warum hatte er das getan? Warum sorgten die Umstände nun dafür, dass er die Beziehung nicht mehr wollte? Warum gab er auf einmal auf? Warum reichte ihm die Liebe zu mir nicht mehr?

Ich suhlte mich in Selbstmitleid und war entschlossen, das Zimmer nicht mehr zu verlassen, als ich hörte, wie jemand gegen die Tür klopfte. Ich zog mir die Decke über den Kopf und hoffte, dass die Person wieder verschwinden möge. Es klopfte jedoch erneut und als ich nicht antwortete, wurde die Tür leise geöffnet. *Ich hätte absperren sollen,* dachte ich frustriert, als ein leichter Lilienduft das Zimmer erfüllte.

»Soley, was ist los?« Lilyas besorgte Stimme war nah. Viel zu nah. Sie sollte verschwinden und das sagte ich ihr auch.

Stille folgte. Keine Schritte, die sich entfernten und mich in meinem Elend zurückließen.

Ich spürte einen leichten Druck, als Lilyas Hand sich auf die Decke legte. »Hey, sprich mit mir.«

Ich schüttelte den Kopf, was sie zwar durch die Bettdecke darüber nicht sehen konnte, doch die Bewegung unter der Decke würde sie auch so verstehen.

Erneut ignorierte sie meinen Einwand und zog die Decke weg. Ich blinzelte gegen das Licht und sah zu ihr auf in der Hoffnung, bei meinem erbärmlichen Anblick würde sie verstehen, dass ich allein sein wollte und sie verschwinden sollte. Das war aber sehr unrealistisch. Sie wäre nicht meine Freundin, wenn es nicht ihren Kummerkastenmodus aktivierte.

»Oh, Soley, was ist passiert?«, fragte sie und zog mich in die Arme.

»Liam hat Schluss gemacht.« Meine Stimme brach und augenblicklich schossen mir wieder Tränen in die Augen.

»Was? Warum?«

Ich zuckte die Schulter. Das wusste ich auch nicht so genau. Lilya ließ jedoch nicht locker. »Er muss dir doch einen Grund genannt haben?«

»Keine Ahnung, er meinte, das wäre besser für uns beide und ich solle mir einen Vampyr suchen. Der würde dann zumindest nicht vor mir sterben.« Die Tränen rannen meine Wangen hinunter und sammelten sich in Lyas T-Shirt.

»So ein Idiot. Wie kommt er nur dazu, dir deine Entscheidungen und Wünsche abzusprechen?«

Sie strich mir mitfühlend über den Rücken.

»Ich wünschte, ich wäre ein Mensch«, murmelte ich an Lilyas Schulter.

»Würdest du sie aufgeben? Deine halbe Ewigkeit?«, fragte sie.

Ich nickte und ein dicker Kloß bildete sich im Hals. »Für ihn würde ich alles aufgeben!«, beteuerte ich unter Tränen und plötzlich sprudelten die Worte nur so aus mir heraus. »Was nützt dir ein langes Leben, wenn du es nicht mit dem Richtigen teilen kannst? Ich lebe lieber kurz als gar nicht. Lya, ich liebe ihn! Mehr als alles andere auf der Welt. Ich bin nach langer Zeit endlich wieder glücklich. Habe ich das nicht verdient? Ich will den Moment genießen und mir keine Gedanken darüber machen, ob es das Richtige ist und dass dieser schöne Augenblick jederzeit vorbei sein kann.«

Lilya schwieg eine Weile. Ihre Hand fuhr mir immer noch den Rücken rauf und runter. Vermutlich dachte sie über meine Worte nach. Jedes davon war ernst gemeint. Ich liebte Liam. Aufrichtig. Bedingungslos. Es war mir egal, dass er altern würde, und es machte mich todtraurig, dass er mir das nicht glaubte. Wir hatten uns viel zu lange gegen die Gefühle gewehrt. Nun waren sie vollständig entflammt und es brauchte mehr als den Sturm der Zeit, der sie löschen konnte.

41. KAPITEL

Liam

Es war notwendig. Es war die einzig richtige Entscheidung, sagte die Stimme der Vernunft in mir.

Ich starrte in den dunklen Nachthimmel und versuchte die Gefühle unter Kontrolle zu behalten.

Warum fühlt es sich dann absolut falsch an?, gab eine andere Stimme in mir zu bedenken.

»Weil wir manchmal auch das Falsche tun müssen, um die Leute zu schützen, die wir lieben«, flüsterte ich und gab damit selbst die Antwort auf die Stimme meines Herzens.

»Ist das so? Das nennst du *beschützen?*«, zischte mir eine vertraute Stimme ins Ohr.

Ich fuhr herum und wich erschrocken zurück, weil Lilya direkt hinter mir stand.

»Du sollst aufhören, mir immer so einen Schrecken einzujagen!«, fauchte ich.

»Warum hast du das getan? Hast du uns die ganze Zeit nur etwas vorgespielt?«, fragte sie gereizt, ohne auf meinen Kommentar einzugehen.

»Was?« Worauf wollte sie hinaus?

»Du weißt genau, was ich meine. Wieso hast du mit Soley Schluss gemacht? Liebst du sie etwa nicht?«

»Natürlich liebe ich sie! Oder was glaubst du, warum ich mich von ihr getrennt habe?« Dachte sie wirklich, ich hätte meine Gefühle die ganze Zeit nur vorgespielt?

»Ach, tust du das? Jemandem, den man liebt, bricht man nicht das Herz!«, fuhr sie mich an.

Ich biss die Zähne zusammen. Sie hatte recht.

»Was soll ich denn tun? Wir haben keine Zukunft. Und lieber jetzt beenden als später. Nach nicht einmal einem Monat kann man eh nicht von ewiger Liebe sprechen!«, behauptete ich.

Lilya schüttelte verständnislos den Kopf. »Jetzt widersprichst du dir selbst. Du hast gesagt, du liebst sie.« Sie legte den Kopf in den Nacken und sah zum Himmel. »Und übrigens kann man sich sehr wohl innerhalb eines Monats unsterblich verlieben. Das habe ich auch erlebt.«

Schweigend musterte ich sie. Sie hatte mir erzählt, wie Dimitri und sie zusammengekommen waren und dass die Gefühle sich nie aufhalten ließen, obwohl sie Angst hatte, dass er nur einen Urlaubsflirt suchte. Und später als sie wusste, dass er ein Vampyr war, konnten auch seine schlechten Taten ihre Liebe nicht schmälern.

»Das ist bei euch etwas anderes. Ich bin ein Mensch, wir können nicht zusammen sein ...«, murmelte ich.

Lya löste den Blick vom Himmel und schaute mich mit ernster Miene an. »Ich habe keine Ahnung von der Tradition und Kultur der Vampyre, aber ich habe Ahnung von Liebe. Und ich sehe, wenn zwei füreinander geschaffen sind. Wenn man sich liebt, sollte alles andere keine Rolle spielen. Herkunft, Stellung, Alter, Religion und sogar Geschlecht – unerheblich, wenn es um echte Gefühle geht. Niemand muss sich vorschreiben lassen, wen er zu lieben hat.«

»Damit magst du recht haben, aber das ist eine sehr moderne Sicht der Dinge. Hier sieht man das Ganze noch ein wenig anders.«

Sie lachte trocken und schüttelte den Kopf. »Weißt du was, Liam? Ich höre dich immer nur jammern. Seit ich dich kennengelernt habe, beschwerst du dich über alles. Dabei hatte ich den Eindruck, dass du jemand bist, der sich mit seiner Situation nicht zufriedengeben will. Du hast dein ganzes Leben gegen Vampyre rebelliert, obwohl du wusstest, dass es vermutlich nichts bringt. Doch nun gibst du die Liebe deines Lebens auf, weil du Angst hast?«

Mir klappte der Mund auf und ich suchte nach einer Antwort, die ihrer Aussage die Kraft nehmen würde, doch ich fand keine. Weil es keine gab.

Lilya seufzte, drehte sich um und ging einfach davon. Sie verschwand in der Dunkelheit zwischen den Bäumen und ließ mich allein zurück.

***

Eine halbe Ewigkeit wohl hatte ich dort gestanden, unfähig mich zu bewegen. Ich hatte vor dem Schlafengehen nur einen kurzen Spaziergang machen wollen, weil mir daheim die Decke auf den Kopf gefallen war. Längst hätte ich nach Hause und ins Bett gehen müssen, doch ich konnte mich nicht dazu überwinden, einen Fuß vor den anderen zu setzen.

Lilyas Worte hatten eingeschlagen wie eine Bombe und ich bereute meine Entscheidung, mit Soley Schluss gemacht zu haben. Dass Lilya so aufgebracht gewesen war, konnte nur bedeuten, dass es Soley sehr schlecht ging. Und das war meine Schuld. Ich hatte der Frau, die ich liebte, das Herz gebrochen.

***

Die Vorbereitungen für die Krönung liefen auf Hochtouren. Ich lehnte an einem Baum und beobachtete, wie unzählige Vampyre hin und her liefen und Lebensmittel und andere Dinge ins Schloss schafften.

»Musst du nichts arbeiten?«, blaffte mich einer von ihnen an.

»Wieso? Braucht ihr etwa Hilfe?«, fragte ich mit einem schiefen Grinsen. »Ihr schafft das bestimmt auch allein.«

Der Djiyo starrte mich an, als hätte er sich verhört, dann ballte er die Hände zu Fäusten und kam bedrohlich näher. »Na warte … du …«

»Lass ihn!«, mischte sich eine Siya ein und packte ihn am Arm. Es sah amüsant aus, wie diese kleine blonde Frau neben dem Riesen stand und offenbar versuchte, ihn davon abzuhalten, mir eine reinzuhauen.

»Hast du nicht gehört, was der Wicht gesagt hat?«, fragte er ungläubig und schüttelte ihren Arm ab.

»Der Junge ist tabu! Anweisung des Königshauses!«, erklärte sie, woraufhin der Djiyo mich aus zusammengekniffenen Augen musterte. Offenbar lebte er nicht im Schloss, sonst wüsste er Bescheid.

Er schnaubte und wandte sich ab. Die Siya machte sich wieder an die Arbeit.

Nachdenklich sah ich ihnen hinterher. An meinen Sonderstatus hatte ich mich immer noch nicht gewöhnt. Anscheinend hatte Soley unsere Trennung nicht bekannt gegeben und auch nicht aus Wut meinen Schutz aufgehoben.

Ich sah die Schlossmauern hoch und dachte daran, dass sie jetzt irgendwo da drinnen war und sich für die Krönung fertig machte. Meine Prinzessin wurde zur Königin ...

Ich gab meinen Posten am Baum auf und lief auf das geöffnete Schlosstor zu. Ich musste noch etwas erledigen.

42. KAPITEL

Lilya

Ich kam gerade aus der Dusche, als ich hörte, wie es an der Tür klopfte. In meinen rosa Bademantel gewickelt, öffnete ich und war überrascht, Liam zu sehen.

»Was machst du hier?«

»Ich liebe sie«, platzte es aus ihm heraus.

»Ähm ...« Ich blinzelte verwirrt. »Ich weiß – und jetzt?«

»Kann ich reinkommen?«, bat er, woraufhin ich zur Seite trat und die Tür hinter ihm schloss.

»Also, was genau möchtest du von mir?«

»Ich liebe Soley«, wiederholte er und sah mich ernst an.

Ich legte den Kopf schief. »Macht dir das denn keine Angst mehr?«, fragte ich. Immerhin hatte ich ihm gestern vorgeworfen, dass er Angst vor seinen Gefühlen hatte. Und es hatte den Anschein gehabt, dass ich ins Schwarze getroffen hatte.

Liam lächelte. »Doch, aber gehört das nicht dazu? Lilya ... ich ... ich möchte dich um deinen Segen bitte.«

Ich erstarrte. »Wie bitte? Meinen Segen? Willst du sie etwa ...?«

»Nein, natürlich nicht«, unterbrach er mich. »Ich kann sie nicht bitten mich zu heiraten. Ich weiß, dass sie Ja sagen würde, aber ich möchte sie nicht so jung zur Witwe machen. Außerdem will ich sie vor ihrem Volk nicht bloßstellen. Mir ist bewusst, wie bereits über uns geredet wird. Die Leute sagen zwar, dass es in Ordnung ist und sie in der Zeit des Krieges jemanden braucht, an den sie sich klammern kann, aber ich weiß, dass sie es nicht für immer dulden werden. Sie wissen schließlich, dass ich nicht sehr lange leben werde und sie dann einen richtigen Mann an ihrer Seite haben wird, der auch König werden kann. Jemand, mit dem sie reinblütige Thronerben zeugen kann. Sie ist schließlich eine Kronprinzessin. Also nein, ich werde sie nicht heiraten.«

Er machte eine kurze Pause und atmete tief ein und aus.

»Aber ich hätte gerne deinen Segen für unsere Beziehung. Meine Familie hat seit Jahrhunderten deiner Familie gedient, also ist es mir wichtig, dass du diese Verbindung zwischen uns gestattest, damit ich meiner Familie mit diesen Gefühlen keine Schande bereite. Momentan sind fast alle gegen uns und ich fände es schön zu wissen, dass die Herrscherin dieses Schlosses damit einverstanden ist.«

Sein Geständnis verwirrte mich zunächst, bis mir bewusst wurde, warum. Ich war nicht als Prinzessin, sondern als normales Mädchen aufgewachsen. Für mein Verständnis war es nichts Ungewöhnliches, eine Beziehung einzugehen, wenn man sich liebte, egal welche Hindernisse es zu überwinden galt. Liam allerdings war als Mensch aufgewachsen, der im Dienste der Königsfamilien der Vampyre stand. Es hatte wohl etwas mit Respekt zu tun, nicht an eine derartige Verbindung wie die zu einem Vampyr zu denken. Zumindest, wenn es sich dabei um eine angehende Königin handelte.

Bei Vampyren, die üblicherweise unter den Menschen lebten, kamen solche Beziehungen dagegen schon mal vor. Meist beschränkte sich der nähere Kontakt zu den Sterblichen aber weitgehend auf die Zeit vor der Erweckung oder während der Findungsphase. Liebe war allerdings in den seltensten Fällen im Spiel. In der Regel handelte es sich um Schwärmereien und kurze Affären, wie mir Dimitri erzählt hatte. Das traf aber keineswegs auf die besondere Beziehung von Liam und Soley zu. Man konnte deutlich spüren, wie sehr die beiden sich liebten, und ich bewunderte sie für ihre Art, damit umzugehen. Es überraschte mich trotzdem, dass er das Thema noch einmal ansprach. Wie sehr ich hinter ihnen stand, wusste er, ich hatte es ihm oft genug klargemacht.

»O Liam. Natürlich habt ihr meinen Segen.« Ich zog ihn an mich und umarmte ihn herzlich. »Ich möchte, dass ihr beiden glücklich werdet, und ich bete dafür, dass euer Glück so lange wie möglich währt.« Ich ließ ihn los und gab ihm zwinkernd einen Knuff in die Seite. »Aber ich warne dich, kümmere dich gut um meine beste Freundin, sonst mache ich dir die nächsten hundert Jahre zur Hölle.«

»Ich werde mein Bestes geben und gleich heute damit anfangen.« Lächelnd legte er den Kopf schief und fuhr sich durch das dunkelblonde Haar.

»Darf ich dich noch um einen weiteren Gefallen bitten …?«

***

Der Tag flog nur so an mir vorbei. Es gab viel zu tun und Iluna verbrachte allein mehrere Stunden mit meinem Äußeren. Nervös knabberte ich an der Unterlippe und las die Notizzettel durch, die ich mir geschrieben hatte. Ich hoffte, nichts an dem Ablauf des Abends durcheinanderzubringen.

»Nicht knabbern«, schimpfte Iluna, die gerade mit meinen Haaren beschäftigt war.

»Sorry.« Ich versuchte mich zu entspannen.

»Du hast doch schon einen öffentlichen Auftritt hinter dir. Kein Grund, nervös zu werden.«

Ich unterdrückte ein hysterisches Lachen. »Ach nein? Das letzte Mal wurde ich den Bewohnern des Schlosses vorgestellt, jetzt der ganzen Welt.«

»Nur der Vampyrwelt, das ist ein himmelweiter Unterschied von vielen Milliarden Leuten vor den Fernsehern.«

»Vor den Fernsehern?« Mir klappte der Mund auf und ich starrte Ilunas Spiegelbild vor mir an.

Sie errötete. »Ähm, wusstest du das nicht? Es wird live übertragen.«

Wieso hat Dimitri mir das nicht gesagt? Es ist doch nichts, was man so eben mal vergessen kann zu erwähnen!

»In was für Sendern wird das denn bitte ausgestrahlt? Die Menschen dürfen es doch nicht sehen.«

»In unseren privaten«, erklärte Iluna vorsichtig. Ihr schien es unangenehm zu sein, dass sie mir oft Dinge erzählte, die eigentlich selbstverständlich waren, ich jedoch nicht wusste.

»Oh, verdammt. Was mache ich denn jetzt?« *Wieso weiß ich nicht einmal, dass Vampyre eigene Fernsehsender haben?* Ich hatte nie gefragt, ob es so etwas gab, doch wie hätte ich auch auf das Thema kommen sollen? In meinem Wohnbereich stand kein Fernseher und auch sonst hatte ich nie gesehen, dass irgendjemand Zeit vor einem verbrachte. Ich war schon früher niemand gewesen, der viel Zeit am TV oder Computer verbrachte, und seit ich in Kanada war, hatte ich definitiv andere Sorgen. Irgendwann hätte ich aber mit Sicherheit nachgefragt.

»Ganz ruhig bleiben. Die Vampyre vor den Fernsehern siehst du ja nicht. Und ob ein paar Millionen mehr oder weniger bei der Krönung zusehen, ist doch auch egal. Diejenigen, die direkt vor einem stehen, machen einem in der Regel mehr Angst.«

»Das beruhigt mich kein bisschen«, jammerte ich.

Iluna lachte und konzentrierte sich wieder auf meine Haare.

Ich schloss einen Moment die Augen und versuchte mich zu entspannen. Das leichte Ziepen an der Kopfhaut war etwas, was ich durchaus angenehm fand. Ich liebte es, zum Friseur zu gehen und mir die Haare machen zu lassen. Nicht, weil ich besonders eitel war und immer eine perfekte Frisur haben wollte, sondern weil ich es genoss, wenn jemand an meinen Haaren arbeite. Das war ein sehr beruhigendes und entspannendes Gefühl, doch heute half es mir nicht, um runterzukommen. Die Neuigkeit, dass mehrere Millionen Vampyre in der kommenden Nacht vor ihren Fernsehbildschirmen sitzen und mich anstarren würden, versetzte mich regelrecht in Panik.

Ich hatte es geschafft, die Gefangenschaft in Sibirien zu überstehen, da war ein öffentlicher Auftritt normalerweise doch ein Klacks. Vor Menschenmassen zu reden war für mich nicht wirklich ein Problem gewesen, aber noch nie war ich im Fernsehen aufgetreten.

Als Iluna endlich mit den Haaren zufrieden war, kam das Gesicht dran. Ich war gespannt darauf zu sehen, wie sie mich heute präsentieren würde.

Sie war unglaublich gut in dem, was sie tat. Auch wenn sie immer wieder betonte, dass das vorhandene Material so schön war, wusste ich, dass sie aus jeder Frau eine Prinzessin machen könnte. Oder in meinem Fall eine Königin.

»So, fertig«, verkündete sie irgendwann. »Gefällst du dir?«

Sie trat zur Seite und gab den Blick auf den Spiegel frei. Ich beugte mich leicht nach vorn und betrachtete mein Spiegelbild. »Wow« war alles, was ich über die Lippen brachte.

Sie hielt einen kleinen Spiegel hinter mich, damit ich die Frisur auch von hinten bewundern konnte. Begeistert drehte ich den Kopf in alle Richtungen.

»Ich wünschte, ich hätte auch gelernt, mich so toll zu schminken. Es ist umwerfend, danke.« Sie hatte mich heute stärker geschminkt, als ich es gewohnt war. Trotz der vielen Schichten sah ich immer noch aus wie ich selbst und wirkte nicht, als würde ich zum Fasching gehen.

Sie hatte mir wieder Smokey Eyes geschminkt und mich beschlich das Gefühl, dass Vampyre die besondere Betonung der Augen mochten. Vielleicht legte man den Fokus auf sie, weil sie die Farbe wechseln konnten. Heute jedoch sollte sich diese nicht verändern, sondern zumindest bei der gesamten Krönung violett bleiben. Ich musste also durchgehend meine Vampyrkräfte aktiv halten, damit vor allen Dingen die Augen die Vampyrin in mir verdeutlichten.

»Du brauchst dich nicht so schminken zu können. Du bist wunderschön, da ist es absolut überflüssig. Wenn man vor der Kamera steht, wird man in der Regel aber etwas kräftiger geschminkt.«

»Bekommt Dimitri heute auch ein Make-up?«, fragte ich schmunzelnd. Zumindest mussten Männer beim Fernsehen auch immer in die Maske.

»Ja, durchaus«, bestätigte Iluna lächelnd.

»Oh, dann bin ich mal gespannt, wie er aussieht.«

Iluna warf noch einen letzten prüfenden Blick auf das Ergebnis ihrer Kunst, ehe sie einen Schritt zurücktrat und in die Hände klatschte.

»So, dann gehe ich mal dein Kleid holen.«

43. KAPITEL

Dimitri

Unruhig ließ ich den Blick über die vielen Vampyre schweifen, die sich im Thronsaal befanden und mich und Soley anstarrten. Es waren Djiye und Siye, die teils aus dem Schloss kamen, teils von außerhalb. Sie alle trugen schicke Abendgarderobe.

Lilya würde die Letzte sein, die den Saal betrat. Ich versuchte, nicht in die Kameras zu starren, die die Krönung aufzeichneten. Es war lange her, dass ich etwas mit der Presse zu tun gehabt hatte. Soley schien es ähnlich zu gehen.

Sie stand etwa drei Meter neben mir – in einem wunderschönen goldschimmernden Ballkleid. Ihre Haare waren locker hochgesteckt und sie strahlte wie immer übers ganze Gesicht, doch jemand der sie länger kannte, bemerkte, wie angespannt sie war. Ihr Blick aus goldenen Augen zuckte unruhig durch den Raum und die Körperhaltung war alles andere als entspannt. Vielleicht kostete es sie auch enorme Energie, ihre Vampyrkräfte nicht abflauen zu lassen. Wenn unsere Emotionen überkochten, zeigte sich unsere Vampyrseite von ganz allein, genauso wie wenn Adrenalin durch unsere Adern pumpte. Es schien aber nicht das zu sein, was Soley im Moment beschäftigte.

Etwas hinter uns stand Zakhar in der Ratsgarderobe. Sein Gesicht strahlte definitiv keine Freude aus. Mit mürrischem Blick starrte er strikt geradeaus.

Ein Raunen ging durch die Menge und ich sah, dass die Tür oben an der Treppe geöffnet worden war und Lilya hindurchschritt.

Ihr Auftritt verschlug mir den Atem.

Sie trug ein wuchtiges Prinzessinnenkleid in einem Lavendelton, der zu ihren Augen passte. Die Haare waren teilweise hochgesteckt, der Rest der langen Locken fiel ihr über die Schulter. Um das Make-up hatte sich jemand gekümmert, der sein Handwerk verstand. Zweifellos Iluna. Lilyas Augen erstrahlten durch die dunkle Umrandung. Doch es war nicht ihr beeindruckendes Äußeres, das mich sprachlos machte. Es war ihre Aura.

Sobald sie die Halle betreten hatte, konnte jeder die machtvolle Energie spüren, die sie umgab. Vampyre waren in der Lage, ihre Stärke über ihre Aura zu demonstrieren. Ich bediente mich häufig dieser Möglichkeit, um meine Feinde einzuschüchtern. Bei Lilya hatte ich sie jedoch nie wahrgenommen. Bis heute. Und sie war stark. Stärker als meine. In den Gesichtern der Umherstehenden konnte ich die Überraschung erkennen, die auch mein Gesicht zeichnen musste. Wir alle bekamen heute eine ungefähre Vorstellung von der immensen Kraft, die in Lilya schlummerte.

Erhobenen Hauptes kam sie die Treppe herunter und schritt den Gang entlang. Ihre ganze Haltung sagte: *Ich bin eure Königin.* Die Menge verfolgte sie sprachlos und die Fotografen machten ein Bild nach dem anderen, als ginge es um ihr Leben.

Ich war unfassbar stolz auf sie. Ihr Leben hatte sich seit unserer ersten Begegnung um hundertachtzig Grad gedreht – und sie hatte viel Leid erdulden müssen, doch sie gab nie auf und kämpfte unerbittlich weiter. Sie war eine geborene Anführerin, das hatte ich immer gewusst. Für sie zählte nicht Macht oder Geld, sondern nur der Wunsch, die Welt zu einem besseren Ort zu machen.

Ich sah kurz zur Seite und begegnete Soleys Blick. Sie zwinkerte mir lächelnd zu. Vermutlich sah man mir an, wie sehr ich Lilya anbetete. Ich spürte, wie sich meine Mundwinkel zu einem Lächeln hoben, und nickte ihr kurz zu, ehe ich alle Aufmerksamkeit wieder auf meine Kiya richtete, die uns fast erreicht hatte.

Sie sah geradeaus und ich vermutete, dass sie Zakhar fixierte, der zwischen mir und Soley stand. Lilyas Gesicht war eine unergründliche Maske. Für einen Moment schwenkte ihr Blick jedoch zu mir und ich erkannte in ihren Augen die starken Gefühle für mich aufblitzen.

Direkt vor Zakhar blieb sie stehen und dieser begann zu sprechen.

»Meine sehr verehrten Siye und Djiye«, begrüßte er die anderen Vampyre. »Und meine sehr verehrte Kiya«, fügte er mit einem Blick auf Lilya hinzu. »Wir haben uns heute hier versammelt, um drei neue Oberhäupter unserer Rassen in ihr Amt einzuführen. 1990 hatte ich die Ehre, Anisya, die letzte Königin der Kiye, zu krönen – und heute, zwanzig Jahre nach ihrem Tod, wird ihre Tochter die Nachfolge antreten. Alle drei Thronerben sind anwesend, weshalb wir die Zeremonie nun durchführen können.« Er nickte Lya zu. »Kniet nieder, Prinzessin Lilya.«

Ich sah, wie sie tief einatmete, ehe sie langsam niederkniete und zu Zakhar hochschaute. Dieser drehte sich um und schritt auf den größten der drei Throne zu, auf dem die Krone der Kiye lag. Vorsichtig nahm er sie und kam damit zu Lilya zurück, die ihn keine Sekunde aus den Augen gelassen hatte, als befürchtete sie, er könnte sich damit aus dem Staub machen. Vermutlich täte er das auch gerne. Ich wusste, dass Zakhar statt ihrer lieber selbst regieren würde.

Er blieb jedoch besonnen und hielt die Krone über Lilya in die Höhe.

»Prinzessin Lilya, gelobt Ihr, die Interessen aller Vampyre zu vertreten, sie zu einem Volk zu vereinen und sie auf den rechten Weg zu führen?«, fragte Zakhar. Der Text war für Lilya gekürzt worden, da sie die letzte Kiya war und keine direkten Untertanen mehr hatte.

»Ich gelobe es«, antwortete sie mit fester Stimme.

»Im Namen des Rates ernenne ich Euch zur Königin der Kiye.«

Lilya beugte ihr Haupt und Zakhar legte langsam die Krone auf ihrem Kopf ab. Anschließend trat er einen Schritt zurück.

»Erhebt Euch, Königin Lilya, Herrscherin der Kiye und Oberhaupt aller Vampyre!«

Lilya tat wie geheißen und drehte sich um. Alle Vampyre im Saal applaudierten.

Der erste Teil der Zeremonie war damit beendet. Jetzt lag es an Lilya, Zakhars derzeitige Aufgabe zu übernehmen.

Sie hob die Hände und bedeutete allen, dass Ruhe einkehren möge. Als es wieder mucksmäuschenstill im Saal war, drehte sie sich um und schritt auf den größten der drei Throne zu. Vor ihrem blieb sie stehen und wandte sich uns zu. Mit einem Nicken signalisierte sie Soley und mir, dass wir zu ihr kommen sollten.

Wir stellten uns nebeneinander vor Lilya, die sich zuerst Soley zuwandte.

»Kniet nieder, Prinzessin Soley«, bat sie ihre Freundin und Soley sank augenblicklich auf die Knie.

»Gelobt Ihr, eine gerechte Herrscherin zu sein und Euer Volk auf den rechten Weg zu führen? Gelobt Ihr, Euer Wissen mit allen Rassen zu teilen und mir mit Rat und Tat zur Seite zu stehen?«, fragte Lilya.

Soley nickte. »Ich gelobe es.«

Lilya nahm die Krone, die auf Soleys Thron lag, und hielt sie in die Höhe.

»Kraft meines Amtes, das mir der Rat und meine Vorfahren verliehen haben, ernenne ich Euch im Namen aller Vampyre zur Königin der Siye.« Sie setzte Soley die Krone auf und bat diese daraufhin, sich zu erheben. Soley stellte sich vor ihren Thron und die Menge applaudierte erneut.

Nachdem Ruhe eingekehrt war, wandte Lya sich mir zu und ihre Augen begannen zu leuchten.

»Kniet nieder, Prinz Dimitri«, verlangte sie nun von mir und ich gehorchte.

Mit klopfendem Herzen sah ich zu ihr auf. Ich hatte es geschafft! All die Jahrzehnte, in denen ich auf diesen Moment hingearbeitet hatte, zogen an meinem inneren Auge vorbei. Wie viel Unglück hatte die Entscheidung meiner Eltern, mich zum Thronerben zu erklären, über alle Vampyre gebracht! Oft hatte ich daran gedacht, dass ich diese Bürde gar nicht tragen wollte, doch nun war ich froh, durch das Amt Lilya unterstützen zu können.

»Gelobt Ihr, Prinz Dimitri, ein gerechter Herrscher zu sein und die Schwachen mit Eurem Schwert zu beschützen? Gelobt Ihr, die Regierung zu schützen und alles zu tun, was nötig ist, um den Frieden auf der Welt zu sichern?«

Überrascht blinzelte ich. Das war nicht der eigentliche Text. Lilyas Mundwinkel verzogen sich zu einem leichten Lächeln. Ich verstand die Botschaft, die hinter ihren Worten lag, und nickte.

»Ich gelobe es«, versprach ich und erkannte die Rührung in ihren schönen Augen.

Sie wandte sich kurz ab, um auch meine Krone vom letzten Thron zu nehmen und sie anschließend in die Höhe zu halten.

»Kraft meines Amtes, das mir der Rat und meine Vorfahren verliehen haben, ernenne ich Euch im Namen aller Vampyre zum König der Djiye«, verkündete sie und ich senkte demütig das Haupt.

Ich spürte, wie sie die schwere Krone auf meinem Kopf absetzte, und atmete tief durch.

»Erhebt Euch, König Dimitri, Herrscher über die Djiye.«

Ich hob den Kopf und sah, wie Lilya mir lächelnd zunickte. Langsam stand ich wieder auf und stellte mich vor meinen Thron. Die Vampyre applaudierten und ich blinzelte gegen das Blitzlichtgewitter der Presse an. Als die Geräusche dieses Mal verstummten, ergriff Zakhar das Wort.

»Lang lebe unser König und unsere Königinnen! Wir legen unser Vertrauen und unsere Hoffnungen in ihre Hände und hoffen, sie mögen uns nicht enttäuschen.«

Lilya, Soley und ich streckten gleichzeitig eine Hand mit drei gespreizten Fingern in die Höhe und legten sie anschließend auf unsere Brust. Das Volk jubelte und ahmte die Geste mit Inbrunst nach.

Mein Blick glitt hinüber zu Zakhar, der uns mit grantiger Miene ansah. *Du hast verloren*, dachte ich – und es war ein erhebendes Gefühl.

Dann spürte ich, wie Lilya eine Energiewelle durch den Raum schickte, und Soley und ich schlossen uns ihr an. Ich setzte die Kraft meiner Aura frei und ließ jeden im Saal die Macht spüren. Das war eine alte Tradition bei Krönungen. Wir zeigten unsere Macht, um uns Respekt zu verschaffen und zu zeigen, dass wir den Aufgaben, die vor uns lagen, gewachsen waren.

In den Gesichtern erkannte ich angesichts dieser geballten Macht Überraschung – und einige wichen ein Stück zurück. Die Wirkung von drei Königen gleichzeitig war enorm.

Wir zügelten unsere Kräfte wieder und schließlich setzte Lilya sich auf ihren Thron. Soley und ich folgten. Ich versuchte, die Presseleute zu ignorieren, die uns mit Fragen bombardierten. Die letzten Jahre ohne dieses Medieninteresse waren mir deutlich lieber gewesen. Doch nun würden wir sie alle nicht mehr ausschließen können.

Ich sah zu Soley und Lilya, die meinen Blick zu spüren schienen und mich anschauten. Ich fühlte, wie sich ein schiefes Grinsen auf mein Gesicht stahl.

Wir hatten es geschafft.

44. KAPITEL

Lilya

Nach der Krönung verließen Dimitri, Soley und ich den Saal und bekamen fünf Minuten, um innerlich zur Ruhe zu kommen, ehe die Festlichkeiten beginnen würden. Ich stand allerdings so unter Strom, dass mein Puls sich in den nächsten Stunden nicht beruhigen würde.

Sobald wir allein waren, hatte Dimitri mich wortlos in die Arme genommen und an sich gedrückt. Sein Herz schlug genauso schnell wie meins. Ich konnte nur ahnen, was in ihm vorging. Er hatte nie mit mir darüber gesprochen, doch die Krönung musste auch in ihm ein Bad der Gefühle ausgelöst haben.

»Alles okay bei dir?«, flüsterte ich und sah zu ihm auf.

Er nickte und hauchte mir einen Kuss auf die Stirn. »Ich bin so stolz auf dich. Ich liebe dich«, raunte er mir zu und brachte mein Herz noch mehr zum Rasen.

»Ich dich auch.« Ich küsste ihn leidenschaftlich.

»So, seid ihr bereit für die Feier?«, fragte Soley, die sich neben Dimitri und mir völlig fehl am Platz fühlen musste.

Ihr Lächeln war nicht mehr dasselbe, seit Liam sie verlassen hatte. Ich löste mich aus Dimitris Umarmung. »Ja, lasst uns feiern.«

***

Wir betraten erneut den großen Saal, in dem sich Hunderte Vampyre zu tummeln schienen. Die Nacht war hereingebrochen und Kronleuchter ließen den Saal erstrahlen.

Mein Blick glitt zu unseren ausgewählten Tanzpartnern für den Eröffnungstanz. Eine wunderschöne Djiya für Dimitri und zwei Siyo für Soley und mich. Man wollte mir wohl keinen hitzköpfigen Djiyo an die Seite stellen. Zudem sich wohl kein Djiyo trauen würde mich anzufassen, nachdem sie Dimitris Gefühle für mich kannten.

Betrübt bemerkte ich, wie Dimitri sich von meiner Seite entfernte und auf die junge Frau zuging. Doch als ich mich zu meinem Tanzpartner wenden wollte, versperrte Dimitri mir plötzlich den Weg. Er lächelte mich an und streckte mir die Hand entgegen.

»Darf ich bitten?«, fragte er höflich.

Was hast du vor?, wollte ich fragen, doch die Worte verließen meinen Mund nicht. Stattdessen legte ich die Hand in seine, woraufhin er sich verbeugte und mir einen Kuss auf den Handrücken hauchte. Ich machte einen Knicks und strahlte ihn an. Seine Augen funkelten und er grinste schief, ehe er mich auf die Tanzfläche führte. Die eigentlich für ihn ausgewählte Djiya machte ein sehr enttäuschtes Gesicht, während der Siyo ganz froh zu sein schien, nicht mit mir tanzen zu müssen. Ich wendete den Blick ab, denn ich hatte nur noch Augen für Dimitri, der mich im Takt der wunderschönen Musik durch den Saal lenkte.

»Wieso kannst du eigentlich den Tanz?«, murmelte Dimitri.

»Meine Mutter«, formte ich tonlos die Worte mit dem Mund und er nickte wissend. Anisya hatte zu demselben Lied an ihrer Krönung mit meinem Vater getanzt. Eine nützliche Erinnerung von ihr, wie sich nun herausstellte.

Ein Raunen ging plötzlich durch die Mengen und einen Moment glaubte ich, dass das eine verzögerte Reaktion auf Dimitri und mich war, bis ich seinen Blick bemerkte. Die Menge teilte sich und ein junger Mann schritt an den Rand der Tanzfläche. Bewundernd stellte ich fest, wie gut er in dem Anzug aussah.

Ich blickte zu Soley, die von ihrem Tanzpartner abließ und an uns vorbei auf ihn zuging.

Genauso wie Dimitri vorhin verbeugte er sich und bat um einen Tanz.

»Liam, du bist gekommen.« Gerührt ergriff Soley seine Hand und ließ sich von ihm in die Arme ziehen.

»Das hast du Lilya zu verdanken.« Verdutzt schaute sie ihn an und warf mir dann ein strahlendes Lächeln zu.

»Danke«, murmelte sie in meine Richtung. Statt einer Antwort nickte ich nur und schenkte ihnen mein wärmstes Lächeln. Dann lenkte ich meine Konzentration wieder auf Dimitri, der mich neben den beiden weiterhin im Takt der Musik wiegte.

»Ich dachte, du wolltest nicht kommen«, hörte ich Soley, an Liam gewandt, flüstern.

»Wollte ich auch nicht. Aber jemand hat mir klargemacht, dass ich mich nicht kampflos geschlagen geben sollte. Ich bin zwar nur ein einfacher Mensch, aber ich denke, auch ich habe das Recht, meinem Herzen zu folgen.«

»O Liam. Für mich warst du niemals nur ein einfacher Mensch, das weißt du doch.«

»Ich weiß. Soley, ich liebe dich und es ist mir egal, ob du ein Mensch, ein Vampir oder ein Alien bist. Du bist und bleibst für mich die Frau, die ich über alles liebe, unabhängig davon, ob du ein einfaches Dorfmädchen, eine Prinzessin oder eine Königin bist. Meine Gefühle zu dir werden sich dadurch nicht verändern. Du hast eine schwere Zeit hinter dir und eine ungewisse Zukunft vor dir. Ich werde dich auf deinem Weg begleiten, solange es mir möglich ist.«

Ich schluckte schwer bei seinen Worten und brauchte nicht zu den beiden hinüberzusehen, um zu wissen, dass Soley Tränen in den Augen hatte.

Sie schien zu sprachlos, um zu antworten, also redete Liam weiter. »Hör mir zu, Soley. Uns beiden mag keine Ewigkeit vergönnt sein, aber ich denke, wir sollten aufhören, uns wegen der Zukunft Sorgen zu machen, und anfangen, im Hier und Jetzt zu leben – und die Jahre genießen, die wir zusammen verbringen können.«

Ich warf einen Blick zu den beiden und sah, dass sie aufgehört hatten zu tanzen. Stattdessen schauten sie sich tief in die Augen.

»Ich will dir zeigen, dass ich dich liebe und wir kein schlechtes Gewissen haben müssen, weil ich das hier tun möchte.« Und mit diesen Worten zog er sie nah an sich heran und presste sanft die Lippen auf ihre. Einen Moment versteifte Soley sich, ehe sie die Augen schloss und sich dem Kuss hingab. Leidenschaftlich schlang sie die Arme um seinen Hals und erwiderte den Kuss hingebungsvoll.

Innerlich triumphierend schmiegte ich mich an Dimitri und ignorierte die fassungslosen Gesichter der Zuschauer.

»Das hast du sehr gut gemacht«, flüsterte Dimitri. Ich warf ihm einen unschuldigen Blick zu und zuckte mit den Achseln.

»Ich weiß nicht, wovon du sprichst. Ich habe nichts getan.«

Er lachte leise in sich hinein und verlangsamte seine Schritte. Nachdenklich schaute er sich in dem Saal um.

»Ich denke, er hat recht. Wir sollten im Hier und Jetzt leben. Wer weiß schon, wie viel Zeit wir noch haben!«

Er blieb stehen und sah mich liebevoll an. Meine Vernunft sagte mir, dass ich einen Fehler beging, indem ich mir gestattete, ihn gegen alle Tradition zu lieben. Ich war jetzt eine Königin und sollte mich dementsprechend verhalten und nicht wie ein verliebter Teenager handeln. Es war nicht korrekt gewesen, Soley und Liam zusammenzuführen und sie somit in den Strudel meiner Unvernunft mit hineinzuziehen. Aber es kümmerte mich nicht, denn das Herz stand höher. Königin hin oder her. Ich war immer noch ich. Und ich wollte, dass es weiterhin meine Entscheidung blieb, wie ich mein Leben lebte.

Hier stand ich nun, frisch gekrönt, und schmachtete verbotenerweise einen anderen König an. Und ich genoss es. Noch nie zuvor war ich so glücklich gewesen wie in diesem Moment. Ich genoss es zu wissen, dass Soley und Liam auf Wolke sieben schwebten und ich in den Armen des Mannes lag, den ich mehr als alles andere auf der Welt liebte und der diese Gefühle offensichtlich auch erwiderte. Es war mir gleich, welche Gefahren außerhalb der Mauern des Schlosses auf mich warteten. Ich wollte einfach nur den Moment auskosten, also schlang ich die Arme um Dimitris Hals und zog ihn an mich.

»Ganz genau. Dimitri, ich liebe dich. Lass uns diesen einzigartigen Augenblick genießen und küss mich endlich.«

***

Der kühle Nachtwind empfing uns, als wir auf den großen Balkon traten. Drinnen tanzten und feierten die anderen noch ausgelassen. Dimitri zog mich ans Geländer und betrachtete gedankenverloren den Sternenhimmel. Nachdem wir ein paar Minuten schweigend in den Himmel geschaut hatten, drückte er meine Hand und schaute mich liebevoll an. Ich schenkte ihm ein glückliches Lächeln.

»Das war ein sehr schöner Abend«, meinte ich verträumt.

»Allerdings«, stimmte er mir zu. »Du hast den Abend aber noch viel schöner gemacht, Lilya«, fügte er anerkennend hinzu.

»Ich habe doch nichts Besonderes getan. Aber es tut gut, mal die Regeln zu brechen.«

»Nichts Besonderes?« Er schüttelte verständnislos den Kopf. »Lya, du bist ein Wunder. Du hast heute eine jahrtausendealte Regel gebrochen und tust so, als sei es nichts Ungewöhnliches. Du bist an dem heutigen Abend ein großes Risiko eingegangen, ohne dir Gedanken um die Folgen zu machen. Für dich war es nur wichtig, jemand anderes glücklich zu machen.«

Verlegen spielte ich mit seinen Händen. »Ich glaube, du überschätzt mich. Es war keinesfalls so uneigennützig, wie du denkst. Immerhin ging es dabei auch um unsere Beziehung. Es war eher egoistisch, dich nicht einfach aufgeben zu wollen.«

»Und ich danke dir für deinen Egoismus, denn so verliere ich nicht die Frau, mit der ich den Rest meines Lebens verbringen möchte.«

Er führte meine Hand an den Mund und hauchte einen Kuss darauf. Berührt von seiner Geste und den Worten kämpfte ich mit den Tränen. Er warf mir einen Blick zu, als sei ich das Kostbarste, was er jemals gesehen hatte, und strich mir sanft über die Wange.

»Weißt du eigentlich, was für ein Tag heute ist?«

Ich runzelte die Stirn. Was meinte er?

Er legte den Kopf schief und grinste. »Es ist weit nach Mitternacht. Du hast mir doch von dem Brief deiner Mutter erzählt. Heute ist der 22. Juni.«

»Oh«, entfuhr es mir, als mir klar wurde, worauf er hinauswollte.

»Alles Gute zum Geburtstag, meine Königin.« Er zog mich an sich und gab mir einen leidenschaftlichen Kuss. »Hast du nur die leiseste Ahnung, wie wundervoll du bist?«, fragte er mich, als wir uns wieder voneinander lösten.

Ich spürte, wie ich rot wurde. Ich hatte in meinem Leben schon viele Komplimente bekommen, aber bei Dimitri war es immer etwas anderes. Ich erkannte in seinen Augen, dass die Worte tiefer gingen als bei jedem anderen Jungen, den ich jemals getroffen hatte.

Mir war bewusst, dass ich heute gut aussah, nach all den Stunden, die Iluna für Haare und Make-up gebraucht hatte, mal abgesehen von dem atemberaubenden Kleid und dem funkelnden Diadem. Ich wirkte wahrlich wie eine echte Königin. Aber Dimitri sah mich nicht so an, als sei ich eine. Für ihn war ich ein Engel, eine Göttin. Auch wenn ich plötzlich arm und hässlich wäre, würde er mich weiterhin so ansehen, das spürte ich. Mir wurde warm ums Herz, als mir klar wurde, wie sehr er mich lieben musste. Und keine Worte vermochten zu beschreiben, wie sehr ich ihn auch liebte. Bevor ich etwas erwidern konnte, sprach er weiter.

»Lya, du weißt, ich liebe dich mehr als alles andere auf der Welt. Es ist unvernünftig und egoistisch, aber ich bin sicher, dass ich dich glücklich machen kann. Ich bin nicht perfekt, aber ich würde alles in meiner Macht Stehende tun, um der Mann zu sein, den du verdienst. Ich bin der Richtige für dich. Wir sind nur kurz zusammen, aber das hat mir gereicht, um zu realisieren, dass ich nicht mehr ohne dich sein will. Nicht mehr ohne dich sein kann. Wir haben nur dieses eine Leben, also sollten wir deinem Rat folgen und den Augenblick genießen. Niemand weiß schließlich, wie viel Zeit uns noch bleibt. Deshalb möchte ich dich bitten, ein weiteres Mal an diesem Abend die Regeln zu brechen. Du bist als Mensch aufgewachsen, also werde ich mich auch an die menschlichen Traditionen halten.«

Bevor ich verstand, was er mir sagen wollte, war er bereits zum zweiten Mal an diesem Abend vor mir auf die Knie gegangen. Mir stockte der Atem, als mein wunderschöner König vor mir kniete und eine kleine Schatulle aus der Innentasche des Jacketts holte und mir entgegenstreckte. Sprachlos starrte ich ihn an und lauschte den nächsten Worten.

»Lilya, Königin der Kiye, ich möchte dich fragen, ob du meine Frau werden und die nächsten tausend Jahre an meiner Seite verbringen möchtest. In guten wie in schlechten Zeiten. Im Krieg wie im Frieden. Und auch wenn das Schicksal uns wieder entzweien möchte, werde ich immer einen Weg zurück zu dir finden. Ich liebe dich, also frage ich dich, möchtest du mich heiraten?« Er öffnete die Schatulle und ein funkelnder Ring strahlte mir entgegen. Überwältigt konnte ich die Tränen nicht länger zurückhalten.

»Ja. Oh … Jaaaaa!«, schrie ich und fiel ihm um den Hals. »Natürlich will ich dich heiraten.« Übermannt von meinen Gefühlen küsste ich ihn stürmisch.

Dimitri schlang einen Arm um mich, hob mich hoch und stand auf, ohne den Kuss zu unterbrechen. Wir küssten uns leidenschaftlich, bis ich mich völlig außer Atem nach einigen Augenblicken von ihm löste. Glücklich wischte ich die Tränen mit dem Handrücken weg und strahlte meinen Verlobten an.

Dimitri strahlte ebenso, auch er hatte feuchte Augen. Er nahm meine linke Hand und schob mir den funkelnden Verlobungsring auf den Ringfinger. Bewundernd betrachtete ich den silbernen Ring, der mit kleinen Diamanten und einem fein geschliffenen Amethysten geschmückt war. Das war definitiv der schönste Geburtstag meines Lebens.

Dimitri zog mich erneut an sich und hauchte mir einen Kuss auf die Lippen. »Jetzt bist du mein.«

45. KAPITEL

Lilya

»Ich bitte ehrfürchtig um Verzeihung, Eure Hoheit, aber wir können Euer Verhalten am Abend der Krönungszeremonie nicht gutheißen.«

Zakhar.

Ich stöhnte innerlich und unterdrückte den Drang, die Augen zu verdrehen. Als Ältester des Rates war er dessen Sprecher und für jemanden, der über neunhundert Jahre alt war, musste es wirklich wichtig sein, dass die, wie ich fand, überkommenen Traditionen eingehalten wurden.

Die Krönung war zwei Tage her und ich hatte mir denken können, dass mein Handeln Konsequenzen haben würde, aber dadurch wollte ich mir nicht die anhaltende Freude über die Ereignisse kaputt machen lassen.

Ich verschränkte die Finger auf dem Tisch ineinander. Beim Anblick des Verlobungsringes hob sich meine Laune direkt, obwohl ich mir gerade Schöneres vorstellen konnte, als erneut mir Zakhar zu diskutieren. Meine Hochzeit planen, zum Beispiel. »Zakhar, ich kann verstehen, dass Sie da anderer Meinung sind, aber Zeiten ändern sich und es wird Zeit für eine Veränderung. Irgendwann muss man auch Tradition nach hinten stellen.«

Er starrte mich etwas fassungslos an und ließ den Blick dann durch den Raum schweifen, auf der Suche nach Unterstützung. Zakhars Meinung schien bei den anderen Ältesten großen Anklang zu finden, denn Kopfnicken stellte sich ein. Traurig blickte ich auf die fünf leeren Stühle, auf denen

Vertreter meines Volkes sitzen müssten, wenn sie nicht alle tot wären. Von ihnen hätte ich bestimmt Hilfe bekommen, oder?

»Das ist unerhört, wie Ihr unsere Kultur und unsere Tradition verpönt. Als Königin ist es Eure Pflicht, Euch an die Regeln zu halten. Wir waren so gnädig, Ihnen drei eine Gnadenfrist zu gewähren, da Ihr Eure Familien verloren habt, und besonders Ihr, Königin Lilya, habt einen schweren Verlust erlitten, allerdings erwarten wir nun, dass Ihr Euch Euren Aufgaben als Königin widmet und anfangt, Euch mit unserer Tradition vertraut zu machen. Ihr seid mit dem Glauben, ein Mensch zu sein, aufgewachsen und handelt nun dementsprechend, aber wir sind keine Menschen, weshalb Ihr noch einiges über uns lernen müsst. Es ist schlimm genug, dass Königin Soley mit diesem Menschenjungen ... zugange war, nachdem sie aus der Gefangenschaft befreit worden ist, aber es ist ungeheuerlich, dass sie es wagt, auch nach ihrer Krönung noch mit ihm zu verkehren und demonstrativ bei der Krönung mit ihm zu tanzen!«

Er warf Soley einen strengen Blick zu, die beschämt auf den Tisch schaute.

»Königin Soley, Ihr werdet die Beziehung zu diesem Burschen auf der Stelle beenden und Euch mit einem reinblütigen Mitglied Eurer Familie vermählen«, sagte er zu ihr gewandt.

Ich konnte sehen, wie Soley darum kämpfte, nicht in Tränen auszubrechen. Ich musste etwas tun. Aber noch bevor ich Zakhar die Meinung sagen konnte, sprach er weiter zu ihr.

»Ihr seid als Kronprinzessin aufgewachsen, mit dem Wissen eines Tages Königin zu werden. Ihr wart Euch der Pflicht bewusst, die das bedeutete. Da Euer Verlobter, genauso wie König Dimitris Verlobte, den Tod gefunden hat, werden Euch neue Partner zugeteilt, die Euch bei Euren Pflichten unterstützen und dafür sorgen, dass Ihr standesgemäße Erben in die Welt setzen könnt.«

Dimitri starrte Zakhar fassungslos an. Er schien geschockt zu sein. Wir wussten, dass wir mit unserer Beziehung für Aufsehen sorgen würden, aber dass es so enden würde, war mir nicht bewusst gewesen.

»Zakhar, Ihr geht zu weit! Ihr habt recht damit, dass Soley und ich uns auch andere Partner suchen könnten, aber wen seht Ihr an der Seite von Königin Lilya?«, fragte Dimitri aufgebracht.

»Nun, da die gesamte Familie von Königin Lilya ausgelöscht wurde, müssen wir einen anderen Partner für sie finden. Wie mir zu Ohren gekommen ist, hatte die Hoheit in der Familie, in der sie aufgewachsen ist, einen Bruder«, sagte er und mir stockte der Atem. »Wir können es nicht mit Gewissheit sagen, aber vielleicht ist dieser Junge ihr Halbbruder – und dann ...«

»Das kann nicht sein!«, fuhr ich dazwischen. »Malyk ist ...« ... *zu jung*, wollte ich sagen, doch ich hielt inne, als es in meinem Kopf klick machte. Malyk war neunzehn. Meine Mutter starb dagegen vor zwanzig Jahren. Doch wieso hatten die Gerüchte immer besagt, dass sie einen Sohn mit einem Menschen hatte?

Vielleicht nicht, um mich zu beschützen, sondern weil es stimmte? Mein Geburtsdatum war gefälscht worden, wieso nicht auch das von Malyk? Die ganze Zeit hatte ich den Gedanken verdrängt, doch nun wurde mir die Wahrheit schlagartig bewusst. Natürlich, jetzt machte alles Sinn! Diego war Malyks Vater, doch Anisya war unsere Mutter.

Mein plötzliches Schweigen schien Zakhar in seiner Überlegung zu bestätigen.

»Seht Ihr. Es scheint sehr wohl möglich zu sein. Damit hätten wir auch einen Heiratskandidaten für die Königin.«

»Wie bitte?« Ich glaubte, mich verhört zu haben. »Vielleicht stellt sich wirklich heraus, dass Malyk Vampyrblut in sich hat, doch er ist und bleibt mein Bruder! Ich heirate ihn ganz bestimmt nicht! Das ist Inzest und illegal!«

Zakhar verdrehte die Augen. Er wirkte sehr genervt, mir ständig alles erklären zu müssen. »Eure Hoheit, Inzest gibt es bei uns Vampyren nicht. Und gerade bei Königsfamilien ist dies keine Seltenheit, um das Blut rein zu halten.«

Hilfe suchend schaute ich zu Dimitri. Er war ganz blass geworden. Offenbar hatte er auch schon in Betracht gezogen, dass Malyk ein Halbvampyr war, doch bei all den Ereignissen hatte er wohl keine Zeit gehabt, dem nachzugehen.

»Ganz egal, ob sich der Verdacht bestätigt oder nicht, wir müssen einen anderen Partner für Königin Lilya suchen. Die Welt ist groß, möglicherweise finden wir irgendwo noch einen anderen Erben ihres Geschlechts. Aber unter keinen Umständen wird sie Eure Ehefrau werden, Dimitri. Es ist bei keinem Vampyr gerne gesehen, wenn er sich mit Menschen paart oder sogar die Rassen vermischt, aber den Mitgliedern der königlichen Familie ist dies strengstens untersagt. In der Familie von Köngin Lilya hat es nie einen Fall gegeben, bei dem ein Kind mit einem Menschen oder einem Vampyr aus einer anderen Familie gezeugt wurde. Es tut mir persönlich leid, dass Ihr nicht die Frau heiraten könnt, die Ihr wollt, aber das ist nun mal die Bürde, die ein König zu tragen hat. Jeder von uns muss Opfer bringen – zum Wohle der Allgemeinheit!«

Und welche Opfer erbringst du?, dachte ich verbittert. Zähneknirschend versuchte ich mich zusammenzureißen, um Zakhar nicht an die Kehle zu gehen. Für mich war es absolut unverständlich, wie man so eine Meinung vertreten konnte. Wenn ich aber dachte, es ginge nicht mehr schlimmer, hatte ich mich deutlich geirrt. Zakhars finsterer Blick traf mich und er richtete die nächsten Worte wieder an mich.

»Königin Lilya, ich mache Euch keinen Vorwurf, dass Ihr unsere Werte noch nicht versteht, aber wir können es nicht dulden, dass das so bleibt. Nur weil Ihr mit einem anderen Verständnis aufgewachsen seid, heißt das nicht, dass es Euch gestattet ist, König Dimitri und Königin Soley zu verderben. Die beiden haben eine gute Erziehung genossen und sollten von Euch nicht verleitet werden, die Regeln zu brechen.«

Mir blieb der Mund offen stehen. Ich hatte Soley und Dimitri verdorben? Ich hatte ihnen doch nur geholfen auf ihr Herz zu hören.

»Das Schoßhündchen von Königin Soley hätte das außerdem auch wissen müssen. Wie mir zu Ohren gekommen ist, hatte der Bursche seine Bedenken, mit der königlichen Hoheit eine Bindung einzugehen, woraufhin Ihr ihm seine Bedenken genommen habt, anstatt ihn in seine Schranken zu weisen. Nach der Krönung wurden die beiden sogar noch von Euch ermutigt, weiterhin die Regeln zu brechen. Das sei Eurer Meinung nach ja vollkommen in

Ordnung, da es dabei schließlich um Liebe ging. Dieses Verhalten ist nicht zu entschuldigen und muss seine Konsequenzen haben. Die Grenzen zwischen uns Vampyren und unseren menschlichen Dienern sind verschwommen und müssen wiederhergestellt werden. Und dafür gibt es nur eine logische Maßnahme.«

Er hob die Hand und gab einem der anderen Ratsmitglieder ein Zeichen. Dieser stand auf und öffnete die Tür, woraufhin ein Wächter den Saal betrat. Dieser schleifte einen jungen Mann hinter sich her.

»Liam!«, schrie Soley angsterfüllt und sprang auf. Auch Dimitri und ich waren bei seinem Anblick sofort auf die Beine gekommen.

Der Wächter, ich kannte seinen Namen nicht, hatte Liam am Nacken gepackt und zwang ihn nun auf die Knie. Er erlaubte ihm nicht, aufzuschauen. Liam waren die Hände auf dem Rücken gebunden und er sah ziemlich mitgenommen aus. Seine Kleidung war teilweise zerrissen und er blutete aus mehreren Wunden. Er schien sich gewehrt zu haben, aber gegen einen Vampyr kam er natürlich nicht an.

Zakhar räusperte sich und lenkte unsere Aufmerksamkeit wieder auf sich. Ich warf ihm einen hasserfüllten Blick zu.

»Was soll das werden?«, fragte ich wütend.

»Ich werde es Euch erklären, Eure Hoheit. Dieser Junge hat unsere Regeln gebrochen, genauso wie Ihr drei. Allerdings ist er ein Mensch und sein Vergehen damit deutlich schwerer. Da wir Euch nicht direkt bestrafen können, wird der Mensch die Strafe entgegennehmen. Damit werden wir die allgemeine Ordnung wiederherstellen.«

»Von welcher Strafe sprecht Ihr?«, stammelte Soley panisch.

Zakhars Miene zeigte keinerlei Gefühl, als er das Urteil für Liam verkündete.

»Der Junge muss sterben.«

»Nein!« Soleys Schrei hallte durch den Raum, als sie ihren Stuhl zur Seite stieß, um Liam zu erreichen. Der Älteste, der eben die Tür geöffnet hatte, fing sie ab und hielt sie erbarmungslos fest. Er war ein Djiyo und sie hatte trotz seines Alters keine Chance gegen ihn.

»Tut mir leid, Eure Hoheit, aber es ist besser so«, meinte Zakhar, klang dabei aber kein bisschen so, als würde er nur eine Spur Mitgefühl empfinden.

Tränen rannen Soleys Wangen hinunter, als sie schreiend um sich schlug. Ich stand immer noch wie erstarrt an meinem Platz und beobachte schockiert die Szenerie. Dimitri schien es ebenfalls die Sprache verschlagen zu haben. Ein erneuter Blick auf Liam, der wie ein Häufchen Elend am Boden kniete und durch Soleys Schreie noch mehr leiden musste, brachte schließlich wieder Leben in mich. Ich schlug mit der Faust fest auf den Tisch und übertönte Soleys Schreie.

»Ruhe!«, brüllte ich und sandte so eine starke Energiewelle durch den Raum, dass es augenblicklich mucksmäuschenstill wurde. Alle starrten mich an. Sogar der Wächter hinter Liam lockerte den Griff, sodass ich in dessen verzweifelte blaue Augen schauen konnte. Ich durfte jetzt nur nicht die Kontrolle verlieren.

»Dieses Theater wird sofort beendet! Zakhar, ich hatte bereits vor einiger Zeit deutlich gemacht, dass niemand dem Jungen zu nahekommen darf. Ihr verstoßt hiermit gegen *meine* Regeln! Ich bin das Oberhaupt aller Vampyre und damit ist mein Wort Gesetz!«, sagte ich ruhig, aber bestimmt.

Die Überheblichkeit aus Zakhars Gesicht verschwand und er schien abzuschätzen, wie weit er bei mir gehen konnte. Zweifelsohne war der Rest des Rates ebenfalls auf seiner Seite und viele der Wächter waren es wohl ebenso, doch fühlten sich die meisten Vampyre allenfalls ihrem König und ihrer Königin verpflichtet. Ich hatte zwar kein eigenes Volk mehr, aber die Mehrheit in diesem Schloss war Dimitri und auch Soley treu ergeben, unabhängig von ihren Partnerwahlen. Und auch ich hatte in den letzten Wochen zu spüren bekommen, dass man mich als Nachfolgerin meiner Mutter akzeptierte. Ich war genauso eine Königin wie Soley, so wie Dimitri König war. Aber zusätzlich unterlagen der Rat und die Könige der anderen Familien allein meinem Befehl – und das würde ich jetzt einfordern!

»Zakhar und alle anderen Mitglieder des Rates! Wenn Ihr nicht auf unserer Seite steht, steht es Euch offen, mein Schloss zu verlassen. Valentin würde Euch mit Sicherheit aufnehmen, wenn Ihr mit seinen Führungsqualitäten zufriedener seid.« Ich ließ den Blick durch den Saal schweifen. Kaum einer wagte es, mich anzusehen. Es folgte ein unangenehmes Schweigen.

Langsam ging ich um den Tisch herum und lief auf Liam zu. Sofort ließ der Wächter ihn los und machte einige Schritte rückwärts.

Vor Liam ging ich in die Hocke und hob vorsichtig dessen Kinn an. Seine blauen Augen fixierten mich. Ich erkannte, dass auch die erneute Unterdrückung seinen Willen nicht brechen konnte. Ein Lächeln erschien in dem geschundenen Gesicht.

Ich nahm sein Gesicht in beide Hände. Dann gab ich ihm einen Kuss auf die Stirn.

Ein lautes Raunen ging durch die Reihen und Empörung und Entsetzen machten sich breit. Ich konnte hören, wie einige Leute entsetzt nach Luft schnappten. Ein Schmunzeln unterdrückend stand ich wieder auf. Soley wandte sich aus dem Griff des Ältesten und stürzte zu Liam, um ihn von den Fesseln zu befreien und seine Verletzungen anzuschauen.

Als Dimitri auf mich zukam und meine Hand nahm, kehrte wieder Ruhe ein.

»Ihr habt Königin Lilya gehört. Dieses Schloss und seine Bewohner stehen seit ihrer Krönung allein unter ihrem Befehl. Jedem, dem das nicht passt, steht es frei, zu gehen. Wir befinden uns im Krieg und Ihr diskutiert über Tradition. Das ist das, was *ich* für absolut inakzeptabel halte.«

Dankbar für seine Unterstützung drückte ich seine Hand. Das schien ihn an etwas zu erinnern. Er blickte zu mir und lächelte stolz.

»Und noch eines. Da wir alle so zahlreich hier versammelt sind, möchte ich etwas verkünden.« Widerstrebend löste er den Blick von mir und schaute in die versammelte Runde. »Am Abend der Krönungszeremonie habe ich Königin Lilya einen Antrag gemacht. Wir werden heiraten, unabhängig von euren Vorstellungen von Tradition und Ehre. Ihr könnt also sicher sein, dass jeder, der etwas gegen sie plant, es mit mir zu tun bekommt.«

Ein leises Raunen ging durch die Reihen, doch keiner wagte es, Einwände zu erheben. Selbst Zakhar schien es die Sprache verschlagen zu haben. Verbittert starrte er uns beide an. Ich wollte keinen Gedanken mehr an ihn verschwenden. Nach dieser Ansage würde Zakhar es nicht riskieren können, offen darzulegen, dass er nicht auf unserer Seite stand. Die meisten hatten einfach zu große Angst vor Dimitri und auch ich schien mir mittlerweile Respekt verschafft zu haben.

»Gut, nachdem das geklärt ist, beenden wir die heutige Sitzung«, erklärte ich. »Liam muss versorgt werden, damit er bei den nächsten Treffen wieder fit ist. Wie ich vor der Krönung bereits angekündigt habe, ist er der Sprecher der Menschen, und auch wenn das in Euren Augen, Zakhar, inakzeptabel ist, wird es nun umgesetzt.«

Mein Blick fiel auf Zakhar, der mich zornig anfunkelte.

»Von nun an wird sich einiges ändern.«

***

»Ist dir bewusst, was du vorhin getan hast?«, fragte Dimitri mich, als wir allein in meine Gemächer traten.

Ich wusste sofort, worauf er hinauswollte. »Du meinst den ›Kuss der Gnade‹?«

»Woher weißt du davon?«, fragte er überrascht.

»Durch die Erinnerungen meiner Mutter.« Ich machte eine kurze Pause. »Sie hat ihn dir gegeben, nicht wahr?«

Er steuerte die Couch an und ließ sich in die Kissen fallen. »Ja, stimmt.« Er legte den Kopf in den Nacken. »Niemand war sehr gut auf mich zu sprechen, als ich hierherkam. Der ›Kuss der Gnade‹ ist eine lange Tradition in deiner Familie. Nur die Königin kann ihn verteilen. Wenn sie jemanden auf die Stirn küsst, bedeutet es, dass diese Person unter dem persönlichen Schutz der Krone steht.«

Ich setzte mich zu ihm und drückte ihm einen Kuss auf die Stirn. Er lachte leise.

»Du steht sowieso unter meinem Schutz – aber, wenn nötig, küsse ich dich noch tausendmal auf die Stirn.«

»Pff«, machte er. »Ich bin der Mann, ich beschütze dich. Außerdem habe ich gelobt, mein Schwert zu deinem Schutz zu heben.«

»Du hast gelobt, es zum Schutz der Schwächeren zu nutzen«, erinnerte ich ihn. »Ich bin nicht schwächer als du.«

»Du raubst mir meine gesamte Männlichkeit, ist dir das eigentlich klar?«, brummte er.

»Ich dachte, die wäre unantastbar?«, neckte ich ihn.

»Stimmt, das ist sie auch.«

Ich kicherte und kuschelte mich näher an ihn. Nach einer Weile wurde ich wieder ernst.

»Meinst du, Zakhar und die anderen halten sich daran? Immerhin trete ich ihre Tradition mit Füßen. Vielleicht interessiert sie die meiner Familie dann auch nicht mehr.«

»Ich glaube, dass es ziemlich egal ist, ob sie sich wegen des Kusses von Liam fernhalten oder nicht. Der war nur symbolischer Natur und hat deiner Ansage mehr Kraft verliehen. Nach unserer Ansprache werden sie ihn auf jeden Fall in Ruhe lassen. Du wurdest rechtmäßig zur Königin gekrönt, alle Vampyre auf der Welt werden das erfahren. Wenn der Rat sich nicht beugen sollte, wissen sie alle nun, dass wir keine Scheu davor haben, sie abzusetzen.«

46. KAPITEL

Lilya

Die nächsten Tage im Schloss verliefen reibungslos. Was in der Ratssitzung passiert war, hatte sich offenbar herumgesprochen und keiner zweifelte mehr an unserer Autorität. Ich machte Pläne, welche Gesetze ich dringend in den nächsten Besprechungen ändern lassen wollte. Dabei freute ich mich schon auf Zakhars fassungsloses Gesicht, wenn er meine Forderungen hören würde. Liam war wieder fit und wenn Soley und er nicht ihre Zweisamkeit genossen, unterstützten sie mich bei meinem Vorhaben und Soley erklärte mir alle Gesetze und Regeln, die ich nicht verstand.

Ganz wichtig war uns die Änderung der Lebensbedingungen im Dorf. Ich besorgte mir Aufzeichnungen über alle Menschen, die hier lebten, um besser planen zu können. Dann sprach ich mit einem Siyo, der sich gut darin auskannte, wenn es um das Bauen von Häusern und deren Versorgung ging.

Außerdem überlegte ich, wie man den Blutverbrauch besser koordinieren könnte, damit den Menschen nicht zu viel abgenommen werden musste. Am liebsten würde ich mir wünschen, dass überhaupt kein Blut mehr benötigt werden würde, aber das war wohl ein unrealistischer Traum. Darauf zu hoffen, dass alle Menschen sich freiwillig zu Spendern bekannten, wäre wohl ebenfalls nicht möglich. Man konnte ihnen schließlich schlecht die Wahl lassen und ihnen am Ende doch Blut abnehmen, weil wir ansonsten nicht überleben würden.

Ich hoffte, mir das Vertrauen der Menschen trotzdem irgendwie sichern zu können. Bessere Lebens-, Wohnungs- und Arbeitsbedingungen waren schon mal ein Anfang. Sie sollten merken, dass sie uns nicht egal waren und ihre Stimme gehört wurde.

Liam zum Sprecher der Menschen zu wählen hatte sowohl bei den Vampyren als auch bei den Menschen Unverständnis hervorgerufen. Er war auf beiden Seiten nicht sonderlich beliebt, doch das war mir egal. Vielleicht half die neue Aufgabe, alle an einen Tisch zu bekommen und die Probleme endlich auszudiskutieren.

Ich hatte so viel mit meiner neuen Rolle als Königin zu tun, dass mir leider keine Zeit blieb, mich mit anderen Dingen zu beschäftigen. Ana, Soley und Liam hatte ich von meiner Verlobung erzählt. Sie hatten sich riesig für mich gefreut. Liam hatte uns viel Glück gewünscht und ich wusste, das kam von Herzen. Er und Dimitri schienen sich langsam anzunähern, was beide viel Überwindung gekostet hatte. Die besten Freunde würden sie vielleicht nie werden, aber immerhin tolerierten sie den anderen.

Ich saß am Schreibtisch und ging meine Notizen durch, als ich hörte, wie jemand den Raum hinter mir betrat. »Warum arbeitest du eigentlich hier?«, fragte Dimitri, woraufhin ich mich zu ihm umdrehte. Mit gerunzelter Stirn schaute er sich in dem unscheinbaren Zimmer um.

»Das war das Arbeitszimmer meiner Mutter«, meinte ich schulterzuckend. Nachdem ich den Geheimgang entdeckt hatte, hatte ich mich entschlossen, das Zimmer wieder in Schuss zu bringen und mir hier einen kleinen Arbeitsplatz zu schaffen, an dem ich meine Ruhe haben würde. Das Zimmer lag fernab von den anderen bewohnten oder benutzten Räumen.

»Hm«, machte Dimitri und drückte mir ein Heft in die Hand. »Ich habe dir was mitgebracht.«

Ich erstarrte. »Was zur Hölle ist das?«, fragte ich mit einem fassungslosen Blick auf die Zeitschrift. Auf dem Cover war ich zusammen mit ihm abgebildet. Es war ein Foto von unserer Krönung. Drunter stand: »Lang lebe der König und die Königin! Brechen sie jetzt alle Regeln? Mehr auf Seite zehn.«

»Ich bin auf dem Cover einer Zeitschrift?!« Leicht hysterisch schaute ich auf und begegnete Dimitris amüsiertem Blick.

»Ey, was heißt hier *du*? Ich bin genauso drauf.« Lachend nahm er mir das Heft aus der Hand und deutete auf sein Bild. »Schau, das bin ich. Direkt neben dir.«

Genervt entriss ich es ihm. »Hör auf mit dem Blödsinn. Du weißt genau, was ich meine. Was ist das für eine Zeitschrift? SKD?«

»Na schön«, meinte er und wurde wieder ernst. »Das ist ein Magazin von Vampyren für Vampyre oder wie auch immer du das nennen willst.«

Irritiert starrte ich ihn an. »Von Vampyren für Vampyre? Sag nicht, wir haben unser eigenes Klatsch-und-Tratsch-Magazin?«

Dimitri grinste mich an und nickte. »Doch, so in etwa. Glaubst du, nur weil wir keine Menschen sind, sind wir automatisch auf dem Nachrichtenstand der Tiere? Wir verschicken deshalb keine Brieftauben, Lya. Wie du sicherlich bemerkt hast, sind wir in allen Bereichen auf dem neuesten Stand der Technik und dort sogar in vielerlei Hinsicht den Menschen weit voraus. Wir benutzen Handys, haben unsere eigenen Fernsehsender, eigene Zeitungen, verschiedene Internetseiten, Plattformen und Social-Media-Dienste. Und wie du siehst, haben wir auch die Klatschpresse nicht ausgelassen.« Er warf einen Blick auf das Heft in meiner Hand und verzog das Gesicht. »Auch wenn ich sie mit Sicherheit nicht vermisst hätte«, fügte er stöhnend hinzu.

»Soll das heißen, ich bin jetzt so etwas wie eine Berühmtheit? Wie menschliche Schauspieler oder die Königsfamilien? Werde ich nun auch auf Schritt und Tritt von Paparazzi verfolgt?«

Dimitri musste sich aufgrund meines schockierten Gesichtsausdrucks sichtlich ein Lachen verkneifen. »Keine Angst, so schlimm wird es nicht. Wir werden vermutlich ebenso wenig von aufdringlichen Fans belagert werden. In der Regel sind die anderen Vampyre froh, wenn sie uns nicht begegnen. Die meisten führen ein ganz normales Leben unter den Menschen und haben kaum noch einen Bezug zu uns. Etwas mit einer der Königsfamilien zu tun zu haben bedeutet häufig Ärger. Besonders seitdem mein Bruder uns den

Krieg erklärt hat. Aber auch unter Vampyren gibt es Schaulustige und Leute, die alles für eine gute Story tun. Auf junge, hübsche weibliche Fans, die mir ihren Schlüpfer hinterherwerfen, warte ich bisher allerdings vergebens.« Vergnügt zwinkerte er mir zu und ich verdrehte die Augen.

»Das kann ich mir vorstellen. Es ist natürlich äußerst bedauerlich. Du solltest dich vor den jungen Menschenmädchen als Vampyr outen, dann kannst du dich vor Groupies nicht mehr retten, die alle von dir gebissen werden wollen.«

»Nein danke. Ich bin versorgt. Niemand könnte dich ersetzen.«

»Auch wenn ich dir meine Schlüpfer nicht hinterherwerfe?«, fragte ich neckend.

Er fing an zu lachen und ich stimmte mit ein. Plötzlich packte er mich an der Taille, zog mich hoch und drückte mich an sich. Unser Lachen verstummte und das Heft fiel mir aus der Hand. Wie hypnotisiert blickte ich in Dimitris dunkle Augen. Er beugte sich zu mir hinunter und drückte die Lippen kurz auf meine. »Auch dann nicht«, murmelte er.

***

Nachdem Dimitri mir gegenüber erwähnt hatte, was die Vampyre alles nutzten, um sich zu vernetzen, bestand ich darauf, einen Computer und ein Handy zu bekommen. Inzwischen war auch ein Fernseher im Wohnbereich eingezogen. Da die Krönung gefilmt worden war, hatte ich mit eigenen Augen sehen wollen, was auf den Vampyrsendern lief. Die ganze Zeit hatte ich gedacht, dass es solche Dinge hier nicht gab, weil es Vampyre vielleicht nicht interessierte, und nun zappte ich durch die Fernsehsender, die tatsächlich die Nachrichten der Vampyre betrafen.

Mit offenem Mund starrte ich auf den Bildschirm, wo eine Siya gerade über unsere Krönung sprach, obwohl die schon zehn Tage her war.

»Wieso hast du mir davon eigentlich nicht früher erzählt?«, fragte ich Dimitri verständnislos.

»Wen interessiert es, was die Leute von uns denken? Ich habe Wichtigeres zu tun, als vor dem Fernseher zu sitzen. Und ich habe dich, weshalb ich keine

Partnerseiten brauche, um eine Djiya zu finden, die nur an Sex und meinem Titel interessiert ist.«

Ich stöhnte. »Mir geht es auch nicht um irgendwelche Partnerseiten. Aber das …« Ich deutete zum Fernseher. »Dachtest du, du könntest mich ewig vor der Welt verstecken?«

»Lya, wenn ich dir schon früher einen Fernseher gegeben hätte, hättest du den ganzen Tag nur die Nachrichten angeschaut – und hättest du gleich einen Laptop gehabt, hättest du den ganzen Tag daran gesessen und versucht, etwas über deine Familie herauszufinden. Ich wollte, dass du dich hier einlebst und nicht in der virtuellen Welt verschwindest.«

»Hättest du mir ein Handy gegeben, hätte ich meinen Freunden schreiben können!« Er hatte Olivia nach meiner Entführung von meinem Handy aus geschrieben, es mir jedoch nie wiedergegeben.

Dimitri verdrehte die Augen. »Hast du mir gerade nicht zugehört? Ich wollte dich eben erst nach der Krönung mit der Welt da draußen konfrontieren. Du hattest hier genug um die Ohren. Du bist noch keine drei Monate da, also beruhige dich. Du hast noch genug Zeit, dich wieder mit den sozialen Medien auseinanderzusetzen.«

»Vielleicht hätte ich auch einfach nur gerne Fotos gemacht«, meinte ich schmollend und Dimitri lachte. »Dass ihr Frauen immer von allem Fotos machen wollt!«

»Wir sammeln eben gerne Erinnerungen«, versuchte ich mich zu rechtfertigen.

Er schnaubte. »Dafür brauche ich keine Bilder, jeder Tag mit dir ist mir ins Gedächtnis gebrannt, sodass ich es niemals vergessen werde.« Er griff nach meiner Hand, spielte kurz mit dem Ring an meinem Finger und küsste mir den Handrücken. »Bald sind wir Mann und Frau. Dann kann uns nichts mehr trennen.«

»Nur der Tod«, rutschte es mir heraus und ich biss mir auf die Unterlippe.

Dimitri musterte mich stirnrunzelnd. »Machst du dir Sorgen wegen Valentin?«

Seufzend nickte ich. »Wir haben nichts mehr von ihm gehört, seit ich Sibirien verlassen habe. Er wird sich doch nicht einfach so geschlagen geben. Während der Krönung habe ich die ganze Zeit damit gerechnet, dass etwas passiert, doch nichts …«

Dimitri schlang einen Arm um mich und drückte mich fest an sich. Mein Kopf ruhte auf seiner Schulter. »Ich weiß, dass dies nur die Ruhe vor dem Sturm sein kann, doch wir dürfen nicht in Furcht leben. Das Leben geht weiter, unabhängig davon, was mein Bruder plant. Lass dir nicht die Vorfreude auf die Hochzeit vermiesen.«

Ich spürte, wie sich ein Lächeln auf meine Lippen legte, und lehnte mich zurück, um meinem Verlobten in die dunklen Augen zu schauen. Mein Herz schlug automatisch schneller und im Magen kribbelte es – wie immer, wenn ich ihn ansah. Ob die Schmetterlinge im Bauch jemals verschwinden würden? Ich näherte mich mit den Lippen seinem Gesicht und hauchte einen Kuss auf seine. »Nichts auf der Welt könnte mir die Vorfreude auf unsere Hochzeit nehmen.«

47. KAPITEL

Lilya

Acht Monate später ...

Der große Tag kam viel schneller, als ich gedacht hätte. Die Monate in Kanada waren in Windeseile vergangen. Inzwischen hatte sich so viel getan und ich hatte angefangen, mein Leben hier zu lieben. Ich liebte das Zusammensein mit Dimitri, ich liebte meine Freunde und ich liebte meine Aufgaben als Königin, die mich tagtäglich forderten und in die ich all mein Herzblut steckte. Ich trug die Verantwortung, die ich mir immer gewünscht hatte, auch wenn sie deutlich früher gekommen war, als ich mir hätte erträumen können.

Die Nacht vor unserer Hochzeit verbrachten Dimitri und ich getrennt. Da ich ohne ihn jedoch keine Ruhe fand, war ich die ganze Zeit spazieren gegangen. Ich war unten im Dorf gewesen, das mittlerweile nicht mehr wiederzuerkennen war. Die Menschen hatten größere Häuser bekommen, die über denselben Komfort verfügten wie die Wohnungen im Schloss. Liam hatte nur mit dem Kopf geschüttelt, als ich eines Tages mit einem Fernseher vor seiner Tür gestanden hatte. Er kannte so etwas aus seiner Zeit in London und verstand nicht, was man damit sollte. Emma war natürlich sofort begeistert gewesen und mit ihr gemeinsam schaute ich oft Sendungen aus meiner Kindheit.

Neben den Wohnverhältnissen hatte ich auch die Arbeitsbedingungen verbessert und dafür gesorgt, dass die Menschen weniger schuften mussten –

und vor allem weniger körperlich. Die Tattoos hatte ich offiziell auch abschaffen lassen, wobei sich fast alle Kinder freiwillig tätowieren lassen wollten.

Ich hatte es tatsächlich geschafft, dass die Menschen mich respektierten. Es war ein langer und steiniger Weg gewesen, doch inzwischen hatten fast alle irgendwie Vertrauen zu mir gefasst. Ein großer Schritt dazu war die Abschaffung des Gesetzes, welches besagte, dass alle kranken und alten Menschen getötet wurden. Als ich das erste Mal damit konfrontiert worden war, hatte es viele Diskussionen gegeben, doch letztendlich hatte ich mich durchgesetzt.

Die Veränderungen der Lebensbedingungen der Menschen bezogen sich bisher leider hauptsächlich auf die Dorfbewohner und nicht auf die Sklaven, die bei den Siye und Djiye außerhalb dieses Königreiches lebten. Ich hatte zwar eine öffentliche Stellungnahme zu dem Thema abgegeben, doch bisher waren wir nicht so weit, dass wir kontrollieren konnten, ob die neuen Gesetze überall eingehalten wurden. Doch auch dafür würden wir eine Lösung finden.

Vorher mussten wir uns aber um die Bedrohung in Sibirien kümmern. In den letzten Monaten hatte ich Valentin schon fast vergessen. Ich fühlte mich im Schloss sicher und verdrängte alle Gedanken an ihn. Dass er vermutlich nur auf einen Moment wartete, an dem er zurückschlagen könnte, wusste ich allerdings. Eigentlich hätte ich damit gerechnet, dass er versuchen würde, unsere Krönung zu verhindern, doch nichts in der Art war passiert. Dimitri fand das jedoch nicht ungewöhnlich. Er meinte, sein Bruder würde sich nicht damit zufriedengeben, ein paar Spione zu schicken. Mich zu entführen würde er aber nicht wagen. Mit Sicherheit kannte er inzwischen die gesamte Tragweite meiner Kräfte. Ich selbst hatte im TV gesehen, wie in einer Talkshow darüber diskutiert worden war.

Vielleicht gab er sich mittlerweile aber auch damit zufrieden, über das Schloss in Sibirien zu herrschen? Zumindest momentan würden wir nämlich nicht auf die Idee kommen, ihn dort anzugreifen. Das war sein Territorium, er würde es auch nicht riskieren, nach Kanada vorzudringen.

Ich wusste jedoch, dass Dimitri Pläne schmiedete, sich das Schloss zurückzuerobern. Damit wollte er sich aber auf jeden Fall Zeit lassen, bis unsere Hochzeit vorbei war.

Erst als die Sonne am Horizont aufging, kehrte ich in meine Gemächer zurück. So viel zum Schönheitsschlaf vor der Trauung. Gut, dass ein Vampyr nicht so viel Schlaf benötigte.

Ich ging in aller Ruhe duschen und nach kurzer Zeit kam Soley zu mir ins Zimmer geschneit. Ihre gute Laune war fast unerträglich. Ich war nervös. Viel nervöser als bei meiner Krönung.

»Wovor hast du denn Angst? Dimitri wird dich schon nicht allein vor dem Altar stehen lassen«, meinte sie lachend.

»Sehr witzig. Ich habe Angst, mein Kleid zu ruinieren, hinzufallen oder in irgendein anderes Fettnäpfchen zu tappen.«

Ich war nie tollpatschig gewesen, doch heute überkam mich die Panik, dass sich das zu meiner Hochzeit ändern könnte.

»Beruhige dich, es wird nichts passieren. Und selbst wenn, wird man das mit Humor nehmen und einfach weiterfeiern.«

»Du hast gut reden, du heiratest nicht«, meinte ich und bereute die Worte sofort. Ich wusste, dass Soley oft daran dachte, dass sie Liam sehr gerne heiraten würde, aber dieser würde niemals zustimmen. Er wollte, dass sie einen Vampyr ehelichte, der für den Rest ihres Lebens an ihrer Seite wäre. Anders als er, der sterblich war. »Tut mir leid, Soley.«

Sie winkte ab. »Es ist alles gut. Vielleicht ändert er seine Meinung ja noch, aber heute soll es nur um dich gehen, okay?«

Sie fing an, sich um mein Make-up zu kümmern, und ich wurde das Gefühl nicht los, dass sie etwas bedrückte. Ihr Lächeln wirkte nicht echt und ich bezweifelte, dass es nur daran lag, weil Liam nicht heiraten wollte.

»Soley, was ist los?«, fragte ich, als ich es nicht mehr aushielt.

Sie schwieg einen Moment. »Dir kann man auch nichts vormachen, oder?«, meinte sie schließlich.

Ich schüttelte leicht den Kopf. »Also raus mit der Sprache.«

Sie seufzte und legte den Pinsel zur Seite. »Ich bin schwanger.«

»*Waaas?*«, kreischte ich und sprang von meinem Stuhl auf. »Wow, herzlichen Glückwunsch, Soley!« Ich fiel ihr um den Hals und drückte sie an mich.

Sobald ich sie wieder losließ, sah sie mich irritiert an. »Du findest, das ist ein Grund zum Freuen?«

»Ähm, etwa nicht? Ihr liebt euch und ein Baby wird die Krönung eures Glücks sein. Vielleicht ändert er jetzt auch seine Meinung zum Thema Hochzeit.«

»Lya, unsere Beziehung stößt so schon auf genug Widerstand. Glaubst du, das möchte ich einem Kind zumuten? Und außerdem befinden wir uns im Krieg und Valentin könnte jeden Tag einen Angriff planen.«

»Hey, durchatmen.« Ich legte die Hände auf ihren Schultern ab. »Eine Schwangerschaft ist ein Grund zu feiern. Babys kommen niemals zum perfekten Zeitpunkt. Du vergisst, dass ich auch in schwierigen Zeiten geboren wurde. Meine Mutter war ganz allein, du bist es nicht.«

Soley lächelte matt. »Danke, Lya. Bist du sicher, dass Liam sich über die Neuigkeit freuen wird?«

»Natürlich. Er vergöttert dich und er wird auch euer Kind über alles lieben. Ich bin sicher, dass er ein hervorragender Vater sein wird.«

Die Nachricht ihrer Schwangerschaft erinnerte mich an eine Frage, die ich mir in den letzten Monaten so oft gestellt hatte. Welcher Rasse würden Dimitris und meine Babys angehören? Angeblich gab es bisher keine Kinder verschiedener Rassen. Soley hatte mir nur von Berichten über Halbvampyre erzählt, zu denen ihr Baby dann auch gehörte. Diese würden mit zweiundzwanzig wie ganz normale Vampyre erwachen und ihre Kräfte entfalten, die eventuell nur etwas schwächer ausfielen. Aber das Vampyrblut setzte sich wohl immer gegen das Menschenblut durch. Doch was würde in meinem Fall überwiegen? Das Blut der Kiye oder Djiye?

Soley kaute nervös auf der Unterlippe und legte eine Hand auf ihren Bauch. Eine Geste, die sich Schwangere vermutlich sofort antrainierten. »Ich hoffe, du hast recht.«

»Natürlich habe ich recht. Und wenn nicht, kriegt er es mit mir zu tun. Dann werde ich sein Gesicht so lange in stinkende Windeln drücken, bis er darum bettelt, das Kind selbst wickeln zu dürfen.« Ich wusste nicht, woher mir diese Idee kam, doch Soley brachte die Vorstellung zum Lachen.

»Du bist wirklich verrückt«, bemerkte sie kopfschüttelnd.

»Und du lachst endlich wieder.«

Ich setzte mich zurück auf meinen Platz und warf das Haar nach hinten.

»So, nachdem wir das geklärt hätten, würdest du dein Kunstwerk bitte vervollständigen, damit mein Verlobter mich nicht doch vorm Altar stehen lässt?«

»Gewiss doch.« Sie schnappte sich den Pinsel. »Aber eine Bitte hätte ich noch. Verrate niemandem etwas von dem Baby. Das soll am Tag deiner Hochzeit nicht Thema Nummer eins sein.«

»Kein Problem. Auch wenn ich kein Problem damit hätte, wenn es denn so wäre. Meinetwegen dürfte er dir noch auf meiner Hochzeit einen Antrag machen.«

***

Bum, bum, bum, bum.

Mein Herz schlug so schnell in der Brust, dass ich tatsächlich Angst bekam, in Ohnmacht fallen zu können. Damit würde ich dann eines der peinlichen Szenarios hervorrufen, vor denen ich solche Angst hatte. In meinem ausladenden weißen Brautkleid vom Pferd zu rutschen und im Dreck zu landen oder Ähnliches würde zumindest bei den Gästen für einige Lacher sorgen. Dimitri würde mich dann bestimmt aufsammeln und zu Soley tragen, die uns schließlich zu Mann und Frau ernennen würde. Das hätte zwar auch etwas Romantisches, doch die Perfektionistin in mir wollte auf keinen Fall, dass irgendetwas anders verlief als geplant. Also atmete ich tief ein und aus, in der Hoffnung, mein Puls würde sich wieder normalisieren.

»Alles okay?«, hörte ich Susan fragen, die es offenbar irritierte, dass ich keine Anstalten machte, auf mein Pferd zu steigen. Ich schloss für einen Moment die Augen und lehnte den Kopf an den Hals der Stute. »Ja, ich bin nur nervös.«

»Dann ist ja alles gut. Ich habe gehört, dass man ansonsten auch keine richtige Braut wäre.«

Ich öffnete die Augen und schmunzelte angesichts ihrer Worte. »Damit hast du wohl recht. Denk daran, wenn du auch mal heiratest.«

Das Verbot von menschlichen Hochzeiten hatte ich abgeschafft. Ich wusste, dass zumindest Sarah und Mason seitdem schon fleißig in den Hochzeitsvorbereitungen steckten.

Susan lachte. »Dafür brauche ich erst mal einen Freund. Keiner der Jungs hier reizt mich. Vielleicht mache ich für ein Jahr bei diesen Austauschreisen mit und suche nach dem Mann meines Lebens.«

Lange Zeit hatte ich überlegt, wie ich das Problem löste, dass die Menschen irgendwie ihre Freiheit ausleben konnten, ohne sie komplett freizulassen und zu riskieren, dass sie uns verrieten. Ganz zu schweigen davon, dass wir dann keine Blutspender mehr hätten. Ich hatte das bisherige System mit dem Austausch revolutioniert. So wie Liam einige Zeit in London bei anderen Vampyren gelebt hatte, war das nun allen Menschen möglich.

Ich hatte ähnlich zu den Austauschprogrammen von Menschen ein System ins Leben gerufen, bei dem man Familien suchen konnte, bei denen man einige Zeit lang leben wollte. Dabei achtete ich penibel darauf, dass die Menschen von den Vampyren nicht als Sklaven, sondern als gleichwertige Lebewesen betrachtet wurden. Sie bekamen dann die Möglichkeit, zu studieren, neue Leute kennenzulernen und die Welt außerhalb dieses Königreiches zu entdecken. An oberster Stelle stand nur immer die Verschwiegenheit.

»Klingt nach einem guten Plan, aber wenn ich dir einen Rat geben darf …«

Sie sah mich neugierig an. »Ja?«

»Den Richtigen musst du nicht suchen, er findet dich.«

Ich zwinkerte ihr zu und schwang mich dann in den Sattel, was mir trotz des wuchtigen Kleides überraschend gut gelang. Ich griff mir an den Kopf, um zu überprüfen, ob meine Krone verrutscht war. Soley hatte sie jedoch so gut befestigt, dass sie noch an ihrem Platz war. Susan lief um Coco herum und sorgte dafür, dass mein Kleid gut fiel. Als sie fertig war, streckte sie den Daumen nach oben. »Du siehst einfach atemberaubend aus.«

»Danke.«

»Hat den Anschein, als wärt ihr abmarschbereit.«

Ich warf einen Blick über die Schulter und sah, wie Ana auf uns zukam. Mir klappte beinahe der Mund auf, als ich sie erblickte. In monsterhohen Schuhen lief sie über den weichen Waldboden, als wäre es ein Laufsteg. Ihre langen Haaren fielen über die rechte Schulter und wie schon so oft war sie unglaublich gut geschminkt. Ihr Outfit überraschte mich heute jedoch. Sie trug ein bodenlanges rotes Kleid, das an der Seite einen langen Schlitz hatte, der verboten weit nach oben reichte. Ihre üppige Oberweite wurde mit einem tiefen V-Ausschnitt betont. Eine lange goldene Kette schimmerte in ihrem Dekolleté. In der einen Hand hielt sie meinen Brautstrauß.

»Hast du die Kleiderordnung nicht gelesen? Nur Rollkragenpullover und lange Hosen!«, rief ich ihr schmunzelnd zu. Natürlich störte mich ihre Kleiderwahl nicht. Aber zum Glück waren Vampyre nicht gläubig und ich heiratete auch nicht in einer Kirche. In religiösen Gemeinschaften wäre diese Freizügigkeit bestimmt nicht gerne gesehen.

»Ich schubse dich gleich von deinem Gaul, wenn du dich weiter über mein Outfit beschwerst.«

Susan sah irritiert von Ana zu mir. Sie hatte uns beide wohl noch nie zusammen erlebt.

»Bevor du Coco auch nur zu nahekommst, habe ich mich längst hinunterteleportiert und dich in die nächste Pfütze gestoßen.«

»Ich hole gleich mein Schwert und schneid dir das Kleid in tausend Fetzen.«

»Ähm, Leute ... wir müssen zu einer Hochzeit«, meldete sich Susan vorsichtig zu Wort.

Ana sah sie an, als hätte sie jetzt erst bemerkt, dass sie da stand.

Ich lachte auf. »Du hast ganz recht, Susan. Da meine Trauzeugin nun hier ist, können wir los.«

***

Ich hatte mir oft ausgemalt, wie meine Hochzeit mal aussehen würde. Der

Plan war immer, in Texas auf der Ranch meiner Eltern zu feiern. Mit allen alten Freunden aus der Highschool, den Mädels aus New York und meiner Familie.

Keiner von ihnen würde heute anwesend sein und das sorgte für ein Gefühl der Leere in mir. Die letzten Monate war dies hier zu meinem Zuhause geworden. Meine neue Familie. Doch jetzt am Tag der Hochzeit nagte das schlechte Gewissen an mir. Ich hatte viel zu selten an sie gedacht. Malyk war häufiger Thema gewesen und wir hatten besprochen, ob wir ihn nach Kanada holen würden. Da ich aber nicht davon ausging, dass er in Wahrheit zwei Jahre älter war als angenommen, blieb uns dafür noch Zeit. In der Schweiz war er vermutlich in Sicherheit.

Doch was mit meiner Mutter und meinem Vater passiert war, wusste ich nicht. Vermutlich lebten sie in Europa, doch wie erging es ihnen nach meinem Verschwinden? Ich hatte das Internet durchforstet, jedoch nichts über mich gefunden. Wie ich meinen Vater kannte, hätte er die ganze Erde nach mir abgesucht und dafür alle Mittel genutzt, die es gab. Und dazu zählten auch Fernsehaufrufe und Internetanrufe. Doch es gab nichts. Das hieß wohl, dass er davon ausging, dass ich von den Vampyren geschnappt worden war. Oder er lebte überhaupt nicht mehr ...

Ich schluckte. Nein, daran durfte ich nicht denken. Mein Vater war zäh. Doch wieso tauchte er nicht hier auf oder machte sich anderweitig bemerkbar? Er war schon mal hier gewesen, er musste doch wissen, wie man in das Schloss kam. Er konnte doch zumindest vermuten, dass ich hier gelandet war.

Ich hatte mich auch mal in meine sozialen Netzwerke eingeloggt, obwohl mir Dimitri davon abgeraten hatte. Ich verstand jedoch nicht, was seine Bedenken waren. Falls Valentin irgendwie darauf Zugriff erhalten könnte, würde ihm das nichts nutzen. Dass ich hier war, wusste er. Soley hatte mir später jedoch erklärt, dass die Möglichkeit bestand, dass sich einer von Valentins Leuten in das Profil von jemandem aus meiner Freundesliste hacken und Kontakt zu mir aufnehmen könnte.

Hätte ich einen Hilferuf von einem meiner Freunde bekommen, hätte wohl mein Verstand ausgesetzt. Käme er von meiner Familie, wäre es noch schlimmer gewesen. Abgesehen von einigen Nachrichten alter Freunde, in denen sie sich nach meiner Reise erkundigten, gab es jedoch nichts. Keiner hatte irgendetwas zu meinem Verschwinden geschrieben. Auch wenn es mir in den Fingern gejuckt hatte, allen zu antworten, hatte ich die Seite so geschlossen, wie ich sie geöffnet hatte, und war tagelang deprimiert gewesen, weshalb ich anschließend Abstand dazu nahm. Ich musste all das hinter mir lassen.

Ich warf einen Blick zu Ana, die neben Coco herlief. Sie war die einzige Freundin, die ich hier hatte, die mein altes Leben kannte. Sie war regelmäßig mit mir zum Cheerleadertraining gegangen und hatte in den Vorlesungen oft neben mir gesessen. All das hatte sie getan, um auf mich aufzupassen, und sie war zu einer guten Freundin geworden, die ich nicht mehr missen wollte. Neben Soley und Liam war sie hier meine engste Bezugsperson.

Wir folgten dem Pfad durch den Wald, der zu einer großen Lichtung führte. Ich vergrub die Nase in den Blumen, die mir Ana überreicht hatte. Ein Strauß aus Lilien und Rosen, als Symbol für die Vereinigung der zwei Rassen.

Kein Vampyr schien glücklich über unsere Verbindung, doch das war uns egal. Es war mein Leben und ich verbrachte es mit dem Mann *meiner* Wahl.

***

Als wir die Lichtung erreichten, stockte mir der Atem. Es sah alles so wunderschön aus. Soley hatte sich bei der Dekoration selbst übertroffen. Sie hatte es geschafft, Rot und Lila so zu mischen, als würden diese Farben zusammengehören. Blumengirlanden, Lampions und Lichterketten in den Bäumen waren Details, die mir direkt auffielen.

Ich richtete den Blick auf Dimitri. Er stand am anderen Ende der Lichtung unter einem weißen Pavillon, an dessen Stangen sich Rosen in die Höhe rankten. Dazwischen steckten Lilien. Dimitri trug einen schwarzen Anzug und ein rotes Hemd. Auf seinem Kopf strahlte die rot-goldene Krone.

Er sah so verlockend attraktiv aus, dass die Schmetterlinge in meinem Bauch wieder tobten. Ich wollte einfach nur zu ihm und ihn nie mehr loslassen. Ich liebte ihn so sehr, dass mir schon die ersten Tränen in die Augen schossen, obwohl die Zeremonie noch nicht einmal begonnen hatte. Schnell blinzelte ich sie weg. Ich wollte nicht verheult bei meinem Zukünftigen ankommen.

Soley stand etwas hinter ihm und strahlte mich an. Sie trug ein goldenes Kleid und hatte eine kleine Sonnenblume in den geflochtenen Haaren. Auf dem Kopf schimmerte ihre goldene Krone. Neben Dimitri stand Sascha, der dessen Trauzeuge war. Er sah auch umwerfend im dunklen Anzug aus.

Ich stoppte Coco, als wir bei den ersten Gästen ankamen, die links und rechts von einem schmalen Gang vor ihren Stühlen standen. Emma empfing uns dort mit einem Korb voller Blütenblätter. Sie hatte unbedingt mein Blumenmädchen sein wollen. Das Mädchen hatte einen Blütenkranz auf dem Kopf und trug trotz der frühlingshaften Temperaturen ein langärmliges rosa Kleid. Alle Menschen hatten lange Sachen gewählt, während fast jeder Vampyr kurzärmlig erschienen war. Uns machte die Kälte einfach spürbar weniger aus.

Ich atmete noch mal tief durch und schwang mich dann aus dem Sattel. Susan übernahm Coco und Ana kümmerte sich um mein Kleid. Musik ertönte und ich hakte mich bei Ana unter, die mich den Gang entlangführte. Emma lief vor uns und streute Blüten auf den Boden. Im Vorbeilaufen ließ ich den Blick kurz über die Gästeschar schweifen. Alle Vampyre und Menschen, die ich in den letzten Monaten ins Herz geschlossen hatte, waren da. Ich sah eine Kamera, die die Hochzeit aufzeichnete. Die Vampyre außerhalb des Schlosses waren eben auch an der Hochzeit zweier Oberhäupter interessiert. Ich entschied mich, die Kamera einfach auszublenden.

In der ersten Reihe stand Liam und grinste mich an. Es war das zweite Mal, dass ich ihn im Anzug sah. Gestern war sein Geburtstag gewesen und wir hatten viel gefeiert. Dieses Mal würde er den Geburtstag in guter Erinnerung behalten – im Gegensatz zum letzten.

Dimitri und ich hatten uns bewusst dazu entschieden, an unserem Kennenlerntag zu heiraten. Ich spürte, wie ein Lächeln in mir hochstieg, und richtete meine Aufmerksamkeit auf den Mann, den ich gleich heiraten würde.

Ich hatte nie damit gerechnet, dass ich mit zweiundzwanzig »unter die

Haube« kommen würde, doch wenn man den Richtigen gefunden hatte, gab es keinen Grund zu warten.

Dimitri streckte eine Hand nach mir aus und nahm mich von Ana in Empfang. Kurz verspürte ich einen Stich im Herzen, dass es nicht mein Vater war, der mich dem Bräutigam übergab, doch ich verdrängte den Kummer. Das war mein Hochzeitstag und er sollte durch nichts überschattet werden.

»Du siehst atemberaubend aus«, flüsterte Dimitri mir zu, als er mich in die Arme schloss und anschließend küsste.

»Du auch«, bemerkte ich schmunzelnd und strich über den seidigen Stoff seines Anzugs.

Wir wendeten uns Soley zu, die nur darauf zu warten schien, uns endlich trauen zu dürfen. Normalerweise war es meine Aufgabe, die Paare in diesem Schloss zu trauen, doch da es die eigene Hochzeit war, fiel diese Rolle an Soley. Ich wusste, wie gern sie das übernahm. Meine Finger verschränkten sich mit Dimitris und ich nickte Soley zu, um zu signalisieren, dass wir bereit waren. Sie machte eine kleine Geste mit den Händen und ich hörte, wie sich alle Gäste setzten.

»Meine lieben versammelten Gäste, Menschen und Vampyre, wir haben uns heute hier versammelt, weil dieses Paar den Bund der Ehe schließen möchte. Die Ehe ist ein Versprechen, den Rest des Lebens miteinander zu teilen, und das ist bei uns Vampyren eine sehr lange Zeit.«

Soley warf mir einen vielsagenden Blick zu, als würde sie mich noch einmal darauf hinweisen wollen, dass ich Dimitri weit länger als hundert Jahre an meiner Seite hätte. Der Gedanke ließ ein Glücksgefühl durch mich hindurchströmen. Ich würde jeden Tag lieben, den ich Dimitri neben mir wüsste, und es könnten gar nicht genug sein.

»Dieses Paar traf unter besonderen Umständen aufeinander. Scheinbar als ganz normale Menschen und nicht als die Thronerben ihres Vampyrgeschlechts verbrachten sie die ersten Wochen ihrer Beziehung. Sie lernten sich kennen und lieben und wurden sich schnell bewusst, dass diese Liebe niemals enden würde. Allen Widrigkeiten zum Trotz kämpften sie für ihre Beziehung und sind nun am Ziel angelangt.«

Ich sah zu Dimitri auf, der den Blick ebenfalls auf mich gerichtet hatte. In den Augen spiegelten sich seine Gefühle und jeder, der hinsah, musste erkennen, wie groß seine Liebe für mich war. Erneut stiegen Tränen in mir auf, doch noch konnte ich mich zusammenreißen.

»Lilya und Dimitri kommen aus unterschiedlichen Welten, doch sie sind der Beweis dafür, dass Liebe keine Grenzen kennt. Ihre verschiedenen Vorstellungen wurden unbedeutend und sie lernten das, was auch entscheidend für eine gute Ehe ist: dass man über alles reden kann und kompromissbereit sein muss. In einer Ehe geht es nicht darum, immer seinen Willen durchzusetzen oder sich allein durchzukämpfen. Stattdessen arbeitet man zusammen und wird zu dem besten Team, das es geben kann.«

Ich drückte Dimitris Hand fester. Wir waren zum perfekten Team geworden.

»Zu lieben bedeutet, zu geben, anstatt zu nehmen. Immer füreinander da zu sein. Man liebt den anderen mehr als alles auf der Welt und man lernt auch, sich selbst zu akzeptieren. Zusammen überwindet man die Schatten der Vergangenheit, der Gegenwart und der Zukunft«, sagte Soley.

In dem Moment verlor ich den Kampf gegen die Tränen. Ich spürte Dimitris Hand, die sanft eine Träne von meiner Wange wischte.

Soley richtete das Wort an meinen Zukünftigen. »König Dimitri, möchtest du Königin Lilya zur Frau nehmen? Willst du sie lieben und ehren – in guten wie in schlechten Zeiten? In Krieg und in Frieden. Willst du ihre Stärken fördern und mit ihren Schwächen geduldig sein? Willst du mit ihr reden und schweigen, lachen und weinen? Willst du sie schützen und immer zu ihr stehen, bis dass der Tod euch scheidet? Dann antworte mit: Ja, ich will.«

»Ja, ich will«, antwortete Dimitri so laut, dass es alle hören konnten, und mein Herz machte einen Hüpfer. Soley wendete sich nun an mich. »Königin Lilya, möchtest du König Dimitri zum Mann nehmen? Willst du ihn lieben und ehren – in guten wie in schlechten Zeiten? In Krieg und in Frieden. Willst du seine Stärken fördern und mit seinen Schwächen geduldig sein? Willst du mit ihm reden und schweigen, lachen und weinen? Willst du ihn schützen und immer zu ihm stehen, bis dass der Tod euch scheidet? Dann antworte auch du mit: Ja, ich will.«

»Ja, ich will«, verkündete ich und war froh, dass meine Stimme noch funktionierte.

Soley nickte mir zu und sah dann zu Dimitri. »Ihr dürft nun die Ringe tauschen und euer Ehegelübde sprechen.«

Dimitri griff nach meiner Hand, löste den Verlobungsring von meiner linken und steckte ihn mir an die rechte. Er behielt meine Hand in seiner und strich mir zärtlich über den Handrücken. Er blickte mir in die Augen und als er das Wort ergriff, hielt ich den Atem an.

»Lilya ... heute ist der Tag, den ich lange herbeigesehnt habe. Seit unserer ersten Begegnung hast du mich verzaubert, wie es sonst niemand vermag. Niemals hätte ich mir träumen lassen, dass ich irgendwann das Glück haben werde, dich zur Frau zu nehmen. Du bist mein Mond, der mir in der Dunkelheit den Weg weist. Wenn du bei mir bist, fühle ich mich komplett. Du gibst mir die Ruhe in unruhigen Zeiten. Deine Liebe hat mich zu einem anderen Mann gemacht. Ich konnte meine Fehler akzeptieren, weil du es getan hast. Du nimmst mich an, wie ich bin, anstatt mich zu verurteilen. Ich glaubte oft daran, nicht gut genug für dich zu sein, doch du hast mir gezeigt, dass ich nicht perfekt sein muss. Nur ich selbst. Ich verspreche dir, jeden Tag darum zu kämpfen, dass du glücklich bist, und dich mit meinem Leben zu beschützen. Ich liebe dich.«

Die Tränen liefen mir ungehindert die Wangen hinab, als er Sascha den Ring abnahm und mir den goldenen Ehering an den Finger steckte. Trotz des Tränenschleiers erkannte ich ihn auf den ersten Blick. Es war der Ring, den er immer bei sich getragen hatte. Der Ehering seiner Mutter. Der Anblick des funkelnden Rubins ließ mein Herz dahinschmelzen.

Ich starrte ihn an und es dauerte einen Moment, bis ich realisierte, dass ich jetzt an der Reihe war. Mein Herz raste und in meiner Kehle bildete sich ein dicker Kloß. Wie sollte ich jetzt noch einen vernünftigen Satz bilden können? Ich sah auf und begegnete Dimitris liebevollem Blick. Die Welt um mich herum verschwamm, als ich in seine dunklen Augen schaute, und wie von selbst bildete mein Mund die Worte, die mir am Herzen lagen.

»Dimitri ... genau ein Jahr ist es her, dass du in mein Leben getreten bist und es komplett auf den Kopf gestellt hast. Ich habe seitdem viel Leid erfahren, doch ich habe es geschafft, all die schrecklichen Momente zu überwinden. Auch wenn du mir nicht helfen konntest, habe ich trotzdem immer gespürt, dass du bei mir bist. Du hast mich stark gemacht. Du hast die Kriegerin in mir geweckt. Du hast mir gezeigt, dass wir dafür kämpfen müssen, was wir lieben. Und das werde ich nie vergessen. Ich kämpfe für die Dinge, die ich nicht verlieren will. Du bist ein wichtiger Teil davon. Noch nie in meinem Leben habe ich mich so zu Hause gefühlt wie in deinen Armen. Du bist mein sicherer Hafen, mein Fels in der Brandung. Bei dir fühle ich mich geborgen. Ich will den Rest meines Lebens mit dir verbringen, denn erst mit dir fühle ich mich komplett. Ich liebe dich über alles, Dimitri ...« Meine Stimme brach und ich schluchzte unerbittlich. Na, ich musste ja eine tolle Braut abgeben! Ich war vermutlich die einzige Kiya, die öffentlich weinte. Ana reichte mir den silbernen Ring mit einem winzigen fein geschliffenen Amethysten, den ich Dimitri ansteckte.

Ein Lächeln erschien auf seinem Gesicht, als er den Ring sah. Er hatte wohl nie damit gerechnet, einen Ehering der Kiye zu tragen. Leider war es nicht der Ring meiner Eltern, doch er wurde wohl zumindest nach den Originalen angefertigt.

Dimitri zog mich in die Arme und hauchte mir einen Kuss auf die Stirn. »Ganz ruhig, meine Schöne.«

Wir lösten uns voneinander und ich sah zu Soley, der ebenfalls Tränen in den Augen standen. Sie blinzelte sie weg und räusperte sich.

»Kraft meines Amtes als Königin der Siye, ernenne ich euch hiermit zu Mann und Frau.« Lächelnd nickte sie Dimitri zu. »Du darfst die Braut nun küssen.«

Das ließ Dimitri sich nicht zweimal sagen. Er umschlang meine Taille, zog mich zu sich heran und küsste mich leidenschaftlich. Ich schlang die Arme um seinen Hals und erwiderte den Kuss aus vollem Herzen. Ein normaler Kuss schien Dimitri jedoch nicht zu reichen. Er hob mich hoch, eine Hand an meinen Oberschenkeln und eine hielt meinen Rücken. Er ließ meinen Kopf nach hinten fallen und küsste mich stürmisch, als hätte er mich gerade bei einem Kampf erobert und wollte seine Beute nun nach Hause tragen. Mit einer Hand hielt ich meine Krone fest, aus Angst, sie könne dabei auf dem Boden landen.

Die Menge tobte, doch meine volle Aufmerksamkeit galt nur Dimitri. Meinem Ehemann.

48. KAPITEL

Dimitri

»Herzlichen Glückwunsch!«

Liam drückte Lilya fest an sich. Nachdem er sie wieder losgelassen hatte, wandte er sich an mich. In seinem Blick erkannte ich die Unsicherheit, ob er mich einfach umarmen sollte oder nicht. Vermutlich würde er es nicht wagen, weshalb ich heute den ersten Schritt machte und ihn kurz an mich drückte. So innig, wie Männer das eben taten.

»Herzlichen Glückwunsch«, wiederholte er und seine Mundwinkel verzogen sich zu einem Lächeln. Ich konnte ihn also doch noch überraschen.

»Danke.« Ich nickte ihm zu. Er war der beste Freund meiner Frau, ich würde lernen mit ihm zurechtzukommen. In den letzten Monaten hatte ich durch Lilya und Liams neue Position als Menschensprecher viel Zeit mit ihm verbracht und wir hatten unsere Differenzen beigelegt. Lilya und Soley belastete es, wenn sie das Gefühl hatten, dass wir uns nicht leiden konnten, deshalb rissen wir uns zusammen. Und ich musste zugeben, dieser Typ war wirklich in Ordnung. Lilyas damalige Einschätzung, dass ich als Mensch wohl genauso wäre wie er, war offenbar richtig.

Ich sah ihm nach, wie er zu Soley ging und die beiden sich auf den Weg zu den Getränken machten, da hörte ich schon, wie der nächste Gast Lilya gratulierte. Ich richtete meine Aufmerksamkeit wieder auf die Schlange von Gästen, die uns alle zur Ehe beglückwünschen wollten. Eine Tradition, auf die ich hätte verzichten können. Doch heute konnte nichts meine gute Laune trüben. Deshalb setzte ich mein strahlendstes Lächeln auf und nahm die Glückwünsche entgegen.

***

Nachdem wir gefühlt stundenlang Leute umarmt hatten, stießen wir noch gemeinsam mit den Gästen an, ehe wir uns in das Schloss zum Essen begaben.

Schmunzelnd beobachtete ich, wie Lilya mit leuchtenden Augen das riesige Buffet voller Köstlichkeiten aus aller Welt entlangschritt und sich offensichtlich nicht entscheiden konnte, was sie als Erstes probieren sollte.

»Du solltest nichts essen, womit du Flecken auf deinem Kleid hinterlassen könntest«, bemerkte ich schmunzelnd.

Mit großen Augen sah sie von mir zu den verschiedenen Soßen, die vor ihr standen. »Soll ich etwa nur Brot essen oder gleich verhungern?«

»Wir könnten dir auch ein Lätzchen umhängen«, schlug ich vor.

»Ich glaube, ein paar Flecken machen mir nichts aus.« Sie schürzte die Lippen. »Außerdem bin ich nicht tollpatschig«, murmelte sie.

»Weiß ich doch.« Ich drückte ihr einen Kuss aufs Haar. »Auch wenn Tollpatschigkeit süß sein kann.«

»Aber nicht am Hochzeitstag, also beschrei es nicht«, warnte sie mich und strich mit besorgter Miene über ihr Kleid. Ich hatte den Blick nicht mehr von ihr lösen können, seit ich sie darin gesehen hatte. Sie war für mich die schönste Frau auf der ganzen Welt, doch heute war sie meine persönliche Göttin. Das wuchtige Kleid mit Herzausschnitt bestand aus mehreren Lagen Tüll, viel Spitze und Hunderten von funkelnden Glitzersteinchen, die im Korsett eingearbeitet waren.

»Wolltest du dich nicht eh umziehen?« So schön das Kleid auch war, es war definitiv unpraktisch.

»Später. Man trägt so ein Kleid nur einmal in seinem Leben, dann sollte man es auch genießen.«

»Du kannst es ja irgendwann unserer Tochter vermachen. Dann würde es nicht für immer im Schrank versauern«, überlegte ich laut.

Lilya starrte mich einen Moment stumm an, ehe ein Lächeln auf ihrem Gesicht erschien und die Wangen sich rötlich färbten. »Du denkst also schon an Kinder?«, stellte sie fest.

Ich umarmte sie mit einer Hand von hinten und legte den Kopf auf ihrer Schulter ab. »Mit so einer wunderschönen Frau muss ich doch ganz viele kleine Prinzen und Prinzessinnen bekommen«, sagte ich und sie kicherte.

»Hebt euch das bitte für die Hochzeitsnacht auf.«

Ich ließ Lya los und sah zu Liam, der ein paar Schritte weiter mit Soley beim Salatbuffet stand.

»Neidisch?«, fragte ich und konnte ein breites Grinsen nicht verhindern, woraufhin er den Kopf schüttelte.

»Ganz und gar nicht. Und Kinder sind auch nicht das einzige Glück im Leben«, erklärte er bitter.

Ich runzelte die Stirn angesichts seiner Worte. Liam war jemand, der bestimmt gerne Kinder hätte. Doch vermutlich reagierte er so, weil eine Familienplanung mit seiner derzeitigen Freundin keine gute Idee war.

Mein Blick fiel auf Soley, die anscheinend seine Aussage genauso überraschend fand. Sie sah ganz blass aus und ich bemerkte die vielsagenden Blicke, die sie und Lilya sich zuwarfen.

Frauen und ihre Art, ohne Worte zu kommunizieren, dachte ich und schnappte mir einen Teller, um mir endlich etwas zu essen zu nehmen.

***

Nach dem Hauptgang folgten noch verschiedene Ansprachen, ehe es ans Dessert gehen sollte. Ich hielt Lilyas Hand und wartete gespannt darauf, was Ana erzählen würde, die sich gerade erhoben hatte. Als Trauzeugin ließ sie es sich natürlich nicht nehmen, ein paar Worte an die Gäste zu richten. Mein Blick fiel auf Sascha, der neben ihr saß. Seiner Miene nach zu urteilen, rechnete er mit allem und ich schmunzelte.

»Liebes Brautpaar, liebe Gäste«, fing Ana an und grinste. »Ich kenne Dimitri bereits mein ganzes Leben und auch wenn eine Dame nicht über ihr Alter spricht, kann ich verraten, dass das eine lange Zeit ist. Er war vor fünfundzwanzig Jahren auch auf meiner Hochzeit und hat diesen Tag zu etwas ganz Besonderem gemacht.« Ihr Blick fiel auf Lilya und sie zwinkerte ihr zu. »Süße, du warst damals noch nicht einmal geboren, aber sei unbesorgt, wir feiern dieses Jahr unsere Silberhochzeit, wie man sie bei den Menschen nennt, genauso groß – und dann kannst du auch dabei sein.«

Lilya lachte leise und ich stöhnte innerlich. Die Erinnerung an Anas und Saschas Hochzeit hatte ich schon lange verdrängt. Es war eine mehrtägige Großveranstaltung am Strand in Thailand gewesen.

Ich war noch nie auf so einer großen Hochzeitsfeier gewesen, doch es passte zu Ana. Sie übertrieb einfach immer. Sascha hatte ihr bei der Planung komplett freie Hand gelassen, wobei er vermutlich auch gerne schlicht und im kleinen Kreis gefeiert hätte. Valentin war damals ebenfalls auf der Feier gewesen. Zu dem Zeitpunkt hatten wir uns scheinbar noch gut verstanden und ich ahnte nicht, welche Zukunft mir bevorstand. Ein Jahr später hatte Valentin unsere Familie getötet …

»Ich hatte eigentlich immer damit gerechnet, dass Dimitri wie alle Königskinder eine Frau heiraten würde, die für ihn ausgesucht worden war. Die Ereignisse seit dem Tod seiner Familie sind schrecklich, doch umso mehr freue ich mich, dass es für ihn ein gutes Ende genommen hat.« Sie lächelte mich an. »Dimitri, du hast heute die Frau geheiratet, die ohne Zweifel an deine Seite gehört. Lilya und du, ihr seid füreinander geschaffen, das kann jeder sehen. All die Jahre warst du mein bester Freund und wir hatten viel Spaß zusammen. Sascha und ich begleiteten dich oft auf deinen Reisen und standen dir bei, als dein Bruder sich schließlich gegen dich wendete. Ich bin ehrlich, ich war mir nicht sicher, ob du jemals dieser verbitterten Phase entkommen würdest. Doch ich bin froh, dass Lilya eine Seite in dir geweckt hat, die wir früher nicht so oft zu Gesicht bekamen. Sie bringt das Beste in dir zum Vorschein.«

Ich drückte Lyas Hand fester und sie warf mir einen liebevollen Blick zu. Ana hatte ohne Zweifel recht. Meine Königin hatte mich vom ersten Tag an verzaubert.

»Ich kann dir nur raten, lass sie nie mehr los. Und wehe, du brichst ihr jemals das Herz, sie ist jetzt nämlich auch meine beste Freundin und ich müsste dich umbringen, wenn du ihr wehtust.« Sie legte den Kopf schief und grinste. »Lya, das gilt auch für dich. Verlass ihn niemals, er ist inzwischen unerträglich ohne dich.«

Lachend schüttelte ich den Kopf. Ich hob Lilyas Hand, führte sie an meine Lippen und hauchte einen Kuss auf ihren Handrücken. »Ich liebe dich«, flüsterte ich ihr zu.

Ich dich auch, formte sie die Worte mit den Lippen.

Ich konnte nur hoffen, dass Lya mich niemals verlassen würde. In der Ehe hieß es für immer und ich wünschte mir nichts mehr, als dass dies auch für uns galt.

***

»Dimitri, wage es ja nicht!«, zischte Lya und fuchtelte mit dem Schwert vor meinem Gesicht herum.

»Willst du es etwa auf einen Kampf ankommen lassen?« Amüsiert hob ich die Augenbrauen.

»Wenn es sein muss«, meinte sie ernst und ich musste mich zusammenreißen, um nicht in lautes Gelächter auszubrechen.

»Lya, darüber diskutiere ich nicht mit dir. Ich mache so gut wie alles für dich, aber ich bin ein Djiyo und ein bisschen Würde soll mir auch noch erhalten bleiben.«

»Ich dachte, du zweifelst nicht an deiner Männlichkeit«, erwiderte sie.

»Soll ich euch ein zweites Schwert bringen?«, rief Ana. Aus dem Augenwinkel sah ich, wie sie grinsend neben ihrem Mann stand. Sascha schien unsere Vorstellung auch sehr amüsant zu finden.

»Dann könntet ihr euch entweder duellieren oder das riesige Ding getrennt anschneiden«, schlug sie vor.

Ich warf einen Blick auf die zehnstöckige Hochzeitstorte. Die Schichten waren mit weißem Fondant überzogen und mit roten Rosen und violetten Lilien verziert. Ganz oben stand ein kleines Brautpaar, das nach unserem Abbild angefertigt worden war. Die Wappen unserer Familien waren ebenfalls mit einbezogen worden.

»Gib mir jetzt bitte mein Schwert, Lya.«

Entschieden schüttelte sie den Kopf. »Nur, wenn deine Hand sicher unter meiner bleibt.«

Seufzend verdrehte ich die Augen. Wer hätte gedacht, dass das Anschneiden einer Torte unseren ersten Ehekrach heraufbeschwören würde?

»Ich will ja nichts sagen, Dimitri, aber ich denke, jeder hier weiß, dass Lilya der Chef in eurer Beziehung ist.«

Ich verengte die Augen zu Schlitzen und warf Liam einen vernichtenden Blick zu, den er mit einem Schulterzucken kommentierte. »Ihr könntet die Gäste auch abstimmen lassen, wenn ihr euch nicht einigen könnt.«

»Gute Idee, Liam«, rief Ana. »Dimitri, besser, du siehst den Tatsachen ins Auge und gibst nach. Wir wollen endlich von der Torte probieren.«

Ich knirschte mit den Zähnen und gab schließlich nach. »Ist ja schon gut!«

Lya strahlte über das ganze Gesicht und hielt mir triumphierend den Griff meines Schwertes hin. Ich nahm es ihr ab, woraufhin sie ihre Hand auf meine legte und gemeinsam schnitten wir die unterste Ebene der Torte an.

Wir bugsierten das Stück auf einen Teller und begannen, uns gegenseitig mit der Erdbeerfüllung zu füttern. Es schmeckte himmlisch und bei dem Blick in Lilyas leuchtende Augen konnte ich nicht traurig darüber sein, dass ich die Hand nicht oben gehabt hatte. Die anderen hatten recht, Lilya hatte das Sagen in der Beziehung. Sosehr es auch meiner Natur widersprach, dass eine Frau mehr zu sagen hatte als ich, es machte mir nicht so viel aus, wie es vielleicht den Anschein hatte. In erster Linie wollte ich, dass sie glücklich war. Deshalb würde ich vermutlich immer nachgeben, wenn sie sich etwas wünschte.

***

Nachdem sich alle zum Dessert mit Torte vollgestopft hatten, folgte eine kurze Pause – und schließlich kam der Hochzeitstanz. Das erste Lied, zu dem wir tanzten, war ruhiger und emotionaler und hatte Lilya prompt die Tränen in die Augen getrieben. Daraufhin ertönte ein schnelleres Lied, bei dem ich sie durch den ganzen Saal wirbelte und schließlich alle anderen Gäste einstiegen.

***

Während alle Gäste ausgelassen feierten, begleitete ich Lilya in unsere Gemächer, wo sie sich schnell umziehen wollte. Es gab in den letzten Monaten nicht nur im Dorf der Menschen viele Umbaumaßnahmen, sondern auch im Schloss. Lilyas Räume waren vergrößert worden und nun hatten wir Platz ohne Ende.

Ich half Lilya aus dem ausladenden Hochzeitskleid und betrachtete bewundernd die weiße Spitzenunterwäsche, die sie darunter trug. Ana hatte es sich nicht nehmen lassen, vor dem Anschneiden der Hochzeitstorte irgendwelche peinlichen Hochzeitsspiele anzumoderieren, und natürlich musste ich auch Lilyas Strumpfband ausziehen, wodurch ich bereits einen kurzen Blick auf einen Teil ihrer Wäsche hatte werfen können.

Ich zog sie in die Arme und strich lächelnd über den seidigen Stoff. »Bist du sicher, dass wir wieder hinuntergehen müssen?«, flüsterte ich ihr ins Ohr.

»Ja, müssen wir.« Lachend schob sie mich von sich und lief zum Schrank, um ihr zweites Kleid zu holen.

Ich ließ mich auf dem Sessel im Ankleidezimmer nieder und starrte glückstrunken auf Lilyas Rückseite. »Eure Hoheit, Ihr spielt nicht mit fairen Mitteln«, bemerkte ich vorwurfsvoll.

Sie warf einen Blick über die Schulter und zwinkerte mir zu. »Alles zu seiner Zeit, mein König.« Sie zog ein kurzes weißes Kleid aus dem Schrank und schlüpfte schnell hinein, ehe ich noch auf die Idee käme, über sie herzufallen.

Ich stand auf, um ihr mit der Schnürung am Rücken zu helfen. Anschließend ließ ich die Hand auf ihrer Schulter und hauchte einen Kuss auf ihren Nacken.

»Ich ziehe dir Kleider so viel lieber aus als an«, raunte ich ihr zu und sah, wie sich eine Gänsehaut auf ihrer Haut bildete.

Sie drehte sich um, schlang die Arme um meinen Hals und gab mir einen leidenschaftlichen Kuss. »Das gefällt mir auch besser«, erwiderte sie und in ihren Augen leuchtete Begierde. »Aber unsere Gäste warten auf uns.«

49. KAPITEL

Liam

Die Stimmung war großartig. Alle feierten ausgelassen und niemanden schien die Vermischung von Menschen und Vampyren untereinander zu stören. Niemals hätte ich das für möglich gehalten, doch Lilya hatte es geschafft, die Rassen zu vereinen. Diese Frau war ein absolutes Wunder. Mein Blick fiel auf Sarah, die innig mit Mason tanzte.

Der dunkelhaarige Typ hatte sie komplett um den Finger gewickelt. Noch vor einem Jahr hatte ich gedacht, dass sie tot war. Ich hatte Dimitri für ihren vermeintlichen Tod mehr gehasst als alles andere auf der Welt und nun feierte ich mit ihm seine Hochzeit. Die Veränderungen im Schloss seit Lilyas Ankunft waren nicht zu übersehen.

Nach ihrer Rückkehr stellte auch Sarah schnell fest, dass es hier nicht mehr so war wie vor ihrer Abreise. Und dabei fanden die größten Veränderungen erst nach der Krönung statt. Kurz darauf kam auch Mason nach Kanada und Sarah schwebte seitdem im siebten Himmel. Dimitris anfängliche Befürchtung, dass sie sich schnell wieder trennen könnten, war bisher nicht eingetroffen. Der Typ schien wirklich wie geschaffen zu sein für meine Schwester.

Zum Essen war die Hochzeitsgesellschaft in den Thronsaal gegangen und wegen der Temperaturen fand der Rest der Party auch hier statt. Lilya wollte schließlich nicht, dass ihre menschlichen Gäste frieren mussten. So viele Menschen im Schloss, das war noch vor einem Jahr absolut undenkbar gewesen. »Möchtet Ihr tanzen, mein Herr?« Soley hielt mir eine Hand hin und lächelte kokett.

»Mit so einer schönen Frau doch immer.« Ich ergriff sie und führte sie auf die Tanzfläche. Soley legte den Kopf an meine Brust und wir wiegten uns im Takt der Musik.

Ich wünschte, dass es sich hierbei um unsere Hochzeit handeln würde. Wie gerne würde ich Soley zu meiner Frau machen und mit ihr eine Familie gründen!

Doch ich konnte nicht. Es wäre nicht richtig, von ihr zu verlangen, sich an einen Menschen zu binden. Ich war der Falsche für sie. Ich konnte nicht mit ihr regieren. Doch ich würde bei ihr bleiben und sie glücklich machen, solange ich konnte. Soley betonte immer, dass es ihr egal war, dass ich altern würde. Sie würde mich lieben, auch wenn ich alt, runzelig und nicht mehr fit wäre. Das glaubte ich ihr auch. Ich wusste nur nicht, ob ich wirklich wollte, dass sie dann noch an meiner Seite wäre. Wenn ich innerhalb der nächsten achtzig Jahre starb, würde sie noch genauso aussehen wie jetzt. Eine junge strahlende Schönheit.

Wollte ich ihr dann wirklich ein Klotz am Bein sein? Vielleicht kam eines Tages aber auch der perfekte Siyo um die Ecke, von dem ich wusste, dass er sie glücklich machen würde. Wir konnten beide nicht in die Zukunft sehen. Vielleicht starb auch Soley vor mir. Diese Möglichkeit zog sie oft in Betracht, doch ich wollte gar nicht daran denken. Sie hatte noch eine halbe Ewigkeit vor sich.

»Die Trauung war übrigens wunderschön, ich hätte beinahe selbst geweint«, verriet ich ihr. Die Gedanken um unsere Zukunft verdrängte ich. Wir hatten noch mindestens zehn Jahre, ehe ich mir Sorgen machen musste. Mit Anfang dreißig konnte ich mir mich noch gut an ihrer Seite vorstellen. Wie es war, wenn ich auf die vierzig zuging, würde sich zeigen.

»Danke. Es war tatsächlich die erste Zeremonie, die ich geleitet habe.«

»Du hast wirklich Talent dafür. Wenn Lilya nicht möchte, engagiert dich Sarah bestimmt zu ihrer Hochzeit.«

Ich spürte ihr Lächeln an meiner Brust. »Ich bin sicher, dass Lilya so was sehr gerne macht. Aber du könntest die Zeremonie deiner Schwester auch selbst leiten. Als Sprecher der Menschen hast du bestimmt die Befugnis dazu.«

Daran hatte ich noch gar nicht gedacht. Es wäre schön, meine kleine Schwester zu trauen. Aber ob ich das nötige Talent dafür hatte, wusste ich nicht.

»Möglich. Warten wir erst mal ab, wann es so weit ist. Sarah plant bestimmt noch ein paar Jahre«, meinte ich schmunzelnd und sah zu ihr und ihrem Verlobten.

Schweigend tanzten wir zu den nächsten Liedern.

»Möchtest du noch etwas trinken?«, fragte ich Soley.

»Gern.«

An der Bar schnappte ich mir die Karte und stöberte durch das Angebot an Cocktails, während Soley bereits bestellte.

»Einmal den Exotic Dreams, bitte.«

Stirnrunzelnd überflog ich die Liste. »Alkoholfrei?«, fragte ich sie irritiert. Soley war keine Partyqueen, die Unmengen Alkohol in sich schüttete, doch niemand, der auf der Hochzeit der besten Freundin keinen Tropfen Alkohol trinken würde. Sie hatte vorhin auch nur mit Orangensaft und nicht mit Champagner angestoßen.

Sie wich meinem Blick aus und zuckte nur mit den Schultern. »Der schmeckt mir halt so gut.«

Ich sagte nichts dazu, sondern bestellte mir selbst einen Mojito.

Nachdem wir die Getränke erhalten hatten, mischten wir uns wieder unter die Gäste. Soley begann eine Unterhaltung mit einer Siya und schnell artete es in ein wissenschaftliches Fachgespräch aus, woraufhin ich mich auf die Suche nach meiner Familie machte. Charlotte und ihr Mann waren bereits nach Hause gegangen. Mit einem Baby blieb man eben nicht ewig.

Ich war froh, dass meine Familie die Beziehung mit Soley inzwischen tolerierte. Spätestens als sie Mason hierhergebracht hatte, schlossen sie alle ins Herz.

Ich fand schließlich Susan und Isabell in der Menge und unterhielt mich ein wenig mit ihnen.

»Schau dir Mom mal an.« Isi deutete grinsend hinter mich und ich warf einen Blick über die Schulter.

Unsere Mutter unterhielt sich mit einem großgewachsenen Mann mit Halbglatze, der mir oft im Dorf über den Weg gelaufen war. Sein Name fiel mir jedoch nicht ein.

Als ich sah, was für verliebte Blicke meine Mutter ihm zuwarf, verstand ich, worauf Isi hinauswollte.

»Sie wären bestimmt ein schönes Paar«, kommentierte ich schulterzuckend und drehte mich wieder zu meinen Schwestern um.

Susan kicherte. »O ja. Frank ist in den letzten Wochen häufiger bei uns gewesen. Er hat immer irgendetwas für Mom repariert«, erzählte sie. Das hatte ich gar nicht mitbekommen, doch da ich seit einiger Zeit bei Soley wohnte, war das auch kein Wunder.

»Na, dann scheint es ja gut zwischen den beiden zu laufen. Sie hat verdient, wieder glücklich zu sein.«

Ich würde mich wirklich sehr für sie freuen, wenn sie erneut jemanden fand.

»Dann müssen wir ja nur noch einen Kerl für dich und Emma finden«, meinte ich zu Susan und stieß ihr leicht in die Seite.

»Möchtest du Emma wirklich so schnell unter die Haube bringen?« Fragend hob sie die Augenbrauen und ich schüttelte schmunzelnd den Kopf.

»Nein, damit hat sie noch fünfzehn Jahre Zeit. Und dann muss ihr Freund sich erst mal bei mir beweisen.« Isi verdrehte die Augen und nippte an ihrem alkoholfreien Cocktail. »Werdet erwachsen, Leute.«

Kurz nach der Geburt von Charlottes Sohn Jasper hatte auch Isabell verkündet, ein Baby zu bekommen. Dies war damit die erste geplante Schwangerschaft im Dorf, da den Menschen dank Lilya jetzt auch Verhütungsmittel zur Verfügung standen.

»Oh, hörst du das, Susi? Den belehrenden Mutterton hat sie schon gut drauf.«

Susan lachte und ich stimmte mit ein.

»Ich gehe dann mal meinen Mann suchen«, meinte Isabell und verschwand in der Menge.

»Apropos Emma, wo steckt sie überhaupt?«, fragte ich Susan. »Sie müsste doch langsam mal ins Bett.«

Susan zuckte die Achseln. »Keine Ahnung, zuletzt habe ich sie bei Lilya gesehen.«

»Okay, ich suche sie mal.«

Ich verabschiedete mich von Susan und machte mich auf die Suche nach unserem jüngsten Familienmitglied. Zuerst wollte ich es bei Lilya versuchen. Da ich davon ausging, dass sie bei ihrem Ehemann war, hielt ich nach Dimitri Ausschau. Er war von der Körpergröße am leichtesten aufzuspüren. Ich entdeckte ihn schließlich am anderen Ende der Halle und steuerte direkt auf ihn zu.

Als ich näherkam, erspähte ich Lilya in seiner Nähe und schließlich auch Emma. Meine kleine Schwester hatte Lilya bei der Hand genommen und lachend drehten sie sich im Kreis. Zu Beginn der Party hatte Lilya sich umgezogen und das wuchtige Prinzessinnenkleid gegen ein kurzes spitzenbesetztes Kleid eingetauscht, dessen Rock beim Tanzen um ihre Beine flatterte. Die Krone hatte sie wie Soley und Dimitri direkt nach der Zeremonie abgenommen.

»Na, ist deine Tanzpartnerin verhindert?«, fragte ich Dimitri, als ich bei ihm ankam.

Er warf mir einen kurzen Blick zu und schmunzelte. »Wenn du damit andeuten willst, dass du dich als Tanzpartner anbieten möchtest, muss ich dankend ablehnen.«

»Wie schade«, erwiderte ich und setzte ein breites Grinsen auf.

»Hallo Liam«, rief Emma, als sie mich entdeckte.

Sie und Lya hörten auf zu tanzen und kamen auf uns zu.

»Tanzt du auch mal mit mir?«, fragte Emma und hüpfte vergnügt hin und her. Dieses kleine Energiebündel war nicht müde zu kriegen.

»Okay, ein Lied, aber dann bringe ich dich ins Bett«, erklärte ich ihr, woraufhin sie beleidigt eine Schnute zog.

»Ich will aber noch nicht ins Bett.«

»Em, du bist erst sechs Jahre alt, du wirst nicht die ganze Nacht durchmachen«, meinte ich streng.

»Dein Bruder hat recht. Du warst doch lang genug da«, kam Lilya mir zu Hilfe.

»Na schön.« Emma ergriff meine Hand. »Aber wenn du nicht ordentlich tanzt, werden es zwei Lieder.«

***

Es dauerte schließlich noch fünf Lieder, bis ich Emma endlich mitnehmen konnte. Sie protestierte zwar immer noch, doch mir reichte es.

Auf dem Weg zum Ausgang kam ich an Soley vorbei.

»Na, Fachgespräch beendet?«, fragte ich sie schmunzelnd.

Sie blinzelte verwirrt. »Ähm, ja. Ich bin gerade auf dem Weg zu Lilya.«

»Sie ist da drüben.« Ich nickte in die Richtung, aus der ich eben gekommen war. »Habe Emma bei ihr aufgegabelt und bringe sie jetzt erst mal ins Bett.«

»Macht das nicht eure Mutter?«

Ich schüttelte lächelnd den Kopf. »Ich glaube, die hat heute Abend anderes im Kopf.«

Soley sah mich verständnislos an.

»Erkläre ich dir später«, meinte ich und gab ihr einen Kuss.

»Soll ich euch begleiten?«, fragte Soley, doch ich winkte ab.

»Nicht nötig. Ich bin gleich wieder da.«

Ich gab Soley noch einen Kuss, ehe ich mich mit Emma auf den Weg nach draußen machte. Die Flure waren wie ausgestorben, alle tanzten und feierten ausgelassen.

***

»Ich will noch nicht ins Bett, alle anderen sind doch auch bei der Hochzeit«, meinte Emma beleidigt, als wir aus dem Schloss gingen und die Lichter und Musik hinter uns ließen.

»Die sind auch alle schon erwachsen. Kinder müssen schon längst im Bett liegen.«

»Pff«, machte sie und entriss mir die Hand. Mit verschränkten Armen lief sie neben mir her. »Wer zuerst zu Hause ist!«, schrie sie plötzlich und rannte los. Einen Moment blickte ich ihr hinterher, ehe ich stöhnend die Verfolgung aufnahm.

»Emma, jetzt warte doch!«, rief ich. Sie war zwischen den Bäumen verschwunden und bei der Dunkelheit konnte ich kaum etwas erkennen. Als plötzlich ihr erstickter Schrei die Nacht zerriss, setzte mein Herz für einen Schlag aus. Fluchend rannte ich in die Richtung, aus der der Schrei gekommen war. War sie etwa gestürzt? Ich rief ihren Namen, bekam aber keine Antwort. Unruhig suchte ich die Umgebung ab und schließlich wurde ich fündig. Doch das Bild, das sich mir bot, ließ meinen Puls in die Höhe schießen. Ich erkannte zwei Djiye zwischen den Bäumen. Einer von ihnen hatte Emma auf dem Arm. Sie war offenbar bewusstlos.

»Was ist passiert?« In dem Moment erkannte ich denjenigen, der Emma hielt.

Es war Vladimir.

»Lass sie sofort los!«

Ein kaltes Grinsen erschien auf seinem Gesicht und mir wurde bewusst, dass er definitiv nicht auf mich hören würde.

»Oh, der Sprecher der Menschen hat etwas befohlen. Meinst du, wir sollten tun, was er sagt?«, fragte er spöttisch den anderen Djiyo.

»Wenn dir meine Position nicht passt, redest du am besten mit Lilya. Vielleicht möchtest du dich ja in Zukunft um die Belange der Menschen kümmern. Und jetzt sag mir sofort, was ihr mit meiner Schwester gemacht habt!« Ich ging auf ihn zu und wollte ihm Emma wenn nötig aus den Armen reißen, doch der andere Typ stellte sich mir in den Weg und hielt mich fest.

»Keine Sorge, wir sind nicht hinter deiner Schwester her«, erklärte dieser. »Wir brauchen nur dich.«

»Was?« Ich versuchte, ihm meinen Arm zu entreißen, doch es gelang mir nicht.

»Nein, Planänderung. Wir nehmen sie beide mit«, verkündete Vladimir.

Mitnehmen? Wohin? In meinem Kopf ratterte es. Was um alles in der Welt wollten sie von uns?

»Wieso?«, fragte der Djiyo, der mich festhielt. »Die Anweisung betraf nur den Jungen.«

»Du Idiot, zusammen sind sie deutlich mehr wert. Das Mädchen ist Lilyas kleiner Liebling.« Grinsend betrachtete er meine Schwester. Schlagartig wurde mir klar, was hier gespielt wurde. Emma und ich sollten entführt werden, um Lilya eins auszuwischen? Sie zu erpressen? Dahinter musste Valentin stecken!

Verflucht, das konnte ich nicht zulassen.

»Nein, bitte, ihr habt jetzt mich, lasst Emma gehen! Ich mache auch, was ihr wollt.« Auf keinen Fall durften sie Emma mitnehmen. Ich warf einen Blick über die Schulter. Das Schloss war nicht so weit weg. Emmas Schrei hatte vielleicht keiner gehört, doch möglicherweise wurde jemand auf uns aufmerksam, wenn ich jetzt aus vollem Halse schrie. Ich holte tief Luft, da legte sich eine große Hand vor meinen Mund.

»Vergiss es, du machst niemanden auf uns aufmerksam«, zischte der Djiyo, der meine Gedanken erraten haben musste.

Ich biss ihm so fest in die Hand, wie ich konnte, doch er lockerte den Griff nicht.

»Ich muss Vladimir zustimmen. Deine Schwester ebenfalls mitzunehmen ist eine großartige Idee. Wenn Valentin sie nicht benötigt, sehe ich sie als kleinen Leckerbissen zur Belohnung«, zischte er mir ins Ohr.

Bei seinen Worten lief es mir eiskalt den Rücken hinunter. Meine Befürchtungen hatten sich also bewahrheitet.

»Und jetzt schlaf gut.« Aus den Augenwinkeln sah ich, wie er mit der freien Hand eine Spritze aus der Hosentasche zog. Er klemmte sich die Schutzkappe zwischen die Zähne und ich bäumte mich verzweifelt auf. In dem Moment hasste ich meine menschliche Schwäche mehr denn je. Was nützte mir jetzt der Schutz des Königshauses? Ich war nicht in der Lage, Emma und mich zu beschützen.

Ich dachte an Soley, die nach meinem Verschwinden zusammenbrechen würde. Und dass ich nicht erfahren würde, ob meine Theorie stimmte und sie vielleicht schwanger war. Tiefe Traurigkeit überfiel mich, als ich daran dachte, dass ich in dem Fall unser Baby niemals würde kennenlernen können. Als ich spürte, wie die Spritze meinen Hals durchstieß und mir eine brennende Flüssigkeit injiziert wurde, wusste ich, dass ich verloren hatte.

50. KAPITEL

Soley

Zum wohl tausendsten Mal glitt mein Blick suchend über die feiernden Gäste im Thronsaal. Beunruhigt stellte ich fest, dass Liam offenbar immer noch nicht zurück war. Es musste inzwischen über eine Stunde vergangen sein, seit er gegangen war.

»Was ist los, Soley?« Lilya legte mir eine Hand auf die Schulter und musterte mich besorgt. »Ist dir nicht gut?« Sie fragte vermutlich, weil sie befürchtete, dass mir schlecht sein könnte. Ich ging zumindest davon aus, dass sie dies von menschlichen Schwangerschaften kannte und auf uns projizierte. In der Tat gab es auch unter Vampyrinnen einige, die in der Frühschwangerschaft unter Übelkeit litten, doch das war momentan nicht meine Sorge.

»Liam wollte Emma kurz ins Bett bringen und ist immer noch nicht zurück.«

»Vermutlich hat sie ihn genötigt, ihm ein Buch nach dem anderen vorzulesen. Du weißt doch, wie sie ist«, meinte sie schmunzelnd, doch mich beruhigte ihre Theorie nicht.

»Ich gehe mal nachsehen, was er treibt. Vielleicht hat er sich zu ihr gekuschelt und ist mit ihr eingeschlafen, dann kann ich ewig warten.« Diese Option war möglich, doch ich selbst glaubte nicht daran. Ich hatte ein ganz schlechtes Gefühl.

»Mach das. Leg dich aber nicht auch dazu, sonst mache ich mir gleich noch Sorgen um dich.« Lilya zwinkerte mir zu und lief dann zu Dimitri.

Ich verließ das Schloss und machte mich direkt auf den Weg zu dem Haus von Liams Familie.

***

Das Haus lag in völliger Dunkelheit. Stirnrunzelnd sah ich zum Dachfenster, hinter dem Emmas Zimmer war, und lauschte. Ich konnte jedoch keine Geräusche von drinnen wahrnehmen. Lediglich das Rascheln der Blätter der umliegenden Bäume drang an mein Ohr.

Ich entschloss mich, trotzdem nachzusehen, und lief zur Eingangstür. Vorsichtig schob ich sie auf und sah mich im Haus um. Alles blieb still. Auch als ich die Treppe hochging, hörte ich nichts. Hier war niemand. Würde Emma schlafen, hätte ich längst ihren Atem und den Herzschlag wahrgenommen. Dennoch sah ich auch in ihrem Zimmer nach. Ich betätigte den Lichtschalter und blinzelte kurz gegen die Helligkeit an. Der Anblick des leeren Mädchenzimmers schnürte mir die Kehle zu, obwohl ich bereits gewusst hatte, dass niemand hier sein würde.

Was war nur passiert? Meine Hand legte sich wie selbstverständlich auf meinen Bauch. Waren es die Hormone oder warum überfiel mich sofort die Panik? Es konnte eine ganz einfache Erklärung geben, warum Emma noch nicht im Bett war. Doch vor meinem inneren Auge tauchten nur Horrorszenarien auf. Ich löschte das Licht und verließ fluchtartig das Haus.

Draußen atmete ich tief ein und aus und versuchte mich zu beruhigen. Ich würde sie schon finden.

***

Ich lief zurück in Richtung Schloss, in der Hoffnung, irgendwo die Fährte der beiden aufnehmen zu können. Tatsächlich fand ich die Stelle, an der sie den Weg verlassen hatten und in den Wald gelaufen sein mussten. Mit klopfendem Herzen folgte ich der Spur und hielt irgendwann überrascht inne, als ich bemerkte, dass jemand zu ihnen gestoßen sein musste. Der Geruch des Blutes der einzelnen Vampyrrassen war unverwechselbar und so erkannte ich sofort, dass zwei Djiye hier gewesen sein mussten.

Warum waren Emma und Liam in den Wald gelaufen und was hatten die beiden Djiye da zu suchen? Ich versuchte, zu erraten, wer die beiden gewesen waren, doch es gelang mir nicht. Es gab zu viele von ihnen – und wenn es jemand war, mit dem ich nicht viel zu tun hatte, erkannte ich den Geruch nicht auf Anhieb. Doch wer auch immer infrage kam, war hier auf Emma und Liam gestoßen. Was war dann passiert?

Die Spur vermischte sich hier und ich folgte ihr ein gutes Stück in den Wald hinein, bis sie langsam schwächer wurde. Ein Blick auf den Boden zeigte mir, wieso.

Fluchend sank ich auf die Knie und betrachtete die Reifenspuren, die aussahen, als würden sie von zwei Motorrädern stammen. Mir wurde plötzlich heiß und kalt. *Sie sind entführt worden,* schoss es mir durch den Kopf. Warum sonst sollten sie mitten in der Nacht zu zwei Djiye aufs Motorrad steigen? Aber wer hatte Grund, die beiden zu verschleppen? In meinem Kopf bildete sich eine Theorie, doch ich verdrängte jeden Gedanken daran. Ich musste sie finden. Sofort!

Der Spur zu Fuß zu folgen würde keinen Sinn machen. Sie hatten bestimmt einen Vorsprung von einer Stunde.

In dem Moment verfluchte ich die Tatsache, dass Liam keinen Chip mehr hatte. Doch da fiel mir etwas ein. Emma! Sie hatte ihren Chip noch!

Ich machte kehrt und rannte, so schnell ich konnte, zum Schloss zurück.

51. KAPITEL

Lilya

»Wann verziehen wir uns eigentlich?«, raunte Dimitri mir zu, während wir eng umschlungen tanzten. Die anderen Gäste schienen bei bester Stimmung zu sein und noch lange nicht daran zu denken, zu verschwinden. Ich hatte auch nicht vor, meine Hochzeitsfeier vorzeitig zu verlassen. Immerhin heiratete man im Idealfall nur einmal und das wollte ich auskosten, solange es ging. Es blieb schließlich noch genug Zeit, mich mit Dimitri im Bett zu wälzen.

Ich wollte ihm gerade antworten, als ich hörte, wie Soley meinen Namen rief.

Ich hielt inne und blickte in die Richtung, aus der ihre Stimme kam. Sie quetschte sich durch die Reihen der Feiernden und rannte auf uns zu. Bei ihrem Anblick überkam mich ein ungutes Gefühl. Sie war barfuß, atmete schwer und in ihren Augen erkannte ich die Panik, die jetzt auch mich zu überwältigen drohte. Ihre Worte schafften es, meine Welt fast zum Einsturz zu bringen.

»Liam und Emma wurden entführt!«

***

»Keine Chance, ich bekomme nicht ein einziges Signal.«

»Das kann nicht sein, probier es weiter.« Soley bohrte die Hände in den

Stoffbezug des Schreibtischstuhls und starrte auf die Bildschirme vor Sascha.

Er seufzte und tippte auf der Tastatur herum. »Entweder ist sie inzwischen außerhalb der Reichweite oder wer auch immer sie entführt hat, weiß, wie man den Chip lahmlegt.«

»Und wie sollen wir sie dann finden? Wir können doch nicht einfach hier herumsitzen und Däumchen drehen.« Tränen standen in ihren Augen.

»Soley hat recht, es muss doch irgendetwas geben, was wir tun können«, mischte ich mich ein. »Es kann doch nicht sein, dass jemand die beiden einfach so entführen konnte. Was ist mit den ganzen Sicherheitsvorkehrungen?« Ich drehte mich um und sah zu Dimitri, der mich mit unergründlicher Miene anblickte.

»Die sind nutzlos, wenn uns jemand aus den eigenen Reihen hintergeht – oder gar mehrere ...«, meinte er schließlich seufzend.

»Aber wer sollte denn Grund haben, die beiden zu entführen?«, meldete sich Sascha zu Wort.

»Es gibt genug Vampyre, denen die Veränderungen der letzten Monate nicht passen, und vielleicht hat einer von ihnen Liam etwas angetan, um uns damit zu treffen.« Soley fasste sich an die Brust. »Ich glaube jedoch, es war Valentin.«

Bei der Erwähnung dieses Namens sauste mein Puls in die Höhe. »Wieso sollte er es auf Liam abgesehen haben? Er hätte sich doch eher dich anstatt deinen Partner geschnappt.«

»Ich weiß es nicht, aber wir verlieren wertvolle Zeit, wenn wir hier rumsitzen und quatschen!«

»Wir sollten erst mal herausfinden, wer uns überhaupt hintergangen hat«, gab Dimitri zu bedenken.

»Vladimir.« Wir fuhren herum und blickten zu Ana, die in der Tür stand. »Er ist verschwunden, genauso wie Roman, ein anderer Wächter. Ich habe alle Vampyre im Schloss kontrollieren lassen und diese beiden fehlen.«

»Nein«, keuchte Dimitri. »Das kann nicht sein.«

Ich sah ihm an, wie sehr ihn die ganze Sache mitnahm. Er hatte mir erzählt, dass es seine größte Angst war, dass sich einer seiner Verbündeten als Valentins Spion herausstellte. Nun war es offenbar passiert. Zumindest ließen die Anzeichen in meinen Augen keinen Zweifel zu. »Dann müssen wir ihnen hinterher! Wenn Valentin dahintersteckt, werden Emma und Liam bestimmt nach Sibirien gebracht. Dimitri, du wolltest das Schloss wieder einnehmen, jetzt ist der Zeitpunkt gekommen.«

Dimitri schüttelte den Kopf. »Willst du Valentin angreifen – mit dem Wissen, dass er Emma und Liam als Geiseln hält?«

Ich biss mir auf die Unterlippe. »Geiseln nutzen ihm nur lebend etwas.«

»Wir wissen noch nicht einmal, ob das Valentins Werk ist. Vielleicht will Vladimir uns nur einen Denkzettel verpassen, weil er mit unserer Politik nicht einverstanden ist«, warf Dimitri ein.

»Oder Zakhar steckt dahinter«, überlegte ich laut und alle Augenpaare richteten sich auf mich.

»Traust du ihm das zu?«, fragte Soley ungläubig.

Ich nickte. »Er hasst uns. Und er hasst Liam. Er verabscheut unsere Freundschaft mit den Menschen. Er hätte auf jeden Fall auch ein Motiv.«

»Ihr könnt nichts unternehmen, solange ihr nicht wisst, wer die Drahtzieher sind«, erklärte Ana und beendete damit vorerst die Diskussion.

***

Den ganzen Tag waren Dimitri und die anderen unterwegs, um nach Hinweisen zu suchen. Sie waren der Spur der Motorräder gefolgt und schließlich an eine Lichtung gelangt, an der sie in einen Hubschrauber gestiegen sein mussten. Ich hatte auch schon versucht, mich zu Liam zu teleportieren, doch das hatte nicht geklappt. Entweder war unsere Verbindung zu schwach, um mich an einen möglicherweise unbekannten Ort zu teleportieren, oder er war wirklich viel zu weit weg und meine Kräfte würden niemals für so einen großen Sprung ausreichen. Möglicherweise lag es auch an beidem.

Keiner von uns hatte diese Nacht ein Auge zugemacht. Die Hochzeitsfeier war sofort unterbrochen worden, als Soley die Neuigkeit von der Entführung verkündete. Liams Familie war geschockt und gab uns daran die Schuld, was ich gut verstehen konnte. Man suchte in solchen Momenten einen Sündenbock.

Da ich auch die Nacht vor der Hochzeit nicht geschlafen hatte und in der davor ebenfalls kaum, weil wir in Liams Geburtstag reingefeiert hatten, machte sich die Erschöpfung langsam bemerkbar. Wir saßen wieder zusammen und überlegten, was wir unternehmen sollten, als ich gegen meine Müdigkeit ankämpfte.

»Du musst dich ausruhen.« Dimitri beäugte mich mit sorgenvollem Gesicht.

Ich starrte ihn an. »Glaubst du wirklich, dass ich jetzt an Schlaf denken kann?«

»Dimitri hat recht«, meinte Soley. »Du bist keine Hilfe, wenn du erschöpft bist.« Ich sah ihr an, wie fertig auch sie war.

»Du bist doch genauso müde«, erwiderte ich gereizt.

Ana räusperte sich. »Ich denke, wir gehen jetzt alle ins Bett. Wer auch immer Liam und Emma entführt hat, wird sich früher oder später schon melden. Ansonsten hätte eine Entführung keinen Sinn. Dann hätte man die beiden vielleicht nur unter Alkoholeinfluss verschleppt, leer getrunken und im Wald vergraben«, bemerkte sie nüchtern und zuckte die Achseln.

Mir klappte der Mund auf angesichts Anas Gefühllosigkeit, doch mir fiel keine Antwort ein. Ich sah, wie blass auch Soley bei ihren Worten wurde.

Dimitri stand auf und griff nach meiner Hand. »Lass uns schlafen gehen.«

***

»Guten Morgen, Lya.«

Dimitri saß bereits angezogen auf der Couch, als ich das Wohnzimmer betrat. In der Hand hielt er eine Flasche voller Blut.

»Guten Morgen.« Nachdem ich mich gestern ewig im Bett hin und her gewälzt hatte, siegte doch die Müdigkeit und ich war in einen traumlosen Schlaf gefallen. Barfuß tapste ich über den dunklen Holzfußboden zu ihm.

Er stellte die Flasche auf dem Couchtisch ab und zog mich auf den Schoß.

»Gibt es schon Neuigkeiten?«, fragte ich und lehnte den Kopf an seine Schulter.

Zu meiner Enttäuschung schüttelte er den Kopf. »Ich habe bereits mit Sascha gesprochen. Er ist die ganze Nacht wach geblieben, aber es gibt keine neuen Erkenntnisse.«

Missmutig schloss ich die Augen. Das alles fühlte sich an wie ein Albtraum.

»Was ist, wenn sie schon tot sind?«, sprach ich meine größte Sorge aus. In dem Fall würden wir wirklich nichts mehr tun können.

»Es bringt nichts, sich darüber den Kopf zu zerbrechen.« Dimitri griff nach der Flasche und hielt sie mir hin. »Trink, du brauchst jetzt so viel Energie wie möglich.«

Ich nahm ihm die Glasflasche ab und führte sie an die Lippen. »Gehst du davon aus, dass wir angegriffen werden könnten?«, fragte ich, ehe ich einen großen Schluck nahm.

»Man kann nie wissen, was jetzt passiert. Vielleicht ist die Entführung auch eine Art Mahnung, dass wir hier nicht länger sicher sind.«

***

Dimitri hatte sich auf den Weg zu Ana gemacht, weswegen ich schnell unter die Dusche hüpfte und mich danach anzog.

Die ganze Zeit grübelte ich darüber, wer hinter Liam und Emmas Verschwinden steckte – und vor allem, warum.

Bevor ich ebenfalls zu den anderen ging, entschied ich mich, mich noch mal in mein Arbeitszimmer zurückzuziehen. Ich wollte einige Unterlagen zu den menschlichen und vampyrischen Bewohnern durchsehen. Vielleicht würde ich dabei irgendwelche hilfreichen Einfälle haben.

Da es die schnellste Option war, teleportierte ich mich kurzerhand in mein Arbeitszimmer.

Mein Blick fiel auf den Schreibtisch und sofort schoss mein Puls in die Höhe. Mir wurde plötzlich heiß und kalt, als ich an den Tisch trat.

Dort lag etwas, was ich nicht dahin gelegt hatte. Ein roter Umschlag, auf dem das Wappen der Djiye in Gold schimmerte. Mein Name stand darunter. Schlagartig schienen sich meine schlimmsten Befürchtungen zu bewahrheiten.

Ich starrte den Brief an, als wäre er eine giftige Schlange.

Nein, bitte sei nicht das, wofür ich dich halte.

Ich würde es nicht herausfinden, wenn ich den Brief nicht las. Doch vielleicht sollte ich besser Dimitri dazuholen. Ich wollte jetzt nicht allein sein, aber ich musste es wissen. Sofort. Ich schnappte mir den Umschlag und riss ihn auf, um an das Papier darin zu gelangen.

Mein Herz raste, als ich den Brief auffaltete.

Meine liebste Lilya,

herzlichen Glückwunsch zur Hochzeit. Ich bin sehr traurig darüber, dass Du mich nicht eingeladen hast, immerhin bist Du nun meine Schwägerin.
Dafür war Deine Hochzeitsfeier voller menschlichem Abschaum, wie ich gehört habe. Eins dieser Exemplare haben meine Spione für Dich entfernt, für den Rest bist Du selbst verantwortlich.
Ich schenke Dir hiermit eine Reise nach Sibirien, damit Du unser gutes Verhältnis wiederherstellen kannst. Damit Du einen Anreiz hast, Dich auf diese Reise zu begeben, darfst Du Dein kleines Haustier anschließend auch wieder mitnehmen. Andernfalls werde ich es behalten, ich finde mit Sicherheit eine Verwendung dafür.
Um dafür zu sorgen, dass wir uns ungestört unterhalten können, bitte ich Dich, allein zu kommen. Flitterwochen mit meinem Brüderchen kannst Du auch danach noch machen.
Einer meiner Männer wird Dir zeigen, wie Du hierherkommst.

Grüße meinen Bruder und Soley von mir.

In Liebe

Valentin

Ich ließ den Brief fallen und sank gleichzeitig zu Boden. Er hatte sie entführt, Soleys Befürchtung hatte sich bewahrheitet. Plötzlich fiel mir auf, dass Valentin nur von einem Menschen sprach. Wieso hatten seine Männer Liam und Emma entführt? Weil sie gerade die Möglichkeit dazu hatten? Oder hatten sie Emma gar nicht mitgenommen und sie war doch noch irgendwo in der Gegend? Womöglich hatten sie sich der Zeugin auch gleich entledigt. Bei dem Gedanken verkrampfte sich mein Magen und mir wurde übel. Oder hatte Valentin es ursprünglich auf Emma abgesehen? Ich wusste es nicht.

Was hatte Valentin vor? Wollte er mich in einen Hinterhalt locken und töten?

Die Gedanken überschlugen sich, als ich überlegte, was ich nun tun sollte. Auf keinen Fall würde ich die beiden kampflos aufgeben. Liam war mein bester Freund und Emma ... Emma war der erste Mensch hier, der Vertrauen zu mir gefasst hatte.

Natürlich würde ich sie retten. Auch wenn es hieß, sich dafür in die Höhle des Löwen zu begeben.

Valentin hatte sich nach Monaten aus seinem Versteck getraut und den ersten Zug gemacht. Nun war ich an der Reihe. Wenn er Krieg wollte, sollte er ihn bekommen.

52. KAPITEL

Dimitri

»Nein – und nochmals nein!«

»Aber Dimitri, es bleibt uns doch nichts anderes übrig, als auf die Forderung einzugehen!«

»Und dich mit großer Wahrscheinlichkeit zu opfern? Vergiss es, Lilya! Du bist tausendmal mehr wert als das Leben von Liam und Emma.«

»Ich muss versuchen, sie zu retten, versteh das doch!«

Ich mahlte genervt mit dem Kiefer. Sie wollte es einfach nicht kapieren. Soley, Ana und Sascha, die mit uns am Tisch saßen, warfen sich unsichere Blicke zu. Wir hatten uns sofort zusammengesetzt, nachdem Lilya mit den Neuigkeiten zu mir gekommen war.

Ich schnappte mir noch mal Valentins Brief, der auf dem Tisch lag, und überflog ihn. Mein Bruder wollte offenbar Spiele spielen. Nur beabsichtigte ich nicht, mitzuspielen. Und ich würde dafür sorgen, dass Lilya das auch nicht tat.

Ich sah von dem Brief auf und musterte Soley. Sich einzugestehen, dass sie Liam möglicherweise nicht mehr retten konnte, musste unfassbar schwer sein. Ginge es hier um Lilya, würde ich keine Sekunde zögern und sie retten, aber auf keinen Fall könnte ich Lilya in die Höhle des Löwen schicken. Und das würde ich um jeden Preis verhindern. Egal, wen ich dafür opfern musste. Lilyas Leben war mir wichtiger als alles andere auf der Welt.

»Tut mir leid, Soley. Aber ich werde nicht zulassen, dass Lilya nach Sibirien reist. Ich hoffe, das verstehst du.«

Bevor Soley etwas erwidern konnte, war Lya bereits aufgesprungen. »Soley ist schwanger!«, platzte sie heraus und ich erstarrte. »Ich werde nicht zulassen, dass der Vater ihres Kindes stirbt!« Sie schluckte. »Oder Schlimmeres ... Ich denke, in Anbetracht dessen, wie krank Valentin ist und was für Spielchen und Foltermethoden ihm einfallen, ist Sterben manchmal einfacher«, fügte sie hinzu.

Verflucht! Das waren keine guten Neuigkeiten. Lilya war niemand, der einen Freund im Stich ließ, doch die Schwangerschaft würde ihre Bemühungen nur noch mehr befeuern. Niemals ließe sie zu, dass das Kind ihrer besten Freundin ohne seinen leiblichen Vater aufwachsen musste.

Ich überlegte, was ich dazu sagen sollte, als Soley sich zu Wort meldete. »Lilya, ich glaube, Dimitri hat recht. Es ist zu gefährlich, wenn du allein gehst.«

Überrascht hob ich die Augenbrauen. Hieß das, sie gab Liam auf?

Lilya schien genauso irritiert zu sein, wie Soley reagierte. »Und was schlagt ihr vor?«, fragte Lya und ließ den Blick durch die Runde schweifen. »Wenn ihr mich begleitet, fällt das ein wenig auf, meint ihr nicht?«

»Wir könnten uns dem Schloss so weit wie möglich nähern und dann teleportierst du uns rein. Danach können wir zum Beispiel nach Liam und Emma suchen, während du Valentin ablenkst. Und wir können dich einfacher da rausholen ...«, schlug ich vor, auch wenn mir der Gedanke nicht gefiel, Valentin auch nur eine Sekunde mit Lilya allein zu lassen.

»Dimitri, was soll Valentin mir antun? Vergisst du, wie stark ich inzwischen geworden bin? Ich beherrsche meine Kräfte sehr gut und es ist einfacher, wenn ich nur Emma und Liam rausbringen muss und nicht euch alle.«

Ihre Worte waren wie ein Tritt in mein Ego. Ich wusste, wie stark sie war, aber sie vergaß wohl, dass wir alle kampferfahren waren. »Du weißt schon, dass wir dir durchaus eine Hilfe sein könnten, oder? Wir sprechen von dem Schloss der Djiye, ich kenne mich da am besten aus, und mit den Männern dort werden Sascha, Ana und ich definitiv fertig, auch wenn wir keine telepathischen Kräfte haben.«

Ich ließ den Blick zu meinen besten Freunden gleiten. Ana grinste, sie hatte schon viel zu lange keinen anständigen Kampf mehr geführt. Ich wusste, wie sehr sie das vermisste.

»Ich bin ganz bei Dimitri. Du brauchst jemanden, der dir den Rücken freihält, Lya«, meinte Ana – und Lilya gab sich endlich geschlagen.

»Na schön, dann überlegen wir uns eben einen Plan, bei dem ihr dabei sein könnt. In Ordnung?«

Alle am Tisch nickten. Damit war es also beschlossen.

***

Die nächsten Stunden schmiedeten wir einen Plan nach dem anderen. Wir kamen allerdings auf keinen gemeinsamen Nenner. Am liebsten hätte ich gesagt, dass wir einfach hierbleiben und darauf warten sollten, was Valentin als Nächstes tat. Ich wollte für Liam und Emma keinen meiner Männer verlieren. Zugegeben, ich mochte die beiden inzwischen, doch dies hieß nicht, dass ich für sie alles riskieren würde. Ich würde es für kaum jemanden tun. Egal ob Lilya das so sah oder nicht, aber sie waren nun mal Menschen. Und evolutionsbedingt waren diese einfach nicht unsere besten Freunde.

Doch wenn ich die ganzen Überlegungen über den Haufen werfen und die Mission absagen würde, wäre Lilya die Erste, die sich auf den Weg nach Sibirien machen würde. Ihr war es egal, dass ihr Leben tausendmal mehr wert war. Für sie zählte nur, ihre Freunde zu retten. Das war eine Einstellung, die überhaupt nicht zu einer Kiya passte. Kiye waren Einzelkämpfer und würden ihr Leben nicht für das anderer opfern. Zumindest wurde ihnen das nachgesagt. Lilya war aber so anders als ihre Familie. Beeinflusste die Art und Weise, wie wir aufwuchsen, stärker unsere Persönlichkeit als unsere Gene?

Bisher war ich immer davon ausgegangen, dass wir Vampyre uns durch die drei Rassen unterschieden. Waren unsere Gewohnheiten aber nur antrainiert? Durch die Erziehung unserer Familien?

Am Beispiel von Lilya sah ich auf jeden Fall, dass dies keine unerhebliche Rolle zu spielen schien.

***

Ohne eine Entscheidung in Bezug auf Liam und Emma getroffen zu haben, hatten wir uns schließlich in unsere Gemächer zurückgezogen.

Lilya war sehr still geworden. Ich sah ihr an, dass sie mit den Gedanken ganz woanders war.

»Ist alles okay, Lya?«, fragte ich sie, als wir allein in ihrem Wohnzimmer standen.

Sie sah auf und musterte mich mit nachdenklichem Blick. »Sei ehrlich, hältst du es für eine blöde Idee?«

Ich knirschte mit den Zähnen. Ich wusste, was sie meinte, und ich glaubte auch, dass sie meine Meinung bereits kannte.

»Ich denke, du weißt, dass du mir wichtiger bist als alles andere auf der Welt und dass ich auf keinen Fall möchte, dass dir etwas zustößt. Also ja, ich halte es für eine blöde Idee.«

Ich machte eine kurze Pause und griff nach ihrer Hand.

»Allerdings habe ich bei der Krönung gelobt, die Schwachen zu verteidigen, und daran halte ich mich. Und bei unserer Hochzeit habe ich dir versprochen, darum zu kämpfen, dass du glücklich bist. Ich weiß, dass du es dir selbst nie verzeihen wirst, wenn du die beiden im Stich lässt, deshalb werde ich dich auch nicht alleinlassen.«

»O Dimitri, danke.« Sie küsste mich leidenschaftlich und ich schlang die Arme um sie. Ich drückte sie fest an mich und wollte sie am liebsten nie mehr loslassen, denn es bestand durchaus die Gefahr, dass ich sie bald verlieren würde.

***

Am Nachmittag lief ich durch das Schloss und beäugte jeden Wächter mit kritischem Blick. Wem konnte ich noch trauen?

Vladimirs Verrat hatte mich schwer getroffen. Er arbeitete seit Jahrzehnten für mich und nun hatte er mich so hintergangen. Tatsächlich traute ich jetzt nur noch Ana und Sascha. Sollte sich einer von beiden jemals als mein Feind entpuppen, würde ich mir das Schwert eigenhändig ins Herz rammen.

Ich hatte leider keine Ahnung, wie ich die entstandene Sicherheitslücke schließen konnte. Ein wenig bedauerte ich es, dass Lilya nicht in der Lage war, Gedanken zu lesen. Das mochte in der Hinsicht sehr helfen. Allerdings würde ich auch nicht wollen, dass sie meine lesen könnte. Dazu ging mir zu viel durch den Kopf, was sie nicht wissen sollte.

Würde sie meine dunkelsten Gedanken kennen, hätten die Chancen hoch gestanden, dass sie mich niemals geheiratet hätte.

Die Zeit verging, während ich fieberhaft nachdachte und doch zu keinem Ergebnis kam. Benahm sich irgendjemand anders als sonst? Ich durchquerte die Eingangshalle des Schlosses, um mich danach noch ein wenig draußen umsehen.

»Alles in Ordnung, Dimitri?«

Ich hielt inne und drehte mich zu Alexander um, der gerade die Treppe herunterkam. »Ja, wieso?«

»Ich habe den Eindruck, du läufst etwas ziellos durch die Gänge. Kann ich dir bei irgendetwas helfen?«

Wenn du Liam und Emma wieder herzaubern kannst, gerne.

Ich schüttelte den Kopf. »Danke, aber nein, kannst du nicht.« Ich wandte mich ab und verließ das Schloss.

***

Meine Laune sank von Minute zu Minute mehr. Die Hochzeit hätte der schönste Tag in unserem Leben werden sollen, stattdessen würde Lilya jetzt immer nur daran denken, dass ihre Freunde entführt worden waren. Das hatte mein Bruder mal wieder toll hingekriegt. Wieso hätte er auch die Krönung crashen sollen, wenn sich noch eine viel bessere Gelegenheit bieten könnte?

Doch was genau bezweckte er mit der Entführung? Welche Forderung würde er stellen? Lilya nach Sibirien zu zitieren konnte schließlich nur ein Teil des Plans sein.

Wollte er uns alle zu sich locken und dann auf einen Schlag töten? Waren Liam und Emma nur die Köder, die Lilya und unweigerlich auch mich zu ihm führen sollten?

Würde mein Bruder möglicherweise seine Prinzipien aufgeben und uns aus einem Hinterhalt erledigen? Ich wusste nicht, was er die letzten Monate über getan hatte. Zwar kannte ich seine unerschöpfliche Geduld, doch auch die könnte mal zur Neige gehen und dann würde er auf Dinge wie Ehre pfeifen.

Am Rande des Menschendorfes blieb ich stehen. Ich wollte mich dort nicht blicken lassen. Nachdenklich betrachtete ich die Gebäude, die inzwischen fast alle renoviert oder neu gebaut worden waren.

Ich überlegte, noch einen Spaziergang im Wald zu unternehmen, als ich sah, wer mir auf dem Weg entgegenkam. Sarah und Mason.

Ich fluchte innerlich und überlegte, ob ich einfach abhauen sollte. Liams Familie jetzt über den Weg zu laufen war das Letzte, was ich wollte. Doch sie hatten bereits bemerkt, dass ich sie gesehen hatte, und ein Feigling wollte ich auch nicht sein.

»Hey, ihr zwei«, rief ich, als sie näherkamen. »Wo wollt ihr denn hin?«

Sie blieben stehen und Sarah sah mit unergründlicher Miene zu mir hoch. Wie immer, wenn ich ihr gegenübertrat, fühlte ich mich auch jetzt in ihrer Gegenwart unwohl. Ich würde nie vergessen, was ich ihr alles angetan hatte. Vermutlich verzieh sie es mir auch nie.

»Zur Blutspende«, erklärte sie, ohne mich aus den Augen zu lassen. Der bissige Unterton in der Stimme gab mir das Gefühl, dass sie mich daran erinnern wollte, dass wir Monster waren, die ihnen ihr Blut raubten. Auch wenn es nicht mit der Art und Weise vergleichbar war, wie ich ihr Blut während der Reise getrunken hatte. Die Menschen hier hatten einmal im Monat einen Termin zum Spenden. Die Siye machten ihre Sache sehr gut, sodass die Menschen keine Schmerzen verspürten und auch keine Narben von den Nadeln zurückblieben.

In den letzten Monaten hatte man den Eindruck, dass hier Frieden zwischen den Menschen und den Vampyren herrschte. Doch Liams und Emmas Entführung hatte das gute Verhältnis seiner Familie – und nicht nur ihrer – zu uns drastisch zerstört.

Ich blickte von Sarah zu dem schweigsamen Jungen neben ihr. Mason war ein sehr ruhiger Zeitgenosse. Ich konnte mich nicht erinnern, seit seiner Begrüßung in Kanada ein Wort mit ihm gewechselt zu haben. Lilya und Soley hatten dagegen bestimmt näheren Kontakt zu ihm.

»Ihr könnt sie heute ausfallen lassen.«

Sarah hob überrascht die Augenbrauen. »Was, wieso?«

»Deine Geschwister wurden entführt, ich bin sicher, das Letzte, was du jetzt willst, ist den Vampyren Nahrung zu spenden.«

Ich wunderte mich selbst über meine Worte. Sarah schien es ähnlich zu gehen. Sie musterte mich einen Moment stumm, ehe sie antworte. »Danke«, hörte ich sie leise sagen. In ihren Augen erkannte ich die Angst, die sie wegen ihrer Geschwister haben musste.

Ich nickte ihr zu, wandte mich dann ohne ein weiteres Wort ab und sah zu, dass ich schnell hier wegkam. Wie könnte ich Sarah länger in die Augen schauen, mit dem Wissen, dass ich ihre Geschwister am liebsten ihrem Schicksal überlassen würde, anstatt sie zu retten? Es war egoistisch, aber im Endeffekt dachten wir doch alle so. Zumindest redete ich mir das ein. Wer würde schon gerne den Partner und das eigene Leben aufs Spiel setzen, um andere zu retten?

Lilya.

Sie würde alles aufs Spiel setzen. Ich bewunderte sie für diese Einstellung, gleichzeitig konnte ich darüber nur mit dem Kopf schütteln. Es war so unvernünftig.

***

Die Sonne ging bereits unter, als ich ins Schloss zurückkehrte und mich auf den Weg in Lilyas Gemächer machte. In den letzten Stunden war ich kein Stückchen weitergekommen. Der perfekte Rettungsplan wollte mir einfach nicht einfallen. Genauso wenig fand ich eine Lösung für unser Vertrauensproblem.

Vielleicht fiel Sascha oder Ana noch etwas ein. Ich kam mir so schrecklich nutzlos vor und das hasste ich.

***

Am frühen Morgen schreckte ich aus einem unruhigen Schlaf hoch. Ich hatte irgendeinen Albtraum gehabt, was sehr ungewöhnlich war. Normalerweise träumte ich nicht – und wenn, dann nur seltsames Zeug. Doch heute wachte ich mit einem unguten Gefühl auf. Ich drehte mich zur Seite und registrierte irritiert, dass das Bett neben mir leer war. Wann war Lilya aufgestanden?

Normalerweise schlief sie immer länger als ich. Mein Blick fiel auf das Fenster. Der Rollladen war unten, weshalb ich nicht abschätzen konnte, wie spät es war.

Ich griff nach meinem Handy, das auf dem Nachttisch lag, und checkte die Uhrzeit. Kurz nach sieben. Wir waren erst um vier Uhr ins Bett gegangen.

Ich setzte mich auf und lauschte, um zu hören, ob Lilya vielleicht im Bad war, doch in den anderen Räumen war auch alles ruhig. Stöhnend ließ ich mich wieder in die Kissen fallen. Vermutlich konnte sie nur nicht schlafen und machte einen Spaziergang. Ich schloss die Augen, als ich ein vertrautes Motorengeräusch vernahm und das ungute Gefühl zurückkam. Augenblicklich riss ich sie wieder auf.

Ich sprang aus dem Bett, lief ins Wohnzimmer und trat nach draußen auf den Balkon. Ein Flugzeug entfernte sich vom Schloss und steuerte dem Sonnenaufgang entgegen. Ich wusste eigentlich über alle Starts und Landungen Bescheid. Dass so früh am Morgen jemand wegflog, war ungewöhnlich und ließ mich bereits vom Schlimmsten ausgehen.

Ich lief wieder nach drinnen, um mir schnell etwas anzuziehen und mich dann zunächst auf die Suche nach Lilya zu machen. Anschließend würde ich Sascha und Ana fragen, ob sie wussten, wer eben weggeflogen war. Auf dem Weg zum Schlafzimmer ließ ich den Blick durch den Raum schweifen. Er blieb am Couchtisch hängen. Ein Briefumschlag lag darauf und sofort hielt ich in der Bewegung inne.

Nein, das darf nicht wahr sein …

***

»Ganz ruhig, Dimitri, allzu groß kann ihr Vorsprung noch nicht sein.« Ana klopfte mir beim Vorbeilaufen auf die Schulter und lief zu ihrem Mann. *Ganz ruhig.* Wie sollte ich ganz ruhig bleiben, wenn meine Frau in ihr Unglück rannte?

»Wer weiß! Lasst uns jetzt endlich abhauen.« Ich warf meine Tasche in die Maschine und öffnete die Tür zum Cockpit.

Lilyas Brief hatte mich völlig die Fassung verlieren lassen. Ich ballte die Hände zu Fäusten. Ich würde Lilya eine gehörige Standpauke halten, wie sie es wagen konnte, heimlich abzuhauen. Wenn ich sie denn lebend aus der Sache bekäme …

»Wartet!«

Ich fuhr herum und runzelte die Stirn, als ich sah, wie Soley auf uns zugerannt kam. »Vergiss es«, rief ich ihr zu, als ich erkannte, was sie vorhatte. Sie hatte sich eine Reisetasche über die Schulter geworfen und in der Hand hielt sie ihren Bogen. Die Haare hatte sie zu einem strengen Zopf gebunden und sie trug für sie untypische schwarze Kleidung.

Als sie am Flugzeug ankam, verschränkte ich die Arme vor der Brust und versperrte ihr den Weg. »Du wirst uns nicht begleiten.«

Ihr Blick verfinsterte sich. »Und ob ich das werde! Geh mir aus dem Weg, Dimitri!«

Die umstehenden Djiye musterten Soley mit neugierigen Blicken. Normalerweise würde keine Siya auf die Idee kommen, auf so eine Mission zu gehen.

»Nein, wirst du nicht. Wir können es nicht gebrauchen, auch noch auf dich aufzupassen.«

Sie lachte trocken. »Keine Sorge, das kann ich schon gut allein. Ich bin erwachsen, also lass uns darüber nicht diskutieren.«

»Nein, ich werde keine Schwangere zu einem Kampf mitnehmen!«

»O doch, das wirst du. Immerhin geht es um den Vater meines Kindes. Ich werde nicht hierbleiben und Däumchen drehen.«

Ich öffnete den Mund, um zu protestieren, da sprach sie weiter.

»Außerdem – wer sagt mir, dass ich hier in Sicherheit bin? Valentins Männer haben leichteres Spiel, mich hier anzugreifen, wenn ihr alle weg seid.«

Ich biss die Zähne fest aufeinander und warf einen fragenden Blick zu Ana und Sascha, die noch bei den anderen Männern standen. Sie zuckten nur mit den Achseln. Dummerweise musste ich mir eingestehen, dass Soley recht hatte. Wer sagte, dass nicht noch mehr Spione von Valentin im Schloss waren? Soley war ein leichtes Ziel, wenn sie jemand attackieren wollte.

Ich stöhnte und gab schließlich nach. »Meinetwegen, du darfst uns begleiten. Aber ich halte dich aus der Gefahrenzone raus.«

Auf Soleys Gesicht erschien ein triumphierendes Grinsen, als sie nickte und in das Flugzeug kletterte.

Ich gab den Männern das Zeichen, dass sie sich startklar machen sollten, und alle verteilten sich auf die Flugzeuge. Wir hatten genug Zeit verloren, da Alexander anscheinend den Mechanismus des Tors außer Betrieb gesetzt hatte. Es hatte ewig gedauert, es zu reparieren, damit wir hier wegkommen konnten. Ich stieg zu Soley in die Maschine.

Es wurde Zeit, meinem alten Zuhause einen Besuch abzustatten.

53. KAPITEL

Lilya

Zwanzig Stunden zuvor …

Seit fast genau vierzig Stunden waren Emma und Liam inzwischen weg. Vierzig Stunden, in denen sie wer weiß was durchgemacht hatten. Waren sie nach Sibirien gebracht worden oder versteckte Valentin sie irgendwo anders, weil er befürchten musste, dass wir heimlich versuchen würden, sie zu befreien?

Waren sie möglicherweise sogar noch unterwegs?

Ich machte mich auf den Weg in mein Arbeitszimmer, um noch einmal zu überprüfen, ob Valentins Handlanger irgendwelche Spuren hinterlassen hatte. Es wunderte mich, dass der Brief dorthin gelegt worden war. Eigentlich wusste niemand, dass ich das Zimmer nutzte. Und die Gefahr hätte bestanden, dass ich nach dem Verschwinden meiner Freunde tage- oder wochenlang nicht hineinging. Vielleicht wurde aber auch darauf spekuliert.

Valentin hatte keine Eile. Ihm war es vermutlich egal, wann ich in Sibirien auftauchte. Und anscheinend hatte er noch jemanden hier, der mich beobachtete und mir den Weg nach Sibirien weisen sollte. Dimitri war bereits damit beschäftigt, einen Weg zu suchen, wie er herausfinden könnte, wer ihn hintergangen hatte.

Das würde sich aber als kein leichtes Unterfangen herausstellen. Vladimir war einer seiner engsten Wächter gewesen. Abgesehen von Sascha und Ana misstraute er jetzt vermutlich jedem Djiyo. Ich konnte es ihm nicht verübeln. Vladimir hatte ich vom ersten Tag an nicht gemocht, doch dass er ein Verräter war, konnte auch ich nicht ahnen.

Als ich an der Tür zu meinem Arbeitszimmer ankam, blickte ich noch einmal den leeren Flur entlang. Ob Vladimir selbst den Brief auf meinen Schreibtisch gelegt hatte?

Ich öffnete die Tür und bleib wie erstarrt im Türrahmen stehen. Der Schreibtischstuhl drehte sich und ich blickte in Alexanders ausdrucksloses Gesicht, der es sich darauf bequem gemacht hatte. *Er arbeitet für Valentin*, schoss es mir augenblicklich durch den Kopf.

»Schließ die Tür.« Bei seinen Worten löste sich die Starre; meine Hand bewegte sich automatisch und schloss die Tür hinter mir.

»Was willst du?«, fragte ich so ruhig wie möglich.

»Deinem Gesichtsausdruck nach zu urteilen, kannst du dir das bereits vorstellen.«

Sollte er versuchen, mich ebenfalls zu entführen? Nein, das würde er sich nicht trauen. Ich hätte den Raum verlassen, ehe er sich bewegen könnte.

»Du gehörst also auch zu Valentins Jüngern?«, fragte ich bissig und lehnte mich mit verschränkten Armen gegen die Tür.

Um Alexanders Mundwinkel zuckte es. »Aus deinem Mund klingt das so, als wäre es was Schlechtes.«

»Darauf antworte ich nicht. Also, was willst du?«

»Hat Valentin dir in seinem Brief nicht mitgeteilt, dass dir jemand den Weg nach Sibirien weisen wird?«

Ich schloss für einen Moment die Augen. Ich hatte es befürchtet.

»Und das willst du jetzt machen? Mit mir nach Sibirien reisen?«

»Durchaus. Oder weißt du, wo das Schloss liegt?«

»Nein, aber die Koordinaten hätten mir auch schon gereicht. Ich benötige keinen Geleitschutz.«

Seine Augen verengten sich zu Schlitzen. »In der Tat nicht. Weder von mir noch von deinem Mann oder deinen Freunden.«

Daher wehte also der Wind. Natürlich, Valentin wollte um jeden Preis verhindern, dass ich Dimitri und die anderen mit nach Sibirien schleppte, und erhoffte sich mit dieser Methode wohl, dass ich wirklich allein kam.

Denn wenn sie lediglich nachkämen, und das würden sie auf jeden Fall tun, hätten sie ohne mich keine Möglichkeit, so einfach ins Schloss einzudringen.

»Und wenn ich nicht mitkomme? Oder dich einfach töte? Valentin könnte denken, du hättest ihn verraten.«

Er lachte trocken und lehnte sich im Stuhl zurück. »Glaub mir, Valentin erfährt alles, was er wissen will. Ich bin nicht der Einzige in diesem Schloss, der nicht Dimitri die Treue geschworen hat. Viele Djiye sind auf Valentins Seite, das wird auch Dimitri noch zu spüren bekommen.«

Wir wurden also die ganze Zeit über ausspioniert. Wir hatten alle damit gerechnet – und doch war es nun ein Schock, es zu erfahren.

Ich atmete tief ein und wieder aus. »Und wann soll es losgehen? Jetzt sofort?«

»Nein. Morgen früh zu Sonnenaufgang.«

***

Nach dem Gespräch mit Alexander teleportierte ich mich in meine Räume. Dimitri war zum Glück nicht da, als ich mir eine Reisetasche schnappte und anfing, alles Mögliche einzupacken. Mein Herz raste und ich rechnete damit, dass Dimitri jeden Moment hinter mir stehen und fragen würde, was ich hier tat. Ich wollte mich von Valentin nicht einschüchtern lassen und ihm zeigen, dass ich nicht mehr das Mädchen von vor einem Jahr war. Ich war nun eine Königin und außerdem mit seinem Bruder verheiratet. Er hatte meine Freunde in der Gewalt, aber was auch immer seine Pläne waren, ich würde nicht zu Valentins Marionette werden.

Ich packte ein paar Sachen ein, als mein Blick auf das Schuhregal fiel. Die schwarzen High Heels stachen mir ins Auge und ich verzog die Mundwinkel zu einem breiten Lächeln, als mir eine Idee kam. Ich versteckte die volle Reisetasche im Schrank und teleportierte mich in Anas Gemächer.

***

Ich tauchte in ihrem Ankleidezimmer auf, blieb einen Moment still stehen und lauschte. In den anderen Räumen war alles ruhig. Ich atmete tief ein und lief zum Schrank, um nach einem bestimmten Kleidungsstück zu schauen. Trotz Tausender verschiedener Sachen wurde ich schnell fündig, zog den samtig weichen Stoff aus dem Schrank und verschwand sofort wieder.

***

In meinem Zimmer hatte ich noch ein paar Dinge eingepackt und zwei Flaschen Blut – ich musste Kraft sammeln, so viel wie ich konnte – leer getrunken, bevor ich zum gemeinsamen Abendessen mit Dimitri erschien. Ich versuchte mir nichts anmerken zu lassen. Auf keinen Fall durfte er Verdacht schöpfen. Zum Glück schien er nicht mehr davon auszugehen, dass ich allein verschwinden könnte. Er war ja auch viel mehr Kompromisse eingegangen, als er vermutlich gewollt hatte. Dass Dimitri nie mein Leben oder das seiner Freunde aufs Spiel setzen würde, um zwei Menschen zu retten, wusste ich. Doch vielleicht sah er es auch als Möglichkeit, es seinem Bruder heimzuzahlen und ihn für seine Verbrechen büßen zu lassen.

Nun würden all unsere Pläne nicht aufgehen. Ich hatte mit den anderen nicht darüber gesprochen, doch bereits geahnt, dass Valentin es uns nicht so leicht machen würde. Natürlich bestand die Möglichkeit, Dimitri über die neuesten Erkenntnisse zu informieren, doch ich tat es nicht. Zu groß war die Angst, dass es irgendwer mitbekam. Und außerdem würde er alles dafür tun, um zu verhindern, dass ich mit Alexander nach Sibirien reiste.

***

Nach dem Essen sah ich nach Soley. Ich hatte irgendwie das Bedürfnis, meine Freunde noch einmal zu sehen. Vielleicht starb ich in Sibirien, ich konnte es zumindest nicht ausschließen. Soley war in ihrem Labor und starrte auf einen der Computerbildschirme, als ich den Raum betrat. Ihrem abwesenden Blick entnahm ich, dass sie sich nicht auf irgendeine Arbeit konzentrierte. Sie war sehr schweigsam geworden seit Liams Entführung. Auf mich machte sie einen ähnlichen Eindruck wie damals während unserer Gefangenschaft. Hoffnungslos und verloren. Ich konnte das nur allzu gut nachvollziehen. Sie war schwanger und der Vater ihres Kindes schwebte in Lebensgefahr. Diese Machtlosigkeit musste sie um den Verstand bringen.

»Hey Soley …«

Sie erschrak und sah zu mir auf. »Lya, was tust du hier?«

Ich zuckte die Achseln. »Nach dir sehen?«

Sie knabberte an der Unterlippe und wickelte eine Haarsträhne um den Finger. »Hm«, machte sie. »Gibt es schon Neuigkeiten?«

Ja, ich werde mich allein auf den Weg machen und Liam befreien. Ich schluckte. Soley würde es auch niemals gutheißen und das Ganze als Selbstmordkommando ansehen.

»Nicht wirklich. Dimitri möchte alle Eventualitäten einplanen, bevor die Mission starten kann.«

Sie nickte. »Natürlich. Man muss für alles gewappnet sein.«

Ich schnappte mir einen Stuhl und setzte mich neben sie. Einen Moment saßen wir beide einfach nur da und schwiegen. Stöhnend vergrub ich das Gesicht in den Händen. »Valentin ist wirklich ein Monster.«

Soley lachte trocken. »Na, das brauchst du mir nicht zu sagen.«

Ich sah auf und musterte traurig meine Freundin. Sie könnte den Vater ihres Kindes verlieren.

»Warum tut er es?«, fragte ich leise und Soley seufzte.

»Er will Macht. Ich glaube, das muss man nicht verstehen.«

»Und warum hat er es so sehr auf mich abgesehen? Nur weil ich das Oberhaupt der Vampyre bin?«

Sie nickte. »Denk doch mal nach. Was will er …? Das mächtigste Wesen auf diesem Planeten werden! Aber wer ist das im Moment? Lilya, es liegt nicht nur an deinen Fähigkeiten, sondern auch an dem Einfluss, den du hast. Du bist der Inbegriff von Macht. Wenn jemand die Weltherrschaft erlangen kann, dann du.«

Ich wusste nicht, was ich darauf antworten sollte. Dass ich theoretisch problemlos universelle Herrschaft an mich reißen könnte, war nie Teil meiner Gedanken gewesen.

»Wir werden Liam und Emma retten«, versprach ich nach einem Moment des Schweigens.

Soley runzelte die Stirn. Sie sah nicht sehr optimistisch aus. Ich stand auf und umarmte sie zum Abschied. Vielleicht war dies ein Abschied für immer. Doch ich würde alles in meiner Macht Stehende tun, um die zu retten, die ich liebte.

***

In der Nacht machte ich kein Auge zu. Ich wollte nicht riskieren einzuschlafen. Einen Wecker konnte ich mir nicht stellen, damit Dimitri keinen Verdacht schöpfte, und von selbst würde ich niemals rechtzeitig aufwachen.

Die Zeit verstrich, während ich dem Herzschlag und der Atmung meines Mannes lauschte. Als wir ins Bett gegangen waren und er mich leidenschaftlich geküsst und an sich gedrückt hatte, war es mir unheimlich schwergefallen, nicht zusammenzubrechen und ihm alles zu erzählen. Ich hatte mich von ihm weggedreht und mich mit dem Rücken an ihn gekuschelt, damit er die aufsteigenden Tränen nicht bemerkte. Wir waren erst seit ein paar Tagen verheiratet, ich wollte ihn nicht bereits wieder verlieren. Doch mir blieb keine andere Wahl. Wie sollte ich glücklich werden mit dem Wissen, dass die Leute um mich herum meinetwegen starben? Ich konnte es nicht verdrängen.

Dimitri schlief tief und fest, als ich wieder einmal auf das Handydisplay schielte. Sechs Uhr. Es war so weit.

Ich unterdrückte den Drang, mich umzudrehen und Dimitri noch mal zu küssen. Auf keinen Fall durfte ich riskieren, dass er wach wurde.

Ich atmete tief ein und aus und teleportierte mich dann ins Ankleidezimmer. Dort rührte ich mich zunächst nicht von der Stelle und lauschte, ob Dimitri im Nebenzimmer womöglich durch mein Verschwinden wach geworden war. Es blieb jedoch alles ruhig.

So leise wie möglich holte ich meine Tasche aus dem Schrank und teleportierte mich anschließend ins Wohnzimmer, damit ich nicht durchs Schlafzimmer laufen musste.

Ich zog den Brief, den ich für Dimitri geschrieben hatte, aus der Tasche und legte ihn auf den Couchtisch. Er würde mich dafür hassen.

Ich schlich zum Kühlschrank und leerte zwei ganze Flaschen voller Blut, bevor ich drei weitere in meine Tasche packte. Hoffentlich würde das reichen. Ich hatte keinerlei Ahnung, wie viel Energie ich brauchen würde, doch ich ging vom Schlimmsten aus. Mit klopfendem Herzen sah ich mich ein letztes Mal im Raum um und überlegte, ob ich noch etwas mitnehmen sollte. Mir fiel jedoch nichts ein. Ich umschlang die Tasche fester und teleportierte mich in die Flugzeughalle, um die Reise ins Ungewisse anzutreten.

***

Wenn man hier starten und landen wollte, durfte man sich keinerlei Fehler erlauben. Ich hatte Dimitris Stimme im Ohr, wie er mir bei unserem letzten Flug erzählt hatte, wie viele von uns bereits mit dem Flugzeug abgestürzt waren. In den vergangenen Monaten hatte ich die Gegend häufiger aus der Luft erkundet und irgendwann auch mal Liam und Emma mitgenommen.

Jetzt ergab alles einen Sinn. Mein Vater hatte geahnt, dass ich eines Tages hierher finden würde. Und er hat mich auf alle erdenklichen Arten darauf vorbereitet.

Beim Gedanken an ihn stieg unwillkürlich ein Lächeln in mir hoch. Ich hatte es ihm zu Beginn übelgenommen, dass er mich all die Jahre belogen hatte. Genauso wie Dimitri mir anfangs etwas vorgespielt hatte. Inzwischen konnte ich sie jedoch verstehen. Immerhin hatten sie das nur getan, um mich zu beschützen. Ich war meinem Vater dankbar, dass er mir eine normale Kindheit ermöglicht hatte. Sogar eine Ersatzmutter hatte er gefunden. Ich rechnete es ihnen hoch an, so ein Schauspiel über die Jahre hinweg aufrechterhalten zu haben. Wenn mich meine Mutter nicht bei Diego gelassen hätte, wäre ich heute mit ziemlicher Sicherheit nicht mehr am Leben.

Ach Dad, ich vermisse dich, dachte ich betrübt.

Ich hing weiter den kreisenden Gedanken nach, während ich mein neues Zuhause hinter mir ließ. Bisher schien uns niemand zu folgen. Alexanders Plan war also aufgegangen. Er hatte mit einem Fernzünder den Mechanismus zerstört, der das Tor der Flugzeughalle öffnete. Das zu reparieren würde lange dauern.

Ich hielt den Blick stur geradeaus und vermied es, meinen Begleiter anzuschauen. Von Alexanders Anblick wurde mir übel. So ein elender Verräter!

Es überraschte mich, dass er mich fliegen ließ. Ich hatte gehört, dass er ebenfalls ein guter Pilot war. Doch vielleicht dachte er sich, er hätte mich besser unter Kontrolle, wenn ich mit Fliegen beschäftigt war.

Auch mit unserem Vorsprung mussten wir auf der Hut sein. Dimitri wusste, wohin ich wollte, und er würde alles dafür tun, um mich aufzuhalten. Ich konnte mir gut vorstellen, wie er reagiert haben musste, als ich weggeflogen war. Falls er es mitbekommen hatte.

Das Schlimmste war, dass ich es sogar verstehen und nachvollziehen konnte. Höchstwahrscheinlich hätte ich genauso reagiert, wenn er an meiner Stelle gewesen wäre. Wir dachten beide ziemlich egoistisch, wenn es um die Sicherheit des anderen ging. Für uns selbst war es in Ordnung, uns in jede Gefahr zu stürzen, gleichzeitig würden wir uns aber am liebsten gegenseitig einsperren, damit dem anderen nichts passieren konnte.

Bitte verzeih mir, Dimitri. Ich wollte Dich nicht hintergehen, aber Du weißt, dass ich keine andere Wahl hatte.

Diese Worte hatte ich ihm in dem Brief geschrieben.

Mein ganzes Leben hatte ich im Verborgenen gelebt. Nun war es an der Zeit, dass ich mich meinem Schicksal stellte. Dimitri hatte mich gesucht, damit dieser Krieg beendet werden konnte. Damals ahnte er nur nicht, dass ich ein Mädchen war und er sich in mich verlieben würde, wodurch er mich nun nicht mehr in den Krieg hineinziehen lassen wollte.

Du kannst mich nicht für immer beschützen. Ich muss meiner Bestimmung folgen und andere schützen. Und ganz oben stand zurzeit die Rettung von Liam und Emma. Ich würde nicht zulassen, dass Valentin mit seiner Entführung durchkäme. Soley könnte einen weiteren Rückschlag in ihrem Leben nicht verkraften. Ich hatte mich dafür eingesetzt, dass Liam keine Gefahr drohte, aber ich hatte versagt.

Ich blinzelte die aufkommenden Tränen weg und konzentrierte mich wieder auf den Flug.

***

Mit der Cessna war ich Alexanders Anweisung folgend bis zu einem kleinen abgelegenen Flugplatz in der Nähe von Vancouver geflogen. Da es unter der Woche war, war nichts los, doch bald würde man sich wundern, woher das Flugzeug kam. Mir war das gleich. Die Kennung und die Papiere der Maschine waren gefälscht.

Wir stiegen aus und sofort fiel mir ein Privatjet auf, der in diesem Moment die Motoren startete. Damit würden wir also den Rest des Weges bestreiten.

Alexander sprach kein Wort, sondern steuerte direkt die Maschine an. Ich folgte ihm. Die Tür öffnete sich und ich bemerkte einen Djiyo, der uns in Empfang nehmen wollte. Ich erkannte ihn sofort. Er grinste höhnisch, als ich die Stufen hochkam. »Willkommen, meine Königin.«

»Andrej«, erwiderte ich trocken. War klar, dass ich ihn durch diese Sache schnell wiedersehen würde. Wie gerne würde ich dafür sorgen, dass ihm das Lachen verging. Doch ich riss mich zusammen.

Ich drängte mich an ihm vorbei und machte es mir in der Kabine auf einem der wenigen Sitze bequem. Andrej setzte sich mir gegenüber und Alexander auf die andere Seite des Ganges.

»Ich hoffe, ihr habt für anständigen Bordservice gesorgt«, meinte ich lächelnd und lehnte mich zurück. »Ein Gläschen Champagner ist auf solchen Flügen Pflicht, oder?«

Andrej und Alexander starrten mich verdutzt an und ich hätte beinahe laut losgelacht. Es irritierte sie ganz offenbar, wie ich bei so einem ernsten Anlass Scherze machen konnte. In Wahrheit ging es mir hundsmiserabel, doch das musste ich ihnen nicht auf die Nase binden. Regel Nummer eins: Zeige ihnen niemals deine Schwäche.

»Halt einfach die Klappe, bis wir angekommen sind, verstanden?«, zischte Alexander.

»Sonst noch was?«, fragte ich patzig und verschränkte die Arme vor der Brust. Sie konnten mir nicht drohen. Selbst wenn sie mir etwas antun dürften – was ausgeschlossen war, da Valentin mich für seine Zwecke brauchte –, hätten sie keine Chance gegen mich.

»Faszinierend, wie du dich in den letzten Monaten entwickelt hast«, stellte Andrej fest und musterte mich von oben bis unten.

»Bin wohl erwachsen geworden«, kommentierte ich schulterzuckend. Ich wich seinem Blick aus und entschied, ihn die nächsten Stunden zu ignorieren.

»Scheint wohl so. Ich hoffe, du freust dich, Valentin wiederzusehen.«

Ich biss die Zähne fest aufeinander und starrte wortlos aus dem Fenster, als wir starteten. Die Landschaft zog an uns vorbei und in der Ferne erkannte ich die Hochhäuser von Vancouver. Ich war nie dort gewesen. Vielleicht würde ich das irgendwann noch nachholen können. Vorausgesetzt ich überlebte diesen Ausflug.

Ich schloss die Augen und versuchte, die Ruhe vor dem Sturm zu genießen und mich noch ein wenig auszuruhen. Denn wenn ich erst einmal in Sibirien war, würde sich mein Leben vermutlich wieder ändern. Egal, was mich dort erwartete, es dürfte nichts sein, worüber ich mich freuen würde. Ich hatte noch nie jemanden getötet, doch ich hatte das Gefühl, dass sich das bald ändern könnte.

54. KAPITEL

Lilya

Ich hatte keine Ahnung, wie spät es war, als ich erwachte. Ein Blick aus dem Fenster offenbarte nur das Bild des schwarzen Himmels. Ich runzelte die Stirn. Wieso war es mitten in der Nacht? Im nächsten Moment dämmerte mir die Antwort. Die Zeitverschiebung. Die Zeit in Russland musste um die dreizehn Stunden differieren. Wie lange genau der Flug dauern würde, wusste ich nicht, rechnete aber mit circa acht Stunden.

»Gut geschlafen?« Andrejs Stimme klang viel zu gut gelaunt für meinen Geschmack. Er zählte nicht zu der Gesellschaft, die ich beim Aufwachen schätzte.

»Mittelmäßig.«

Die Tür zum Cockpit wurde geöffnet und Alexander kam zurück in die Kabine. »Wir landen in zwanzig Minuten«, verkündete er und augenblicklich schoss mein Puls in die Höhe. Hatte ich tatsächlich den ganzen Flug über geschlafen?

Ich schluckte und kämpfte gegen die aufkommende Panik. *Es ist nicht wie beim letzten Mal,* erinnerte ich mich.

»Kann ich mich mal frisch machen?«, fragte ich meine Begleiter und griff nach der Reisetasche.

Andrej runzelte die Stirn und beäugte meine Tasche skeptisch. »Wofür brauchst du die?«

»Ich bin eine Frau«, erinnerte ich ihn. »Außerdem, soll ich in dem Aufzug Valentin begegnen?« Ich machte nicht besonders viel her in den schlichten Klamotten und obendrein sah man mir bestimmt an, dass ich den ganzen Flug verschlafen hatte.

Andrej hatte anscheinend nichts dagegen einzuwenden, weshalb ich mich schnurstracks auf den Weg zur Toilette machte.

Der Anblick des Badezimmers haute mich fast vom Hocker. Zugegeben, wir befanden uns in einem Privatjet, doch mich überraschte die noble Aufmachung der Toilette, die viermal so groß war wie normale Flugzeugtoiletten.

Ich schloss die Tür hinter mir ab und legte die Tasche auf eine Anrichte neben dem Waschbecken. Kritisch beäugte ich mein Spiegelbild. Ich hatte definitiv einiges zu tun.

Nachdem ich die Toilette benutzt hatte, zog ich mich schnell aus und schlüpfte in das rote Kleid, das ich mir von Ana geliehen hatte. Anschließend kümmerte ich mich um mein Make-up und die Haare. Als ich fertig war, leerte ich noch schnell zwei Flaschen voller Blut, die ich eingepackt hatte. Es schmeckte etwas abgestanden ohne Kühlung, doch Soley und die anderen Siye bearbeiteten die Spenden irgendwie, damit sie haltbarer wurden, weshalb sie zumindest noch genießbar blieben. Augenblicklich spürte ich wieder die Energie durch den Körper fließen. So viel Blut hatte ich noch nie innerhalb von vierundzwanzig Stunden getrunken.

»Bist du jetzt endlich fertig?«, hörte ich Andrejs Stimme von draußen und prompt wurde so stark gegen die Tür gehämmert, dass ich befürchtete, sie würde der Kraft nicht standhalten.

»Ja, kein Grund, die Tür zu zerlegen«, rief ich und verdrehte die Augen.

»Du hast zwanzig Sekunden, andernfalls hole ich dich raus!«

Dieser Mann war echt ungeduldig. Ich packte mein ganzes Zeug zusammen und schlüpfte schnell in die High Heels, während ich Andrej draußen zählen hörte.

»Siebzehn, achtzehn ...«

Ich atmete tief durch und warf noch einen letzten prüfenden Blick in den Spiegel, ehe ich die Tür öffnete. *Showtime.*

***

Erinnerungen flackerten auf, während ich durch die dunklen Gänge geführt wurde. Erinnerungen, die ich längst verdrängt hatte. Vor nicht ganz einem Jahr war ich hier gewesen und hatte die schlimmste Zeit meines Lebens durchgemacht. Nun war ich zurück. Doch ich war nicht länger dieselbe. Ich war kein schwacher Mensch mehr, der nicht wusste, was vor sich ging. Ich war keine Schachfigur!

Die Kraft pulsierte durch mein Innerstes. Dimitri hatte mir erzählt, dass meine Aura gewaltig und Angst einflößend war. Heute zügelte ich sie jedoch ganz bewusst. Vielleicht konnte ich Valentin zumindest ein bisschen in Sicherheit wiegen. Ich fürchtete jedoch, dass er alles über meine Kräfte wusste. Ohne seine Spione hätte er niemals Liam und Emma entführen können. Zumal er ohne das nötige Hintergrundwissen keinen Grund gehabt hätte, sie überhaupt zu entführen.

Andrej und Alexander, die nach der Landung noch Unterstützung von acht weiteren Vampyren erhalten hatten, führten mich durch einen mir bisher unbekannten Teil des Schlosses.

Meine Verwandlung im Bad des Flugzeugs hatte Andrej für einen Moment sprachlos gemacht. Noch immer spürte ich seine Blicke auf mir.

Im gesamten Schloss schien es totenstill zu sein. Man hörte nur das Klackern meiner Absätze auf dem Steinboden.

Irgendwo hier mussten Liam und Emma gefangen gehalten werden. Ich vermutete, in den Kerkern, wobei das vielleicht zu offensichtlich wäre.

Auf dem Weg hierher hatte ich mir mehrere Pläne zurechtgelegt, alle jedoch wieder verworfen. Als Erstes würde ich mir anhören, was Valentin von mir wollte, und anschließend entscheiden, wie ich weiter vorginge.

Wir bogen um eine Ecke und die Männer blieben schließlich vor einer großen Tür stehen. Andrej nickte mir zu und ich verstand. Er öffnete sie und ich nahm all meinen Mut zusammen, trat ein und hörte, wie die Tür hinter mir wieder geschlossen wurde.

Ich blieb wie angewurzelt stehen, überwältigt von dem Anblick, der mich hier erwartete. Es raubte mir den Atem. Es handelte sich nicht um einen

Raum, sondern eher um einen Saal, ähnlich dem Thronsaal, den ich beim letzten Mal kennengelernt hatte. Die mit Stuck verzierte Decke war bestimmt zehn Meter hoch. Mehrere Kronleuchter hingen von der Decke, von denen jedoch nur auf einem die Kerzen brannten und den Raum in ein düsteres Licht tauchten. In die Wände waren Rundbögen und Säulen eingearbeitet. Alles erinnerte mich ein wenig an eine Kirche, abgesehen davon, dass es keine Gottesbilder und auch keine Bänke gab.

Bis auf eine Art Altar war der große Saal leer. Und an diesem Altar wartete, mit dem Rücken zu mir gewandt, Valentin. Vor ihm standen eine Flasche Wein und zwei Gläser. Zudem eine Reihe Kerzen, die ihn von der Seite anleuchteten.

»Prinzessin Lilya, was für eine Ehre«, sagte er, ohne sich umzudrehen. »Ach halt. Verzeiht mir, Königin Lilya heißt es inzwischen.«

Langsam erwachte ich aus meiner Starre und ging auf ihn zu. Das Klackern der Absätze hallte durch den Saal. Ein paar Schritte von ihm entfernt blieb ich stehen. »Hallo Valentin.«

Er drehte sich um und erstarrte bei meinem Anblick. »Wow.«

Bewundernd musterte er mich von oben bis unten. Anschließend sah er mir fest in die Augen und grinste. »Die Farbe meiner Rasse steht dir ausgesprochen gut. Du hast dich seit unserer letzten Begegnung sehr verändert. Du bist ja zu einer richtigen Frau herangewachsen«, meinte er anerkennend. Sein Blick durchbohrte mich förmlich und meine Kopfhaut begann zu kribbeln. Er trug einen schwarzen Anzug und jede Frau würde vermutlich sagen, dass er unglaublich gut aussah.

Doch für mich hatte er nichts Anziehendes. Zu oft hatte mich sein Gesicht in Albträumen verfolgt. Auch wenn er und Dimitri sich sehr ähnlich sahen, konnte ich froh sein, dass sie keine eineiigen Zwillinge waren. Ich wusste nicht, ob ich es verkraften würde, so einem Monster in die Augen zu blicken, das aussah wie mein Mann.

Ich war froh, mich in Schale geworfen zu haben. Ich hatte mich für das lange rote Kleid entschieden, das Ana auch auf meiner Hochzeit getragen hatte. Es brachte meine Kurven, die glücklicherweise nicht viel dürftiger als

Anas ausgeprägt waren, perfekt zur Geltung. Die langen schwarzen Haare hatte ich zu einem lockeren Zopf geflochten, der mir über die Schulter fiel, und die dunkel geschminkten Lider brachten meine blauen Augen noch mehr zum Leuchten, wie ich eben im Spiegel festgestellt hatte.

»Danke. Mir blieb ja auch nichts anderes übrig, als schnell erwachsen zu werden. Immerhin fand meine Kindheit ein jähes Ende, als ich in deinen Krieg hineingezogen wurde«, antwortete ich schnippisch. Sein Grinsen wurde noch breiter.

»Ja, damit magst du wohl recht haben. Aber immerhin hattest du im Gegensatz zu vielen anderen von uns eine unbeschwerte Kindheit.«

»Ich bezweifle, dass deine Kindheit nicht unbeschwert war. Du hattest eine liebende Familie und eine großartige Zukunft vor dir.«

»Ansichtssache«, erwiderte er knapp.

»Du weißt, dass du für das Unglück vieler Vampyre und Menschen verantwortlich bist. Erspare uns einfach diesen Eiertanz und lass uns gleich zur Sache kommen. Du hast mich allein herbeizitiert, was möchtest du für Liams und Emmas Freilassung?«

»Immer mit der Ruhe. Wir haben noch genug Zeit, über das Geschäftliche zu reden. Lass uns erst mal anstoßen. Du bist nun eine Königin und bereits unter der Haube. Herzlichen Glückwunsch.« Er wandte sich ab und griff nach der Weinflasche.

»Tu nicht so, als würdest du dich in irgendeiner Art und Weise für mich freuen. Dimitri hat nun alles, was du je wolltest. Muss ein miserables Gefühl sein! Du hast deswegen den Krieg angefangen und doch nichts gewonnen.«

Ich konnte erkennen, wie sich seine Muskeln anspannten. Er starrte nachdenklich auf die Flasche in seiner Hand und mahlte mit dem Kiefer.

»Nun, das kann ich nicht bestreiten. Aber du vergisst wohl, dass der Krieg noch nicht vorbei ist. Oder warum bist du hier? Weil ihr gewonnen habt?«

Finster starrte ich ihn an. Er hatte recht. In Kanada hatten wir uns der Illusion des Friedens hingegeben. Und ausgerechnet am schönsten Tag meines Lebens wurden mein bester Freund und seine Schwester von meinem Schwager entführt. Das war alles andere als Frieden!

»Sag du mir, warum du mich hier haben wolltest.« Ich fixierte ihn mit dem Blick und versuchte zu überspielen, wie unbehaglich ich mich in seiner Nähe fühlte.

Er schien es jedoch zu bemerken und musterte mich sichtlich belustigt. »Na gut, dann lass uns reden«, meinte er lässig und schenkte zwei Gläser Wein ein. Eins davon hielt er mir hin. Unmerklich wich ich einen Schritt zurück. Valentin zog fragend eine Braue hoch.

»So skeptisch, junge Dame?«, fragte er amüsiert.

»Entschuldige, aber ich weiß inzwischen, dass ein Großteil meiner Familie durch Gift getötet wurde, also wirst du meine Skepsis sicherlich verstehen.« Ich schenkte ihm ein zuckersüßes Lächeln und zuckte mit den Achseln.

Magla hatte mir erzählt, dass das vor allem früher eine beliebte Methode war, um die Mitglieder meiner Rasse zu töten, da man Angst vor ihren Fähigkeiten hatte. Siye konnte man so zum Beispiel nicht töten. Ihre Selbstheilungskräfte waren zu stark und verbrannten sofort jedes Gift, unabhängig davon, dass sie durch ihren feinen Geruchs- und Geschmackssinn nie welches zu sich nehmen würden. Meine Eltern wurden allerdings beide im direkten Kampf mit einem Djiyo getötet.

Valentin lächelte verschmitzt und leerte das Glas schließlich selbst in einem Zug. »Natürlich, ich vergaß. Auch wenn das nie meine Art war, jemanden umzubringen. Hat nicht genug Stil. Aber du kannst dir auch so sicher sein, dass ich im Moment keinerlei Absicht hege, dich umzubringen.« Ein weiteres Mal ließ er den Blick vielsagend über meinen Körper wandern. »Das wäre auch reine Verschwendung.«

Ich runzelte die Stirn. *Was soll das denn werden?* Versuchte er, mich anzumachen? »Du kannst dir dieses Theater sparen, Valentin. Ich kaufe dir deine ach so charmante Art nicht ab und im Übrigen passt sie überhaupt nicht zu dir.«

»Ach, meinst du?« Er gab sich keine Mühe, sein Schmunzeln zu unterdrücken. »Ich denke, ich bin durchaus in der Lage, eine schöne Frau zu erkennen und auch wertzuschätzen.«

Ich schüttelte unvermittelt den Kopf. »Dafür hast du mir aber oft genug das Gegenteil bewiesen. Oder was war noch gleich dein Plan gewesen? Ach ja, mich zu deiner Sklavin zu machen.« Ich legte den Kopf schief und sah ihn fragend an. »Behandelt man so deiner Meinung nach eine schöne Frau?«

Er schüttelte belustigt den Kopf und leerte noch das zweite Weinglas. »Vermutlich nicht. Aber du musst mir verzeihen. Man hat mich nie gelehrt, wie man eine Frau auf die romantische Art und Weise behandelt.«

Ich antwortete nicht und ein paar Sekunden später brach er das Schweigen.

»Aber vielleicht lässt sich das noch ändern. Hast du Lust zu tanzen?«

»Danke, ich verzichte.«

»Ach, komm schon. Gönne einem alten Herrn wie mir einen Tanz mit einer so schönen Frau wie dir.« Bevor ich reagieren konnte, ergriff er meine Hand und ein Blitz durchzuckte mich. Alles in mir sträubte sich vor seiner Berührung und die Nackenhärchen stellten sich auf.

In dem Moment erklang eine leise Musik. Ich zuckte zusammen und versuchte festzustellen, wo die Musik ihren Ursprung hatte. Sie schien aus den Wänden zu kommen.

»Willst du mich umbringen? Es wäre dir doch sicherlich ein Leichtes, das jetzt zu tun«, raunte er mir zu und fing an, sich im Takt der Musik zu bewegen.

O ja, und wie gerne ich das jetzt tun würde!

»Ich bezweifle, dass du es mir so einfach machen würdest. Immerhin bin ich hier in deinem Revier.«

Er verzog die Lippen zu einem schiefen Grinsen. Doch der Ausdruck in den Augen blieb kalt und hart. »Und trotzdem hast du dich ohne Schutz in die Höhle des Löwen begeben. Ich frage mich, ob du sehr mutig oder einfach nur dumm bist.«

Ich erwiderte sein kaltes Grinsen. »Finde es doch heraus.«

Er blieb stehen und hob meine rechte Hand, um mir einen Handkuss zu geben. Als sein Blick auf den goldenen Ring an meinem Finger fiel, stockte er und verzog das Gesicht.

»Das war der Ring meiner Mutter«, bemerkte er mit einem seltsamen Funkeln in den Augen. »Der Ring gehört meiner Familie. Dimitri hatte kein Recht, ihn dir zu schenken.«

Ich versuchte, ihm die Hand zu entziehen, aber er hielt sie unerbittlich fest. »Da täuschst du dich. Ich gehöre jetzt ebenfalls zu deiner Familie, ob es dir nun passt oder nicht. Außerdem bist du der Letzte, der mir etwas von Familie erzählen darf. Ist das nicht ebenfalls der Ring, den deine Mutter trug, als du sie kaltblütig ermordet hast?«, fragte ich provokativ und entriss Valentin meine Hand, als sein Griff sich lockerte.

Er funkelte mich wütend an und ich wich vor dem hasserfüllten Blick zurück.

»Wagt es ja nicht, mich zu provozieren, Eure Hoheit!« Er sprach leise, was seine Worte umso bedrohlicher wirken ließ.

»Dann provoziere du mich auch nicht, liebster Schwager«, säuselte ich.

Valentins Gesicht verfinsterte sich. Die Musik setzte aus und eine bedrückende Stille entstand. Er trat an mich heran und packte mich brutal an den Schultern. »Du denkst wohl, du wärst unbesiegbar, seit du erwacht bist, aber das bist du nicht! Du hattest einfach nur Glück beim letzten Mal, dass du entkommen konntest. Sonst wärst du jetzt meine Frau. Dimitri hat dich überhaupt nicht verdient.«

Die Spannung zwischen uns veränderte sich. Ich wusste nicht, wieso, doch in dem Moment wurde es mir zu viel. Ich aktivierte meine Vampyrkräfte und stieß ihn mithilfe der Telekinese grob von mir. »Es ist egal, ob es nur Glück war oder nicht. Ich hätte dir nie gehört, Valentin. Ich liebe Dimitri und für dich werde ich nie mehr als nur Verachtung übrighaben. Du bist ein Monster!«

»Ach, bin ich das?«, fauchte er und seine Augen leuchteten rot auf. Er spannte den ganzen Körper an, wie ein Raubtier, das sich auf seine Beute stürzen will. »Ich hätte dich sofort töten sollen, als ich die Gelegenheit dazu hatte!«

Ich entfernte mich noch ein paar Schritte von ihm. Mit Distanz hatte ich eine viel bessere Chance gegen ihn als im Nahkampf. Wenn er mich zu fassen bekäme, sähe es eher schlecht für mich aus. Ich war zwar viel schneller als er und hatte telepathische Kräfte, aber er war mir körperlich haushoch überlegen. Mit einem einzigen Schlag könnte er jeden Knochen in mir zertrümmern. Außerdem konnte ich nicht außer Acht lassen, dass ich mich hier in seiner Festung aufhielt und er mit Sicherheit nicht unvorbereitet war.

Ich ließ ihn keine Sekunde aus den Augen und wartete darauf, was er jetzt tun würde, als er plötzlich den Kopf in den Nacken warf und anfing zu lachen.

Ist er jetzt etwa wahnsinnig geworden?

Es dauerte einen Moment, bis er sich wieder eingekriegt hatte und sein Blick mich erneut fixierte. Das Rot in den Augen war verschwunden, doch ich blieb weiterhin auf der Hut.

»Du hast dich nicht in meinen Bruder verliebt. Du hast dich in die Lüge verliebt. Wärst du ihm unter anderen Umständen begegnet, hättest du niemals diese Zuneigung entwickelt«, erklärte er und brachte mich mit dem Themenwechsel völlig aus dem Konzept. Eben schien er mich noch umbringen zu wollen und nun sprach er über Dimitri?

Ich warf ihm einen abschätzigen Blick zu. Im Kopf tauchten die Bilder von meiner ersten Zeit mit Dimitri auf. Als ich noch dachte, dass wir beide Menschen wären. Wir hatten uns nie gestritten, unsere Beziehung war perfekt. Hatte ich mich in diese Illusion verliebt?

Nein.

Ich verzog die Lippen zu einem breiten Lächeln. »Du hast recht, Valentin. Ich hätte mich niemals in Dimitri verliebt, wenn er sich mir gegenüber so präsentiert hätte wie du. Dieser Teil gehört zu ihm, zu seiner Natur, und er wird ihn wohl auch niemals ablegen. Doch ich habe Dimitri anders kennengelernt! Er ist witzig, charmant und mein Retter in der Not. Er mag eine dunkle Seite haben, doch entscheidend ist, dass diese nicht überwiegt. Er hat ein sehr großes Herz, das dir leider fehlt.«

Auf Valentins Lippen zeigte sich ein hämisches Grinsen und Wut kochte in mir hoch. Wie gerne ich ihm diese Häme aus dem Gesicht prügeln würde!

Er kam mir wieder ein Stück entgegen. »Es ist richtig süß, wie du zu meinem Brüderchen stehst. Ihr haltet zusammen wie Pech und Schwefel, oder?«

»Ich meine es ernst. Keine Ahnung, wie das sein kann, aber bei eurer Geburt hast du offenbar nur alles Schlechte abbekommen.«

Er schnaubte. »Denk nicht, dass Dimitri nicht auch einiges davon abbekommen hat. Er ist nicht so ein Engel, wie du vielleicht glauben magst.«

»Ich kenne ihn mittlerweile gut genug, um zu wissen, dass seine schlechten Eigenschaften bei Weitem nicht an deine heranreichen würden. Du bist ein Monster«, wiederholte ich.

Valentins kaltes Lachen hallte durch den Saal. »Stimmt. Dimitri weiß das und trotzdem hat er mich nie aufgehalten. Glaubst du nicht, dass er sich mehr bemüht hätte, wenn es ihm wirklich wichtig gewesen wäre? Warum hat er sich all die Jahre auf die Suche nach dir gemacht, ohne zu wissen, ob es dich gibt? Stattdessen hätte er einen anderen Weg finden können, um mich zu besiegen.«

Ich ballte die Hände zu Fäusten. »Du vergisst, dass er im Gegensatz zu dir Gefühle hat. Auch wenn du ein Monster bist, du bist trotzdem sein Bruder, den er mal geliebt hat. Ich kann verstehen, dass es ihm schwerfällt, dich zu verletzen.«

Er verdrehte die Augen. »Nettes Argument, aber du irrst dich. Meinem Bruder liegt bei Weitem nicht so viel an Menschen, wie er dir erzählt hat. Hat er dir inzwischen von unserer Jugend berichtet? Weiß du, was in seiner Partyphase geschehen ist?«

Ich presste die Lippen aufeinander und starrte Valentin hasserfüllt an. »Warum sollte er? Du hast bei meinem letzten Aufenthalt hier genug geplaudert.«

»Das heißt, er hat dir nicht mehr erzählt, als ich dir gesagt habe? Das habe ich mir gedacht. Höchstwahrscheinlich hat er ordentlich auf die Tränendrüse gedrückt und von seinem ach so bösen Bruder berichtet, der seine geliebten Eltern auf dem Gewissen hat. Habe ich recht?« Er legte den Kopf schief und betrachtete mich amüsiert.

Ich stemmte die Hände in die Hüften. »Und wenn es so wäre? Hast du nicht eure Eltern getötet? Und eure kleine Schwester? Was haben sie dir getan? Soleys Eltern, ihr älterer Bruder – und … meine gesamte Familie.« Ich schluckte schwer und spürte, wie mir Tränen in die Augen schossen. Auf keinen Fall wollte ich jetzt von meinen Gefühlen übermannt werden.

»Auch wenn du mir nicht glaubst, aber es tut mir leid, was deiner Familie zugestoßen ist. Jedoch war jeder Mord ein wichtiger Teil in meinem Plan. Deine Rasse ist sehr mächtig und es ist der natürliche Instinkt, sich seiner stärksten Feinde zu entledigen. Auch deine Entführung war darauf ausgelegt, die Kontrolle nicht zu verlieren.«

»Und du verzeihst mir sicher, dass ich das nicht als gute Begründung für einen Mord erachte. Du hattest ein tolles Leben. Eine Familie, die dich liebt, und eine vielversprechende Zukunft vor dir. Aber das hat dir ja nicht gereicht. Dein krankhaftes Streben nach Macht hat so viele Menschen und Vampyre das Leben gekostet.«

Ich würde niemals verstehen, wie jemand derart von Hass zerfressen sein konnte. Es gab Leute, denen weitaus Schlimmeres widerfahren war, doch sie gaben nicht der ganzen Welt die Schuld, sondern versuchten, ihr Leben normal weiterzuleben. Valentin dagegen wollte jeden leiden sehen und verschwendete seine ganze Zeit mit perfiden Psychospielchen.

»Wir sollten nicht weiter von mir reden. Ich wollte dir von meinem Bruder erzählen«, wechselte er schnell das Thema. Valentin vergrub die Hände in den Hosentaschen und fing an, im Saal auf und ab zu laufen. »Wir standen uns als Kinder wirklich sehr nah. Wie so ziemlich alle Zwillinge. Ich liebte meinen kleinen Bruder sehr«, erklärte er und sein veränderter Tonfall ließ mich aufhorchen.

War er gerade wieder dabei, melancholisch zu werden? Seine Stimmungsumschwünge gaben mir nach wie vor Rätsel auf.

»Zusammen trieben wir unsere Eltern gerne in den Wahnsinn. Es hatte sich schnell herauskristallisiert, dass Dimitri der Vernünftigere von uns beiden war. Er war der kleine Liebling meiner gesamten Verwandtschaft und von allen bevorzugt. Auch wenn er nichts dafür konnte, begann ich ihn deshalb zu hassen.«

Er blieb stehen, fixierte einen Punkt hinter mir und schien mit den Gedanken ganz weit weg zu sein.

»Wenn du unsere Eltern heute noch befragen könntest, würden sie sagen, dass *ich* seine einzige Schwäche war. Angeblich war ich derjenige, der ihn immer in Schwierigkeiten hineinzog und ihn verkommen ließ.« Er legte den Kopf in den Nacken und lachte trocken. »Dimitri konnte nichts dafür, dass er für alle der Musterknabe war. Neben mir wirkte wohl auch das schlimmste Kind wie ein kleiner Engel. Er versuchte alles, um dieses Image loszuwerden. Vielleicht tat er das sogar für mich. Damit unsere Familie sah, dass nicht er, sondern ich der zukünftige König war. Aber seine Bemühungen waren vergebens.«

Er hielt einen Moment inne und richtete den Blick wieder auf mich.

»Du weißt ja, welchen perfiden Plan unsere Eltern hatten, um mich als Thronerben zu ersetzen. Von diesem Tag an änderte sich alles. Selbstverständlich war es nicht seine Schuld, aber etwas zwischen uns war zerbrochen und vor allem das Vertrauen in meine Eltern hatte ich an jenem Tag verloren. Als wir beide zweiundzwanzig wurden und unsere hundert Jahre zur Selbstfindung anstanden, war ich fest entschlossen, meinen Bruder als den nächsten König zu akzeptieren. Doch an jenem Tag wurde verkündet, dass meine geliebte Natascha nicht mir, sondern Dimitri versprochen wurde.«

Mit klappte der Mund auf. Ich hatte nicht gewusst, dass Valentin in Dimitris Verlobte verliebt gewesen war.

»Mein Bruder hatte alles bekommen, was ich je gewollt hatte. Die Liebe und Anerkennung unserer Familie, den Thron – und Natascha. Ich schwor mir, das nicht auf sich beruhen zu lassen. Für Dimitri hielt ich den Schein aufrecht, dass wir uns nach wie vor gut verstanden, aber im Hintergrund begann ich Anhänger zu sammeln, die mich bei meinen Plänen unterstützen wollten. Fast zehn Jahre lang reiste ich mit Dimitri durch die Welt.«

Valentin kam wieder auf mich zu und lehnte sich neben mir an den Altar. Mit unergründlichem Blick musterte er mich von der Seite.

»Glaub mir, wenn du ihn zu dieser Zeit kennengelernt hättest, würdest du ganz anders über ihn denken. Du musst wissen, dass die Phase der Selbstfindung dazu gedacht ist, alles zu tun, was man will, und niemand spricht je davon. Man soll seine gesamte negative Energie auf diesen Zeitraum legen, um anschließend ein gütiger König sein zu können.«

Er musste meinen entsetzten Blick bemerkt haben, denn er zuckte mit den Achseln.

»Etwas skurril, ich weiß. Aber das ist der Grund, weshalb du Dimitri eigentlich keinen Vorwurf machen kannst. Immerhin ist es unsere Tradition und damit erlaubt, nicht wahr? Ich könnte dir die grausamen Details ersparen, aber du möchtest bestimmt die Wahrheit wissen, oder?«

Finster starrte ich ihn an. Ich wollte nicht hören, was er mit Dimitri in seiner wilden Jugend getrieben hatte. Als ich das letzte Mal hier gewesen war, hatte er mir bereits mehr als genug erzählt. Ich verdrehte die Augen und verschränkte die Arme vor der Brust. »Bist du langsam fertig? Oder muss ich deinem Monolog noch die nächsten Stunden lauschen? Wenn du in der Vergangenheit schwelgen wolltest, wieso hast du dann nicht Dimitri an meiner Stelle hergerufen?«

Valentin grinste breit und schenkte sich neuen Wein ein. »Tut mir leid, wenn ich dich langweilen sollte«, sagte er und prostete mir zu. »Wir müssen mehr Alkohol trinken, dann wird die Stimmung bestimmt lockerer und die Themen werden interessanter.« Er leerte das Glas wieder in einem Zug.

»Alkohol ist keine Lösung«, erwiderte ich trocken. Ich wurde nicht schlau aus ihm. Was wollte er mit der ganzen Nummer hier erreichen? »Möchtest du langsam zur Sache kommen? Was willst du von mir? Warum hast du Liam und Emma entführt?«

Valentin stellte das leere Glas auf dem Tisch ab und zog ein Handy aus der Tasche. »Bitte, wenn du so ungeduldig bist, unterbrechen wir unseren Plausch eben und kommen zur Sache.«

Er tippte etwas auf dem Gerät herum und hielt es mir dann hin. Stirnrunzelnd nahm ich es ihm ab und warf einen Blick auf das Display. Drei Felder mit den Zahlen Eins, Zwei und Drei waren darauf abgebildet. »Was ist das?«

»Eins, Zwei oder Drei. Entscheide dich für eine Zahl und tippe sie an.«

Ich sah auf und versuchte in Valentins Gesicht abzulesen, was das hier sollte. »Was passiert, wenn ich mich für eine Zahl entschieden habe?«

Er zuckte mit den Schultern. »Das findest du dann heraus. Wir werden so lange hier stehen, bis du dich entschieden hast.«

Ich biss die Zähne fest aufeinander und starrte auf die drei gelben Felder. Egal welche Zahl ich wählen würde, ich war mir sicher, dass keine etwas Gutes bedeutete. Doch was sollte ich stattdessen tun? Mich weigern? Ich konnte nur verlieren.

Schier eine Ewigkeit hielt ich das Telefon verkrampft in der Hand und rang mit mir.

»Ich gebe dir noch eine Minute, dann entscheide ich für dich«, hörte ich Valentin sagen. »Du wolltest, dass wir schnell weiterkommen. Je mehr du kooperierst, desto schneller siehst du deine Freunde wieder.«

Ich schloss für einen Moment die Augen. Er wollte mich in den Wahnsinn treiben. Valentin liebte Psychospielchen, ich durfte ihm nicht das Gefühl geben, dass er mich auf diese Art und Weise brechen konnte.

»Na schön«, erwiderte ich und öffnete die Augen. Mein Finger schwebte kurz über dem Display, bis ich schließlich auf die Eins klickte. Das Feld wurde rot als Zeichen dafür, dass ich es ausgewählt hatte. Ich hielt die Luft an und erwartete, dass irgendetwas passierte. Doch alles blieb ruhig.

Als ich aufsah und Valentins triumphierendem Blick begegnete, wurde mir plötzlich heiß und kalt. Ich ließ das Handy fallen. Mit einem dumpfen Schlag landete es auf dem Steinboden. Ich sah nicht nach, ob es kaputtgegangen war, sondern fixierte Valentin.

»Was habe ich entschieden?«

***

Anstatt mir einfach zu sagen, was die drei Felder bedeuteten, hatte Valentin mich aus dem Saal geführt. Ich fühlte mich unbehaglich in seiner Nähe, doch die Kraft, die in mir pulsierte, gab mir ein Gefühl von Sicherheit. Ich würde nicht mehr aus Angst vor ihm erzittern.

Wir betraten ein kleines Zimmer, in dem eine Couch und ein Fernseher im XXL-Format standen. Stirnrunzelnd betrachtete ich den riesigen Bildschirm, während sich Valentin auf die Polster fallen ließ.

»Du willst jetzt aber nicht einen gemütlichen Filmabend abhalten, oder?«

Er schüttelte den Kopf und klopfte auf die freie Stelle neben sich. »Komm her, ich zeig dir, was deine Entscheidung bewirkt hat.«

Nur widerwillig setzte ich mich mit etwas Abstand zu ihm. Er griff nach der Fernbedienung, die vor ihm auf dem Couchtisch lag, und schaltete den Fernseher an. Auf dem Bildschirm erschien eine Nachrichtensendung, welche ich auf den ersten Blick erkannte. Ich hatte sie immer in New York gesehen.

Die Worte der Nachrichtensprecherin drangen nicht bis zu mir durch, denn ich starrte auf das Bild, das eingeblendet wurde. Zerstörte Häuser, so weit das Auge reichte, und Einsatzkräfte, die sich durch die Trümmer kämpften, Überlebende suchten oder Brände löschten. Bilder, die man regelmäßig zu Gesicht bekam. Aus Kriegsgebieten oder wenn es irgendwo wieder eine schreckliche Naturkatastrophe gab. Doch das Video kam nicht aus einem Katastrophengebiet. Der Grund, warum mir die Luft wegblieb und ich nichts mehr um mich herum wahrnahm, war die Tatsache, dass ich sofort die Hochhäuser im Hintergrund erkannt hatte.

New York.

Es waren Livebilder aus meiner zweiten Heimat.

55. KAPITEL

Lilya

»Vor wenigen Minuten hat es eine gewaltige Explosion gegeben, die einen ganzen Teil der Stadt vollständig zerstört hat. Vermutlich hatte die Explosion ihren Ursprung im Norden von Manhattan. Die Zahl der Todesopfer ist noch nicht bekannt, aber sie könnte in die Millionen gehen …«, verkündete ein Moderator, der selbst kurz vor einem Nervenzusammenbruch zu stehen schien.

Ich war von der Couch aufgesprungen und stand nun fassungslos direkt vor dem Fernsehbildschirm. Unfähig, einen klaren Gedanken zu fassen. Eine Karte wurde eingeblendet, die den ungefähren Explosionsradius anzeigte.

Nein, nein, nein. Die Bilder konnten nicht echt sein. Sie stammten bestimmt aus einem Katastrophenfilm und die Nachrichten waren gefakt.

»Die Zahlen Eins, Zwei und Drei standen für die Anzahl von Bomben, die gezündet werden sollten. Du hast mit deiner Entscheidung den geringsten Schaden verursacht.« Valentins Worte lösten meine Starre.

»Den geringsten Schaden?«, fauchte ich und fuhr zu ihm herum. »Du hast eine Bombe gezündet? Mitten in New York? Bist du noch zu retten?« Ich ballte die Hände zu Fäusten und weigerte mich zu begreifen, was die Nachrichten berichteten.

Valentin hatte sich auf der Couch zurückgelegt und locker die Beine übereinandergeschlagen. »Nein, du hast sie gezündet. Ich habe sie lediglich dort platziert. Übrigens, wie unter allen größten Städten auf der ganzen Welt. Und für den Fall, dass du vorhast, mir direkt den Kopf abzureißen, weise ich dich besser darauf hin, dass ich natürlich vorgesorgt habe, dass diese im Falle meines Ablebens gezündet werden.«

»Du hast *was*?« Entsetzt starrte ich ihn an. Tatsächlich war mein Blut so in Wallung geraten, dass ich meine Kräfte nur schwer unter Kontrolle halten konnte. Alles in mir schrie danach, ihn auf der Stelle zu töten. Meine Fähigkeiten waren nicht darauf ausgelegt, jemanden direkt zu töten, doch am liebsten hätte ich seinen Schädel so oft gegen die Steinmauer krachen lassen, bis das Genick brach.

Valentin grinste kalt. »So schockiert? Ich dachte, es wäre logisch, dass ich mich abgesichert habe. Es enttäuscht mich wirklich, dass du mir so was offensichtlich nicht zugetraut hast.«

»Keine Angst, mir war auch vorher bewusst, dass du ein kaltblütiges Monster bist. Es sollte mich nicht überraschen, wenn du tatsächlich unter jeder Großstadt Bomben deponiert hast.«

»Danke für das Kompliment.«

Ich drehte mich wieder um, damit ich sein selbstgefälliges Grinsen nicht mehr sehen musste. Der Anblick des halb zerstörten New York gab mir jedoch den Rest. Ich konnte diese Bilder nicht länger ansehen. Automatisch schnellte mein Arm zur Seite und es krachte laut, als der riesige Fernseher keine Sekunde später an der rechten Wand aufschlug und schließlich auf dem Boden landete.

»Hey!«, rief Valentin. Ich beachtete ihn nicht, sondern stürmte wortlos an den zwei Wächtern vorbei, die in diesem Moment die Tür aufrissen und vermutlich nachschauen wollten, was solchen Lärm verursacht hatte.

Ich hörte ihre Rufe und die Schritte, als sie losrannten, um mir zu folgen, doch mit einer Kiya würden sie nicht mithalten können. Selbst wenn diese auf High Heels unterwegs war.

***

So schnell ich konnte, rannte ich durch die dunklen verwinkelten Gänge.

Irgendwann riss ich wahllos eine Tür auf und flüchtete in den dahinterliegenden Raum. Ich schlug die Tür wieder zu und lehnte mich mit dem Rücken dagegen. Mein Herz raste, als wäre ich gerade um mein Leben gerannt.

Glücklicherweise war das Zimmer leer, in dem ich gelandet war. Ich stand mitten in einem großen Schlafzimmer. An der Wand befand sich lediglich ein Kleiderschrank. Ob das Zimmer bewohnt war, konnte ich auf den ersten Blick nicht feststellen. Das Bett war gemacht, doch es könnte sich auch um ein Gästezimmer handeln.

Für den Augenblick kümmerte es mich jedoch nicht, ob das ein privates Schlafzimmer war oder nicht. Ich schlüpfte aus den Schuhen und lauschte, ob ich Valentin oder seine Männer auf dem Gang hören konnte. Tatsächlich vernahm ich kurz darauf laute Schritte, die aber schnell wieder leiser wurden. Sie waren also vorbeigerannt. Was für ein Glück!

Ich ging auf die einzige weitere Tür in dem Raum zu, hinter der ich ein Badezimmer vermutete. Ich schaltete das Licht ein und erblickte mein Spiegelbild. Die Wangen waren gerötet; wie es in meinem Inneren aussah, konnte man nicht sehen.

Ich schloss die Tür hinter mir ab und ließ mich zu Boden sinken. Das Adrenalin in den Adern wurde schwächer und die Gefühle brachen über mich herein.

Tränen liefen mir ungehindert die Wangen hinunter und ich zitterte unaufhörlich. Am liebsten hätte ich laut geschrien und alles, was ich zu fassen bekäme, kurz und klein geschlagen. Allem voran Valentin!

Stattdessen saß ich nun hier und steckte den Kopf zwischen die Knie. Ich hatte mich stark gefühlt, als ich hierhergekommen war. Wie naiv ich doch gewesen war. Was nützten mir meine Fähigkeiten? Valentin war nicht dumm. Ich hätte wissen müssen, dass er genug Wege kannte, um mich zu brechen.

Für einen Moment schloss ich die Augen, doch sofort erschien das Bild der zerstörten Wolkenkratzer vor mir und ich riss sie wieder auf.

So viele Menschen waren gestorben. Menschen, die ich vielleicht kannte!

In New York war es Mittag, während hier erst langsam der Tag hereinbrach. Es war mitten in der Woche und Springbreak fiel dieses Jahr, soweit ich wusste, auf Ende März. Was bedeutete, dass alle meine Freunde in der Universität gewesen sein konnten, als die Bombe hochging. Und die Columbia lag im Detonationsradius!

Ich hatte meine Freunde seit fast einem Jahr nicht mehr gesehen, doch jetzt hatte ich vielleicht jede Chance verloren, sie jemals wieder zu treffen. Olivia, Nina und die anderen. Sie durften einfach nicht tot sein!

Das Ausmaß der Katastrophe konnte ich einfach nicht fassen. Und hatte tatsächlich *ich* die Bombe ausgelöst? Im Endeffekt war es egal, ob ich es selbst getan hatte oder nicht. Das Ergebnis blieb dasselbe. Doch die Tatsache, dass ich so leicht nachgegeben hatte, wohl wissend, dass nichts Gutes dahinterstecken konnte, machte mich fertig.

Valentin hatte genau gewusst, was er in mir anrichten würde. Er hatte mich in New York beschatten lassen. All meine Freunde waren ihm bekannt. Und ich hatte mich insgeheim gewundert, warum er sie in Ruhe gelassen hatte … Jetzt wusste ich es. Warum hätte er sich mit ihnen herumschlagen sollen, wenn er eine viel effektivere Möglichkeit gefunden hatte, um sie mir alle auf einmal wegzunehmen?

Er musste es die ganze Zeit geplant haben. All die Monate waren nur die Ruhe vor dem Sturm gewesen. Wir hatten es die ganze Zeit geahnt und dennoch nichts unternommen. Die Krönung und die Hochzeit. Valentin hatte sie nicht verhindern müssen.

Aber warum tat er das? Nur um mir zu beweisen, dass *er* das Sagen hatte? Was wollte er mit alldem hier erreichen?

Ich schluckte bei dem Gedanken daran, was er Emma und Liam wohl angetan hatte. Brauchte er sie überhaupt noch als Druckmittel?

Oder glaubte er, die Bomben würden mich gefügig machen?

Tun sie es denn?

Die Frage schoss mir durch den Kopf und ließ mich nicht mehr los. Wenn es wirklich stimmte, was Valentin über die Bomben erzählt hatte … was sollte ich dann tun?

***

Ich blieb so lange auf den kalten Fliesen sitzen, bis die Tränen versiegten. Anschließend kämpfte ich mich wieder auf die Beine und trat ans Waschbecken, um mir Wasser ins Gesicht zu spritzen. Ich musste weitermachen. Ganz egal wie. Als ein Häufchen Elend hier sitzen zu bleiben, bis Valentin mich fand, war keine Option. Einfach weglaufen ebenfalls nicht.

Ich stützte die Hände links und rechts vom Waschbecken ab und starrte mein Spiegelbild an. In den Augen sah ich den Kampfgeist lodern. Langsam atmete ich ein und aus.

»Er besiegt dich nicht!«, sprach ich zu meinem Spiegelbild.

Ich durfte keinen Gedanken mehr an die Explosion und die Bomben verschwenden, ansonsten würde ich nie wieder aufstehen. Trauern konnte ich an anderer Stelle, wenn ich das hier überleben sollte. Stattdessen konzentrierte ich mich auf ein anderes Gefühl: Rache.

Ich warf einen letzten prüfenden Blick in den Spiegel. Man sah mir an, dass ich geweint hatte, doch mein Kampfwille war stärker.

Ich schloss die Tür wieder auf, löschte das Licht, verließ das Badezimmer und trat zurück in das Schlafzimmer. Von dort aus teleportierte ich mich in den Saal, in dem Valentin mich begrüßt hatte.

***

Er war leer und sah immer noch so aus, wie wir ihn verlassen hatten. Auf dem Altar standen die Weinflasche und die zwei Gläser. Ich setzte mich auf den Tisch und ließ die Füße baumeln. Die High Heels legte ich neben mir ab. Mein Blick fiel auf die Weinflasche und kurzerhand nahm ich mir ein Glas und füllte es mit Wein. Nach den Nachrichten konnte ein wenig Alkohol nicht schaden. Auch wenn ich viel mehr brauchte, um meine Sorgen zu vergessen. Und in Luft auflösen würden sie sich durch einen Rausch auch nicht.

Ich nippte an dem Wein, der ziemlich gut war, als plötzlich die Tür geöffnet wurde und ein Wächter im Türrahmen erschien.

Sein Blick fiel auf mich und er erstarrte.

»Wo ist Valentin?«, rief ich möglichst gelangweilt. »Er ist ein wirklich schlechter Gastgeber.«

Irritiert musterte mich der Djiyo und es dauerte einen Moment, bis Leben in ihn kam. Er machte kehrt und ging vermutlich seinen Herrn und Meister holen. Mir konnte das nur recht sein.

Ich hielt den Blick stur auf das Glas gerichtet, als ich hörte, wie erneut die Tür geöffnet wurde.

»Hier hast du dich also versteckt?«

Ich sah auf und begegnete Valentins Blick. »Hast du mich vermisst?«

Er kam auf mich zu und blieb direkt vor dem Tisch stehen. Für meinen Geschmack war er mir schon wieder viel zu nah, doch ich unterdrückte den Drang, ihm auszuweichen.

»Ich hatte Angst, dass du die Bilder nicht verkraften würdest.« Ohne mich aus den Augen zu lassen, griff er an mir vorbei nach dem zweiten Glas. »Frauen sind manchmal etwas zart besaitet, doch das scheint auf dich nicht zuzutreffen.« Er schenkte sich ebenfalls Wein ein und prostete mir zu.

»Eine Anführerin hat keine Zeit für Schwäche«, erklärte ich bissig. Das hatte meine Mutter wohl oft gesagt. Was das genau bedeutete, bemerkte ich allerdings erst heute.

56. KAPITEL

Lilya

»Und was machen wir nun?« Valentin legte den Kopf schief. »Ich kann dir zusichern, dich vorerst in Ruhe zu lassen, wenn du und dein Mann keine Dummheiten begehen. Und nachdem du meine Absicherung kennst, nehme ich an, dass du es nicht riskierst, mich anzugreifen. Wollen wir das nette Pläuschchen also fortführen?«

»Für dich ist das alles bloß ein Spaß, aber du drohst mit dem Leben von Milliarden Menschen. Hast du denn kein Gewissen? Du und Dimitri seid Zwillinge. Wie könnt ihr nur so unterschiedlich sein?«

Valentin lachte trocken und schüttelte den Kopf. »Ich habe es dir beim letzten Mal bereits gesagt. Aber ich wiederhole es gerne noch mal ... Dimitri und ich sind keineswegs so unterschiedlich, wie du glauben magst. Allerdings kennst du nur seine guten und meine schlechten Seiten.«

»Es mag sein, dass jeder Mensch seine schlechten Seiten hat, aber ich bezweifle, dass du auch nur eine positive Eigenschaft besitzt. Mit deinen Taten stellst du jede Dimitris in den Schatten. Mit jedem Tag, der vergeht und an dem du dich wie ein Tyrann aufführst und die Weltherrschaft anstrebst, wirkt Dimitris Vergangenheit nur noch harmloser.«

Er runzelte die Stirn. »Interessante Sichtweise. Du hast recht, verglichen mit mir waren das bei Dimitri ja harmlose Jungenstreiche. Doch ich hätte nicht gedacht, dass du es so siehst. Ist Mord nicht Mord? Der Effekt bleibt der

Gleiche. Am Ende sind Menschen und Vampyre tot. Und Dimitri hat getötet. Menschen wie unseresgleichen. Vermutlich hat er dich über jede seiner Taten aufgeklärt und sie gekonnt verharmlost. Doch von einer Sache wird er dir sicher nichts gesagt haben ...« Valentin grinste überlegen. Ich wollte nicht hören, was Dimitri angeblich getan hatte. Es schien Valentins Lieblingsbeschäftigung zu sein, aus dem Nähkästchen zu plaudern. Langsam wurde diese Leier langweilig.

»Und was soll das sein?«, fragte ich dennoch und bemühte mich, gelassen zu wirken. Sollte er versuchen, mich mit weiteren Storys zu schocken. Nichts könnte mich vergessen lassen, was ich auf dem Fernsehbildschirm gesehen hatte.

»Für dich bin ich doch derjenige, der deine gesamte Rasse auf dem Gewissen hat ... aber im Grunde habe ich nur eine Kiya selbst getötet. Und das war deine Oma. Deine Mutter und dein Vater starben auf meinen Befehl, das stimmt, und bevor ich damit anfing, wurde deine Familie von meiner bereits gehasst und verfolgt. Deine Mutter und dein Vater waren verwandt. Sie waren Cousin und Cousine. Beide am Ende Einzelkinder, nachdem die Geschwister getötet worden waren.« Ich versuchte, mir meine Überraschung nicht anmerken zu lassen. In all den vergangenen Monaten hatte ich nichts Näheres zu meinen Eltern erfahren. Es war fast so, als hätten alle einen Teppich der Verschwiegenheit darüber gelegt. Das fiel mir jedoch erst jetzt auf.

»Kalyna, die ältere Schwester deiner Mutter und die eigentliche Thronfolgerin, war vor ihrem Tod geflohen und hatte sich in einen Siyo verliebt. Gemeinsam bekamen sie eine Tochter, die vielleicht die letzte Überlebende deiner Rasse hätte sein können. Doch die kleine Malyra starb Jahre vor dem Tod deiner Eltern. Und weißt du durch wen?« Valentin fixierte mich aus dunklen Augen. »Meinen unschuldigen kleinen Bruder.«

Ich zog scharf die Luft ein. Das konnte nicht wahr sein. Mir blieb jedoch keine Zeit für Einwände, denn Valentin sprach direkt weiter.

»Wie du weißt, ist die Verbindung zwischen den drei Rassen strengstens untersagt. Deine Oma war sehr erzürnt über den Verrat ihrer ältesten Tochter, sodass sie sie verstieß und enterbte. Kalyna flüchtete mit ihrem Mann und dem Baby nach Australien und sie lebten dort sehr versteckt. Meine Eltern wussten natürlich von dem Verrat und wollten das ›Problem‹ aus der Welt schaffen, um das Ansehen der Kiye wiederherzustellen.«

Mir klappte der Mund auf. Seine Eltern hatten eine Verschwörung gegen meine Familie geplant? Nur weil meine Tante sich in einen Siyo verliebt hatte?

»Meine Eltern waren auch sehr wütend über deine Oma, dass sie zu weich war und ihre Tochter und ihre Familie nicht hinrichten ließ. Sie forderten ihre Absetzung. Als Beweis meiner Treue führte ich die Anweisung meiner Eltern aus und tötete deine Oma, woraufhin deine Mutter Königin wurde.«

Valentins Worte brachten eine Erinnerung meiner Mutter wieder zutage, über die ich mich bisher gewundert hatte. Die Tatsache, dass sie bei ihrer Krönung traurig gewesen war. Jetzt ergab es Sinn. Anisya musste unter dem Tod ihrer Mutter gelitten haben, der ausschlaggebend für ihre zeitige Krönung war.

Valentin musterte mich mit neugierigem Blick, als könne er sehen, wie es in meinem Kopf ratterte. »Nachdem meine Familie mich später hintergangen und Dimitri zum Kronprinzen gemacht hatte, sollte er die weiteren Aufträge ausführen ... Weißt du, als Kronprinz muss man sich häufiger die Hände schmutzig machen! Als König erledigt man so was nicht mehr selbst. Nun, mein Brüderchen reiste nach Australien und schlachtete deine Tante, deinen Onkel und deine Cousine ab.«

Sprachlos starrte ich Valentin an. Das konnte nicht stimmen! Ich sprang vom Tisch und starrte wütend zu ihm hoch. »Das glaube ich dir nicht! Woher soll ich wissen, dass du dir das nicht ausgedacht hast? Vielleicht hatte ich gar keine Tante. Wobei ich eher glaube, dass du für ihren Mord verantwortlich bist!«

Valentins Mundwinkel hoben sich zu einem kalten Grinsen. Er zuckte mit den Schultern. »Glaub, was du willst. Halte meinen Bruder für den Unschuldsengel. Fakt ist, dass meine gesamte Familie gegen deine Rasse war. Ich bin nicht der Erste, der meint, dass wir an ihrer Stelle stehen sollten. Frag meinen Bruder ruhig, ob die Geschichte stimmt oder nicht. An seiner Reaktion wirst du schon erkennen, ob ich recht habe. Er wird sich schuldig fühlen. Er, der deine Tante tötete, weil sie keinen Kiyo heiratete, und der sich jetzt selbst in eine Kiya verliebt hat, obwohl das strengstens verboten ist. Mein Bruder hat seine angeborenen Prinzipien. Er wird immer denken, dass es falsch ist, mit dir liiert zu sein. Und selbst wenn nicht, dann war der Mord an deiner Familie ja sinnlos«, meinte er schlicht.

Meine Knie wurden weich, als ich über Valentins Worte nachdachte. Konnte er sich das ausgedacht haben? Aber zu welchem Zweck? Ich würde sicher irgendwie herausfinden, ob diese Geschichte stimmte oder nicht.

Im Kopf drehte sich alles und ich sank zu Boden. Ich starrte auf den dunklen Steinboden und kämpfte gegen die Tränen an. Dimitri und ich hatten uns so oft gestritten, weil wir unterschiedlicher Meinungen waren. Immer wieder hatte ich gespürt, dass er die Änderungen, die ich in Kanada auf den Weg gebracht hatte, nur schwer akzeptierte. Doch ich hatte auch bemerkt, dass er sich immer mehr veränderte. Er überdachte seine Standpunkte und ich hatte irgendwann wirklich das Gefühl, dass er mich verstand. Es gab keinerlei Ähnlichkeit mehr zu dem Mann, der er früher offenbar gewesen war.

Doch hieß das auch, dass ich alles einfach so vergessen konnte? Ich hatte ihm seine Vergangenheit verziehen und er hatte mir versprochen, keine Geheimnisse mehr vor mir zu haben. Wieso hatte er mir nicht von meiner Tante erzählt, wenn es wirklich stimmen sollte? Dachte er, es würde niemals herauskommen? Hatte er Angst, dass ich ihm das nicht verzeihen könnte?

Er musste schließlich damit gerechnet haben, dass ich es erfahren würde. Es gab bestimmt noch mehr außer Valentin, die darüber Bescheid wussten. Und es bestand auch die Möglichkeit, dass ich es über eine Erinnerung meiner Mutter herausfinden würde.

Ich sah auf und blickte in Valentins dunkle Augen. In ihnen las ich nichts als Kälte.

»Lass uns zusammenarbeiten. Ich mag ein Arsch sein, doch ich bin wenigstens nicht so verlogen und täusche vor, jemand zu sein, der ich nicht bin. Deiner Reaktion entnehme ich, dass Dimitri dir nicht alles über sich verraten hat.« Er verschränkte die Arme und sah mit unergründlicher Miene zu mir herab.

Ich wollte vor ihm zurückweichen, doch wie ein kleines Kind unter den Tisch zu krabbeln war auch keine Option.

Hab keine Angst vor ihm, ermahnte ich mich. Ich atmete tief durch, stand auf und baute mich direkt vor ihm auf. Wütend funkelte ich ihn an.

»Es ist mir egal, was du über Dimitri erzählst. Selbst wenn er mich verraten und angelogen hat, ist das alles seine Vergangenheit! Und zu versuchen, ihn abzuwerten, lässt dich in meiner Gunst kein bisschen steigen. Ganz im Gegenteil. Für dich werde ich in meinem Leben nicht ein Fünkchen Sympathie übrighaben.«

Valentin verdrehte die Augen. »Wow, es ist wirklich süß, wie du zu ihm hältst.«

»Wir sind verheiratet und in einer Ehe steht man nun mal füreinander ein«, erklärte ich und wollte das Thema damit abschließen. »Also sag endlich, was willst du für Liam und Emma?«

Wut blitzte in seinen Augen auf. Es musste enttäuschend sein, dass er mich nicht so einfach kleinkriegte. Dass ich mich am liebsten im Bett verkriechen und die Decke über den Kopf ziehen würde, würde ich ihm nicht zeigen.

»Meinetwegen, dann lass uns jetzt zum Geschäftlichen kommen.« Er verschränkte die Arme. »Ich wünsche mir einen Platz im Ältestenrat. Und außerdem will ich der Anführer des Rates werden und damit bei allen Entscheidungen beteiligt sein.«

Ich traute meinen Ohren kaum. »Du willst *was*?« Ich hätte ja mit allem gerechnet, doch diese Forderung überraschte mich wirklich. Die ganze Zeit war sein Ziel, die Weltherrschaft an sich zu reißen, und nun wollte er einen Platz im Rat? Ich wurde nicht schlau aus diesem Mann.

Irgendwie hatte ich immer mehr den Eindruck, dass er wie ein kleines Kind war, das nur jemanden zum Spielen suchte.

Niemand verteilte Bomben auf der Welt, wenn er nicht ein bestimmtes Ziel vor Augen hatte. Jemand, der das ungehindert einfädeln konnte, könnte auch einfach eine Rakete auf das Schloss in Kanada lenken und uns alle töten.

Dann stünde ihm keiner mehr im Weg bei seiner Weltherrschaft.

Valentin war gerissen, er tat nichts, ohne nachzudenken. Doch leider hatte ich keine Ahnung, was er tatsächlich wollte.

Ich war wie ein Fisch am Haken, der keine Ahnung hatte, ob der Fischer ihn wieder ins Wasser werfen würde, tötete und aufaß oder zu Hause in ein Aquarium steckte, um noch lange seine Freude an ihm zu haben. Bei Valentins Benehmen tippte ich derzeit eher auf Letzteres.

»Du hast mich schon verstanden. Ich überlasse euch den Thron, doch ich möchte trotzdem einen wichtigen Posten innehaben.«

Ich runzelte die Stirn. »Du weißt schon, warum es Ältestenrat heißt? Du siehst mir dafür ein wenig zu jung aus.«

Er verdrehte die Augen. »Den lieben Liam hast du als Sprecher der Menschen ebenfalls in diesen Rat gebracht. Dann denk dir eben etwas für mich aus. Du wirst schon eine gute Position finden, in der ich mich ausleben kann.«

»Natürlich. Und bei jeder Entscheidung, die ansteht, verlangst du von uns, deiner Meinung zuzustimmen, weil du ansonsten wieder eine Stadt in die Luft sprengst?« Ich biss die Zähne fest aufeinander. Das mit den Bomben hatte er sich wirklich gut überlegt. Ich wusste zwar nicht, ob er jemanden ausgewählt hatte, der die Kontrolle über die Bomben hatte, oder ob es irgendeinen anderen Mechanismus gab, aber das würde er mir wohl auch nicht verraten. Egal wie, er würde dafür gesorgt haben, dass dieser Plan aufging.

Er musste keinen meiner Freunde mehr entführen, wenn er einfach die Menschen als Geiseln nehmen konnte. Anderen Vampyren waren die Menschen gleichgültig, doch Valentin wusste von Anfang an, dass sie meine Schwäche waren.

»Aber nicht doch. Die Bomben sind nur meine Lebensversicherung, damit du deinen Schwager nicht hinrichtest. Wir werden alle Entscheidungen diplomatisch regeln, das verspreche ich dir.«

»Du kannst dir sicher denken, dass ich auf deine Versprechen nicht so viel gebe. Also warum sollten mich deine Drohungen davon abhalten, dich zu töten? Du wirst weiterhin versuchen, die Menschen zu versklaven.«

»Sehr recht. Warum so panisch, meine schwarze Blume? Lass die Bomben doch ruhig hochgehen. Milliarden Menschenleben würden auf einen Schlag ausgelöscht werden und das Problem der Überbevölkerung wäre zumindest ein bisschen gelöst.«

»Du bist einfach krank, mehr fällt mir dazu nicht ein. Ich werde nicht zulassen, dass du so viele unschuldige Menschen tötest.«

»Du hast recht ... Eigentlich ist das eine doofe Idee. Wir sollten sie alle schlachten und das Blut speichern. Weniger Vermögende unserer Rasse könnten so gut versorgt werden. Wie willst du denn das Problem lösen? Eine Ein-Kind-Politik weltweit?«

»Soweit ich weiß, bin *ich* Königin. Es ist also meine Aufgabe, eine Lösung zu finden. Misch dich gefälligst nie wieder in meine Angelegenheiten ein!«

»Deine Angelegenheit? Dass ich nicht lache. Du wirst unsere Rasse in den sicheren Untergang führen, so wie es deine Mutter getan hätte! Und doch war selbst sie nie so verblendet wie du.«

Ich öffnete den Mund, um ihm an den Kopf zu werfen, wie ignorant und besessen ich ihn fand, als ein lauter Knall mich innehalten ließ. Eine Explosion erschütterte das Schloss und ließ den Boden erbeben.

Valentin fluchte und in dem Moment hörte ich eine weitere Explosion, direkt hinter mir, und eine Druckwelle riss mich beinahe zu Boden.

Ich fuhr herum und starrte auf die Staubwolke, die die Explosion heraufbeschworen hatte. In ihr konnte man schließlich die Silhouette von mehreren Leuten erkennen und mein Puls schoss in die Höhe.

»Ey, du hast ein Loch in meine Wand gesprengt!«, rief Valentin und ich ahnte bereits, wen er ansprach.

Mein Herz machte einen Satz, als ich Dimitri erkannte.

Sie hatten mich gefunden!

57. KAPITEL

Dimitri

Über zwanzig Jahre war es her, dass ich meinen Bruder zuletzt gesehen hatte. Damals war er in das Schloss in Kanada eingedrungen und es war ein unerbittlicher Kampf entbrannt. An diesem Tag fand Anisya ihren Tod. Ich hatte mit angesehen, wie sie von einem von Valentins Männern getötet worden war, und gewusst, dass dieser Tag alles verändern würde.

Valentin und seine Anhänger hatten es gefeiert, als würde es bedeuten, dass sie den Krieg gewonnen hatten. Dass sich seine Pläne trotz des Todes der vermeintlich letzten Kiya nicht so einfach umsetzen lassen würden, merkte er erst später. Es beugten sich lange nicht so viele Vampyre seinem Willen, wie er sich gewünscht hatte. Nicht, solange Soley und ich noch gegen ihn ankämpften. Und König hatte er auch nie werden können.

Ihn heute wiederzusehen fühlte sich unwirklich an. Nun war ich König und mit Anisyas Tochter verheiratet. Wer hätte gedacht, dass das Schicksal diesen Weg für mich bereithielt!

Optisch hatte sich Valentin in den letzten Jahren kaum verändert. Er hatte nach wie vor dieses höhnische Grinsen.

»Es tut mir unendlich leid, ein Loch in deine Wand gesprengt zu haben. Ich hoffe doch sehr, das Schloss ist für solche Katastrophen versichert«, rief ich ihm zu.

Ich hielt den Griff meines Schwertes fest umklammert und marschierte mit großen Schritten auf ihn zu. Lilya stand neben ihm und starrte mich mit großen Augen an. Ich sah ihr an, dass es ihr nicht gut ging. Was auch immer Valentin getan oder ihr erzählt hatte, es hatte ihr schwer zu schaffen gemacht.

Am liebsten würde ich zu ihr gehen und sie in die Arme schließen, doch dafür war jetzt keine Zeit.

Meine Aufmerksamkeit galt Valentin. Ich musste es heute ein für alle Mal beenden. Noch einmal würde ich ihn nicht davonkommen lassen. Er sollte es bereuen, meine Hochzeit mit Liams und Emmas Entführung zerstört zu haben.

Plötzlich machte Lilya einen Schritt vorwärts und stellte sich direkt vor Valentin. Kaum merklich schüttelte sie den Kopf und fixierte mich mit eindringlichem Blick. Wollte sie ihn etwa beschützen?

»Lass es«, flüsterte sie, woraufhin ich abrupt stehen blieb.

»Was ist hier los?«, fragte ich und sah zu Valentin. Ich spürte, wie meine Begleiter hinter mir ebenfalls verharrten.

»Tut mir leid, ich habe keine Zeit, mich mit dir zu duellieren, Dimitri. Auch wenn du eher so aussiehst, als würdest du mir ohne fairen Kampf den Kopf abhacken wollen.« Er legte eine Hand auf Lilyas Schulter. Diese Geste brachte mein Blut zum Kochen. Er sollte seine dreckigen Finger von meiner Frau lassen! »Ihr könnt gehen. Wenn ihr es denn raus schafft. Und dann erfüllst du hoffentlich meine Forderung.« Was wollte er damit sagen?

Lilya schüttelte seine Hand ab und starrte ihn mit großen Augen an. »Halt, was ist mit Emma und Liam?«

»Die wirst du schon von allein finden.« Valentin grinste kalt und drehte sich um. Mit in den Hosentaschen versunkenen Händen lief er auf die Tür zu. Ich verengte die Augen und blickte meinem verhassten Bruder hinterher, als plötzlich Lilya direkt vor mir stand.

»Lasst uns verschwinden.« Sie griff nach meinem Arm, doch ich rührte mich nicht von der Stelle.

»Lya, was ist hier los? Wieso hast du Valentin beschützt?«

»Wir können ihn nicht töten. Er hat unter allen möglichen Städten Bomben deponiert – als Sicherheit«, erklärte sie bitter und ich traute meinen Ohren kaum.

»Er hat *was?*«, fragte ich, doch sie schüttelte den Kopf.

»Jetzt ist nicht der richtige Zeitpunkt für Erklärungen. Wir müssen Emma und Liam finden und dann so schnell wie möglich verschwinden.«

Damit hatte sie wohl recht. Wir mussten hier weg. Vor allem da ich nicht wusste, was Valentin gemeint hatte. Seine Worte hatten nach einer Warnung geklungen, weshalb ich nicht glaubte, dass er uns einfach so gehen lassen würde.

»Ana und Sascha sind bereits auf der Suche nach ihnen. Wir konnten Emmas Chip orten und ich habe sie gleich losgeschickt, um sie zu holen.«

Sie nickte. »Okay. Dann können wir nur hoffen, dass sie sie finden.«

»Das werden sie schon. Gute Idee übrigens, dir selbst einen Chip einzupflanzen«, bemerkte ich anerkennend.

Sie hatte mir in ihrem Brief geschrieben, dass sie sich selbst einen Chip verpasst hatte, damit ich sie würde aufspüren können. Das hatte meine Wut über ihren Alleingang allerdings nur wenig schmälern können. Umso glücklicher war ich, sie hier lebend vorzufinden.

Ich zog sie für eine Umarmung in die Arme. »Aber jage mir nie wieder so einen Schrecken ein«, flüsterte ich ihr ins Ohr.

Irritiert registrierte ich, wie sie sich in meinen Armen versteifte und mich von sich schob.

»Lya, was ist los? Hat Valentin dir irgendetwas angetan?«

Sie biss sich auf die Unterlippe und schwieg. Augenblicklich machte sich Panik in mir breit. Wusste sie Bescheid?

»Stimmt es, dass du meine Tante, meinen Onkel und meine Cousine getötet hast?«, fragte sie schließlich.

Ich schloss für einen Moment die Augen. Valentin hatte ihr also erzählt, was passiert war. Meine schlimmsten Befürchtungen wurden wahr. Ich ballte die Hände zu Fäusten und machte einen Schritt zurück. Ich hasste mich dafür, dass ich keine Chance gegen meine Vergangenheit hatte.

»Ich …«

»Sag nicht, dass du es erklären kannst«, zischte sie.

Das wird sie mir niemals verzeihen, dachte ich und Verzweiflung überrollte mich.

Ich erkannte es in ihren Augen und der abwehrenden Haltung. Sie sah mich nicht mehr so an wie vor ihrer Abreise in Kanada!

Bitte hass mich nicht, Lya.

Es gab nichts, was ich nun sagen könnte, um die Situation zu entschärfen. Das war weder der richtige Ort noch der richtige Zeitpunkt, um solche Gespräche zu führen.

Lilya schien auch nicht an weiteren Diskussionen interessiert zu sein. Sie richtete den Blick an mir vorbei auf meine Begleiter und keuchte. Sie musste Soley entdeckt haben. Lya rannte los und die beiden Frauen fielen sich um den Hals.

»Was tust du hier? Bist du etwa wahnsinnig?«

Lilya machte deutlich, wie unvernünftig sie Soleys Reise hierher fand.

Soley warf mir derweil über Lilyas Schulter hinweg einen kurzen, aber anklagenden Blick zu, mit dem sie mir wohl signalisieren wollte, dass ich es versaut hatte.

Ich wandte mich ab und versuchte, Sascha über Funk zu erreichen. Er antwortete jedoch nicht und ich wurde unruhig. Nachdem wir Lilya hier geortet hatten, wurde ausgemacht, uns in diesem Saal zu treffen, sobald sie die anderen gefunden hatten. Ich hoffte nur, dass nichts schiefging. Noch mehr Tiefschläge konnte ich nicht gebrauchen.

»Wie seid ihr hierhergekommen?«, hörte ich Lilya fragen.

Ich drehte mich wieder um und antwortete an Soleys Stelle. »Mit einem Hubschrauber. Wir sind auf dem Landeplatz gelandet, ohne dass es jemanden gekümmert hat.«

Sie runzelte die Stirn. Diese Tatsache schien sie genauso zu überraschen wie mich, denn offenbar interessierte es niemanden, dass wir eingetroffen waren. Als hätte man uns erwartet. Vermutlich hatte Valentin das auch.

»Wir sind gleich bei euch«, ertönte plötzlich Saschas Stimme aus dem Knopf im Ohr und ich atmete erleichtert aus.

»Männer, wir machen uns auf den Rückweg«, rief ich meinen Begleitern zu. Für die Rettungsmission hatte ich die Kämpfer aus Anas Einsatztruppe gewählt. Ich kannte sie nicht gut, aber Ana vertraute ihnen und das genügte mir. Etwas Besseres hatte ich momentan ohnehin nicht, zumindest seit ich jedem misstraute.

Keine Minute verging, bis meine besten Freunde endlich eintrafen. Mir fiel ein großer Stein vom Herzen, als Ana und Sascha mit Emma und Liam durch das Loch in der Wand in den Saal gestürmt kamen. Soley und Lilya schrien vor Freude und schlossen ihre Menschenfreunde in die Arme. Ich hatte jedoch nur Augen für die Person, die sie noch im Schlepptau hatten und die langsam auf mich zukam.

Mir klappte der Mund auf, als ich die Djiya erkannte.

»Du siehst aus, als hättest du ein Gespenst gesehen, Dimka.« Ein Lächeln erschien auf ihrem schönen Gesicht.

Natascha.

Entgeistert starrte ich meine einstige Verlobte an. Sie sah noch genauso aus wie damals. Lange dunkelbraune Haare, die sie zu einem Pferdeschwanz gebunden hatte, und eine ähnlich gute Figur wie Ana. Nur mit dem Unterschied, dass Natascha nie eine Kriegerin war. Sie war eher der Typ Frau, der einfach gut neben ihrem Mann aussehen wollte. Sie trug schwarze Jeans und ein rotes T-Shirt in demselben Farbton, wie ihn ihr Lippenstift hatte. Ich konnte nicht fassen, dass sie noch am Leben war.

»Kein Wunder, ich dachte, du wärst tot«, erwiderte ich, als ich meine Stimme wiedergefunden hatte.

Sie fiel mir um den Hals und ich legte unbeholfen die Arme um sie.

»Ich habe mir auch oft genug gewünscht, das zu sein. Endlich sehe ich dich wieder.« Ihre Stimme brach, als sie sich an mich presste.

»Was ist mit dir passiert?«, fragte ich. Sie sah nicht aus, als wäre es ihr schlecht ergangen. Wir lösten uns wieder voneinander und aus den Augenwinkeln bemerkte ich Lyas misstrauischen Blick.

Natascha verzog das Gesicht. »Valentin hat mich gefangen gehalten. Als ich die Explosionen gehört habe, sah ich meine Chance zur Flucht gekommen.«

»Was?«

»Sie hat uns befreit.«

Ich wandte den Kopf und blickte zu der kleinen Emma. Liam trat hinter seine Schwester. Soley hielt seinen Arm fest umklammert, als könnte er sich jeden Moment wieder in Luft auflösen.

»Sie hat recht«, meinte er. »Natascha hat uns befreit und in den Gängen stießen wir schließlich auf Ana und Sascha.«

Soley und Lilya musterten mit neugierigen Blicken die fremde Frau neben mir. Die ganze Situation überforderte mich. Mir brannten viele Fragen auf der Seele, die ich jedoch erst stellen konnte, sobald wir hier weg waren.

Ich nickte Liam zu. »Gut, dass ihr noch am Leben seid.«

Ein schiefes Lächeln erschien auf seinem Gesicht. »Danke fürs Rausholen.«

Ich wollte erneut zum Aufbruch rufen, als ich eine vertraute Stimme hörte, die die Wut in mir hochkochen ließ.

»Oh, was für ein schöner Anblick.«

Wir fuhren alle herum. Andrej stand in der Tür, durch die Valentin verschwunden war, und ließ den Blick über unsere Gruppe schweifen. Ein kaltes Grinsen lag auf seinem Gesicht.

»Willst du uns noch verabschieden, Andrej?«, rief ich und ballte die Hände zu Fäusten.

»Noch nicht. Ihr seid im Begriff, jemanden mitzunehmen, den ihr lieber hierlassen solltet.«

Aus dem Augenwinkel sah ich, wie Natascha sich versteifte. War er hinter ihr her? Aber warum hatte Valentin vorher schon angekündigt, dass die Flucht für uns nicht so einfach sein würde?

»Valentin hatte lange genug Zeit, um mit ihr zu spielen. Wenn sie mitkommen möchte, werde ich sie nicht zurücklassen«, erklärte ich und zog sie beschützend hinter meinen Rücken.

Andrej verdrehte die Augen. »Wenn du es so willst.«

Ich spürte die Gefahr, ehe ich sie sehen oder hören konnte.

Ein Blick über die Schuler verriet mir auch, was mich so in Alarmbereitschaft versetzte. Mehrere Männer strömten durch das Loch in der Wand aus dem dahinterliegenden Raum in den Saal. Sie alle waren mit ein oder zwei Schwertern bewaffnet.

Sie wollen uns umzingeln, dachte ich und biss die Zähne fest aufeinander. Sah so aus, als würden wir um einen Kampf nicht herumkommen.

Ich vergeudete keine Zeit, mir weitere Gedanken zu machen, sondern suchte Lilyas Blick und nickte in Emmas Richtung. Lilya verstand sofort und griff nach der Hand des kleinen Mädchens.

»Liam!« Lya streckte die andere Hand nach ihm aus. Stirnrunzelnd betrachtete er sie, ehe er kapierte. Er schüttelte den Kopf. »Nimm einen Wächter mit, ich kann nicht auf sie aufpassen«, hörte ich ihn leise sagen.

Lilya biss sich auf die Unterlippe und sah sich Hilfe suchend um. Schließlich blieb ihr Blick an Sascha hängen und sie gab ihm ein Zeichen, dass er zu ihr kommen solle.

Mein bester Freund sah kurz in meine Richtung, wie um sich eine Erlaubnis einzuholen, und ich nickte.

Ich bemerkte, wie seine Hand kurz Anas streifte, als er zu Lilya ging. Einen Moment blitzte Sorge in Anas Augen auf, ehe sich ein Grinsen auf ihren Lippen ausbreitete. Sie zog ihr Schwert und zwinkerte mir zu.

Ich selbst umklammerte den Griff meines Schwertes fester, als ich sah, dass immer mehr Männer durch das Loch kletterten. Es schien nicht aufzuhören.

Mit der freien Hand zog ich einen Dolch aus dem Gürtel und ließ ihn auf der Handfläche liegen. Ich wollte Lilya nicht unbewaffnet lassen.

»Lya!«, rief ich, woraufhin sie noch einmal in meine Richtung sah. Als sie den Dolch erkannte, erschien ein kleines Lächeln auf ihrem Gesicht. Sie streckte die Hand aus, woraufhin der Dolch kurz über meiner Handfläche schwebte und schließlich in ihre Richtung sauste. Geschickt fing sie ihn auf und klemmte ihn sich zwischen die Zähne, ehe sie auch Sascha an die Hand nahm.

Ich bemerkte nicht, was um uns herum geschah, doch als ein Pfiff ertönte, wusste ich, dass es das Signal zum Angriff war. Ernst nickte ich Lilya zu und sie erwiderte die Geste. Dann löste sie sich mit Sascha und Emma in Luft auf und der Kampf entbrannte.

58. KAPITEL

Lilya

Ich teleportierte Sascha, Emma und mich in die Flugzeughalle und zog die beiden hinter die Maschine, mit der ich hierhergekommen war. Dimitris Dolch drückte ich Emma in die Hand, um die Hände frei zu haben. Jetzt bereute ich doch, mich für ein Kleid entschieden zu haben.

»Wo ist euer Hubschrauber?«, fragte ich Sascha leise.

»Draußen auf dem Hubschrauberlandeplatz.« Er schluckte und sah sich vorsichtig um. »Zumindest hoffe ich das.«

»Ihr habt niemanden dortgelassen?«, fragte ich erstaunt, woraufhin Sascha den Kopf schüttelte.

»Dimitri wollte lieber, dass alle zusammenbleiben. Würde Valentin an den Helikopter wollen, hätte er auch mit ein paar Bewachern kein Problem.«

»Warum hast du uns von den anderen getrennt?«, fragte Emma.

Ich ging neben ihr in die Knie und zog sie an mich. »Damit du in Sicherheit bist. Außerdem muss jemand den Helikopter startklar machen, damit wir schnell abhauen können, wenn wir die anderen hierher gebracht haben.«

»Holst du Liam jetzt auch? Er ist kein Kämpfer.«

Ich nickte. »Wir schauen nur kurz, ob die Luft rein ist.« Mich mit zwei Leuten zu teleportieren hatte mich bereits viel Kraft gekostet. Wenn ich Soley und Liam herholte, musste ich sicher sein, dass es hier sicherer war als bei den anderen.

Leise schlichen wir auf die Tür zu, durch die Sascha und die anderen wohl gekommen waren, als ich plötzlich Schritte näherkommen hörte. Ich griff nach Emmas Hand und blieb stehen. Mit einem Finger an den Lippen bedeutete ich ihr und Sascha, leise zu sein.

Ich überlegte fieberhaft, wo wir in Deckung gehen sollten, immerhin standen wir gerade mitten in der Halle. Die Frage erübrigte sich, als ich in dem Moment ein Rufen hörte.

»Hey ihr! Hände hoch oder wir schießen!«

Langsam drehte ich mich um und warf einen Blick auf die zwei Djiye, die ihre Waffen auf uns gerichtet hatten. Mein erster Impuls war es tatsächlich, die Hände nach oben zu nehmen, doch als ich sah, wie Sascha sein Schwert zog, hielt ich inne. Er dachte offenbar gar nicht daran, sich zu ergeben. Schusswaffe hin oder her.

Und auch ich fragte mich plötzlich, wieso wir auf sie hören sollten, und unterdrückte ein kurzes ungläubiges Aufstöhnen.

»Okay, bitte nicht schießen!«, rief ich und hob langsam die Hände. Das letzte Stückchen riss ich sie jedoch schnell nach oben und die Pistolen folgten der Bewegung und wurden den Männern aus den Händen gerissen. Verdutzt starrten sie ihren Waffen hinterher, die jetzt weit entfernt von ihnen auf dem Boden aufschlugen. Interessanterweise wussten anscheinend nicht alle über meine Fähigkeiten Bescheid.

Die Augen der beiden weiteten sich, als sie erkannten, dass sie keine Chance gegen uns hatten. Sie drehten um und rannten in die entgegengesetzte Richtung.

Eine kleine Bewegung meiner Finger reichte jedoch, um sie ebenfalls quer durch die Halle auf uns zufliegen zu lassen. Mit einem Schrei landeten sie vor unseren Füßen.

Ich packte Emma und drehte mich mit ihr um, da ich wusste, dass Sascha nicht lange fackeln und die Männer umbringen würde. Ein Kind sollte definitiv keine Leichen sehen.

Außerdem hielt ich ihr die Ohren zu, denn es reichte, dass ich hören konnte, wie Sascha sein Schwert in sie stieß. Ich wollte Tote immer vermeiden, doch wir könnten es nicht gebrauchen, dass jetzt Verstärkung anrückte.

»Kommt weiter.« Sascha lief an uns vorbei und wir überwanden die letzten Meter zur Tür. Vorsichtig drückte er sie auf und warf einen Blick hindurch. Obwohl Sonnenlicht durch den Spalt schien, bemerkte ich auch die eisige Kälte, die hereinwehte. Mitte März herrschten in Sibirien keine angenehmen Temperaturen. Vor allem für Menschen. Mein Blick fiel auf Emmas Kleid und ich bekam bereits Angst, dass sie erfrieren könnte. Man hatte ihr seit der Hochzeit keine anderen Sachen gegeben.

Als Sascha den Daumen nach oben zeigte und damit Entwarnung gab, stieß ich zischend die Luft aus. Er nahm Emma auf den Arm und rannte nach draußen. Ich blieb ihm dicht auf den Fersen.

Auch als Vampyrin spürte ich die extremen Temperaturen. Vor allem, da ich barfuß unterwegs war. Ich hatte meine High Heels im Saal gelassen.

Sascha rannte zum Helikopter, riss die Tür auf und kletterte mit Emma hinein. Ich sprang hinterher und warf noch einen prüfenden Blick über die Schulter, ob wir auch wirklich allein waren, ehe ich die Tür zuzog.

Sascha setzte Emma auf einem Sitz ab und ging dann nach vorn ins Cockpit, um zu checken, ob der Helikopter einsatzbereit war. Es wunderte mich, dass er offenbar unversehrt an Ort und Stelle gelassen worden war. Hatte Valentin wirklich vorgehabt, uns wieder gehen zu lassen? Würde sich das eventuell noch ändern, wo es nun zum Kampf gekommen war?

Ich dachte daran, was Dimitri über das Abwehrsystem in Kanada erzählt hatte. Das musste es hier auch geben. Wenn Valentin uns nicht gehen lassen wollte, könnte er uns einfach abschießen.

Er könnte uns ziemlich leicht töten, doch, aus welchem Grund auch immer, tat er es zumindest bisher nicht. Als würde er stattdessen lieber dieses Katz-und-Maus-Spiel fortführen …

***

Ich glaubte, dass Sascha und Emma vorerst nichts passieren würde, sodass ich mich in den Saal teleportierte, in dem ich die anderen zurückgelassen hatte.

Ich wusste nicht, was mich erwarten würde, doch das Bild, das sich mir bot, war schrecklich und ich war heilfroh, Emma weggebracht zu haben.

Unzählige Leichen lagen im Saal verstreut. Ob Leute von uns dabei waren, konnte ich auf den ersten Blick nicht beurteilen. Dimitri war mit etwa zwanzig Mann angerückt. Valentin schien dagegen über fünfzig Wächter in den Kampf geschickt zu haben. Doch trotz der Übermacht hatte es den Anschein, dass sie unterlagen.

Ich sah mich suchend nach Dimitri, Ana, Liam und Soley um. Letztere standen etwas abseits in einer Ecke. Soley hatte ihren Bogen gespannt und schoss einen Djiyo nach dem anderen ab. Der Anblick beeindruckte mich zutiefst. Liam war hinter ihr und hielt ein Schwert in der Hand, das viel zu schwer für ihn wirkte.

Ich wandte mich um und bemerkte Dimitri, der gerade einem Gegner das Herz durchstoßen hatte.

Ob er so meine Tante und ihre kleine Familie getötet hat?, schoss es mir durch den Kopf. Ich schüttelte das Bild ab, das sich vor meinem inneren Auge einnisten wollte. Um die Vergangenheit würde ich mich später kümmern. Jetzt zählten die Gegenwart und die Frage, ob wir eine Zukunft haben würden.

Ana kämpfte ein paar Meter neben ihm und kam gerade der Djiya zu Hilfe, die sich als Dimitris einstige Verlobte entpuppt hatte. Diese hatte sich ebenfalls ein Schwert geschnappt und wehrte Valentins Männer ab, auch wenn sie offensichtlich keine gute Kriegerin war.

Mein Mann sah fragend zu mir und ich nickte. »Ich nehme jetzt Soley und Liam mit!«, rief ich und lief ihm entgegen. »Dann können wir ...« Weiter kam ich nicht, denn in dem Moment ertönte ein Knall und ein kurzer, aber höllischer Schmerz durchfuhr meine Schulter. Vor Schreck fiel ich auf die Knie.

»Lya!« Dimitris Stimme klang panisch und ich sah, wie er auf mich zurannte, aber von mehreren Djiye gestoppt wurde.

Ich biss die Zähne fest aufeinander und tastete nach meiner Schulter, die sofort taub geworden war. Ich spürte warmes Blut und für einen Moment ließ der Schock mir schwarz vor Augen werden.

Ich bin angeschossen worden!

Verzweifelt registrierte ich, wie meine Kräfte schwächer wurden. Die Teleportationen, die Telekinese, der Blutverlust. Ich presste eine Hand auf die

Wunde und kämpfte mich wieder auf die Beine. Schwer atmend schaute ich mich nach dem Schützen um und wurde schnell fündig.

Andrej ließ die Waffe langsam sinken, als er meinen Blick bemerkte. Ein breites Grinsen lag auf seinem Gesicht. Dieser hinterhältige Feigling!

Ich bring dich um!

Ein heller Schrei ließ mich den Blick von Andrej abwenden. Entsetzt beobachtete ich, dass Soley anscheinend keine Pfeile mehr hatte und es einer von Valentins Männern auf sie abgesehen hatte. Es war Vladimir.

Ich wollte zu ihr, als mich plötzlich zwei starke Arme umschlangen und unerbittlich festhielten. Der fremde Djiyo klammerte sich an mich und ich hatte das Gefühl, dass er mich zerquetschen wollte. Verzweifelt wehrte ich mich und versuchte, meine Kräfte zu mobilisieren, um ihn loszuwerden, da ich den Dolch bei Emma gelassen hatte.

Ich sah erneut zu Soley und hatte das Gefühl, mein Herz würde stehen bleiben, als Vladimir sie angriff und sie zu Boden fiel.

Dann ging alles ganz schnell. Liam ließ das Schwert fallen, das er in der Hand gehalten hatte.

Ich wollte schreien, mich teleportieren und den Gegner außer Gefecht setzen. Aber es war zu spät.

Unfähig mich zu bewegen musste ich mit ansehen, wie mein bester Freund sich in dem Moment vor seine Geliebte warf und den Angriff abwehrte. Das Schwert durchbohrte seine Brust –und Soley schrie.

Das entsetzliche Bild, das sich mir bot, ließ mich die Kontrolle verlieren. Etwas in mir zerbrach, als Liam in die Knie ging. Ich bemerkte, dass ich ebenfalls schrie, und stieß den Djiyo grob von mir. Sofort tauchte ich neben Liams Angreifer wieder auf. Vladimir hatte keine Zeit zu reagieren, da hatte ich die Hand bereits an seine Brust gelegt. Statt ihn mithilfe meiner Telekinese durch den Saal zu schleudern, tat ich etwas, was ich selbst nicht für möglich gehalten hätte. Ich ließ ihn in tausend Einzelteile explodieren. Blut und Innereien spritzten in alle Richtungen und landeten warm auf meinen nackten Armen.

Ohne einen Gedanken daran zu verschwenden, was ich getan hatte, drehte ich mich blitzschnell um und fing Liam auf, der zur Seite kippte. Soley hatte sich aufgerappelt und kam neben mich. Tränen sammelten sich in ihren Augen und sie schrie entsetzlich.

»Liam, nein, nein, nein. Warum hast du das getan? Du bist ein Mensch! Ich hätte diesen Angriff bestimmt überlebt!«

Liam fing ihren Blick auf und lächelte. »Du vielleicht, unser Baby aber nicht. Es ist in Ordnung, Soley.«

Soley klappte der Mund auf. »Du weißt es?«

Er nickte schwach und mir schnürte es die Kehle zu. Ich war hierhergekommen, um ihn zu retten. Weil ich nicht wollte, dass Soleys Baby ohne Vater aufwachen musste. Und nun starb er dennoch.

Er legte die Hand auf ihren Bauch. »Ich hoffe … es wird ein Mädchen. Dann ist es genauso schön wie du.«

Seine Worte schmerzten, doch ich musste stark bleiben. Als er die Augen schloss, bemerkte ich, dass Soley instinktiv ihr Handgelenk an den Mund hob und im Begriff war, sich selbst zu beißen. Sie wollte ihm ihr Blut einflößen. Blitzschnell packte ich es und schüttelte den Kopf.

»Das darfst du nicht tun, Soley.«

»Ich muss aber etwas tun!«, schrie sie mich an. »Ich kann ihn nicht sterben lassen!« Tränen strömten über ihr Gesicht und sie begann jämmerlich zu schluchzen.

Mit dem rechten Arm hielt ich noch immer Liam umklammert und mit der linken Hand streichelte ich zärtlich über Soleys Wange.

»Ich weiß, dass du nicht tatenlos zusehen kannst, aber er wird sterben, und du weißt, was passiert, wenn du ihn zurückholst.«

Der Blick, den sie zuerst mir und dann Liam zuwarf, brach mir das Herz. Und ich konnte nur tatenlos danebensitzen.

Liam keuchte schwer und spuckte Blut. Ich zwang mich, ihn anzuschauen, und wünschte, ich hätte es nicht getan. Es war nicht zu übersehen, dass dies seine letzten Sekunden waren. Seine Augenlider flatterten, doch er schaffte es, sie noch einmal zu öffnen. Er richtete den Blick auf Soley und in seinen Augen konnte man die Liebe sehen, die er für sie empfand. Sie ergriff seine Hand und schaute ihn liebevoll an.

»Ich werde dich für immer lieben«, flüsterte sie.

Er versuchte zu lächeln und schüttelte kaum merklich den Kopf. »Für immer ist eine sehr lange Zeit. Versprich mir an dich zu denken.«

»Liam …« Sie schluchzte herzzerreißend und nickte schließlich. »Ich verspreche es.«

Sein Blick richtete sich auf mich. »Pass auf alle auf und … trink …«

Ich blinzelte überrascht. »Was?«

Stöhnend hob er den Arm ein wenig. »Du brauchst deine Kraft. Du musst sie retten.«

Ich zog zischend die Luft ein, als ich verstand. Ich wollte den Kopf schütteln, doch sein flehender Blick ließ es nicht zu.

»Bitte.«

Statt einer Antwort drückte ich seine Hand und nickte, um zu signalisieren, dass ich ihn verstanden hatte. Er lächelte.

»Danke, Lya.«

Ich sah auf und blickte in Soleys traurige blaue Augen. Sie nickte mir zu. Ich biss mir auf die Unterlippe, griff nach Liams Handgelenk und legte es an meine Lippen. Er schloss die Augen und ich schluckte schwer.

Meine Fangzähne traten hervor und ich vergrub sie schweren Herzens in seiner Haut. Ich trank einige Schlucke Blut und spürte, wie sein Körper in meinem Arm langsam erschlaffte, während meine Wunde schneller heilte und die Kräfte zurückkehrten.

Tränen schossen mir in die Augen und ich zog die Fänge heraus.

Mir war die Kehle wie zugeschnürt, als ich auf meinen toten besten Freund hinunterblickte. Soley weinte an Liams Brust gepresst.

Ich legte seinen Oberkörper vorsichtig auf den Boden und stand auf. Wie durch einen Schleier beobachtete ich die Szenerie. Um uns herum tobte weiterhin der Kampf. Nach und nach gingen Männer zu Boden. Nicht nur Valentins, sondern auch unsere. Meine Männer. Ich war für sie alle verantwortlich. Ich hätte sie beschützen müssen. Ich hätte Liam beschützen müssen. Soley hatte erneut alles verloren, was ihr wichtig gewesen war. Und es war meine Schuld. Alles war meine Schuld.

Ich fühlte eine gähnende Leere in mir. Bis plötzlich alle Emotionen über mir zusammenbrachen. Ein Feuer loderte in meinem Inneren und drohte zu explodieren. Ich verlor die Kontrolle. Ich schrie und schrie.

Weg. Wir müssen hier weg!

Ich spürte die Macht, die in mir brannte. Um mich herum verschwamm alles. Meine Beine gaben unter mir nach und mit einem gellenden Schrei sank ich auf die Knie. Er setzte alle meine restlichen Kräfte frei. Ich spürte, wie die Energie meinen Körper verließ. *Es muss klappen,* dachte ich. Dann wurde alles um mich herum schwarz.

EPILOG

Soley

Zwei Wochen später ...

»Bitte, Soley, ich muss wissen, wie es ihr geht.«

»Unverändert und nun verschwinde, ich muss meine Arbeit machen!« Ich knallte Dimitri die Tür vor der Nase zu und ging zu dem Bett, in dem Lilya lag. Nachdem ich ihre Vitalwerte kontrolliert hatte, gab ich ihr noch eine Bluttransfusion.

Ich konnte immer noch nicht fassen, was sie in Sibirien getan hatte. Sie hatte eine unglaubliche Energiewelle ausgesandt, die alle Feinde weggeschleudert hatte. Gleichzeitig hatte sie all unsere Verbündeten in Sicherheit zum Helikopter teleportiert. Sie hatte niemanden berührt und uns dennoch teleportieren können.

Dadurch, dass sie all ihre Kräfte mobilisiert hatte, war sie ins Koma gefallen. Zum Glück, musste man sagen, denn der Energieverlust hätte sie auf der Stelle töten können. Inzwischen waren ihre Werte besser und ich hoffte, dass sie bald aufwachen würde. Allerdings war ich mir nicht sicher, ob sie aufwachen *wollte*. Ich für meinen Teil würde mich am liebsten neben sie legen und nicht mehr wach werden.

Meine Hand wanderte an den Bauch und ich verwarf den Gedanken sofort wieder. Nein, ich musste stark sein. *Stark für unser kleines Wunder.*

Bei dem Gedanken an das Baby erschien sofort Liams Gesicht vor meinem inneren Auge und Tränen rannen mir die Wangen hinab. Er würde nicht am Leben unseres Babys teilhaben und mein kleiner Schatz würde niemals seinen Vater kennenlernen. Diese Tatsache brach mir schier das Herz.

Liam hatte Lilya auch sehr viel bedeutet. Ich wünschte, sie wäre wach, damit wir gemeinsam trauern könnten. Sie würde mich verstehen. Es war schwer genug, dass sie nicht an Liams Beerdigung hatte teilnehmen können.

Ohne sie fühlte ich mich in diesem riesigen Schloss ganz allein. Dimitri wollte ich nicht sehen. Die Neuigkeit, dass er für den Mord an Lilyas Familienmitgliedern verantwortlich war, hatte mich zutiefst schockiert. Das war mir tatsächlich nicht bewusst gewesen und ich hatte keine Ahnung, wie Lilya mit diesem Wissen umgehen würde, sobald sie aufwachte. In Sibirien hatte sie keine Gelegenheit, diese Nachricht zu verarbeiten. Das würde sich vielleicht bald ändern und Dimitri wusste das.

Ich beugte mich zu Lilya hinab und hauchte ihr einen Kuss auf die Stirn. »Bitte komm wieder, ich brauche dich hier.«

ENDE von Band 2

DANKSAGUNG

Es ist vollbracht. Zum zweiten Mal durfte ich nun ein »Ende« unter einen Text setzen. Damit ist auch mein zweites Buch fertig.

Ich hoffe, Euch hat der zweite Teil auch gefallen.

Band 2 war für mich persönlich eine große Herausforderung, vor allem das Ende hat mir selbst beinahe das Herz gebrochen. Ich habe Tränen vergossen, noch ehe ich überhaupt mit dem Aufschreiben begonnen habe.

Im Gegensatz zu Band 1 hat dieser Teil nicht gefühlt zehn Jahre für den Entstehungsprozess gebraucht. Ich hoffe, mit Band 3 sogar noch schneller voranzukommen.

Die Reaktionen auf mein erstes Buch haben mich so sehr motiviert. Jedes Wort, das mich zu meiner Geschichte erreicht hat, macht mich noch heute glücklich. Und es darf sich auch jeder bei mir melden, wenn er Anmerkungen oder Kritik hat. Ich stehe am Anfang meines Autorendaseins und kann daraus noch viel lernen. Ich erzähle die Geschichte so, wie sie aus meinem Herzen kommt. Nicht jedem kann sie gefallen und das ist auch nicht mein Ziel. Aber ich freue mich über jeden, dem sie so sehr gefällt wie mir.

Ich danke wieder dem Dark-Diamonds-Team, bei dem ich so ein tolles Zuhause für meinen Roman gefunden habe.

Ein riesiges Dankeschön auch an die Autorinnen aus dem Verlag, die mich vor allem bei der Buchmesse direkt adoptiert haben.

Ich danke außerdem meiner Familie, die sehr stolz auf »ihre kleine Autorin« ist.

Ich danke meinem Freund für seine tägliche Unterstützung und dass er mich immer zum Lachen bringt.

Ein Dankeschön an Kristina Licht. Du warst auch bei Band 2 die Erste, die die Geschichte gelesen hat. Danke, dass Du immer da bist, wenn ich Hilfe brauche, und zwar nicht nur in Fragen rund ums Bücherschreiben.

Ebenfalls danke an meine Blogger, die mich beim Release von Band 1 so toll unterstützt haben.

Ich danke meinen Mitschülern und Lehrern in der Erzieherausbildung, dass sie zu meinem kleinen Fanklub mutiert sind und mir die Schultage versüßen. Die Klassenzimmerlesung zum Release von Band 1 werde ich nie vergessen.

Danke auch an Meli, Mandy, Magda und all meine anderen Freunde, die sich hier angesprochen fühlen dürfen.

Und ich danke natürlich jedem, der dieses Buch liest. Das bedeutet, dass Ihr bereits das zweite Buch von mir gelesen habt – vorausgesetzt, Ihr lest Reihen in der richtigen Reihenfolge ...

Ich hatte bei Band 1 keine Ahnung, was nach der Veröffentlichung auf mich zukommen würde. Bisher habe ich es immer noch nicht realisiert, Autorin zu sein. Aber ich weiß, dass ich es liebe.

Ich freue mich über Euer Feedback.

Ich hoffe, Euch hat die Geschichte von Lilya und Dimitri gefallen und Ihr werdet sie auch mit Band 3 weiterverfolgen.

Eure Alexandra

Impress
Die Macht der Gefühle

Impress
Ein Imprint der CARLSEN Verlag GmbH
März 2020

Lektorat: Dietlind Koch
Umschlagbild: shutterstock.com / © Daria_Cherry / © Zabotnova Inna
Umschlaggestaltung: formlabor
Satz und Umsetzung: readbox publishing, Dortmund
Druck und Bindung: CPI Books GmbH, Birkach
ISBN 978-3-551-30244-1
Printed in Germany
www.carlsen.de/impress

Alle Bücher im Internet: www.carlsen.de